张炜文存

插图珍藏版 1 长篇小说

古 船

山东教育出版社
SHANDONG EDUCATION PRESS

前　言

　　从二十世纪七十年代尝试写作到今天，张炜创作发表了大约一千五百万字的作品，这还不包括他亲手毁掉的约四百万字的少作。就体量而言，现当代的严肃作家几乎无人可出其右者。这些文字至广大而尽精微，有宏阔的视野和抱负，也有对人性与存在最幽微处的洞察和发掘。张炜不但代表齐鲁文学的高度，也一直屹立在中国文学的高原。鉴于此，我们请张炜先生编选了这套颇能代表其个人创作实绩的文丛，也希望它能成为引领读者深入张炜丰茂的文学世界的一个精要读本。

　　阅读张炜，并不是一件轻松的事情。

　　四十余年来，张炜切实参与了新时期文学的进程，且在每个时段均留下具有范本意义的作品，如《古船》《九月寓言》《你在高原》《融入野地》等代表作无一不被允为中国当代文学的经典。有意味的是，除了在二十世纪九十年代前期以忧愤的态度参与过人文主义精神的讨论，在更多的时间里，他与所谓的文学热点和流行话题自觉保持着距离，他的创作也很难被妥帖地归类到某一文学思潮和概念之下。比如，在一些文学史中，《古船》是反思文学的集大成之作，在另一些文学史中，它是改革文学的扛鼎之作，还有一些文学史则将其放入寻根文学的专章中讨论。事实上，张炜对庞大之物近乎偏执的关怀，他那些让人战栗的道德诘问，他交织着时代的迫力、灵魂创伤与人类苦难的文字所彰显出来的写作的德性和思想性都决定了他不会是一个文坛的"弄潮儿"，恰恰相反，他常常是潮流化写作的反动者。可是，当我们以文学史的眼光回头打量他所置身的文学时代，又会讶异地发现，原来有那么多重要的文学话题，张炜在它们成为热点之前便已做出实践或洞见。比如，批评界一度称许新历史主义写作，尤其推重以个人史、家族史取代阶级史和革命史的写作范式，在批评家们罗列出一通九十年代的重要文本之后，蓦地发现发表于一九八六年的《古船》已经几乎包孕了这个写作范式所有可能的向度，并且以家族史和阶级史并举的方式避免了新历史主义容易滋生的意义偏失。又如，近年来批评界强调发掘中国本土的叙事资源，激活汉语传统美学的意义，而多年来张炜持续与古老而灵性不散的齐文化和更古老的神话传统对话，他在演讲中说过："怪力乱神基本上是文学的巨资。"他在《〈楚辞〉笔记》《也说李白与杜甫》等诠解古代经典的散文中所表现出与前贤思接千载的会心以及借此获得的启悟，在《外省书》中对史传记人方式的创造性化用，也显见他对本土文学传统的倚重。再如，新世纪的底层文学蔚为壮观，欲迷人眼，当批评界顺着"底层"的概念前溯时，即会注意到张炜很早之前即有这样的提醒："一个作家心灵的指针要永远指向生活在最底层的人们。"甚至有时，张炜会因创作上的前瞻意识让他的作品陈义过高而逾越出时代的理解和逻辑框架，导致外界严重的错位式的误读，如对其"道德理想主义"的标签化概括，以及连带的反现代性的保守立场的质疑等，在我看来，即属此例。

关注张炜的人都知道，《九月寓言》发表后，他一直承受着来自标榜启蒙现代性立场人士的非议，认为他的作品存在着一个善恶、正邪、大地伦理与现代文明的二元结构，并以对后者的弃绝将自己变成一个与潮流逆势的具有强烈乌托邦气质的不合时宜者。张炜对此决不妥协，他把道德力量视作一个写作者才华和人格构建的关键部分，依旧以近于独战的姿态横对失范的科技理性和物质欲望。阅读张炜的这些文字，常常让人想到二十世纪思想史和文学史上被划归到文化保守主义阵营的那些名字，学衡派、新儒家、杜亚泉、梁漱溟、梁实秋……他们在历史潮汐的进退中也一度被时人视为逆流而生的卫道士，是螳臂当车的文化反动势力，但当后来的人们跳出时代的烟云却发现，他们的探求和思索与西方近现代以来尤其是启蒙迷思被世界大战轰毁之后兴起的新人文主义思潮遥相呼应，他们代表的是对人类中心主义和工具理性万能论进行自我反省与批判的另一现代性路径，是参与现代性对话的建设性思维，也是与主导性的历史行为和历史观念相对峙的必不可少的制衡力量。当代西方最重要的伦理学家麦金太尔在他的《德性之后》中曾提出一个重要的问题：谁来为失去形而上学品质的现代人的精神立法，或者说，在德性被放逐的时代还有没有对个人而言的至善的目标？他如此质问道："道德行为者从传统道德的外在权威中解放出来的代价是，新的自律行为者可以不受外在神的律法、自然目的论或等级制度的权威的约束来表达自己的主张，但问题在于，其他人为什么应该听从他的意见呢？"他认为当代人深陷一种"情感主义"的道德迷思中，走出这种迷思的根本在于为当代人重建德性，而"德性必定被理解为这样的品质：将不仅维持使我们获得实践的内在利益，而且也将使我们能够克服我们所遭遇的伤害、危险、诱惑和涣散，从而在对相关类型的善的追求上支撑我们，并且还将把不断增长的自我认识和对善的认识充实我们。"我们以为，张炜的"道德理想主义"也应在此意义上理解。他捍卫君子固穷的价值观、严守义利有别的守成文化立场其实是对上述现代人文主义思路的自觉传承，其间固然有接续"斯文"、承袭道统的传统天命意识，亦有在终极关怀的层面重建现代人的意义世界的激进实践意图。他坚守民间的姿态也绝非像某些批判者说的那样是蹈入了老旧道德的泥淖，这些批判者被时代困陷的局限让他们忽略或者说失察了张炜站在全人类立场的超越意识和存在意识。而且，张炜这一信念几乎在他写作之初就建立起来，它当然经过一个不断磨砺和成熟的过程，但并不像一些批评者描述的那样存在着一个从八十年代张炜到九十年代张炜的急遽转型。我们分明可以在老得、隋抱朴和宁伽之间看到一条贯通的精神的丝缕。我们也不应忘记，《你在高原》的写作所经历了漫长的二十二年，没有持之以恒的心力和不为世移的信念，这样一部描写五十年代生人意志、情感和命运的百科全书式的大书不会完成。

　　明乎此，我们也就不难理解为什么张炜的写作不能被简约地归类了，他的写作对应的并非时代，而是时间。他不存在趋时的问题，自然也就无法被时代利诱或者绑架；他能预知文学的热点，只是因为他内心有对文学恒常价值笃定的判断。也因此，我们以为，出于表达的权宜，人们可以用一些约定俗成的语汇来评价张炜其人其文，但必须警惕这些语汇对其文学世界丰富性的缩减。比如我们一再提到的"民间"。因为参照物的不同，"民间"至少有两重意涵，它既可以指与庙堂相对的知识分子的价值寄居地，亦可指与精英文化相对的大众化的文化生成空间。张炜的民间立场中和了这两种意义的理解，同时又对二者抱有清醒的审视。四十余年中，他像一个真正的地质工作者一样不断漫游在以其故地为中心辐射开的莽野林间，并反复倾诉这种"在民间"的行旅之于写作的滋养，因为这种跋涉不但是对民间的亲历和发掘，还构成与庙堂那种案牍之劳的有效区隔，是逃逸体制化和职业化写作伤害的最有效的方式，漫游让他的写作与那些想象民间的写作之间划开了一道鸿沟。与此同时，他赞美民间的苍茫与混沌，颂扬民间热辣活泼的不驯顺的生命热力，但并不以为这是可以豁免民间藏污纳垢的理由，事实上他也从未搁置对民间之恶的揭示和批判——把张炜的民间简略成浪漫的乡愁或野地的生趣显然是失当的。

同样，我们也应当小心在时下生态写作的浪潮里，对张炜写作呈现出的生态伦理观念的简单追认。的确，他二十年前在《寻找野地》等作品中对大地之灵踪的追觅放之今日依旧是不可掩其光彩的，而他笔下还有那么多多姿多彩、栩栩如生的动物形象，有那么多对自然魅性的倾心书写，但仅以生态立场来解读他的这些作品是远远不够的。他写有情的生灵万物，写悲悯的山河大地，会让人想起《猎人笔记》《鱼王》《白鲸》《草原》《白轮船》，也会让人想起楚辞和诗经里那些精魂不散的草木花树，他以对自然的敬畏尝试建立连接"宇宙的神性"的可能。而且他并没有像很多生态写作者习惯的那样，因为要质疑人类中心主义的僭妄，便把人排除在自然万有之外，在他笔下，我们总能找到一个辽远的人，一个因为自然而获得性灵延展的人，用里尔克的话说，这是一个"沉潜在万物的伟大的静息中"的人，他"不再是在他的同类中保持平衡的伙伴，也不再是那样的人，为了他而有晨昏和远近。他有如一个物置身于万物之中，无限地单独，一切物与人的结合都退至共同的深处，那里浸润着一切生长者的根"。某种意义上说，张炜文学世界的开阔和深邃来源于他对自然理解的开阔和深邃，来自于他作为野地之子深扎在大地中的根须。

阅读张炜的难度即在于习惯妥协和随顺的我们与一颗灼热的、忧虑的、高远的心灵对话的难度。"伟大的心魂有如崇山峻岭，风雨吹荡它，云翳包围它，但人们在那里呼吸时，比别处更自由更有力。……我不说普通的人类都能在高峰上生存。但一年一度他们应上去顶礼。在那里，他们可以变换一下肺中的呼吸，与脉管中的血流。在那里，他们将感到更迫近永恒。以后，他们再回到人生的广原，心中充满了日常战斗的勇气。"这是罗曼·罗兰在《米开朗琪罗传》的结尾部分谈到的，阅读张炜，我们会有庶几近似的感受。

本卷导读

《古船》是张炜的第一部长篇小说，发表于一九八六年，被公认为是"民族心史的一块厚重碑石"，也是新时期文学长篇小说最重要的收获之一，曾获庄重文文学奖、人民文学奖、台湾金石堂选票最具影响力图书奖，入围"百年百种优秀中国图书"和香港《亚洲周刊》"二十世纪中文小说百强"，先后被译为英语、法语、日语、西班牙语等出版，在全球范围内有着卓越的影响力。

小说以胶东芦青河畔洼狸镇上隋、赵两家在"新时期"争夺洼狸镇粉丝大厂经营承包权的始末为主线，以隋、赵、李、史等几个家族半个世纪来错综复杂的恩怨纠葛和悲欢离合为隐线，真实地再现了那个特殊年代里人性的扭曲以及在改革大潮的冲击下，那块古老土地的变化。同时，又以"古城墙"、"地震"、"暗河"以及具有"历史龙骨"意义的"古船"等意象创造性地将思想的触角探入民族历史和文化的深处。洼狸镇既蕴含着中国传统文化的密码，又饱经现代性历史的各种异变，因此它不但是百年中国乡土剧变的一个缩影和隐喻，也承载了作家对乡土伦理、民间智慧和现代性资源焦灼而又深沉的探索。

小说的主人公隋抱朴是张炜笔下众多"思索者"中最有人格厚

度的一个。多年里，他在古堡般的磨坊里反复思索，反复阅读《天问》、《共产党宣言》和《海道针经》，既拷问着洼狸镇累积的历史的苦难和人性的畸变，也反复质询家族和自我背负的幽暗的原罪，这让他的思考和忏悔都具有着深广的时空涵量。在苦苦的思辨之后，他终于摆脱因袭的历史的重负，解除精神的桎梏，从磨坊里走出，出任粉丝大厂的总经理，担当起重振洼狸镇的使命。

一九八四年，济南，开始创作《古船》。

一九八六年七月，《古船》定稿，同年十月在《当代》第五期发表。

首版《古船》书影，人民文学出版社一九八七年八月版。

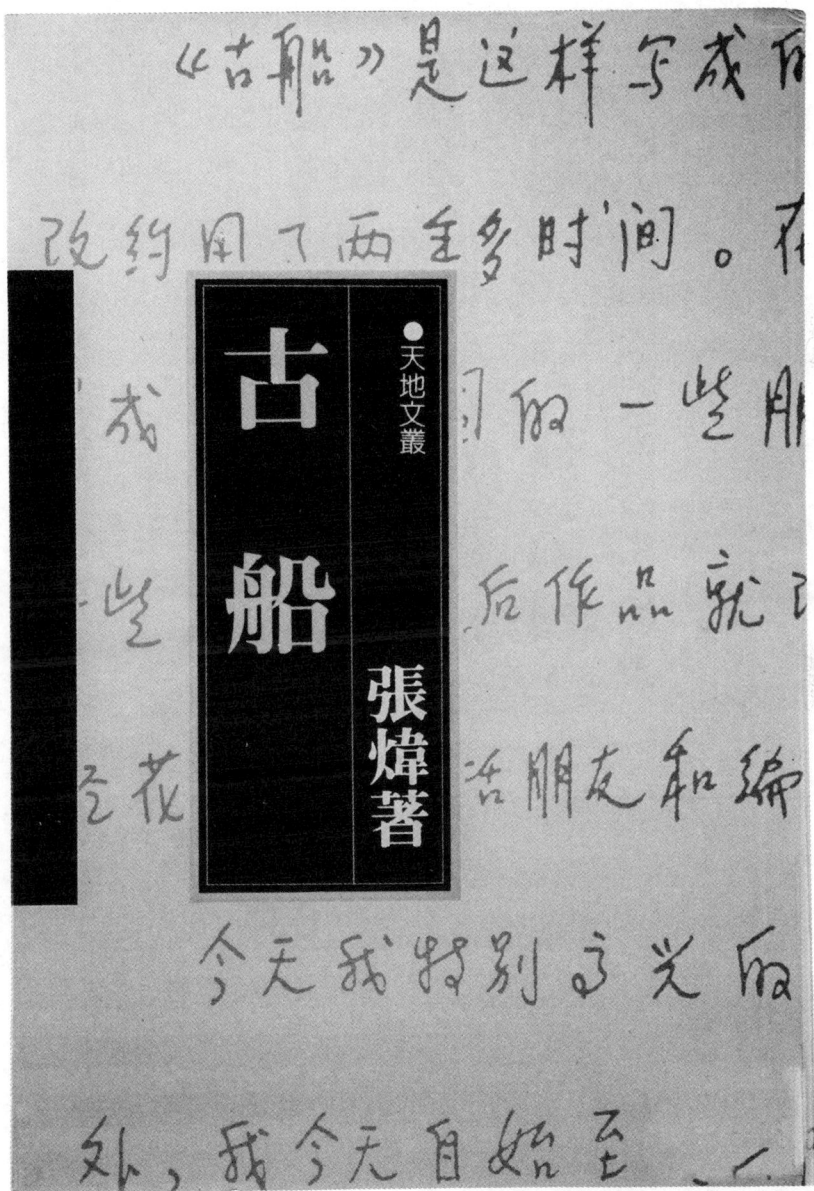

《古船》书影（繁体版），香港天地图书公司一九八九年版。

天地文叢

古船

張煒著

封面手稿文字：《古船》是这样写成的

改约用了两年多时间。在

我

一些

些花

后作品就已

活朋友和编

今天我特别为先后

处，我今天自始至

古船

張煒

「五四」以來，中國最偉大的長篇小說！未看《古船》，怎算得上邂逅文學之美？

《古船》书影（繁体版），台湾风云时代出版公司一九八九年七月版。

14

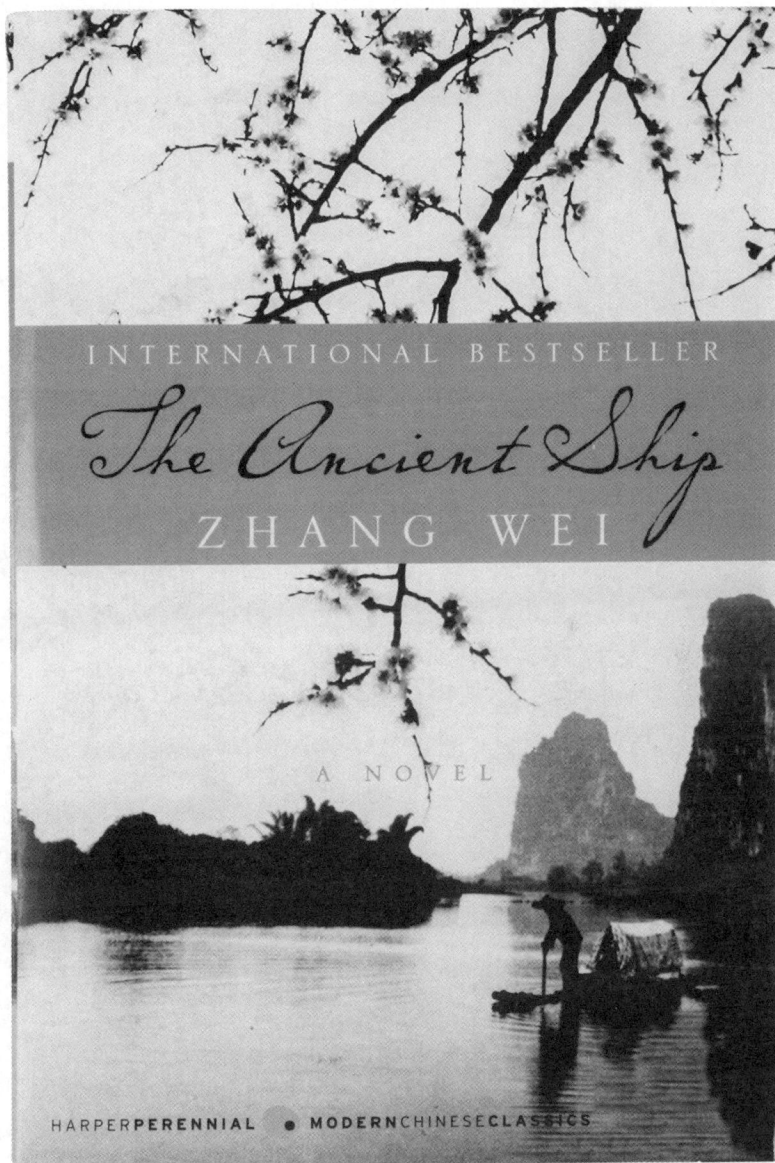

INTERNATIONAL BESTSELLER

The Ancient Ship

ZHANG WEI

A NOVEL

HARPER**PERENNIAL** ● MODERN CHINESE CLASSICS

《古船》书影（英文欧洲版），
Harper Perennial Modern Chinese Classics 出版公司二○○八年版。

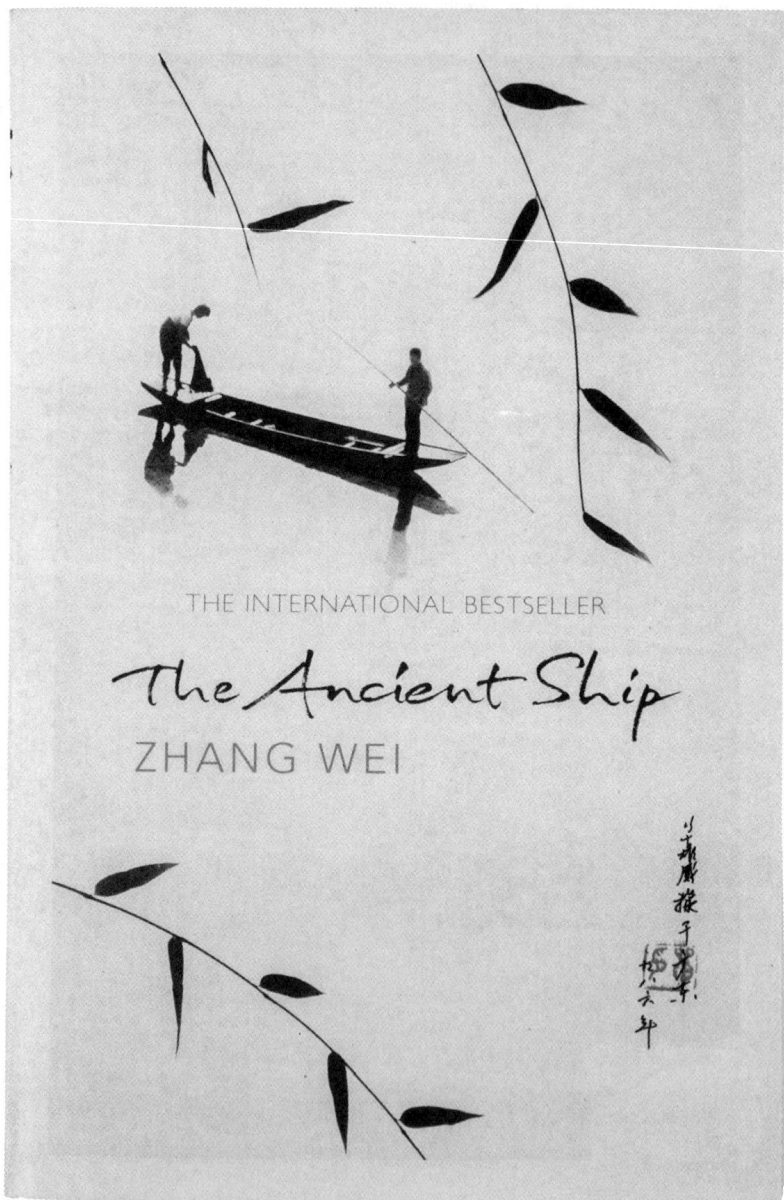

THE INTERNATIONAL BESTSELLER

The Ancient Ship

ZHANG WEI

《古船》书影（英文美洲版），Harper Perennial 出版公司二〇〇九年版。

ZHANG WEI

Det
gamla
fartyget
古船

JINRING
PUBLISHING HOUSE

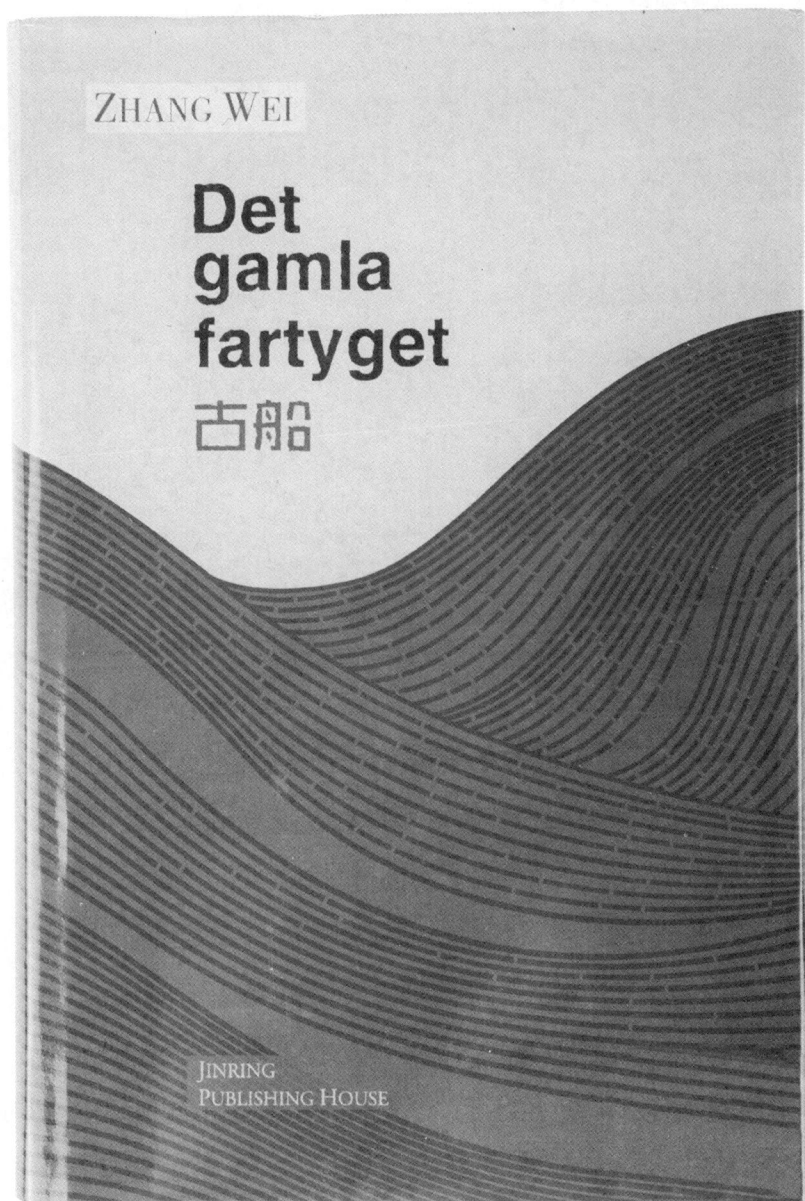

《古船》书影（瑞典文版），瑞典 Jinring Publishing House 出版社二〇一三年版。

《古船》书影（西班牙文版），加拿大 Royal Collins 出版集团二〇一五年版。

各版本的《古船》

各外文版本的《古船》

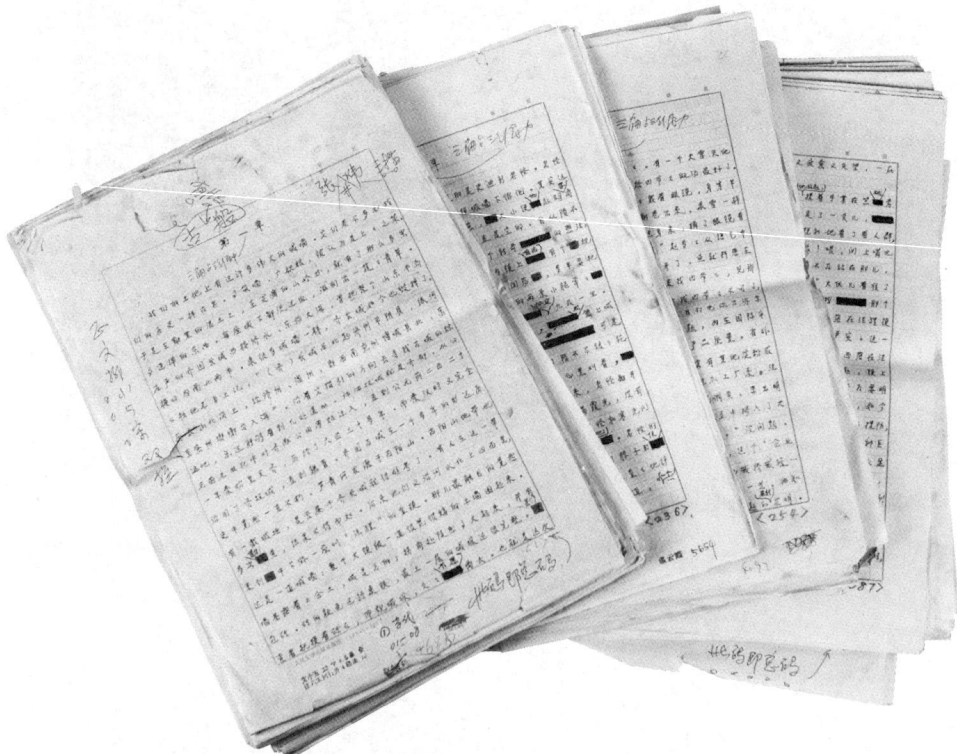

《古船》部分手稿

一九九八年，作者在台湾诚品书店。

目 录

古船　　　　　　　　　　　张炜 著

第一章

我们的土地上有过许多伟大的城墙。它们差不多和我们的历史一样古老。筑墙，广积粮，被认为是上上之策。于是在勤恳的泥土上，在突痛的山岭上，就有了那么多蜿蜒连绵的东西。每座城下都流过血，滋润出一茬茬青草。庄严的齐国长城西接济水、东临大海，曾把整个山东半岛横切为南北两半。像很多城墙一样，齐长城如今也毁掉了。《括地志》上记："（齐）长城西北起济州平阴县，缘河历太山北冈上，经济州、淄州，即西南兖州博城县北，东至密州琅琊台入海"。沿着它指引的方向去寻找古城的踪迹吧，总还能够看到几处遗址。临淄故城都是齐都，从公元前九世纪中叶齐献公由薄姑迁入，直到公元前二百二十一年秦始皇灭齐，历经了六百三十多年。而秦汉时又完全沿用了齐故城，直到魏晋。齐国古城至一千多年的这历史中竟然一直不朽。芦青河发源于古阳山。古阳山地带也有一截城垣，是否属于齐长城就很难考了。有人在这一带多次勘查，结果不得而处。后来他们又沿河水北上四百里，来到□中下游一座叫"洼狸"的圣镇。那儿最醒目的竟然还是一道城墙：整个大镇被一道很宽很矮的土墙围起来。墙基踏着三合土，城是方的；拐角处陡起了大起来，并有包垛。它们颜色已经灰褐，最上一层的城垛还很完整。□查者抚摸着碓石，仰视城垛，久久不愿离去。也就是这次

〈1〉

人民文学出版社稿纸　（24×25＝600）

第一章

我们的土地上有过许多伟大的城墙。它们差不多和我们的历史一样古老。高筑墙，广积粮，被认为是上上之策。于是在黝黑的泥土上，在贫瘠的山岭上，就有了那么多崇高连绵的东西。每座城下都流过血，滋润出一簇簇青草。庄严的齐国长城西接济水，东临大海，曾把整个山东半岛横切为南北两半。像很多城墙一样，齐长城如今也毁掉了。《括地志》上记："（齐）长城西北起济州平阴县，缘河历太山北岗上，经济州、淄州，即西南兖州博城县北，东至密州琊台入海。"沿着它指引的方向去寻找古城的踪迹吧，总还能够看到几处遗址。临淄故城就是齐都，从公元前九世纪中叶齐献公由薄姑迁入，直到公元前二百二十一年秦始皇灭齐，历经了六百三十多年。而秦汉时又完全沿用了齐故城，直到魏晋。齐国古城在一千多年的旷远历史中竟然一直不朽。芦青河发源于古阳山。古阳山地带也有一截城垣，是否属于齐长城就很难考了。有人在这一带多次勘查，结果不得而知。后来他们又沿河水北上四百里，来到中下游一座叫"洼狸"的重镇。那儿最触目的竟然还是一道城墙：整个大镇被一道很宽很矮的土墙围起来。墙基露着三合土，城是方的；拐角处陡然高大起来，并有包砖。砖的颜色已经像铁，最上一层的城垛还很完整。勘查者抚摸着砖石，仰视城垛，久久不愿离去。也就是这次北上，他们发现了一处极为重要的古都遗址：东莱子故城。遗址离洼狸镇很近，那儿有一座高大的"土堆"——仅存的一截夯土城垣。令人哭笑不得的是镇上人已经用它烧了几辈子砖窑。砖窑自然马上被废止，并立起一块石碑，上面刻了金字，说明这个土堆是东莱子国的故城墙，属重点保护文物等等。洼狸镇的损失是显而易见的，但他们却从此知道自己的镇子曾坐落在东莱子国的都城里。事情再明白不过，大家都在"东莱子国"里过生活了。稍微展开一下想象，就依稀可见那在阳光下闪亮的甲胄，听到战马的嘶鸣。不过兴奋之余也多少有些遗憾：似乎古都城墙不该是那个"土堆子"，而活活就该是这镇子的高大城墙。

铁色的砖墙城垛的确也显示了洼狸镇当年的辉煌。芦青河道如今又浅又窄，而过去却是波澜壮阔的。那阶梯形的老河道就记叙了一条大河步步消退的历史。镇子上至今有一个废弃的码头，它隐约证明着桅樯如林的昔日风光。当时这里是来往航船必停的地方，船舶在此养精蓄锐，再开始新的远航。镇上有一处老庙，每年都有盛大的庙会。驶船人漂荡在大海上，也许最爱回想的就是庙会上熙熙攘攘的场景。老河道边上还有一处处陈旧的建筑，散散地矗在那儿，活像一些破败的古堡。在阴郁的天空下，河水缓缓流去，"古堡"沉默着。一眼望去，这些"古堡"在河岸一溜儿排开，愈来愈小，最远处的几乎要看不见了。可是河风渐渐会送来一种声音：呜隆、呜隆……越来越响，越清晰，原来就是从那些"古堡"里发出来的。

它们原来有声音，有生命。但迎着"古堡"走过去，可以见到它们大多都塌了顶，入口也堵塞了。不过总还有一两个、两三个"活着"，如果走进去，就会让人大吃一惊：一个个巨大的石磨在"古堡"中间不慌不忙地转动，耐心地磨着时光。两头老牛拉着巨磨，在没有开端也没有终点的路上缓缓行走。牛蹄踏不到的地方，长满了绿苔。一个老人端坐在一旁的方凳上，看着老磨，一会儿起身往磨眼里倒一木勺浸湿的绿豆。这原来是一处处老磨屋。那呜隆呜隆的声音更像远处滚动的雷鸣。河岸上有多少老磨屋，洼狸镇上就有过多少粉丝作坊。这里曾是粉丝最著名的产地，到了本世纪初，河边已经出现了规模宏大的粉丝工厂，"白龙"牌粉丝驰名世界。宽宽的河面上船帆不绝，半夜里还有号子声、吱扭吱扭的橹桨声。这其中有很多船是为粉丝工厂运送绿豆和煤炭，运走粉丝的。而今的河岸上还剩下几个老磨在转动，镇子上就剩下了几个粉丝作坊。令人不解的是那些破败的老磨屋为什么在漫漫的岁月中一直矗立着？它们在暮色里与残破的城墙遥遥相对，似乎在期待着什么，又似乎在诉说着什么？

由一道城墙围起的这片不算太大、也不算太小的泥土上，一代代生息繁衍了这么多人口。矮矮的小屋，窄窄的巷子，表明了他们生活得多么拥挤。但人口再多再乱，只要从家族、从谱系上去看，就会清楚得多。血缘关系的纽带会把一些人执拗地联结在一起。他们的父亲、爷爷、老爷爷、太爷爷，再到儿子、孙子、曾孙子……图解起来像一串串葡萄。这个镇子主要由三大姓组成：老隋家、老赵家、老李家。老隋家的兴旺是其他两姓远不能比的。人们认为这与一族人的底气有关。在人们的记忆中，老隋家好像就是从粉丝工业上兴旺起来的，最早他们只有一个小小的作坊。到隋恒德这一代，老隋家到了最兴盛的时候。他们在河两岸拥有最大的粉丝工厂，并在南方和东北的几个大城市里开了粉庄和钱庄。他有两个儿子，一个叫隋迎之，一个叫隋不召。兄弟两个先在家里跟一个老先生读书，后来隋迎之又被送到青岛读洋书。隋不召常到码头上闲逛，一直逛到哥哥读书回来。他扬言说总有一天要跟上大船到海上去。开始隋迎之不信，后来终于害怕起来，就告诉了父亲。隋恒德用一片乌木板打了小儿子的掌心，小儿子搓着手，死死盯住父亲。老人最后终于从这眼神上明白过来，知道管教也是枉然，说一声"罢"，也就扔了乌木板。一天深夜刮起了大风，雷声不绝，被惊醒的隋迎之爬起来看了看，弟弟不见了！

隋迎之为弟弟遗憾了多半辈子。父亲过世后，他一个人接过了庞大的家业，生了两个儿子，一个女儿。他也让孩子们读书，也偶尔使用一下乌木板。这时候渐渐到了本世纪三四十年代，老隋家开始走下坡路了。隋迎之的结局很惨。只是在死前那一段，他才忽然羡慕起隋不召来了，但这会儿什么都晚了……隋不召在水上漂荡了半辈子，大哥过世的前几年才回到镇上。他不认得镇子，镇子也不认得他了。他走路晃晃荡荡，把洼狸镇的街道当成船板了吗？喝酒，酒沫子从胡须上流下来，直流到裤腰上。这哪里是老隋家的二少爷，干瘦干瘦，走路时两条小腿不停地交绊，脸色蜡黄，眼珠都是灰的。他一张嘴就胡言乱语，吹得没有边儿，说这些年可见了大世面，驾船到了南洋、西洋，领头的就是郑和大叔。他叹息着："大叔可是个好人哪！"没有人信他的话。他讲海上生生死死的故事，倒有不少年轻人围上听。他说行船得按《海道针经》上来，那是一本航海的古书。年轻人不眨眼地听，他倒哈哈大笑起来，说南海沿那些姑娘好啊……镇上人断定：这个人注定这辈子完了。老隋家也注定完了。

　　隋不召回来这一年该记入镇史。就是这年春天，有一个巨雷竟然打中了老庙。半夜里庙宇烧起来，全镇人出来救火。大火映亮了整个洼狸镇，有什么在火里像炮弹一样炸着，老人们说那是和尚盛经的坛子烧碎了。古柏像是有血脉有生命的东西，在火焰里尖声大叫。乌鸦随着浓烟飞到空中，悬巨钟的木架子轰隆一声倒塌了。除了燃烧的声音，人们还仿佛听到一种低沉的呜呜，忽高忽低，像是巨钟的余音，又像是从遥远的地方吹响的牛角号。令人震惊的是火焰就随了这声响忽高忽低。灼热的气浪把围上近前的人烤得大叫，火舌就像红色的指头一样伸出老长，把试图冲上去救火的人一个一个按倒。他们哼哼着，爬起来就再也不敢上前了。老老少少呆若木鸡，鼻涕挂在嘴巴上。他们以前从来没有见过这样一场大火。天放亮时老庙也正好烧完，接着大雨浇下来。雨水冲刷着灰炭，黑色的水流像浓厚的墨汤一样在街上缓缓流动。全镇人都沉默了，鸡狗鹅鸭也缄口不语。天一黑，大家都赶紧上炕睡觉，要说话也只是互相看一眼。十天之后，有一条远道来的船在芦青河搁浅了。全镇人惊慌地跑到岸边：河心里停了一条三桅大船。河水分明是变得浅窄了，波浪微微地拍打着堤岸，很像是打着告别的手势。大家帮着拽那条大船了。

后来终于又有了第二条、第三条船搁浅。令人恐惧的事情到底还是发生了：河水越来越窄，最后是进不来船了。人们眼瞅着一个大码头在慢慢干废。

整个镇子都变得懒洋洋的。隋不召在街上蹿着，一对小灰眼珠流露出深深的悲哀。隋迎之的头发花了，常常叹气。粉丝工业特别赖水，河水浅下去，就不得不停下几个磨屋。最让他忧虑的还有世事的变迁，一颗心像被什么日夜绞拧着。至于这个从大海上归来的兄弟，也愈来愈令他伤心失望。有一次几个女工抬着一箩湿粉丝去晒粉场上，扔下箩筐就慌张地跑回来，说今天无论如何也晒不得粉丝了。隋迎之搞不明白，亲自到场上看了看。原来是隋不召一丝不挂地仰躺在细细的白沙上，舒服地晒着太阳。

隋迎之的大儿子隋抱朴当时已经长得天真可爱，到处跑动，人们见了都说："老隋家的又一棵旺苗。"隋不召也特别喜欢这个侄子，常常把他扛在肩头上。他们最常去的就是那个干废的码头，望着变窄了的河道讲一些船上的故事。抱朴慢慢长高了，长得挺拔俊逸，隋不召不得不把他从肩上放下来，又去扛小侄子见素。抱朴这时候已经很懂些事情了，父亲悬腕为他书下几个大字：毋意、毋必、毋固、毋我。他希望儿子将其当成座右铭。抱朴恭恭敬敬地收了起来。这一年的春夏秋三个季节无声无息地过去了。冬雪落在闪亮的河冰上，覆盖了河道，覆盖了河岸上那一个个古老的磨屋。雪天里有不少人跑去看老李家的一个和尚打坐。看着老人泛青的头顶，人们不由得就要去回想那座辉煌的庙宇；同时也想起停泊的帆船，　乃之声不绝于耳。老和尚打坐完毕常常就讲起古来，大多数人却觉得像谶语一样费解。

齐魏争夺中原，洼狸人助孙膑一臂之力，齐威王才一飞冲天，一鸣惊人。秦始皇二十八年先到鲁南邹峄山，再到泰山，最后来到洼狸，修船固锚，访蓬莱、方丈、瀛洲三神山。孔子四方传礼唯独不来齐东，野人知礼。圣人尚有遗落未知之礼，派颜回、冉有来夷族求礼。他两人在芦青河上猎鱼，学圣人钓而不纲。有一洼狸镇人听墨子讲经十年，出自他手的飞箭能行十里，而且　然有声。他磨一面铜镜，可以坐观九州。洼狸镇还出有名的僧、道。李安，字通妙，号长生；刘处玄，字长真，号广宁；皆洼狸人。万历年间飞蝗如云，遮天蔽日，人食草、食树、食人。镇上一高僧静坐入定已经三十八天，后经徒弟用铜铃引醒。高僧直奔城头，手搭凉棚道一声"罪过"，满天蝗虫收入袍袖，又被他抖入河底。长毛造反，四村八乡的百姓跑到洼狸城下，危急时城门大开，救了四村八乡……如净琉璃，内现精金，以前妙心，履以成地！

虽然一个字也听不懂，大家还是十分激动。长时间来，全镇忍受着令人难堪的寂寞和无言的痛楚。河水消退了，码头干废了，听惯的行船号子也远远地消逝了。一种说不清的委屈在人们的心底泛起，渐渐化为愤怒。只是在这嗡嗡的讲古声里，有人才醒悟过来：老庙烧了，那口巨钟还在。岁月把雄伟的镇城墙一层层剥蚀，但还有完整的一截，余威犹存。大家似乎觉得：没有了那么多外地人来镇上搅闹，倒可以生活得更福气。儿子会更孝顺，女子会更贞洁。

河水无声地流淌着。窄窄的河道，水面上泛着苍白的颜色。一个个"古堡"似的老磨屋矗在河岸，渐渐有青藤攀上石基。大多数老磨屋沉默了，只有几个巨磨还在一天到晚地转动，发出"呜隆呜隆"的声响。牛蹄踏不到的地方，青苔越来越多了。看磨老人用木勺叩击着黑洞洞的磨眼，发出"哐哐"的声音。老磨缓缓转动，耐心地磨着时光。远处，那段高耸的镇城墙与岸边的老磨屋久久对视，沉默无言。

外面的人似乎把洼狸镇给忘掉了。不知又过了多少年，才有人重新记起她来。当然，外面的人首先记起的还是那一截镇城墙。当时我们的土地上已经发生了翻天覆地的变化，到处都在沸腾。人们完全有信心花上几年的时间，超过英国，赶上美国。外面的人就是在这时记起了镇城墙的，记起它的上面有好多砖。于是，一天清晨涌来一群人扒城取砖了。洼狸镇一下子呆住了，不少人激动得啊啊大叫。但扒城的人群手持一杆红旗，镇上人知道有些来头，就急急差人去喊四爷爷来。四爷爷当年不过三十出头，因为他在老赵门里辈分最高，所以人们也就这么喊。当时不巧他发疟疾，在炕上折腾了一天，实在没有力气爬起来。去的人是隔着窗户纸向四爷爷报告的。四爷爷听了，轻轻哼了一声，吩咐道：

"闲话没有，先去把领头那个人的腿砸断。"

镇上人抄起抓勾、扁担涌出了城门。拆城的人正在兴奋的时候，没想到一眨眼给围困起来。洼狸镇人挥起扁担就打。被打倒的人爬起来嚷："讲不讲理？"举扁担的红着眼睛还一句："鬼孙子，祖宗的城都敢扒，哪还有理！"说着扁担又从空中落下来。拆城的人被迫自卫，纷纷把手里的器具架在头上。有个打头！闷气憋了几十年，好哇，看家伙。洼狸镇人弓下身子，个个都机警地四下瞭着，猛然就平地跃起，挥起扁担，下手恶狠。拆城人慌了。正在这时突然传来凄惨的一声长喊，在场的人都不由得住手去看：原来是那个领头人的腿被打断了；一边正站立着一个镇上人，他嘴唇发青，颊肉微微抖动，头发一根根直立起来……明白了，这是恶手，不是唬人。洼狸镇大清早抖出了几辈子的凶气。拆城人不敢犹豫，抬起断腿的人就逃散了。一截城墙就这样保住；以后的几十年里虽然动乱不止，但仅仅丢失了三块半老砖。

城墙骄傲地屹立着。也许世界上再没有什么力量能够摇撼它，除非是它根植的那片土地本身会抖动起来。老磨呜隆呜隆地转着，耐心地磨着时光。那像古堡一样矗立着的老磨屋，青藤已经从基石攀到了屋顶，又在石墙上织成一面网。又是很多年过去了。令人难以置信的是这片土地真的抖动起来——那是一个凌晨，土地抖动着，把全镇人都从沉睡中摇醒。接着就是沉闷的一声钝响，镇城墙塌下了一个城垛。

全镇人被深深地震撼了，一颗颗心都揪得紧紧的。大家不约而同地去回想老庙烧毁的日子，三桅船搁浅的日子。这次又毁掉了一个城垛，但这次是土地抖动了啊。人们咝咝地吸着凉气，极力去寻找其中的原因。后来人们才惊讶地发现，土地抖动以前是有过先兆的，只是大家都忽略了，以至于落下了永久的遗憾：有人看见无数条花花绿绿的蛇向芦青河岸上爬去；一头大猪一夜劳作，令人吃惊地在栏里掘了一个宽阔的大洞；母鸡在院墙上排起一行，一齐呼叫，一齐行走；刺猬坐在院子当心，像老头一样咳个不停。这就是土地抖动之前动物的异常反应。但镇上人认为令人不安的"先兆"还远远不止这些。半年多来，更深一层的忧虑和惊诧，就在折磨着全镇的人了。那是更深一层的忧虑和惊诧啊。

那时候，一个谣传像蝙蝠一样在镇城墙上飞动。全镇人都慌慌地议论着刚听来的各种消息：又要重新分配土地了；工厂，还有那些粉丝作坊，都要转交到个人手中经营。老天，时光真的像老磨一样又转回去了？没人敢相信会是真的。可是不久报上也印了类似的意思，接上镇子开起了大会，号召分地、把工厂和粉丝作坊转包到个人手里。洼狸镇惊呆了。有好多天，全镇没有一点声息，就像很久以前巨雷劈了老庙时的气氛一样。大人孩子都不说话，吃了晚饭互相盯几眼，赶紧上炕睡觉，连鸡狗鹅鸭也缄口不语。人们只在心里呼叫着："洼狸镇哪，你这个背时倒运的镇哪，你还能走到哪里去啊？"……镇长和街道主任亲自领人丈量土地了，每丈量一块，就告诉大家一声：这叫责任田。后来剩下大大小小的工厂和粉丝作坊了。谁来承包呢？停了十几日，终于有人把那些工厂包下来。最后只剩下粉丝作坊了。再也没有人向它伸手。河岸上那一溜老磨屋神秘地沉默着，凶吉未卜。谁都明白：这些黑黝黝的破败的老磨屋简直就凝聚了洼狸镇的全部精气、全部晦气，活活联结着镇子的荣辱兴衰。谁敢踏进这阴暗潮湿、生满了青苔的"古堡"里，去充当它的主人呢？镇上人从来就把粉丝工业当成一个古怪行当。老磨屋、漏制粉丝的房子，都有难以言说的复杂和神秘。在粉丝生产过程中，水温、酵母、浆液、面糊……任何一个微小的关节出了毛病都会招致全局失败：淀粉突然不沉淀了！粉丝突然断成一截一截！……做粉丝的人把这种情况叫"倒缸"。他们惊呼着："倒缸了！倒缸了！"却常常束手无策。不知有多少老师傅最后背着人跳进了芦青河。有一个师傅被人救起，第二天他又把自己悬在老磨屋的梁上了。就是这样的一个行当。如今该谁当老磨屋的主人呢？老隋家几辈子都做粉丝工业，由老隋家的人出头承包不是更合适一点吗？终于有人鼓动起隋抱朴来了，结果这个四十多岁的红脸汉子连连摇头。他盯着河岸上那一溜磨屋，呜呜哦哦地咕哝着什么，满脸的慌蹙。

就在这个时候，老赵家的赵多多做出了惊人之举：出头承包了粉丝作坊。

整个洼狸镇沸动了。赵多多承包后做的第一件事就是将作坊改称"洼狸粉丝大厂"。人们见了面互相对视，都有些眼花缭乱了。大家好像突然明白过来：粉丝工业如今再不是洼狸镇的，它也不姓隋了，它是老赵家的了！天哪，老磨一天到黑呜隆呜隆转着，它要转到哪里去啊……全镇人常常望着那一溜磨屋发呆，他们觉得世事的变异奇怪得很，这一切的一切一点儿也不比母鸡在院墙上排队行走和刺猬大咳差到哪里去。"日子翻个个了"，镇上人都这么说。

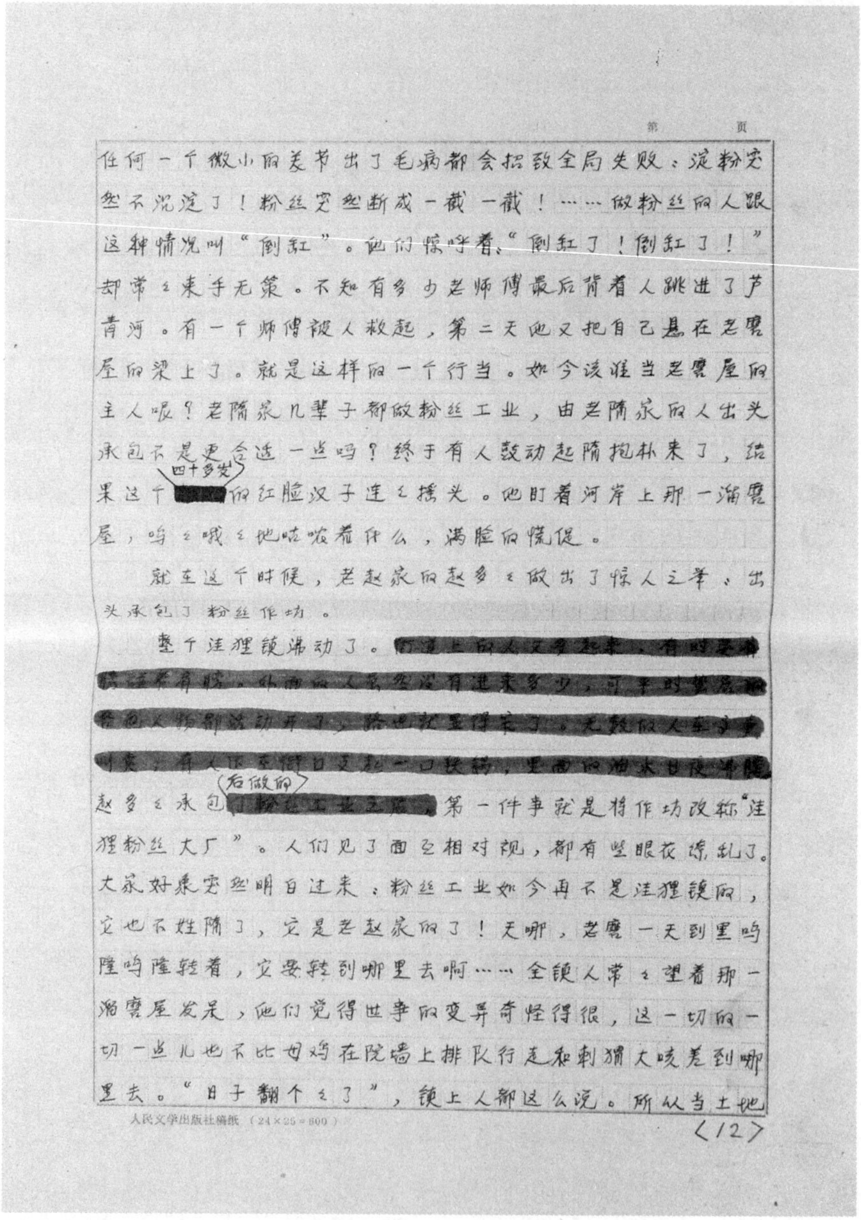

任何一个微小的关节出了毛病都会招致全局失败：淀粉突坐不说这了！粉丝突然断成一截一截！……做粉丝的人跟这种情况叫"倒缸"。他们惊呼着，"倒缸了！倒缸了！"却常来束手无策。不知有多少老师傅最后背着人跳进了芦青河。有一个师傅被人救起，第二天他又把自己甚在老磨屋的梁上了。就是这样的一个行当。如今该谁当老磨屋的主人呢？老隋家几辈子都做粉丝工业，由老隋家的人出头承包不是更合适一点吗？终于有人鼓动起隋抱朴来了，结果这个 ~~四十多岁~~ 的红脸汉子连连摇头。他盯着河岸上那一溜磨屋，嗯嗯哦哦地咕哝着什么，满腔的慌促。

就在这个时候，老赵家的赵多多做出了惊人之举，出头承包了粉丝作坊。

整个洼狸镇沸动了。~~（黑涂抹数行无法辨认）~~

赵多多承包 ~~后做的~~ 第一件事就是将作坊改称"洼狸粉丝大厂"。人们见了面面相对视，都有些眼花缭乱了。大家对来突然明白过来：粉丝工业如今再不是洼狸镇的，它也不姓隋了，它是老赵家的了！天哪，老磨一天到里呜隆呜隆转着，它要转到哪里去啊……全镇人常常望着那一溜磨屋发呆，他们觉得世事的变异奇怪得很，这一切的一切一点儿也不比母鸡在院墙上排队行走和刺猬大咳差到哪里去。"日子翻个儿了"，镇上人都这么说。所以当土地

所以当土地在一天凌晨抖动起来的时候，只有人恐惧，没有人惊讶。

如果说土地抖动另有什么更直接的原因，那大概还要怨田野上那些井架子。多半年来就有一支地质勘探队在镇子四周活动。后来钻探的铁架越移越近，终于令人不安了。镇上只有一个瘦小的隋不召一天到晚跟着井架转，有时还帮着抬那些钻杆，溅一身泥浆。他对来围观的镇上人说："这是探煤矿……"钻杆日夜不停地向下旋转。到了第十天上，镇上终于有人站出来阻止说："行了！""怎么知道行了呢？"司钻的人问。"钻穿天地十八层，要闯大祸！"司钻笑着解释，铁钻仍在旋转。但钻杆旋转到第十五天的凌晨，土地也就抖动起来了。

所有人都飞一般蹿出窗户。由于地皮不稳，很多人都觉得头晕恶心。只有隋不召驾了半辈子船，勉强能够适应这种颠簸和旋转，跑得最快。正跑着，不知哪里发出"轰隆"一声，人们都呆住了。怔了片刻，大家又拼命往一块空场上挤去 —— 那是老庙烧毁后留下的一块空地，已经站着、蹲着好多人了。多半个镇子的人都涌过来了。人人都在瑟瑟发抖，可天气一点也不冷。说话的声音都变了，断断续续又有气无力，连巧嘴滑舌的人也变得口吃。大家问着："什么塌了？"没人说得出，一个一个都在摇头。不少人没有穿好衣服，这会儿醒过神来，撕撕拉拉地往身上套衣服。隋不召光着身子，只在屁股上斜捆了一件小白衬衫。他到处找着老隋家兄妹几个：侄子抱朴和见素，还有侄女含章。后来他在一个草垛子根下见到了他们兄妹三人。抱朴穿的衣服多一点，含章上身只有一副乳罩，下身是一条内裤。她两手护着胸部蹲在靠里边一点，抱朴和只穿一个裤头的见素用身体挡住她。隋不召蹲下来，费力地望着黑影里的含章，问："小章章不打紧吧？"含章"嗯"了一声。见素往含章跟前挪了挪身子，有些厌烦地哼一声："你到别处转转去吧！"

隋不召在场上转着。他发现，差不多都是同一族人凑在一块儿，哪里人密集，哪里就会是一个家族。隋、赵、李分成了三大摊儿，老老少少都挤在一块儿。也没有人召集他们，这完全是地皮的力量。它三抖两抖就把人给拢到他所从属的那个家族里了。隋不召特意走近老赵家那摊看着，他从这些人中没有发现闹闹，觉得是个了不起的遗憾。闹闹可是老赵家的宝贝姑娘，二十岁刚多一点，漂亮劲儿河两岸出名，整天像团火一样在洼狸镇上滚来滚去。老头子咳着，插着人空儿往前走去。有时他竟不知道自己这会儿该归到哪个族里才好。

天越来越亮了。不知有谁喊了一句："咱老城的垛子塌下来了……"人群立刻明白了那一声钝响是什么，这会儿惊骇地大叫，接着向一边涌去。这时有一个年轻人跃上了一个废石基，喊道："站住！"所有人都仰起脖儿望过去，不知又出了什么事。那个青年把右手平伸出来说："乡亲们，不要动。这是地震，一般要连着两次。等等第二次吧！"

人们屏住呼吸听着，徐徐吐出一口气来。

"第二次往往比第一次更重。"年轻人又补充一句。

人群里一片嗡嗡声。隋不召在一旁听得真切，大喊道："信他吧！

这里面有'原理'！"

场上终于安静一些了。再没人活动，大家都在等第二次。不知过了多长时间，老赵家突然有人带着哭腔喊叫起来：

"坏了，四爷爷还没有逃出来！"

人群立刻有些乱。另一个上年纪的人用沙哑的嗓门大骂起来，人们都听出是赵多多的声音："你他妈的穷喊，有鸟用！还不快去把四爷爷背出来……"有人应一声，拨开众人，箭一般向巷子里跑去了。

场上再也没有人说一声话，安静得人心发紧。这样过了一刻，那个人从巷子里拐出来了。他大声宣布道：

"四爷爷呼呼正睡呢！四爷爷说，老少爷儿们都回家吧，没有'第二次'了！"

场上立刻响起一片轻松的吁气声。接上，老人们都在招呼自己的孩子回家了。人群散开了。那个年轻人从石基上下来，左右脚倒换了一下，也慢吞吞地往回走去。

草垛这边，只剩下隋抱朴兄妹三人。见素凝视着远处，骂了一句说："四爷爷成神了，管天管地！"抱朴拾起弟弟放在一边的烟斗，摆弄了一下，又放下了……他粗壮的身躯挺起来，望了望即将隐去的星斗，叹了一口气。他脱下衣服搭在妹妹身上，又停了一会儿，一个人默默地往前走去。

抱朴走到一截断墙的黑影里，发现有个雪白的东西闪了一下。他上前一步，呆呆地站住了 —— 原来是个半裸的姑娘。姑娘也看清了对方是谁，低声儿笑起来。隋抱朴的嗓子热得难受，声音颤颤地叫她："闹闹……"姑娘还是笑着，两条白色的长腿在他面前高高地踏动着，踏了一会儿，就这么跳动着跑开了……

第二章

老隋家的命运也许是 与这些老磨屋连在一起。这个大姓里的人一代 都是做粉丝的。

抱朴、见素和含章 就活动在阳光明媚的晒粉场里、在迷漫着白色水汽的粉丝房里。那些饥饿的车头 粉丝自然 做不成；但老磨只要重新转动起来，老隋家的人 回到了这个行当里。抱朴喜欢清静，就坐在方木凳上 看老磨，见素更爱送粉丝，成天驾着马车奔跑在通往海上码头的沙土路上。含章的工作大约是最让人羡慕的了，她一直在晒粉场上，载着洁白的光芒中，在银色的粉丝 的流动着。如今的粉丝大厂赵多多承包了，第一天就召集了 全厂大会，宣布说："这会儿大厂归我管了，原先的人手留下欢迎，想走的我欢送。留下来的，就得跟我拚上劲儿干！"宣布之后，当场就有几千人辞工不干了。抱朴兄妹三个 ，散会后就回到各自的岗位上去了。离开粉丝大厂的事他们似乎从来也没有想过。好象 就这做粉丝这干行当，到死也不肯离开。

抱朴一个人坐在老磨屋里，每天要做的事情就是按时用木勺往磨眼里扣绿豆。他宽大布结实的后背对着老磨屋的门口，右侧上方则是石屋里惟一的一个小窗户。

第二章

老隋家族的命运也许注定了要与这些老磨屋连在一起。这个大姓里的人一代代差不多都是做粉丝的。像抱朴、见素和含章兄妹三人，刚能做活就活动在阳光明媚的晒粉场里、在弥漫着白色水气的粉丝房里。那些饥饿的年头粉丝自然做不成；但只要老磨重新转动起来，老隋家的人就立刻回到了这个行当里。抱朴喜欢清静，多年来就坐在方木凳上看老磨；见素负责送粉丝，成天驾着马车奔跑在通往海上码头的沙土路上；含章的工作大约是最让人羡慕的了，她一直在晒粉场上，戴着洁白的头巾，在银色的粉丝间活动着。如今的粉丝大厂被赵多多承包了，新任厂长第一天就召集了全厂大会，宣布说："这会儿大厂归我管了，原先的人手谁留下我欢迎；想走的我欢送。留下来的，就得跟我拼上劲儿干！"赵多多宣布之后，当场就有几个人辞工不干了。抱朴兄妹三个像往常一样，散会后就回到各自的岗位上去了。离开粉丝大厂的事他们似乎从来也没有想过。好像他们知道自己就该做粉丝这个行当，到死也不能离开。抱朴一个人坐在老磨屋里，每天要做的事情就是按时用木勺往磨眼里扣绿豆。他宽大而结实的后背对着老磨屋的门口，右侧上方则是石屋里唯一的一个小窗户。从这个小窗户往外望去，可以望见旷阔的河滩，散立着的"古堡"，一片片的柳棵子。更远一点的蓝色天幕下，闪烁着一片银色。那就是晒粉场了。好像那儿的阳光分外灿烂，风特别温柔，笑声和歌声正隐隐约约传过来。在那片洁净的沙土场上，晒粉丝的架子像丛林一样密，姑娘们就在这丛林中串来串去。她们中间就有含章、有闹闹……晒粉场的四周总有一群孩子卧在沙土上，他们只等一个架子上的粉丝撤掉时，抢上去捡拾落在地上的碎粉丝。从小窗户望过去，辨不清人的脸庞，但抱朴想象得出他们的欢乐。

　　每天清晨，太阳还没有出来，晒粉场上就忙碌起来。年老的妇女根据天边的云彩来猜度这一天的风向，然后调整一道道支架。支架的走向必须与风向交成十字，不然湿粉丝被风顺着一吹就会粘成疙瘩。马车辘辘地驶进晒粉场，接着一筐筐湿粉丝抬下来。洁白的、像雪一样纯净的粉丝悬在一行行架子上了，姑娘们赶紧伸手去摆弄它们。整整一天她们都要不停地忙活，用纤巧的手指去拆开纠扯到一起的粉丝，直到它们完全晒干，轻得像柳丝一样在风中徐徐飘动。有人说白龙牌粉丝所以天下无敌，除了因为有芦青河水的滋润，再就要归功于姑娘们的手指了。她们小心地抚摸它们，从上到下，从左到右，像弹一架架竖琴。霞光的颜色留在她们的脸上，却从粉丝上渐渐褪尽。粉丝最终容不得一点别的颜色，它们必须是洁白洁白……姑娘们的身体被阳光照得暖洋洋的，渐渐有谁在轻轻歌唱。歌声高起来，所有人就不吱声地听，直到那个歌唱的人醒过神来，大家又鼓掌又笑。晒粉场上声音最高的就是闹闹了，她高兴干什么就干什么，有时还无缘无故地骂人。被骂的人从来不恼，都知道闹闹就是这样的脾性。她从电影上学会了迪斯科,有时就在沙土上跳开了。这时所有人都停下手里的活儿,喊着:"再来一个呀……"闹闹从来不听别人的话,她不想跳了,就一仰身子躺倒在热乎乎的沙子上,露出了雪白的肌肤。有一次她在沙子上躺下扭动着,说:"成天的,少了点什么似的……"大家笑了。一个上年纪的妇女说:"就少个愣小子搂搂你了!"闹闹从沙土上跃起来,说:"哼,那个愣小子恐怕还没生出来呢!"姑娘们愉快地鼓掌……真畅快呀,大家笑着,回过身子去摆弄粉丝了。

含章总是离开热闹地方远一些做活,有时一整天都说不了几句话。她的身材细高,一双眼睛又黑又大,长长的睫毛不停地闪动着。闹闹常常从好几道架子下边钻过来找含章玩,咕咕囔囔说个不停。含章只是听着。有一次闹闹问:"你说咱俩谁长得好看?"含章看看她笑了。闹闹拍着巴掌:"你一笑多好看!你老是板着脸 —— 你一笑真好看哪!"含章再不吱声,两手飞快地在架子上活动。闹闹谈着一些杂七杂八的事情,还把含章的手握住了,拉到脸前端量着:"你这手长得真好,小指甲鼓鼓的,染成红的就好了。哎,听说了吧?今后染指甲再不用夹指桃,有一种油,抹上指甲就红了……"她说着,耸动着含章的手。当她低下头去,看到含章从衣袖里露出的一截苍白的手臂时,立刻惊讶地松开了。这手臂的皮肤太薄了,像透明似的,看得清一道道筋脉。她又去看含章的脸,见这张脸被太阳晒得有些红,但脖颈、头巾遮住的地方,那颜色都像手臂一样。闹闹不作声了。她瞥了瞥含章,见她正小心地打开两条细粉丝纠成的一个死结。

一种油，抹上指甲就红了……"她说着，摩动着含章的手。当她低下头去，看到含章从衣袖里露出的一截苍白的手臂时，惊讶地松开了。这手臂上的皮肤太薄了，像透明似的，看得清一道道筋脉。她又去看含章的脸，见这张脸被太阳晒得有些红，但脸颊、头巾遮住的地方，那颜色都像手臂一样。闲闲不做声了。她瞥了瞥含章，见他正小心地打开两束细粉丝绞成的一个死结。闲闲左一句说了一句："你们老隋家的人真怪！"说完，就默默地做活了。含章觉得这一天粉丝上的死结特别多，解也解不完。她好不容易把一大束粉丝上的死结都解完了，才轻松地抬头舒了一口气。她发现一旁的闲闲怔怔地望着远处，顺着她的目光去看，这才明白闲闲在望着河岸上的老宅屋。闲闲说，"一个人坐在里面，晚上不害怕吗？"含章问。"你说什么？"闲闲瞥她一眼："你哥大呗！他们说老宅屋里有鬼……"含章的目光从闲闲脸上移开，动手整理着粉丝说："他什么都不怕。他不会怕。"

太阳升起很高了，强烈的阳光使粉丝、沙滩，还有河水，都反出光亮来。晒粉场一边的柳棵下站着蹲着很多娃娃，他们挽着小篮子，眼巴巴地瞅着一片闪亮的粉丝。他们每天都在这儿期待着，只等晒好的粉丝从架子上摘下来，然后就扑过去，伏到滚热的动土上……晒粉的人越来越小气了，收走干粉，还要用一个竹耙子把动土耙一遍，这样遗留在地上的粉丝就很少了。尽管如此，他们还是充满期待守候在一旁。当那个拿竹耙的人把耙子向上扬一扬的时候，

22

闹闹说了一句："你们老隋家的人真怪！"说完，就在一旁默默地做活了。含章觉得这一天粉丝上的死结特别多，解也解不完。她好不容易把一大束粉丝上的死结都解完了，才轻松地抬头舒了一口气。她发现一旁的闹闹怔怔地望着远处，顺着她的目光看去，这才明白闹闹在望着河岸上的老磨屋。闹闹说："一个人坐在里面，晚上不害怕吗？"含章问："你说什么？"闹闹瞥她一眼："你大哥呗！他们说老磨屋里有鬼……"含章的目光从闹闹脸上移开，动手整理着粉丝说："他什么都不怕。他不会怕。"

太阳升起很高了，强烈的阳光使粉丝、沙滩，还有河水，都反出光亮来。晒粉场一边的柳棵下站着蹲着很多娃娃，他们挽着小篮子，眼巴巴地瞅着一片闪亮的粉丝。他们每天都在这儿期待着，只等晒好的粉丝从架子上摘下来，然后就扑过去，伏到滚热的沙土上……晒粉的人越来越小气了，收走干粉，还要用一个竹耙子把沙土耙一遍，这样遗留在地上的粉丝就很少了。尽管如此，他们还是兴奋地守候在一旁。当那个拿竹耙的人把耙子向上扬一扬的时候，大家就欢快地呼叫着冲过去，跪在地上，飞快地往小篮里捡着碎小的粉丝。有的先把篮子抛开，急急地用两臂拢起一个个沙堆，最后再坐到沙堆前细细地翻找。粉丝往往被晒粉的人踩到沙子里了，谁能从沙土里摸出一根半尺长的粉丝，就会高兴得跳起来……太阳走得慢极了，柳棵下的娃娃不耐烦地将篮子扣到头上、再取下，再一次扣上。这些娃娃中最大的才八九岁，他们没事可做，家里人就让他们来捡粉丝，逢了集日，再让他们坐到市上卖掉。大家在柳棵下等待的时候，就互相打听卖了多少钱。这天寡妇小葵领着她的小累累来了，他们也坐在柳棵下。小累累是个长不大的男孩，人们的记忆中他总是那么高。娃娃们嘲笑地看着小累累，故意大声说："咱们当然不会有人家捡得多了……"小葵不吱一声地看着晒粉场，一只手按在小累累的头顶上。小累累眼神木木的，嘴唇有些发乌，老要往妈妈的怀里靠。小葵清楚地看到含章在架子间活动着，看到她利落地摘掉一长溜晒干的粉丝，然后又取起竹耙子。小葵看到竹耙子往上扬了扬，就推了小累累一把说："快跑！"小累累往前跑去，可眼尖腿快的一帮娃娃早已拥到了前头。小葵眼看着一群娃娃拼命往前挤着，到了近前又一齐伏到地上，伸出了无数双小小的巴掌。她从中寻找小累累，可这群孩子太多太乱了，她怎么也看不见。小葵坐在了柳棵下，刚坐了一会儿，就抿一抿头发，往孩子们跟前走去。

含章挥动着竹耙子，故意草草地耙着。她每耙一截，就在地上划一道杠子，任何孩子也不准超越这道杠子捡粉丝。她看到无数双黑黑的小巴掌在沙土里飞快地翻动，每划一次杠子，这些小巴掌都能很快追赶过来。当她抬起头来的时候，发现了在小累累身旁翻动沙土的小葵。不知怎么，含章看到这母子两个，握竹耙子的手就抖了一下。小葵这会儿也看到了含章，站起来拍着手上的沙土，往前走了一步。她扯上小累累的手，有些难堪地望着含章，笑了笑。含章朝他们点点头，又低头做活了。她的竹耙子好像再也握不牢了，抖动着，不断将一绺绺的粉丝遗落在沙土上。捡粉丝的孩子们往前抢着，激动得满脸通红。小累累也终于争挤到前面，他抢到了一绺粉丝，紧紧地握住，好像一辈子也不打算松开。

　　晒好的粉丝装到一个个宽大的布包里，堆在晒粉场上，像一座座小山。一驾驾马车驶进来，赶车人招呼着姑娘们装车。见素的车赶到了最远处的一堆粉丝包跟前，但他并不停车，甩着鞭子，让马车在场上巧妙地绕过架子。马铃儿叮叮响着，见素打着口哨。车子飞快地从姑娘们身后驰过，她们吓得跳开老远。只有闹闹毫不惧怕，她跑到马车前边，伸出两臂比画着说："停下停下。"车子稍慢，闹闹一下子蹿上车去，一边嚷着："赶车跑啊！"鞭子炸响了，车子又往前跑去。最后马车还是停在了晒粉场边角上的粉丝包跟前，他们两人开始往车上扔粉丝了。见素高高的身量，两条腿显得特别长，他与闹闹抬一个粉丝包时，必须使劲弓着腰。他说："你得小心，别让我连包带你一块儿扔上车去。"闹闹哼一声："你吹什么。"见素愉快地撩了一下头发，突然伸开两只长长的手臂，连人带粉丝包一块儿抱紧，"扑通"一声扔进了车厢里。闹闹在车上躺着，欢快地嚷着："哎呀，你真有劲呀！你这个坏蛋，你比武松还有劲……"场子另一边的女人们看见了他们，就拍打起手掌来。一个中年妇女指点着说："他俩玩得多好啊，像小两口似的！"姑娘们高兴得蹦起来。闹闹从车上往四下望着，又站在了车厢高高的挡板上，伸手指着那个中年妇女说："你他妈的懂个什么？"

　　赵多多每天都要到晒粉场上转一转。他走过来的时候，正遇上姑娘们在拍着手掌大笑，立刻就发起火来。姑娘们这才不吱声。赵多多阴沉着脸往见素的马车那儿走去，走到近前，定定地望着两个人。闹闹说："老多多你看什么？我可不怕你。"老多多不出声地笑了，嘴角露出了一颗牙齿。他说："你不怕我，我怕你。我是来通知你，明天调你到粉丝房去干。那边工资高。"闹闹撇撇嘴："到哪儿干我也不怕你！"赵多多看着闹闹。闹闹索性跳下车来，眯着眼睛喘息着。一颗晶莹的小汗珠从她的颈部往下滚落。一阵喧闹从晒粉场的另一边传过来，赵多多转过脸去，看到一群孩子扬着篮子呼叫着追赶挥动竹耙子的含章。他"咦"了一声，抬腿往那边走去了。孩子们小小的巴掌在沙土里翻动着，活动的频率让人吃惊。这些小巴掌一齐插入土中，一齐拱出沙末，几个巴掌在土中纠结到一起，它们中间如果没有夹住粉丝，就迅速地分开了。孩子们的眼睛都盯在胸前的一小片沙土上，其他的一切都视而不见。于是当含章喊叫了一声什么，他们一齐抬头去看的时候，自己的小巴掌早被一只大脚踩住了。这只脚太大，能把成束的小巴掌一齐踩紧。几个孩子顺着脚杆往上望，看清了是赵多多，哇哇地哭喊起来。"你们这些小贼！"赵多多骂着，一只一只篮子去看。小葵在一旁叫了一声："多多叔……"赵多多看也不看她一眼，弯腰去揪小累累的耳朵。小累累大哭着，手一松，篮子掉在了地上。那只大脚抬起来，一些小巴掌飞速抽回去。抬起的大脚往后一甩，"嘭"一声把小累累的篮子踢飞了。细碎如缝衣针般的粉丝撒在了沙土上。娃娃们呆呆地看着，小葵一下子跌坐在了地上。

晒粉场的这一角静得没有一点声音。停了一会儿，含章想帮小累累捡起地上的粉丝，就放下耙子走去。赵多多盯着含章，突然吆喝一声："站住。"含章一动不动地站在了那儿。娃娃们一齐哭起来。远处的姑娘们在帮着赶车人装车，辕上的马不时叫出声来。叮叮当当的铃声里，掺杂着男人斥责牲口的声音。隋见素在远处一直瞟着赵多多，这会儿就走了过来。他站在含章身旁，点燃烟斗抽着，然后一动不动地看着赵多多。赵多多气呼呼地问："你来这里干什么？"隋见素徐徐地吐出一口烟，没有说话。赵多多的嗓门憋粗了，发出了浑浊的一声："唔？"含章在一旁小声叫道："二哥！"隋见素仍不说话。他吸着烟，慢慢把一锅烟吸尽，然后一下一下磕着烟斗……赵多多的目光从见素的脸上移开，四下里望了望，最后迎着一边的那些娃娃喝道："小小年纪，凶什么？惹我火了，把你干掉！"他吆喝完了，就转身向一旁走去。含章扯着见素的衣襟，小声说："二哥！你怎么了，你怎么啦！"隋见素哼了一声，说："没什么。我不过想告诉他，今后对老隋家的人得多少客气一点。"含章没有吭声。她抬起头来，去望河岸上那一个个老磨屋了。暮雾在河滩上浮起来，老磨屋在薄薄的雾气中令人不安地沉默着。

老磨屋沉默着，但仔细些听，它"呜隆呜隆"的声音犹如遥远的雷鸣，撒落在河两岸的旷野里，撒落在秋天的暮色里。老磨缓缓地转动着，耐心地磨着时光。它仿佛越来越让人沉不住气了，也许它早晚会激怒镇子上的年轻人。

老李家的小伙子李知常就一直幻想着能用机器带动老磨转动。他平时不怎么说话，心中充满了幻想。他只把幻想说给隋不召听，一老一少一块儿激动。老人叹息说："这里面有'原理'啊！"李上移开，四下里望了望，最后迎着一边的那些娃々喝道：

"小々年纪，凶什么？惹我火了，把你█干掉！"他呐喊完了，就轻身向一旁走去。含章拉着见素的衣襟，小声说："二哥！你怎么了，你怎么了啊！"隋见素哼了一声，说："没什么。我不过想吓唬他，今后对老隋家的人得多办唬气一点。"含章没有吭声。她抬起头来，去望河岸上那一个々老磨屋了。暮雾在河滩上浮起来，老磨屋在湾々的雾气中沉默着。^{（令人不安地）}

老磨屋<del>████████████</del>沉默^着。^{（但仔细坐听）}"呜隆呜隆"的声音犹如遥远的雷鸣，撒落在河两岸的旷野里，撒落在秋天的暮色里。<del>████████████</del>^{老磨}<del>████████</del>随々他转动着，耐心地望着时光。^{（仿佛）}<del>它</del>越来越让人沉不住气了，<del>██████</del>做梦使子上的年轻人。^{也许它等定早晚会}

老李家的小伙子李知常一直幻想着利用机器带动起磨^就转动。他平时不怎么说话，心中充满了幻想。他只把幻想说给隋不召听，一老一少一块儿激动。老人叹息着："这里面有'原理'啊！"李知常没事了就捧读一些<del>██████</del>数学和物理课本，默々背着上面的一些公式和"原理"——隋不召听了也记不住，但他对"原理"一词十分中意，并有着自己的独到理解。他建议李知常将改造磨屋的计划讲给他质^勘探队的一位姓李的技术员听。李技术员听了，说："可以的。简单的。"三个人就在一块儿设计起来，干得有滋有味儿。一切终于准备停当了，剩下的事情就是制作知常没事了就捧读一些数学和物理课本，默默背着上面的一些公式和"原理"——隋不召听了也记不住，但他对"原理"一词十分中意，并有着自己的独到理解。他建议李知常将改造磨屋的计划讲给地质勘探队的一位姓李的技术员听。李技术员听了，说："可以的。简单的。"三个人就在一块儿设计起来，干得有滋有味儿。一切终于准备停当了，剩下的事情就是制作和安装，三个人在此刻才突然明白过来：这事必须由赵多多同意才行。于是隋不召去跟赵多多说了。赵多多半晌没有吭声，后来说："先把机器安到一个磨屋里吧。这得试试看。"

李知常和隋不召十分兴奋，李技术员的兴致也很高。三个人忙忙活活，短缺什么，就去求助镇上的铁器作坊，把账记在了粉丝大厂上。最后需要的是机器了，赵多多把厂里最破的一台抽水用的柴油机给了他们。这些东西安装在哪个磨屋呢？隋不召最先想到的就是自己侄子的那个。抱朴似乎也很高兴。他喝住牲口，亲手给它解去了套绳，让李知常牵出磨屋。安装开始了。一连多少天热热闹闹，一群人围住了老磨屋。隋不召前后奔忙，一会儿拿黄油拿扳手，一会儿吆喝人们退远些。柴油机终于"嘭嘭"地响起来，它几经变速，带动老磨悠悠地转动，"呜隆呜隆"的声音更大了，好像那遥远的雷鸣越滚越近。磨屋里还架起了一条输送带，及时地、源源不断地把浸烫好的绿豆送进黑黑的磨眼。磨渠里的浆液哗哗流淌，顺着新修的地下通道直流进沉淀池。人们终于明白了：这个老磨屋永远结束了木勺扣绿豆的年代。但磨屋里仍需要一个人看老磨、及时地用木勺去摊平运输带上叠起的绿豆。抱朴仍旧要坐在这个老磨屋里。

他很难再享受到以前的清静了。镇子上不断有人来参观机器磨屋，来了就不愿离去。大家都齐声赞扬，唯有一个叫史迪新的怪老头不以为然。他反对一切新奇怪异的东西，并且跟隋不召有宿怨。对这个人参与做成的事情尤其不能容忍。他看了一会儿，对隆隆转动的机器狠狠吐了一口："呸！"然后扬长而去。粉丝房里的姑娘也常常来，闹闹来了，嘴里吮着糖块，只是笑。她一来机器就不敢像往常一样轰鸣，满屋里只剩下她的呼喊声了。她高兴了什么都骂几句，骂老磨，老磨不会应声；骂别人，被骂的人就笑着看她一眼。她到处跑，东摸西摸，有时还要莫名其妙地跺一下脚。有一次她伸手去摸皮带，被抱朴一个箭步冲上去揽到了怀里，抱到一边，又嫌烫似地往旁一推。闹闹不认识似地看着抱朴，尖尖的嗓门呼叫着："哎呀，哎呀你这个红脸汉子呀……哎呀——"她叫着，一边回头看着，飞快地逃走了。所有人都笑起来。抱朴却像什么事也没有发生似的，默默地坐在方凳上。

人们渐渐来的少了。有一次抱朴一个人坐在那儿，从小小的窗洞上往外望着。他突然看到寡妇小葵和长不大的孩子小累累手提一个篮子，就站在不远处的沙滩上向这边望着。他隐隐约约听见孩子在问母亲："……什么是机器？"——他突然激动起来，扑上小窗洞，嗓门撕裂了一般喊道："孩子，过来看，这就是机器！"……没有回应。

隋见素出车归来的时候常常走进老磨屋，陪哥哥坐一会儿。也许是赶着马车在原野上奔驰惯了，他特别不能理解一个壮年汉子怎么能像一个老人那样默默地坐在这里？哥哥不愿说话，似乎对外面发生的任何新鲜事情都不感兴趣。他只好一个人吸烟，吸一会儿再走出磨屋，算是陪过了哥哥。他望着抱朴宽厚的脊背，觉得就像石块一样沉重。这厚厚的脊背里面装下了什么？他知道那也许永远是个谜了。他与抱朴是异母同父的兄弟，可他自己明白永远也不会理解这个老隋家的长子。见素那天从晒粉场上归来，对哥哥讲了赵多多怎样凶狠地呵斥含章和小葵，可抱朴仍旧沉默着。见素恨恨地说一句："等着看吧。老隋家的人不会老为别人抱一杆 鞭子。"只是在这时候抱朴才瞥了弟弟一眼，自语似地说："我们只能做粉丝这个行当了。"见素冷冷地盯着老磨答道："那可不一定。"……他多想把哥哥推出这个倒霉的磨屋，让这个壮年汉子今生今世也别再跨进来。也许抱朴生下来就注定了要干粉丝工业，可他不该来看老磨。

抱朴做粉丝的手艺全镇第一，这是人们公认的。可是没人记得他跟哪个师傅学过，大家说这真是老隋家自己的行当啊。前几年粉丝坊发生了一次大倒缸，抱朴给人们留下了永难磨灭的印象。那个不祥的早晨，粉丝房飘出了一股奇怪的气味，接着淀粉就漏不出粉丝了；后来粉丝勉强拉成粗细不匀的一段，到了冷水盆里又断成几截；再到后来淀粉干脆就不沉淀了。粉丝坊损失惨重，整个高顶街的人都痛心疾首地呼叫："倒缸了！倒缸了！"第五天上，作坊花重金从河对岸请来一个手艺超群的老师傅。老师傅进了作坊，马上紧张地把嘴巴收成一束。他品了品沉淀缸里的浆液，就慌张地扔下了沉淀缸里的浆液，就慌张地扔下重金逃去。乡顶街书记李玉明是个老实本份的人，似焦火燎，一夜间肿大了双腮。当时抱朴正在，他坐在河边磨屋里扣着木勺，知道倒缸之后，扔下木勺就进了粉丝房。他一个人蹲在角落里吸烟，看着一张张惊恐不安的脸色。他见书记李玉明的腮肿已经上窄下宽，正来手往门框上挂进那面红布条。他忍不住磕了烟斗，站到沉淀缸前，用铁瓢泼出一些浆液。所有人都惊惧地看他。他不言语，只是泼，一个缸一个缸地泼。后来他又蹲到角落里。半夜里，他又重复地泼几次。还有人见他喝了几口浆液。天亮时他大泄不止，手老要捂着腹部，脸色蜡黄。可他仍回到角落里蹲下。这样过了五六天，粉丝房里突然飘出一股芬芳之气。人们到角落里寻找抱朴，他已经不在了。大家动手试着漏割粉丝，发现一切都正常了。抱朴仍坐在老磨跟前。

见素怎么也闹不明白一个人会这么死心眼。有这样的手艺为什么不当技术员？那样月薪会成倍增加，而且又体面轻松！抱朴总是摇头。他喜欢清静。见素怀疑这是真的。

第二天

跟哥哥讲了晒粉场上的事情之后，见素又赶车踏上了通往海码头的砂土路。车子颠簸着，他怀抱着长鞭，又想起了"不会为别人抱一杆鞭子"的话来，心中无比苦涩。他用力地抽打辕马。来去花掉了四五天的时间，当他赶车归来，远远地望见河岸上那一溜儿"古堡"、望见耸立的老城墙垛子时，心里就一阵阵激动。他停下车，第一件事就是去看大哥。但他离开栈屋老运，就听到

32

重金逃去。高顶街书记李玉明是个老实本分的人，心焦火燎，一夜间肿大了双腮。当时抱朴正木木地坐在河边磨屋里扣着木勺，知道倒缸之后，扔下木勺就进了粉丝房。他一个人蹲在角落里吸烟，看着一张张惊恐不安的脸色。他见书记李玉明的脸已经上窄下宽，正亲手往门框上拴避邪的红布条。他忍不住磕了烟斗，站到沉淀缸前，用铁瓢泼出一些浆液。所有人都愣愣地看他。他不言语，只是泼，一个缸一个缸地泼。后来他又蹲到角落里。半夜里，他又重复地泼几次。还有人见他喝了几口浆液。天亮时他大泄不止，手老要捂着腹部，脸色蜡黄。可他仍回到角落里蹲下。这样过了五六天，粉丝房里突然飘出一股芬芳之气。人们再到角落里寻找抱朴，他已经不在了。大家动手试着潜心制粉丝，发现一切又都正常了。抱朴仍坐在老磨跟前。

见素怎么也闹不明白一个人会这么死心眼。有这样的手艺为什么不当技术员？那样月薪会成倍增加，而且又体面轻松！抱朴总是摇头。他喜欢清静。见素怀疑这不是真的。

跟哥哥讲了晒粉场上的事情之后，见素第二天又赶车踏上了通往海码头的沙土路。车子颠簸着，他怀抱着长鞭，又想起了"不会老为别人抱一杆鞭子"的话来，心中无比苦涩。他用力地抽打辕马。来去花掉了四五天的时间，当他赶车归来，远远地望见河岸上那一溜儿"古堡"、望见耸立的老城墙垛子时，心里就一阵阵激动。他停下车，第一件事就是去看大哥。但他离开磨屋老远，就听到了隆隆的机器声；进了门，他看见那些变速轮和输送皮带，一下子呆住了。

他的胸口有些发紧，声音颤颤地问了一句："这是谁搞的？"抱朴告诉是李知常和叔父他们。见素骂了一句，一声不吭地蹲在了地上。

见素一连好多天没有走近老磨屋一步。他不愿看到那令人眼花缭乱的变速轮。他估计再有不久，所有的磨屋，还有粉丝房，都会全部机械化了。他们这一回可真帮了老赵家大忙了……他在落满霞光的河滩上徜徉。他只是远远地躲着那些磨屋。暮雾里，远远地飘来一阵阵笛音——这是光棍汉跛四吹响的，他的笛音总是这么尖尖的，一跳一跳的。见素在沙滩上久久伫立。他望着浅浅的河水，想着在李知常身边奔忙的叔父，差点骂出声音来。他急躁地扳着手指，手指骨节发出了"咔咔"的响声。

他从河滩上急急地走下来，直向着叔父的屋子走去。

叔父的住处离开侄子和侄女的院落还有一段路。那是一栋厢房，他由海上回来后就一直住在这里。见素走到叔父的厢房近前，发现屋里没有点灯。门大敞着，见素在门口迟疑了一会儿。他闻到了一股酒气，听到了碗碰桌子的声音，知道叔父正在屋里。这会儿屋里的隋不召问了一句："是素儿吗？""是素儿！"见素应一声，跨了进去。隋不召哼哼着，盘腿坐在炕上，摸黑用碗舀酒。"黑影里喝酒好啊。"叔父咕哝一句，咕噜灌进一口酒。他让见素也喝一点，见素喝了。老头子喝一口用手抹一下嘴巴，喝酒的声音很响。见素喝酒没有一点声音。这是两辈人的区别。隋不召在船上吃过生鱼，用烧酒把泛上来的腥气再浇进肚里。而见素平时滴酒不沾。他们这样喝着，直喝了半个时辰。一股委屈和怨恨，像火焰一样燎着见素的胸口。正这时隋不召的酒碗掉在地下跌碎了。清脆的响声使见素出了一头虚汗。隋不召咕哝说:"……素儿,你听见跛四吹笛子吗?你一准听见。就是这该死的笛子搅得我一夜一夜睡不着。我这几天夜里在小巷子转着,转到多半夜。我老想死。你不知道,不知道!"隋不召把手捏在侄子的肩膀上,用力地推揉着。见素深深地吃了一惊。他不知叔父到底遇到了什么?隋不召两手搓打着膝盖,突然把嘴巴对在见素耳朵上喊道:

"老隋家,死人了!"

见素愣愣地盯住叔父。尽管是黑影里,他也看得见有两行发亮的泪水从老头子脸上流下来。他问:"谁?""隋大虎。听人说死在前线了,这许是真的……洼狸镇上就我一个人知道。"老头子像是在用鼻子说话,嗡嗡地响。隋大虎是见素出了五服的一个弟弟,但毕竟也是老隋家的一个人哪。他的心里一阵沉重。老头子又说:"好好的一条汉子。去年他走的时候我去喝过酒,才十八岁,嘴唇上没有一根胡子。"……跛四的笛子又传过来。笛音尖尖,吹笛子的人舌头冻成了冰坨。在这笛音里,见素恍恍惚惚又看到了大虎兄弟的身影。完了,大虎再也回不到洼狸镇上了。见素听着冰凉的笛音,好像猛然间醒悟到:我们都是这座镇子上的光棍汉。跛四尖尖的笛音是为光棍汉们唱出的歌。

隋不召喝得大醉,从炕上跌了下去。见素去抱他,才发觉他只穿了个小短裤,通体冰凉。他把老人抱起来,就像抱了一个不懂事的娃娃。

这场酒醉得好厉害。隋不召三天之后才醒过来。他胡言乱语,两腿在地上交绊着，不住地跌跤，爬起来就伏到窗户上看。他说有一条大船已经靠码头了，郑和大叔亲自掌舵，他还待在洼狸镇上干什么。见素和抱朴守着他，含章一天三次为他做饭。抱朴为他打扫卫生，抹去窗上的蛛网。叔父却阻止侄子说："你扫什么？这个窝我不要了。我一会儿就得上船。你也走，跟我下老洋去。你愿意死在没有出息的镇上么？"抱朴怎么劝解也不行。他告诉叔父是病了，叔父的小灰眼珠却惊讶地瞪圆了，嚷着："我病了？是洼狸镇病了？你闻闻它的臭味儿。闻见了么？"说着他就蹙起鼻子。他还跟侄子讲：海水论"更"，一更就是六十里。有他妈的那么几个贱种，硬说一更合三十里。试试水深浅那叫"打水"，用一根绳子拴上铅锤，铅锤上涂了蜡油或牛油。这东西叫"掏"……抱朴守着叔父，让见素去请老中医郭运。见素走了，一会儿郭运就来了。

郭运号过脉，说服药后三日当愈。说着开下药方。他开药方时，含章一直伏在桌边看着。郭运起身要走，一转脸看到了含章，立刻止住了脚步。含章细眉如描画的一般，黑细黑细；眉下的双目也黑亮灼人，可是目光冷峻；脸色苍白，脖颈如蜡似雪，近乎透明。老中医手捋白须，神色惊愕，马上又坐在了刚才坐过的凳子上，要为含章把脉。含章冷冷地谢绝了。

老中医说："你有病无疑。"又转脸对抱朴说："造化之机，不可无生，也不可无制。无生则发育无由，无制则亢而为害！"抱朴不知根底，但极力规劝妹妹。含章再一次冷冷地谢绝。郭运长长叹息一声，出门去了。大家久久地看着老中医的背影。

第 三 章

在一千██平平市的早晨██ 隋见素(终于)辞掉了粉丝大厂的工作。很多人都██████ 对老隋家的人██ 离开这个行当██ 隋见素 ██轻松。他也说不清为什么要辞掉那件事，只是██ 成██一个声音在他说着："辞掉吧！辞掉██" 这样做了██又不知道今后该干些什么。街巷上██么██间报？到处都是喊喝声。见素██到处在，██ ██████上没有██ 他到工商部门去申请，又多次找到镇衔书记李玉明和主任朱音记████ 从小摊████ 一个月之后，他又寻了一间临街的闹房，准备████ 去 开一个肉店。隋见素████ 之██开始怎样 他几次到老磨屋里请哥哥跟他一起干，██抱朴总是摇头。见素说："保的字好，那就给██店写个牌额吧。"

老磨隆隆地转动。抱朴取起见素事先的笔，大声问："什么店名？"见素一字一顿地说："'洼狸██大██商店'。"抱朴在方木凳上伸展着纸，手总是抖个不停。他去蘸墨，手抖得更厉害了。

牌额(终于)██没有写成。见素不得不去求了镇小学的校长腓足。校长五十多岁，镇肉出奇地松弛。写牌额时，他不用泡紫墨汁，而让见素在一千半尺长的老观台上研墨。

〈34〉

第三章

隋见素终于辞掉了粉丝大厂的工作。很多人都对老隋家的一个人离开了这个行当感到惊讶。隋见素却无比轻松。他到工商部门去申请，又多次找高顶街书记李玉明和主任栾春记，终于在大街上设了个烟酒小摊。一个月之后，他又寻了一间临街的闲房，准备开一个商店。他几次到老磨屋里请哥哥跟他一起干，抱朴总是摇头。见素沮丧地说："你的字好，那就给店写个匾额吧。"

老磨隆隆地转动。抱朴取起见素拿来的笔，大声问："什么店名？"见素一字一顿地说："'洼狸大商店'。"抱朴在方木凳上伸展着纸，手突然抖个不停。他去蘸墨，手抖得更厉害了。

匾额终于没有写成。见素不得不去求了镇小学的校长长脖吴。校长五十多岁，颈肉出奇地松弛。写匾额时，他不用瓶装墨汁，而让见素在一个半尺长的老砚台上研墨。见素整整研磨了一个钟点。长脖吴取出一杆秃头大笔，蘸饱了墨就在崭新的红纸上揉动起来。见素看到他瘦瘦的手腕上突然就凸起三道青筋，当青筋慢慢消下去的时候，"洼狸大商店"五个大字已成。其中有三个字与所有人的写法都不同。看着这几个字，不知怎么老让人想起生了锈的铁器。匾额悬到门上，身材颀长、面孔白皙的隋见素斜倚在门框上，看上去这个店多少有些怪异。开张的前一个星期只卖出三瓶香油、一盒香烟。隋不召第一个走进侄子的店里当顾客了，他四下里看着，临走时建议店里要卖零酒及下酒用的咸菜，墙壁上还要用油漆画个大酒坛。见素一一采纳，并且能够举一反三，在门侧外墙上贴了电影女演员的画。洼狸镇上的老人都在庙会上蹲着喝过零酒，酒坛勾起了他们一片怀旧之情。这样店里先多了老头子，接上又有了年轻人涌进来。一个店开始热闹起来了。

大商店的买卖刚刚开始兴隆，一个叫张王氏的老女人哼哼着跨进店来。她要求店里出售她的手工产品。

张王氏的产品无非就是野糖、泥老虎和小铁哨子之类。她经营这些已经几十年了，前些年风声再紧，她也能使产品脱手。她还明里暗里给人算命看相，挣些零钱。她如今六十多岁了，不停地吸烟，嘴角瘪着，样子十分苍老。她的脖颈像胳膊那么细，下巴尖尖地向里弯去，满面灰尘。腰弓了，腿也发抖，不说话也要哼哼。可她做手工的技艺已经到了炉火纯青、出神入化的地步了，比如捏泥老虎，她能把它们捏得像自己一样瘪着嘴角，看上去一个个老气横秋，心慈面软。泥老虎越做越大了，最大的有枕头那么大，要两个孩子合伙才能玩得起来。她提出将泥老虎之类摆在"洼狸大商店"的柜台上出售，她可以缴代售费。

见素笑嘻嘻地盯着她颈上的灰，并不认真跟她讲话。她自己取了货架上的香烟抽个不停，眼神尖尖地盯住见素的脸。三十五六岁的小伙子，头发油黑，脸上有几点粉刺。这副长脸漂亮，眼神看上去机敏警觉，又透着油气。不用说这是个姑娘们喜欢的角色。他到现在还没有结婚，那是受了家庭的影响，那年头没有谁敢嫁给老隋家的这两个人：他和抱朴。抱朴早年跟老隋家一个打杂的小丫头结了婚，小丫头不久害痨病死了，抱朴也就打起光棍来。张王氏知道见素可不像他哥哥那么老实。她看着他，嘿嘿笑着，露出一口乌黑的短牙齿。见素的脸有些红，用手推了她一把，让她有话快说，还说她是个丑老婆子。张王氏从衣兜里掏出几个泥老虎放到柜台上，见素觉得那虎的脸跟她的脸可真是一模一样。他笑了。张王氏用手抚摸着他的胳膊、硬实实的胸脯，夸奖说："真是个壮实孩子。"见素老在笑。张王氏拍了一下他的屁股，虎起脸说："好生跟你老奶奶说话！"见素"嗯"了一声，不敢笑了。他们盘算起手工产品的本利来，直到点灯时分还在盘算。张王氏离开的时候，他们已经谈妥了。

这以后张王氏每天都要到店里来，在柜台上一个一个摆弄她的泥老虎。生意越来越好，不知多少老太太来给家里的娃娃买泥老虎玩。如果是娃娃们自己来，张王氏就教他们新的玩法：让一群小泥虎攻击大泥虎，头颅相撞。不过几下子小泥虎的头就破了。娃娃们问怎么办？"让你家奶奶买新的。"张王氏说。买卖渐渐白天做不尽，夜里还要点上油灯，有一天快半夜了，还有一群老头子围坐在酒坛边，手捏一块咸菜喝酒。见素常常伏在柜台上睡过去，张王氏就吸足了一口烟，对准他红润的嘴唇吹一下。见素觉得张王氏真是一个好帮手，商店的兴隆也有她一份功绩。张王氏说："有老虎保佑我们呢。"见素听了，怀疑地盯着那一溜儿缩着嘴角的泥老虎。张王氏加上一句："虎是山神。"他们没事了就天南地北地闲扯，张王氏常常说到隋不召。她一说到这里就笑，露出黑黑的牙根。她说："老东西瘦成一把骨头了，还坏。早些年多少水光溜滑的大姑娘乐得凑付这把骨头。我也凑付过。老东西从根就没胖过，不过从根就是把好手。"有一次她还问道："你知道他怎么和史迪新老怪结成了仇人吗？"见素盯着她，好奇地摇着头。张王氏从货架上摸了一支烟点上，说起来。

　　"说到底也就是为那么一点点东西。那几年洼狸镇比现在还热闹，你没经过。太热闹的地方男人没有一个老实的，你记住我这句话。他们不老实，有点力气都使到女人身上了，干正经事倒有气无力。你叔父他们连一个三十斤的粉坨子也扛不上，小腿绊呀绊呀，噗嗤一声就把粉坨摔成一堆雪。大伙儿那个笑。那些跑船的人一上了码头，就跟狼狗差不多，眼睛都是红的。他们个个样子吓人，真和他们好起来倒也没什么。你叔父对付人的法儿，有不少就是从跑船的那儿学来的。老隋家就出了这么一个不学正经的人。不过他也真是为咱镇上人做了点好事情。怎么说呢？他从船上弄来一块黑溜溜的脏东西，又香又臭，听说是麝香又加进了什么别的东西。谁家姑娘肚子胖起来，你叔父就把那块东西攥在掌心里，对在她的鼻子上。就这么几下子，姑娘家呕泄几次，也就和原来一样了。你说这有多么省心。后来就活该让史迪新知道了，你不知道他有多么假正经，找到你叔父就拼命。你叔父往码头上跑，他就在身后穷追。他就跑，他就穷追。"张王氏又点了一支烟。她的烟从鼻孔缓缓地流出来，说道："他穷追，要不也追不上。不过也是天意，你叔父眼看就要跑到码头上了，不巧两只小腿就交绊了一下。他跌倒了，史迪新老怪就顺手拎起小腿，倒提着一拧。你叔父用沙子扬他，他又是一拧。那时候河滩上的碎石块比现在多，你叔父头皮在上面转动，一会儿就流出血来。他不停地骂，史迪新倒不吱一声。最后还是史迪新用一块石头把你叔父的拳头砸开，才把那块东西抢到手。接下去厮打得更凶，两人身上都是血。史迪新料定了洼狸镇早早晚晚要毁在这块黑溜溜的东西上；可是年轻人看着它亲哪。你想这场厮打还能不凶！打到后来，史迪新力气尽了，一扬手把那个东西扔进河里去了。厮打立刻停了。他俩满脸是血，面对面地瞅着……"

张王氏讲完了，见素久久地沉默着。几十年前的那场厮打令他神往。他想如果当时他也在场的话，那么被扔进河里的只能是史迪新自己。

粉丝大厂里的工人常在空闲时间跑进店里，老头子喝零酒，年轻人吃野糖。野糖在嘴里含一会儿，揪住糖棒一拉可以拉出一条长长的细线，有不少姑娘小伙子就为了这长长的细线而来。他们一边吃一边拉，嘻嘻地笑。姑娘吃糖时，见素就乘机揪住糖棒，拉出长线来在她脖子上绕。有一次闹闹来了，穿了白围裙工作服，露着两条白红的胳膊。她一进来就显得十分兴奋，学着"迪斯科"动作，伸手握拳，"啊、啊"地先左右来那么两下子。见素直眼瞅着他，手里紧紧握着刚收到的两毛钱。当闹闹吃起野糖时，见素就走过去。

了儿辈子的方凳上。老多々走出磨屋就骂起来，说早晚把这个木关人一枪干掉。成了木关人了，为什么不把他干掉？土改从后的几十年里，老多々一直是三硬街的民兵关儿，可干掉了一些人。他觉得现在老隋家的这个人最好还是干掉。不过他老了，也没有了枪。回到大厂里，人们老问多々为什么没有请出抱朴来？老多々脸色铁青地哼一句："这个人在老磨屋里生木了。"他坐卧不安，在屋里走来走去。最后他想起了老隋家的另一个人来，于是就到"洼狸大商店"去了。他请见素担任技术员。见素说他不行。老多々笑了："老隋家的人做这行没有不行的。我给你最高工瓷，你先干着。倒缸自有人扶。"见素心里冷笑起来，他知道老多々仍旧在打莳々的主意。他的心里活动着，张王氏在一边劝起他来，说那个差事好极了，到底有多么好你得干上才知道。见素反问："我的店怎么办？"张王氏抖着颈上的黑肉，象个鹑华一样盯住他说："店还是你的！我来照看。我哪天不帮你张罗生意？"见素不做声了。他从商店的门口往处望着天色，微々笑了。

见素回到了粉丝大厂。张王氏全面接管了"洼狸大商店"。她每天定时在柜台后面坐上两个钟关，啟成的买卖都与从前相同。她还像々往酒坛里放了梳子皮，也多少添一点冷水。余下的时间都她精心安排，除了做里泵里家事，天泵々晃时还要放下一切去为四爷々捏背。一切她都辨応付自如，唯有捏背近来使她恍心。四爷々再有两年就六十岁了，无此健壮，虎气生々。可是他竟肥胖起闹闹一双黑亮的眸子频频转动，看着货架上的东西，野糖棒棒在嘴里悠悠旋动。见素刚要抬手去揪糖棒，闹闹举起一根食指，利落而准确地点了一下他的胸脯。见素一个趔趄，觉得她刚才正巧点在了一个穴位上，有些麻胀。他坐下来，冷冷地望着闹闹这团火在柜台近前滚来滚去，最后又滚动着出了门。他长长地吸进一口气。

老多多的粉丝大厂开张以来第一次发生了"倒缸"。

这一次足足折腾了五天，虽然比几年前的那一次损失小多了，可也让赵多多惊慌失措。他三番五次地进老磨屋，求隋抱朴出任大厂的技术员。抱朴都拒绝了。他一下一下用木勺摊着湿胀的绿豆，摊完之后，又坐在那只看磨人坐了几辈子的方凳上。老多多走出磨屋就骂起来，说早晚把这个木头人一枪干掉。成了木头人了，为什么不把他干掉？土改以后的几十年里，老多多一直是高顶街的民兵头儿，可干掉了一些人。他觉得现在老隋家的这个人最好还是干掉。不过他老了，也没有了枪。回到大厂里，人们老问多多为什么没有请出抱朴来？老多多脸色铁青地哼一句："这个人在老磨屋里坐木了。"他从此坐卧不安，老在屋里走来走去。最后他想起了老隋家的另一个人来，于是就到"洼狸大商店"去了。他开门见山，请见素担任技术员。见素说他不行。老多多笑了："老隋家的人做这个行当没有不行的。我给你最高工资，你先干着。倒缸自有人扶。"见素心里冷笑起来，他知道赵多多仍旧在打哥哥的主意。他的心里正活动着，张王氏在一边劝起他来，说那个差事好极了，到底有多么好你得干上才知道。见素反问："我的店怎么办？"张王氏抖着颈上的黑肉，像个鹰隼一样盯住他说："店还是你的！我来照看。我哪天不替你张罗生意？"见素不作声了。他从商店的门口往外望着天色，微微笑了。

见素重新回到了粉丝大厂。张王氏全面接管了"洼狸大商店"。她每天定时在柜台后面坐上两个钟头，做成的买卖却与以前相同。她还偷偷往酒坛里放了橘子皮，也多少添一点冷水。余下的时间被她精心安排，除了做些家里杂事，天蒙蒙亮时还要放下一切去为四爷爷捏背。一切她都能应付自如，唯有捏背近来使她忧心。四爷爷再有两年就六十岁了，无比健壮，虎气生生。可是他毕竟肥胖起来，背肉越来越厚。捏背的人就怕背厚。张王氏为四爷爷捏了几十年背，这双捏泥老虎的手掌指法灵活，曾经给了四爷爷无限欢乐。可是她近来渐渐觉得有些力不从心了。含章是四爷爷的干女儿，张王氏常常在四爷爷屋里遇见她。有一次张王氏一边捏背，一边说今后该让含章捏背了。当时四爷爷卧在炕上，光光的上身蒙了一块白布。他听了，胖胖的身子烦躁地扭动一下，鼻子里发出"唔"的一声。张王氏从此再不敢提让含章捏背的事了。她每天从四爷爷屋里出来，又圆又红的太阳也正好升起。她直奔店里，站在柜台后面还稍微有些喘息。

见素不怎么回他的店，觉得大厂到底比那个店有意思。他只是每隔一个月到店里结一次账。大厂仍旧如同作坊，只不过是名称换了而已。但原来的不少人不愿替多多做活，也就离开了，新添的人中女工居多。粉丝工厂必须连续作业，人要分成两拨子。入了深夜，温吞吞的热气老让人打瞌睡。看着姑娘们在浆子缸边、在冷水盆下迷迷糊糊地东倒西歪，真让人亲哪。见素身为技术指导员，上班不需守时，高兴了随时可以进粉丝屋子巡视一番。他夜间来的时候，上身只穿一件浅紫色的秋衣，下身是挺直的青裤。长筒胶靴锃亮闪光，裤脚就掖在里面。他的头发那么浓黑，脸也就显得更白了。他一个一个端量着姑娘们的睡相，嘴角挂着一丝揶揄。这样看一会儿，他的脸就更加苍白，目光却如炬火一般明亮。奇怪的是他这样站立不久，姑娘们也就一个一个醒来了，向他打着哈欠。一个叫大喜的胖姑娘见了他就咳嗽，直咳得脸色赤红才算罢休。大喜做活总不利索，她洗粉丝，常有一团团青白的粉丝落在冷水盆跟前。她咳着，见素走过去狠狠地踢了那团粉丝一脚。她立刻不咳了，可是又打起嗝来，两眼直盯盯地瞅着见素。见素大步从她面前跨过去，崭新的长筒胶靴发出"阔阔"的声音。姑娘们打过哈欠就懒洋洋地做起来，一下一下晃动着筛粉渣的罗子，雪白的围裙在变浓了的雾气中飘动着。粉丝房里特有的芬芳飞快地漾开来，很像是胭脂的香味儿。一个底上钻了无数洞眼的铁瓢就悬在高处，里面盛满了稀溜溜的淀粉糊糊，有人用手在上面拍打，无数条银色的粉线就漏下来。粉线跌入热气腾腾的锅里，立刻变为晶莹透亮的粉丝了。坐在高处拍打铁瓢的是一个黑汉，他刚刚醒来，呐喊一声就摇头晃脑地打起来。整个粉丝房里都是一种节奏分明的声音："砰砰砰、砰砰砰！"见素坐在一个木凳上吸起了烟，眼睛在一绺黑发下闪动着。他不吭一声。这样坐了半个多钟头，他突然站起来，踏踏踏地走出了屋子，头也没有回一下。这个挺拔的身影从做活的姑娘们身边一闪而过。

　　见素一口气跑上了粉丝房外那个晒粉坨用的高高水泥平台，不停地喘息。他仰脸看天上湿漉漉的星星，又静静地倾听芦青河夜间流淌的声音。老磨还在呜隆隆地转，这使他转过脸去，看河边上那一溜儿灯火昏暗的小窗户。抱朴此刻就坐在方木凳上，守着他的老磨。见素注视着他那个小窗户，似乎盼望它能够突然打开一下，至少是一明一暗地闪动一次。他失望地走下平台，到粉丝房拐角处那个宽敞的大屋跟前站住了。里面亮着灯，传出了鼾声。他知道厂长老多多睡在里面，这样站了一会儿，他的手不由自主地按住了门把手。他屏住了呼吸，一丝一丝把门推开；进了屋子，又轻轻地把门扇合上，然后小心地转过身子。老多多仰躺在温热的炕上，只穿一件黑布裤头。黑布又厚又硬的样子，闪着亮光，令人厌恶。老一茬洼狸镇人，除了隋不召几乎都无一例外地肥胖起来了。老多多肚子光光绵绵，让人怀疑有些肿胀。他胡须斑白，满脸横肉，两腮有些奇怪的紫斑。有些发绿的嘴唇微微开启，一颗食牙从里面显露出来。见素看着这张脸，突然发现左边的一只眼是睁着的，心立刻怦怦跳动起来。他脚步牢牢地挺住，伸出一根手指在左眼上方移动，那半睁的眼睛一动不动。他轻轻地舒了口气。老多多粗粗地喘着，巨大的喉结活动不停。紧贴土炕的窄窄的窗台上，莫名其妙地放了一把砍骨刀。这把刀铁锈斑斑，刀背有指头那么厚，但刀刃儿极其锋锐。见素看着砍骨刀，突然脸上没有一点血色。他呆呆地站了一会儿，最后无声无响地退出门去。

中秋节快到了，节前的账目已经结算出来，粉丝大厂开工以来，赚头惊人。特别是机器开转之后，老磨七天里竟然比平常多磨出十石绿豆。赵多多几次端量老磨，兴奋异常。他让管账的专门核算了机器磨屋，发现照此下去，将有大得。他决定借中秋节的机会摆几桌酒宴，请一下安装机器有功的李知常、李技术员和隋不召，并特意请来了隋见素。做菜的是镇政府厨师韩大胖子，他是洼狸镇的第一名厨。赵多多高兴起来特别慷慨，让做夜班的工人轮流来喝酒吃菜。据传韩大胖子能用豆腐做出一百六十种形态滋味各异的菜肴来。也许赵多多就受了这个传说的影响，这天给他的做菜原料只有上次倒缸折断的十几筐碎粉丝。韩大胖子并不慌张，只是连平日烹饪最紧张时穿的一条汗背心也脱了，赤着上身忙起来。结果每桌十二盘，有红有绿，或让人酸得全身颤抖，或甜得满屋里咂嘴声。只一会儿，喝酒的人就汗湿衣衫，愉快地大口喘息了。酒后赵多多曾让管账的合计了一下，发现十几筐碎粉丝倒不值多少钱，但却用去了很多白糖食醋，还有厨师本人从镇食堂偷来的一大包胡椒粉。

　　酒喝到午夜两点，粉丝房里的人已经轮换了三次。见素这一夜喝得十分谨慎，他一边喝一边用眼瞟着每一个人。隋不召早已有了醉意，咕咕哝哝地对在李技术员耳朵上讲郑和大叔了。赵多多脸色黑紫，只是没有一点醉意。他给见素敬酒，说："镇上人眼光短哪！多少人嘲笑我，说我白白养着个隋家少爷。我有数。我心里想，我身边有个老隋家的人，这粉丝大厂就倒不了缸！"见素将满满一杯酒饮下，一双犀利的眼睛狠狠地瞄着赵多多的脸，嗓音低低地说了得。他决定借中秋节的机会摆几桌酒宴，请一下安装秫窑有功的李知章、李技术员和隋不召，并特意请来了隋见素。做菜的是镇政府厨师韩大胖子，他是洼狸镇的第一名厨。赵多多今天显得特别豪慨，~~~~~让做夜班的工人轮流来喝酒吃菜。据传韩大胖子能用豆腐做出一百六十种形态滋味各异的菜肴来。也许赵多多就受了这个传说的影响，这天（的做菜的原料只有）~~~~~~~~~~ 恰恰上次倒缸折断的十几管粉丝。韩大胖子并不慌张，只是连平日里扎最紧张时穿的一条汗背心也脱了，赤着上身忙起来。结果每桌十二盘，有红有绿，或让人酸得全身觳抖，或甜得满屋里咂嘴声。只一会儿，喝酒的人就汗湿衣衫，愉快地大口喘息了。酒后赵多多曾让管账的合计了一下，发现十几管碎粉丝倒不值多少钱，但却用去了很多白糖食醋，还有厨师本人从镇食堂偷来的一大包胡椒粉。

　　酒喝到午夜两点，粉丝多里的人已经轮换了三次了。见素这一夜喝得十分谨慎，他一边喝一边用眼睛看着每一个人。~~~~~~~~~~~~~~~~~隋不召早因有了醉意，呶呶呶地对至李技术员耳朵上讲郑和大叔了。赵多多脸色黑紫，只是没有一点醉意。他给见素敬过，说："镇上人眼光短哪！多少人嘲笑我，说我自己养着个隋家少爷。我有数。我心里想，我身边有千老隋家的人，~~这粉丝大厂就倒不了了！"见素将满多一杯酒饮下，一双犀利的眼睛狠多地瞄着赵多多的脸膛，嗓音低多地说了一句："你的账算得不错！"说完他就坐下来，看着李起一句："你的账算得不错！"说完他就坐下来，看着李知常。这时候有谁喊一句"姑娘们喝醉了"，见素就悄悄离开了酒桌。他进了粉丝房，酒意泛上来，脸微微有些红了。他发现几个姑娘全都面色粉红，酒力顶得她们笑个不止。可她们并未停止做活，只是摇摇晃晃，东拉西抹，分外和谐。见素站在雾气里，燃上一支烟看着。大喜最先发现了他，只是故意不理他，那两只手疯魔了一般快速拉粉丝，竟然出奇地利落。拍打铁瓢的黑汉子高高地坐在他的座位上，一边拍打一边哩哩啦啦地歌唱。他唱的歌词一概听不清，但可以料定不是好歌。闹闹醉得最厉害，她先是像别人一样边晃边做，但晃到最后竟然旋转起来。后来她就倒在地上了，衣服也皱到一块儿，只是欢畅地叫着。有一次姑娘家不该袒露的地方她也袒露出来了。但只是昙花一现。她很快就整好衣服站了起来。她站稳了，见素却在一边摇晃起来，最后不得不用手去扶墙壁。黑汉拍打着铁瓢，还在哩哩啦啦地唱着。见素艰难地走出去，好不容易回到了酒桌上，一下子倚在了叔父身上。

他很快睡着了，朦朦胧胧只听见叔父说"左舷漏水"。后来他一直觉得是漂在了大海上。不知漂了多远，猛听得叔父喊一声"到岸了！"他也就醒来了。他睁开眼，马上看到赵多多伸长了脖子听李知常讲话。李知常的声音慢慢让见素听清了，见素一惊，酒马上全醒了。李知常在讲购买探矿队一台旧电机的事，他说要改装机器发电，整个高顶街以后都要灯火辉煌。他说此事高顶街主任栾春记和书记李玉明跟四爷爷商量过，四爷爷说：好。李知常讲到这里兴奋了，说下一步他要做的是整个粉丝大厂的科学化。漏粉、沉淀、筛粉渣，一概使用机器。首先设计变速轮，设计大大小小四十多个轮子。说起来也许有人不信，其中大约有三到四个轮子，要做得像桃子一样。老多多有了老磨屋的经验，这会儿当然什么都信。他听到这里赶紧向李知常敬酒。见素大声咳了一下，李知常转过脸来。见素狠狠瞪了他一眼。李知常渐渐不言语了。一会儿，见素起身走了；片刻，李知常借故解溲，也离开了酒桌。

他们一块儿登上晒粉坨的水泥平台，让凉风吹着。两人久久不语。停了不知多长时间，见素握住了李知常的手，紧紧地握着。李知常问一句："你让我做什么？"见素压低着声音说：

"我让你立刻停止设计！"

李知常激动地抽出手来，连连说："不能，这不能！电机注定要买，变速轮注定要设计。我就该是做这个事情的人。洼狸镇注定了要灯火通明。"

见素的眼睛在星光下闪闪发亮，他紧紧地贴上来，嗓子还是压低着说："我不是指电机的事。我是指粉丝大厂的变速轮。我要你停住。我要你停住。"李知常执拗地说："不能停，都不能停 ——不能停住机械化。"见素不言语了。他紧紧咬着牙关，牙齿发出了咯咯的声音。李知常奇怪地看他一眼。他用手去寻找见素的手，觉得火热烫人，立刻把手甩掉了。见素看着远处河岸上那个昏黄的小窗，自语一样说道："粉丝大厂是我的、是我和隋抱朴的。李知常你听着，你听清楚了：等到老隋家的人接手干了粉丝厂，再出来捣鼓你的鬼名堂。"李知常退开两步,嘴里发出"啊"的一声。见素转过脸来:"你不信吗?日子不会太远了。只是你不要说,谁也不要说。"李知常仍旧往后退着,搓弄着黑乎乎的两只手掌。他声音突然颤抖起来:"我不说,我谁也不说。不过我还是不能停止变速轮的设计。这除非是隋不召也让我停止,除非是他。"见素冷笑着:"那你问他去。不过你得等他从郑和大叔那里回来以后。"

谈话自此结束。

李知常后来果真去问了隋不召,发现老人有些支支吾吾。他知道见素什么都跟叔父讲了。他终于明白了:老隋家和老赵家有世仇。只要粉丝大厂在老赵家手里,那些美丽的变速轮只能永远在心里旋转了。它们日日夜夜在心里旋转,搅得他彻夜难眠。有时这些金色的轮子就在头上旋动,他激动了用手去触摸。当然什么也摸不到。他只在梦中用食指勾住了一个轮子,吻了一下,冰凉冰凉。他不知绘了多少张草图,可是中秋节之夜毁坏了他的计划。他无数次地回忆着那个夜晚的情景:在冷风习习的高台上,他和见素挨在一起站着。他去握见素的手,那只手滚烫滚烫,他赶紧把手松开了。他再不敢肆无忌惮地在夜间想那些轮子了。可是激情如火,日夜燎着胸腔。他不得不尽全力去克制自己。因为他谁的话都可以不听,唯独要听隋不召的。隋不召对于他,也许只有一个词可以概括:恩同再造。

李知常对于自己老一辈的复杂心绪是世界上最为奇特的。他恨他们又爱他们。爷爷李玄通十四岁上就自命不凡,自己割去黑发,到很远的一座大山里去闹玄;父亲李其生给关东的资本家开机器,回到洼狸已经很不光彩。人们都说好人怎么能给资本家开机器？后来尽管他不断戴罪立功，但镇上人最终还是没有饶恕他。老李家在人们眼里成了古怪邪僻的代名词，永远得不到谅解和信任。李知常在学校比所有人都聪明。五年级上完了，又上了初中，镇上终于有人提出说"不得了"，不让他升学了。理由复杂晦涩，主要是他父亲给资本家开过机器，他念完小学本来就足可以了。他回到了家里，恨起父亲和爷爷，恨得要死。

李知常十九岁的那年，留下了永远的悔恨。那次的经历使他明白了，人在任何时候都不该肆意妄为，不该松懈，不该忘形。

那是一个和暖的春天的傍晚，李知常因为浑身燥热，一个人孤独地在河边溜达。他从来没觉得自己会像这会儿这样需要一点什么。他那么想要。晚霞照在河水上真美丽，还有满河滩的刚爆出芽子不久的柳棵，在风中扭动，像少女一样羞羞答答。他那么想要。他一个人若有所失地转悠了一会儿，然后穿过河滩往回走去。可是他走到柳棵间的时候，喉头热辣辣地胀起来。他不走了，身子一软，坐在了温热的细沙土上。他玩着，天完全黑下来的时候才回到家里。他觉得身上轻松极了，两只手那么柔软。这晚上他睡了个好觉。

第二天走上街头，有几个人同时好奇地盯住他。有人哧哧笑着问："在柳棵里玩得好么？"另一个笑吟吟地凑过来，插一句："书上跟这叫'手淫'！"李知常像被烙铁触了一下，头"嗡"地一声响起来。他木木地转过身去，不顾一切地往回跑。他心里喊着：坏了，坏了……人们在后面大笑，其中一个大着嗓门叫道："看见了！

全看见了！"

　　小伙子李知常从此再不出来，院门紧闭。不知多少天过去了，镇上人开始觉得不妙。李玉明身为高顶街书记，又是老李家的人，就亲自去拍门。门好像不仅闩住了，而且还从里面顶了杠子，加了铁钉。李玉明叹息着走开了，说由他自省去罢。前后有不少人也去拍了，结果都是一样。镇上人叹息起来，说："老李家啊，老李家啊！"……最后来拍门的是隋不召。他大概是镇上唯一能够理解老李家的一个人了，早与李知常成了忘年交。他原想让朋友自己走出来，结果还是失望了。他拍着，高声怒骂。李知常有气无力地隔着门板说："隋叔，你不用骂了，知常对不起你，知常做了没出息的事，这回准死无疑了。"隋不召听了，沉思良久，转身离去。回来时，他手提了一把大板斧，他就用这把板斧三两下劈开了大门。李知常骨瘦如柴，面色灰白，头发乱成一球，摇晃着迎上来说："大叔，你行行好，就用这把斧把我也劈了吧。"隋不召脸色铁青，说了声"好"。可是他接下去使用的是斧柄，一柄就把李知常打翻在地。李知常挣扎着爬起来，他又是一柄把他打倒。老头子掐着腰骂道："我瞎了眼了，交了你这么个孬种！"李知常垂着头，说没脸见人了。隋不召喝道：

　　"那有什么！"

　　隋不召让李知常梳洗干净，教会他挺直身躯走路，两个人一起走到了洼狸镇的大街上。街上的人看着他们，神色庄严肃穆，再没有一个笑的。

总之，那一天差点把他毁掉。他没有被毁掉，他在隋不召的板斧下新生了。夜间，当那些金色的轮子在头顶上旋转时，他又兴奋又痛苦。他不敢去触摸这些轮子。他知道自己总有一天要把它们安装在粉丝大厂里，他忍耐不住。那一天在柳棵间玩的时候他也是忍耐不住。也许今天的激情就是那股差点毁了他的劲儿化成的。真痛苦啊，又没有办法——他只得在心里决定，这一段先和李技术员一起给高顶街安装电机吧，让洼狸镇变得灯火辉煌。这个镇子因为光亮不足，已经让多少人白白吃了亏。有人去"洼狸大商店"买泥虎，张王氏竟然摸黑将有了裂口的泥虎塞给他。有个负责看护河滩的人叫二槐，身背钢枪，成天飞一般在黑影里蹿来蹿去，让人常常记起赵多多年轻的时候。李知常憎恨这个人在黑影里飞动。

　　他常常走到河边老磨屋那儿，久久地伫立。最早设计的轮子在这儿真实地旋转。老磨呜隆呜隆，像远处滚过来的雷声。透过小窗，他望着老隋家剩下来的一个最沉默的人。他也学他那样一声不吭。他觉得他像老磨一样有力气，能够平稳沉着地磨碎一切。可是这个人一声不吭。有一次他站起来了，伸出光滑的木勺去输送带上摊平绿豆，回身时往门外瞥了一眼，就举了举木勺。李知常顺着他的目光看去，看到了手持烟斗、懒懒地走向磨屋的见素。抱朴原来在向弟弟打招呼。见素把烟斗叼上嘴巴，走了进来。抱朴让凳子给弟弟坐，弟弟没坐。抱朴说："那天你去喝酒了，我怕你醉了，在你屋里等你……"见素一直微笑着，后来笑容一下子全没了。他的脸色有些苍白，就像在高台上的那个夜晚一样。他垂下了头，一下一下磕着烟斗。停了会儿他声音低涩地说："我有个事情。当时我想起来，恨不能立刻找到你扯个痛快。那天我喝了一夜酒，第二天也不想睡觉。有人说我的眼睛是红色的。后来，这股劲儿就过去了。不说它了。我不愿说它。"抱朴抬起眼睛看了看见素，样子有些懊丧。他盯着木勺上滑下来的水珠，说："你还是该说出来。你不是想跟我商量么。""那会儿想，现在不想了。""你还是该说出来。""这会儿不想说了。"

兄弟两个沉默下来。抱朴卷了一支烟点上。见素也燃起了烟斗。烟气使老磨屋浑浊起来。兄弟两个呼出的烟雾一层一层重叠起来，积厚了就往下降落。落到了巨大的磨盘上。老磨缓缓转动，烟雾也缓缓转动。最后青白色的烟气旋转成一个长长的圆筒，从小窗口上旋出来。抱朴一口口吸着烟，吐掉了烟蒂："你不说，藏在心里多难受。我们兄弟两个遇事该多商量。我知道你没有大事不会急成这样。大事更不该瞒我。"见素的脸色更加苍白。后来他握烟斗的手也颤抖了。他费力地藏了烟斗，声音低低地说了一句：

"我要夺回赵多多的粉丝大厂。"

知常站在窗外，每一个字都听得十分清晰。他听到见素说过这句话之后，老磨屋里发出一声脆亮惊人的响动，就像有一根钢条被什么有力的东西猛然扳断。他以为是转动的铁轮子发出来的，可老磨运转正常。屋里，抱朴站了起来，岩石一样的额头下，一双深陷的眼睛闪动着。他微微地点头，说："我明白了。"

"粉丝大厂姓隋。它该是你的、我的。"见素的目光锥子一般人。他也学他那样一声不吭。他觉得他像乌云一样有力气，能够平稳沉着地压碎一切。可是这个人一声不吭。有一次他站起来了，伸出光滑的木勺去翻送带上摊平绿豆，回身时往门外瞥了一眼，就举了举木勺。李知常顺着他的目光看■去，看到了手持烟斗、微笑地走向磨屋的见素。抱朴原来在向弟弟打招呼。见素把烟斗叼上嘴巴，走了进来。抱朴让凳子给弟弟坐，弟弟没坐。抱朴说："那天你去喝酒了，我怕你醉了，在你屋里等你……"见素一直微笑着，后来笑容一下子全没了。他的脸色有些苍白，就像在戏台上的那个夜晚一样。他垂下了头，一下一下磕着烟斗。停了会儿他声音低沉地说："我有个事情。当时我想起来，恨不得立刻找到你说个痛快。那天我喝了一夜酒，第二天也不想睡觉。有人说我的眼睛是红色的。后来，这股急劲儿就过去了。不说也罢。我不愿说它。"抱朴抬起眼睛看了看见素，样子有些惆怅。他盯着木勺上滑下来的水珠，说，"你还是该说出来。你不是要跟我商量么。""那会儿想，现在不想了。""你还是该说出来。""这会儿不想说了。"

兄弟两个沉默下来。抱朴卷了一支烟点上。见素也燃起了烟斗。烟气使老磨屋浑浊起来。兄弟两个呼出的烟雾一层一层重叠起来，积厚了就往下降落。落到了巨大的磨盘上。老磨缓缓转动，烟雾也缓缓转动。最后青白的烟流旋转成一个长长的圆筒，从小窗口上旋出来。抱朴一口吸着烟，吐掉了烟蒂："你不说，藏在心里多难受。我们刺在哥哥的脸上。

抱朴摇摇头："它谁的也不是。它是洼狸镇的。"

"可我会夺到手。"

"你不能。如今谁也没有这力气了。"

"我有。"

"你没有。你也不该起意。你不该忘记父亲。他开始也以为粉丝工厂是老隋家的。结果这个误会害得他后来吐血。他骑马两次出去还账，第一次回来了，第二次把血全吐在老红马背上。他老人家死在一片红高粱地里……"

见素听到这里，叫了一声什么，拳头击打在方木凳上。他疼得半蹲在地上，两手扶住了方凳。

"你呀！你呀抱朴……我不愿说，你偏偏引诱我说，全说出来！可你败我的力气，熄我心里的旺火，像用个拳头砸在我脑门上。不过我不怕，你放心我不会这样住手。你是想让我也在老磨屋里坐上一辈子，听老磨呜隆呜隆哭。我不！这不是老隋家的人该做的事！老隋家的人老辈就没有这么窝囊过……我不会听你的了。我忍了几十年，我今年三十六岁了，可我还没有个媳妇。你有，可是她死了。你该过得比谁都好，可你就这么一天到晚蹲在老磨屋里。我恨你！我恨你！我今天明明白白告诉你吧，我恨你一天到晚蹲在老磨屋里……"

知常呆呆地站在小窗下。他看到见素额上、腮上，都有豆大的汗珠滚落下来。

第 四 章

　　隋抱朴记得从他十几岁的时候起，父亲就很少按时去粉丝了。一个人在码头上，心事重重地望着倒映在河上的桅杆。每到吃饭的时刻，父亲才回到家里来。后妈茴子当时刚三十多岁，兰滚口红，一边盯着丈夫一边往嘴里送饭。抱朴常担心会把颜色也吃进肚里。的后妈是青岛一个大户人家的女儿，喜欢喝咖啡。抱朴恨怕她。有一次她高兴了，把他抱在怀里，亲了一下他的鬓角。他感到了她饱满的、不停跳动的胸脯，低下头去，目光不敢凝视那雪白的脖颈。他的脸红了，叫着："好。"他应了一声。后来他就再也没有这样叫过她。不过他不怎么她了。有一天茴子突然在炕上大哭起来，滚动着，喘不上气。住了很久抱朴才知道后妈为什么变变了，他父亲在青岛被人杀死了。他王氏和工厂挟我全家逃到海外，抱朴觉得说不出一句语。溜进书房里。这里面有很多带木轴的画，无数的书。架子和桌上还摆了枣红颜色、红得发亮的木头球儿，摸一下又滑又凉。有一个盒子，拨到一个地方，盒子就发出美妙的声音来。

　　父亲有一次正吃饭，镇子东头的张王氏来了。她是来借钱的。父亲客气地让她坐，倒了茶，然后去里屋取钱。

〈55〉

张杰

第四章

　　隋抱朴记得从他十几岁的时候起，父亲就很少再按时去粉丝厂了。他常常一个人在码头上游荡，心事重重地望着倒映在河面上的桅杆。每到吃饭的时候，父亲才回到家里来。后母茴子当时刚三十多岁，总涂口红，一边盯着丈夫一边往嘴里送饭。抱朴常担心她会把颜色也吃进肚里。美丽的后母是青岛一个大户人家的女儿，喜欢喝咖啡。抱朴有些惧怕她。有一次她高兴了，把他抱在怀里，亲了一下他俊美的额头。他感到了她的柔软的、不停跳动的胸脯，低下头去，目光不敢凝视那雪白的脖颈。他的脸红了，叫着："妈妈。"她应了一声。后来他就再也没有这样叫过她。不过他不怎么惧怕她了。有一天茴子突然在炕上大哭起来，滚动着，喘不上气。住了很久抱朴才知道后母为什么大哭：她父亲在青岛被人杀死了。因为他变卖了土地和工厂，要换成金条逃到海外。抱朴惊得说不出一句话……他常常一个人溜进书房里。这里面有很多带木轴的画，无数的书。架子和桌上还摆了枣红颜色、红得发亮的木头球儿，摸一下又滑又凉。有一个盒子，拨到一个地方，盒子就发出美妙的声音来。

　　父亲有一次正吃饭，镇子东头的张王氏来了。她是来借钱的。父亲客气地让她坐，倒了茶，然后去里屋取钱。她拿到钱，掖到花色棉衣的大襟下，咕哝说等卖掉一百个泥老虎就还。父亲说算了算了，你拿去花就是。茵子狠狠地盯了父亲一眼。张王氏什么都看在眼里，这会儿就对隋迎之说："要不就这样吧，我白拿钱也不好意思，今个就给你看看相吧。"父亲苦笑着点头，茵子哼了一声。张王氏凑上前来，端坐着看起来。父亲被看得嘴角打颤。张王氏看了一会儿，把手伸进另一只衣袖里，手指捏弄着。她说父亲左肩后有两个红痣。茵子手里的汤勺掉在了桌上。张王氏又看了一会儿，眼珠就滑到了上边去，于是抱朴见到的只是一双白色的眼睛。她拉着长腔叫道："生日、时辰，报上来。"父亲这时早已顾不得吃饭，声音涩涩地回答了。张王氏的身子立刻抖了一下，一双黑眼珠飞快地从上眼皮里掉出，紧紧地盯住父亲。她抄起两手，说："我走了！我得走了……"说着慌促地看 一下茵子，迈出了门去。抱朴见父亲僵在了那儿，整整一天语无伦次，老要不安地用手去搓膝盖。

接下去的日子里父亲更显得忧心忡忡了。他匆匆忙忙的，不知做点什么才好。后来他找出一把大算盘，噼噼啪啪地算起账来。抱朴有一次问父亲算什么？父亲回答："我们欠大家的。"全镇最富有的人家居然欠下别人的，抱朴怎么也不信。他问到底欠谁的？欠多少？做儿子的质问起父亲来。父亲回答："里里外外，所有的穷人！我们从老辈儿就开始拖欠……茵子的爸也欠了，最后还要赖债，人家就把他给揍死了！"父亲大声说着，呼呼地喘气。他近来消瘦得很厉害，脸上的皮肤也变成了灰黑色。那从来都梳理得一丝不乱的头发，这会儿满是头屑，没有一点光泽。抱朴惊讶地盯着父亲。

父亲说："你太小了，你一点也不会明白……"

经过了这场谈话之后，抱朴朦朦胧胧地觉得自己是个一贫如洗的人。他有时一个人到河边的老磨屋去，瞅着那个巨大的老磨隆隆转动。看磨的老人手持木勺，哐当哐当地往磨眼里扣着绿豆。白青色的泡沫从磨渠里流出来，流满了两个大木桶时，就有两个女人来把它抬走。他刚懂事时就看着这情景，至今情景如旧。从老磨屋离开，他又到了漏制粉丝的厂房里。这里面热气腾腾，混合着酸气的甜味儿扑鼻而来。所有做活的男男女女都穿了很少的衣服，绿豆浆液滋润得赤膊嫩白。人们在雾气里活动。劳动全要依了一种节奏，嘴里也发出"嗨、嗨"的声音。地上铺了大片大片的青石板，上面流动着水液。看来这里离不开水，一个挨一个的大缸装了满满的水，有人不时去撩动，涮洗着青白色的粉丝。一个姑娘隔着雾气看出了他，慌慌地喊叫："别把水溅了少爷……"抱朴赶忙离开了。他知道这一切早晚不是自己家的，他打生下来的那一天就注定了该是个一贫如洗的人。

父亲闲下来还是到河边上去。他仿佛越来越留恋起这些远道来的航船了。有时他领上抱朴一起来，告诉说：叔父隋不召就是从这儿离家的。抱朴知道父亲思念兄弟了。一天，他们从河岸上往回走着，父亲望着霞光里的那一溜老磨屋，突然止住了脚步。他轻轻说了一句：

"还账吧！"

父亲骑上他养了很多年的一匹枣红老马走了。一个星期之后，一天，他们从河岸上往回走着，父亲望着霞光里的那一溜老窝屋（宏基），止住了脚步。他轻轻说了一句。

"还账吧！"

父亲骑上他养了十几年的一匹枣红老马走了。一个星期之后，他回来了，红光满面。拴了马，拌着身上的尘土，把全家人召集到了一起。父亲宣布：他这一个星期还账去了，从今天起，只有一个小粉丝作坊算是他们老隋家的，其余粉丝工厂，全交出去了！所有人听了都憋得说不出话。愣了一会儿，大家接关笑他了。父亲只得掏出一张条子来，上面有几行字，一个大红关防。（那大概是一个"收据"吧！）菌子第一个把条子抓到手，看了看，就昏死了过去。一家人慌乱起来，捶打掐捏，不得地呼喊她。她醒过来，狼着一个仇人一样看看父亲，接着大哭不止。她嘴里叨咕什么谁也听不明白。她后来咬紧牙齿，血到用手猛击条子，与手指有鲜红的血溅出来。可她一声不吭，脸色蜡黄地注视着对面的墙壁。

抱朴被这一切吓坏了！他到如今也不很明白，却能体验到爸爸心底的轻松。不过通过这一场，他算明白了后世是一个多么拗气的人。这种拗气太可怕了。这种拗气的结果是她死得比父亲还要惨，这是很久从后抱朴才明白的——他当时急于想知道的，是父亲怎么找到了接受这些粉丝厂的人。他知道老隋家的工厂遍布周围几个县（知粉庄），可不是一个星期就能交得完的。再说所欠的账是巨大的所有穷人的，那么天下还有谁能帮村有劳人接下这笔财产呀（几个大城市里也有）？隋抱朴想得头疼，还是闹不明白。君唐（星）依旧隆隆响着，一切他回来了，红光满面，拴了马，掸着身上的尘土，把全家人召集到了一起。父亲宣布：他这一个星期还账去了，从今天起，只有一个小粉丝作坊算是他们老隋家的，其余粉丝工厂，全交出去了！所有人听了都惊得说不出话。停了一会儿，大家又摇头笑他了。父亲只得掏出一张条子来，上面有几行字，一个大红关防。那大概是一个"收据"吧！茴子第一个把条子抓到手，看了看，就昏死了过去。一家人慌乱起来，捶打掐捏，不停地呼喊她。她醒过来，像看一个仇人一样看着父亲，接着大哭不止。她嚷叫的什么谁也听不明白。她后来咬紧牙齿，用手猛击桌子，直到手指有鲜红的血溅出来。可她一声不哼，脸色蜡黄地注视着对面的墙壁。

抱朴被这一切吓坏了！他到如今也不很明白，却能体验到爸爸心底的轻松。不过通过这一场，他算明白了后母是一个多么拗气的人。这种拗气太可怕了。这种拗气的结果是她死得比父亲还要惨，这是很久以后抱朴才明白的……他当时急于想知道的，是父亲怎么找到了接受这些粉丝厂的人。他知道老隋家的工厂和粉庄遍布周围几个县，几个大城市里也有，可不是一个星期就能交得完的。再说所欠的账是所有穷人的，那么天下还有谁能替所有穷人接下这笔巨大的财产呢？隋抱朴想得头疼，还是闹不明白。老磨屋依旧隆隆响着，一切如旧。只是父亲再也不到那里去，有些陌生的船只定时来运走粉丝。家里帮忙做事情的人也辞退了好多，老隋家冷清了。后母手上的伤已好，但有一根手指再也伸不直了。打那以后，她没有笑过一次。她后来也曾找张王氏算过一次命，结果回家谁也不讲，只是顺便捎回了两个大大的泥虎。后来见素和含章生下来，就玩这两个泥虎。

不久镇上一个大会连一个大会。那些土地多的、开工厂的人家，被如数拉上土台子。土台子就筑在老庙旧址上。全镇人都指着台上的人诉苦，激动的声浪撼动了整个洼狸镇。赵多多做了自卫团长，背着枪在台上走来走去。有一回他发明了一个东西：一根藤条，梢上颤悠悠地绑了一块生猪皮。他在台上踱着，高兴起来，就用新发明把台上站的一个胖老头打了一下。胖老头嚎叫一声跌倒了，台下的人一齐叫好。接下去不少人学了多多，涌上台来动起手脚。三天之后，有人就给打死了。隋迎之站在台下与台上之间，站了几天，终于明白还是应该站到台上去。可他一上台就被土改工作队的人劝下去了。他们说："你还是下去，上级有指示，你算开明士绅。"

含章出生那天隋不召回到洼狸镇上。他身上别了把渔刀，浑身散发出海腥气。他比走时瘦多了，胡子也很长。只是一双眼珠变成了灰的，反而又尖又亮。他听了镇上十几年的变迁，听了哥哥献出粉丝工厂的事，仰天大笑。他说："了了好，好了了，天下大吉！"他说这话时是在老磨屋边上，说完，就当着隋迎之和抱朴的面解起溲来。隋迎之厌恶地皱皱眉头。接下去的日子隋不召老要把抱朴领到河边，一起进河洗澡。叔父身上的疤痕让抱朴吃惊：黑的、紫的，深深浅浅，像缠在身上的一张网。他说他死过三次，不该活过来又活过来。他拿一个小望远镜给抱朴玩，告诉这是从一个海盗手里夺的。有一次他唱起了一首驶船歌，抱朴说真难听。隋不召哼道："难听？这是叫《海道针经》的航海古书上的，记不住，就得死！海上全靠这本书，郑和大叔有一本，后来给了我，成了我的性命。"那天他回去真的取出一本书来，它藏在砖壁里，灰黄的纸面皱褶无数，边角紧巴巴地缩着。他小心地读了几页，抱朴一个字也不懂，他就装到铁盒里重新藏好。他对一条大河的衰落大为失望，说如果早上几年，非把抱朴带到老洋里不可！他们成天在一块儿，后来抱朴也像叔父那样摇晃着走路了。这终于使父亲恼怒起来，就用乌木板打了儿子的掌心，并把他关进书房里。隋不召一个人孤寂得很，徘徊了几日，就远下他乡云游去了。

民兵头儿赵多多有时过来串门。隋迎之唯有这会儿才放下手里的算盘，殷勤地为他斟茶。赵多多把手一摆说："忙你的！"隋迎之坐立不安，最后只好回书房去。赵多多愿意跟茴子说话，还笑着问他："有鸡油吗？"茴子取来一点，他就解下腰带上的盒子枪，蘸了鸡油仔细地擦起皮枪套来。他说："越擦越亮。"最后他站起来要走，还油碗时，顺便将油碗扣在了茴子耸着的胸脯上……茴子转身摸一把剪刀，赵多多早已跑了。瓷碗跌在地上，发出了脆响。隋迎之急忙奔出屋来，正看到妻子踞在那里，一只手握剪刀，一只手揩胸前的油污。

茴子一次去菜园，又遇上多多从眉豆架下钻出来。茴子回身就跑，赵多多在后面嚷："跑什么，早晚的事，还剩下了？"茴子听了这句话就不跑了，站下来，笑吟吟地等着他。赵多多高兴地拍打着自己的身子，说："这就对了。"他走了过去，茴子突然把眉头皱到一起，像猫一样恶狠狠地举起两爪，把赵多多的脸抓得稀烂。当时赵多多忍住疼，抽出枪来，把脚下的泥土打了个洞。茴子这才跑走了。

停了一个月，赵多多脸上才结住了疤。接上高顶街就由他领着开会了，辩论隋迎之算不算开明士绅。有一次隋迎之被叫到了会上，刚辩论一会儿，赵多多就以手代枪，嘴里发出"啪"的一声，用食指触了他的脑门一下。隋迎之像真的被枪击中一般，一下子倒了下去，气息全无。开会的人赶紧把他抬了家去，有的人又去叫来老中医郭运，折腾到多半夜才算救出一口气来。隋迎之恢复得很慢，病好之后再也直不起腰，人出奇地瘦削。抱朴听到父亲不停地大咳，整个房间都在共鸣。那个辩论会好像彻底折损了他的元气，他像换了一个人似的。有一次他咳着对抱朴说："老隋家的欠账还没还完，事情得及早做，没有工夫了。"那天他咳了一夜，家里人醒来时，再也找不见他了。抱朴发现地上有吐的血，知道父亲又骑上他的枣红老马出去了。

接下去的日子是难挨的。好不容易过去了一个星期，这一天远出云游的隋不召正好回来了。他听了哥哥又一次骑马远行时，禁不住就笑了起来。天傍黑，全家人都听见了老红马的嘶鸣声。一家人全惊喜地跑出去了——老马伏跪在大门的木台阶上，叫着，不停地用前蹄扒着。它的目光不看人，只向着深深的门洞望去，一身鬃毛抖个不止。有一滴东西溅到抱朴的手上，他一看，见是殷红的血。这时红马又仰天长嘶一声，转身跑去。一家人跟紧了这匹马，跑出了镇子……前面出现了一片红高粱，红马钻进了高粱田。红马所行之处，高粱秸上都有鲜红的血印。茴子一路咬着牙，血印远远地排下去，她大哭起来。马蹄扑踏踏响着，奇怪的是它碰不倒一株高粱。抱朴没有流泪，不知怎么一点悲痛的感觉也没有。他在心里骂着自己。红高粱田像没有边缘似的，老红马越跑越快，越跑越快，最后猛地立住。

隋迎之躺在干燥的土埂上，脸色像土埂一样颜色。他周围是通红的草叶，不知是天生这样还是被血染的。看看他的脸色，大家明白他流了一路血，血快流尽了才从马背上跌下来。隋不召抖索着身子抱住他，叫着："哥！哥……"隋迎之嘴角往里收了一下，用眼睛去找抱朴。抱朴跪下来说：

"我明白了。你的心太累了。"

父亲点着头，咳了一下。又一股鲜红的血流出来。隋不召对茴子说："他是咳炸了肺。"茴子轻轻地撸开男人的裤脚，发现腿肉松松，白得透明。她知道丈夫的血如今是完全地流完了。"见素！含章！快看看你爸！"她叫着，把两个孩子推到抱朴前边。含章吻着爸爸，嫩嫩的小嘴沾上了血，嫌苦似地皱着眉头望一眼妈妈。隋迎之剩下最后一点时间了，就急促地咕哝了几句话，闭上了眼睛。隋不召一直号着他的脉，这时把手里的腕子放下，号啕大哭起来，瘦小的身躯在哭声中剧烈颤抖。抱朴从来没有见过叔父会哭，吓呆了。叔父哭诉说："我是个浪荡人，我知道我不得好死。你哩哥？你规规矩矩，知书达礼，是老隋家拔尖的人，最后还要吐净了血死在半路上。哦哦，老隋家呀，老隋家呀……"

老红马垂着头，多皱的鼻孔沾满了细细的土末，一动不动。大家屏住呼吸，把隋迎之抬到了老红马的背上。

"老隋家的一个人去了。"洼狸镇上的老人这样说。整个镇子蔫蔫的样子，后来落了两场雨，还是蔫蔫的。谁都发觉街道上空荡荡的，像是突然间把一大批洼狸镇人差遣到哪里去了似的。河边的老磨屋里，那个木木地扣着木勺的老头子对人说："我是给老隋家大爷看了一辈子老磨的人。大爷去了，到那边开粉丝厂去了。我也得跟去给大爷看老磨。"他这样说了有五六次，一天早晨果然就坐在木凳上死过去了。老牛像没有发觉，依然拉得空磨隆隆响。镇上老人知道了，逢人便用尖尖的眼神盯住，问一句："没有神灵吗？"

茴子闩牢了大门，轻易不愿打开。隋不召的厢房是老宅外面的，抱朴打开了一个小边门才放他进来。隋不召知道再也没有人阻止他和侄子玩了。可是他马上发觉抱朴脸上的神色沉重多了，跟他谈那些海上的奇遇，他也不似先前那样有兴趣了。有一次隋不召把盛航海古书的铁盒子放在对方脸前闪了一下，抱朴才转过眼神来。见素有时跑过来，隋不召就像当年扛抱朴一样把他扛起来，直扛出了小边门。他们去河滩，串小巷子玩，买野糖吃。他发现见素比抱朴聪敏，什么事情一学就会。他也给见素小望远镜玩，发现见素老把小望远镜对准河里洗澡的女人。见素咂着小舌头，恋恋不舍地把望远镜还给叔父，说："这个真好。"隋不召扛起他来，一绊一绊往前走着说："咱俩才是一对儿。"

见素老骑在叔父的肩膀上，有人就跟见素叫"人上人"。隋不召说，早晚还要驾船出海，这样才有意思，才不枉为镇上人。他让见素等着这一天。他说最要紧的是有一条船，河水浅了，但行小平底船还可以。他说过这话不久，真的有人搞来了一条破旧的小舢板，隋不召乐得手舞足蹈。他制了一支光滑的橹，又给小舢板堵漏、上桐油，还用一条花布单改做了船帆。镇上有很多人赶来看隋不召的小船，用手抚摸着，不停地议论。大家都很兴奋。大人对娃娃说："这叫'船'。"娃娃学一句："船……"隋不召请一些年轻人帮忙把船抬到早就干废的码头上。那儿早围起了密密的人，他们似乎听到了什么，在耐心等待。隋不召注意地看了看，发现人群中有抱朴，于是精神更足了。他对周围的人介绍起船的功能，特别提到了它的那个舵。人们催促船快下水，隋不召翻眼说："那么容易吗？下船不念神文，听说过吗？"说完再不东看西瞅，一脸的端庄。他字字清晰地背诵道：

"某年某月今日今时四直功曹使者，有功传此炉内香，奉请历代御制指南祖师，轩辕黄帝、周公圣人、前代神通阴阳仙师、青鸦白鹤仙师、王子乔圣仙师、李淳风仙师、陈抟仙师、郭朴仙师，历代过洋知山知沙知浅知深知屿知礁精通海道寻山认澳望斗牵星古往今来前传后教流派祖师，祖本罗经二十四向位尊神大将军，向子午酉卯寅申巳亥辰戌丑未乾坤艮巽甲庚壬丙乙辛丁癸二十四位尊神大将军，定针童子，转针童郎，水盏神者，换水神君，下针力士，走针神兵，罗经坐向守护尊神，建橹师父……千里眼顺风耳部下神兵，是精神更是了。他对周围的人介绍 ███ 船的功肝，特别提到交 ███ 那个 ███████ 般。人们催促船快下水，隋不召翻眼说："那么容易吗？下船不念神文，听说过吗？"说完再不东看西瞅，一脸的端庄。他字字清晰地背诵道：

"███某年某月今日今时四直功曹使者，有功传此炉内香，奉请历代御制指南祖师、轩辕皇帝、周公圣人、麻代神通阴阳仙师、青稿白鹤仙师、王子乔仙师、李淳风仙师、陈抟仙师、郭模仙师，历代进洋知山知沙知浅知深知屿知礁精通海道寻山认澳望斗牵星古往今来前传后教流派祖师，祖本罗经二十四向往尊神大将军，同子午酉卯寅申巳亥辰戌丑未乾坤艮巽甲庚壬丙乙辛丁癸二十四位尊神大将军，定针童子，转针童郎，水盏神君，接水神君，下针力士，走针神兵，受经生向守护尊神，建橹 ███ 师父……千里眼眼风耳部下神兵，擘波暗浪一炉神兵，本船奉七记香火有感明神敕封护国庇民妙灵昭应明著天妃，海洋屿澳山神土地里社正神，普降香莛，祈求圣杯。或游天进戏驾祥云，降临香庭从蒙列生，谨具清樽。伏从奉献仙师酒一樽，乞求保护船 ███ 尺财物，今日良辰下针，青龙下海永无宄，伏望圣恩幕拥护，东西南北自经通。伏从三杯灵酒满金钟，扯起风帆遮映风。海道平安往回大吉，指东西南北永无差，朝著使船长应护往变进洋行正路，人船安乐，过洋平善，暗礁而不遇，双篷高挂永无忧！……"

　　所有 ███ 人渐渐都肃穆起来。███████ 人们忱忽间看到了湖波渺渺的运洋，众人赤膊奋力板橹，生命包擎波喝浪一炉神兵，本船奉七记香火有感明神敕封护国庇民妙灵昭应明著天妃，海洋屿澳山神土地里社正神，普降香筵，祈求圣杯。或游天边戏驾祥云，降临香座以蒙列坐，谨具清樽。伏以奉献仙师酒一樽，乞求保护船只财物，今日良辰下针，青龙下海永无灾，伏望圣恩常拥护，东西南北自然通。伏以三杯美酒满金钟，扯起风帆遇顺风。海道平安往回大吉，指东西南北永无差，朝暮使船长应护往复过洋行正路，人船安乐，过洋平善，暗礁而不遇，双篷高挂永无忧！……"

所有人渐渐都肃穆起来。人们恍惚间看到了烟波飘渺的远洋，众人赤膊奋力扳橹，生命危在旦夕。或者珠宝盈船，华光闪耀，一会儿又被浓雾隐去。真是天海人船，祸福相生。老人们则忆起码头上密集的樯桅，满天的腥气。新船老舶拥拥挤挤，重重叠叠，无有边际。一万个船夫在甲板上呼气，淫荡浑浊的气味扑面而来。洼狸镇生意大盛，丁当响的银圆四处滚动。倾盆大雨下个不停，河船像蝗虫一样浇也浇不散……大家围着隋不召和小船，一声不吭，像不认识似地互相看一眼。他们搓揉着眼睛，这才看清隋不召已经坐在了未下水的船里。他坐着，举起了拴在腰上的望远镜，吸引见素也跟他上船。

见素呼喊着什么，疯迷了一般向船上跑去。

抱朴眼疾手快地扯住了他的后衣襟，任他挣扎，也决不松开……隋不召在船舱里骂着，骂声不堪入耳。后来他招招手，大家明白那是让把船和他一并抬进水里，于是就兴奋地照办了。船一入水就像有了生命似的，不知哪个部位还发出了咕咕的叫声。帆涨满了，船体飞快向前移动。隋不召从舱底站起，让河风吹乱了头发。他一会儿掐腰，一会儿拍打身体，迎着岸上的人做着各种鬼脸。人群中的女人都低下头去，小声骂着："这个不要脸的！"

　　船到了河心，众人这才醒过神来，大声地呼喊起来："好船！好家伙！""隋不召，你能的！""回来载上我啊！"……正喊着，河心的小船突然震动了一下，接着按逆时针方向旋转起来。开始转得非常缓慢，像河边的老磨一样缓缓地转。但是越转越快，越转越快，在人们担心它马上就要飞走的时候，呼地一下就沉到河底了！河心里只留下了一个小小的漩涡。大家想，隋不召若不赶紧趁漩涡中心的通洞爬出，那他也就没命了。这样期待着，但他终于没有爬出，通洞一会儿平复了，河水依旧。见素在抱朴怀里大哭，抱朴抱紧了弟弟，两臂颤抖。

　　一群人正在失望悲伤，突然靠岸处的水里硬硬地昂起一个人头。不是别人，正是满脸胡须的隋不召。大家惊呼着，他却谁也不理，一个人摇晃着，洒下一路水滴走了……这时才有人议论：船沉了也是天意，或许洼狸镇再不该有船。如果这船不沉，隋不召也许就永远离开了镇子！众人称是，心里都怪自己刚才怎么就没想一想他要驾船去哪里呢？大家一齐转过脸来看着见素，都说万幸万幸。还有的说这个隋不召也算得上个心底阴幽的人了，怎么好拐走一个孩童呢？抱朴听不下这些议论，最后扯起弟弟的手，沿着叔父洒下一行水滴的小路走去。

隋不召一连很多天羞于出门。他大病了一场，走出厢房时已经瘦得皮贴骨头，额上还莫名其妙地捆了条蓝布条。他像是要把脑壳坚固一下。一条船沉了，但几年之后又有一条船出现了。它震动了全省。差不多与之同时发生的，还有扒城墙的事件，那可真是个狂热的年头。

那一天隋不召正在埋头穷读他的航海古书，忽听得有谁在窗外大喊一声："那条船给修水利的挖出来了！"隋不召知道这会儿全镇人都在穷挖，也真说不定那条小船给挖出了呢。他心里怦怦跳起来，急急地向河边跑去。到了码头他才望见，几乎全镇人都出来了，汇集到了离芦青河岸半里远的地方。他奔跑着，两腿交绊，不知跌了多少跤子。等他跑到了那里之后，人们已经把什么铁紧地围起来。亏得他身体瘦小，在人空里钻挤着，这才看到了被掘起的一卷一卷的泥土。巨大的沟渠浊水流动，里面的东西已被搬到了高处，他看了一下，撕心裂肺地呼叫了一声："妈妈呀！……"

这是一条残缺不全的大木船。船舷已朽碎无存，只剩下一条六丈多长的龙骨。有两个铁疙瘩歪在龙骨上，那是两门古炮。龙骨一旁是一个生铁大锚。还有些散乱东西看不出眉目，沾了黄土粘在一起，黑黝黝一簇。船头上有斜横着的两个铁杆，原来是什么笨重的枪矛扎在上面。一股奇怪的气味弥漫在空中，招引来一只大鹰在高处盘旋。这气味让人喉咙发干，欲呕不能。龙骨的外层被风吹干，接着就发红。木头上，所有洞眼一齐滴水，先是白水，然后是红水。到后来谁都闻到血腥味了，啊啊呜呜地想退远一点。高空里，那只大鹰还在盘旋，有时像定住了一样，纹丝不动。

负责开渠的人一旁蹲着吸烟，吸了一会儿站起说："莫大惊小怪了，干活干活。先把它解开，搬到大食堂生火……"他的话音刚落，隋不召蹦了起来，跳到离龙骨最近的地方，高喊："谁敢！"……大家愣着。隋不召指着残船说："这是我的船！我和郑和大叔的船！"大家终于笑起来。负责人又催促一遍，有人就弯着腰走向龙骨。隋不召啊啊大叫，灰白的瘦脸变紫了，接着额头上的蓝布条"嗡"地一声断了，像断掉一根丝弦。他猛地抄起锈蚀的大锚，举过头顶喊：

"谁动我的大船一手指头，我就砸死谁！"

抱朴和见素都在人群中。见素这时喊了叔父一声。

隋不召没有听见，只是咬咬牙，胡须一根根活动。终于有人议论说，这船至少埋了上百上千年，是个宝器也说不定，何不先找个明白人来看看再拆？众人齐声应和，于是负责人派谁请李玄通去了。一会儿派去的人报告，李玄通正念"佛说观无量寿佛经"，活动不得；也只得求玄通老友中医郭运。郭运半个时辰就到。大家松了一口气。一会儿，郭运果然来到，大家急忙闪出一条路来。老中医脚踏泥泞，手撩灰衫，直走到龙骨跟前。他低下头一动不动地看，又像羊啃草一样地沿龙骨一周。最后他眯起眼来，平伸双手，像要抚摸什么，却又离欲摸之物二尺有余。这样摸摸索索一阵，鼻子蓬蓬直响，喉结上下滑动。他收回手来，又仰脸观天。这时正好一撮鸟粪落在脸上，他却木然不觉似的，又低头去望长长的泥渠……郭运盯了渠底足有半个时辰。所有人都屏住呼吸，焦灼难耐。老中医缓缓转过身来，问道：

"船头朝哪？"

没人能够答得出。当时把它掘出来，只当可有了生火的好材料，胡乱拖将上来，谁记得朝哪。负责挖渠的人说："管它朝哪哩。"老中医勃然变色，说："船头朝哪，至关紧要。朝北要入海，朝南要经山；朝向洼狸镇，主耽搁码头。"众人互相看着，不吱一声。老中医又说："这是芦青河故道上一条战船，古时候争天下沉下的，最是国家宝贝。老老少少，不得近前，先差人白黑看守，然后找伶俐人火速上报国家。"

隋不召这才放下铁锚，说一声"我去报了"，就挤出了人群。

抱朴扯着见素回到家里，先找叔父，叔父不见。他们穿过夹道时，听见有人在哭。慢慢听出是含章的声音，赶紧跑了过去，见妹妹哭得已经倒在了炕上。兄弟两个摇晃着、询问着，她就用手朝马厩的方向指了一下。他们扔下她跑出来。到了马厩一看，老红马死了。叔父浑身乱抖，呜呜罗罗不知对着死马说些什么。抱朴知道叔父原来想骑老红马上路的，不巧它已经死了。抱朴和见素向着老红马，一齐跪了下来。

后来，那条残破的老船被省里来专车拉走了。镇上人打那儿就再也没有见到它。

第 页

第五章 ~~三甫光三班中~~

早在芝船出土前好几年，也就是隔近之死去的第二年
春天，后母茴子死了。那一天抱朴正躺在厨房里，~~忽~~
~~老隋家那座富丽堂皇的老宅正屋就在茴子死的这天拆掉了。~~
到了嗅~~啪~~一声，跑出一看，房子大的正屋没有～～
～～稻草红颜一样在屋顶上缠烧着，又球成一团摔到地上。那
～～天～～救们的人都赶来救火，火灭了，房子也快塌了。后
来～～~~他~~～～死在落满黑碳的土炕
上，目不忍睹。～～当时～～录上长父到外地玩去了，～～都不
～～～～只有抱朴亲眼见到后母是怎么死的。~~那天~~ ~~他~~
~~越恕父他们还没有回来~~，~~一个人~~ 偷ㄣ地把她埋葬了。后来见录常
ㄣ问起母亲是怎么死的，抱朴总回答她是服毒死的。这倒
是真的。不过关他一些事情，抱朴从来~~都~~没有跟弟ㄣ说。如
今，那座富丽堂皇的老宅正屋再也没有了，它的房基~~上~~已
改成兄妹三人的菜园了。~~夜晚~~月亮照耀着黝黑的眉豆架，菜叶
露滴晶莹。

抱朴记得父亲死去半年之后，隋不召曾~~找到~~茴子说："嫂
子，搬出老宅吧。"茴子不搬。他又说："哥ㄣ过世了
你的媳妇身不够，压不住这宅，空主凶。"茴子看也不看
~~小叔子~~～～一眼。又待了几天，隋不召忽然面色赤红，浑身抖动着跑进
了老宅里。他大声地叫着："茴子！茴子！"一边叫，两只
手不停地哀搂着衣服。茴子反嫌地看了他一眼，有些恨恨的
地问了一句。"你焦么了？"隋不召用手往外指着说。"我

人民文学出版社稿纸（24×25=600） 文小五22字15年金 〈73〉
江六米一九万、以东抽

4664 ⑤ 当代 杨觅
73-80

第五章

早在老船出土前好几年，也就是隋迎之死去的第二年春天，后母茴子就死了。老隋家那座富丽堂皇的老宅正屋就在茴子死的这天烧掉了。她死在落满黑炭的土炕上，目不忍睹。当时只有抱朴亲眼见到后母是怎么死的。他一个人偷偷地把她埋葬了。后来见素常常问起母亲是怎么死的，抱朴总回答她是服毒死的。这倒是真的。不过其他一些事情，抱朴从来都没有跟弟弟说。如今，那座富丽堂皇的老宅正屋再也没有了，它的房基已改成兄妹三人的菜园了。夜晚，月亮照耀着黝黑的眉豆架，菜叶上露滴晶莹。

抱朴记得父亲死去半年之后，隋不召找到茴子说："嫂子，搬出老宅吧。"茴子不搬。他又说："哥哥过世了，你的福分不够，压不住老宅，它主凶。"茴子看也不看小叔子。又停了几天，隋不召突然面色赤红，浑身抖动着跑进了老宅里。他大声地叫着："茴子！茴子！"一边叫，两只手不停地磨擦着衣服。茴子厌烦地看了他一眼，有些惊讶地问了一句："你怎么了？"隋不召用手往外指着说："我的小厢房收拾得干干净净，地上洒了西洋香水。"茴子呆呆地盯住他，更糊涂了。隋不召下巴摇晃着，小灰眼珠一睁一闭。他终于跺了跺脚："你搬出老宅，跟上我这个穷汉过吧！"茴子简直不信自己的耳朵了。她一个嘴巴抡过去。隋不召的鼻子淌着血，咬住嘴唇。他还是说："你该跟上我过。"苗子打不走他，就回身抓起一把剪刀。隋不召抬腿跑了。他对侄子抱朴说："你这个后母完了。她要用剪刀捅我。她不解好意，把我看成了什么人。我浪荡了一辈子，可我对苗子没有半点歹意。我穷得一干二净，我不欠谁的正好跟她过。也罢！她没有出过老洋，没有见过世面。南边地方，男人不在了跟上小叔子的有的是。也罢！也罢！她完了。"

隋不召走了，苗子活着时他再也没有进老宅。时隔不久，果然有人来驱赶他们搬出老宅正屋，房子要没收归公。抱朴劝着后母搬出，她咬着牙不搬。她什么也不说，只是不搬。最后她让见素和含章跟哥哥到厢房去，她一个人住宽大的正屋。抱朴觉得那时她那么拗气，美丽的眉梢上全是刚强和仇恨。他自然又想起了父亲第一次还账回来，后母敲碎了自己手指骨节的情景。

苗子和她的正屋一同死去之后，几个民兵日夜看守着抱朴兄妹三人，住了很久才撤去。这期间赵多多一直带领几个人在院子里寻找宝器，用一个长长的铁钎在地上捅着。他们什么也没有捅到，十分懊丧。

剩下的几个厢房归他们兄妹三人。隋不召开始经常来老宅大院了。抱朴恳求叔父搬进院里，叔父不同意。抱朴开始几年同弟弟妹妹住一个厢房，空出来的屋子装一些杂物。书已经不多了，风声一紧，他就把它们藏在一口棺材里。含章渐渐长大了，样子活像母亲，脾气倒像父亲。她一个人住到另一间厢房里。老隋家打杂的人差不多在隋迎之死去的当年就走光了，只留下一个无家可归的桂桂。桂桂给三个人做饭，闲下来就坐在门槛上剥青青的豆角。她比抱朴小三岁，小时候和抱朴用一个浴盆洗过澡。她剥豆角的时候已经常常红脸，就红着脸看抱朴。有一个晚上，兄弟两个都睡过去了，桂桂看到灯还亮着，就走了进来。她在红扑扑的灯影下惊讶地站住了。抱朴健壮的肩膀裸露着，睡得沉沉。他的一只腿也露在被子外边。她从来没有见到他长粗长壮了的这些地方。她怕他着凉，用被子盖他的腿。用被子再盖他的肩膀。他身上散发出的气味使她流起泪来。她抹去泪水，泪水又流下来。她就吻了一下他的热乎乎的肩膀。他还在睡，他太倦了。见素突然醒了，一眼看到桂桂伏在抱朴的肩头上，有些费解地探起头来。他睡眼朦胧，说："嗯？"桂桂扔下一切跑了出去。见素再也没有睡着。他吹灭了灯，在黑影里笑了。这以后见素常常用眼睛研究抱朴和桂桂了。他发现桂桂原来很美丽；哥哥壮极了；哥哥如果和桂桂打架，身子轻轻一动就会把桂桂碰倒。这样一年过去了，抱朴和桂桂成家了。见素就一个人搬到东墙根的那个小厢房里了。他觉得从自己搬出的那天起，哥哥的小厢房里充满了秘密，他偶尔也进去玩，总是留意地看着一切。桂桂在窗上贴了一幅剪纸花，上面剪了一个螃蟹，螃蟹乱糟糟的爪子上擎了一个红枣。小屋里的气味也变了，不香不甜的，温温吞吞。小屋子真好。

见素觉得自己的小屋子又冷又寒伧。他除了睡觉，干脆不怎么回小屋。他爱和叔父在一起玩。隋不召那些古怪的故事他听得入迷。当讲到那些搏风斗浪的海上生涯时，见素总是兴奋地张大嘴巴。他一个人到河滩的丛林间游荡，望着嘎嘎飞去的鸟雀，做着各种奇妙的想象。后来他玩不成了，像个长大的牲口一样被戴上笼头，拴到犁头上了。他和哥哥没白没黑地到田野里劳动了。镢头和镰刀都碰过他的皮肤，他就像充满了汤汁的新梧桐苗一样，一碰就流血。他的血是崭新的，彤红彤红。他身上结了无数的疤痕，可是无比强壮。有一次领着干活的头儿让他一个人去河滩上割棘子围菜园。他去了，看到一个十六七岁的小姑娘也在割棘子。小姑娘叫他"素哥"，他眉开眼笑，心想素哥不素，真想和你好起来呢。一股热血在周身回旋了这么多年，突然间涌到了喉头上，喉头烫极了。他不和她说多少话，只是不时地看她一眼。她老要跟他说话，十分活泼欢快。他偏不跟她说。他想让她憋住那股欢快劲儿，快些在身上转化成另一种东西吧。第二天过去了。第三天又过去了。见素第四天又来割棘子，恨不能抓起镰刀来把自己的手砍去。这样割到半下午，见素喊了一声："看我手上这根大刺！"小姑娘哎哟一声抛了镰刀，跑过来说："哪里？哪里？"见素说："这里！这里！"小姑娘到近前看他的手，他用手把她用力地揽到了怀里。小姑娘像条小蛟龙一样倔强地挣脱着，说："素哥！素哥！我要喊人了。放开我。放开！"见素嘴里莫名其妙地也重复着："素哥！素哥！"他为了使她安静，就抚摸她的头发。一下一下地抚摸，感受着那种特别的滑润。一下一下地抚摸。倔强的小身体颤动着，慢慢安静下来。停了一会儿，小姑娘把头伏在了他宽宽的肩膀上。

当天晚上，月亮不太亮。小姑娘悄无声息地溜进了老宅大院。

见素在眉豆架下等她，把她抱进了他的小厢房去。屋里没有灯，晕晕的月色照在屋里。小姑娘坐下来，伸出两只手掌按在见素的脸上。她小声说："我不让你看我。"见素只用一只手就捂住了她的脸，就："我也不让你看我。"小姑娘把他的手扳掉，说："我就是来看看你的，素哥，我看一会儿就走。"见素想你可别走，今夜你可别走。他把她又抱起来，吻着她。小姑娘幸福极了，去吻他的脖子、眼睛。她摸他刚生了一层茸毛的嘴唇，说："真好啊。"见素全身不停地抖动起来，她害怕地问："你病了吗？"见素摇摇头。见素为她脱起衣服来，她哀求着要走。见素不言语，呼吸声很粗。她慢慢也不作声了，最后自己动手脱了衬衣。她只穿了一条带黄紫两色条杠的针织裤头。见素把拳头握紧，胳膊硬硬地架起来，让她羞涩地伏在胳膊上。小姑娘全力伏在胳膊上，似乎要围绕这胳膊旋转。她身上有些黑，有些凉，可是极其柔软。这个小身体让人想起一根带子。它细长而柔软。它在月色下发光，小小的臀部浑圆结实。见素小声说："你怎么能走、怎么走？"小姑娘哭了，呜呜地哭，用软软的胳膊抱住他的脖子，吻着他，哭着。见素脸上沾了眼泪，他觉得自己没有哭。小姑娘终于不哭了，安详地看着他。

半夜时分，院里起了风。小姑娘从厢房走出来，见素送她。他们在眉豆架下最后待了一会儿。他嘱咐她说："家里人问你，你就说走迷路了。"小姑娘说："嗯。"临走，小姑娘又说："你是最坏的人。我完了。不过我背后里不骂你。我再也不和你好了。你真坏。不过我完了……"见素安慰说："你一点也没完。你变得更好看了。我死那天也忘不掉你，忘不掉今夜……你记住这个：你一点也没有完。"

　　早晨醒来，见素在井台上遇见了大哥。抱朴觉得弟弟有些异样的兴奋，就多看了他两眼。见素替哥哥把水桶灌满，又替他提到屋里。哥哥让他坐一会儿，他不坐。走出门来，他舒展着两臂，仰望着天空，说："哎呀，无比地好！"哥哥问："你说什么？"见素回头看着抱朴的眼睛，平静地回答：

　　"无比地好。"

　　见素的小厢房夜间常常黑灯，他半夜半夜地不回家。他越来越瘦了，脸上手上带着劳动落下的伤疤，两只眼睛也陷下去了。这双眼睛因为熬夜总是布满了血丝，可它还是那么明亮、那么热烈。这一年上抱朴是最不幸的。桂桂早几年落下了痨病，艰难地活过来，挨着日子，这一年终于死了。她死的时候抱朴抱着她，觉得像抱了一捆秫秸那么轻。他不明白她早几年能活下去，眼下倒撑不下去了。那时候大家都没有东西吃。抱朴从一张旧河网上解下了三个滑石坠脚，捣成了白粉，大家分开吃了。叔父一天到晚趴在芦青河岸的沙子上，寻机会到水里逮一条小鱼。抱朴记得桂桂没有力量咀嚼一条活蹦乱跳的小虾，小虾简直是自觉跳进了她空空的胃里。一截儿榆树皮让见素欢天喜地，他嚼去一段，另一段留给嫂子。抱朴想用刀子把榆树皮切碎，可是刀子前年已经被收去炼钢了。铁锅也收去炼钢了。他把树皮嚼碎，一口一口地送进桂桂嘴里。就这样桂桂活过来。可是她接下去只挨了三四年，就永远地离开老隋家了。葬了桂桂一年多，抱朴才渐渐从悲哀里挣脱出来。见素越来越像一个大小伙子了，有一天抱朴去摘眉豆，见他正跟一个小姑娘躲在眉豆架子后面。

这一年上高顶街的粉丝作坊又开工了。因为一连好多年没有绿豆，粉丝自然做不成。如今河边老磨重新转动起来，抱朴就去看起老磨来。他像那些老头子一样坐在方凳子上，怀里紧紧抱一柄木勺。白色的浆液哗哗地从磨渠流进大木桶里，一会儿就有女工来把木桶抬走。一个叫小葵的姑娘总是早来一会儿，抱着一根竹扁担站在角落里。有一回她带来一个小蝈蝈笼，就悬在了老磨屋里。抱朴听着蝈蝈的歌唱，忍不住就要去看一眼蝈蝈笼。小葵就站在蝈蝈笼儿旁边，两手背起来贴压在墙上。她的脸彤红彤红，鼻尖上渗着米粒大的汗珠。抱朴怀中的木勺微微摇动了一下。她眼睛一动不动地盯着前边的小窗子，说："你真好。"接上又说："你叫得真好听。"抱朴站起来，用力地扣着绿豆，木勺发出了"哐哐"的声音。老牛不安地瞥了他一眼。大木桶的浆液又满了，两个姑娘赶紧将它抬走。抬过木桶的地方有一溜水珠。抱朴看着脚下濡湿的土末，不知怎么想起他小时候和小葵一块儿在河汊里捉过泥鳅。他们都穿了一个红肚兜儿，捏不住溜滑的泥鳅，都一齐笑起来。他还记起他到自己家的大粉丝厂里玩时，小葵正在筛豆渣，将雪一样白的绿豆渣球成一个圆球。她见到他，就举起了这个圆球。他要个豆渣球干什么。他这会儿想起来，倒觉得她两手捧起那么个东西，神色庄重而又含蓄。小葵又一次来到时，抱朴注意地看了看她。她安详地站在那儿，面色微红，墨一样的眸子一闪一闪。她不太高，可是显得修挺。他最后看了一眼她那隆起的胸脯。她轻轻喘息，像睡熟了一样。满屋里都充溢着一股香气。这绝不是脂粉的香味，而是一个十九岁、二十岁的纯洁的少女的气味。抱朴活动了一下身子，去看老牛。老牛有些奇怪地边走边摇头。他起身去给老磨添绿豆。木勺老在手里抖动，他真想把它扔到一边去。有一次木勺掉在老磨上，老磨载了它悠悠地转。勺柄转到小葵的方向时，突然像定住的罗盘针，一动不动地指着小葵。小葵往前走一步，叫着："抱朴，你、我。"抱朴取起木勺，老磨重新转动起来。小葵小声问："下工回家时，你能在河滩上等等我吗？下工……"抱朴额头上渗出了汗珠，他久久地盯着小葵。木桶里的浆液满了，另一个女工走了进来。一会儿该换班了，抱朴下工了。

抱朴没有像往常一样穿过河滩。他不知为什么想绕开河滩。他走得很慢。走啊走啊，两条腿那么沉重。后来他就不走了，定住似的一动不动。这时候晚霞像火焰一样燃烧，抱朴宽宽的后背给映得通红。他在霞光里摇晃了一下，突然转身向着河滩跑去了。他像要扑向一个什么东西，没命地奔跑，嘴里同时还发出了谁也听不清的咕囔声。他跑着，满头黑发都在微风中扬起来。这健壮结实的身躯颠晃着，两只胳膊在身侧参开，迈出的每一脚都给润湿的泥土夯上一个深深的印子。他跑着跑着，猛地就立住了。

一丛最大的柳棵下，站着小葵。小葵头发上扎了一块红手帕。

抱朴站着，最后缓慢地走了过去。他走到近前，看到她哭了。她说她刚才看到他是往另一个方向走去的。

他们都蹲在了柳棵下。小葵还是流着泪水。抱朴慌乱地点燃了一支烟，小葵把烟取下来扔掉。她把头顶在了他的胸膛上。抱朴用两臂揽着她，吻着她的头发。她仰起脸看着他，他伸出粗大的手掌给她抹眼泪，她重新低下了头。他吻着她，吻着她，摇了摇头。他说："小葵，我不明白你。"小葵点点头："你不会明白我。我也不明白我。你抱着木勺坐在老磨屋里，不说一句话。你像个石头人，挺有劲似的。反正，我害怕不说一句话的人。我知道我早晚得给你。"抱朴把她的脸捧正了，看着这双火辣辣的眼睛。他还是摇头："我是老隋家的人哪……你给我？"小葵点着头。接下去谁都不说话。他们就这样依偎着，直到太阳完全落下去。后来他们起身往回走去。抱朴分手时望着她，说："你和我都是不爱说话的人。"小葵抚摸着他粗粗的手掌，又把它捧起来，放在鼻子底下嗅着。

　　抱朴想，他就是被小葵嗅过手掌之后，才常常睡不着的。他在炕上翻动着身子，好不容易要睡过去了，又立刻有人过来捧起他的手掌。他伸着双手，让她嗅着，心中无比甜蜜。她走出厢房去，他也跟上她走出来。月色下，一切都朦朦胧胧的。她走在前边，他一眨眼睛，她又不见了。后来她又从他的身后跳出来，身子轻得像一捆秫秸，原来还是桂桂。"桂桂！桂桂！……"他呼叫着，伸出手去，结果前边只剩下一片洁白的月色了。一夜未眠，第二天还要去老磨屋。老磨屋只剩下她的蝈蝈笼，她再也不来抬木桶了。他采些玉瓜花儿喂着她的蝈蝈。他到粉丝房里找她，见她正在涮粉丝，胳膊被水泡得赤红。他没有喊她。老李家的李兆路正坐在高处拍打漏粉丝

抱朴 ████ ，他就是被小葵喂过手掌之后，才
第二睡不着

的。他在炕上翻动着身子，好不容易要睡过去了，
又立刻有人过来捧起他的手掌。他伸着双手，让她喂着，
心中无比甜蜜。她走出厢房去，他也跟上她走出来。月色
下，一切都朦朦胧胧的。她走到前边，███████████
███████ 他一眨眼睛，她又不见了。后来她又
从他的身后跳出来，身子轻得像一捆林粉，原来还是桂桂。
"桂桂！桂桂……"他呼叫着，伸出手去，结果前边只剩
下一片洁白的月色了。一夜未眠，第二天还要去老磨屋。
老磨屋███只剩下她的烟袋，她再也不来拾木补了。他
呆坐玉被衣儿喂着她的烟袋。他到粉丝房里找她，见她正
在淘粉丝，胳膊被水泡得赤红。他没有喊她。老李家的李
兆路正坐在另一处拍打滥粉丝的绦瓢，一边打一边哼。"哎
呀！哎呀！"下边有人说："这个家伙更好打。"抱朴抬
头看了看这个粗臂汉子，见他老用眼睛盯住下边的小葵。
抱朴一声不吭地回到老磨屋了。老磨呜隆呜隆地转着。老
牛在巨磨的声音里微微摇着尾。

抱朴 █████████ 从那以后就没有睡过一夜好觉。
是怎样捱过了这　　光阴哪

他 ██ 近二十年的 ███ 。███ 他无数次搂搂抱抱地
走进老赵家的卷子，偷偷地伏在小葵的后窗口上。小葵告
诉他：她要嫁给老李家的兆路，没有别的办法好想，这是
老赵成的决定，四爷又点头应允了的。抱朴彻底地失望了。
四爷一点头了，就是这么回事。他不怪地随着了 t 的约
(他内心的渴念一分未减，走不了折磨。后来又失效望。)
想，安静地坐在老磨屋里。可██████████████

的铁瓢，一边打一边哼："吭呀！吭呀！"下边有人说："这个家伙真能打。"抱朴抬头看了看这个粗臂汉子，见他老用眼睛盯住下边的小葵。抱朴一声不吭地回到老磨屋了。老磨呜隆呜隆地转着。老牛在巨磨的声音里微微摇着头。

抱朴从那以后就没有睡过一夜好觉。他是怎样挨过了这近二十年的光阴哪。他曾无数次摇摇晃晃地走进老赵家的巷子，偷偷地伏在小葵的后窗口上。小葵告诉他：她要嫁给老李家的兆路，没有别的办法好想，这是老赵家的决定，四爷爷点头应允了的。抱朴彻底地失望了。四爷爷点头了，就是这么回事。他尽快地抛弃了所有的幻想，安静地坐在老磨屋里。可他内心的渴念一分未减，受尽了折磨。后来头痛欲裂，他就用一根布条将脑袋捆起来。这样果然减少了一点痛疼。这使他想起那条老船出土的时候，叔父头上就扎着这样的布条。他明白了那时候叔父正害着严重的头痛病 —— 那次沉船给他的打击太大了，老人的心灵就从来没有安宁过。抱朴扎上布条不久，小葵真的嫁了李兆路。抱朴知道了消息之后就栽倒了，在厢房里昏迷了过去，……又过了不久，全镇都传着一个消息，说李兆路逃到东北当盲流去了，赚了大钱就接走小葵。果然镇上没有了兆路。小葵又搬回了老赵家的小巷子。一天夜里下着大雨，雷声不绝。有一个巨雷劈了老磨屋旁边的一棵臭椿树，全镇都听见它恐怖的声音。抱朴被雷声唤醒再也没有睡着，在炕上折磨了几个时辰，头颅又痛疼起来。他又扎上了布条。茫茫的雨夜里，他仿佛听到了桂桂在远处呼唤他。他披了衣服奔出厢房，在泥泞和雨雾中奔跑着。不知跑了多久，也不知跑到了哪里。当他抹去脸上的雨水，猛抬头见到自己是站在了小葵的窗下时，一身血液马上沸腾起来。他拍打起窗子来。小葵伏在窗口上哭了。可她就是不开窗子。抱朴觉得热血往上涌去，两颊发烫，接着头上的布条"嗡"地断掉了，像断掉一根丝弦。他只一拳就砸开了窗子。

他浑身冰凉。他把小葵抱在怀中，觉得像一团火烧着胸口。小葵抖得厉害，喘息不停，两手交叉着护住胸部。他把她的手移开，她就抚摸起他粗粗的手臂来。黑影里她喘息着，像是有点憋气。她说："啊啊，啊啊。"抱朴把她长长的黑发弄散，把她仅有的一点衣服也脱去。他像在自语似地咕哝着："是这样啊，你啊。我没有办法，天天都没有办法。雷把什么劈成两截了。你害怕吧，什么也看不见。可怜人，这样，这样。老磨屋里的蝈蝈笼风干了，现在用手一碰就碎了。真可怜人。我有什么办法，你看我是个最坏的人。这样，这样。你的手，唔唔，我满脸都是胡子啦。我真笨，我是块石头。你啊，你啊。雷又响了，让雷来劈了我吧。好，我不说这个。你啊，你的手啊。怎么办！你啊，小葵，小葵……"小葵不停地吻他，他不再自语了。闪电亮起的时候，抱朴看到她身上流动起汗水来。他说："我多想把你抱到我的小厢房里。我们把门反锁上，永不出门。老磨自己转去吧，我和你在小厢房里。我们就这样，在自己家。"小葵几乎没有说一句话。她的眸子使他想起几年前柳棵下的情景，想起了她的那句话："我早晚得给你。"他幸福地对在她耳根上说："好。"

雷雨之后，抱朴一连几天睡得很香。他仿佛要让弟弟和妹妹分享一点愉快，总在他们屋里闲谈。含章脸色一直很好，见素的情绪却突然坏起来，后来眼窝发黑。他告诉哥哥，他失恋了。抱朴并不吃惊。他久久地叹气。没有办法，老隋家的这一辈儿人可以有爱情，但不可以有婚姻……几天后，兆路从东北回来了。这个出远门闯荡的人一年不见，竟然变得面色灰暗，生了高高的颧骨。可是他说还要回去。他说之所以要赶回来，是因为"怕耽误了孩子"。他在洼狸镇住了一个多月，说是"行了"，就又回东北了。他走了，可是再也没有回来。半年之后传回了死讯：煤窑冒顶，他埋在了几百米深的地底下。小葵再不愿走出赵家小巷子一步。抱朴有一回在街上遇到了一个身穿孝衣的女人，认出正是小葵。

　　小葵生下了小累累。抱朴越来越衰弱，后来病倒了。郭运给他号脉、看舌苔，又细细地看了他的手臂和后背。这时抱朴肌肤已经出现了斑点，壮热口渴，烦躁不宁，舌质变成了绛色。老人叹息道："气分邪热未解，营分邪热已盛，气血两燔，热扰心营。"说完给他开了个方子，是"玉女煎去熟地牛膝加细生地玄参"。抱朴服药几日，病情稍解，但肌肤斑点依旧。郭运又给他开了化斑汤：生石膏一两，生甘草三钱，玄参三钱，知母四钱，犀角一钱，白粳米四钱。抱朴谨慎服药，不敢懈怠，待病情好转，自己也翻翻医书。后来他知道郭运是依了"热淫于内，治以咸寒，佐以苦甘"之理。这不过是缓解，难以久治。他请教了郭运，郭运点头称是，并说静心为要，补无常补，要紧的是"呼吸精气，独立守神"。抱朴听了久久沉默。他想老隋家的人得了这种病也许就是不治之症。

他几乎每隔几天就要在炕上辗转反侧，二十年来总是如此。他深夜在院里一个人徘徊，但后来再也没有走近小葵窗口一步。他似乎总是听到兆路"呼呼"地打鼾声，听到煤窑冒顶的轰鸣、兆路的呼救，似乎看到了他在另一个世界谴责的眼神。小葵的孝服总在他眼前飘动。他走到眉豆架下，有时突然想到他是生在了老宅正屋的房基上，心立刻噗噗地跳起来。正屋烧起来的时候，只有他亲眼看到。他看到了苗子怎么死去、看到了她怎么在炕上令人恐惧地最后扭动。这一切他都不敢告诉见素。但他怕见素已经知道，他怕的就是这个。见素长大了，像个豹子一样盯视着四周。他怕见素跃起来撕咬。

　　作为老隋家的一个长子，他觉得自己对不起妹妹含章，没有对她尽到责任。妹妹今年已经三十四岁了，也像两个哥哥一样，只有爱情，没有婚姻。叔父原来曾做主把她嫁给李知常，她同意了，可出嫁的前两天又突然变了卦。李知常一连几天在晒粉场上徘徊，无比悲哀。他以为她嫌在河滩柳棵那儿出过事，可她哀求李知常离开她，说自己配不上老李家的人，老李家的人一个一个都太好了，太好了。她的肤色一天比一天苍白，差不多要透明了。她越来越美丽，越来越纤弱，偶尔去一趟干爹四爷爷家，回来时更加桀骜不驯。她不停地做活，从没缺过一天工，从晒粉场上回来，还要编织出口用的玉米皮草辫，补贴家用。抱朴坐在老磨屋里，望着远处的晒粉场，想着在粉丝间活动的妹妹，忧愁突然就会增加许多倍。弟弟在老磨屋里跟他有过那场剧烈的争吵之后，一连几天都让他坐卧不宁，一颗心正被什么不停地啮咬着。一天上午，他赌气似地"咣当"一声扔下了手里的木勺，然后直向着晒粉场走去。场上的姑娘们喧闹着，声音远远地就飞过来。一辆辆马车驶进飘扬着银丝的架子后面，马铃声和姑娘们尖声的喊叫立刻搅到了一起。抱朴绕开热闹地方，一个人转到了晒粉场的角落里。妹妹高高的个子贴在晒粉架上，没有发现哥哥的到来。她两手机械地在粉丝上活动着，脸庞却微笑着仰起，目光透过架子空隙，望着远处的闹闹她们。抱朴看着妹妹，有什么温热的小溪从胸间欢快地流淌过去。他再不想往前走一步了，就这样定定地望着她。她身子四周的粉丝那么洁白，晶莹透明，没有一丝灰污；她脚踏的沙土，沙粒儿也微微闪亮。抱朴好像第一次发现妹妹与晒粉场上的一切是这么和谐。他站在那儿，一只手愉快地到衣兜里去摸索什么，摸到了烟丝，又松开了。正这会儿含章看到了哥哥，眼神里像多少有些吃惊。她叫了一声："哥哥！"抱朴走过去，看着含章的脸色，又把目光转到一边去。含章说："你老也不到晒粉场上来。"抱朴没有吱声，又看了她一眼。他想告诉妹妹他与见素的那场争吵，但话到嘴边又咽了回去。停了会儿他问道："郭运说你有病，到底是什么病？"含章惊讶地把身子倚到了粉丝架上，两手紧紧地揪住了粉丝，望着抱朴。她冷笑着："我没有病。""你有病！你的脸色让人一看就知道！"抱朴提高了声音。含章也提高了声音："我没有病！"抱朴难过地低下了头。他蹲下来，看着自己的手掌，反反复复地小声说着："不能这样，不能这样，再不能了……什么都该从头开始，不能这样了。"他说着站起来望着远处。河滩上，那一个个古堡似的老磨屋黑黝黝地矗立在那儿，沉默不语。

他像呻吟一样叫道："老隋家呀！老隋家呀！……"他久久地站在那儿望着。停了不知多长时间，他突然转身严厉地喊道：

"你得去治病！不行，你不能成我这么个废人，你还年轻！我是老大，我比你大出十多岁，你和见素该听我的，听听我的！"

含章不吱声了。抱朴一直盯住她。她抬头看他一眼，浑身立刻颤抖起来。抱朴依旧严厉地追问一句：

"你回答我，你去不去治病？"

含章睁大了没有泪水的眼睛，一眨不眨地看着哥哥。她这样看了一会儿，上前几步，紧紧地抱住了他的胳膊。她哀求他，求他再也不要提她的病，再也不要，不要。

第 六 章

"君隋录又录人了！！"洼狸镇儿几天来很多人在背地里传着这句话。开始人们不知道是谁录了，后来慢慢都晓得了是前线的隋大虎。半个镇子□□都传遍了，唯独大虎家的人还不知道。最先是从探矿队传出来的，□□一个青年的哥哥与大虎在一个部队，他给弟弟来过信。后来探矿队那个"明言执语"又□□告诉了隋不召。□□这样传着，有一天大家都看到大虎的妈妈手里捧着儿子穿过的一件旧衣服，嚎哭着在大街上跑。老婆婆哭□□叫着。"我的儿呀！没娶媳妇的儿呀！十八九的儿呀！……"所有人都直着眼神望着。大家想老婆婆也许接到阵亡通知了。年老的婆婆都坐在蒲团上哭起来，哭得没有声音。整个一个下午镇子上□□，粉丝大厂的工人操作起来也悄无声息。张王氏□□□□关闭了"洼狸大商店"，喝酒的客人半路听到□□□，又折了回去。入夜了，可是没有人掌灯。□□大家摸着黑，就随刷老婆婆去陪伴悲伤。小□的三间草屋，中间香烟缭绕，是镇上人都崇奉的祀已府

第六章

　　"老隋家又死人了！"洼狸镇几天来很多人在背地里传着这句话。开始人们不知道是谁死了，后来慢慢都晓得了是前线的隋大虎。半个镇子都传遍了，唯独大虎家的人还不知道。最先是从探矿队传出来的，一个青年工人的哥哥与大虎在一个部队，他给弟弟来过信。后来探矿队那个李技术员又告诉了隋不召。正这样传着，有一天大家都看到大虎的妈妈手里抓着儿子穿过的一件旧衣服，嚎哭着在大街上跑。老婆婆哭叫着："我的儿呀！没娶媳妇的儿呀！十八九的儿呀！……"所有人都直着眼神望着。大家想老婆婆也许接到阵亡通知了。年老的婆婆都坐在蒲团上哭起来，哭得没有声音。整整一个下午镇子上一片沉寂，粉丝大厂的工人操作起来也悄无声息。张王氏关闭了"洼狸大商店"，喝酒的老人半路听到消息又折了回去。入夜了，可是没有人掌灯。大家摸着黑，轮流到老婆婆家去陪伴悲伤。

　　小小的三间草屋，中间香烟缭绕，是镇上人都熟悉的死亡的气息。几个衣柜子叠成一个高台，上面铺了席子，又蒙了布单。高台上碗盏繁多，还有光色灰黄的小蜡烛。碗里大多是染成各种颜色的粉丝，上面翘翘地摆了青翠嫩绿的香菜、切成条条的鸡蛋饼。这些东西的后面就是那个唯一有资格享用的人的照片。照片没有放大的，都是一些小的凑在一张大镜框里。有一张居中，上了红黄两种颜色，是大虎走后半年照的。军装把大虎打扮得英俊威武，当年几乎所有镇上姑娘都轮番来看过。一跳一跳的蜡烛下，老人们拄着拐杖，身体往前弓着看这张照片。

半夜时分张王氏夹着黄色的草纸和一簏香来了。她把这些交给老婆婆，老婆婆让身边的一个小儿子用铅笔蘸点唾沫记下来。张王氏低声说了几句什么，神色肃穆。接上老婆婆用一根树枝在地上画了一个椭圆，在圆的中央烧起草纸来。张王氏口中念着什么，取一点烧酒，在火焰的上下左右洒起来。有几滴酒落在火苗上，火苗立刻猛地一蹿。青烟浓了，人们大咳起来，流着泪。张王氏找一个最大的蒲团坐了，眼皮垂下来，衣袖垂下来，两肩垂下来。她多灰的脖颈细长坚硬，下巴往里收得更紧，一句一句歌唱起来。歌声低低，如纺车发出的声音，嗡嗡呀呀。人们就随了这节奏微微摇晃，越摇越重，好比一起装入了巨大的洗衣盆里，正被张王氏不慌不忙地搓动着。这样直到天明，张王氏歌声如旧，不少人却困得躺倒。老人们坐在地上，双手牢牢抱住拐杖，头颅垂在胯间，嘴唇松弛发紫。他们不少人恍惚间磕磕绊绊进入老庙，听老和尚讲经，直到老庙燃烧起来才慌忙逃出，睁眼已是天明。日照窗红，蜡烛燃尽，张王氏从蒲团上下来，回身便走。老婆婆赶上去，小儿子扯紧张王氏的衣袖。张王氏下巴一点一点说着什么，母子二人才放她走开。

天大明了，老隋家族全体出动，在草屋前的空地上搭了一个苇席棚子。后来棚下摆起朱红方桌和椅子，桌上摆了茶壶杯碗。一切做好天色又晚了，张王氏无声无息地领来五六个手持唢呐和胡琴的陌生男人，事先约好了似的，一声不吭就坐在桌前。陌生人相互使个眼色，吹拉弹奏突然开始。张王氏这才进入草屋，重新坐在那个最大的蒲团上。丝弦动人心魄，妙不可言。洼狸镇有人从来没有听过这样古声古气的音乐，有人却依稀记得。无数的人围拢过来，晚来的已经绝对没法近前。粉丝大厂的人差不多跑光了，老多多赶来追寻工人，却被乐声紧紧粘住。奏乐的人面孔生疏而灰黄，激情在生涯中全部用尽，如今使用的已是无情之情。他们互相不瞅不看。表情麻木，有一个面容近似痴呆。乐器在手中握得不牢，松松欲脱，似响不响，从容不迫。人们坐在地上闭目倾听，觉得如坠仙境，神妙恍惚。当吹拉的人歇息喝水时，远远近近的人群都发出呼呼的吐气声。有人忽然记起要问一下从哪里找来这样一班神手，一问才知是张王氏领来的。再没人惊讶。一会儿弹奏继续开来，大家停止吐气，眯上眼睛。正听着，一阵尖溜溜的声音突然掺入，所有人都立即睁开了询问的眼睛。弹奏顿时停下。

有人终于看到，跛四不知何时混入了人群，这会儿正泪水纵横地坐在一个老门槛上，从衣袖里取出了长笛。人们怒喝起来，赶他走开，他不听，只是吹着。有人用脚踏他，他依旧吹。看泊的二槐捎枪走过去，非要折断他的笛子不可。他抱紧了笛子在尘土里滚动，最后才寻个机会跑走了。

吹奏到了半夜，寒露打湿了所有人的头发。琴皮受潮，乐声低哑，近似呜咽。这会儿人们都听到那个尖尖的笛音又从河滩上飘来，心不由得揪紧了。午夜的笛音原来是什么都代替不了的。它的魔力第一次这样完整而充分地展露在全镇人的面前。它像女人歌唱，又像男人哽咽，无限欢乐中透着无限的悲伤。笛音像秋夜一样冰凉。它跳动不止，像是用弹弓把音符一个一个弹射过来。跛四从什么时候、因为什么缘故，要这么无休无止地吹奏？没有人知道。只是这笛声让人们很快沉浸到往事里，想想自己的痛苦与欢乐，想想小时候的大虎光着屁股，在水渠和河汊里捉鱼。蓖麻林里，大虎也做了个绿色的小笛子，吱吱地吹。他有一次攀到杏树上，掰下透明的树胶就往嘴里送，误认为它和张王氏的野糖是一种东西。笛音尖尖，在笛音里，人们又渐渐看到军衣破烂的大虎躺倒在前方的黄土上，额头苍白，嘴角流血。慢慢地，席棚下拉琴吹奏的人哀叹起来，最后自愧不如地放下了手里的乐器。他们也像大家一样地听远处的笛音了。这样又停了一会儿，笛声突然猛地止住了。所有人都怅然若失，茫然四顾。明净的夜空里，星星低垂着，露水越来越重。看泊的二槐提着枪奔跑起来，不断踩了坐着的人。他用手扳出一条通道。大家望了望，差不多一齐脱口喊道：

"四爷爷。"

一个五六十岁的男人缓步从人们刚刚闪出的通道上走过来。他黑亮的、一滚一滚的眼睛四下里瞥几下，然后就垂下宽宽的眼皮，只看着脚下的路。他头皮刮得光光，脸上修得没有一根胡须。颈肉有些厚，面色出奇地滋润，泛着红光。腰部很粗，挺得笔直，腰上扎了一条宽硬的皮带，酱色的宽衣收束在皮带里。老人神色沉重，长眉不安地抖着。可是温厚的面容和紧闭的嘴角，又安慰着和坚定着所有的人。酱色衣服是手工做成的，针脚细密，布扣周正。这种衣服的双袖是跟衣身连在一起裁成的，正好显出他特别坚厚的肩头和上臂。臀部巨大，坦然平静。他每一步迈得都很稳、很慢，直走到席棚下才停住。这时候大家才发现四爷爷身后还走着主任栾春记、书记李玉明。四爷爷站在席棚下，轻轻咳了一声。吹奏乐器的陌生人一齐站起来，一改工作时的麻木松懈，慌慌地弯腰点头，用力地笑。四爷爷不作声，伸出阔大多肉的手掌往下按了按，让乐师们坐下。他微微弯一下身子，给乐师们一人添了一碗冷茶，然后往草屋走去。

　　草屋里各种细碎的声音早已停止。老婆婆手扯小儿子小步疾趋迎向四爷爷，失声叫出来，哦哦地哭了。四爷爷握住老婆婆的手，有四五分钟。老婆婆的肩头软下来，抽着，抖着，越活动越瘦小了。她泣不成声，在嗓子眼里哭诉："四爷爷啊，大虎的事惊动了你呀！这怎么好，这怎么……好！我命苦啊，老隋家这一族人都命苦啊。四爷爷，惊动了你……"四爷爷松了手，往前一步，看了一会儿大虎的照片，动手去取香。他燃了香，深深一揖。张王氏从昏暗的角落里走出来，垂手站在老人一边。她嘴角比以往任何时候缩得都重，面容无比苍老，看着四爷爷皱到一起的颈肉。后来她发现他衣服上沾了一个草叶，就伸手捏了下来。这会儿栾春记和李玉明也先后走进屋里，在一边慰问起老婆子来，说大虎这样，整个洼狸镇都是光荣的了；不要悲伤，不要太迷信；如今迷信一点自然也没有什么，不过对英雄最好还是不迷信。他们最末一句话让张王氏听见了，于是她眯上眼睛望着他们，露出一口黑短的牙齿。他们赶紧转过身去。

屋内屋外的人都长时间地不吭一声。最沉重的时刻来到了。屋外的人看不到四爷爷在屋内做什么，但想得出老人也在哀悼。战争过去仿佛陌生而遥远，如今它是跟洼狸镇连在一起了。它变得可以触摸了，仿佛就是在镇城墙下打起来的一样。炮声摇撼了铁色的城垛、古莱子国的城垣，鲜血四溅。洼狸镇派出的不止是一个男儿，而是全部……一会儿，四爷爷走出来了。他步履依旧，缓缓地走过来，路过席棚再不停留，一直地向前走去。

他宽大的背影微微摇震在夜色里，慢慢不见了。

笛音又响起来。陌生的琴师被笛声唤起了责任，彼此使个眼色，又一齐吹奏了。

抱朴默默地坐在人丛中，后背像驮了一块磐石一般沉重。他欲哭无泪，浑身发冷。他后来终于听不下这笛声和琴声，起身离开了。在离开草屋空地几丈远的草垛子旁边，有几点火头儿闪着。抱朴问了句："谁？"没人吭声。他低头望了望，见是叔父隋不召蜷曲在乱草里，身旁坐着李知常、探矿队的李技术员和另一个工人。抱朴也挨着他们坐下来。叔父歪在那儿，嘴里不时发出吱吱的声音，原来他正怀抱一个酒瓶吮着。几个年轻人说着话，老头子不一会儿从乱草里插进来一句。抱朴听着几个人断断续续地说话，身上越发冷了。他们的话题自然离不开前线和大虎。抱朴的耳边除了尖尖的笛音，就是那连绵不绝的呜呜隆隆的声音。它究竟是老磨还是大炮的声音，抱朴无法分辨。他透过迷茫的夜色，清楚地看见了大虎在遥远的地方微笑。炮声隆隆，大虎向他招一下手，戴上被树叶伪装过的军帽，跑去了。

　　大虎他们的部队开到前线好几个月了。几个月就是训练，北方兵待在这个地方可真苦。再有一个月就能开到前沿，大家倒有些急。早打早利索。大虎来到前线的头一个月就提升为班长，大家喊他"虎班长"。连长方格说："生龙活虎，最好再有一个龙班长。"大虎告诉连长，他的一个好朋友，叫李玉龙，是从芦青河对岸来的老乡。人们就喊他"龙班长"。不过他不在我们连罢了。方格啧啧的，样子十分遗憾。他把手搭在大虎的脖子上，一块儿走了几步。他喜欢这个芦青河边来的小伙子，又漂亮又聪明，不 内向。这样的人都有完成任务的好办法。前几天方格让他跟车去拉弹药，同去的几个连的车都放空回来了，他的车却满载而归。连长跟他开玩笑："管弹药库的肯定是个漂亮姑娘。"大虎笑着。后来连长方格又让大虎跟车去搞回几个做掩体用的预制钢架 —— 本来发下几个，但不够用。连长真想这种钢架子。大虎十分高兴地接受了任务。他训练时认识了一个叫"秋秋"的漂亮姑娘，就是附近村子里的。秋秋在外村做竹笼，他想让她顺路搭车回来。一切都如愿以偿。钢架子和美丽的秋秋同车而归。

　　马上就要过五一劳动节了，部队要会餐，还要与地方联欢。节后部队就要开上去。这是个多么特别的节日。应该喝最好的酒，唱最婉约和最激昂的歌。大虎除了这一切，还要去约会最美丽的那个姑娘。他在歌唱、喝酒、跳舞，做这一切的时候，都想着那个事情。他见到她的时候，更想那个事情。老隋家人的特殊性情和禀赋也同样在他身上顽强地表现着。他全身像被什么燃烧着，冲动一阵阵涌起，使他全身颤抖。这种现象证明了老隋家的人走到哪里都可以比别人更多地焕发激情，并且是不可遏制的。他在联欢晚会上唱了一支歌，非常的新鲜奇特，所有人都没有听过。这支歌是洼狸镇大人小孩都会哼的，是几辈以前跑船那些人传下来的。歌子唱道："昆崙琉璃常挂云，打锣打鼓放彩船。使到赤坎转针位，前去见山是昆仑。昆仑山头是实高，好风使去亦是过。彭亨港口我不宿，开去见山是苧盘。苧盘山头是实光，东西二竹都齐全。罗汉二屿有一浅，白礁过了龙牙门。郎去南番及西洋，娘仔后头烧好香；娘仔烧香下头拜，好风愿送到西洋。郎去南番及彭亨，贩卜玳瑁及龟筒。好个开梳乞娘插，怯个开梳卖别人。新做宝舟新又新，新打锬索如龙根；新做 齿如龙爪，抛在澳港值千金。"大虎咿咿呀呀地唱着，有人用小铜铃在后面叮叮地打着拍子伴奏。这歌子朴素异常，起伏循环，没有大的曲折和激荡。可是不知怎么，一股奇怪的内力从歌子中生出，飘飘遥遥把大家的神志吸走。一场人都听得痴痴迷迷。毫无办法，痴痴迷迷。方格说，鬼怪大虎啊，还会这么好的歌。大虎鼻尖上唱出了汗，他腼腆地说："你们知道我们洼狸镇吗？那里所有人都会这种歌。"人们都说不知道还有那么个镇。大虎于是怅怅地坐下了。接下去又有好多人唱起来，一齐唱"边疆的泉水清又醇"，听起来竟然如此淡乎寡味，不能卒听。

晚会之后接上喝酒。酒席极其丰盛。喝在最酣畅之时，一个首长来敬酒了。首长走了，大家又接上喝。方格说，这是劳动节，我们打仗也是劳动，所以也是我们的节。指导员委婉地更正补充说，我们打仗保卫劳动，所以也是我们的节。酒液白沫簌簌，杯子碰碎了再换一个。有人红着脖子让大虎再唱一支洼狸镇人唱的歌，大虎没有理。他现在脑子里已经全是秋秋了。录音机放着迪斯科音乐，大家都在同一支乐曲里喝酒。有人说："我们一定胜利！"大虎耳边全是喧哗之声，他发现没有一个人注意到他。他悄无声息地走了出去，直奔那片浓密的竹林了。

　　竹林黝黑，一丛丛在晚风中活动，很像秋秋柔软婀娜的身躯。他呼呼地喘息着，一股温热的甜蜜的气息在心底上升腾。他走到一丛死竹跟前，又向左跨出五步，再向前跨出十步。然后，他轻轻地蹲下来。他等待着，他想呼唤一声。这样过去了十几分钟，微风中的竹竿弯曲了一簇。当竹子重新挺直了，秋秋也就跃出了竹丛。她抱住他抖个不停的身子说："你呀，怎么打仗。"他无声地笑了笑。他们紧紧地贴在一起。秋秋说："你的手多么凉。哎呀，我真想使劲打你一顿。"大虎不吱声。他的手温柔地捂着她的脖颈，又从衣衫下抚摸着她滑润的、不断散发出热气的肌肤。他的手停下来的时候，就把头颅贴在她的胸口上。她羞愧极了，幸福极了，捣着他的背，捣着，慢慢又像拍打一个婴儿一样了。他睡着了吗？没有一点声音。风吹响了竹叶，远处传来了炮声。轰隆隆的炮声今夜这般沉闷。天亮以后又会有伤员运回来了。秋秋和村里好多姑娘编入了一个小分

首长来敬酒了。首长走了，大家又接上喝。方格说，
这是劳动节，我们打仗也是劳动，所以也是我们的节。指
导员姜妮他更已补充说，我们打仗保卫劳动，所以也是我
们的节。酒液自溢溅e，杯子碰碎了再换一个。有人红着
脖子让大虎再唱一支注狸骡人唱的歌，大虎没有理。他现
在脑子里已经全是秋e了。录音机放着迪斯科音乐，大家
都在同一支████乐曲里喝酒。有人说："我们一定胜利！"
大虎耳边全是喧哗之声，他发现没有一个人注意到他。他
悄无声息地走了出去，直奔那片浓密的竹林了。竹林趣里，
一丛e在晚风中浮动，很象秋e象秋阿娜的身躯。他呼e
地喘息着，一股温坠的甜蜜的气息在心底上升腾。他走到
一丛灰行跟薛，又向左跨出五步，再向前跨出十步。然后，
他轻e地蹲下来。他等待着，他想呼唤一声。这样过去了
十几分钟，微风中的竹竿弯曲了一箨。当竹子重新挺直了，
秋e也就致出了竹丛。她抱住他抖千不停的身子████说，
"傻呀，怎么打仗。"他无声地笑了笑。他们紧e地贴在
一起。秋e说，"你的手多么凉。哎呀，我更想使劲打你
一顿。"大虎不吱声。他的手温柔地搭着她的胳颈，████
████又从衣衫下抚摸着她滑刺的、不断散发出热气
的肌肤。他的手停下来的时候，竟把头脸贴至她的胸口上。
她羞愧极了，幸福极了，搂着他的背，搂着，慢e又象拍
打一个婴儿一样了。他睡着了吗？没有一点声音。风吹响
了竹叶，远处传来了炮声。晨隆e的炮声令夜这股沉闷。
天亮以后，又会有仿佛是返回来了。秋e和村里好多姑娘输入

杨桂兰

文小五22　字4・5券金
注六来四行界6秩奏秘

100~112

队。她们给他们洗去血迹。秋秋的手在炮声中停止了拍打。大虎抬起头来。"什么时候上去？"大虎点一下头："后天。""怕吧？"大虎摇摇头。他告诉："我的老乡，李玉龙一个多月以前就上去了。"他说这话时听到近处响起一声压低了的咳嗽声。他惊慌地正要收回手来，可是这时一股明亮逼人的手电光射在他的脸上。他刚要呼喊什么，对面有人叫了一声他的名字。他听出是团里的一位领导，立刻松开秋秋，立正站稳。

　　大虎当夜被禁闭起来。在部队即将开上前沿阵地的时候，大虎的事情显得十分严重。连长方格爱惜他，可是也没有办法。第二天下午，连里急急忙忙开了个会。根据团里的意见，撤掉了大虎的班长职务，并让其有机会立功，编入尖刀排。秋秋哭在连队的营地上，久久不愿离开。她揪着连长的衣袖哭诉说："他没有错呀！他有什么错？他眼看要去打仗了，您给他求个情，复了他的职吧……"秋秋的眼睛哭肿了，大虎在一旁冷冷地望着她。她又转向大虎说："大虎，全怨我，怨我呀！"大虎咬紧了牙关，摇了摇头："这场仗打下来再见吧，秋秋！"他深深地瞥了她一眼，跑开了……

　　大虎顺着一溜帐篷往前走着，脱下军帽在手里搓揉着。他的剃得光光的脑壳真圆，像儿童的一样漂亮。他走着，漫无方向。一个大帐篷横在眼前，一块牌子告诉他这是手术室。他同时也听到了呻吟声。他想快些离开，可一个医生这时走出来，把一个脸盆放在了帐篷口。他走过去一看，惊惧地喊了一声，往后退了两步：脸盆里弯曲了一条血糊糊的腿……他沉重地离开了。但走了不远他又折回来。他想知道这位失去了腿的战友的名字。医生告诉，战士的名字叫李玉龙！大虎跌坐在了地上，用手捂住了脸。

晚霞血红，地上的一切都是红的。他踏着霞光往回走去。半路上，正遇上手持武器的战士押送俘虏。他仇恨地盯着一个个黄瘦衰弱、紧绷嘴角的俘虏走了很远。他恨不能夺下一支枪来，把眼前的敌人全部杀掉。后来他还从俘虏队伍中发现了一个女兵……大虎站在霞光里，定定地看着他们往前走去。

第二天，大虎的部队开上去了。

秋秋每天登上最高的一个山头，望着打炮的地方，望着一股一股的硝烟。她心里不住地念叨："尖刀排，大虎。"她闭上眼睛，就看到了黑黝黝的竹林，看到大虎伏在她的胸口上。后来伤员多起来，小分队紧张了，秋秋很少有时间一个人出去了。抬来的战士让人不敢正视，他们血浸衣衫，面色吓人。有的只剩下了一层灰皮包着骨头，头发枯黄着纠结在一起，衣服破碎得像一面网。如果不是亲眼见到，谁也想不到一个人还会变成这样、变成这样还会呼吸。姑娘们后来知道，这些战士被敌人封锁在山上，十天二十天没有喝一口水、吃一粒粮食。他们怎么活过来了？不知道。只知道他们直到最后一刻也没有投降。他们大都是刚参军一二年的农民子弟，从父亲的责任田上走来。他们从小懂得节俭、听话，昨天好好种地，今天好好打仗。他们第一次见到了这么多的罐头。吃起来多少有些惭愧，老惦记着蹲在田里做活的父亲……姑娘们给他们换衣服，洗去血迹，一颗心老是揪紧着。

一天傍晚，尖刀排死亡的战士陆续抬下来了。秋秋的手握不住剪刀和纱布，身上一阵阵发冷。她一个一个看着、辨认着，一颗心往下落着。最后她动手给一个炸飞了额骨的尸体清洗。她给他脱下破烂的血衣，照例把衣兜里的遗物取出来，归结到一起。她突然从中发现了自己的花手绢……秋秋惊叫了一声。所有人都围拢过来。秋秋一双手抖着，捂着自己的脸，鲜血立刻沾了她一脸，又顺着手指缝往下滴着，像她自己正在流血一样。这样过了一会，她想起了什么，拿下手来，急急地去看衣服上的编号。她费力地把衣服对在眼前，用手去抹泪花。这样看了一会儿，她昏倒了。

黄昏，一阵急促的号声在群山里回荡。炮声隆隆，炮声响在遥远的地方。画眉鸟在竹林里歌唱，歌声如故。秋风昨天吹到山左去，今晚又从山左吹回来。夜来了，一切都沉浸在墨一样的夜色里……

墨一样的夜色里，抱朴终于什么也看不见了。画眉的歌唱也逐渐模糊，最后完全消逝在夜色里。这会儿，大地上只吹奏着一支哀悼的长笛。

老隋家的那个已经长眠的小伙子会听到芦青河边的笛音。他的亡魂会追随着他熟悉的笛音返回洼狸镇……抱朴把紧捂在脸上的手放下来，抬起了头。他看看身旁这几个人。探矿队的李技术员和李知常他们久久沉默，叔父卧在乱草中已经完全大醉。叔父声音尖尖地呼叫起来，叫的什么无法听清，但从节奏上可以分辨出是一首行船号子……李知常声音涩涩地对李技术员说："如果没有战争就好了，大家把劲儿全用到科学上。"李技术员摇摇头："不会没有战争。地球上没有那样的好时候。不过世界大战不打起来，也就算个好时候了。"李知常又问："这几年能打起来吗？"李技术员笑了："这你该去问个大官儿，越大越好。不过这个世界上没人敢给你下保证。我的叔父算个军事专家了，我老爱寻个碴儿跟他争论，这挺好玩的。我们常一块儿谈那个'星球大战'。"抱朴在一旁听着，不由得想起了镇上人给李技术员起的外号："胡言乱语"……这会儿李知常说："你以前说得太快，太快了我就听不明白。你把'星球大战'插空儿给我多说说。上一回你讲'北约''华约''北约''华约'是怎么回事？比如说，它们是两个柿子，哪一个软一些……"他的声音未停，"胡言乱语"身旁那个工人就笑了。"胡言乱语"打断笑声说："我也不知道哪个'柿子'软些。反正那是两大军事集团。美国领头的那个叫'北约'，苏联领头的那个叫'华约'。"李知常说："这个我记住了。""胡言乱语"接上说："这两个'柿子'胡乱碰起来，还不碰得稀烂！世界大战打不打起来，你得看这两个'柿子'。他们两家可别闹大了。那年秋天苏联把南朝鲜客机干掉了，美国出兵格林纳达；接上是美国要在西欧部署中程导弹，苏联就在东欧把导弹加码儿。苏联还中断了三场武器谈判，不去参加奥林匹克运动会。一报还一报，越闹越僵，吵翻脸了。那会儿他们的关系可糟透了，全世界都绷着脸，闻见火药味儿了。美苏两国就这么硬顶着，顶了一年多才松动了一点点。后来两国的外长在日内瓦举行了会谈，一谈他妈的就是十七个多小时……"

隋不召呼叫着，身子在乱草中不断扭动。"……什么事情都要坏在不识潮水的人手上了。郑和大叔一死，他妈的十条八条船都是沉。死了多少人了，船也漏了，光着身子去堵。活该他们不信《海道针经》。连驶船的性命都不理了，还有个好。我把苦胆水都呕尽了，下船堵漏让海蛎子皮把全身划个稀烂。我流着血背《海道针经》给他们听，嗓子都哑了。船到了七洋洲，书上写得明白'东南西北，可以仔细斟酌，可算无误。船身不可偏，西则无水扯过东。船身若贪东则海水黑清，并鸭头鸟多。船身若贪西则海水澄清，有朽木漂流，多见拜风鱼。船行正路，见鸟尾带箭是正路。船若近外罗，对开贪东七更船便是万里石塘，内有红石屿不高，如是看见船身，便是低了，若见石头可防。千万记心耳。四五六七八月，流水往西南，水甚紧甚紧……'没人听进心里。后来半夜里恶浪多起来，这些男人才知道哭。砍桅杆也没有用，船一霎儿让水流拆了。他妈的为这条船我骂他们一辈子！……"

"军备竞赛都是较上劲的事儿。先是从地上海上干起来，再嫌不过瘾，就干到太空去了。美国人说干就干，他们想分三步来搞那个'星球大战'：到八九年结束试验；九十年代选择定型；二〇〇〇年以后就部署起来。也许还要提前呢。到时候，无论从哪地方飞来的导弹都逃脱不了，都能把它们一家伙干掉。他们使用的是激光、粒子束这样的定向能武器，够厉害。这套打仗的活儿再不用在地面上干了，在太空就干得差不多了，太空成了他们的'边疆'。这就是美国人说的'高边疆战略''星球大战'计划是这个战略的一部分。报上跟这叫'多层次、大纵深的太空防御体系'。这一套如果真让他搞成了，美苏老早形成的战略均势也就打破了，全世界都要接受挑战……"

"胡言乱语"好像无视隋不召的呼叫和救急，津津有味地对李知常一个人说着。李知常点着头，有时伸出手指在黑黑的地上画着，好像记下了什么数据。他在黑影里遥望着传来笛音的方向，摇着头说："我还是不明白。外国人也真舍得花钱。他们有那么多原子弹，做什么也够用了，还要想三想四……""胡言乱语"拍了一下膝盖："原子弹越多越要想三想四，就是这么个理儿。你琢磨一个，几个大国忙活了几十年，核弹什么的有的是，用也用不完，谁再把原子弹增加上一倍也没多大意思了。这东西太多，谁也不敢动了，先动后动都得完蛋。这就是'物极必反'的道理，原子弹多到了数上，就没法用了，就得让它在库房里躺着睡大觉。可是美国的'星球大战'如果搞成了，就能把对方的原子弹拦截在太空，不让它落到自己的疆界里，这不是一切都发生了变化吗？"李知常听了，啊啊地应答着。他久久沉默，长时间没有说一句话。不知又停了多长时间，他才如梦初醒地大喊了一声：

"天哪！别人都能拦住，咱这个国怎么办？"

没有人回答他。在草垛边上的这几个人，没有谁能回答他。这时的隋不召也在恍惚和悲伤间离开了那条拆散了的老船，疲倦地伏在乱草间。一片沉寂。天空的星星很大，有些像灯盏。那个尖尖的笛音，那支哀悼的长笛，还在响着。风真凉，风都吹进人的骨缝中去了……抱朴卷起一支烟来吸着了，使劲地弓起了厚厚的脊背。

隋不召摆弄了一会儿喝空的酒瓶，从乱草中摇摇晃晃地站了起来。他在草垛前一绊一绊地来回走动，小灰眼珠在夜色中闪亮。所有人都停止了谈话看着他。他把酒瓶抛出去，酒瓶碰在不远的一道泥墙上，"砰"地一声碎裂了。他叫一声："好炮！"接上哈哈大笑："一炮就他妈的把两个桅打断……惊慌个什么？他们仗着战船多，有大翼、小翼、突冒、楼船、桥船，从南边绕过来对付咱洼狸镇。他就不知道咱码头上有十几丈长的大船，上面载四五百人，六门火炮，是个七千斛大船！我站在城上用小望远镜这么看，看见了他们的水军，一个个黑不溜秋，不穿裤子。我一看火气就冲上头顶，一摆手：'快走船开炮，打龟儿去！'七千斛大船就吱嘎吱嘎从码头上开出去，风也顺。李玄通也想跟上船去打仗，我说你老老实实念经吧。这一仗打得可真威风，镇史上也记了，查一查去，那是公元前四八五年……几百年过去，这一仗也没人忘记。洼狸镇的名声当当响。能人都往这儿跑了，范蠡这个老头儿在外国不受重用，趴在个浮篓上从东海漂过来。那一年芦青河边上奇冷，玉米还没收就落大霜，最后亏了河西能人邹衍来吹笛子。他一吹霜就化了。跛四吹得比他可差多了，整天趴在河滩上吹。不过我估摸，跛四也许就是邹衍托生的……化霜以后没几年秦始皇就来了，镇东老徐家的徐福来了邪劲，非拉我去见秦始皇不可。我不干。我跟李玄通学打坐……"隋不召说到这里两腿又绊了一下，跌倒了。大家醒过神来，赶忙上前去扶他。

只有李知常还僵在那儿。他听着隋不召喊着，可是一句话也没有听进心里去。他还在惦记着"星球大战"的事。有很多细节他搞不清；他很想弄懂与之紧紧相连的其他问题，比如政治、经济所受到的直接影响。当"胡言乱语"重新坐下来时，他要求他继续讲下去。"胡言乱语"摇摇头："怎么也讲不完的。我们今后多讨论吧。这是重要的、严重的问题。我甚至希望洼狸镇就这一问题，能有人与我争论——像我跟我叔父那样……"李知常赶忙说："哪敢，哪敢！"

　　东方有些发白了，一切愈加安静。抱朴想大虎家中间那昏黄的蜡烛，烛苗儿正在颤动。张王氏冷着脸安坐在蒲团上。大家都在等待这个黎明。跛四的笛子不像夜间那么尖了，已经变得细弱而温柔。风也不再像深夜里那么凉，它随着笛音变暖了。抱朴想到叔父说跛四是邹衍托生的那句古怪的推断来了。

第七章

隔 抱朴 █████ 觉得 小果 ██ 年前就是这么个、这千样子。他扳着手指算了一下，███ 怎么也算不出孩子 ███████████████。小果 的脸宠很圆，口口向关发都判无了，只有关益上的头发很厚。画色灰黄，在胶好像永远泛着湿气。那 两个 ████████████ 眼角有些奇怪地向上吊着，这很象他的父亲李兆路。眉毛细长、有立象女孩子，只可女象小菱一模一样。抱朴很难单独逮到他，不知怎么 █████ 很想抱一抱他。夜里做梦，常 点 梦见自己搂着这个永远长不大的孩子，来喊着他。抱朴梦中对孩子说："你叫我爸 ……" ███████████████

有一次他在河汉边上走着，迎面见小果 手提一来派纸。派纸关切朝下拧动不止。小果 见了他 定定地站住，眼角往上吊着看他。████████████████████████████

他有些不敢凝视孩子的眼睛，█ 觉得 兆路在看着。他在心里叫苦，心想这刷眼神早晚逼他说出 那 孩子 雷雨之夜 ██ 的事情。可他还是蹲下来，用手去触摸关益上那片厚之的头发。他端量着孩子，觉得孩子眼底的东西 沿之就是自己。这个发现把他吓得跳了起来。他 咕哝 了一声什么，急 开了。█ 开儿步 又回头里看，见小果 之本之地站 ██████████████

〈113〉

何胜馥

第七章

　　隋抱朴觉得小累累好像几年前就是这么高、这个样子。他扳着手指算了一下，怎么也算不出孩子的准确年龄。小累累脑壳很圆，四周的头发都剃光了，只有头盖上的头发很厚。面色灰紫，皮肤好像永远泛着湿气。那两个眼角有些奇怪地向上吊着，这很像他的父亲李兆路。眉毛细细弯弯有点像女孩子，又与母亲小葵一模一样。抱朴很难单独遇到他，不知怎么很想抱一抱他。夜里做梦，常常就梦见自己搂着这个永远长不大的孩子，亲吻着他。抱朴梦中对孩子说："你该叫我爸爸……"有一次他在河汊边上走着，迎面见小累累手提一条泥鳅。泥鳅头颅朝下拧动不止。小累累见了他就定定地站住，眼角往上吊着看他。他有些不敢凝视孩子的眼睛，就觉得像兆路在看着他一样。他在心里叫苦，心想这副眼神早晚逼他说出那个雷雨之夜的事情。可他还是蹲下来，用手去触摸孩子头盖上那片厚厚的头发。他端量着孩子，觉得孩子眼底的东西活活就是自己的。这个发现把他吓得跳了起来。他咕啾了一声什么，急急地离开了。走开几步他又回头望着，见小累累木木地站在那儿。孩子看着他，突然举起手里的泥鳅，大叫了一声："爸——"

　　这一声喊叫他一辈子也没法忘记。他夜里想着小累累，在心里叫着："不错，自己有了孩子了！"这个孩子又熟悉又陌生，可怜巴巴，是个长不大的男孩。一阵强烈的自责开始折磨他了，逼着他立刻就去认领自己的孩子、去告诉孩子的母亲。但他走出厢房，身体沐浴在一片月光下时，又骂起自己发昏了——小累累往上吊去的眼角，活活就像李兆路。他扳着手指算兆路最后一次回来的日子，回忆巨雷劈掉老磨屋旁边那棵臭椿树的夜晚。这种计算使他激动不安，一颗心跳动不止，倒使他无休止地体验他们共同度过的那个狂乱而又幸福的夜晚。他记得一切细节。小葵的幸福的呻吟，她的可怜的小小的身体。他们两人都汗水淋漓，坐在那儿看着窗外的闪电。那一夜可怕的短暂。他记得窗子泛白时，小葵嗓子尖尖地哎哟了一声。那时候她紧紧地抱着他，他疲倦地躺在那儿，像到了生命的最后时刻。小葵摇晃着他，她大概觉得他不行了，吓得哭出来。他坐起来，实在没有力量跳出这个破碎了的窗口。外面的雨停了，他走回厢房——他的每一次回忆都从这里终止。他心里的结论是：这种巨大的幸福，注定了会有结果。结论使他出了一身冷汗。他无数次地问着自己，他能得到那个长不大的孩子吗？一种深深的歉疚也开始折磨他。他亲眼见到小葵一个人磕磕绊绊地拖着孩子走了这么多年，他没有去帮她一把。自己的罪积得好大啊。他想着，有时一瞬间又把全部都推翻了，重新认定小累累不是自己的孩子。每逢这个时候，他立刻就觉得一阵轻松。

　　小葵大约一年没有脱掉孝服。孝服在别的地方也许已经早不允许存在了，洼狸镇却不同。殡葬时复杂的礼仪、奇异的风俗，近年来有增无减。有关死亡的事情，只有神灵的眼睛在看着。小葵白色的身影在街巷上活动了一年多，一年来一直提醒着全镇人不忘悲哀。抱朴看见孝服就想到了死在东北的兆路。他明白，如果镇上人知道了他和小葵的关系，怎么也不会饶恕他。这叫乘人之危，夺人之妻。兆路有着夺妻之恨，可是他不知道，他死在了地底下。抱朴想到这里全身战栗。镇上没人知道，没人想起沉默寡语的抱朴会做出雷雨之夜的事情。可是抱朴自己审判了自己。小葵终于脱掉了孝服，全镇人都长长地舒出一口气来。老磨转得似乎快了一些，小葵的脸色也红起来。她常抱着小累累在老赵家的巷口晒太阳。有一次抱朴遇到了她，她热烈的目光逼得他低下了头。他转过身快步走开了，从此永远回避了那个古老的巷子口。后来他亲眼见到小葵抱着孩子跟叔父隋不召说话，隋不召的小眼珠雪亮雪亮，连连点头。那一天夜里叔父来到厢房里，笑吟吟地盯住他看。抱朴恨不能立即将他赶走。他这样看了一会儿，说："你交好运道了。你也该有个家口。小葵……"抱朴蹦到叔父面前，尖着嗓子喊了一声什么。叔父听不明白，抱朴面色冷峻，一字一顿地说："你再永远不要提这个了。"

抱朴从十几岁起就厌恶叔父了。叔父差一点把见素勾引到那条后来沉掉的小船上，使抱朴又多了一丝惧怕。后来又发生了一件事，使抱朴更加厌恶他了。那是个十分清冷的春节的早晨。按照古老的习惯，抱朴和桂桂很早就起来过年了。他们取出藏在一个木匣里的香皂，一先一后洗了脸。小厢房立刻香喷喷的。在桂桂的催促下，抱朴找出了父亲留下来的一双方头皮鞋穿了。天色微明，街道上却是一片沉寂。因为要破除迷信，上级指示不准放鞭炮和拜年了。抱朴将含章和见素都叫到自己屋里，又让桂桂去喊叔父。一个小案板上，放着一些用红薯面包成的水饺。桂桂走了不久，街道上传来一声声脆响。开始都以为是谁家放鞭炮了，见素跑出去看了，说是镇上的两个赶车人正满头大汗地沿街抢鞭子。锅里的水沸着，只等叔父了。后来叔父未到，桂桂红着眼睛一个人回来了。她说她去拍门时，叔父硬是打呼噜；后来他醒了，躺在炕上说他偏不起来。她告诉等他下饺子呢，他说偏不起来。她也就立在门旁，不时地拍打一下门板。后来门缝儿慢慢濡湿了，流出水来；她开始搞不明白，后来终于知道那是叔父站在门后解溲。她也就跑回来了。她说她再也不愿见到叔父了。抱朴和含章十分气愤。见素只望着窗子说了句："叔父真有意思。"抱朴一边小心地将黑乎乎的水饺往沸水里推，一边归结说："他是咱们老隋家的一个罪人。"……那天隋不召站在厢房里，还想将小葵的事情说下去。可是抱朴坚毅的脸色使他闭上了嘴巴。老人有些诧异地转过身去，两条小腿交绊着离开了。抱朴却一直盯着他瘦小的背影，真怀疑老头子已经知道了那个该死的秘密。

这天晚上，半夜里他还在院里踟蹰。后来他终于忍耐不住，去敲弟弟黑漆漆的门。见素揉着眼睛把他迎进去，点了灯。抱朴说："我睡不着，今夜老想找一个人谈一谈。我心里憋闷。"见素光着身子蹲在炕上，只穿了一条小短裤。他的肌肤在灯下闪着亮，像有油似的。抱朴也脱了鞋子盘腿坐在炕上。见素望着哥哥说："我也害过这毛病，后来好了。我要老像你这样非瘦成一把骨头不可。"抱朴苦笑着："老这样也习惯了，我有了个遭罪的习惯。"兄弟两个吸着了烟。见素握着烟斗，低头吸着说："半夜里醒来最不好受了。这个时候人寻思的事最多，万一寻思到了那上边，就再也躺不住。跑出门让露水湿一湿好些。再不干脆就用凉水往身上泼，是心里边有火气。我就怕半夜里醒来。"抱朴好像没有听进弟弟的话，这会儿问了句："见素，你说咱们老隋家谁是有罪的人？"见素冷笑着："你以前说过，叔父是个有罪的人……"抱朴摇着头，扔了手里的烟，一动不动地看着弟弟。他说：

"我是老隋家有罪的一个人！"

见素活动了一下，咬紧了烟斗。他有些莫名其妙地端量着哥哥，默然不语。停了一会儿他恼怒地皱起眉头，大声质问："你指的什么？"抱朴两手按在膝盖上，两肘翘起。他说："我这会儿不告诉你，不过你就信我的话好了。"

见素不解地摇着头，过了一会儿又冷笑起来。他取下烟斗，笑出声来。抱朴望着弟弟，吃惊地皱着眉头。见素说："我不知道你指的什么，我才不想知道。我杀了人？你当了土匪？我都不知道。老隋家的人就是有折腾自己的毛病，白天晚上折腾，折腾到死。你也算有罪的人，那么洼狸镇的人都该杀。我过得就不痛快，我整天难受得要命，不知道做点什么才好。有时我右边的牙疼起来，满口肿胀，真想用锤子把所有牙齿都敲下来，让瘀血可着劲儿淌。怎么办？犯了什么毛病？不知道。反正难受。该干点什么，什么也没法干。就像什么地方有一团瘀血，让太阳晒得鼓胀着，又没有人用锥子来一辈又一辈人活不了又死不了。我长大了，我想娶别人一样[有]□□□自己的老婆，可是没有人敢跟咱是隋家的人。哥，你明，你是结过婚的人，你什么都知道。你知道没人可怜这些，也没人管我们遭过这些。他们又看到我们还活着，就没人想一想我们是怎么活的……哥！你看！你看哪！"

见素满脸红胀地嚷着，扔了烟斗，□□□抛开枕头，又用两手在被子间扒着。他扒出了一个红皮小本子，从里面抖[落]□几张姑娘的照片——她们都是镜上的，都已经出嫁了。

"你看到了吧！她们都爱过我、和我好过，到头来都嫁到外里人□拉住。因为我是老隋家的人哪！她们一个一个嫁走了，有一个嫁到荒山里，被男人吊在梁上……我一个也忘不了，我每夜都看她们的照片，梦里和她们在一起……"

抱朴手捧着这些照片，看着她们在掌上抖动、抖动，最后散落下来。[抱朴]□抱住了弟弟，紧贴着他的腔，两个人的泪一起滚动。□抱朴嘴唇抖动着，不住地安慰弟弟，但自己到底在说什么却一点也不知道。

"见素，我全听见，我全都明白。我不该来使你难受，可我来你一样忍不住。我知道你说对了，你把老隋家的心里[话]说出来了。可是你到底年轻，你还年轻。你只说对了一多半。你还不知道有另一种情况，就是说，老隋家的人还要用另一种情况来折磨自己。那也许更苦哩，见素，那也许更苦。我现在就遇到了这种情况，就是这样——"

抱朴的手不断在弟弟的背上拍打着，两个人慢慢都安静下来了。他们又坐在了炕上。见素狠狠地抹去泪水，恨捅破。有时我真想抓起刀来把自己的左手砍去。不过砍去又能怎么样？我自己流血、残废，疼得在地上打滚，到头来街上的人还要羞我，说看哪，看一只手！没有办法，就这么忍吧，谁让咱是老隋家的人呢！前几年混乱起来，老多多又领人带上钢钎来院里捅，也不知这地底下祖宗留了多少东西。这好比捅在我胸脯上一样难受。我当时隔着窗棂往外看，我一点也不骗你哥哥，我不停地在心里诅咒在心里骂。可我一句老多多他们也没有骂，我骂了自己的祖宗！我骂他们瞎了眼在芦青河边开起了粉丝厂，让后来的一辈又一辈人活不了又死不了。我长大了，我想象别人一样有自己的老婆，可是没有人敢跟咱老隋家的人。哥哥呀，你是结过婚的人，你什么都知道。你知道没人可怜这些，也没人替我们想过这些。他们只看到我们还活着，就没人想一想我们是怎么活的……哥哥！你看！你看哪！"见素满脸红涨地嚷着，扔了烟斗，抛开枕头，又用两手在被子间扒着。他扒出了一个红皮小本子，从里面抖落了几位姑娘的照片——她们都是镇上的，都已经出嫁了。"你看到了吧！她们都爱过我、和我好过，到头来都被家里人拦住了。因为我是老隋家的人哪！她们一个一个嫁走了，有一个嫁到南山里，被男人吊在梁上……我一个也忘不了，我每夜都看她们的照片，梦里和她们在一起……"抱朴手捧着这些照片，看着她们在掌上抖动、抖动，最后散落下来。

抱朴抱住了弟弟，紧贴着他的脸，两个人的泪珠一起滚动。抱朴嘴唇抖动着，不住地安慰弟弟，但自己到底在说什么却一点也不知道：

"见素，我全听见，我全能明白。我不该来使你难受。可我像你一样忍不住。我知道你说对了，你把老隋家的心里话说出来了。可是你到底年轻，你还年轻。你只说对了一多半。你还不知道有另一种情况，就是说，老隋家的人还会因为另一种情况去折磨自己。那也许更苦哩，见素，那也许更苦。我现在就遇到了这种情况，就是这样……"

抱朴的手不断在弟弟的背上拍打着，两个人慢慢都安静下来了。他们又坐在了炕上。见素狠狠地抹去泪水，低着头去寻找烟斗。他燃上一锅烟吸着，盯着窗外无边的夜色，声音低低地说道："叔父胡吃海喝了一辈子，他的心受的折磨最少。爸爸规矩了一辈子，最后算账累死了。咱俩给关在书房里，你练字我就得研墨。爸爸死了，你又把我关在书房里。你教我念'仁义'，我重复一声'仁义'！你教我写'爱人'我一笔一画写下'爱人'……"抱朴听着弟弟的话，一声不响，头颅低低地垂着。他眼前又出现了燃烧着的老宅正屋，看见了红色的火蛇球成一团，从屋檐上掉下来，四散爬去。正屋完全烧起来了，后母在炕上滚动……抱朴垂着头，猛地抬起来。他忽然心底涌起了一阵冲动，要跟弟弟讲一讲茴子——见素的生身母亲是怎么死的。但他咬了咬牙，终于克制下来。

这一夜，他们就这样挨到了窗户变亮。

河边，老磨呜隆呜隆地转着。抱朴怀抱着滑溜溜的木勺，一动不动地坐在最大的一个磨屋里。他每天这样坐上十二个钟点，再由一个老头子把他换回去。看老磨都是老头子做的事情，这个方木凳几十年被老头子们坐下来，还很结实。给老隋家看了一辈子老磨的那个老人见隋迎之死了，说一声"我也去了"，就死在了这个方木凳上。老磨屋全由青石垒成，像些古城堡一样踞在河边上，迎接了一辈又一辈人。牛蹄踩不到的地方是青苔，青苔新旧交错，有点像巨兽身上明明暗暗的毛斑。老头子死了；还有一个老粉匠师傅因为"倒缸"吊死在里面，老磨屋都一声不吭。它们仿佛是洼狸镇的一个个深邃而博大的心灵。在最苦难的日子里，总有人跑到老磨屋这儿做点什么。土改复查那几年，有人要合家逃离洼狸镇，走前偷偷跪在这儿磕头。还乡团把四十二个男男女女活埋在一个红薯窖里，有人就在这儿烧纸。老磨屋一声不吭。它只有一个小小的窗洞，一个眼睛。看磨人透过它的眼睛去遥望田野和河滩。抱朴每天从这个小窗洞上看出去，第一眼望到的就是那棵被巨雷劈掉的大臭椿树。如今它是只剩下一截树干了。当时镇上人都去研究它的毁灭。人们热闹过了，抱朴一个人才去端详它。他黑着脸看着它的破败相，心情压抑。约摸两个人才能搂抱过来的树干被半腰斩断，雪白的木心像折了的骨头。它的繁茂的树冠前不久还荫护一片泥土，喷吐着水气，而今被撕成了碎片。木心边缘凝结着黑紫色的液汁，那是它被雷火炙糊了的血液。一股奇怪的气味从它身上散发出来，抱朴知道这是死亡的气味儿。雷电是宇宙的枪弹，它怎么单单击中了臭椿树、又怎么单单选择了那个夜晚？天网恢恢，疏而不漏。抱朴弯腰收拾起一些臭椿的残片，回到他的老磨屋了。河滩上那一溜儿古堡似的废弃的磨屋，都是粉丝工业最兴盛的年头里留下的。其中不少磨屋，在他幼小的时候还隆隆作响。父亲死在红高粱田里之后，老磨屋就相继破败死亡，只留下最大的几个。至于磨屋为什么都盖在河边上，那首先是因为取水方便。后来抱朴从河堤下留出的石槽又看出，很久以前老磨是用河水作为动力的。这使他明白了芦青河的确是步步萎缩的。他由此推断多少年前挖出的老船，会是行驶在浩淼激荡的河面上的；那古老的洼狸镇码头，也必定樯桅如林。人世沧桑，斗转星移，一切这样难以预料。老磨不紧不慢地磨着岁月。老磨屋改为机器动力，那交错的皮带和繁多的变速轮使人眼花缭乱。世界就是这样突然变了脸相。多少人来看机器，老磨屋空前热闹。后来，就是人们慢慢走光了的时候，抱朴从小窗洞往外望着，看到了手提菜篮的小葵和长不大的孩子小累累。他呼唤了那个孩子一声，可是没有回应。

多少年前他和弟弟抱头哭泣的那个夜晚如在眼前。那天两个男子汉在深夜里一块儿哭着，诉说到天明。这个夜晚在抱朴心上留下了永久的痕迹。他睡不着，一遍遍地想她，想小累累。终于有一天他遇到小葵一个人在河边田头上摘蓖麻，就横下心走了过去。

小葵没有理他，一颗一颗摘着蓖麻。他也没有作声，一颗一颗摘着蓖麻。他们两人默默摘着。红塑料提兜快要装满的时候，小葵坐在地上哭了。抱朴手指抖着去衣兜里掏烟，烟丝撒了一地。他说："小葵，我要跟你说说我……"小葵抬头望着他，咬了咬嘴唇："你是谁？你十来年没跟我说一句话，我也没见到你。我不认得你是谁。"抱朴叫着："小葵！小葵！"小葵哇哇地哭出声音来，身子歪在了地上。抱朴声音急促，有些慌张："我知道你恨我，多少年就这么恨下来。可我比你还要恨我自己，咱俩多少年恨的是一个人。这个人毁了你的日子，对不起死在东北煤窑里的兆路兄弟，他有罪。他应该赎罪，他再不敢想一下打雷下雨的那天晚上，再不敢靠近老赵家的巷子……"

　　小葵从地上爬起来，死死盯住他，嘴角抖着说："你有什么对不起兆路的？是我几年前就发誓要给你。兆路死在煤窑里了，他的命和我一样苦。我难受死了，心想兆路带上我一起死在煤窑里就好了，他偏偏撇下我和小累累。我为他戴了一年孝，洼狸镇没有一个女人为男人戴一年孝。对得起对不起也就这样了，我还得活。我还得有个男人，我还想老磨屋里那个该死的蝈蝈笼啊……我夜里睡不着，一遍又一遍骂看老磨的那个人没良心……"她诉说着，眼泪就干结在睫毛上。抱朴的心被她搓揉得鲜血淋漓，竟然半天吐不出一句话来。最后他大口喘息起来，用手捣着泥土说："你听我说！你听我说！你只明白你自己，你不明白男人，你更不明白老隋家的男人。这家男人活过来都不容易，如今再没有胆气了。也许这样的人一辈子只配坐在老磨屋里。你不想想，我到后来差不多天天能望见兆路狠劲瞪着我的两只眼，我一动也不敢活动。我睡不着，事情在心里拧来拧去。我想起了多少年前柳棵下的情景，我记得几天之后你就再不敢到老磨屋里去了。我知道有人看出了什么，老赵家的人盯上我了。后来你说你跟兆路的事四爷爷点头了，我就算打根上绝望了。那个打雷的晚上我是疯了。我的胆气也不知从哪里突然就跑出来。我知道兆路死了我再去找你，老赵家的人又会记起多少年前的事。他们会顺藤摸瓜地想出一些又一些事，把你说成坏女人，把我说成个夺人家妻子的恶人。我们两个都抬不起头来。我还想起那个被我捣碎的窗子，心立刻怦怦跳。我不知道第二天老赵家有人问起时，你是怎么应付的……我睡不着，净想这些。我还想起了父亲一天到晚算账的事，想起他出去还账。把血全吐到了老红马的脊背上。我知道老隋家的后一辈人再也不要欠账了，谁的账也不要欠。可我今生是欠下兆路的了，我真不敢想，不敢想……"

小葵呆呆地望着满脸红涨、激动不已的抱朴。这个抱朴竟然全身颤抖着。她惊讶地看着他，说不出话。眼前这个男人有些陌生了。可她从小就熟悉他。瞧他想到了哪里，想得多细，他甚至到现在还惦念被他捣碎的那扇窗子怎么了结。没人问起那扇窗子，因为风雨拍碎的窗子太多了。她也不明白他们老隋家欠了谁的账，更不记得父亲曾经出去还账。她想他是被日子挤弄得糊涂错乱了，他说的话有时就别想明白。这么说多少年来他日日夜夜里受着折磨。小葵看见他额角、头颅四周，都有发亮的白发生出来。他的脸色还莫名其妙地发红，身子看上去也还壮；可是脸上有永远也退不掉的愁容，睫毛已经被他自己用疲倦的手指揉断了。小葵的心抖动了一下，长长地叹了一口气。她看见抱朴的眼神变直了，僵僵地望着她。她也用询问的目光望着他。他声音微弱极了，像是悄悄地问了句：

"小累累到底是谁的孩子？"

小葵怔了一下。她更加糊涂了。她喃喃地说："是我的，我和兆路的……"

抱朴不信任地看着她。

小葵被这一双目光逼视得不能支持。她把脸转向河堤，喘息着说："你想到了哪里！你整天胡乱寻思，你自己也不明白你寻思了些什么。这样长了，连我也会给你搅糊涂。抱朴，你怎么能想这些。我真怕你是明白不了啦——你听见我说什么了吧？听见了吧？"她转过脸来，抱朴还是不信任地盯着她。她就迎着这目光喊了一声："你傻愣什么！孩子的爸爸是李兆路！"抱朴在喊声里垂下了头，像被雹子打折的一棵谷子。他搓着手，咕哝说："不是这样，不可能是这样……小累累和我把什么都说透彻了。我们说得那么多，全说透彻了。我信孩子，我信他自己……"小葵更正道："小累累说不了几句话，他不会跟你说多少话。我心里明白。"抱朴点点头："他不说话。可我们用眼神把什么都说完了。你不知道，有些事就得用眼去说。我明白他的，他也明白我的。"小葵不作声了。她想完了，说到这一步，谁还有什么话可说。她又气恼，又可怜他。多少年的艾怨和嫉恨全没了影儿，一股热流冲撞着她的周身。慢慢她的下巴抖动起来，肩膀也抖动起来。她蹲在那儿，身子不由得向前伏去，两臂牢牢地搂住了抱朴，嘴里连连说着："抱朴，快扔了那些古怪念头吧，我们搬到一块儿吧，救救我，也救救你……"抱朴去推她的手臂，粗糙的手掌按在她温热的软乎乎的肩头上，立刻就不动了。他抱着她，去吻她的头发。他的阔大的巴掌按在她高高的乳房上，感受到了那颗心的跳动。小葵把头埋在他的胸膛上，深深地埋下去。

她寻找那种熟悉的男人的气味，忘记了这是在蓖麻林里。不远处芦青河水缓缓流动的声音正传过来。小葵又享受到一只大手缓慢而又温柔的抚摸了。她愿这种抚摸一直下去，直到太阳西沉，直到永远。她不由自主地说道："……晚上九点，小累累就睡着了。我打开窗户——"这会儿她突然感到那只大手停住了。她惊愕地抬起头来，见抱朴正低着眉，从蓖麻空隙里向前望去——远处的河堤上，高顶街书记李玉明正领一帮人走着，边走边指点着河水议论什么。小葵看着，心里猛地涌起了一股冲动，她挣脱了他的手臂说：

"站起来，不用遮盖在蓖麻林里，站起来！让镇上人看看，我们好了，我们早就好了！"

小葵说完吻了他一下，身子挺挺地站了起来。

堤上的人都望见了她。李玉明老远打着招呼："摘蓖麻嘛？"小葵点着头，却在小声地、急切地催促抱朴。但抱朴终究没有站起来。小葵有气无力地向着远处应道："……摘蓖麻。"

泪水悄悄地顺着她的两颊流动起来。……

那一天抱朴没有站起来，也许就再也站不起来了。天黑之后，他一个人狼狈地回到了自己的老磨屋……当李知常从磨屋里永远地牵走了老牛时，他在机器的轰鸣中也还是那么坐着。在蓖麻林里，他的冷固多年的血液又一次奔流起来。他知道小葵一如既往地爱着他，并且又一次给了他回到她身边的机会。他错过了这个机会。后来他坐在老磨屋里想的是，那也许是最后的一次机会了。他还在想小累累。小葵的话只是一种安慰，而不是最后的结论。他朦朦胧胧觉得这种结论将来得由他和小累累两个人去做出。错过了那个机会，也许是隋抱朴一生都要后悔的事情。后来每逢他走过那片蓖麻林，每逢风雨之夜，他都表现得格外不安。有一次他一个人进入蓖麻林，到以前他和小葵待过的地方，用手去触摸那些并不存在了的脚印和其他痕迹。在他呼喊小累累来看机器的第二天夜晚，正好是风雨大作。他躺在炕上仍然不能安睡，像被什么啮咬着。他那么兴奋，那么想要。在雷电隆隆的爆炸声里，他那么想要。后来他终于从炕上爬起来，站到了院子里。他首先望了望弟弟的窗口，那是黑的；妹妹的窗子还亮着。他没有怎么停留，快步出了院子。他在风雨中奔跑起来，衣服很快淋湿了。雨水真凉，很像冰水，这对于他滚烫的身子是再好也没有了。雨水顺着他的头发流着，他睁不开眼睛。恍惚间他已经感到了她的柔软的小巴掌在摸他的胡茬，她的又小又可怜、轻轻一提就能抱在怀中的身体。他摇摇晃晃地站住了，抬头望去，老赵家的小巷子黑漆漆的。那个小窗口没有灯光。他差不多已经听到了小葵和小累累熟睡的呼吸声。这个小窗子再也不会对他敞开了。雷声隆隆，闪电一次又一次把他湿淋淋的身子照亮。有一个巨雷好像就在他的头顶上炸开了。他把流进嘴角的雨水用力地吐出来，接上又骂起自己来。他把右拳握得紧紧，狠狠地击在自己的胸脯上，一拳就把这个粗粗的身躯击倒了。泥水浸着他，他在尖利利的石子上痛苦地扭动。他在雨水里一直躺了几个时辰。

　　抱朴静静地坐在老磨屋里，只偶尔用木勺去运输带上拨动几下。青白色的绿豆汁从地下暗道直接流入粉丝房的沉淀池里，再没有人来抬大木桶了。换班的老头子近来常去张王氏的店里酤酒，一再延误接班的时间。老头子来到老磨屋，连连哈欠，酒气熏人。抱朴有一次走出来，发觉巷子里冷冷清清，这样想着，忽然看见小葵手牵小累累往前走去，理也没有理他。他踌躇了一下，也跟上了母子两人。走到城墙下，人变得多了。大家都向田野里的井架指点着，兴奋异常。抱朴跑了起来。

井架边上，很多的人围成了一个圆圈，中间有人呼喊着什么。小累累终于挣脱了母亲的手，在人缝里没命地挤起来。抱朴不假思索地跟上他往前挤。挤透了一圈儿人，看清了中间的空场。那里有长长短短的铁管，探矿队的人都戴了柳条帽子活动着，隋不召也夹在其中。抱朴在人圈儿边上站住了，小累累却站到了离铁管子很近的地方。这时隋不召与几个人敲敲打打，从一个粗铁管里取出一块黑东西，又用手掰成几片。正这时小累累的身体摇晃了几下，然后箭一般冲上前去，敏捷地一跳，把隋不召举起的片片抢到了手里，向人群大声呼喊：

"妈妈，这是煤——！"

所有人都有些惊讶，想不到由这个小孩子最先辨认出来。这时小葵走出人群，抱住孩子，取下小累累手里的东西，还给了隋不召。人们同时都看到了她眼里闪着泪。大家小声儿议论起来，说她一定是看到煤就想起兆路了，兆路就是被煤压在地底下的。小累累也真不愧是李兆路留下的苗苗，一眼就能认出那是煤……抱朴一句句听在耳朵里，对小累累一眼认出煤来感到震惊。他的心都激动得战栗了。他一直瞅着小葵和小累累，当母子两人离去时，他也无心再观看叔父手里的煤了。他往回走去。当他走开老远，最后回头瞥一眼井架时，看到了史迪新老怪。老怪在离开人群十几米远的地方蹲着，闷闷地抽烟。

抱朴转身寻找小葵和小累累，他们已经没了踪影。他这才感到一阵饥饿、一阵疲倦。他艰难地走进院门，第一眼就看到李知常在院内不安地走动。抱朴这才记起刚才看煤的人群中没有李知常。小伙子不时地望一眼含章的窗子。抱朴站了一会儿，向着李知常走去。他不明白李知常心中的爱情之火为什么突然又燃烧起来。小伙子抬起头来，隋抱朴看到了一张灰暗无光的脸。他真可怜李知常，把手搭在了他的肩上。抱朴说："你该吃饭。你不能老这样。"知常点点头，说："她不开门，不理我。可她爱我，我心里明白。我要等她出来。"抱朴握住他冰冷的手问："你几年前也这样，这几年不是停了吗？"知常摇摇头："这种事怎么停得住。我一天也没有停，火在我心里烧着。大虎死了，老隋家的又一个好样的死了。那天晚上我在草垛根下听跛四吹笛子，听李技术员讲'星球大战'，心里什么滋味都有。我突然想起我做事情太慢。我有多少事情该做没做、该做好没做好。我得快做。变速轮不能停，爱情也不能停。我安装的电灯到现在还不亮，可洼狸镇早该灯火通明；我爱上的人连句话也不跟我说，可我们俩从小就该当是一对。事情全给耽误了，一糟百糟，后悔不迭。抱朴哥，你快来帮帮我吧！"

李知常两眼跳荡着火星。抱朴这会儿觉得是太理解他了。他摇

▓理解他了。他转动着他的手臂，说："你们老李家的人太
好了。我一定会帮你，更帮我自己。" ▓▓▓▓▓▓▓▓

▓▓▓▓▓▓▓▓▓▓▓▓▓▓▓▓▓▓

▓▓ 抱朴蹲下来，想了一会说："不解这样—— ⟨对李知常⟩
你是心爱她，就不该这样。她一个人闷在屋里会生病。你
让她知道了你的心，就该情多离开。你离开吧。"李知常 ▓▓
▓▓▓ 久久地盯着抱朴。抱朴又说一声，"你⟨是⟩
离开吧兄弟。"李知常恋恋不舍地 ▓▓▓ ⟨蹲在那儿⟩
▓▓ 出了隋家大院。抱朴 ▓▓▓ ，默默地吸烟。他这会
儿才明白：是大虎的病促使李知常把搁下的事情又做起来。
▓▓▓▓▓ 他暗暗惊讶。他想自己近几天的焦
灼和急切也与大虎的病有关。这也说不出到底是什么缘故，
只是觉得有些什么事情要赶紧去做。做什么事情也不太清
楚，只是觉得要赶紧做些什么。⟨不⟩这样不行，⟨不⟩这样再也受不⟨变逗乱⟩
了。李知常全人羞臊的地方在于他的清晰和具体——
不解得，爱情也不解停"！抱朴长长地吐出一口烟。他站
起来，用力地拍了一下门。

⟨妹妹大概刚从晒粉场上⟩
　　门开了。▓▓▓▓▓▓▓
(回来不久，身上飘散出粉丝的香味儿。) ▓▓▓▓▓▓
▓▓▓▓▓▓▓▓▓▓ 她的脸色苍
白，眼睛发暗，▓ 安⟨详⟩地看着⟨走进来的⟩抱朴 ▓▓▓
▓▓▓▓ "你都听见了吧？知常等你。"抱朴
说道。含羞带笑 ▓，▓做含笑，似乎连一点不快也看不

动着他的手臂，说："你们老李家的人太好了。我一定会帮你，像帮我自己。"抱朴蹲下来，想了一会对李知常说："不能这样——你真心爱她，就不该这样。她一个人闷在屋里会生病。你让她知道了你的心，就该悄悄离开。你离开吧。"李知常久久地盯着抱朴。抱朴又说一声："你离开吧兄弟。"李知常恋恋不舍地走出了隋家大院。抱朴蹲在那儿，默默地吸烟。他这会儿才明白：是大虎的死促使李知常把停下的事情又做起来。他暗暗惊讶。他想自己近几天的焦灼和急切也与大虎的死有关。这也说不出到底是什么缘故，只是觉得有些什么事情要赶紧去做。做什么事情也不太清楚，只是觉得要赶紧做些什么。这样不行，这样再也受不了。李知常令人羡慕的地方在于他的清晰和具体——"变速轮不能停，爱情也不能停！"抱朴长长地吐出一口烟。他站起来，用力地拍了一下门。

门开了。妹妹大概刚从晒粉场上回来不久，身上飘散出粉丝的香味儿。她的脸色苍白，眼窝发暗，安详地看着走进来的抱朴。"你都听见了吧？知常等你。"抱朴说道。含章点点头，微微含笑，似乎连一点不快也看不出来。抱朴本来有很多的话，可是这会儿一句也不想说了。他想妹妹爱着知常，那个小伙子绝对言中了。含章无比美丽，像后母茴子一样。可她慢慢也变得像后母一样冷酷了。抱朴难受的就是这个。他记得含章从小就温柔可爱，他无限地羡慕她的纯洁和欢快。他希望她永远这样，代表整个老隋家的这方面的天性。可是没有。这真不幸。抱朴长长地叹息了一声。

含章笑一笑，同时站了起来。她显得很轻松，秀挺的身子很像母亲年轻的时候。她在屋里走了一会儿，望着窗外，又坐下了。她问："大哥，你要跟我说什么？你就说吧。"抱朴要说什么？他从哪里说起呢？他让她去治病、让她跟李知常好好谈一次吗？这都是很急迫的、又似乎都无必要再说了。他语气淡淡地说：

"我是来告诉你，探矿队今天探到了煤。"

第 八 章

　　赵多多睡在厂长办公室里，通常是一觉到天明。他很会打鼾，声音可从隔壁老婆。他 ████ 老伴。

一天晚上老伴和他吵 ██，他气得发起疯来，用力地骑着她，████ 下来时 ████ 发现他已经 ██ 死了。

[身侧的窗台上放了一把砍刀]
████████████ 他躺在办公室的土炕上，████

████████████████████████████████████

████████████████████████████████████

█████████████ 放一把砍刀在身边是他的老习惯。土改那年四爷怕担心有个人夜间对 ██ 下手，赵多多就伴四爷睡在那里。██ 半夜里果然有个人摸进来，他只管打着鼾，待他靠近了，挥手就是一砍刀。那时他很年轻。那一夜是他砍中的第一个人。如果不是因为饥饿，他很少夜间醒来。在 ██ 混乱年头里他养成了摸黑吃东西的习惯。那时他背着枪在村里巡逻，███████████████ 什么 ██ 都吃进。赶上人说赵老多，就是说："人家真敢吃。"他吃过田鼠、蚰蜒、夜蛾、刺猬、蛤蟆、蚯蚓。有一年秋天大雨，雨后 ████████ 翻出了很多小拇指粗而黑紫色蚯蚓。赵多多蹲下来，将蚯蚓一根根用手捏直、抻长，又像捆莲菜一样把它们捆成胳膊粗而一捆。接上就糊上泥巴 ██ 豆秸烧起来。██ 烧了一阵子以后，██ 剥去泥巴，露出了热气腾腾的一截红囷。他两手攥紧，展嘴一

人民文学出版社稿纸 (24×25＝600)

〈133〉

133—140

4828

第八章

赵多多睡在厂长办公室里，通常是一觉到天明。他很会打鼾，声音可以压倒老磨。他四十岁上没了老伴。一天晚上老伴和他吵闹，他气得发起狠来，用力地骑着她，下来时发现她已经死了。他躺在办公室的土炕上，身侧的窗台上放了一把砍刀。放一把砍刀在身边是他的老习惯。土改那年四爷爷担心有个人夜间对他下手，赵多多就代爷爷睡在那里。半夜里果然有个人摸进来，他自管打着鼾，待他靠近了，挥手就是一砍刀。那时他很年轻。那一夜是他砍中的第一个人。如果不是因为饥饿，他很少夜间醒来。在混乱年头里他养成了摸黑吃东西的习惯。那时他背着枪在村里巡逻，什么东西都吃过。镇上人说起老多多，都是说："人家真敢吃。"他吃过田鼠、蜥蜴、花蛇、刺猬、癞蛤蟆、蚯蚓、壁虎。有一年秋天大雨，雨后翻出了很多小拇指粗的黑紫色蚯蚓。赵多多蹲下来，将蚯蚓一根根用手捏扁、抻长，又像捆韭菜一样把它们捆成胳膊粗的一捆。接上就糊上泥巴用豆秸烧起来。烧了一阵子以后，剥去泥巴，露出了热气腾腾的一截红肉。他两手攥紧，像啃一根猪腿，在大家惊惧的目光下将蚯蚓吃完。也许因为吃的东西太杂，他身上总散发着一种奇奇怪怪的气味。洼狸镇人在夜间凭嗅觉也能分辨出赵多多。他在战并开全厂大会，说现在▆▆▆▆▆起▆实行"踢球式"

了，讲究个"信息"。他让管账的每天报账，让本厂后的工

人▆▆▆▆▆说这些什么▆▆▆▆粉丝房，

在水雾里晃呀晃呀走着，十分惬意。如果他听不到"呼

呼"的拍打铁瓢声，就听起嗓喊一句："我用人搁焙呀依！"

打瓢声立即响起来了。浆子缸边哪个姑娘▆▆，他就

走过去，照准她▆的屁股踢一脚。他心里想，"踢球式"就

是好。姑娘们由于将头发扎在了头顶，所以鬓角就特别紧，

一个个眼角往上吊着，样子有些滑稽。老多呀一个个端

量着，▆▆嘿呀笑起来。他见她们▆▆的脸庞都被水蒸汽

弄得红扑扑，软呀胖呀，煞是可爱。▆▆▆▆就是印

在围裙上的那溜儿红字："注猩粉丝大丁"。有一次他踢

了▆▆闹呀一脚，闹呀醒来，反倒踢敢她回身给了他一

脚。老多呀惊讶地"嗯？"一声，但没有火起来。他▆▆

▆▆▆▆▆▆▆▆▆▆▆最爱看胖

的大乳抖动着一身肥囟做活，高兴了就伸手捏呀她的肥囟。

▆▆▆▆两肩摆动着躲着他的手，他就把手缩回来，手指呀

着捏成一撮▆▆▆▆瞅着她的关族呀快地转。

很快就眼花缭乱了，老多呀于是把一撮手指往她胸部重呀

地一戳。

　　见素夜间来粉丝房，偶尔遇到老多呀。两个人隔着雾

汽，手打眼罩互相看着。他们认出对方，嗒呀地踏着积水

走到一起。开始的时候谁都不说话，只是"呼呀"一笑。

老多呀觉呀的白辫发上方，▆▆堆了一圈儿松呀的酱黑色的

争年代里搞了一个小巧的日本行军锅，如今也安在了办公室里。二槐夜间里巡逻，常常路过粉丝大厂，就顺手带给他一些好吃的东西。二槐做了看泊的，风格就活像赵多多。

　　赵多多如果半夜里醒来，就索性不睡，常常高兴地到粉丝房里溜一圈儿。他特别耐寒，走出屋子只穿一个肥肥的白裤衩子，露着簇簇肥肉和坚韧的皮肤。如今做夜班的女工全部增加了两个钟头的工作时间，并且人人都要穿上印有"洼狸粉丝大厂"的白围裙。还有一项特别的规定，就是女工要把头发拢到头顶，扎成一个拳头模样的东西。这一切全是老多多去县城电风扇厂参观学来的。那是县长周子夫特意组织全县各种"企业家"到先进厂学习，叫上了赵多多。他从此知道自己是一个"企业家"了。那次电风扇厂的领导介绍经验，说该厂实行日本"踢球式"（TQC）企业管理方法，并且十分地注重"信息"。老多多觉得这一切太好了，他在心里咕哝："俺也要那东西。"回来后，他就延长了工时，让她们穿特制的围裙，还要扎头。并开全厂大会，说从现在起实行"踢球式"了，讲究个"信息"。他让管账的每天报账，让本家族的工人注视别人议论些什么……夜间他来到粉丝房，在水雾里晃晃悠悠走着，十分惬意。如果他听不到"砰砰砰"的拍打铁瓢声，就仰起脖子喊一句："我用火棍烙烙你！"打瓢声立即响起来了。浆子缸边哪个姑娘瞌睡了，他就走过去，照准她的屁股踢一脚。他心里想，"踢球式"就是好。姑娘们由于将头发扎在了头顶，所以鬓角就特别紧，一个个眼角往上吊着，样子有些滑稽。老多多一个一个端量着，满意地嘿嘿笑起来。他见她们的脸庞都被水蒸气弄得红扑扑，软软胖胖，煞是可爱。每人的颈下就是印在围裙上的那溜儿红字："洼狸粉丝大厂"。有一次他踢了闹闹一脚，闹闹醒来，反应极敏地回身给了他一脚。老多多惊讶地"嗯"一声，但没有火起来。他最爱看胖胖的大喜抖动着一身肥肉做活，高兴了就伸手捏捏她的肥肉。大喜两肩摆动着躲着他的手，他就把手腕提起来，手指勾着捏成一撮，绕着她的头颅飞快地转。大喜很快就眼花缭乱了，老多多于是眼明手快地把一撮手指往她胸部重重地一戳。

见素夜间来粉丝房，偶尔遇到老多多。两个人隔着雾气，手打眼罩互相看着。他们认出对方，啪啪地踏着积水走到一起。开始的时候谁都不说话，只是"哼哼"一笑。老多多宽宽的白裤衩上方，堆了一圈儿松松的酱黑色的皮肉。这很像套了一个自行车内胎。见素的目光总要落在这圈儿皮肉上。老多多则看着对方的两条长腿。这两条腿使他想起隋迎之的老红马 —— 它很像老红马后胯那两条腿。提起那匹老红马来，老多多就有些懊丧。他一直想骑上这匹马沿镇子巡逻，可总没有机会到手。后来他想照准马脑那儿打那么一枪，还没有实行红马就死了。老多多搓搓手，拍打着见素的肩膀。他说："老隋家的一把好手。"见素用眼角瞟着他，鼻孔里喷出长长的一股气。见素面色显得苍白，眼睛带着血丝，扬起头来望着粉丝房的每一个角落。他的漆黑油亮的头发有些乱。有一绺搭在眉梢上，就伸手理了一下。老多多想起的是老红马额上那绺黑鬃，咽了一口唾沫。那真是一匹好马。老多多有一阵做梦都在想那匹马。有一次他亲眼见到隋迎之骑着它从河滩上跑过来，它的鬃毛抖动不停，长尾扬起，好不威风。他的手紧紧地握在枪柄上，手心阵阵发痒。这是一匹宝马。老多多提着白裤衩儿松动了一下，又低头看了看，问："你没去老磨屋看看你哥吗？"见素摇摇头。老多多一提起抱朴心里就一阵发紧。他厌恶这个默默不语、一天到晚坐在老磨屋里的人。他们一块儿在粉丝房的各处走动起来。老多多说："现在实行'踢球式'管理法了，好。我就服日本人。想出这么个好方法……现在就差李知常的那些变速轮了。这得赶紧想法。"他提到李知常，见素暗暗地咬了咬牙关。他们走到姑娘们身边，就再也不说话。大喜瞟了一眼见素，不住声地咳嗽起来，一会儿脸和脖子就涨红了。老多多嘴里发出一声："嗯。"见素没怎么在意这些，他看到闹闹就在不远的地方手脚麻利地做活。

　　见素几个月来一直有些焦躁。粉丝大厂实行了"踢球式"，这更促使他赶快做出行动。如果这期间表现出一点犹豫和软弱，他就在心里狠狠地咒骂着自己。他想粉丝作坊一开始承包就落到了老多多手里，那完全是必然的。日子是到了一个转折关头了，高顶街的人都表现了相同的胆战心惊。而赵多多两眼就像鹰隼，看准了就扑下来，用一对铁爪狠狠地抓牢了粉丝大厂。再就是老赵家目前在洼狸镇的势力最大 —— 自四十年代开始逐步取代了老隋家，在洼狸镇占据了上风。赵多多不过是老赵家伸出的一个铁爪。要对付这个铁爪可太难了，必须靠实实在在的力量将一个个骨节折断，因为它自己绝对不会抽筋。见素一开始就试图从原料、成本、设备磨损、工资、提留、推销费、纳税款项、基建投资……诸多方面细细摸底。他进行得小心谨慎。老赵家获得了巨额利润，全镇有相当大一部分人正在为一些人的贪婪做出牺牲，这是很清楚的。难就难在寻找一些具体而准确的数字，化繁为简，在关键时刻作为证据推出来。他小心翼翼地接近镇政府的几位头面人物，让他们注意他的存在。他认为这是事情的又一个重要方面。比如，他曾对书记鲁金殿谈到通过振兴粉丝工业从而振兴整个洼狸镇的迷茫而辉煌的规划。两个人都十分兴奋。他认为科学应用在古老的粉丝工业上，将是一切的关键。他还几次邀请管账的到"洼狸大商店"里喝酒。他认为必须同这个身穿黑衣、面孔瘦削的管账人成为朋友。管账人嘻嘻笑着，露出黑黑的牙齿，喝一口酒就醉骂老多多，还说粉丝房里的姑娘他都用手动过，就像动算盘珠儿。张王氏听了，放下手里摆弄的泥老虎，走过去给了他一个耳光。他这才不笑了。他们离开商店时，互相搭着肩膀，显得很亲热的样子。

从此以后见素夜间要忙着算账了。对于这方面哥哥抱朴也许更为在行，但他暂时不想让其参与。这也许是一笔永远也算不清的巨帐。但他有志于框清一个最基本的轮廓。老多多可以蒙骗所有的人，但却难以遮挡这张苍白面孔上的一对灼热的眼睛。夜深人静，他将厢房上了门闩，然后打开那个记了密密数码的小本子，一笔一笔演算起来。粉丝大厂一共有一百一十二人，每天可加工绿豆一万五千斤；老磨屋安装机器前，旺季里每天可加工一万一千五百斤，淡季里五千三百斤，八月后有三个月旺季，共合一百八十三万斤 —— 加上安装机器后的五个月产量一百一十五万斤，合计加工绿豆二百九十八万斤。最后出现的这个巨大数码使见素怔了好长时间。他激动地在屋里走来走去，嘴里咕哝着："二百九十八万！"……河边的几个老磨隆隆响着，老多多承包这一年多一点的时间里，竟然不慌不忙地咀嚼掉了一座绿豆山。三至六月、七至十月、十一至来年二月，自然地划成了几个气候段；不同阶段出粉率不同，但相差无几，平均每二斤五两八钱原料可加工成一斤粉丝。这样"洼狸粉丝大厂"在一年零一个月的时间里共生产了一百一十五万余斤粉丝。

这一百多万斤产品的销售颇为复杂，自一月份算起，价格三起三落；沿海城市开放，白龙粉丝转手外销数量猛增，由过去的百分之十九增至百分之五十一。总计外销粉丝每斤合二元五角三分；内销粉丝每斤一元一角六分。算到这里见素不禁 出了一口冷气。内外销的巨大差额使他周身发痒。他想粉丝大厂由自己主持的那一天来到时，他将组织一个强有力的外销班子。洼狸镇多少年前运粉丝下南洋的航船挤满河道，那如林的樯桅就是世界上最美最诱人的一幅图画。见素将两手的指头扳得咔咔响，又握成一个拳头，猛击了一下桌子。一阵钻心的痛疼传遍全身，一个骨节重重地磕在桌面上。他一只手捧着另一只手的时候，不知怎么突然眼前闪过了那个割棘子的小姑娘。他紧紧地闭上了眼睛。小姑娘的滚热的小身体就伏在他坚硬的左臂上，仿佛要旋转起来。他是从眉豆架儿下将她抱进这个小屋的……一滴泪水从他紧闭的眼角滚落下来。见素咬了咬嘴唇，继续算下去。他发现外销的五十八万六千五百斤粉丝，获毛利

界上最美最诱人的一幅图画。见素将两手的指关扳得咔咔
响，又握成一个拳头，猛击了一下桌子。一阵锥心的痛来 (的时候)
传遍全身，一千骨节磕在桌面上。他一只手捧着另一只手，(重重地)
不知怎么忽然眼前闪过了那个割辣子的小姑娘。他紧紧地
闭上了眼睛。小姑娘的滚烫的小身体就伏在他███坚硬的左
臂上，仿佛要挣脱起来。他是从眉豆架儿下将她抱进这个
小屋的。……一滴泪水从他紧闭的眼角滚落下来。见素咬
了咬嘴唇，继续算下去。他发现外销的█████斤粉丝，获 (五十八万六千五百)
毛利 ██████元；内销█████五十六万三千五百斤，(一百四十八万三千八百四十五)
获毛利██████元。也就是说，整个 (六十五万三千六百六十)
粉丝了一年零一个月的时间内获毛利 (二百一十三万七千五零五)
██████元。这其中已经扣除了生产运我耗损掉的一个零数
██最后的那个大数使见素一直激动不已。他故意不往下 (二)
算，只是记住了这二百多万元。这个大数显然标进，█使
他自然而然地推断起是隋家族二三十年代的境况来。就是
██比这个大数多出若干倍的财富积累，使 (这个庞杂的)
██影响远远超出了芦青河地区，████████几十年来都在
拍着镇史的主要篇章。……每一笔账算起来都颇费功夫。
见素不会使用算盘，是用一根红杆儿铅笔算的。他记起哥
哥曾经讲过，父亲隋成的荷几年里没白没黑地算账██████ (总要)
████████████████████当时他觉得滑稽可 (再算)
笑，现在██似乎是完完全全理解了。█下去██，这个大
数会渐渐减少。定将扣除工资、原料费、推销费、工副业
税……这██████之后，得到的这才是粉丝大厂的纯收入,

一百四十八万三千八百四十五元；内销五十六万三千五百斤，获毛利六十五万三千六百六十元。也就是说，整个粉丝厂一年零一个月的时间内获毛利二百一十三万七千五百零五元。这其中已经扣除了生产运载耗损的一个常数。

最后的那个大数使见素一直激动不已。他故意不往下算，只是记住了这二百多万元。这个大数显赫辉煌，使他自然而然地推断起老隋家族二三十年代的境况来。就是比这个大数多出若干倍的财富积累，使这个家族的影响远远超出了芦青河地区，几十年来都占据着镇史的主要篇章……每一笔账算起来都颇费工夫。见素不会使用算盘，是用一根红杆儿铅笔算的。他记起哥哥曾经讲过，父亲临死的前几年里老要没白没黑地算账——当时他觉得滑稽可笑，现在似乎是完完全全理解了。再算下去，这个大数会渐渐减少。它将扣除工资、原料费、推销费、工副业税……这之后，得到的还不是粉丝大厂的纯收入；因为在生产粉丝的同时，又可以产生豆渣、浆液。豆渣与浆液，又分为造酒、食用、饲料、沤肥等多种用项，质量不同，售价也不同。下脚料的收入要并入粉丝收入之内。总之这又是一笔笔大帐。这笔账渐渐像蛛网一样把他缠起来，越缠越紧，最后终于使他不能解脱。

他夜间来粉丝房里转悠，脑子里盘旋着的还是密密麻麻的一些数字。在白色的水气中看去，那排成一溜溜的浆子缸和冷、热水盆，很像一个巨数中排好的一串"0"。人们在雾气中活动着，就为了不断给巨数再增添上一个尾数。他不知道这场上百人投入的运算最终会有什么结果。无数条银白色的纤细粉丝从热水盆拖入冷水盆，又被粉红色的手臂缠绕成一束一束悬起来，成一片等待进位的小数。四舍五入，积少成多，十进位是不变的原则。银丝互相交扯，紊乱如麻，难分难解，在水中轻轻地荡漾，然后各归于一束。这些银丝原来还飘逸洒脱，如今规规矩矩地立在了小数点儿的右边。打瓢的高高在上，"砰砰"声贯穿始终，淀粉糊糊拉成一条条乳白的小圆带子坠下来，将那个巨大的数码捆扎起来。数码上的每个位数都像一个铁轮，犹如李知常设计的生铁变速轮。它们自左至右，逐渐缩小，再由那些小圆带子连成一串。当李知常的变速轮设计成功之后，就会在粉丝房的雾气中交错旋转，一眨眼给那个巨数添上一个新的尾数……见素每逢这样定定地看着，不远处大喜就连连咳嗽。一次见素正要挪动步子，有一个肥掌搭在他的肩膀上。气味早告诉见素是谁站在身后，他故意没有转身。老多多说："他妈的，睡不着，想喝口酒。"他一只手拉上见素往外走，走到胖胖的大喜身边站住了，说："你老咳嗽就是一种病。好在男人都有一个偏方。"

他们把一个矮脚白桌抬到炕上，一边一个坐下喝酒。炕下生了火，两人老要冒汗。老多多从铺盖卷里抽出一瓶茅台。他说："这是我孝敬四爷爷的。不过我先挑出一瓶验验真假。上一回四爷爷抿一小口就知道是假的，从窗户上一抬手扔了出去……啧啧。真假？真的。"见素喝得很少，老多多今夜贪酒。他坐在那儿摇晃着，看着见素。他觉得见素的头一会儿放大一会儿缩小——这真是一个奇怪现象。这大概是老隋家人的一个奇怪现象。老多多笑着揉一揉眼。

他问:"见素,你说这个年头有没有哪个冤家在算计我?"见素不语。他接上又说:"我红火,他们害气。这还是刚刚红火哩!人家有些'企业家'三辆四辆小汽车也买上了,身子边上就有一个女秘书。这些东西咱也要。你说能没有人算计我?"见素抬眼看了看老多多,见他眼皮垂了垂。老多多用力抿着嘴角,把个酒盅捏碎在桌子上,说:"洼狸镇上敢算计老赵家的,也就是老隋家的人了……哼哼!不过如今别人算计我,我伸出一个手指头就能把他捅倒;要是老隋家的小子算计我,我一根手指头也不伸。"老多多说着嘿嘿地笑,身子挺直起来。见素不解地看着他。

老多多站在那儿,接上说:"不用伸手指。我只用下边那个东西就把他干倒了。"说着撅撅臀部,将身子用力往前一耸。

见素的血猛地涌到了头上,牙齿发出了声音。他眼角瞟着窗台上那把砍刀。

老多多捏碎了酒盅就无意喝酒,这会儿从什么地方找出一根生锈的针钉起扣子来。他光着肥肥的臂膀,每一针都拉出很长的线,手捏锈针扬在空中,一身皮肉奇怪地抖动三两下。见素眼盯着那把砍刀,老多多还是一下一下拉线。老多多有一次捏针的手拉到见素头顶那么高,突然针尖倒向外侧,飞快地朝见素右眼刺来。见素尖叫一声摆头向左,同时右手铁定地把住那只举针的肥手。老多多看着见素,说一声"好险",哼哼地笑起来。见素的心怦怦跳着,只是不松手,盯着砍刀的眼放出光来。老多多这时说一声"看手",然后被握住那只手的小拇指狠劲抠了一下,抠在见素食指指甲上边一点。痛疼钻心，见素一抖，老多多乘机手腕一扭，挣脱出捏针的那只手……生锈的针重新插到扣子上，慢吞吞地拉出长长的黑线。他一边钉扣子一边说："到底是年轻，不行。你知道我这一手是战争年代学来的。你没经过战争……你哥哥招数也许好些。"

见素那天夜里几乎是全身颤抖着离开了老多多。他想马上去河边磨屋里，但又不想和抱朴讲什么。上一回在老磨屋里的争执如在眼前。他在冰凉的西风中踉跄着，咬了咬牙，决定让老多多的粉丝大厂来一次"倒缸"。主意已定，身子颤抖得立刻轻了。回到厢房浑身疲倦，但又睡不着，就接上算起账来。他一边算账一边想，待到黎明时分，粉丝房里的人也到了最困乏的时刻。那个时候动手再好也没有了。要使粉丝厂"倒缸"十分容易，无论是磨绿豆、淀粉沉淀、搅拌淀粉糊糊、水温、浸烫绿豆、搭配浆液……任何一个环节出点差错都会"倒缸"，让一些人叫苦不迭。最便当的办法也许就是在浆液上下手了。

街巷上的鸡一声一声啼叫。见素往粉丝房走去。天有些冷，他披了一件黑布斗篷。

沉淀池四周静静的，看池的人已经找地方歇息去了。见素站在池边，看着汽灯下泛着淡绿光色的浆液。浆液的颜色十分可爱，池面上平静如镜。淀粉在浆液里酣睡，酵母怀抱着它的婴儿。一股芬芳的、透着一点儿微酸的气味涌进了鼻孔。他知道这是再理想也没有的浆液了，它滋养着整个粉丝厂，使下几道工序处于最佳状态。灯光将他的影子投到池面上，他觉得池水像一双纯洁无瑕的处女的眼睛。他移开目光，搜寻铁瓢和滚烫的热水管 —— 只要浇进热水、掺入几瓢黑粉酵母，一切也就了结了。隔壁的粉丝房没有一声喧闹，"砰砰"地打瓢声有气无力。见素找到热水软管拖过来，又转身去找黑粉酵母。正这时有人打了一声哈欠——大喜揉着眼睛从隔壁走出来，不知要到哪去，正迷迷糊糊地往沉淀池这边走来。见素赶忙将两手抄进斗篷里，笔直地站在了那儿。大喜一抬头看到了见素，眼睛一亮，睡意全无。她咳了一声，直盯着热水管流出的热水、腾腾升起的白气。她叫了一声："见素哥……"见素没有回答，阴沉着脸，轻轻地将热水软管踩在脚下。他恨不能将大喜抱起来扔进沉淀池里。他在心里念叨，但愿这个满脸憨气的大喜什么也看不懂。他用脚将热水管拨到一边。

大喜在围裙上搓着发红的两手和胳膊。她嘴唇抖着，嘴里发出嗡翁嘤嘤的声音，高高的胸脯不住地颤动。见素灼亮的黑眼睛看着她，她往后退着。后来她蹲在了地上，低头看自己红红的两手。见素一双激怒的眼睛在她身上扫来扫去，心中突然一阵灼热。他走过去，毫不犹豫地伸出强劲的双臂，将她抱了起来。她的头歪在他的胳膊上，嘴唇紧紧地贴上去。见素把她抱到沉淀池跟前，看着她的脸说："我把你扔下去吧？你来得真不是个时候！"大喜火辣辣的眼睛看着他，说："你不能。"见素无可奈何地笑笑："你真有数。"他把她包在宽大的斗篷襟子里，感受着她的激动。她被紧紧包裹着，可是并不老实，一双手按在见素的胸口上，又把头伏上去。见素低头从斗篷的空隙里看着她，心想这真是一只美丽的肥猫。他说："我也就了结了。隔壁的粉丝房没有一声喧闹，"呼呼"的[redacted]打[redacted]鼾声有气无力。见素找到热水[redacted]软管拖过来，[redacted]又转身去找黑粉酵母。正这时有人打了一声哈欠——[redacted]大喜揉着眼睛从隔壁走出来，不知要到哪去，正迷迷糊糊地往沉淀池这边走来。见素赶忙将两手抄进斗篷里，笔直地站在了那儿。大喜一抬头看到了见素，眼睛一亮，睡意全无。她咳了一声，直盯着热水管流出的热水、[redacted]腾腾升起的白汽。她叫了一声："见素哥……"见素没有回答，阴沉着脸，轻轻地将热水软管踩[redacted]在[redacted]脚下。他恨不能将大喜抱起来扔进沉淀池里。他在心里嘀叨，但愿这个满脸憨气的大喜什么也看不懂。他用脚将热水管拨[redacted]到一边。

大喜在围裙上搓着发红的两手和胳膊。她嘴唇抖着，嘴里发出嗡嗡嘤嘤的声音，高[redacted]高的胸脯不住地颤动。见素灼亮的黑眼睛看着她，她往后退着。后来她蹲在了地上，低[redacted]头看自己红红的两手。见素一双激怒的眼睛在她身上扫来扫去，[redacted]心中突然一阵灼热。他走过去，毫不犹豫地伸出强劲的双臂，将她抱了起来。她的头歪在他的胳膊上，嘴唇紧紧地贴上去。见素把她抱到沉淀池跟前，[redacted]看着她的脸说："我把你扔下去吧？你来得真不是个时候！"大喜火辣辣的眼睛看着他，说："你不敢。"见素无可奈何地笑笑："你真有数。"他把她包在宽大的斗篷襟子里，感受[redacted]着她的激动。她被紧紧包裹着，可是并不老实，一双手按在见素的胸口上，又把头伏上去。见素低头从斗篷的空隙里看着她，心想这真是一只[redacted]美丽的肥猫[redacted]。他说："我要这要这样把你抱进我的厢房里去。"大喜喘息着，声音断断续续："见素哥，把我给你，给你吧……我一亿个喜欢你！我……"大喜用一个巨数表达了她的爱情。见素抱着她的手臂猛地一震。他马上又想起了那个日夜缠绕着他的大数。他不顾一切地从斗篷中托起她来，吻她裸露着的皮肤，嘴里咕哝着："那个大数，慢慢就会减少……大喜，你就是一个大数！"大喜泪流满面，吭吭哧哧地说："我一亿个喜欢你……你、你抱我走吧。上哪去都行。我跟着你。你要我吧？你要了我，再杀了我，我也不怨恨你……我！"见素莫名其妙地拍打着她，后来又用斗篷裹起来。他看着渐渐变亮了的屋子，说一声："早晚要你。"就把她放到地上，让她回粉丝房去。她不愿离开，他推了她一下，她才后退着走了。

"可怜的东西！"见素在心里说道。

以后好多天，见素回忆起沉淀池边的那个黎明时，还深深地遗憾。他后悔手脚太迟缓，便宜了赵多多；甚至更后悔没有把大喜一口气抱回家来。一个健壮的成熟的男性，周身的热血在激荡回旋，使他既不能安眠也不能算账。那个大数像一张细丝网绞在了他的身上，紧紧地勒进皮肉里，难受极了。他在炕上焦躁地滚动，直到炕席子上染了血。他沾在手上嗅了嗅，血腥味儿刺鼻。他重新仰卧下来，盯着焦黑的屋梁。他心里明白：那两个事情迟早都会做成，必定做成。

第三天上，老多多突然差人来厢房里喊见素。那个人急急慌慌地喊着："倒缸了！倒缸了！"

见素"啊"地一声坐起来，不能相信自己的耳朵。他连着问了几遍，快乐的小虫在心里爬起来。他胡乱披上衣服，一颗心"怦怦"跳着，往厂里跑去。

好多人垂手站在门外，老多多眼睛通红里外乱窜。见素到处看着，无限欣喜又无限费解。打瓢的人卖力地拍打，"砰砰"声一如既往，可怜他汗水如雨，乳白的淀粉糊糊就是拉不出丝。一截一截断掉的粉丝在滚水里泛着，像一些顽皮的小鱼。搅拌浆子糊糊的人像过去一样围着一个大瓷盆转着，一男一女间隔分开，哼哼呀呀地走。老多多疑心是糊糊搅得不匀，这时大声催促他们把打拍号子哼得再响一些。于是男男女女"哼呀哼呀"大叫起来，叫一声挪一步，半个膀子几乎都插到了糊糊中。见素又到沉淀池跟前去看，刚一走近，就闻到了一股醋味。水泥台上一溜沉淀试验杯无一沉淀，淀粉小颗粒在杯里不安分地活动。池面再也不是可爱的淡绿色，而是浑浊一片，泡沫生生灭灭。有一个巨大的圆泡凝在池子中央，好长时间没有破碎，后来又"啵"的一声无影无踪。当见素重新迈进粉丝房时，已经隐隐约约闻到了一股臭气。见素的心愉快地跳动了几下。他知道这次"倒缸"相当严重，因为上一次大"倒缸"就曾闻过这种气味。他蹲下抽起烟来，一双眼睛四下里瞟着。闹闹在涮粉丝，这会儿被浆液中的怪味顶得捂住鼻子跑开了，要到窗口透透气。老多多怒冲冲地拦住她，吆喝着："回去干活！我看他妈的今天谁敢动……"见素觉得这真有趣。他认为所有的脸都被一只看不见的神灵之手摆弄得肃穆庄严了。没有谁敢嬉笑。所有人都沉默了。见素看着大喜，觉得唯有她恬静而轻松，不时地瞥他一眼。她在这时候竟然有妩媚之感。这真奇怪。

老多多很快就精疲力竭了。他四处寻找见素，最后一转脸看到了，恶眉恶眼地说："这就看你这个技术员的戏了。养兵千日，用兵一时。"见素吐一口烟："不错。我蹲在这里看了半天，看看门道。不过哪个技术员也不敢保证一辈子不'倒缸'……"老多多吼了一声："倒了缸，你来扶！扶不起，请你哥去！"见素笑笑，向沉淀池走去。他在老多多的注视下用铁瓢一下下泼着浆液。他自己也不知道为什么要这样做。后来他又到搅拌糊糊的瓷盆前面看了看，叫一声"停"。他试了浸烫豆子的水温，指示重新换水。老多多一直跟在他的身后。见素告诉对方：先用五天的时间看看吧，也许有点把握。老多多无可奈何，喉咙里发出哼哼的声音。

第二天上，醋味弥漫了整个粉丝大厂；第三天上，沉淀池又发出一股透着辛辣的焦煳气味；到了第四天，各种气味终于被无法抵挡的臭味笼罩起来。臭味越来越恶，人们都在心里惊呼"完了"。高顶街书记李玉明来了，眉头紧皱。主任栾春记连声大骂，嫌扶缸的措施太不得力。老多多去老磨屋请抱朴，见素想哥哥一准不会来。当抱朴跟着老多多跨进门时，见素深深地吃了一惊。他狠狠地盯了哥哥一眼。抱朴好像一切皆无察觉，宽宽的后背弓下来，鼻孔微仰，直奔沉淀池而去……老多多亲手在门框上拴了乞求保佑的红布条，又去"洼狸大商店"请来了张王氏。张王氏过早地穿上了棉背心，显得腹部很大。她两手按腹走进门来，刚一站定就左右观望，无比警惕，两眼雪亮。最后她在老多多亲手搬来的一把大太师椅上坐了，为所有的脸部都一〔尺〕█看不见的神灵之手捏弄得表情左严了。没有难敢嬉笑。所有人都沉默了。见素看着大赛，觉得唯有她恬静而轻松，不时地瞥他一眼。他在这时段竟然█有妩媚之感。这真奇怪。

老多△〔很快〕█就精疲力竭了。他四处寻找见素，最后一张脸看到了，█怒首恶眼地█████说，"这就看你这个技术足的戏了。养兵千日，用在一时。"见素吐一口烟，"不错。我蹲在这里看了半天，█看出门道。不过哪个技术足也不敢保证█〔一辈子〕不'倒缸'……"老多△吼了一声，"倒了缸，你来扶！扶不起，请你哥去！"见素笑△，█████向沉淀池走去。他在老多△的注视下用铁瓢一下△没着浆液。他自己也不知道为什么要这样做。后来他又到搅拌糊△的瓷盆前面看了看，叫一声"得"。他试了浸浸豆子的水温，指示〔至射烧水〕████████████████。老多△一直跟在他的身后。█〔见素〕告诉对方△先用五天的时间看△吧，也许有点把握。老多△无可奈何，喉咙里发出哼哼〔的〕声音。

〔第〕二天上，醋味弥漫了整个粉丝大厂，第三天上，沉淀池又发生一股诡肴辣█〔到了〕的焦糊气味，第四天█〔起来〕，各种气味终于陡然无法抵挡的臭味█发革。臭味越来越恶，█〔四〕█人都在刨里惊呼"完了"。专项街书记李玉明来了，看关紧瑞。主任栾看记连户大骂，媒技缸的措施太不得力。

█████████████████████████
███████████〔抱朴〕

老多△去老鬼屋请

紧紧地闭上了眼睛。

抱朴在一个角落里蹲了半个时辰，然后脱得上身只穿一个背心，猛力泼起池里的浆液。泼过一会儿，他又到浸烫池、淀粉凉台上一一看过。这样过了十几天。这段时间里，他除了解溲从未离开粉丝大厂一步。饿了他就团一块淀粉烧了吃，夜间倚墙而眠。见素曾经喊过他，他一声不吭。没有多久他就脸色灰暗，嗓子也哑了，红着眼睛用手跟人交谈。

张王氏吸引了很多的人。人们都看到她多灰的鼻翼不停地张大，喉结也上下滑动，不吭一声。到后来张王氏扬扬右手，让老多多驱开众人，然后语气平缓地念道："冤无头来债无主，没有云彩也下雨。初七初九犯小人，泥鳅一摆搅水浑。"老多多惊慌地说："'小人'姓隋吧？"张王氏摇摇头，又念出一句："天下女人是小人，女人之心有裂纹。"赵多多揣摩着，陷入了茫然。他求张王氏再解，张王氏露出黑短的牙齿，缩了缩嘴角，说："让我替你祷告祷告吧。"说完闭上眼睛，将两脚也收到椅面上，咕哝起来。她的话再没法听清。老多多无声地蹲在一旁，额头上渗出一些小小的汗粒。张王氏坐功极深，竟然端坐椅上直到第二天放明。夜里她的祷告声渐弱直到没有，可是夜深人静时又陡然响起。几个伏在浆缸和水盆边的姑娘纷纷被惊起来，恍惚间箭一般奔到太师椅跟前。张王氏纹丝不动，嗡嗡的咕哝声里插一句"大胆"——姑娘们赶紧又跑回原来的地方。

抱朴一直在沉淀池边过夜，待到一切正常，粉丝房里清香四溢，才回到了他的老磨屋。"砰砰"的打瓢声重新响起，闹闹又涮洗起粉丝来。赵多多十天里已经积成大病，头疼欲裂，让人用火罐把前额印了三个紫印。但他头脑仍然糊涂，难以弄明白将"倒缸"扶正的是神人张王氏，还是凡人隋抱朴。

见素直眼瞅着哥哥回了磨屋。停了两天，他去找哥哥，一进门抱朴就用眼睛盯住了他。见素并不畏惧这对目光，也迎着他看去。抱朴咬着牙关，颊肉抖了一下，目光越来越冷。见素吃惊地问："我怎么了？"抱朴哼一句："你明白。""我一点不明白。"抱朴大吼一声：

"你糟蹋了上万斤绿豆！"

见素脸色发青，坚决否认。他解释着，激动得嘴唇抖动。最后他冷冷地笑了："我真想那么做。可我没找到机会下手。这真是天意。"抱朴仿佛没有听到他的话，说道："我知道你是个什么脾性。我怎么能不知道。我坐在老磨屋里，老觉得会有这么一天。你也太下得手去了……"见素气愤地打断他："我跟你说过，这不是我！不是我！我知道'倒缸'了，高兴坏了，可也吃了一惊……我往厂里跑，一路上只想：真是天意！"抱朴起身去摊绿豆，木勺扬在空中停住了。他回身注视着见素。见素跺着脚："我干吗要瞒着你？我刚才还告诉了你：我也想寻机会下手。不过这次真不是我干的。"抱朴咬了咬嘴唇，去摊绿豆了。他重新坐到方木凳上，吸着烟，望着那个小窗洞自语着："可是我已经把这笔账记在老隋家身上了。我信你了，这不是你干的。不过我心里早把这笔账记在老隋家身上了。我老想这是老隋家人犯下的一个罪过，太对不起洼狸镇……"抱朴说着，声音越来越低。见素有些恼怒，盯着他掺了银丝的头发，大声问："为什么？"抱朴点点头：

"因为你已经起意。"

见素像是一下蹦到了哥哥的对面，抖着手掌嚷："我起意了，不过我到底没做。'倒缸'了，我高兴。我倒想这下子老多多是活该倒霉。我知道他最后非请你不可，我倒是要看看你来不来。我那几天死盯着老磨屋的门。你到底走出来了，你真了不起！你真对得起老隋家！你替老多多扶缸，不怕有人背后戳脊梁骨吗？我不怕你生气，我就骂了你！"见素的脸红起来，汗珠又在颊上滚动了。

抱朴粗粗的身躯从方木凳上挺起来，鼻子快要碰到了弟弟脸上。他嘶哑的嗓子倒使每个字都变得沉重起来，见素不禁往后退了一步。抱朴说："你去查查镇史吧，看看洼狸镇做了几百年白龙粉丝。几辈子都做这个，国外都知道中国的白龙牌粉丝。外国人跟这个叫'春雨'，叫'玻璃面条'……粉丝厂'倒缸'没人扶，就是全镇的耻辱！'扶缸如救火'，自古洼狸镇就有这句话。"

见素夜间继续算那笔大账了。他开始使那个大数慢慢减少。先要扣除工资 —— 赵多多月工资一百四十元；几个推销员九十、一百不等；技术员见素一百二十元……一百一十二人的平均工资为四十六元七角，总计每年工资要六万两千七百六十四元八角，承包一年零一个月，付工资为六万七千九百九十五元二角！粉丝工厂使用大量煤、水，水来自芦青河，可以不计；每斤粉丝大约需要七分三厘的煤炭。这样煤费就为八万三千九百五十元。还需要扣除的有工副业税款、工人夜间补助费、奖金……见素把这几笔账归结一起，还要加上一年多来名目繁多的上级派款、提留；这些摊派经过最后与工人协商，决定一部分由工资提取、一部分由厂里支付。洼狸镇虽然只有极少的土地，但并未免除农业税；另有"振兴全省体育集资"、农业大学集资、省市妇女工作集资、省市儿童乐园集资、省教育中心集资、国防集资、民兵训练集资、公路干线集资、城镇建设集资、扩建电厂集资、乡镇教育集资……这其中很多项目省地县镇交叉重复，所以总计有二十三项。这里面严格推论起来，大部分称为"集资"并不确切。这笔账太糊涂，算得见素焦头烂额。最后税款、补助、奖金和"集资"四项只得出了一个大约的数字：七万三千多元。接下去还要算推销员的差旅费、运输和订货时花掉的送礼费、各种招待费。这显然是些糊涂账，难以确切。另外需要扣除的还要包括：根据承包合同规定的数额上缴的款项、再生产费用、原料费、各种合理耗损……当这一切从那个大数中扣除之后，外加粉丝工厂的副产品收入，就是最后厂内余留的款项了。见素被这些账搞得昏昏沉沉，常常算到半截就搁下来，第二天衔接不起来，一切又得再从头开始。"这是一笔该死的账！"见素心里这样说。但他决心将这笔账算完，这是不能含糊的事情。

哥哥的窗子常常半夜里亮着灯，他有一次忍不住蹑手蹑脚地走近了抱朴的窗子，往里看了看，见哥哥用钢笔在一本薄薄的小书上点点画画。于是他立刻觉得索然无味。但后来他又两次隔窗见到抱朴在小小的书本上点点画画，心想那一定是一本古怪的书了。他敲门走了进去，看了看书皮，见上面几个红字：《共产党宣言》。见素笑了。抱朴将书小心地用布包好，放到了抽屉里。他卷了一支烟点上，看着见素说："你笑，因为你根本就不知道这是本什么书。父亲活着时一天到晚算账，直到累得吐血；还有后母的死、镇子上流的血。这里面总该有个道理啊，老隋家人不能老是胆战心惊，他得去寻思里面的道理。事情需要寻根问底，要寻根问底，你就没法回避这本书。从根上讲，你得承认几十年来它跟咱的洼狸镇、跟咱老隋家的苦命分也分不开。我一遍又一遍读它，心想我们从哪里走过来？还要走到哪里去？日子每过到了一个关节上，我都不停地读它。"见素有些惊愕地看了抽屉里的布包一眼，他突然想起很多年前就在哥哥屋里见过这个布包。他心中涌过一阵苦涩的滋味，心想除了抱朴，世上再没有谁会痴迷地从一本小书上去验证自己家族的命运了。他轻轻地替大哥合上抽屉，走出了屋子。

回到屋里，天已经接近黎明了。他坐在桌前，凝视着纸片上密密麻麻的数码，没有一丝睡意。这时，头顶悬着的电灯突然明亮了！见素先是一愣，接着飞快地退开一步。他被电灯耀得睁不开眼睛，但却定定地看着它。他马上醒悟过来：李知常安装的发电机成功了！见素的头颅嗡嗡响起来，他仿佛看到粉丝大厂到处都是电灯，电鼓风机呜呜地吹着煤火，电动机带动着无数的飞轮唰唰地旋转……他终于坐立不安起来。他想起了中秋节之夜与李知常站在水泥高台上的那场严肃的谈话，决定马上去找叔父——隋不召是唯一能够阻止李知常的人。见素飞快地走出屋子，一颗心激动地跳跃着。

街巷的电线杆上也亮着电灯。全镇的窗户都闪着电的颜色。见素进了叔爷的厢房，第一眼看到的就是叔父一动不动地注视着电灯。见素喊了他一声，他才转过脸来。见素开门见山地讲明来意：让老人管住知常，不要让他急于在老多多的粉丝大厂里安装电机和变速轮。隋不召灰色的小眼珠闪动着，仰起脸来，摇摆着头颅："我跟他说过……不过我知道不会有多少效用。这些事谁也阻拦不住。这要看知常自己的了！"见素再不说话，颓丧地坐在炕沿上。他瞥见炕上的被子已经用绳子捆好，上面还塞了一双布底鞋子——他吃惊地看了看叔父。叔父告诉：他已经打点好了行装。他要去省城看看那条老船。自从它被拉走以后，就没有一个洼狸镇人去看过它。这一段他那么想它，老梦见自己和郑和大叔坐在它的左舷上。他决定去看看它了……见素听了长叹一声，心里想这真是没有办法，谁对老隋家的这个老头儿也没有办法。

见素常常醒来。夜晚显得漫长而乏味了。睡不着，就算那笔账。他有时想着父亲——也许两辈人算的是一笔账，父亲没有算完，儿子再接上。这有点像河边的老磨，一代一代地旋转下来，磨沟秃了，就请磨匠重新凿好，接上去旋转……一天半夜，见素正苦苦地趴在桌上，突然有人敲门。他急忙藏起纸笔。开了门，跳进来的是大喜。她慌慌地盯着见素，兴奋不安，两手在紧绷的裤腿上摩擦着。见素压低了声音问："你来干什么？"

大喜反手合上了门，嗓子颤颤地说："我，我来告……告诉你个事情。"见素有些烦躁和焦灼，声音里透着急促："到底是什么事？"

大喜的身子激动得前后晃动起来，说：

"是我给老多多倒了缸。"

"真的？真的吗？"见素上前一步，大声追问起来。大喜的脸像红布一样，她用手捂住了见素的嘴巴，凑近了他的耳朵说："真的。那天早晨我全看明白了。我知道你为我耽误了做它。我一亿个喜欢你，就该帮你做了……谁也不知道。"……见素呆住了，很近地看着大喜。他发觉她的眼睫毛真长。他紧紧地抱住了她，吻着，连连说："啊啊，好大喜，我的好大喜，啊啊！……"他这时脑子里蓦然闪过那天哥哥在老磨屋里说过的一句话："……我已经把这笔账记在老隋家身上了！"他的心不禁一动：真的，这笔账追究起来，到底还是该记在老隋家身上，大喜只不过是代他动了动手……见素把抖动不停的大喜抱到炕上，伏下身子，发疯似地吻她，吻她的又大又亮的眼睛。

第九章 三岔口上的镇子

　　暨子洼狸镇变得灯火辉煌了。镇上人欣喜异常，开始用另一副眼光去看李知常了。从前大家见到他腰上挂了电工刀子的这个小伙子，就讥笑着去相盯一眼。有人感叹道："到底是老李家的人哪！"

　　那没有说出的意思谁都明白，老李家来这个家族就是出这号的人。多少年这个家族简直成了那种古怪的代名词，让人不好理解，功过难评。远的不讲，近几十年里老李家就出过老和尚李云通、给资本家开机器的李芒生，如今又有了李知常。安装电灯的日子里，李知常西部挂着灰尘，头发老长，在镇子里急匆匆地来去，鼻尖上永远有几颗汗粒。常和他走在一起的还有采队的李技术员，老隋家的那个老浪荡鬼隋不召。有人说李知常为了讨好隋多夆，一口气给她的屋子安装了两个电灯；另有人跑去看了，回来证明纯属谣传。不过李知常没有继承精神失常的父亲李安对，李芒生思念他走上街头，手指一个路灯骂起儿子来……镇上人看着忙碌碌的李知常，不由得对比与李芒生。那时候他刚从资本家的机器屋子里熬出来，已经很不光彩，折磨他用汗水去洗刷自己。他为了完成在业社交给的任务，有时多少天不愿回家。他的老伴生着牢骚流着泪对本家侄子李玉明哭诉，说他们老李家就出这样的怪人哪，难怪了老李家的人做了媳妇，就

〈157〉

第九章

　　整个洼狸镇变得灯火辉煌了。镇上人惊喜异常，开始用另一副眼光去看李知常了。以前大家见到这个腰上挂了电工刀子的小伙子，就讪笑着互相盯一眼。有人感叹道："到底是老李家的人哪！"那没有说出的意思谁都能明白：老李家就是出这号的人。多少年来这个家族简直成了邪僻古怪的代名词，让人不好理解，功过难评。远的不讲，近几十年里老李家就出过老和尚李玄通、给资本家开机器的李其生，如今又有个李知常。安装电灯的日子里，李知常面部挂着灰尘，头发老长，在镇子里急匆匆地来去，鼻尖上永远有几颗汗粒。常和他走在一起的还有勘探队的李技术员、老隋家的那个老浪荡鬼隋不召。有人说李知常为了讨好隋含章，一口气给她的屋子安装了两个电灯；另有人跑去看了，回来证明纯属谣传。不过李知常没有给精神失常的父亲安装电灯倒是真的，有人看见李其生悲哀地走上街头，手指一个路灯骂起儿子来……镇上人看着忙忙碌碌的李知常，不由得在心里对照当年的李其生。那时候李其生刚从资本家的机器屋子里钻出来，已经很不光彩，就拼命地用汗水去洗刷自己。他为了完成农业社交给的任务，有时多少天不愿回家。他的老伴生前曾流着泪对本家侄子李玉明哭诉，说他们老李家就出这样的怪人哪，谁跟了老李家的人做了媳妇，就得打谱过这种不死不活的日子——老公公李玄通跑到山里闹玄；男人李其生生不逢时，要不也难说就不是和尚（如今还不和出家人一样？），她说自己像寡妇，李知常像孤儿。李玉明只得陪着她难过……那真是个着了魔的年代，直到今天，镇上人对那一切还记忆犹新。

据报上登，那一年全国的高级社已经发展成了一个巨数：四十八万八千多个。一个高级社平均有二百零六个农户，那么全国有一亿零五十二万八千多个农户是高级社里的人了。这占了全国总数的百分之八十三。李其生就是这一年从东北回来做了社里人的。他给资本家开机器，洼狸镇人为了方便起见，就喊他"资本家"。这当然也反映了镇上人遇事不求甚解的老毛病。他回来不久，国家给全国的农业社供应了一百零四万部耕地用的双轮双铧犁，高顶街农业社也分得了一个。大家当天就把这个耕地的机器拴上两匹马，拉到了田野里。马一走，那上面的两个轮子果然转动起来。它上面有几个粗糙的手摇柄，任何人都不敢扳动。铧轮滚动，吱吱的声音招来了很多人。可是大家都发现了它致命的弱点：犁铧并不入土。失望中有人想起了见过大世面的驶船人隋不召，就去将他喊了来。他瞪圆了小灰眼珠，端量了一会儿，指着一个手摇柄对大家说："那是舵。"接着就去扳。在场的所有人都听见"咯噔"一声，然后双轮迅速停住，两个犁铧深深地扎入土中。两匹马双蹄腾空，痛苦地长啸一声。这时高顶街的老头儿、四爷爷赵炳迈前一步喝住了两匹马，镇长周子夫有些气恼地轻轻推开了隋不召。李其生不愧是开过大机器的人，他走到这架"耕地机"跟前，毫不犹豫地直接摇动那几个手摇柄，同时吆喝牲口。双轮滚动如初，双铧翻起油黑的泥浪。众人齐声喝彩，周子夫兴奋地当胸打了李其生一拳说："还是资本家有办法！"

李其生归来不久就赢得了全镇人的信任，与隋不召形成了鲜明的对比。当双铧犁滚动而去，一群人也随之而去时，原地只剩下了他们两个人。两个人互相注视。隋不召先一步走上前去，握住李其生的手说："我一眼就看出你是个见过大世面的人——这样的人以前镇上还没有。我服气你了。你今后必定是我最好的朋友。我也懂些机器，不过我是一直在水上过活的人，一落到地上就显得不中用了。以后咱多帮衬。"他说着，久久不愿松手。李其生激动地感叹："啊！啊！嗯！嗯！"他们从此结成朋友。

随着双铧犁的诞生，渐渐很多事情都变得让人耳目一新了。这也是个用数码表达一切的年代，报上一刻不停地公布着一个个巨数，洼狸镇人的心身全被密密麻麻的数码所占据。一个遥远的干旱的山村里大解旱围，一个月打出了四百四十六眼水井。一个乡的土地亩产六十六万斤地瓜零四千二百一十六斤黄豆：具体方法是播种后一百三十二天的早晨浇人粪尿五千三百六十四勺，合二百五十五桶；处暑的当天再撒干灰一百六十四斤。镇上文书每天都忙着记录这些数字。植物、器具、动物，无一不是用数码表达的。某村贫农老社员王大贵反复试验三千六百一十二次，制成了酒糟新式混合饲料，八十三斤的猪食用这种饲料四十一天，可长成一百九十二斤至二百三十斤不等。由于一切都用数码表达，书报上渐渐都是阿拉伯数码，所以隋不召推断至多两年就会废除汉字。他的这个推断两年之后自然又成笑柄。但数码的确日益发展，后来播种计划也数码化了。省里领导连夜开会，决定地瓜每亩必须种六千三百四十多株；玉米每亩必须种四千五百至八千六百三十棵；豆子必须播下四万八千九百七十多粒。数码印成了红的颜色，印在了省报上。开始人们都不明白为什么数码还要印成红的？后来才知道那可是一个了不起的先兆。那是血的颜色，它预言了围绕着这些数码会出人命。播麦子时，一个扶了一辈子耧的老头见按数码耧下的地块里，麦苗成团，密如牛毛，脸色立刻变了。老头子问四爷爷，四爷爷阴沉着脸说你问镇上领导去。老头子果然去问了，结果被呵斥了一顿，指示他必须执行数码。老头子流着泪播种，最后实在忍不下，偷偷将多余的半麻袋麦种倾入水井。谁知这被民兵发觉了，老头子立即被绑到了镇上。后来又转到高顶街的一个小屋子里，拳打脚踢一夜才放掉。老头子羞愧难当，一夜一夜在田野上游晃。后来，人们在他倾倒麦种的水井里发现了他的尸体。镇上的人自此明白为什么报上的数码要印成红的。

　　巨大的数码报上终于排不下，镇上就在高土堆上扎起一个高高的木架，有人每天早晚到架顶上呼报数字。一个农业社亩产小麦三千四百五十二斤，计划明年亩产八千六百斤；可是另一个农业社报出崭新的数码：他们的小麦已经亩产八千七百一十二斤，超过了别人的计划一百一十二斤，放了小麦卫星。全省有八百八十多个农业社前去参观，其中有三百多个社当场表态要超过他们。另有几个社亩产仍停留在一千斤左右，省市县研究决定拔他们的"白旗"，撤掉该社领导，展开群众大辩论。有的地方已制成无领无袖的黑布小背心，专给那些亩产低于六千斤的社领导穿用。镇长周子夫对洼狸镇提出了一个口号：亩产谷子两万、玉米两万、地瓜三十四万。四爷爷赵炳说："这很容易。"第二年高顶街的玉米果然亩产两万一千斤。镇长周子夫亲自来高顶街开大会，给赵炳挂了花，并说："快向省委报喜！"不久，"两万一千"这个数码赫然印上了省报。由于这个数码是从洼狸镇上报的，所以镇委花钱购买了印有数码的报纸一万五千张。于是所有镇上人都呆呆地盯着这个数码，默默不语：这个巨大的数码是红的！

洼狸镇人一连几天郁郁不快，他们隐隐约约觉得有什么事情会尾随那个红色的数码而来。大家都沉默不语，要说话也只是相互看一眼。这情形很像老庙刚刚烧掉的那些日子。

大家不安地期待着，不久事情终于发生了。洼狸镇由于报出了那个数码，自此不得安生。那个早晨，一批又一批参观玉米的人来到了。镇长周子夫向参观的人亲自解说，头上还戴了一顶麦秆编的小草帽。镇上人当然早有准备，人们扶着那些玉米秸子立在路边，让参观的人从中走过。每棵玉米都结了十几个棒子，引得外地人张嘴啧舌。他们开始还以为这是奇特的品种，后来才知道不过是普通的玉米。有人一边参观一边自问自答："照这样下去，三年二载就到了共产主义了。""傻话连篇，怎么还用得了那么长时间？不用！

不用！"……周子夫向大家介绍说："一般讲来，玉米都是结一个棒子，或者是一大一小两个棒子。为什么这些玉米结了十几个大棒子呢？这是因为高举了革命的红旗。人有多大胆，地有多大产。高顶街的赵炳同志计划明年亩产三万斤玉米！"所有人都鼓起掌来，用眼睛寻找赵炳——三十多岁的赵炳并未被掌声所动，这时睁圆了那双闪亮的眼睛扫视着路两旁扶着玉米棵子的社员。正这时李其生摇晃着手里的玉米棵叫起来，说他看出了手里这棵玉米的毛病：所有的棒子都是从玉米皮里面用细绳儿捆上的！人们听了先是一怔，接上围拢过去。周子夫用手推开众人，手指在李其生的鼻子上对大家说："这个人是东北回来的资产阶级！"…… 赵炳笑着走到周子夫跟前，说："周镇长，你也犯不上跟个疯子认真。这家伙又犯了疯病了。都怪我，人手不够就把他喊来了……"李其生指着玉米秸上的十几个棒子嚷："我是疯子？"赵炳二话不说，伸开碗口粗的胳膊，五个肉乎乎的手指钢钩一般抓住李其生的衣领。他轻轻地将李其生提离地面三尺有余，然后扑地扔开老远，像扔一件破棉袄。赵炳喝道："滚回去躺着！"…… 李其生被摔得一身泥土，没有扑打一下就爬起来跑了。

人们记起了以前跳井的扶耧老头子，记起不久前出现的红色数码，齐声在心里说："李其生完了。"

这天夜里，四爷爷赵炳的媳妇已经病到了第七天上。赵炳陪人参观，只得让她一个人躺在炕上呻吟。参观的人走了，已是深夜一点。赵炳顾不上回家看一眼媳妇，就让人召集起人们开会。会场就在老庙的旧址上，一场人默默地坐在地上，围起一块空场，中央是个白木小桌。小桌上摆了一个粗瓷碗，里面有一点热水。赵炳绕着桌子走着，脸色灰紫，一声不吭。他喝尽了最后的一滴水，仍旧不吭声。场上人感到了一种巨大的压抑，不由得又想到了那个彤红的数码。烛火闪跳，一会儿红，一会儿红焰外面又镶一道不祥的蓝边。它不停地闪跳。年轻的四爷爷抬起厚厚的眼皮瞥了四周一眼，轻咳一声，问："老少爷儿们！我赵炳今年三十多岁的人了，该不该知道玉米结几个棒子？"没人吱声。他抓起粗瓷碗猛地在地上摔碎，憋粗了声音说道："只要是吃人饭的都该知道！谁不知道就是吃狗粪长大的……可如今就是这么个时代，谁不服，谁站出来给高顶街当家！"赵炳黑亮的眼睛一滚一滚地扫着场上的人。停了半晌，他说："没人站出来，还得我赵炳当家！我当家，大伙儿就得知道我的难处，谁给洼狸镇捅娄子，谁自己倒霉！"场上人听了，直眼盯着赵炳，轻轻地呼吸着……刚要散会，李其生的媳妇突然跑来了，一来就抓住了赵炳的衣襟，说："快、快去……"赵炳喝道：

"有话好好说，天塌了有你四爷爷我顶着！"

哭成泪人的媳妇这才哭诉出来："我家其生白天带着一身泥土回家了，问他也不作声。我寻思他是跟哪一个吵嘴了。谁知道半晌有民兵把他绑走了，我哀求什么也没人听。天黑了他们就在小黑屋里打他，其生开始喊叫，后来就喊不出来了。我找镇长放他，镇长说他不管。可我明明认得民兵是镇上武装部的人领了去……四爷爷，他们把其生吊在梁上了，您快去救救他吧！就您一个人能救他了……"赵炳哼道:"反了他们!"说着就往下抢衣服——正这会儿有人惊慌地跑进来,喘得肩膀直耸。他喊着:"四、四爷爷!快、快回去,四奶奶不、不行了……"李其生媳妇一听再也哭不出声音了,只是绝望地瞪着赵炳。全场的人这会儿都站了起来,面孔一片苍白。

赵炳阔大的手掌抖了抖,咬着牙说:"天灾人祸,冰上落霜,洼狸镇许是到了气数。"说完把头偏向空中,两眼闪着泪叫着老婆的小名说:"欢儿,你要去,就自己去吧,赵炳夫妻一场,对不起你了!家事公事,不能两全,高顶街有人倒悬梁上,危在片刻……"说完抢衣在地,拖上李其生女人的手就走。

一场人的眼睛都潮湿起来,他们呼喊着,听不清呼喊什么。烛火全部变成了蓝的,又闪跳了几下,熄灭了。

当夜,四爷爷赵炳光光的脊背上吐满了李其生的血——李其生是被四爷爷背回来的。欢儿死了,死的时候手里紧紧握住了赵炳的一顶旧帽子。赵炳想从她手里取出,但已经是握得死牢。

洼狸镇上,只要是活着的人,能够忘掉这一天吗?

接下去不久又发生了扒城墙的事。镇上人这一次表现了压抑已久的愤怒,仍旧与四爷爷赵炳的鼓励有关。当时他虽重病在身,不能亲自率领人们去维护全镇的尊严,但却明白指示民兵头儿赵多多,把领头扒城那人的腿砸断——果然也就砸断了。赵炳当时关门养病,威望在外面却像春韭一样飞快上长。他默默无声地躺在炕上,高顶街有什么大事,都是赵多多隔上窗户问问他。这一回病这么久,还是从没有过的事情。张王氏每天去给他拔火罐。她说四爷爷一时半

172

天好不了，他想死去的欢儿——欢儿已经是第二个媳妇了。两个媳妇都是结婚不到两年就死去的，第一个曾留下一个男孩。两个媳妇都是开始一年里面色发黄，第二年就灰瘦反常，卧床不起。

赵炳刚病不久郭运曾来诊过。老中医当年四十多岁，可是自幼苦钻，得道已久。他一连几个时辰坐在四爷爷身侧，细细究察。几日过去之后，郭运告诉了赵炳两个媳妇早逝的原因："世上就是有你这样一种毒人，与之交媾，轻则久病，重则立死。这种毒人罕见之至……"四爷爷听得色变，伸手揪住他要方剂，他说没有方剂，缓步走出屋去。赵炳将信将疑，一连几日恍恍惚惚，病好之后回想起郭运的话，觉得好似梦中人语。第二年他又续了媳妇，当年生下一子，转年秋天媳妇又一命归西。这时的赵炳才对老中医的诊断确信无疑，在心里发誓永不再娶。

四爷爷生病，整个镇子随之蔫蔫。可怕的是形势逼人，时代一日千里，报上不断有新的巨数推出来。如今的巨数已不再围绕粮食盘桓，而是追逐着钢铁和一些科学发明。还是那个老社员王大贵，如今又用那双试验新式猪饲料的大手发明了五种新式农具。有五千八百四十六个农民科学革新小组一夜间宣告在全省成立，计划每个小组每月将研制六件科学发明，全省明年将有四十二万零九百一十二件革新发明推向全国。而这仅仅才是个计划，伟大的时代里突破计划的可能性总是保持在百分之九十以上。"钢铁元帅要升帐"——有人沿洼狸大街跑着呼喊。接着又有人登上木架尖顶报起巨数来了。七月份全省大搞贝氏转炉、猪嘴炉、坩埚炼钢，各种而█这仅█才是干计划，█████伟大的时代里█████定破计划的可靠率是保持在百分之九十以上。"钢铁元帅要升帐"——有人沿洼狸大街跑着呼喊。接着又有人登上本策史规报起巨数来了。七月份全省大搞只氏转炉、猪嘴炉、坩埚炼钢，各种炉烟要达到六十八万四千三百个。一个村用青砖、土坯、白干土和进焦粉试成了三十天只坩埚，三千昼夜炼钢已达七吨半。另有一联系得此烧结，抓紧炼钢，一窝出钢三十九吨。钢铁大上带来了艺术的空前繁荣，一位老婆之一边拉风箱吹坩埚一边吟哦，一夜间竟然做诗五十█多首。一个村子只有三人识字，可是█████三人记录了全村的所有诗作，装成满之一麻袋，目前正拟派专人送到省里。时代发展到今天，人们才相继悦出大悟，知道大诗人李其不远矣矣。巨数铺天盖地而来，日子又有整不能终日。他不得不将赵炳带病扶起，商量对策。他们较为一致的意见是：除了张王氏从外，洼狸诗人全都就之愿意，自古已成定改，因而作诗一事只好甘拜下风，但炼钢与科学发明一项，却要立即行动。他们马上成立科学小组，首先要做的事情是清查李其生。

李其生虽然大难不死，但早已蓬头垢面。他对一切失都了信心，只记得自己是个该死的反动派。那一次有人把他剥光了衣服吊起来，用黑布蒙上他的眼睛，打一棍喊一句："打死保送个狗特务！"他求饶、哀叫，全无渍用。有一个人用烟头儿戳了一下那个东西█████，他撕心裂肺地喊叫一声█████████，如今疤痕满炉埚要达到六十八万四千三百个。一个村用青砖、土坯、白干土和焦炭粉试做了三十六只坩埚，三个昼夜炼钢已达七吨半。另有一砖窑停止烧砖，抓紧炼钢，一窑出钢三十九吨。

　　钢铁大上带来了艺术的空前繁荣，一位老婆婆一边拉风箱吹坩埚一边吟哦，一夜间竟然作诗五十多首。一个村子只有三人识字，可是三个人记录了全村的所有诗作，装成满满一麻袋，目前正组织专人送到省里。时代发展到今天，人们才相继恍然大悟，知道大诗人李白也不过尔尔。巨数铺天盖地而来，周子夫有些不能终日。他不得不把赵炳带病扶起，商量对策。他们较为一致的意见是：除了张王氏以外，洼狸镇人全都缺乏想象力，自古已成定论，因而作诗一事只好甘拜下风；但炼钢与科学发明一项，却要立即行动。他们决定马上成立科学小组，首先要做的事情是请出李其生。

　　李其生虽然大难不死，但早已蓬头垢面。他对一切失却了信心，只记得自己是个该死的反动派。那一次有人把他剥光了衣服吊起来，用黑布蒙上他的眼睛，打一棍喊一句："打死你这个狗特务！"他求饶、哀叫，全不顶用。有一个人用烟头儿触了一下那个东西，他撕心裂肺地喊叫一声。如今疤痕满身。那个东西上面的疤痕使他和妻子尤其悲愤不已。当四爷爷与周子夫请他出马加入科学小组时，他自然又想起了那一切屈辱。他默然不语。最后是妻子对他发起火来："其生你个没良心的！四爷爷救了你这条命，四爷爷进门都请不动你！你又忘了形了……"李其生听到这里，猛然昂头。他看看四爷爷，站起来就往门外走去。就这样他加入了科学小组。

科学发明开始，首要任务是制出炼钢的坩埚。李其生在已知原料（青砖、土坯、白干土和焦炭粉）中又尝试着加入瓷碗粉末。结果坩埚质量大增，寿命延长一倍，温度可比一般坩埚高出六百三十多度。李其生荐举隋不召和隋抱朴也参加了小组。隋不召一切服从李其生指挥，专门负责捏制坩埚的衬里；隋抱朴性情内向，正好用来捣制瓷粉。仅仅一月时间，科学小组已制成四百多个坩埚。赵炳和周子夫亲自号召洼狸镇人献出瓷碗、瓷罐及一切瓷器。最后瓷器用尽，周子夫又引导镇上人行路低头，留意捡取泥土里的所有碎瓷片。后来井底的瓷片也给掏上来。路上远远地有个什么在阳光下发亮，大家认为是瓷片，就飞一般跑上去争抢。久而久之，那些骨骼发育还没有成熟的孩子，由于长期低头寻觅瓷片，就再也抬不挺头颅了。后来若干年过去，人们遇见不能昂首挺胸的人，还说他必定是洼狸镇人。

上千只坩埚立在了城墙下、田野和巷口。浓烟滚滚，遮天蔽日。风箱被老婆婆日夜拉动，"呼达"声盖过了芦青河水的奔流。全镇的一切金属都被拿来丢进坩埚。有人发现双铧犁的手摇柄可用木头代替，于是也取了下来。周子夫率领民兵挨户查看金属情况，最后连衣柜上的铜铁环子、锁扣也如数撬走。铁锅揭走，顶在头上送到坩埚旁；做饭一律采用陶罐。后来再也找不到一丁点铁末了，形势令人悲哀。有一天四爷爷赵炳突然当众撩开衣襟，露出了裤带上的铁扣子，然后三两下扯了下来。这天傍晚，全镇一共有八千二百多只皮带扣子（铁、铜、铝质的）交了上来。周子夫宽宽的牛皮带上有个闪亮的铜扣，再三踌躇，最后还是敲下来。这事情深深地启发了赵多多。以后他遇见别人，特别是年轻妇女，第一件事就是撩开人家的衣襟去看。到后来为一个皮带扣失去了贞节的，已经不是少数，只不过她们羞于道人就是了。以后有心眼的姑娘走上街头，总有一根彩色的布带子从衣襟下闪烁出来，以证明早已换成布带束腰了。后来几十年过去，洼狸镇上仍可见到女人们衣襟下余出一段布条。可见当年的防范措施已悄悄化为习俗在民间留传下来。

李其生重大革新发明的产生，是他静心自悟的结果。当时没有一个人知道他跑到了哪里。他失踪三天之后，从孤屋子里扛出一个大炉子。人们一眼就认出是很久以前镇上一个老锡匠废弃了的化铜炉。李其生化废为宝：在炉底部反着扣了一个小小的坩埚。坩埚之上又坐了一个同等大小的坩埚，而这个坩埚上面又反扣了一个坩埚，不同之处是最后一个坩埚的底上凿了洞眼。周子夫镇长和四爷爷赵炳站在一边，一直用询问的目光看着李其生。李其生激动得手指抖动，指点着说："它，能炼合金钢、不锈钢。炼一炉一小时。"所有人都用敬重的目光看着他。周子夫上前握起李其生的手挥动不已，祝贺之后又说明：你发挥了一技之长，戴罪立功，很好；如果这种发明继续下去，必定功大于罪，成为一个新人。李其生站起来，字字铿锵地回答："镇长放心，四爷爷放心，全镇父老兄弟一旁作证，我李其生发誓做个新人。"从此李其生一个人闭门造车。不久省报在头版登出了李其生的重大发明，称为全省第一厉害的炼钢炉。只是碍于发明者的名声不佳，没有点李其生三字，而只冠以"洼狸镇科学发明小组"。报道中重点介绍了赵炳，说他"再一次领导群众创出奇迹"。李其生把这张报纸贴在孤房子里，埋头研究新的东西。他这时最为厌恶的就是妻子在窗外喊他。他专心革新，早已不动凡心。有一天半夜放妻子进了孤房子，爱抚直至天明，导致思维迟钝，使他很久以后还为此深深懊悔。

有一次妻子用力擂他的门，极其执拗地让他开门，引起了他的警觉。他隔着窗户问她，才知道共产主义差不多已经到了 —— 高顶街办了一个大食堂，吃饭再也不用自己做，不用花钱。这是举世瞩目的大事，李其生打开了房门，随妻子向大食堂跑去。大食堂这里已是人山人海，周子夫站在新垒的一丈多长的泥锅台上讲话。为了使人安静，镇长先是击掌，叫着："同志们！同志们……"人群终于没有安静，李其生终于听不清他讲些什么。他只是看到一些头戴白帽的镇上女人一手提一个小桶，摇摇晃晃往食堂里提水。他这样看着，又一个重要的设计在脑海里萌生了。这使他激动不安。他费力地从人群中找到隋不召，对他说："你去搬一些向日葵秆子到我房子里。"隋不召问："多少根？"李其生扔下一句："越多越好"，就急急地往回跑了。

李其生耐心地用一根带钩的铁丝掏空了一百多根向日葵秆。这期间妻子又急火火地来擂过一次门，喊道："快出来看吧，全镇人都出来了。"李其生大声问："又有什么事了？"妻子答："修水利的挖出一只老船，烂得只剩一副骨头。上面有土炮……"李其生听了，哼一声坐到地上，再没有理她。妻子一个人向着远处跑走了……隋不召一连几天没来小屋。他后来才知道：隋不召身负全镇重托，到省城去报老船的消息去了。余下的一段时间里，李其生将向日葵秆子刮白，一根一根用麻绺缠了，刷上桐油。他把这些秆子互相衔接，从食堂外引自食堂内 —— 外面有个高水池，水车按时将水打到水池中，这样空空的秆子里常有清水，随用随放。大食堂配上了自来水，又是一个重要的革新成果。自来水安装完毕的当天，大食堂又像刚刚开张那天一样，被围个水泄不通。李其生当众表演：他颤颤抖抖地拉开软木塞子，水就呼呼涌出。大家鼓起掌来。镇长周子夫没有鼓掌，而是像上次一样握住了李其生的手挥动。有的人嫉羡地死死盯住耸动的两只手，心想李其生埋头革新，还不就为了最后这一握一耸。"记住了我上次的话嘛？"镇长笑着问。李其生不住地点头："全记住。"

"你必定成个新人！"周子夫又郑重地对李其生说了一句。

不久省报、市报和县报都报出了洼狸镇新出现的重要发明。由于大食堂正在全国铺开，因而这项发明格外引人注目。镇党委再三研究，决定在老庙旧址上开大会。这是一个奇特而盛大的聚会，这次会如果公平而论，也许应该与李其生的一些发明一起记入镇史。这是个专门表彰农民发明家李其生的一个大会。凌晨，全镇的人已经陆续往老庙旧址活动，天大亮时人群已经熙熙攘攘。有一个地方横着扯了一条红幅，那是会标，会标下有前年四爷爷放粗瓷碗的那个白木桌。可是人群并没有全部面向主席台而坐，而大部分却在广场上缓缓游动。后来老婆子小孩儿也全从巷子里走出来，汇入了人群。大家都尽可能地穿上了新衣服，有的姑娘还从衣襟下余出一截彩色布条。赵多多率领民兵维持会场，跑前跑后，扳动枪栓，汗流满面。最终仅有少数人安坐下来，多数人还是游动不停，互相擦肩。周子夫和四爷爷坐在白木桌后，李其生坐在白木桌侧。镇长观望着阔大的会场，心中惘然。四爷爷赵炳却面带微笑对镇长说："洼狸镇人把表彰会错当成赶庙会了。"镇长悖然变色，四爷爷拍拍他的胳膊："不要紧，会开起来会好些。"镇长这才镇静下来。这会儿他们都望见张王氏背着野糖和泥虎出现了，心中不禁一怔。人们都去买野糖了。有人按响了泥虎，很多人听到了亲切的"咕咕"声。这是从遥远的、另一个时代传来的声音，洼狸镇人都醉眼朦胧了。周子夫耐心地等待了一会儿，后来终于站起来喊了一句："开会了——"没有多少人听见。赵炳坐着，清一清嗓子，声如洪钟喊了相同的几个字："开会了——"一场人似乎都听到了，嘴含野糖，缓缓地转过脸来。个别人手持泥虎，这时就牢牢地用手封住虎嘴。

正式开起会来。周子夫捏住一张纸念着。念完了这张纸，已过了一个钟点。接上他又念两张关于洼狸镇的省报。报纸展开，人们都认出是登过红色巨数的那张报，不禁吸了一口冷气。有人似乎看见周子夫念一句，扶耧那个老头儿就湿淋淋地在水井里翻滚一下。好不容易两张报都念完了，镇长指示民兵"办起来"。于是有个民兵两手伸到李其生腋下将他扶起，另有两个民兵展开一个彤红的背心给他穿上——红背心是按照黑背心的反面意义想出来的——效果当真不错，李其生穿上它，红光照射脸颊，双目炯炯有神。他抖抖地坐下，又似有不妥地站起来。他向着镇长和四爷爷鞠躬，又向着全场的人鞠躬。他磕磕巴巴地说："我本、本是一个资产阶级……"周子夫不耐烦地打断他的话说："你如今是一个英雄儿了！"……雄字的"儿"化，使一场人觉得特别有趣，大笑起来。接上去是挂花。民兵把一朵大如葵盘的纸花给李其生别在左胸。李其生从挂上大纸花的那一刻就有些不能支持，身体前倾，嘴角乱抖，双手攥成拳头提至两肋。周子夫看看李其生，与四爷爷对视了一下，急急地喊了一声："散会了——"这一声自然是李其生听得最真，只见他往上一蹦，然后飞快地向着孤房子的方向跑去。

　　但大家没有散去，而是继续在场上游动着。张王氏把泥虎整得"咕咕"响，把野糖插在了头发上。谁买野糖，还能顺便去抚摸一下她的头发。后来她把野糖别在了扣子上，买野糖时就可以摸到胸脯。小见素也买了一支，怯怯地去触了触乳房。张王氏嘻嘻笑着："这个资本家小崽子挺懂啊！"……野糖和泥虎很快售完了。夜晚，人群在场上点起了大火，尽兴地继续玩。有人还在远处凑趣地嚷叫着什么。张王氏拍打着手掌说着顺口溜儿："不求金，不求银，求个心里亲……"大火渐渐弱下来，最后场上一片漆黑。有人在黑影里叫着张王氏的小名，张王氏骂着："去你妈妈的！"她最先一个捂着口袋跑开，因为里面装满了卖泥虎和野糖的钱。

　　李其生跑回孤房子就出了毛病。有一次跳起来，头顶差点撞上屋梁。他在炕上翻展不停，有时伸手一扯，扯破了半边席子。幸亏被人发现得早，请来了郭运。郭运只观察了几分钟就得出结论，说是得了"狂病"。人们问他什么狂病，他不详解，只是挥笔开下处方，嘴里重复："狂病！"李其生的妻子手牵小小的知常，大哭不止，说男人疯了她和孩子可怎么办……一些人折腾至深夜，李其生吃了汤药，才慢慢安静下来。后来郭运又诊了几次，说这种病难以去根，只要不再躁跳起来，也就不碍大事了。他的话也许有理。因为大家后来都看到，李其生安静如常了还是乐于穿起那个红背心，并且极其珍爱那个大如葵盘的纸花。这分明是疾病没有去根。

第十章

抱朴（很多天以后才）得知 ▆ 李芝生的病，十分难受。（他去探望病人，可是）（李芝生）（紧闭）的门 ▆ 。

▆▆▆▆▆▆▆▆▆▆▆▆▆▆▆▆▆▆▆▆▆▆▆

▆▆▆▆▆▆▆▆▆▆▆▆▆▆▆▆▆▆▆▆▆▆▆

抱朴只好（遗憾地离去）▆ 。科学 ▆ 小组因李芝生闭门不出
而不能目散，珊瑚的数量也已经足数。抱朴再也不需要捣
制瓷粉了。这之前他整天抱着石臼 ▆ 捣个不停。白色
瓷末染了他的头发，看上去像个老人一样。他的性格
最适宜做这种工作，动作单调，只是无限地重复。他也不
知捣碎了多少瓷器——这些瓷器已经被人砸成巴掌大的
瓷片，再由他捣成粉末 ▆ 。有一个瓷片上绘了一个彩
色的少女，俊美而单薄，很像是老隔壁的那个桂子。他想
将这片瓷片捎回送给桂子，（又）没
有胆量偷窃做坩埚的原料。他抱美丽的瓷片捣碎了，好像
▆ 捣在了桂子身上一样 ▆ 心中隐痛。他
每次离开石臼回到他的厢房，路上都觉得肝部流甸之痛。他
有时想这是瓷粉痛进了肝里的缘故。大概不会长成一个"瓷
肝"吧?他很羞愧地想着"瓷肝"会是什么模样。他 ▆ 简直
害怕跨进老隔壁空荡荡的宅院。这个宅院自从正屋塌了以
后，就变得愈加神秘了。墙上不知被多少人用铁钉捅过，
探着古老宫庭底的老隔壁留下的宝藏。可怕的是这种贪婪（开）

何胜敏　文小五号 字45条全　注六宋体行半 4行每 排
452　⑳ 李伦　76-183

第十章

抱朴很多天以后才得知李其生的病，十分难受。他去探望病人，可是李其生的门紧紧关闭。抱朴只好遗憾地离去。科学革新小组因李其生闭门不出而不解自散，坩埚的数量也已经足数。抱朴再也不需要捣制瓷粉了。这之前他整天抱着石臼捣个不停。白色瓷末染灰了他的头发，看上去像个小老头一样。他的性格最适宜做这种工作，动作单调，只是无限地重复。他也不知捣碎了多少瓷器——这些瓷器已经被人先敲成巴掌大小的瓷片，再由他捣成粉末。有一个瓷片上绘了一个彩色的少女，俊美而单薄，很像是老隋家的那个桂桂。他想将这个瓷片捎回送给桂桂，又没有胆量偷窃做坩埚的原料。他只得把美丽的瓷片捣碎了，好像捣在了桂桂身上一样，心中隐隐作痛。他每次离开石臼回他的厢房，路上都觉得胸部沉甸甸的。他有时想这是瓷粉涌进了肺里的缘故。大概不会长成一个"瓷肺"吧？他很高兴地想着"瓷肺"会是什么模样。他简直害怕跨进老隋家空荡荡的宅院。这个宅院自从正屋烧了以后，就变得愈加神秘了。镇上不知派多少人用铁钎捅过，探着古老而富庶的老隋家留下的宝器。可怕的是这种钻探并非每次都空手而归，比如有一次铁钎捅在一个破瓷碗上，他们就愉快地拿走了。四爷爷当众扯下了皮带铁扣之后，非■次都空手而归，比如有一次铁钎捅在一个破瓷碗上，他们就愉快地拿走了。四爷之当众拉下了皮带铁扣之后，问题似乎变得严重了。老隋家的宅院不■用铁钎钻探■，而■改用铁锨挖掘。眉豆架儿被掀掉，到处都挖出一筐筐湿土。湿土里刨出了猴儿给埋了出来，■人当场烧了吃。■■■■■■■■■■■■■■■■■■■■■■■后来有人提出厨房里面也要挖，抱朴百般劝阻，说那样房子会倒的，他们才改用铁钎钻探。半天功夫厨房的地面上就布满了洞眼。后■见素和含章生在地上，往洞眼里灌着细沙子玩儿。

　　大食堂开■后，再也不用各家各户自己做饭了。看来揭是铁钢炼钢是极有远见的。所有的粮食都收上去。早午晚都要手提饭罐排队■饭，由一个壮年汉子分发饭菜。他手持一个镶了木把的■葫芦瓢，开口就问。"几口？"打饭的报了人头，他就"唰唰"几瓢饭菜。抱朴从未见到李芝生出来打饭，一问才知是别人打■饭■■■■■。叔父有时也效法李芝生，让抱朴给他捎饭。有一次抱朴■饭，■■■■■■■■■■■■■■■■■■■见他正■读那本航海的古书■■■■。这是因为他刚■从省城■报名船回来■■■■■的缘故。这一切诱发了他扬帆远航的激情，记忆如潮，■■■■整个身心都陷入了椭梳之中。抱朴■■■■■■■■■■■■■■■■坐在叔父旁边，默默地看着。隋不召翻着那本书，翻到了一个地方，用手指去度量上面的一张图。他挠之头，嘴里嘟出："'子午卯酉、乾巽良坤'

问题似乎变得更严重了。老隋家的宅院不仅用铁钎钻探，而且改用铁锹挖掘。眉豆架儿被掀掉，到处都挖出一簇簇湿土。深土里的知了猴儿给挖了出来，挖土的人当场烧了吃。后来有人提出厢房里面也要挖，抱朴百般劝阻，说那样房子会倒的，他们才改用铁钎钻探。半天工夫厢房的地面上就布满了洞眼。以后见素和含章坐在地上，可以往洞眼里灌着细沙子玩儿。

　　大食堂开灶后，再也不用各家各户自己做饭了。看来揭走铁锅炼钢是极其有远见的。所有的粮食都收上去。早午晚都要手提陶罐排队打饭，由一个壮年汉子分发饭菜。他手持一个镶了木把的葫芦瓢，开口就问："几口？"打饭的报了人头，他就"咣咣"几瓢饭菜。抱朴从未见到李其生出来打饭，一问才知是别人代他打饭。叔父有时也效法李其生，让抱朴给他捎饭。有一次抱朴去送饭，见他正专心致志读那本航海的古书。这是因为他刚刚去省城报老船回来的缘故。这一切诱发了他扬帆远航的激情，记忆如潮，整个身心都陷入了樯桅之中。抱朴坐在叔父旁边，默默地看着。隋不召翻着那本书，翻到了一个地方，用手指去度量上面的一张图。他摇摇头，嘴里念出："'子午卯酉、乾巽艮坤'……"他又摇了摇头，另翻一页念道："'……用乙卯三更取郎木山，乙卯八更湾内是三巴哇大山，不可入湾。门右边山尾近看似山寨嘴头，有老古浅，东边是火山二尖，东边山尖高，西边山尖出火，船近火山进门妙。过门右边有湾好泊船，待流水过急水门祭献……门中有屿一列四五个不可近，东北边有老古坪……'"隋不召抬头看着抱朴说："这些地方我都经过。这本书说得一点不错。唉唉，老船给运走了，郑和大叔在的话一准骂我。不过我怕大食堂取了它烧饭。"抱朴定定地看着那本书，这是他第二次看到它。它藏在砖壁里，由一个铁盒盛着。抱朴记起很多年前叔父拿给他看过，打开铁盒时，有一股屑末像细烟一样飞出来。隋不召手指着一个地方说："'一更'是六十里。有人说三十里，那是胡诌。古书上记下一条大船离洼狸码头三十更沉了，就是说离这里一千八百里。我就凭这个推断出它不是挖出的这条大船。再说那时的船怪模怪样，你想不出它有多么古怪：用桂树枝做桅杆，编起香茅当旗，桅的顶上还高高挑起一个玉石雕的斑鸠，说是它知道四时的风向……"抱朴把发热的陶罐递给叔父，让他先吃饭。隋不召伸手到陶罐里一摸，摸出一个软软的玉米饼。因为饼太热，他的两手就飞快地倒换。他说："饼做得不错。颜色也好。共产主义就是好！"他咬一口，又从另一个罐里摸出拌了酱的萝卜。隋不召吃着，问抱朴都有哪几个女人在大食堂里做饭？抱朴说了几个名字，隋不召乐得合不上嘴。他说："赶空儿我得去大食堂玩玩，教会她们使用自来水。"抱朴不明白，心想拔开葵秆上堵的软木塞就哗哗流水了嘛。他这样想着，提起陶罐回自己的厢房了。

抱朴与桂桂圆房的日子里，仍是吃大食堂。这时的伙食已经大不如从前了。为了保住伙食，河边的老磨终于停转，省下绿豆熬粥喝。打饭的时候再不必用两个陶罐，因为饭菜总是合一。通常是豆渣、菜叶、几颗绿豆混合一起打成稀糊糊，味道特别咸。全镇人都口渴起来，到处都可以看到咕咕喝水的人。大家对于咸粥抱怨但不惊讶，唯对老磨停转深感忧虑。因为人们的记忆中，老磨停转的时候是不多的。有的老人回忆说，闹长毛的日子里，护城河里漂着人头，老磨照常鸣隆鸣隆转。还乡团杀回来，四十二个人给活埋在红薯窖里，老磨也不过停转了三十多天。就这样，镇上人喝着咸粥，数着老磨停转的日子。当数到第三十三天时，全镇人都有些慌了。有心眼的老婆婆开始收集树叶存放起来，磨屋边上一些发臭的粉渣一夜之间没了踪影。正这时召开了全镇大会，周子夫号召大家用"瓜菜代"的方法暂渡难关，说今天是新的时代，什么也不用怕。还说大食堂的食物欠缺，有部分原因是因为当初收集粮食时，有不少人家匿藏不交。他命令这样的人家必须在会后三天交上粮食，不然严惩不贷。最后他又安慰大家，说万不得已，将重新发动洼狸镇的科学革新力量，投入新式食物的发明工作。总之，不要慌张。办法，总会有的。这个会内容繁杂，有希望也有威胁，不知道该是高兴还是害怕。人们琢磨着"新时代"与"瓜菜代"，琢磨着"新式食物"，猜测着究竟有哪些人家藏匿了粮食。

四天之后，抱朴一家人被几个持枪民兵押走。但他们兄妹三人分押在不同的地方。抱朴进了一间小屋，见小屋里早已坐满了人。他知道被押来的不光是老隋家几个人，心里有些宽慰。一会儿，镇上的一位干部领着一个手拿纸笔的人进来了。他第一个盘问的就是抱朴。他说："家里的粮食全交了吗？"抱朴点点头："早就交了。当时说办大食堂了……"干部说："嗯。"又转脸对拿纸笔的人说："他的话全记上。"抱朴又补说一句："家里一粒粮也没有了。"干部盯住他的眼睛问："你能下保证吗？"抱朴严肃地点头："能。""好，全记上。"干部说完，又去问另一些人了。这一天就这样过去。

夜晚，一屋里的人挤在一起睡，女人和男人也紧紧挨着。抱朴一夜未睡，他在想着桂桂。他不知道桂桂这夜里和谁挨在一起，如果和妹妹含章在一起就好了。天亮了，又换了一个陌生的干部来审问大家。他比上一个凶些，问着一个老婆婆，发起火来，用指头朝她的肩膀狠狠点了一下。他问抱朴："你还不讲实话吗？"抱朴说："昨天就是实话。"干部的眉头拧起来，厉声说："可是你老婆说得和你不一样！我们信谁？"抱朴抬头看着他："她也不会说谎。要是真不一样，你信她吧！"干部听了，"啪"地打了抱朴一个耳光。抱朴的脸火一样烧起来，已经听不清对方正骂些什么。他用力忍着，忍着，握成拳头的手又放展开。第三天上仍有人三番五次来问，但终于没有动手再打。傍黑天的时候同屋里有个四十多岁的人被民兵劈头盖脸揍了一顿，然后拖了出去。后来满屋里的人都知道了：大家被隔离这几天，镇长和四爷爷亲自带上民兵挨户搜粮。被集中到这里的人，是全镇的重点怀疑对象。搜粮的人除了翻箱倒柜，用铁钎捅地，再就是必定要到茅厕去看粪便的颜色。那个四十多岁的人茅厕里粪便异样，于是据此严加审问，终于问出了破绽。结果是从那个人屋后的土坯下起出一小罐玉米。满屋的人长长地吁气。

这天半夜，一屋子的人渐渐放光了，最后只剩下抱朴和另外的四五个人。干部和几个民兵重点对付起这几个人来，呵斥声使人胆战心惊。被问的人紧张万分，一句话说得不当，就会被人抓住把柄，折磨再三。一个干部问抱朴："你们院里种了眉豆，眉豆不是自己吃了吗？"抱朴如实回答："大食堂按时派人摘，后来民兵翻院里的土，好多眉豆架都翻倒了。""一点眉豆都不长了吗？"干部又问。抱朴有些慌张地答："只有几棵眉豆了，一次摘下一小把……桂桂有病。"干部指示记录的人："全记下来。"又转向抱朴喝道："一小把也是集体的！一小把也不准你们贪！"

　　所有人都放回家了。桂桂回家就病倒了。她躺在抱朴怀里，让抱朴看她被打肿了的脸腮。抱朴把她放到了炕上，可她刚一挨炕就连席子一起往下陷。原来是搜粮的人把炕洞也撬开查看过。见素和含章也围在嫂子身边，看着她喘息。桂桂的脸没有血色，一双眼睛圆圆地睁开，看着抱朴。见素觉得嫂子那么美丽又那么可怜。他蹲了一会儿，就提起陶罐去大食堂打饭了。不一会儿他提着空罐回来了，告诉因为没有东西做饭，大食堂今天起停办了。一家人沉默不语，都盯着脚下的泥土。天渐渐黑下来，抱朴蹑手蹑脚走到院子里，看着几株干死的眉豆。架子尖上有几个干硬的眉豆角在微风中抖着，他的手伸了伸，终于还是缩回来。眉豆角在风中抖动，该死的诱惑。抱朴不去看那几个豆角，只低下头看着卷皱的、蒙了尘土的眉豆叶子。他小心地抖掉一片片叶子的尘土，把它们装满了两个衣兜。回到厢房，抱朴在见素和含章的注视下将干眉豆叶儿泡进水里。见素看着盆里的水想起了什么，就飞快地跑了出去。抱朴在弟弟跑开不久，鼓足了勇气，到院里扳下了那几个干眉豆角。含章用石臼捣起豆角来。抱朴接过石臼，像捣瓷粉一样捣起来。豆角全捣成细末了，他还是捣。最后就把豆粉拌进叶子里，放在陶罐里蒸了。陶罐冒着白气，屋里有一股酸酸的味道。这时见素和只穿了一个裤头的隋不召走进来。叔父浑身水淋淋的，抖个不停，手中用草筋串着三两条小鱼小虾。他把小鱼扔进陶罐，然后托起桂桂的头，把活着的小虾扔进她的喉咙里。

整个洼狸镇都在寻找吃的东西。一些青嫩的野菜早被抢光，接下去又收集树叶。麻雀吃不到东西，死在路边和沟汊旁，人们也把它收起来。河汊的淤泥被掘过十次以上，大家都同时记起了泥鳅。秋初有蝉从树上掉下来，有人拾到直接放进嘴巴。芦青河滩上各种小鸟小兽都饥饿不堪，又被更加饥饿的人捉到吃掉。老婆婆们爱猫如子，已经端在怀里听了它们十年香甜的鼾声，最后还是老泪纵横地看着儿子把它做成了猫汤。镇上人再没有嘲笑赵多多的了，因为都吃过蚯蚓之类。一些绿壳甲虫过去在灯火下聚成一片，赵多多用笤帚扫成一堆，炒熟之后装进衣兜里，像吃炒豆子一样边走边摸出一粒。人们如今才记起它们的妙处，可点起火来只诱到三三两两。后来不得不把注意力集中到树木上了，去剥皮、去折鲜嫩的枝茎。老隋家大院里的几个人出来寻找食物的时候，鲜嫩的树皮差不多全被剥光。抱朴就剥那些黑硬的皮，从皮下取出白白的几层，拿回去晒干，再交给石臼。捣瓷粉的工作竟然大大地启发了他的创造力，他已经将很多东西放进了石臼里。红薯叶子已经上升到精制糕点的地位，谷糠黄黄的很像小米干饭。饥饿疗法也治愈了某些男人的毛病，使他们老实安分。一年多以前他们还乐于窜到田野里，迎着坩埚下的火光往前摸，替女人们卖力地拉半夜风箱。他们常常耽误炼钢。女人们抱怨说："急躁性儿，等不得化铁了！"如今田野里只留下一堆堆黑灰。只留下了寂聊的回忆。男人们依旧到田野上，为的只是找回一把焦干的红薯叶子。

桂桂病得很重，勉强地一天三次坐起来，吃抱朴亲手为她调制的东西。隋不召一连几次扎到河水里，令人嫉羡地捉一两条长如拇指的小鱼。他熬成鱼汤，让桂桂喝下去。桂桂自从那年春节去拍打叔父的门、看到了濡湿的门缝之后，一直羞见叔父，见到了也要气愤地转过脸去。如今这一切全被鱼汤的白气冲得精光。她望着隋不召弓着刀刃似的脊骨为她熬鱼汤，老要哭出来。后来她的病显得好一些了，但是已经骨瘦如柴。夜间她老要咳嗽，抱朴就抱着她，用身体温暖着她。她松松软软球成一团，只有一对手臂按在抱朴的胸膛上，那双黑亮的大眼在眨动。她咳的时候常常浑身流汗，一边咳一边推着抱朴。她说她活不太久了。她说死倒不要紧，就是觉得对不起老隋家的人，对不起抱朴。她那么想隋迎之，说常在梦中看见公爹骑着那匹老红马，在河边磨屋那儿缓缓地走。每当她说这些抱朴就阻止她，安慰她，引她想高兴一点的事情。有时她起身到炕边的柜子上取了泥虎，不转睛地看着，抚摸着。这是抱朴很早以前买了送她的。在抱朴眼里，桂桂一直是个小孩子。桂桂有时高兴了，不停地吻着男人，一下一下抚摸着他的瘦瘦的身体。她口吃地说："抱朴哥，我，我多么想要你……"抱朴用力地抱着她。她还是重复："我多么想要你。想要。"抱朴吻着她，说："桂桂，我知道……我真对不住你。我十几天没见一粒粮食了，我已经没力气要你了……"桂桂羞愧、自责地哭了。她说："抱朴哥，我全明白。我多么坏啊，你打我吧，把我打一顿。"抱朴把她的脸贴在胸口上，苦笑着："我也没有力气打你……不过我有时真想打你的屁股，像打一个淘气的孩子。"桂桂嘤嘤地哭着，小身体在男人怀里一弓一弓，很久很久才睡过去。

李其生得了"狂病"不久，又成功地发明了"万能拖拉机"。这是他对镇上唯一的一台旧拖拉机的巧妙改装。当时全国的革新发明之风已渐消退，但这个发明太重大了，省报还是勉强做了报道。这个拖拉机已经不仅能用来耕地，而且还能车水、铡草、磨面、锄地、缝纫、挖沟……用项一时难以细数。据说还能像航船一样开到河心。发明之初，全镇人都不能置信。镇长周子夫赶到试验现场，亲眼见它带动饲养棚里的铡刀，不慌不忙地正在铡草。虽然它铡出的草节比人工操作要粗长两倍，但速度却超过了四五倍。镇长原认为一个癫狂病人再无发明可言，谁知李其生却在此刻推出又一杰作。四爷爷则认为不足为怪，他说七分天才再加三分狂气，已是十分的人才了。

那天夜里当即又去进行挖沟试验，一伙人吆吆喝喝随拖拉机进入田野。当时全镇的大多数人都宿营在城墙之外，遍地窝棚，簇簇野火。一个个坟堆令人欢喜，人们用玉米秸盖住坟堆，然后点上火，烧出一堆黑溜溜的灰土。有人手指灰土喊道："又是八千斤农肥！"接上就铲掉坟堆扬在田里。随着锹镢飞动，歌声震动四野。拖拉机突突响着，无数的人弃掉手里的工具跑来围观。万能拖拉机此刻在众目睽睽之下换上挖沟的器官，呻吟着往前开。它的后面果然划出一道一尺多深的土沟来，虽嫌浅了些，但毕竟为沟。大家鼓起掌来。掌声稀落下来之后，不知谁突然问了句："这个沟好做什么？"所有人不禁一怔，都被他问住了。于是四爷爷瞥了李其生一眼。周子夫问他："这个沟做什么用？"李其生回答："这是一个沟。"大家听了，终于又醒过神来，明白说话的还是一个狂人。后来是四爷爷为众人释疑，而且言简意赅："浇水、栽树、排涝！"……大家这才满意地散开了。李其生这个夜晚激动非常，竟然久久不愿归去。他一个人在田野上徜徉，望着一望无边的火焰，全身颤抖。他后来凑到人多的地方去，看着人们用力挖土。大家挖着，慢慢挖成一个坑；再挖，露出了黑朽的棺木。李其生这才明白是扒坟，"啊呀"一声跑开了，直跑回镇里，跑回他的家里。

他继续待在自己的屋里，不放进一个家里人。关于"万能拖拉机"的那张报纸已经和另两张并排贴在墙上……这样一天天挨下去，不知不觉中发现饭菜已不能进口。有一次他抓起一个饭团往嘴里送，觉得嘴唇火辣辣地难受，仔细看看，才发现饭团是糠菜和一些小树梗捏成的。他一怒之下将饭团扔出了老远。他跑到了大街上，见所有人都面色灰暗，双目如铃，这似乎才明白了什么。他急匆匆地往回跑，可惜跑到门口时，刚抛掉一会儿的饭团已经无影无踪。他就这样饿了一天。第二天镇委交代给他新的任务：研制糕点。没有粮食了，但是如果发明成功，洼狸镇人将吃糕点！很快地，各样新的尺多深的土沟来，虽嫌浅了些，但毕竟为沟。大家鼓起掌来。掌声稀落下来之后，不知谁又突然问了句："这个沟好做什么？"所有人不禁一怔，都被他问住了。于是四爷瞪了李芒生一眼。周子夫问他。"这个沟做什么用？"李芒生回答："这是一个沟。"大家明了，终于又醒过神来，明白说话的还是一个狂人。后来是四爷之内众人释疑，而且言简意赅："浇水、栽树、排涝！"……大众满意地散开了。李芒生这个夜晚激动非常，竟然久久不愿归去。他一个人在田野上徘徊，望着一望无边的火焰，全身颤抖。他后来凑到人多的地方去，看着人们用力挖土。大家挖着，慢慢挖成一个坑；再挖，露出了黑朽的棺木。李芒生这才明白是扒坟，"啊呀"一声跑开了，直跑回镇里，跑回他的 ~~家~~ 里。

　　他继续呆在自己的屋里，不叫进家里人。关于"方解 一个 槽轧机"的那张被 ████ 就已经和另两张并排贴在墙上 ████

████████████████ 这样一天天捱下去，████（不知不觉中发现）

████ 饭菜 ████ 不解进口。有一次他抓起一个饭团往嘴里送，觉得嘴唇火辣辣地难受，仔细看看，才发现饭团是玻菜和一些小树枝捏成的。他一怒之下将饭团扔出了老远。他跑到了大街上，████ 见 所有人都面色灰暗，双目如铃，这 似乎明白了什么。他 才 急匆匆地往回跑，可惜 ████ 跑到门口时，（就这样）刚抛掷了一会儿的饭团已经无影无踪。他饿了一天。第二 研判 天镇委交待给他的任务：████ 糕点。没有粮食了，但是

人民文学出版社稿纸（24×25=600）　　　　　⟨186⟩

工具与原料不断运来，并且还派来了一个助手。一口锅，一些糠末和麸皮。周子夫用充满期待的眼睛看着李其生，李其生面有难色。做饭本来是女人的事，如今整个洼狸镇的饭倒依靠孤房子里的人来做了。但最后李其生还是郑重其事地穿上了红背心，动手去搅弄那些糠末。饥饿一阵阵逼迫着他，他的手就飞快地搅拌着。助手在门口生起了火，浓烟又从窗口涌进来，呛得李其生泪涕垂落。这样经过五天五夜，不断试验，不断品尝。李其生因为饮食不当，腹胀如鼓。第六天上，各种难题才有了解决的迹象。各种糠末难以粘和成形，这是难题之一；味道辛苦刺鼻，这是难题之二。李其生尝试用发酵的干榆树叶做粘和剂，用甜根草的屑末来改善气味，终于成功。他们把搅好的原料捏成手臂一样的长条，又在锅中盘成蛇的模样，燃旺大火蒸煮起来。他们给这种糕点取名"切糕"——用刀子切成一段一段，每人只能领取一段。很多人前来领了切糕，急急地先吞下一口，面红耳赤地四下里看着。有人从切糕里咬出一根粗大的铁钉，就归还了李其生。镇上发动原来在大食堂做饭的人都来学习制做这种糕点，不久大食堂废弃不用的几口大锅也重新派了用场。可是所有人的切糕制品都不如李其生的香甜爽口，原因是甜根草的屑末与其他比例不对。人们分得了切糕，只给家里的老人和孩子享用。如果分到了李其生制做的切糕，就有些舍不得吃。这样过了一段，洼狸镇人明显地肥胖起来，面孔白大，行动迟缓。人们见了面也有心思开个玩笑，互相用手戳戳点点——手指戳在脸上，脸上就有一个长久不愿消失的坑凹。开始大家惊慌不已，后来镇上派人宣讲了科学原理。人们知道了是切糕的作用，这才多少有些放心。

　　过了几个星期，所有做切糕的原料都将用尽。发放切糕改为两天一次，后来又改为每星期一次。树皮全部剥光的时候，切糕停止制做。李其生又转向发明另一种糕点，但苦于没有原料。他走出孤房子寻找着，穿着那被切糕粉末染黑了的红背心。有一次他看到一个老头子在屋角捣米石臼上捣着什么，捣了一会儿就用手抓了塞进嘴里。他好奇地走过去，老人慌慌地摇动着身子离开了。他伏到石臼上看着，嗅一嗅，用手沾点粉末放进嘴里，知道是白土。这时候老人走开不远，突然无声无息地倒下了。李其生跑过去扶他，见他嘴角抽动几下，吐出一簇白沫，就再也不动了。

　　李其生在街巷上跳着，放声呼叫着："哎呀！洼狸镇饿死人了！哎呀！……"

　　喊了一会儿，有几个人走出来，盯住倒地的老人，又互相盯着。有人哭起来，一边哭一边诉说，说坏了，坏了，又到了那个时候了——镇史上有记载，多少多少年前镇上无数人饥饿而死，人相食……他的哭诉使所有人都惊惧地抖起来，好多人也哭了。李其生只是喊着饿死人了，向前跑去。他跑着跑着，跑到了一个窄窄的小门楼跟前停住了。他觉得这个门楼有些奇怪地横在眼前，想了想，明白他自己以前就住在这个门楼里。他刚刚明白过来，立刻听到屋里有人哭着。这是儿子李知常的哭声，李其生喊了一声什么闯进去。小屋里一片漆黑，散发出一种焦煳味。有什么球成一团，躲在黑影里。李其生用手去触摸，突然有个小身躯挺起来，先是一怔，接上紧紧搂住李其生，哭喊着：

"爸，妈妈饿死了！"

李其生"啊啊"大叫，跳起来，两手搓着红背心，又去揉眼睛。他一眼看到了妻子躺在炕上，面无人色，嘴里紧紧咬着破旧的蚊帐边儿……李其生跪在了地上。他咕咕哝哝，不停诉说，后来伸出手去摸妻子的脸。脸是冰冷的，如同深夜里的铁块。他给她揪嘴里的蚊帐。揪不动。蚊帐破旧，缝着一块黄布补丁那块儿，正好咬在了她的嘴里。儿子李知常把住父亲的手哭着，哀求说："不能扯出来，不能。妈妈饿，妈妈不让。我早晨在院里坐着，妈妈躺在炕上。后来屋里没有动静，我进屋里一看，妈妈往肚里吞蚊帐。我吓哭了，给妈妈往外拉，妈妈就咬紧了，用眼瞪我。我不敢拉了，妈妈饿。后来妈妈就不喘气了……"

李其生听着孩子的诉说，仍然往外揪着。妻子的脸被扯得一动一动，李其生见了，手掌一抖松开了蚊帐。他把脸贴到妻子的脸上，放声大哭起来。他的泪水流在妻子脸上，又流过她的眼睛，像她自己在哭一样。这样过了一会儿，李其生找来一把剪刀，剪断了连在妻子嘴巴上的蚊帐。剪的时候很费力，那块黄布补丁怎么也剪不断……扔下剪刀，李其生就跳跃着走出低矮的院门，迎着一个个沉默的木板门喊叫：

"快看看吧，我老婆饿死了——！"

埋葬李其生老婆的时候，由二十多人轮换抬棺木，才勉强走到墓地。人们再也无力挖那个洞穴，一铲一铲，从早晨挖到黄昏。棺木安放到洞穴里，有一个老人和一个四十多岁的人同时哭起来。他们给周围的人磕起头来，说老少爷儿们行行好，轮到他们那天千万也帮衬着埋进土里，好歹别让野狗吃了。这引发了大家的悲哀，人们无心埋棺木，只是哭。李其生不知从哪儿弄来一块切糕，这时放到了洞穴里。李知常被一个老人扯着，跪在那儿，用手往棺木上一下一下扬土。老人对哭的人怒喝道："没出息的东西，谁是男子汉？拿起锹铲土，先打发老李家的媳妇走！"大家这才止住哭声，抖动着手里的锹埋土。坟堆垒成了，又用锹板拍打得光润一些。晚霞把坟头染红了，人们喘息着背向坟堆坐着，把锹镢放在膝头上。李其生扯上儿子的手，先一步离开了墓地。人们就那么坐着，静静地等待黑夜。有人叹息一声说："我们前年玉米亩产两万一千多斤，如今一个粒儿也没有了？"有个老人哼一声："亩产三十四万地瓜也没有了。"一个人咂着嘴巴："我不敢想吃地瓜。就让我找一块地瓜蔓儿嚼一嚼吧，老天爷！"大家一齐哀叹。又有人埋怨，说不该都去守着那些坩埚，让玉米地瓜烂在地里 —— 干部说"共产主义"快来了……众人这会儿一齐呼唤起来："共产主义"他老人家啊，你快来吧，快来吧，来得晚了，洼狸镇人就看不见你了！有一个青年解释说"共产主义"不是一个人。众人立即驳斥说："你敢慹犟！'共产主义'不是人吗？真反动！"接下去再没有人说话。夜缓缓地来到了。黑影里有人突然记起前不久镇上搜出的那一小罐玉米。金黄色的玉米啊，就是每人一粒分尝一下也好呀！镇子里又传来了哭泣声。大家再不说话。都知道又有人死去了。"走吧，回去。"

老人站起来说。

三天之后，送葬的这伙人中就有四个人饿死了。其中就有那个老人和四十多岁的中年人。

第四天上，人们来不及埋葬这四个人，都跟上四爷爷赵炳去镇南路口抢萝卜了。那是河西人从县上运回的救命萝卜——赵多多不知从哪儿得到消息，说半头晌将有一马车萝卜从这儿经过。

县委召集过救灾紧急会议，洼狸镇的周子夫也去开了会。县委在会上根据各地汇报的灾情统一分配救援物资，周子夫竟然两手空空回到镇上。四爷爷赵炳当众打了他一个耳光，说："我告诉你周镇长，你马上返回县里给我要回大萝卜来！要不回来，我领上全镇人啃你的脑壳！"四周的人红着眼睛举起拳头吼道："啃！啃！啃……"周子夫当时身子抖抖地退了两步，扭身就往镇外边跑去。

四爷爷领人坐在路口，静候那辆马车。太阳升到树梢那么高，马车还是不见踪影。四爷爷突然拍一下脑壳站起来，大叫一声："有讹！"他让赵多多领少数人在此静候，自己率众往镇子北边冲去。他们老远望见马车跑过来，一齐吆喝。马车飞奔起来，押车的十几个民兵跑着，一边从肩上摘下枪来。四爷爷喝道：

"快上去拦住，打死强似饿死！"

人群没命地往前涌去，押车的民兵高抬着枪筒，砰砰地放起了枪。枪一响，再没人敢往前跑。四爷爷骂一声"奶奶的"，唰地脱了衣服扔在地上，迎着枪口跑过去。押车的人又放起枪来。子弹在空中呼啸，可是有一粒从耳畔飞过。赵炳伸平了粗粗的手指骂道："你们几个臭小子毛还没干，敢开枪打我？"他的声音洪亮，字字沉重，在有气无力的年代里更显得勇武骇人。几个民兵举枪的手抖着，终于收了枪。赵炳的两臂在身侧弓着，几步就跨到车边，大吼一声："停车！"

赶车人并没有扳车闸，也没有喝住牲口。可是两匹马在赵炳的吼声里鬃毛颤了几下，前蹄撩起，再也不敢向前。赵炳身躯粗大，臀部比饥饿的人要大出几倍。他的脸已见瘦削，可是并没有泛白虚肿。他满脸紫气，鼻孔张大，呼呼地喘着，虎生生地看着刚才打枪的几个民兵。人群围上来。马上就要伏到车上。押车的民兵躺下，用身体护住了萝卜。四爷爷摆摆手掌说："我们来了，护住也没用。见一面分一半，救命要紧。"民兵跪在萝卜上哀救："四爷爷开恩吧！这车萝卜就是河西人的命，半路上失了，我们几个就得死……"

赶车的老头子一直伏在车杆上，这会儿突然一扭身，破着嗓子喊了句："废话少拉，快抄家伙！"

民兵猛地醒悟，转身摸枪，排开几个黑黑的枪眼。四爷爷冷冷一笑："河西河东，就隔开一道河，不知道洼狸镇的脾气吗？依我看不如好说好商量。你们河西县里有人，就搞来一车救命萝卜！可是洼狸镇刚刚又饿死四个人！……"

民兵放下了枪，仰天哭叫起来。

洼狸镇人一齐扑到车上，抢着，嘴里发出谁也听不明白的声音。一车萝卜被取去了一半多一点，四爷爷摆了摆手掌。马车缓缓地驶去了。

镇长周子夫从县上回来，依然两手空空。他把自己关在了一个屋里，一连几天没有出门。有一天门下的空隙里塞进了一个玉米饼，他吃惊地看了半天。他从门缝往外看着，看到了赵炳。赵炳倒剪两手正在离去，周子夫感激地喊了一声，他头也没有回一下……饥饿仍在持续。镇子四周已经没有了任何绿色。这样又过了一个多月，县委发下第一批救急的红薯干。情况开始好转了。

　　李其生和李知常总算活下来。他吃到红薯干的时候，从不忘到墓地去摆上一片。他见了谁都不说话，平时就待在孤房子里。后来他又犯了几次狂病，还是蹿跳着闹几场，最后总是郭运把他治好。几十年过去了，镇上人常常把他忘记。只有老人回忆切糕时还能想起他，更年轻些的则对什么是切糕一无所知。

第 十 一 章

老磨呜隆呜隆地磨着时光。赵多多 ███████████ 粉丝大厂承包合同不久即将到期。重新承包时需要 █████ 召开整个乡镇的大会。可是赵多多因经在原料和产品购销上走顺了路子，粉丝作坊也改成了粉丝大厂，设备有添有提，人员儿有变动，到处都是算不清的糊涂帐。（他）坚决要续订合同，不惜工本，像承包土地一样十年不变。

他还要争取与 █████████ 整个芦青河地区所有粉丝联合，成立一个"洼狸粉丝生产销售公司"。全镇哗然，一片惊叹之声。接（着）又传出，老多多要在整个芦青河地区实行"滚球式管理法"，一切都要讲究"信息"。并且所有粉丝大厂的工作人员都要执行"日工资审定制"——开始没人理解它的意思，后来有人问 █████，得到的解答通俗易懂，一天挣了一关牛钱，一天也花掉一关牛钱。洼狸镇人面面相觑，叫着："天哪！这样大手大脚 ████████
████████████████████████
███████████ 还有人传说，老多多今后是大企业家了，要买（辆）小车，要有女秘书。什么是"女秘书"？人们琢磨，可（能）是天底下最漂亮的女人了，她跟在老多多身后，一天到晚软软地有事。这种推断使女人大为惋惜。因为洼狸镇人对老多多的品性可是太了解了，大家料

第十一章

老磨呜隆呜隆地磨着时光。赵多多粉丝大厂的承包合同不久即将到期。重新承包时需要召开整个高顶街大会。可是赵多多说他已经在原料和产品的购销上走熟了路子，粉丝作坊也改成了粉丝大厂；设备有添有损，人员几经变动，到处都是算不清的糊涂账。他扬言要续订合同，不惜工本，像承包土地一样十年不变。他还要争取与整个芦青河地区的所有粉丝作坊联合，成立一个"洼狸粉丝生产销售总公司"。全镇哗然，一片惊叹之声。接着又传出，老多多将来要在整个芦青河地区实行"踢球式"管理法，一切都要讲究"信息"。并且所有粉丝大厂的工作人员都要执行"高工资高消费"——开始没人理解它的意思，后来有人问了问，得到的解答通俗易懂：一天挣了一头牛钱，一天也花掉一头牛钱。洼狸镇人面面相觑，叫着："天哪！这样大手大脚可怎么了得？"还有人传说，老多多今后是大企业家了，要买小轿车，要有女秘书。什么是"女秘书"？人们琢磨，可能就是天底下最漂亮的女人了，她趴在老多多身后，一天到晚秘密地看书。这种推断使众人大为惋惜。因为洼狸镇人对老多多的品性可是太了解了，大家料定女秘书必受糟践无疑。但立刻又有人摇头说，赵多多已不是当年，近来传说他的那个器官已经有病。

大家又一阵叹气，好像又有了另一种遗憾似的。各种传说应接不暇，像蝙蝠一样在镇城墙上飞旋。

生活开始一日千里了。报上、收音机里，都展露出一个个令人目瞪口呆的事实。某地农民赵大贵，伙同另几个人，买了一架飞机。三个月中，共有一千八百四十二个农民乘坐了波音、三叉戟等民航飞机，飞往上海广州北京。一个头上包着白布、满脸深皱的人（显然也是农民）一口气吃了一只流油的肥胖烤鸭，并且在交鸭钱时撒了一柜台十元的人民币。一个村子共有九百八十二户，户户有了电冰箱和彩色电视。另有七千户工人已经挂上了壁毯，厨房里实行了以电冰箱为主体的炊具系列化。一个农民专业户以一年八千元的巨薪招聘秘书（男女不详），一位诗人得知了消息三天未眠，思虑作诗好还是当秘书好？结果因优柔寡断而失去机会，忧愤成疾。一个农民企业家发明了新式电焊机，打入国际市场，创利润四十八万九千多元。洼狸镇的老人不由得又想起了自己年轻时经历的那个巨数时代。那个时代已经记入镇史。可是镇史上没有记下巨数来临之后的事情，而只用一句话带过："自然灾害。"谁都知道这四个字下边是什么。所以老人害怕巨数。记得前几年有一群人呼着口号，抬着一块块纸牌子向镇上走来，走近了才看清纸牌上写了一个个巨数，而且高出纸面，全是红的。年老的人坚决阻止队伍进城，奋力抗争，最后人群才折向其他地方去了。而这一次巨数是从报上、收音机和人们口中传入洼狸镇的，没法再拦在镇城墙下。而且巨数常常与镇上的赵多多勾连起来，人们明白防范已是枉然，不如静候结果。大家只是做一点力所能及的事情，比如嘱咐自己的女儿死也不要做多多的秘书，等等。日子没有多少新的意趣。老人们按时到"洼狸大商店"喝掺了凉水的零酒，河边老磨悠悠地转着。

只有见素一个人沉默不语而又坚定不移地进行着他的计划。他的右眼常在夜间一阵阵灼痛，像被什么刺伤了似的。他揉一揉眼睛，半夜里算着粉丝大厂的一笔笔账。笔在手中沉甸甸的，像是握住了一把砍刀。他把一个个数码摊开在纸上，又用那把砍刀将其砍得细碎一些。他决心完成那个计划。每一个步骤他都再三想过，一次次在心里鼓励自己：你必定胜利。他无数次地望着那个大数，兴奋地用手去摩挲。这个大数还需要除去的就是差旅费、运输订货时花掉的送礼费、各种招待费；最后再扣除按承包合同上缴的款项、再生产费用、原料费、各种合理损耗。这些是整个大账中最为复杂的部分，已经耗去了见素的大量精力。有一些管账的那个人搞不明白，有一些则故意闪烁其词。见素更多的是靠自己平时的积累去推断，然后再反过来和管账的那个人玄天玄地聊一番，心中暗暗校准。这样摸来的数字也许比账目上写明的更确切一些。差旅费实行包干制，每个固定推销员每年一千八百元，七人一年零一个月共花掉一万三千六百五十元。加上厂里支出的四千四百元差旅机动费，共花掉旅差费一万八千零五十元。送礼的实物主要是茅台酒、三五牌香烟、海参、海米等。茅台酒有六十多瓶是韩大胖子帮忙做成了冒牌货，节省了一部分钱，仅花掉一万一千多元；三五牌香烟共用去八百七十多条，合两万六千一百九十余元；海参、海米价格多变，约使用了各九十余斤，合人民币一万二千多元；外加两台十八吋彩电、六台录音机，合五千五百元。送礼的款项总计约为五万四千六百三十余元。

见素看着送礼一项的巨大耗费，额头有些冒汗了。他明白这是必须花掉的一笔巨款，将来自己主持粉丝大厂，也许还要远远超过这个数字 —— 这个数字越增大，那个大数反而保留得越多，这也许是后几辈人永远也搞不明白的奇怪问题了。他苦笑着，燃了烟斗吸起来。接下去该算算最让人挠头的招待费了。这使他首先想到的是中秋节那场喝得昏天黑地的酒宴。因为是招待本镇人，菜肴出奇地简约低劣。赵多多摆出了一副发财不忘乡亲、大手大脚请客的架子，实际上没有花去多少钱。粉丝大厂的招待酒宴分为若干个等级，最高一级的每桌要有茅台一瓶、汾酒或泸州特曲两瓶、张裕红葡萄酒两瓶、青岛啤酒十瓶。桌上要有海参、鲍鱼、加吉鱼等。加吉鱼二十五元一斤，一条四五斤的加吉鱼就要百元左右。这样一桌酒菜大约需要三百五十元，只招待与粉丝外销有关的重要领导或商业人物。这时候韩大胖子做烹饪师傅，老多多做主持人，只请四爷爷一个人来作陪。次一级的酒宴每桌有西凤酒一瓶、本地特曲一瓶、白葡萄酒两瓶、趵突泉啤酒十瓶。桌上要有对虾、团鱼汤、银耳、昌鱼等。这样一桌约需要二百三十元，用来招待市县来的客人。这时仍由韩大胖子掌勺，老多多做主持人，请主任栾春记、书记李玉明作陪。再次一些的酒宴则要大鱼大肉、白酒红酒尽情吃喝，掌勺师傅韩大胖子每上一个菜也要随客人饮上一盅。这样的酒席只有赵多多或管账的陪客人。管账的难得围一次酒桌，每次必定大醉，回去算一笔糊涂账。这样一桌酒菜需一百三十元左右。一年多一点的时间里，最高级的、由四爷爷出面作陪的有六次；栾主任和李书记作陪的有十一次；一般酒宴约有二十多次。算起来，招待费大约花去了七千四百九十多元。见素有些诧异地看着这个数字，觉得真不算大。他用笔在这个数码下画了一道杠子，望一眼交织着各种数码的蓝皮小本子，走出了屋子。

夜空的星星像一些焦灼的眼睛。眉豆架在微弱的星光下漆黑一团。他不由自主地走到眉豆架边，像要等候什么。他当然什么也等不到。他永远也忘不掉的是他曾经在架下抱走一个细长柔软的小身体。他忘不掉，因为那是第一次。他知道自己直到死的那天也还会记起她来，记得每一个细节。他甚至在这个秋夜里还依稀望见她那美丽的、紫黄两色条纹的小裤头。他用笨重而有力的大手去触摸她，她颤颤地缩着身体，两手交叉在胸脯上。一个多么可爱的小黑姑娘！她仿佛带着泥土的原色，带着青草的野香，悄无声息地降临到他的小厢房里了。他用手去拂动眉豆叶儿，叶片上有一滴冰凉的水珠溅到了眼眶里。那个小姑娘如今在哪里呢？在这样的夜晚，在这样的时刻，她会是搂紧自己的孩子或丈夫睡着了吧？她会知道那个第一次要她的男人被算账累得浑身疲惫，正在眉豆架下想着她吗？她做了母亲了，穿上了宽宽松松的衣服，成了一个小母亲了。见素的手掌抚摸着自己的胸膛，感觉着一颗不安的、有力的心脏的跳动。

他不想回到小厢房里去，缓步走出了院子。他沿着一条黑洞似的小巷子往前摸去，慢慢走近了"洼狸大商店"。他坐在了石头台阶上，无限惆怅。这是自己办的一座店，可是如今对它已经毫无热情了。他也不怎么关心进货和销售情况，不问账目，任张王氏一个人弄去。张王氏每月唱歌一般读几笔账给他听，他也听不到心里去。他的整个心都在粉丝大厂了。他惦念的是那里的一笔大账，是赵多多炕边的那把生锈的砍刀。他几次梦见砍刀飞起来，飞到了赵多多的喉管上。他的手一阵阵发痒，不安地绞拧着。他坐在石阶上，不由得去倾听起粉丝房里传过来的"砰砰"打瓢声。他差不多看见了胖胖的大喜在冷水盆里洗着粉丝，两臂彤红。闹闹身子随着两手的活动而自然地摆动，胯部极其灵活，很像是跳迪斯科。见素不安地站起来，在店门前走动着，然后又坐下来。他想了想，终于取了钥匙打开商店的门，去寻找酒坛了。

他喝着凉酒，坐在一个大泥虎身上。屋里灰蒙蒙的，屋外慢慢有些亮了。他身上热起来，一边喝酒，一边死死地盯着门外。他又想起了和叔父喝酒的那个夜晚。那天就和今天一样沉寂，整个洼狸镇都睡着了……他喝着，这时隐隐约约传来了一阵脚步声，见素放下杯子。门口有个人影闪了一下，见素猛地从柜台上跳下。他追出门来，看清了是闹闹往西走去，立刻大喊了一声："闹闹！"闹闹站住了。她看出是见素，稍稍拖长了声音问："干什么？"见素上前一步，盯着她看，声音有些生硬："我请你喝酒！"闹闹大笑起来，一边笑一边跟上见素往店里走去。她比见素走得都快，先到一步，身子一耸跳上了柜台，坐在了见素坐过的泥虎上。她嘴里咕哝着：

"骑虎难下……"见素真想不到她还会机敏确切地套用了一个成语。他琢磨着她，不断地端详她。她头发撒在肩上，身上穿了浅色的、很柔软的衣服，脚上是一双红底塑料拖鞋。大概她夜间没有上班，两眼黑亮有神，脸上放着光泽。见素说："你没有做夜班吗？"

她的腿悠动着，笑吟吟地点一下头："我病了。"

见素根本不信她现在有病。他给她添了一点酒，她就喝了一口，呛得大咳起来。她的脸涨得红了，雪白的颈部也红了。她说："我病了，身上有些热，躺在炕上睡不着，就早些起来了……真他妈的！"见素听见这么漂亮的姑娘无缘无故地骂了一句，觉得非常有趣。闹闹又说："你也一夜没睡，这从眼上能看出来 —— 不过你这双眼真他妈的好看，真好看。"闹闹说着又笑了。见素心中灼热，抿了一口酒。闹闹也抿一口，叹息一声说："你的病有些地方和我一样。我睡不着，一生气就把被子蹬开老远。我老想骂谁……"见素说："你肯定骂我了。"闹闹轻轻一摆手："你还不配。……我走出屋来，在葫芦架下蹲了一会儿，后来我就走出来，走到街上。我想一个人玩一会儿。见素，你说怪吧？人有时老想一个人玩一会儿。想想心思，胡乱想来想去。人真有意思，你说说看见素，你是这样吧？你不作声。不过我可知道你这个人 —— 你的脸多白，白得没有血色，两个大眼黑亮黑亮。你的两条腿真长。我知道这样的人可不是好惹的，不过我可不怕。你怕我，我可不怕你。我差不多谁都不怕。不，我也许就怕一个人。我怕谁，见了谁一动也不敢动了。我就喜欢我怕的人，我不敢活动。我不敢活动，他就爱怎么活动都行了。怕就怕他一点也不活动。让人怕就在这些地方。我有时候真想拿一根木棍，悄悄地摸到后面去，给我怕的那个人来那么一棍子。我能把他、把这个男人打翻在地上就好了。可这都是胡思乱想，我说过，我见了我怕的人一动也不敢动了。你说怎么办见素？你不知道，我瞎问。你这个人最笨！……"

也许是喝了酒的缘故，闹闹的话真多，有些根本就听不明白。见素身上的酒力偏偏全泛上来了，烧得他浑身难受。他大声嚷道：

"你就怕我吧！"

闹闹嘻嘻笑着摇摇头："我不怕你。是你自己那么想。你才不让我怕。我打你一巴掌你也不敢还手。明白了吧？你怕的人不多，可是你怕我。洼狸镇的男人就数你长得好看，你头发多黑，用手去摸一摸最好了，最好了……"见素惶惑地看着她，一双眼睛变得迷蒙起来。闹闹嘴角带着一丝嘲讽，真的用手按在他的头顶上。见素全身抖动起来，嘴角的肌肉一阵阵牵动。他静静地挨在柜台上，闭上了眼睛。那只手在头顶上活动了一下，很草率的样子。见素的心快要从胸口上蹦出来，他还是闭着眼睛。这时那只手却离开了，无声地缩到一边去了。见素睁开了眼睛，眼睛里有几点火星闪跳着。他伸出了长长的手臂，一下就将闹闹从柜台上托起，急急地去寻找她的嘴唇。他吻着她，一双手在她背部抚摸着、拍打着。他眼前又出现了割棘子的小姑娘，鼻子里涌进一股青草的香味。他把脸贴在她的头发上，一丝一丝地活动。闹闹身子软软的，她的嘴躲闪着他，发出一种奇怪的声音。后来她全身抽搐，嘴巴贴在见素的额头上，一动不动。她的两手紧紧地抓住见素的手臂，越抓越紧。这样停了一会儿，这手突然松开了，用力地推着见素。见素喊着"闹闹"，紧紧地用手臂缚住她，贴压着她的高耸的胸部。他用手去摸她的颈部，往下寻找更滑润的肌肤。他喘息着，嘴里发出低沉而急躁的呼叫。闹闹挣脱着，用脚蹬他，后来狠狠地打了他一个耳光。见素松开了她，满身满脸都涌出了汗水。汗水从额头上滴下来，他擦也不擦一下。他蹲在了地上……谁也不说话，眼看着柜台四周一丝丝明亮起来。

停了好长时间，闹闹说了一句："我就怕一个人。我怕老磨屋里那个不声不响的男人。他是你哥哥。"

"什么？"见素尖叫一声。

"我说，他是你哥哥。"

见素定定地看着她。她也毫不畏惧地望着他。她的目光让他明白她刚才的话是真的。他低下了头，看着自己的一双脚。闹闹声音缓缓地说着，好像说给远处磨屋里的那个人听："……他这个红脸汉子。他一天到晚就那么坐着，像一块大石头。可是从背影儿看是这样。你不能看他的脸，那上面的眼睛跟他弟弟一样好看，可是沉甸甸的，看一眼记一辈子。我睡着了还想他这双眼、他又宽又大的后背。我想趴到他背上哭一场，让他把我背到天边上去。我跟你说我想从后面打他——我哪敢呀。他打我，手掌离我二尺远我就倒了。我喜欢这个大汉子用大掌打我。他真有劲儿呀，他的劲全藏在心里头，叫人忘不了他……"

见素听到这儿自语般地咕哝了一句："我明白了。"

不说话，眼看着柜台四周一丝丝明亮起来。

得了好长时间，闹闹说了一句："我就怕一个人。我怕老窨屋里那个不声不响的男人。他是你哥哥。"

"什么？"见素尖叫一声。

"我说，他是你哥哥。"

见素定定地看着她。她也毫不畏惧地望着他。她的目光让他明白她刚才的话是真的。他低下了头，看着自己的一双脚。闹闹声音缓缓地说着，好像说给远处窨屋里的那个人听："……他这个红脸汉子。他一天到晚板那么生着，像一块大石头。可是从背影儿是这样看。你不看着他的脸，那上面的眼睛跟他弟弟一样好看，可是沉甸甸的，看一眼记一辈子。我睡着了还想他这双眼、他又宽又大的后背。我想趴到他背上哭一场，让他把我背到天边上去。我跟他说我想从后面打他——我哪敢呀。他打我，手掌离我二尺远我就倒了。我喜欢这个大汉子用大掌打我。他真劲儿呀，他的劲全藏在心里头，叫人忘不了他……"见素听到这儿自语般地哎哟了一句："我明白了。"闹闹仍型读气缓缓地说下去："你不明白。他抱过我——就是老窨屋刚安上机器那会儿。他怕机器伤了我，一把抱起我来，手里那么多的面。他真有劲儿，轻一下就把我抱起来，轻轻一下就把我放下来。什么都是轻轻的，他是太有劲儿了。他多年四十多岁了，胡茬儿真黑……可我怕他。我怕一个四十多岁的男人了，怪不得人家都说我'浪'。见素，现在你明白什么叫'浪'了吧？嗯？什么叫'浪'？"她闹闹仍然语气缓缓地说下去："你不明白。他抱过我 —— 就是老磨屋刚安上机器那会儿。他怕机器伤了我，一把抱起我来，当着那么多人的面。他真有劲儿，轻轻一下就把我抱起来，轻轻一下就把我放下来。什么都是轻轻的，他是太有劲儿了。他今年四十多岁了，胡茬儿真黑……可我怕他。我怕一个四十多岁的男人了，怪不得人家都说我'浪'。见素，现在你明白什么叫'浪'了吧？嗯？什么叫'浪'？"她说到这儿又咯咯地笑起来了，大声地问着。见素正惊讶地听她说话。思维还没有跟上来。他想了想，认真地回答说：

"那是因为你身上有股怪劲儿。怪劲儿就是'浪'。"

"'怪劲儿'逼得我怕抱朴吗？"

见素点点头又摇摇头："'怪劲儿'逼得你浑身打战，就像刚才一样。不过'怪劲儿'也逼着你往老磨屋那儿跑。你肯定常常往老磨屋里边瞅。"闹闹笑着皱起眉头，说："老隋家的人真灵。你就一下说准了。我瞅他的后背、头，他看不见我。这个光棍汉子！这个闷葫芦！"闹闹说得高兴起来，两手掐在腰上，左腿从蹲着的见素头上撇了过去。见素在心里骂了一句，但没有吱声。他此刻那么想见到哥哥。他为他焦虑、为他愤愤不平，也多少有点嫉恨。闹闹在屋里走来走去，身体急躁而愉悦地拧动着。明亮的光线照着她的全身，她又像一团火那样了。这团火滚动着，出了"洼狸大商店"的门。见素像没有看见似的，一直蹲在那儿。

夜间，见素继续算账。那个大数将要扣除的最大一笔款项，恐怕就是原料费了。赵多多承包粉丝大厂的十三个月里共加工了二百九十八万斤绿豆。其中的进口绿豆占百分之四十三，每斤合四角八分；其余全是来自东北或芦青河地区的绿豆，每斤合四角三分。这样进口绿豆的费用为六十一万五千零七十二元，国产绿豆为七十三万零三百九十八元，合计原料费为一百三十四万五千四百七十元。还要扣除再生产费用。粉丝大厂承包之初，除了磨屋、粉丝房、晒粉场的全部设备接收下来之外，还有生产流程中的二十多万斤绿豆、库存二百四十八万斤绿豆、六十三个淀粉坨。这一切折合为人民币约为十八万二千多元。承包后四个多月的时间内，基本上维持在原来的规模上生产。第五个月购进绿豆三十万斤，花原料费十三万五千元。第六个月改装沉淀设备，重新扩建了沉淀池、新添了二十多个沉淀缸。第七个月又购进绿豆十万斤。第八个月改装机器磨屋。六七八三个月投资为十八万八千余元……算到这里，见素深深地舒了一口气。那个大数需要扣除的部分基本上全部折算出来，再扣除了按合同上缴部分、加上副产品收入，那笔大账的基本轮廓也就出来了。他吸着烟，不慌不忙地翻动着前一段写下的那些数码。只有他自己知道这些数码是怎么回事。这些小小的阿拉伯字码会在一个时刻全活动起来，伸出毛茸茸的小爪子，挠得赵多多不舒服！最后这些小爪子又会扯起来，紧紧地缚住赵多多肥胖的身体，再用力绞拧，让这个人鲜血淋漓，痛不欲生。

见素无声地笑一下，抬头去看窗外。哥哥的窗户又亮起来了，见素马上想到他在读书。他关了门，往哥哥屋子里走去。

抱朴刚刚值完夜班，回到屋里不能马上睡下，照例读一会儿书。他展开那个布包，把书翻到前天看过的地方。有几处他怎么也弄不明白，就用红笔做了记号。见素进来了，他瞥了弟弟一眼，继续读书。见素不声不响地站在身后，看哥哥读书。他第一眼就看到了这样一句话："手的操作所要求的技巧和气力愈少，换句话说，现代工业愈发达，男工也就愈受到女工的排挤。"见素笑了。他想这本书说得不错。粉丝房里差不多全是女工，如今只有拍打铁瓢的人是男的。弄弄粉丝，需要的力气当然少，所以女工也就多。男人在粉丝房里受到了"排挤"，一点不错。见素又笑了笑，他想这本书不错。抱朴翻了几张，见素见到满是红色的记号。"……它无情地斩断了把人们束缚于天然首长的形形色色的封建羁绊，它使人和人之间除了赤裸裸的利害关系，除了冷酷无情的'现金交易'，就再也没有任何别的联系了。它把宗教的虔诚、骑士的热忱、小市民的伤感这些情感的神圣激发，淹没在利己主义打算的冰水之中。"见素看了一下哥哥，见他把"宗教的虔诚""骑士的热忱""小市民的伤感"三个地方一一画了重重的红杠。见素正想询问一句，抱朴又往前翻去。见素马上又见到了一个个红色的记号。"在这一章里，正好没有说到俄国和美国。那时，俄国是欧洲全部反动势力的最后一支庞大后备军；美国正通过移民在吸收欧洲无产阶级的过剩力量。这两个国家，都向欧洲供给原料，同时又都充当欧洲工业品的销售市场。所以，这两个国家不管怎样当时都是欧洲现存秩序的支柱。""今天，情况完全不同了！""现在来看看俄国吧！""对于这个问题，目前唯一可能的答复是：……"见素精神振作，但是陷于了茫然。他终于鼓足了勇气问道："这是什么意思？"抱朴头也不抬，表情沉重，语气却相当和缓："我也不很明白。"他说完又翻几下书页，一边翻一边说："要真懂没那么容易。我准备读一辈子。我跟你说过，日子每到了关节上我就不停地读它。"见素不解地说："不过这本书很薄。"抱朴点点头："它也许原来很厚很厚，它讲了全世界的事情嘛。它是压缩成了这么薄薄一小本。"见素似懂不懂地"唔"了一声，眼睛停留在如下的几行字上："我们的资产者不以他们的无产者的妻子和女儿受他们支配为满足，正式的娼妓更不必说了，他们还以互相诱奸妻子为最大的享乐。"见素鼻孔翕动着，看着抱朴。抱朴的脸色冷峻起来，盯着那几行字，伸手去一边取烟。见素把烟递到他的手里。见素说："你来解释一下吧！"抱朴看了他一眼，接上翻起了书页，像是什么也没有听到。烟雾从他的嘴里、鼻孔里涌出来。他的手将书页压平，贪婪地默读着，有时往一边的本子上记些什么。见素不由得也严肃起来。他的目光在字里行间滑动，费力地默念出一个一个字。最后他盯住了那一页纸上的最末两行文字，屏住了呼吸。

为了这个目的，各国共产党人集于伦敦，拟定了如下的宣言，用英文、法文、德文、意大利文、佛来米文和丹麦文公布于世。

见素突然觉得这两行文字是用一种颜色凝重的特别金属浇铸而成的。他用手去抚摸，闭上了眼睛。金属巨字碰了他的手指，他又胆怯地缩回来。哥哥说了一句什么，他没有听清。他站着，站在哥哥背后，一声也不吭。他现在明白了，明白了这本薄薄的小书中正有一股无法抵挡的奇特力量，牢牢地抓住了哥哥。抱朴一定会读它一辈子。见素再也不想惊动干扰他了，悄无声息地退出屋去，轻轻地给他合上门扇。

他继续算那笔账。密密的数码日夜啮咬着他，像水蛭一样吸附在他的皮肤上。他从屋里走到屋外，走到粉丝房或"洼狸大商店"中，它们都悬挂在他的身上，令人发痒地吮着。他飞快地甩掉它们，可一忽儿又围拢来。他现在要做的事情是把副产品的收入并入那个大数。粉丝大厂每天产渣八千余斤，浆液三千余斤。粉渣分别作为牲畜饲料和酒的原料卖出，可销掉百分之五十。做饲料的粉渣占了百分之八十，每斤售价二分；卖给酒厂的粉渣每斤售价五分。十三个月里，粉渣可以赚四万余元。每天还可以销掉一千多斤可食浆液，合三十三桶，每桶售价一角五分，共可赚一千九百余元。这样粉丝大厂承包以来的副产品收入总计为四万一千九百余元。这个数应并入那个大数，得出整个大厂十三个月的毛利：二百一十七万九千四百余元。这个大数出来了，紧紧尾随着的就是那一个个等待扣除的数码。原料费、工人工资、再生产费用……一个一个扣除掉，最后这个大数颤颤抖抖缩成一团，成了二十万零五千八百一十五元。承包合同上签订的上缴额为七万三千元，那么上缴之后余十三万二千八百一十五元。如维持十三个月的原有规模的生产，还需要购进十九万五千一百多斤绿豆，支出原料费八万七千八百元。再加上外销粉丝掺假，陆陆续续掺入几万斤杂质淀粉，赚一万多元。这样，粉丝大厂就净剩五万五千多元。这已经是最后筛下来的果子了，这个果子如果说属于粉丝大厂，那还不如说属于赵多多他们。粉丝厂的添置设备和扩充，必然靠集资或别的途径再取得一笔款项。可怕的是有些数字并未能在冠冕堂皇的账簿上显示出来。按照一般的规律讲，管账人没有一个不是承包者最契合的合作者，粉丝大厂这个身穿黑衣的寒酸的管账人更不例外。见素对管账人的面孔看得越来越清晰，这个人故作神秘，嘴里流淌着酒液，喷吐着虚虚实实的数码。见素完全明白了那根生锈的衣针为什么会猛然扎过来。他擂着桌子，擂着那个数码，仿佛就擂在那个管账人的头骨上。

　　这个夜晚余下的时间里，他睡得很香。数码织成的网终于脱去，他一身轻松地呼吸着。睡梦中，他又一次坐在了酒坛旁边，头顶上搁着一只处女的白嫩的手掌。他呼唤着她的名字，看她像一团火一样在隋家大院里滚动。她滚动着，最后竟然进入了抱朴的厢房里。他喊了一声："哥哥……"睡梦中，他的眼角挂着泪滴。

　　见素醒来的第一件事就是去河边磨屋。还离老远，他就听见了呜隆呜隆的声音。渐渐，他望见最大的那个老磨屋的门了，望见了他宽大的后背。他正看着哥哥的背影，突然从老磨屋的墙角上闪出了一个人，见素的心立刻怦怦地跳起来：那是闹闹，她在往磨屋里窥视。她把什么东西藏在了身后，余出的一段闪闪烁烁，见素终于看出那是一根削得十分光滑的木棍 —— 他一下子想起了闹闹在"洼狸大商店"中说过的话，她要用棍子从背后击倒老磨屋里的人！见素觉得血液在身上翻涌起来，他想大声呼喊哥哥，又想飞扑过去。可是他的心提起来，身子震动了一下，竟然默默地站在了原地。他在心中跟自己急促地交谈着："她会那样吗？""不会的。""不，她会，她那么'浪'！""还是不会的，她爱，爱那个人。""不要吱声了，不要。看着她——她要活动了。"见素屏住呼吸，紧紧地盯住闹闹，头颅不由得往前探着。闹闹这会儿仍然往门内窥视着。这样又过了一刻，她就小心地往前移动着。她迈入了门槛。她从身后抽出了棍子。她瞄准了他的头颅。她高高地举着……见素马上就要冲过去，用他那只猛拳击她个半死——可是与此同时她的棍子轻轻地落在了他的背上。

　　见素吐出了一口气。他见到抱朴惊讶地回过头来，责备地看着闹闹。她抱着木棍——见素这才清楚地看明白了，那棍子不过是晒粉场上的一根凉粉杆儿。闹闹一边玩着棍子一边哈哈大笑，再不理会抱朴，一个人凑近了老磨和变速轮看着。见素明白她心中的渴望。闹闹渴望抱朴像上一次一样地抱起她来。可是他没有。他只是抖动着巴掌把她从危险的地方赶开。他对她吆喝些什么，她大概一句话也没有听进去，笑着，用脚踢着老磨的基座。这样她又在老磨屋里逗留了一会儿，垂下眼睫走了出去。整个后一段时间里，抱朴都静静地坐在了方木凳上。他似乎也没有看她一眼。见素愤愤地拧着自己的手，看一眼抱朴，又看一眼离去的闹闹。闹闹去得很慢，像是拖着一个沉重的磨盘。她这样走了一会儿，又站住了。她望着远方的一簇白云，让风吹乱了头发。她后来转过身来，飞一般地跑开了。

见素大步向老磨屋走去。

抱朴起身摊平运输带上的绿豆。见素站在磨屋中央，两手抄在裤兜里，等抱朴回过身来，就问："闹闹刚才进老磨屋干什么？"抱朴淡淡地说："瞎闹着玩。"见素摇摇头："我看见她用棍子打了你。"抱朴苦笑着："我从来不跟她开玩笑。这个姑娘简直是个泼皮性儿。"见素也笑笑："可是她从来不跟我动棍子。"抱朴挖苦他："会的，你等着吧。"

"如果她敢打我，我就抱住她再不松手，就像你天天抱着木勺一样！"见素大声说道。

抱朴用诧异的目光望着弟弟，说："你做得出来。这句话我信。"……见素在屋里走动起来，有些烦躁地看着那些呼呼旋转的变速轮子。这样看了一会儿，他突然转身问："你天天坐在磨屋里，知道洼狸镇上的大事吗？"抱朴问："什么大事？"见素哼了一声："你什么也不知道。你只会跑去为老多多扶缸。你坐在这只木凳上，早晚也老在木凳上。你把什么都耽误了。你自己吃苦，让别人也吃苦。如果闹闹真拿棍子把你打翻在地上我才高兴！你什么时候都坐得住，不管别人上天入地闹腾，你跟聋子差不多。你真是老隋家里的一块 ……"他不好意思说出来。抱朴催问他道："一块什么？"见素说："一块木头！"

抱朴的脸涨得紫红，嘴巴动了动，但未予回应。停了一会儿，见素走向了小窗口，看看磨屋外面没人，又走回到抱朴身边说："老多多要成立'洼狸粉丝生产销售总公司'了！"抱朴说一句："我听说了。"见素盯着哥哥平静的脸色，惊异地叫着："就眼看着他成立起来？"抱朴点点头。见素退开一点，捏响了手指骨节。他一字一字地对抱朴说："我以前对你讲过，我要夺下老多多手里的粉丝大厂。它应该姓隋！"见素说完，脸色更加苍白，有些喘息。抱朴从方木凳上站起来，点上烟吸了一口，说："我早就说过，它不姓赵，也不姓隋。你夺不来。"

"它就该姓隋。我一定夺得来。"

"你没有这力气。谁也没有。因为它是洼狸镇的。"

见素气得大口喘息了，胸膛起伏着。他也想吸口烟，但他从口袋里捏出烟丝，又愤愤地撒到了脚下。他把右手按在了哥哥的左胸上，像乞求一样叫着："哥哥！哥哥！你别再木木地坐这老磨屋了……你看看这都到了什么时候。老隋家世世代代都是老实人，有什么好结果？人家把磨盘压到你头顶上，你就一动不动。你忍着，咬着牙，白头发一根一根往外生。你坐一天磨屋，回家吃冷饭，没有哪个女人疼疼你！你胆子小得像芝麻粒儿，我就不明白你还怕丢了什么？你忍了多少年，还是这么忍。你长得多壮，没有几个人能打得过你。你是个好人，没做一丁点坏事，可你老要受别人欺负。老磨屋就像个活棺材，你让它装着你吗？你跺跺脚跑出来吧，再放它妈的一把火！我们老隋家到了这一辈上，再也不能窝囊了！你皱着眉头，不说一句话，委屈全咽进肚里，替自己忧愁，也替别人忧愁。你看看你自己这些年在过什么日子吧。凭了你在粉丝这行当的本事，还有你的人格，你只要轻轻召唤一声，一大帮洼狸镇人就会跟你走。

老多多斗得了别人，他就是斗不了你。你自己寻思吧，你自己去掂量吧。机会没有那么多，胜也就胜了，败也就败了！……"

见素越说越多、越说越冲动，一双眼睛灼热地盯在抱朴的脸上。抱朴点了点头，把他的手取下来，摩挲着说："你好多话点到了我心里去了。不过我不能全赞同你。我想你是高估了我的力气。我没有本事召唤一大帮洼狸镇人，起码是如今没有。赵多多的好日子也不会长久，不过你还是轻看了他这一种人。"

见素听到最后，冷笑了一声。

抱朴深深地望了他一眼。见素收回手来，懊丧地点上烟斗吸起来。他停了会儿说："我没有告诉你。我瞒着你算了整个粉丝大厂的一笔账。我心里已经有了底。不久就要开始粉丝厂第二轮承包了。我要和老多多在那时候交手。我决心已定。开大会的时候你看吧，我决心已定。"

第 十 二 章 <del>三脚的凳子</del>

好极了

　　张王氏今天心绪▇好极了。她给四爷儿捏背，没有觉得他的背肉有多么厚。她捏得十分惬意，四爷儿也舒服地哼了三两声。捏完之后，她绕有兴味地掀开盖在他身上的白布单，看了看。四爷儿周身的肤肉结实而厚壮，皮肤闪着微微的光亮，▇通体红润，如同脏色。那千巨大的臀部往下被一条薄薄的中式宽裤遮住，腰间没有皮带和布带，而是由裤腰上余留出的两段布条系扎起。这正是张王氏的发明。她没有马上掀开屋子，而是用手给他抚摸了一会。后来她拍打了他的臀部一下，干脆坐到了上画。四爷儿每次捏背之后都要静卧一刻，从便感受那种轻松的意味。这时他说一声"大胆"，张王氏也就赶紧下来了。她继续抚摸他，说："你就像个大老虎。"四爷儿坚持每两天洗一次澡，周身洁净，散着一种淡淡的闷香。张王氏喜欢这种气味，多少年来就习惯他闷着立。她不曾遇见住何男人身上有这种气味。她在心里认为四爷儿的确是注狸领上唯一的一个"贵人"。这会儿她又咕哝了几句话，四爷儿毫无反应。他闭着眼睛，神色恬静，两个大鼻孔松松地放气、腰部起伏和缓有律。张王氏看着他，向里弯着的下巴活动起来，里边的牙齿碰撞着，发出"咔咔"的脆响。她不停地叩齿，四爷儿终于有些嫌吵，嘴里发出粗粗的一声"嗯——"，她就闭了嘴巴，挪蹭到炕角上坐了。▇她▇下了炕，敞拉着

人民文学出版社稿纸（24×25＝600）

〈214〉

214—223

6138

3564
3574
6138

第十二章

张王氏今天心绪好极了。她给四爷爷捏背，没有觉得他的背肉有多么厚。她捏得十分惬意，四爷爷也舒服地哼了三两声。捏完之后，她饶有兴味地撩开盖在他身上的白布单，看了看。四爷爷周身的肤肉结实而厚壮，皮肤闪着微微的光亮，通体红润，如同脸色。那个巨大的臀部往下被一条薄薄的中式宽裤遮住，腰间没有皮带和布带，而是由裤腰上余留出的两段布条扎起。这正是张王氏的发明。她没有马上离开屋子，而是用手给他抚摸了一会。后来她拍打了他的臀部一下，干脆坐在了上面。四爷爷每次捏背之后都要静卧一刻，以便感受那种轻松的意味。这时他说一声"大胆"，张王氏也就赶紧下来了。她继续抚摸他，说："你就像个大泥虎。"四爷爷坚持每两天洗一次澡，周身洁净，放着一种淡淡的肉香。张王氏喜欢这种气味，多少年来就习惯地闻着它。她不曾遇见任何男人身上有这种气味。她在心里认为四爷爷的确是洼狸镇上唯一的一个"贵人"。这会儿她又咕哝了几句话，四爷爷毫无反应。他闭着眼睛，神色恬静，两个大鼻孔松松地放气，腹部起伏和缓有律。张王氏看着他，向里弯着的下巴活动起来，黑短的牙齿碰撞着，发出"咔咔"的脆响。她不停地叩齿。四爷爷终于有些嫌吵，嘴里发出粗粗的一声

"嗯——"，她就闭了嘴巴，挪蹭到炕角上坐了。

她下了炕，趿拉着鞋子走到屋子中间。煤油炉燃着，水正好开了。她将水倒进暖瓶里。一个紫花陶罐里有两个雪梨、两个柚子，她把它们洗好，放到了一个纱布罩的小瓷碟中。后来她想了想，又从碟子中取出一个雪梨投入陶罐。四爷爷讲究养生，一切水果皆分为正气、湿热、寒凉。他身体燥热之时从来不食柿李。秋冬气候，他乐于剥吃柑橘香蕉。近来四爷爷身体微躁，张王氏手指在背上活动不止，已经心中有数。所以她择了性属凉寒的雪梨柚子。但不可过，于是她思忖半天，又减去一只雪梨。平常的日子里，四爷爷多食一些甜橙黄皮，它们性属正气。他更多地吃些南方水果，并且从不让别人剥皮。他用肥胖的手指缓缓地将果皮与果肉分离开来，心中愉快。南北两分，地气不同，多吃一些南方果实，大有益于"精气神"。每当秋凉，四爷爷开始进补。蛤蚧泡酒，桂圆煮汤，团鱼每周一只，绝不多食。四爷爷摒弃药补，相信食补，每至大雪封门天景，就用砂锅煨一只参鸭。有了稀罕玩意，四爷爷总让张王氏来做，不让儿媳沾手。他对张王氏的信任，最少是十年以前就坚定下来。他有两个儿子，一个在市委做秘书，一个在县城里上班。他们都想让父亲住到城里去，老人喝一声"短见"，他们也就不再多言。为了照顾老人的起居饮食，二儿媳没有跟自己的男人住在一起，而是住在四爷爷隔壁。她按时给公公做饭，洗衣打水；秋末，还要为公公备下生火盆用的上好木炭。可是她取代不了张王氏。张王氏每天照例来一次小院里，把一切都摆弄得合乎四爷爷的心思……她出了屋子，提起喷壶给一院好花洒水。蜜蜂嗡嗡嘤嘤，香味扑鼻。一盆绣球菊正在美妙的时候，于是她把它搬进屋里。她给它洒了几遍水，让水珠像露珠一样悬在瓣上，摇摇欲坠。她望着菊花，长长叹气，接着又叩齿不停。

张王氏觉得洼狸镇上只有一个闹闹可以与自己年轻时候相比。但闹闹浪而不媚，这一点上又不能与自己同日而语。男人瘦弱多病。陪她只过到半辈子。他活着的时候，贪吃贪睡，疲惫不堪。四爷爷曾经嘲笑她说："慎（什）么男人！"她给四爷爷拔火罐、捏背，看着他粗大健壮的身躯，再回头看看自己的男人，觉得男人瘦小如狗。有一次她给四爷爷捏背又揉腹，四爷爷哈哈大笑。他挥起大掌将她按倒，她又爬起。四爷爷有些火起，抓住她腰部松松的皮肉，轻轻一提就提至肋下，然后重重地摔下来。她疼得一动不动，四爷爷就高高兴兴和她睡去。四爷爷说："万物都分阴阳。"张王氏兴致勃发，为他看相，看了周身，说他是少有的富贵相。不过她说他官运不通。四爷爷抹着嘴巴说："正合我意，正合我意。"张王氏的男人不久死了，张王氏也面色灰黄。四爷爷没有多少兴致，但乐于让她捏背。后来他虎气生生地将她摔倒，也不过几次。她越来越感到了他声威如虎，坚实的背肉对她亲切无比。她明白四爷爷的心思。洼狸镇上的一切事情，她不用打听，就知道哪些是四爷爷做的。比如她心里知道四爷爷希望妻子欢儿快死、知道吊打李其生的那些人必定是依了四爷爷的意思。她什么都知道。她只是不说，把秘密都捏进了泥虎里、掺进了野糖里。四爷爷后来不碰她一下，她就像一个长久不磨的铁刀，终于锈蚀，满身尘灰，颈部如铁。可是她每逢给四爷爷做东西吃，必定反复净手，帽子套袖齐全。她知道四爷爷的肠胃容不得一丝污垢之物。她闭着眼睛也能想得出他的巨大身躯的各个部分的模样，烂熟于心。白天，她捏着泥虎、站在柜台旁边，有时就想着这些消磨时光。她仿佛看到了四爷爷体内之物：肠胃粉红，色鲜如花，一切都在轻轻蠕动。一条赤色的蛇就在其间缓缓爬着，爬到胃里，从容不迫地打了一个结。张王氏惊呼了一声，手里的泥虎跌在地上，"咕"的一声碎了。她第二天见到四爷爷就说："你肚里有条虫。"四爷爷说："胡诌。"她又说："是一条长虫。"四爷爷大吼一声："不准乱说！"她也就再不提这个。她甚至猜想四爷爷饮茶吃酒、吃参鸭，也有一半是喂养他的蛇的……她给屋里的菊花又洒一遍水，就准备离去了。

洼狸镇小学校长长脖吴走了进来，他看一看脚下，扶一扶老花镜，见到了张王氏。"你这个长脖子，又来了！"张王氏说一句。长脖吴眯着眼睛看她，实际上是笑，他是洼狸镇上唯一笑起来没有声音的人。张王氏张大嘴巴骂他，骂得也没有声音。长脖吴右手里捏了一本书，就挟到腋下，做了个手势骂她。张王氏跺一跺脚，长脖吴又做了几下手势。后来他们都笑着离开了院子，一个出了院门，一个进了屋里。四爷爷这会儿已经坐起来，双手揉一下眼角，问一句："是脖吴吗？"他从来把对方简称为"脖吴"。长脖吴赶忙答一句："正是。"他答着，一边自己动手取了红泥茶壶，沏了茶，用一个绿色椭圆瓷盘端到炕上。他又返身从屋角搬过一张桌面两端往上卷起的长条炕桌摆好，把茶具放正，这才脱鞋上炕。他与四爷爷分坐在小桌两旁。小茶杯也是红泥的，里面盛了多半杯淡绿的茶水。茶香满屋。四爷爷呷一口茶，从窗台上取过一个漂亮的眼镜盒来。他戴上一个宽边眼镜，沉着地从桌边拾起吴校长拿来的那本线装书。他翻了几页，身子微微向光亮处侧一侧。他念道："这一个，好也似南园瓜未破……"长脖吴笑了，鼻子两侧那片细亮的皮肤一抽一抽。四爷爷说："好书。我记得是这本书上写了的……那天我喝茶，突然就想起这本书来。你找它难吧？"长脖吴点点头："我把书箱子翻过来了，都没有。我到县城找朋友借了出来。"四爷爷从眼镜上面的空隙里看他，转脸又去翻书。他一手轻轻拍打条桌边缘念道："她为你，浑身搓得白如银……"脖吴终于笑出声音来。他说："这段儿好。这是个好段子。我读来读去，用正楷抄了……"四爷爷把眼镜摘了，放了书。他抿一口茶，说：《金瓶梅》不能久读，久读生腻。倒不如这样的小本子，能寻了巧段子。"脖吴连连称是，说："不能久读。不过那上面写骂人够绝。他骂人骂得难听，可你才不会堵耳朵。他骂你骂得舒服，像一只小软手在你心尖上摸，一摸一摸，真舒服。他骂得好，骂你也让你高兴。这真是一绝了……"四爷爷笑了，放下茶杯，阔大的巴掌拍了拍脖吴。

四爷爷的小院是不能随便扰乱的。这里最常来的除了张王氏，也就是吴校长了。他们的友谊非常久远。四爷爷原是个穷孩子，可是自小敏悟过人，长脖吴的父亲与他父亲有旧交，就出钱让他和自己的儿子一块上学堂。从学堂里出来，赵炳就做了书房先生。土改复查之后，赵炳一直当高顶街的头儿，名声上下都响。后来动乱起来，不打自倒，关起院门过起了清静日子。他有时对来访的县市老熟人说："荒唐荒唐，我本来是个书生，哪有本事做官。我还是这样好。"老领导玩笑中掺着几分责备说："你可是个党员干部，可要警惕意志衰退哟！你不革命了吗？"赵炳一笑："有命就得革命。我虽不才，让位给别人，但也不能做革命的旁观者。共产主义一天不到，奋斗就一天不止！"老领导翘着拇指，赵炳微微一摆手掌。虽然这样说，但高顶街主任栾春记和书记李玉明有事来院里跟他商量，他总是有些不快，高兴了出点主意，不高兴了一挥手掌："你们在朝，自己弄去吧！"……只有长脖吴来了他才真心愉悦。两个人饮茶读书，偶尔也下下棋。长脖吴一手好字，古文甚精，四爷爷爱和他一起消遣时光。冬日里，大雪白了世界，他们两个就躲在热烘烘的炕上。四爷爷最忌生煤炉，总爱在炕桌上放一个火盆。火盆是铜质的，擦得锃亮，里面炭火嫣红。木炭制得不老不嫩，点燃了没有一丝青烟。火盆边上有一双小巧的火筷搁在一个铜盘里，需要加炭了，四爷爷就取起它来。这副火盘还是早些年赵多多送给他的。他并未问它的出处。火盆旁边还常常放一个沸滚的火锅。他们将姜末、葱花、肉片、鱼片等放在一个白瓷碟里，瓷碟边上是一个葫芦状的胡椒瓶儿。两人都爱吃辣味儿，盘腿而坐，鼻尖冒汗。平常总是长脖吴读书，四爷爷闭目倾听。看上去四爷爷已经睡过去了，可是他能不时地喊一声："好。"长脖吴一生舞文弄墨，自诩洼狸镇第一斯文，也确实积存了不少怪书。有一本《论语》小到可以放进掌心，精致非常，透着墨香。四爷爷再三摩挲，最后讨了收藏起来。他常让脖吴写几个字，工整一些的就贴在墙壁上。"贫而无谄，富而无骄。贫而乐道，富而好礼。""奇生怪，怪生无常，无常不立。""大不逾宫，细不过羽。"……诸如此类，他都再三吟诵，每日观赏。脖吴有一个雕花刻字的铜墨盒子，一块泛着紫玉光泽、透着麝香和冰片香味的陈墨，都送给了四爷爷。他的字不好，可是懂得玩味。脖吴从研墨到写字，他都看下来。脖吴磨墨时身子松松，重按轻转。墨块移动如河边的老磨；抓起笔来精神倍增，身躯挺立，腕上筋脉瞬间凸起。四爷爷叹道："常言'磨墨如病夫，握管如壮士'，我信！"他们还从书中学得了健身法，每日切磋，烂熟于心。四爷爷每天凌晨即起，闭目端坐，轻轻叩齿十四下，然后咽下唾液三次；轻呼轻吸，徐徐出入，六次为满；接着半蹲，狼踞鸱顾，左右摇曳不息；如此从头做完三次，才下炕走到院里，立定，三顿足；提手至肩，前后左右推揉二次。此法贵在坚持，四爷爷一年四季从不间断。他和脖吴都赞赏一个健身口诀，谨记在心。"……算来总是精气神，谨固牢藏休漏泄。休漏泄，体中藏，汝授吾传道自昌，口诀记来多有益，屏除邪欲得清凉。得清凉，光皎洁，好向丹台赏明月，月藏玉兔日藏乌，自有龟蛇相盘结。相盘结，性命坚，却能火里种金莲，攒簇五行颠倒用，功完随作佛和仙。"四爷爷对脖吴说："天下有用的东西，我们都要。志坚身强，才能干好革命。"脖吴无声地笑，答道："一点不错。"

两人饮茶，兴致渐浓。长脖吴不断伸出瘦长的手指去翻书页，无声地笑。他说："四爷爷，你说怪不，读书好比吃饭，我不忌腻。"四爷爷点点头："什么书里都有'正邪'二气，交结一起。你专得邪气。"脖吴"嗯"一声，眼睛急急地对在书页上。他看了好一会儿才抬起头来，说："又一处好段子。写得也顺口——古时候的人这地方也知道来精神。"四爷爷重新戴上眼镜，要过书来看着，哼了两声。脖吴拍了一下膝头，说："真是'书中自有颜如玉'。"四爷爷摘下眼镜，鼻子里"吭吭"响着，笑一笑说："你套用得不错。"长脖吴左右摇头，乐不可支，紧合牙齿，下巴抖着问："寡妇小葵，喷喷，苦不苦死？"四爷爷斜他一眼，没有作声。脖吴又说："我大她十来岁……我整天读书，读着读着想起一个词来。"四爷爷忙问："什么词？"脖吴从鼻子里发出声音来："'瓜菜代'。"四爷爷一愣，接上大笑起来，笑着，咳着，伸出大手抹着脖吴说："脖吴啊，你就实行'瓜菜代'吧！哈哈。哈哈哈。"脖吴红着脸擦着鼻子，一声不吭地去捏红泥茶盅。他饮一口问："你干闺女呢？多少天没来了？"四爷爷立刻不笑了，盯着脖吴说："章章可是个孝顺孩子，还能老让干爹空等？我不喊她，让她自来。"脖吴呷着嘴，重复一声："真是个孝顺孩子。"

提到含章似乎令四爷爷有些不快，他把那本书放到了一边。停了一会儿，他到外面解了溲重新坐到炕上，他的兴致才好一些，让脖吴另找一本清淡些的读一读。他刚才下去时留意看了一会儿张王氏摆在中间屋内的绣球菊，这会儿想起了以前听过的《镜花缘》，上面有一段百花仙子陈述百花开放之理的话。他让脖吴读来听听。

脖吴从四爷爷炕边的柜子里找出来，清了清嗓子读起来。开始读嫦娥建议百花仙子发个号令，使百花一齐开放，四爷爷不快地哼了一声。接上读百花仙子的一段妙语，四爷爷举起手掌说："慢些、慢些。"他眯上眼睛，愉快地听起来。当读到"牡丹芍药，佳号极繁；秋菊春兰，芳名更多。一枝一朵，悉尊守数而开；或后或先，俱待临期而放"的时候，他禁不住大声喊一句："好。"脖吴只把这鼓励分给自己一份，读得更加卖力。他左手持书，右手半举在书侧，食指弓在拇指上，仿佛随时都要弹击什么。头颅高昂，后脑略低，随着节奏摆头时，前额几乎不动，后脑却缓缓摇动。百花仙子的最后几句话令他不忍快读，声音渐渐粗重，一字一字徐徐送出："月妹之言，真是戏、论、了 —— 。""了"字拖足，右手一直弓着的食指随即猛力弹开。接上脖吴放书揩汗，用一个异常宽大的白布手帕揩头揩脸揩后脖，揩得长长的脖颈赤红冒气。

　　四爷爷仍然眯着眼睛。他双手叠在小腹上，又坐了一会儿，才睁开眼睛。他瞟了一眼脖吴，轻轻咳一声说："真是好书，百遍咂嚼，百样滋味。神仙的事情让咱们凡人来想一想，也糊糊涂涂做一会儿神仙。你看看脖吴，两个老人饮茶品书，不是大福吗？我这会儿就想，吃好穿好，耍耍威气，都是福。不过这福要得也不难。这是好求的东西，算做'粗福'。难的是与无言之物通通心气，跟花草书琴讨点乐趣。心不静不行，性情蛮也不行。这些难求，算做'细福'。福分粗细，比做五谷一样，粗细俱食才能长寿。我这么琢磨着，做人、过生活，有一千样巧妙门径，咱才走通了多少？我几十年琢磨事情，脑子常往这些地方转……"脖吴听了，连连叹息。他钦佩四爷爷，自愧不如。四爷爷又说："百花仙子讲花卉，其实是明人间大理，两个字：规矩。什么都在规矩里面。洼狸镇不在规矩里面吗？背了规矩，就没有好结果。你看看一点开花节令小事，后来引出颠倒乾坤的故事来。背了规矩不行。镇上人都在规矩里，没有规矩不成方圆。张王氏就该着卖野糖捏泥虎，赵多多就该着开粉丝大厂，郭运就该着给人治病。老隋家的人兴盛了几辈子，气数到了，如今就该着走不到人场上来，一门光棍。这都是在规矩的事。依着规矩做事好，使性子逞能没有好结果。有阴有阳，相生相克——这套东西你比我通。比如高顶街这两个头儿，栾春记和李玉明。姓栾的性子躁，干脆利落；姓李的大好人，温温吞吞。他们管着高顶街，就像用火煮肉，急一阵火慢一阵火，肉也就烂了。还有赵多多，遇事最下得手去，心倒是诚。可是他常常做过了头，破了规矩。我为这个常训导他，也没有多少用。不过有了一个赵多多，洼狸镇就少一些出规矩的人，也算天大的好事。亏只亏了赵多多一人，他注定没有好结果——他做事情太过。"

四爷爷惋惜非常，搓着手，一阵叹息。脖吴听到这里，定定地望着他，心里揣摩着他对赵多多下场的推断。四爷爷从桌上取起红泥茶杯，细细地品了一口说："滋味才好起来。"脖吴给自己斟好，品一口，说："跟四爷爷喝茶，就像跟高人赏戏一样，看到了'戏眼'就点拨几句，怕漏了戏。"四爷爷哼一声："'一壶提神，二壶品味'，这只是常理。这种茶到了三壶才好品。"脖吴点点头。四爷爷接上说下去："我说洼狸镇都在规矩里，你得放长了看。还说老隋家，最兴盛的时候不止河两岸数得上第一，恐怕一个省里也没有几家。码头上停的船有半数是为老隋家运绿豆和粉丝的。老隋家人满足了吗？没有。他们家的隋恒德、隋迎之，还有如今的隋抱朴，一辈子一个理家的好手。可是谁也救不了老隋家。古人说'金玉满屋，莫之能守'，这是至理。谁有本事守得住满屋的金玉？"四爷爷微笑起来，用手抚摸着光光的头顶。停了一会儿又说："我不做洼狸镇的官，也同样是规矩里的事。古人说了：'功遂身退，天之道也'。就是这理。从土改到大跃进，洼狸镇的这一段路该当我来拉车。该做的事都做完了，退下来，不是吗？"

四爷爷说到这里高兴起来，哈哈大笑。脖吴也无声地笑着。他想赵炳很少这样大笑。四爷爷高兴地回身到炕头小柜子里取了铜火锅出来，又让脖吴亲自选酒。脖吴伸手到柜子里取了两罐青岛啤酒，又搬开茅台，从里边找出一瓶缚了红绸缎带子的加饭酒。四爷爷微笑着点头。脖吴把火锅端到中间里燃旺了，然后端到炕桌上来。肉片和姜末葱花是现成的，脖吴把它们放在瓷盘上端过来。两个人往沸汤里夹着肉片，小心翼翼，满脸欢欣。

喝了不一会儿，两人额头上都生出了汗粒。这会儿院门有响动，四爷爷头也不抬，只是一拍膝盖说："干闺女来了！"

长脖吴急忙放了杯子，翘首去望，然后稳稳地坐下来。他将杯里的酒一饮而尽，将书夹到腋下，站了起来。果然是含章走了进来。她像是有些冷，默默地看一眼脖吴，伸手去火锅上烤。她轻轻地叫不是吗？"四爷说到这里又笑起来，哈哈大笑。腈是也无声地笑着。他觉得赵炳很少这样大笑。四爷又笑地回身到炕头小柜子里取了铜火锅出来，又让腈是来烫酒。腈是伸手到柜子里取了两瓶青岛啤酒，又掀开茶台，从里边找出一靴缚了红绸绶带子的加饭酒。四爷微笑着点头。腈是把火锅端到中间里燃旺了，然后端到炕桌上来。肉片和姜末都在是现成的，腈是把它们放在瓷盘上端过来。两个人往滚汤里汆着肉片，小心翼翼，满脸欢欣。

　　喝了不一会儿，两人额头上都生出了汗粒。这会儿院门有响动，四爷……一指腈是道："干闺女来了！"腈是急忙放了杯子，抬首去望，然后缓缓地坐下来。他将杯里的酒一饮而尽，将书夹到腋下，站了起来。果然是含章走了进来。果是有些冷，默默地看一眼腈是，伸手去火锅上烤。她轻轻地叫了一声，"四爷。"四爷没有回应，只是转身去炕头柜里去到取一副杯筷，放在了炕桌上。腈是夹着书走出去，到厢房里读书去了。含章坐在了腈是刚才坐的地方，微微低着头。四爷往火锅内加碳，火星儿飞出来。含章说："我是来告诉你，我再也不来了。原先我不想告诉你，"后来我想我给你当了二十多年'干闺女'呀……"她把"干闺女"三个字咬得重重的。四爷默默不语，伸出筷子去拨动肉片。他把起肉片夹到含章的碟子里，说了一句：

　　"我知道。"

了一声："四爷爷。"四爷爷没有回应，只是转身去炕头柜里重新取一副杯筷，放在了炕桌上。脖吴夹着书走出去，到厢房里读书去了。含章坐在了脖吴刚才坐的地方，微微低着头。四爷爷往火膛内加炭，火星儿飞出来。含章说："我是来告诉你，我再也不来了。原先我不想告诉你，后来我想我给你当了二十多年'干闺女'呀……"她把"干闺女"三个字咬得重重的。四爷爷默默不语，伸出筷子去拨动肉片。他把熟肉片夹到含章的碟子里，说了一句：

"我知道。"

"你知道？"

"我知道。"

含章惊讶地看着他。他饮一口酒，把桌上的杯子递到含章手里。含章小心地喝了一口。四爷爷说："我什么都知道。我快六十岁的人了，怎么会不知这些。我明白干闺女快要不来了。她有她的道理。我明白我已破了规矩，这个事情上不会有好结果。我就怕院门一响，你又进来。原先我一直指望你不再来。你不来我就得救了。谁知道院门一响，你还是来了。我没有好结果，我已经'太过'。古人说'治之于其未乱'，防在前边。看来这办不到了。我已经没法儿避灾。小章子，你想来做什么，就早些做吧。我知道我没有好结果，我这里等着了。"

含章用筷子夹着肉片，听着听着，筷子抖起来。肉片掉在了桌上。四爷爷说："看看我说准了。没有错，我说准了。"含章的脸色本来就白得近乎透明，这会儿像害冷一样缩着皮肤，有些发青。她尖声喊了一句。

"我没想别的！我只是不想来了！我来告诉你一声！"

四爷爷嘿嘿笑着："可你来了。你要真不想来，就不会来了。这用不着告诉。我说过，我什么都知道。你一准想了好多，你想这就让我走到结果上去 —— 我告诉你吧，这个事情两年前我就想过来了。我也不想提防。顺乎自然罢。你一连半个月没来见干爹了，我想也许上天开恩，饶了我。谁知院门一响，你又来了。我这回明白了，我最后还是避不开那个结果。罢！罢！你就来吧。你做你该做的吧，顺乎自然……"

含章怔怔地望着他。四爷爷两只明亮的慧眼正缓缓转动。含章觉得没有什么可以瞒过这双眼了。他说得不错，自己在小厢房里想过了许多，反反复复想着。二十多年前那个漆黑的夜晚她也想过了，然后一直想下来，直想到最后……的事情。就是这个事情使她日夜激动。它就是四爷爷所说的"结果"。这个结果是由那个起因注定了的。她浑身颤抖，每逢想起这一切的时候就这样。"那个漆黑的夜晚！那个……夜晚！"她一遍一遍在心里念叨 —— 事情就是从那晚开了头的。

那晚上，大哥和见素都被造反兵团抓走了，家里只剩下她一个人。老隋家的人不准戴红卫兵袖章。两个哥哥当时正戴着自己缝制的袖章，两个穿黄衣服的红卫兵狠狠地给他们揪下来。含章这晚上就捡起两个鲜红的袖章，理得平平整整。窗外漆黑漆黑，狗一声声叫着。镇上两个最大的造反组织——"无敌战斗队"和"井冈山兵团"正在用扩音器对骂。含章不知道是哪一派把他们抓走了。她正理着袖章，门又被踢开了，又一伙人冲进来。他们骂着："资产阶级狗小姐，走吧！"几个人扯着推着，把她弄出屋来，身后有人立即将门贴了封条。她被带进了一个地窖子里。赵多多正在炉边烤火，头也不抬地问："抓获了吗？"有人把含章往前一推答道；"顺利完成任务，司令！"赵多多摆摆手，几个人出去了。他接着把浑身发抖的含章揪过来，端详着说："资产阶级小姐就是臭美，嘿嘿嘿。"他用手捏了捏她的胸部。她尖叫着挣脱了，往门口跑去。赵多多一步就跨过去，掐着腰挡住了她。接上他撅撅屁股，猛地一耸身子将她撞倒。含章哭了。她爬起来，赵多多就用相同的方式将她撞倒。他哼哼笑着，说："你还跑？革命人民一下就能把你干倒。"含章哭着。赵多多说："我一看见你就想起你妈妈。那是个好东西。你必须好好交代。"说完他就坐下烤炉火了，一边不断用眼瞟过来。

天黑下来有几个钟头了，大概已是半夜时分。赵多多解开裤子小便，故意面向含章。含章背过脸去，他就很不利索地走了过去，严厉地喝道："你必须赶快交代！"含章退到了墙角，赵多多就紧紧地挤住了她。含章觉得快要闷死了，发出了撕心裂肺的一声长喊。赵多多火起，两手揪紧她的头发，就是一扯。她一下子给扯倒了，赵多多咕哝一句，在她身边躺下来。他刚躺下一会儿，地窖子的门就被什么猛力撞开了——进来的是四爷爷。赵多多蹲在地上，一动不动。含章哭着站起来。四爷爷脸上的肉活动着，走过来，一掌把赵多多打翻在地。赵多多爬起来，四爷爷又是一掌。后来赵多多干脆就躺在地上。四爷爷手扯上含章，把她领出地窖了，一直领回家去。

事情就是从那个漆黑的夜晚开始的。四爷爷把她领回去了，给她洗了脸，以掌代梳，用多肉的手指理顺了她的头发，又亲手做了有肉的菜汤给她喝。四爷爷把一间厢房收拾干净了，让她住下，说只当是在自己家里罢！他让含章过了乱时候再回去，在这里谁也不敢碰她一手指。含章惦念两个哥哥，四爷爷几天之后就设法把他们救出。

含章在厢房里住了多半年，每天就帮四爷爷浇浇花。她和四爷爷一块儿吃饭，吃得很饱。这半年里她出挑得更像个大姑娘了。半年过去，镇子上多少平安了一些，含章要离开四爷爷了。临走时她哭了，说自己什么都是四爷爷给的，四爷爷恩重如山，今生里一定报答他。四爷爷板起脸说："这是什么话！一个镇上住着，我把你当成闺女一样。你走了，今后也常回来点，过年过节看看我。"四爷爷当场认了干闺女，送了她六尺平纹花布。含章也就走了。接下的几年里，含章常来干爹家里，来到后就像过去一样，做些零活，给花洒水。过年过节，她总带着点心来。四爷爷用手抚摸着她的头发，拍打着她的后背，夸奖说："真是个孝顺孩子。"

十八岁那年，就是离开四爷爷家的第四年上，含章长得酷似死去的母亲。她细眉如描，身高腰细，走到哪里都让小伙子们不知所措。她骄傲地挺着高高的胸脯，浑圆的臀部微微翘起。她欢笑着，不知忧愁地在街巷上跑着，有时高兴了就跑到四爷爷家里去。有一天傍晚她给四爷爷的花洒水，四爷爷正在炕上读书。四爷爷喊："拣好的搬进来一盆。"含章欢快地应着。她把花放在炕上，又脱了鞋子，亲自把花摆在窗台上。她伏身放花时，四爷爷那只暖和的大手就在抚摸她的后背了。后来这只大手又伸进了衣服里，急促地寻找什么。含章的乳房被一只大手捂住了。她的脸热得发烫，惊慌地呼喊着。四爷爷把她抱在怀里，她显得快没有了。四爷爷的身躯又宽又高，坐在那儿像座小山。他到处都细细地抚摸。含章身子频频战抖，眼看着这座小山变了颜色，变成纯粹的肉红色，迎着她倒下来。她喘不过气来，只是哀求着："四爷爷，四爷爷，放开我吧，你是干爹啊！放开我吧……"四爷爷沉稳地说道："孩子，你一直是孝顺的，一直是听话。"

　　一切都是从那个漆黑的夜晚开始的。没有那个夜晚，她就不会住到他的家里，不会有这个干爹。十八岁的那一天过去了。那是怎样的一天。四爷爷裸露着巨大的臀部简直让她万分震惊。只是那么一会儿，她的心尖开始往下淌血了。她闭着眼睛，忍受着痛苦，仿佛看见鲜血把个世界都染红了，流到芦青河里……事后她才知道，四爷爷已经暗暗做了老隋家多少年的守护神。如果没有他，两个哥哥也许会被轮番批斗，直到他们死。她也会丢失贞节，但会更早。她明白了一切。她恨这个守护神吗？她爱这个守护神吗？她哭起来，哭得没有了气。四爷爷掐了她的人中穴，她又睁开了眼睛。四爷爷说："你常来看干爹吧。"她擦干了眼睛，走了出去。十八岁的这一天就这样结束了。后来她再也不想走出老隋家大院一步，更惧怕回到四爷爷栽了鲜花的小院。赵多多不久就常常带人来院里骚扰了。哥哥抱朴常被半夜里叫起来，叫到民兵连部训斥一顿。含章隔着窗户看到弓着腰的哥哥，心尖又开始滴血了。终于，她又去看干爹了。一年一年过去，四爷爷逢人就夸，说含章真是个孝顺孩子。她一天一天消瘦，肌肤渐渐有些透明，青青的血管一根一根都变得清晰了。当她发现这些时，不由得惊慌万分。她曾指着青青的血管问四爷爷这是怎么了？四爷爷回答说，不要紧，这是得力于男性的滋润。她开始真信了这个。但后来越来越疲乏无力，这才明白自己是病了。

月夜里，她一个人面窗而坐，望着朦胧的街巷。哥哥抱朴有时在院里走动，她想他会是知道了自己的事情，为她日夜忧虑吧？她不敢看他。她平静地躺在炕上，内心却极其痛苦。她真想把自己关在屋子里，再不见任何人。她有时从晒粉场上走出来，茫然四顾，觉得唯一的去处就是四爷爷家。这个四爷爷不仅是个恶魔，还是一个男人。他的强健粗壮的四肢、有力的颈部、阔大的手掌，甚至是巨大的臀部，都显示着无法征服的一种雄性之美。他精力无限，举止从容，把含章玩于掌股之上。含章在小厢房默默地挨着时光，内心里却被耻辱、焦渴、思念、仇恨、冲动、嫉愤、欲念……各种不同的刀子捅戳着。四爷爷毁灭了她，她似乎什么也没有了，只有可怜巴巴的那么一点性欲。她亲手给老隋家留下了最屈辱的一笔，一想到这里就无地自容。她咬着牙关，等待着什么。到底要等什么她也不明白。有一天，她急着要去四爷爷那儿，可是在屋里转来转去不愿出门。她的目光在四下里搜寻什么，看到了编小草辫的剪刀，两眼立刻一亮，急急地抓到了手里 —— 剪刀像冰块一样，冰凉冰凉。她叫了一声，剪刀掉在了地上。她再也没有捡它，注视了它一会儿，空着手走出门去。可是从这一刻她明白了自己等待的是什么：她要杀死老赵家辈分最高的那个人！……一个念头产生了就不容易驱除。她几次把剪刀握在手里，但总是离开屋子的最后一刻松脱到地上。

　　四爷爷的大眼注视着她，又饮了一口酒，说："我知道你想些什么。事情快有了结果了……"

　　含章不由得又抖了一下。她心里还在念叨："那个漆黑的夜晚！那个……夜晚！"这样念叨着，又涌出一个侥幸的念头：或许四爷爷指的"结果"是别的什么事情，或许他还没有猜到。她这样想着，问了一问："什么是……那个'结果'？"四爷爷两手抄起来，身子奇怪地缩了缩，说道：

　　"你杀了我。"

　　含章"啊"地叫了一声，伏在了桌上。她哭了起来，头在胳膊上滚动，身子拧动着，双肩剧烈地抽动。四爷爷叫了一声："小章子"，她还是哭着。她在心里说："完了，完了，一切他都知道，一切他都想在了前边……"她哭着，声音越来越大。她哭自己，哭整个的老隋家。她哭啊哭啊，像要哭倒这间屋子。哭声慢慢惊动了外面厢房的脖吴，他探头隔窗看了看，又缩回了身子。含章仍旧哭着，身子从桌上滑下去，倒在了炕上。泪水浇湿了她的头发，在雪白透明的脸上纵横流动，又流进娇嫩的颈部。

　　四爷爷开始端坐着，后来终于看不下去，伏身把她抱在了怀里。老人垂首看着这张冰冷的、被泪水洗过的美丽的脸庞，连连叹息。他伸出多肉的手指为她揩去泪水，每揩一下就按一下自己的衣襟。后来她终于不哭了。四爷爷声音迟缓地说道：“孩子啊，干爹知道你哭什么。你哭在外表，我哭在内心。我也哭那个结果。我等着它，已经等了好几年。我知道我只配有这般结果。回头细想一想，你十八岁那年，真正如花似玉。我也才四十多岁，精血旺盛。这时候也多有不妥，不过总算阴阳相对，顺应物理。到后来我年纪渐大，转眼已近六十，如此下去就为乖张。这就太过，太过就逾了规矩。孔子云‘从心所欲，不逾矩’，就是此理了。这也怪我年长不衰，精气两旺，水谷润化太好。这怎么会有好结果呢？不过我到了这一天也不会太怨太恨。我已知足。我是什么人？洼狸镇上一个穷光蛋。你是老隋家的小姐，又是第一美貌。我死而无憾，所以我就等着结果。等你不来，我心里暗喜，我以为你咬咬牙，心一横就不来了。我想那可太便宜了我。谁知院门一响，你到底来了。我这才明白过来——我终究脱不掉那个结果了，只是早晚而已。在这个结果到来之前我想再跟你絮叨一下，你不必当成谎言（一个快死的人没有谎言）：我是把你当成心尖肉的。我一辈子就遇到你这一个。我爱惜你。就是这些。”

　　四爷爷说的时候，不停地用手拍打抚摸她。说到最后一句，他把她的脸捧起来，用肥厚的双唇亲吻着。他的软软的大掌一下一下抚摸，嘴里缓缓叫着："小章子……"含章蜷曲在他的怀里，无力地蠕动着。他接上说下去："小章子，趁着那个结果还没有来，四爷爷理该要要你。这样的日子或许已经不多。你不用害怕，像过去一样。你坐起来吧，喝点酒，火锅烧到了好时候。"说着他扶起含章，拉严了窗幔，又起身下炕插了门闩。含章哭过，口渴非常，这时候就抖抖地用瓷勺盛汤来喝。含章小心地喝着滚烫的汤，身上生出汗来。四爷爷"嘶嘶"地喷了两下鼻子，将炕桌推开，伸开两掌夹住含章的臀部，轻轻一下就夹起来放到身边，嘴里发出一声满意的"嗯——"。他的大掌理着她的头发，硕大的臀部活动着凑近一些，用手掌轻轻把她放倒。他嘴里不断发出"嗯""哦""唉"等亲昵的、满意的声音，像对待一只小猫一样。他坐在她的身边看着，每隔一会儿就伸出大掌从颈部往下理一下。他敞着衣怀，宽宽的胸腹热气腾腾。

长脖吴这时在厢房里得意地高声吟诵，声音透过窗户传过来："忽兮恍兮，不可为象兮，恍兮忽兮，用不屈兮。幽兮冥兮，应无形兮，遂兮洞兮，不虚动兮，与刚柔卷舒兮，与阴阳俯仰兮……"

四爷爷对吟诵无动于衷。他这时已伏身详查着含章透明肌肤下青青的血管。他一动不动地看着。

长脖吴抑扬顿挫，已经激动无比："……眇昧乎其深也，故能微焉。绵邈乎其远也，故称妙焉。其高则冠盖乎九霄，其旷则笼罩乎八隅，光乎日月，迅乎电驰。或倏烁而景逝，或飘泛而星流，或洸漾于渊澄，或雾霏而云浮……"

四爷爷用一根粗粗的手指一下按住含章两根相近的青脉，看着它们在肌肤下鼓起来。他抬起手指，脉管里的血迅速流通过去。他亲了亲她的身体。

第 十 三 章

　　第一个看到隋不召回到洼狸镇的是史迪新老怪。老怪当时正用锹柄挑一个筐■■■■车镇城墙下徘徊。其实这里不行车马；人们出于对古城的敬意，■大小便■起码离开城基百米之外。所以老怪的筐子一直是空的。自从隋不召去城里看塑老船后，老怪就有了一个新奇的■■想法：隋不召会死。他这样想有些依据，因为镇上■有个■规矩：老大不肯求。老夫子■■到外面闯荡■，多半是把骨灰埋在外面。现在车马稠了，隋不召的两条小胜常■■把自己绊倒，加上背着行李，■九死一生。为了验证他的预感，老怪每天在城边转悠，■上城垛远望。■可是■这天傍晚他迎着霞光望去，一眼就看到了隋不召跟着跄■奔过来。"坏了！这下要人命大。"他在心里叫着，真■跑下城去。■■隋不召走过来，老怪掀开筐子，只攥紧一柄铁锹立在那儿。这时城下落满霞光，没有了行人。隋不召走得热汗涔涔，猛抬头看到老怪那寒光闪烁的铁锹，泪珠一齐滚落下来。两双眼睛时视。老怪的嘴唇咬在牙齿里，缓缓将锹举起。隋不召伸长了脖子时铁锹，神气有点虔诚。铁锹举起来，颤了两下，重重地诉刮地上。一股土末■升起来，老怪放开嘴角骂道："…■叛革！"

人民文学出版社稿纸 （24×25＝600）

文小五 22字×5条 全
注六宋圆行齐4碗未 用

⑳ 当代
236—295

〈236〉

张云霏 5654

第十三章

　　第一个看到隋不召回到洼狸镇的是史迪新老怪。老怪当时正用锹柄挑一个粪筐在镇城墙下徘徊。其实这里不行车马；人们出于对古城的敬意，大小便也起码要离开城基百米之外。所以老怪的筐子一直是空的。自从隋不召去城里看望老船后，老怪就有了一个新奇的想法：隋不召会死。他这样想有些依据，因为镇上自古有个规矩：老大不离家。一个老头子千里迢迢到外面闯荡，多半要把骨头埋在外面。现在车马稠了，隋不召的两条小腿常常把自己绊倒，加上背负行李，必定九死一生。为了验证他的预感，老怪每天在城边转悠，或登上城垛遥望。可是这天傍晚他迎着霞光望去，一眼就看到了隋不召跟跟跄跄奔过来。"坏了！这个恶人命大。"他在心里叫着，急急跑下城去。隋不召走过来，老怪抛开筐子，只握紧一柄铁锹立在那儿。这时城下落满霞光，没有了行人。隋不召走得热汗涔涔，猛抬头看到老怪和寒光闪烁的铁锹，热汗一齐滚落下来。两双眼睛长时间地对视。老怪的嘴唇咬在牙齿里，缓缓将锹举起。隋不召伸长了脖子盯住铁锹，神气有点像鸡。老怪的铁锹举起来，颤了两下，重重地铲到地上。一股土末升起来，老怪放开嘴角骂道："一个……叛军！"

　　　　　　　　隔不召进入了洼狸镇，老怪■
■尾随他在街巷上行走。老怪料定这个人[带]
回镇上一坚荒诞■东西，就像■当年跑船归来那样。他
感到[委屈]的是，上天为什么没有及时将其铲除。本来这样
的机会很多。■

隔不召[在街上]很快被人围起，■人问着各种事情。隔不召哈哈
大笑，又喊一声什么，跃上了一个小土台。他告诉：你们
没有一个人猜想出那千吨老船摆在了哪里、是个什么样子！
那是千吨物啊，如今摆在了省城里的一所大房子里，原先
炸断的木板又依原样扎好，威风地搁在一个上了油漆的铁
架之上。老船四周由钢指粗的铁环■拦住，任何人不得近
前。一块雪白的木牌上用青墨书下大字，讲明何时何地因
何事由挖出了这只老船、老船的来姓氏名朝代等。■

■定在大房子里供人观看已有二十多年，至
今人流不[绝]。外国人最喜欢定，大胡子一抖一抖要给老船
照像，被在门卫更是保卫老船的英俊少年挥手阻止。老船进
城之后■经过无数次科学处置，如今不仅没有了出土时的
满身腥气，而且变得清苦朴素。■众人惊讶多于欣喜，
呆呆地望着隔不召。隔不召手指众人说："老船摆在省城，
连外国人都去看定。定名歧■倒无[一]人去看。二十多年
了，更是[看不]的人告辨，老船半夜里就呜呜呜哭[笑]。二十
多年了没去一个人看定，真是对定不起。我给老船跪下了，
给定磕头。我说服了[看守]的人，用手去摸了定。这是二十
多年里第一次有人摸定。我的手指刚一摸上，定就抖起来

人民文学出版社稿纸（24×25＝000）

<237>

252

隋不召进入了洼狸镇，老怪尾随他在街巷上行走。老怪料定这个人必定带回镇上一些荒诞东西，就像当年跑船归来那样。他感到委屈的是，上天为什么没有及时将其铲除。本来这样的机会很多。

　　隋不召在街上很快被人围起，人们问着各种事情。隋不召哈哈大笑，高喊一声什么，跃上了一个小土台。他告诉：你们没有一个人能想出那个老船摆在了哪里、是个什么样子！那是个宝物啊，如今摆在了省城里的一所大房子里，原先烂掉的木板又依原样扎好，威风地搁在一个上了油漆的铁架之上。老船四周由拇指粗的铁环拦住，任何人不得近前。一块雪白的木牌上用香墨书下大字，讲明何时何地因何事由挖出了这具老船、老船的真姓实名朝代等等。它在大屋子里供人观看已有二十多年，至今人流不绝。外国人最喜欢它，大胡子一抖一抖要给老船照相，被专门负责保卫老船的英俊少年挥手阻止。老船进城之后经过无数次科学处置。如今不仅没有了出土时的满身腥气，而且变得清香扑鼻。众人惊讶多于欣喜，呆呆地望着隋不召。隋不召手指众人说："老船摆在省城，连外国人都去看它。它老家倒无人去看。二十多年了，负责看守的人告诉，老船半夜里就呜噜呜噜哭，它想家。二十多年了没去一个人看它，真是对它不起。我给老船跪下了。给它磕头。我说服了看守的人，用手去摸了它，这是二十多年里第一次有人摸它。我的手指刚刚挨上，它就抖起来。我摸着，它抖着，后来我放声大哭了一场。我说老船呀你想开些，洼狸镇人都是些不忠不孝的人；再说二十多年里也不得空闲。先是忙着革新和炼钢，后来饿坏了又不能远行；刚能吃饱了走路，红卫兵又兴起来了，镇城墙上有机枪……我哭啊说啊，参观老船的人都跟着我流泪了。连外国人也流了泪。外国人的眼泪是绿颜色的。我说，过去了的事就让它过去，洼狸镇今天松和一点，俺这就接你回老家去。郑和大叔不在了，我这个小兵伺候你吧；我死了，再让知常接替我。看守的人说，'这不能够'。我哭着离开了。"

众人不断惊呼。外国人的眼泪、老船每到半夜就哭泣，使人再三揣摩。年轻一点的沉默良久，终于又问："城里还有什么新鲜事情？"隋不召尽快摆脱了悲哀说："有的是。年轻男女都穿窄窄的粗布裤。红灯绿灯在楼上乱闪，进得门去，男女搂得不紧，硬跳硬跳。花两毛钱还能看小电影，比'西洋景儿'强上百倍。小电影专演打拳，武艺高强。小伙子打不过女人，女人还打不过怪老头。有一回不打拳了，出来个光身子男人……"众人大笑。正笑时一边有人重重地吐了一口，回头一看，见是老怪，他恶狠狠地盯着隋不召。见素也在人群中，这回儿上前扶着叔父，解下了他背上的行李。见素最感兴趣的是城里的事情，这时就让叔父快些回家。人群缓缓地散开，老怪则紧紧盯住那两个人，手中的铁锹在暗淡的霞光中一抖一抖。

李知常没有去探望隋不召。他不愿在这个时候露面。爱情的火焰烘烤得他面容憔悴。隋不召走后不久，李其生的狂病又犯了。知常忙着请医取药，折腾得精疲力竭。父亲总算静静地卧在炕上了，但面孔皮肤松松。李知常开始要照顾父亲恢复身体，忘了含章；但稍一松闲，火焰又升腾起来，只得一次次去找老磨屋里的抱朴。抱朴也无能为力，就指点着那些变速轮谈论粉丝大厂机械化的问题。

这一来原有的火焰非但没有熄灭，又燃起了另一种火焰。李知常仿佛整夜都望见一个个金色的轮子在空中旋转，美丽而苍白的含章伸出纤细的手指拨动它们；哪一个轮子旋得弱了，那根手指就伸向哪个。仅仅几天工夫。知常头发脱落了一把，剩下的也再无光泽；双目如铃，颧骨凸起。抱朴一遍一遍开导他，仍是无济于事。两个人的话题常常扯到含章的身上。李知常说含章在等他，他心里清楚。他要这样等下去，坚定不移。抱朴多少有些吃惊，认为妹妹对老李家的这个小伙子有过什么许诺或者暗示，于是就再三地询问起来。结果没有，什么都没有。抱朴失望地叹气。他一想起妹妹的婚事心里就沉重起来。他自己有能力承受一切不幸，唯独害怕老隋家最小的一个人也遭到不幸。厄运几十年来尾随在老隋家人的身后，甩也甩不脱。李知常后来声音颤抖着诉说了一个梦。他说一天夜里梦见有一个美丽的细高个子女人住在古堡似的废磨屋里。那个女人一直被囚禁在那儿，长年不见阳光，脸上的血色一天天退尽。青苔就在她坐着的湿土四周生长出来，慢慢她的膝头也长满了青苔。他从门缝里偷偷窥探，觉得那个女人又熟悉又陌生。她目光冷冷的，瞧也不瞧旁边；他要离去了，她才瞥了他一眼。就是这一眼让他看清了这个女人，他破开了嗓子呼喊了一声："含章——"喊完了白雾也就隐去了一切，天亮了。

抱朴听完他的梦，沉思了半晌。他问："醒来以后你就去找含章了，是吧？"李知常点点头："我叫她，她不答应。我想用拳头把玻璃砸开……"抱朴惊恐地看着对方，再不言语。他想起了那个巨雷劈掉臭椿树的雨夜，想起了小葵紧紧抱着他的滚烫的手臂，觉得脖子一阵灼热。他喃喃地说："不要这样，不要 …… 那是梦！"李知常搓着手掌问："那我怎么办？我这样干挺着？我受不了，我一天也受不了啦 ……"抱朴摇着头："不，你该加快设计你的变速轮。多少重要的事情正等着你。你找探矿队的李技术员去吧。你说过'不能停'—— 说过的话不要丢在了脑后。"李知常听到这里再也忍不住了，喊道："不是我要停，我白天黑夜想着我的变速轮！是有人逼着我停！"抱朴打断他的话问："谁逼你？"李知常的嘴巴抖了抖，大着声音告诉：

"老隋家！"

抱朴愣愣地站起来。他不相信。于是李知常就讲了隋见素中秋节之夜在晒粉坨的水泥高台上的话，讲了隋不召的闪烁其词。他捧着脑袋说："我一下子明白过来，我在给老多多出力。可是老隋家对我有恩哪，我该听老隋家的。你知道我离了这些变速轮就没法儿活下去，我只在心里为老隋家祷告：粉丝大厂快换换主人吧，快让老隋家的人站出来吧。我老这样祷告。"隋抱朴无动于衷，转身挥动木勺去摊绿豆。他坐到方木凳上，卷了一支烟吸着，说："你不该这样。你该明白，粉丝大厂不会是赵多多的，也不会是老隋家的。你放长了眼光吧，你是有知识的人。你只应该记住：变速轮不能停。"……

李知常迷茫地望着老隋家的又一个人，长久地思索着他的话。他就这样走出了老磨屋。他想应该再找一下隋不召，重新听听老人家的话。他来到老人的厢房，伏在窗户上看着，见老人正手捧那本叫《海道针经》的航海古书，一句一句念道："……船身平牛尾排礁有三四个，莫过，中央行船甚妙。……"李知常想喊他一句，但终于没有。他就这样伏在那儿，似懂非懂地听着老人读书。

赵多多经过那次严重的倒缸事故之后，常常半夜里惊醒，去摸窗台上的砍刀。他一夜几次地在粉丝房里转悠，两眼尖尖地挨个瞅着。他一想起粉丝生产线上安装机器的事就按捺不住。成立粉丝生产销售总公司，大规模生产，依靠的就是机器了。他知道"胡言乱语"是个关键人物，但又从心里厌恶那个人；找李知常，李知常又支支吾吾。有一天他努力将厌恶压在心底，去探矿队找了"胡言乱语"。人家说这事一直由知常同志在办，他只能给予必要的协助。老多多只得去催促李知常了。李知常满目红丝，口焦舌燥地看着老多多，一边摸出了一张纸和一支铅笔。老多多有些发怒地问道："变速轮怎么样了？"李知常就用铅笔画了一条长线。老多多又问："今年能安起来吗？"李知常就在长线上画了两个圆圈。老多多手指圆圈问："这是变速轮吗？"李知常点点头。老多多火了："你他妈的不会说话了吗？"李知常回答："会。不过我更重视图纸。"赵多多气哼哼地走了，临走甩下一句："老李家就是出邪人。你快些弄去，花多少钱都记在粉丝大厂的账上！"李知常不吱一声，把那张图揉成一团抛到了屋角。

李知常夜间总是去守着隋不召。抱朴和李技术员也常在这儿，他们询问着古船和城里的一些事情。隋不召连日来不知回答了多少次，已经有些懈怠，问一句答一句，不一会儿就没有多少话了。李技术员又问起古莱子国的事情来，隋不召才有些精神。他说听管老船的那个人讲，古莱子国有好多战舰。也许洼狸镇那个老码头就是东方一大军港。后来战争少了，战事西移了，军港变成了商港。抱朴问挖出的老船是古莱子国的吗？老人摇摇头："不是。这个大船还要晚得多。这是我和郑和大叔的船……"谈话至此只得停止。隋不召一个人说起来："要问古莱子国的事，就得去问老中医郭运了。我们都是古莱子国的人了。镇史上有个地方非改不可，要添上，洼狸镇都是莱子国里的人……唉唉，李玄通过世以后，镇上就剩下郭运一个人能讲古了。"李知常说："还有小学校长长脖吴，他也会讲古。"隋不召用鼻子哼一声："他算什么。他专讲邪古。"……大家沉默下来。一会儿，大家都听到了跛四的笛音。今夜的笛音还是那么尖尖的，像是一个人在寒夜中孤独地呼唤着什么。抱朴昂起头来听着，嘴角动了一下。隋不召伸手指点着窗户说："跛四这家伙在吹光棍汉的歌。等他有了媳妇那天，笛子的音儿就会变。"抱朴摇摇头："他会有媳妇吗？不会了。"隋不召笑笑："人人都有一个高招。他靠那根长笛子就什么都有了。媳妇，会有的。"

他们议论这些的时候，李知常一声不吭。他这时仍在想他的那些金色轮子，想着想着又仿佛看到含章伸出纤细的食指去拨动它们。含章和轮子混在了一起，分也分不开，李知常只想把它们一起紧紧地抱在怀中。他终于当着三个人的面，又一次讲了隋见素在中秋节之夜对他的严肃而冷峻的命令：必须等待。他从那天夜晚之后明白了事情严重，老李家已经到了这样一个紧要关头：尽快在老赵家和老隋家的这场较量中做出抉择。怎么办？怎么办呢？李知常摊开两手，抖动着，问着三个人。隋不召看看抱朴，没有作声。李技术员燃上了一支烟，在屋内来回走动。他来回走动，有时停立在窗前。突然他走到屋子中央站住了，语气十分激动地说：

"变速轮不能等待。"

三个人都抬头望着他。他伸开手掌，伸到李知常面前问道："第一台电话机等待了吗？第一颗原子弹等待了吗？第一颗人造卫星等待了吗？没有！统统没有！……那么，你一个小小的变速轮为什么要等待？知常同志，勇敢地为科学负责；科学就是真理，真理就有光芒——黑暗就怕光明。你到底怕些什么？你朝前走。"

李技术员说完就把手收回来，插到了裤兜里。李知常用询问的目光看着隋不召。隋不召说；"像行船一样。朝前走。"

笛音在夜空里跳跃着。这支长笛吹奏着光棍汉的歌，让人留恋又让人恐惧。跛四头发脏乱，面色灰紫地坐在河滩上吹奏。他的笛音时时不在时时在，仿佛要与洼狸镇共存下去。屋里的四个人不说话时，就一同倾听这尖尖的笛音。笛音使夜晚有些寒凉，大家都把身子缩了缩。李知常说："我一听这笛音就想起了隋大虎……前两天我看见大虎妈妈在城墙下边烧纸，里面还夹了点心、红高粱糖。"抱朴问："烧几七了？该买些香纸送去。"知常摇摇头。李技术员说："这要等正式阵亡通知才知道。以前的消息不过是通过熟人传过来的，什么都说不准。还有人否定了上次的传说……"李知常吃惊地问：

"大虎没死吗？"李技术员摆摆手："死是死了。不过这回传他刚死不到半月，两次传的不一样……"

隋不召身子松松地倒在了炕上。一提到隋大虎他就受不了，那是老隋家族的一条汉子啊。他想如果早几年，这个大虎也许会跟他到大海上驶船呢。隋不召向好多人打听过前线的战事，打听大虎是怎么死的。这里离前线太远了，消息只能从信中、从探家人的口中断断续续传出来，不知转过多少弯儿，传来传去走了模样。但有一点是相同的，那就是大虎的确死了。隋不召的心疼得打战，他想老隋家该交出去的是他这把老骨头，怎么该是一个没长胡须的人呢？大虎什么都没来得及做，就匆匆忙忙把一截路走完了。也许上一回传得根本就不贴谱，大虎到死都没有亲近一回女人。隋不召想如果大虎活着，小伙子一准会有很多话跟他讲。洼狸镇人送走了大虎，就像送走那个老船一样，再也不闻不问了。老人身子松松地躺着，眼角闪着一滴泪水。

李知常这会儿又谈论起了"星球大战"，问那个"胡言乱语""北约"和"华约"的事情了。李技术员不停地讲着，李知常不眨眼地倾听，不时插一句话。抱朴面对着漆黑的窗户吸烟，像在捕捉那尖尖的笛音。隋不召一句也听不进去，脑海里全是大虎笑吟吟的面孔。他清清楚楚看到大虎一双年轻的手按在崭新的枪上，隔着窗户跟他说话。小伙子说："大伯，我走了。我这回上前线不一定回来。我死了是为国捐躯，我不太怕。不过我想洼狸镇哪，我才在镇上活了十八年……"隋不召站到窗前说："你还会回来。在前线想家了，你就一个人找块地方，听听河边上老磨呜隆呜隆转。老辈人都说，出远门的人什么家乡的音信得不到，就是能听见老磨声。"大虎点点头，鼻子贴在窗玻璃上。隋不召隔着玻璃去抚摸他的脸庞，摸不着。大虎扛起枪走了。

　　大虎到了前线，真的静下心来倾听过老磨声。"隆隆！隆隆！"他还真的听到了。他说听到了，连长方格笑着揪一下他的耳朵。他们都知道那是远处的炮声。战线拉长了，那一端的炮声传过来显得深沉悠远了。仗打得很苦，脚下的小山包已经经过了九次争夺。方格的这个连刚刚把伤残严重的另一个连换下来。也许他们要经历可怕的第十次争夺。刚换上来的时候，战士们面对山包下面那一层层的敌人尸体呆住了。他们生来第一次见过这么多的人死在一起。有的尸体上几乎没有衣服，在阳光下有些刺眼。大虎问敌人为什么不穿衣服？方格告诉他，那是夜间在前面开路的，没有衣服皮肤感觉敏锐，碰不响地雷。吃饭真成问题，山包前面的臭味越来越大了。大虎看着一层层胀大的尸体说："死了这么多！这得多少年才生得出？……"有人被大虎幼稚的发问逗笑了。有人告诉他："人就像韭菜一样，都是土里生的，割了一茬又长出一茬。"大虎惊讶地又问："我也是一茬？"对方笑笑："你怎么能算一茬？你只是一大片韭菜中的一片小叶儿。"大虎摇摇头："敌人才是韭菜，我们割不倒！"对方摇着头严肃地说："不，战争对谁都一样。谁先把对方割掉，要看谁暂时得手……""我们永远不让敌人得手！"大虎说。对方距，我不太怕。不过我想注定该哪，我才在镇上活了十八年……"隋不召踮到窗前说，"你还会回来。在麻线想家了，你就一个人找块地方，听之河边上老鹿呜隆呜隆转。老辈人都说，出远门的人什么家乡的音信得不到，就是能听见老鹿声。"大虎点之关，~~鼻子贴~~在窗玻璃上。隋不召隔着玻璃去~~抚摸他的脸庞，摸不着~~。大虎扛起枪走了。

大虎到了麻线，更加静下心来咳听过老鹿声。"隆之，隆之！"他这真的听到了。他说听到了，连长方格笑着揪一下他的耳朵。他们都知道那是运处的炮声。战线拉长了，那一端的炮声传过来显得深沉遥远了。仗打得很苦，脚下的小山包已经经过了九次争夺。方格的这个连刚之把伤残严重的另一个连接~~下去~~。也许他们要经历可怕的第十次争夺。刚接上来的时候，战士们面对山包下面那一层之的敌人尸体呆住了。他们生来第一次见这么多的人死在一起。有的尸体上几乎没有衣服，在阳光下~~有些~~刺眼，大虎问敌人为什么不穿衣服？方格告诉他，那是夜间主麻窗开始的，没有衣服皮肤感觉敏锐，碰不着地雷。吃饭更成问题，山包前面的臭味越来越大了。

大虎看着一层之胀大的尸体说："死了这么多！这得多少年才~~生~~得出？……"有人被大虎幼~~稚~~的发问逗笑了。有人告诉他："人就象韭菜一样，都是土里生的，割了一茬又长出一茬。"大虎依靠他又问。"我也是一茬？"对方笑之。"你怎么附算一茬？你只是一大片韭菜中的一片小叶儿。"

点点头："但愿如此。"……

烈日下的尸体越胀越高，恶臭难当。方格请示了师部如何解决这个难题。师部指示用高音喇叭向敌人喊话，让他们手持白旗来搬走尸体。喊话之后，敌人马上做出了反应：不同意举白旗，因为他们是收尸，不是来投降。他们建议持红十字旗。方格将敌人的意见汇报师部。师部经反复研究，同意用红十字旗。当天敌人一方就来收尸了，但靠近山包的一些尸体仍留下来了。方格领战士们动手埋掉了敌人的尸体。山包前面终于露出了平常的泥土，这样的泥土一眼可以望很远。绿色的东西毁于炮火，山包左前方形成了一片开阔地。穿过这片开阔地，不到半公里远，有我方两个至关重要的哨位。哨位建在山洞里，属于方格这个连管辖。守哨位的战士按班轮换，一个班负责守两个哨位。敌人搬走尸体的当月，大虎他们的班正好换上守哨位。月底他们由另一个班替换回来，那个班的班长就是跟大虎议论过"割韭菜"的人。他们刚上去不到一个星期，就遭遇了敌人的特工队。全班无一生还，两个哨位都落到了敌人手里。师部知道了情况，又调来山包一个团，决定不惜重大代价夺回我们的哨位！……

"八三年里，美国总统发表了'星球大战'演说。这个计划可真他妈够大的。我叔父分析了这个计划，他给分成了三个方面：军事上，美国是想突破现有战略平衡；政治上，是靠实力压对手在谈判桌上让步；技术上，以开发太空来推动美国经济发展。老头子到底是专家，扳着手指，一条条说得清清楚楚……"李知常打断"胡言乱语"问："详细点讲，他们是怎么拦截对方进攻的？"李技术员点点头："我也这样问过叔父。他说那个防御体系如果分三层，那么第一层就使用导弹，对方的导弹刚起飞就把它干掉，只不过用三五分钟的工夫。第二层使用化学和激光武器，专门对付从第一层漏网的弹头。第三层使用地面粒子束武器系统，干掉从前两层漏网的家伙；不过这是最后的机会了，得干得麻利些，一二分钟就得干利索……"李知常听到这儿插嘴说："多来几层不好吗？""胡言乱语"笑了："怎么不好！不过多一层多一些麻烦，像穿衣服一样，一个小褂多省劲儿。"几个人都笑了。"就有人后来提出七层、五层的方案，那要用成千个卫星在太空里织成一个防护网，像筛子底似的，筛子眼儿越小，筛出的面越细……"

抱朴默默地倾听，李知常转脸对他说："真是万无一失了。"李技术员听了连连摇头："我看'万有十失'。"大家不解地望着他，他解释道："想想吧，哪一层也不敢说一个不漏。就算每层干掉它百分之八九十吧，对方打过来一万个原子弹，到最后还不得有十几个落到美国地里去？"李知常咂着嘴："十几个落到庄稼地里也受不了啊！"李技术员笑着拍打他的肩膀："有的说不定落到老磨上，没等炸响就让老磨碾成了面面。"大家笑了，只有抱朴一个人向远处望着。

李技术员接上说："这是美国的情况。苏联呢？人家肯定也有自己的一套法儿。在太空里搞个玩意儿什么的，人家不外行。世界上第一颗人造卫星就是他们搞成的。我叔父说从那时到现在，苏联人已经逐步建立起一套侦察、通信、导航、预警和气象卫星组成的军事卫星系统。同时他们还要重点发展宇宙对宇宙、宇宙对地球、地球对宇宙各种类型的空间武器系统。他们搞了截击卫星、截击导弹，还要搞航天飞机、永久性空间站，也有能力建立一个太空防御系统。你看看他们这股劲头，小吗？"李知常鼻子里响了一声，又问："'北约''华约'呢？"李技术员摇摇头："也不是铁板一块了，不是全跟上美苏跑，各有各的道道。像法国，为对应美国的'战略防御计划'，提出了一个'尤里卡计划'。英国人呢？他们三十多年前就有了原子弹，有他自己的独立核力量。除了两个超级大国，只有法国一家有海陆空三位一体核力量。他们的第六艘带核导弹的潜艇已经下水，第七艘过几年也要下水。他们还计划用十年的工夫，与西欧国家联合搞起一个覆盖全球的卫星网！卫星那东西是很厉害的，我叔父说，一颗同步轨道探测卫星能够发现对手导弹的点火！"大家长长地吐出一口气来。"胡言乱语"又预言：长远看，美苏及西欧和日本等国将在太空展开经济和科技的剧烈争夺……

李技术员说到这里停止了。他望着大家。屋里一片沉默。笛音飘过来，还有河边老磨隆隆的转动声。抱朴这会掐灭了烟，打破沉寂问道："你讲的事情我不十分明白。我想这要花很多的钱吧。他们国家的经济怎么办？就是说，怎么过日子？"李技术员点点头："我也这样问过我叔父。这个当然要谈的……"

聚。笛音飘过来，还有河边老磨隆隆的转动声。抱朴这会儿点了烟斗，打破沉寂问道："你讲的事情我不十分明白。我想这里还很多问题吧。他们固守的经济怎么办？怎么过日子？"李技术员点点头，"我也这样问过我的叔父。这个当然要谈的……"

争夺那两个哨位的战斗即将开始。问题在于这片该死的开阔地。我方估计，哨位里敌人兵力不多，弹药贮备也有限；但他们食　依据　开阔地　位置　生存，让炮火来解决战斗。这是一项特殊的拼搏，方格、大虎，几乎所有的人心里都有数。

流　血是　不可免　的，因为　金　那两个哨位对于战线的　个全　局来看，是太重要了。也许师部只解　作出　誓死争　的决定，别无选择。第一战斗　样　队凌晨三点开始行动。那是　部　上来的一个团的一个连队　连长是　个长了络腮胡子的人。他带领他的战士坐在一个掩体的甬道里，静静地等候着。队伍里有一个战士很是面熟，大虎走过去，认出是　老乡李玉发！他们一块儿在狸镜中学读过书，这会儿紧紧拥抱着，互相问家里可来信了？李玉发说他父亲来信了，让他好好想家，好好听首长的话；还说媳妇——其实是恋爱对象，也来信了，里面有照片。大虎接着自己动手从对方小口袋里摸出一个梁色靛色的黑白照。大眼睛，齐耳短发，美丽的小姑娘。大虎还给了他。玉发说，"我们第一样队也许就解决问题了。就是不顺利，顶多送上三个样队。你是第四

⟨250⟩

争夺那两个哨位的战斗即将开始。问题在于这片该死的开阔地。我方估计，哨位里敌人兵力不多，弹药贮备也有限；但他们会依据开阔地坐标位置，让炮火来解决战斗。这是一场特殊的拼搏，方格、大虎，几乎所有的人心里都有数。流血是必不可免的，因为那两个哨位对于战线的全局来看，是太重要了。也许师部只能做出拼死争夺的决定，别无选择。第一战斗梯队凌晨三点开始行动。那是新上来的一个团的一个连队。连长是个长了络腮胡子的人。他带领他的战士坐在一个掩体的过道里，静静地等候着。队伍里有一个战士极其面熟，大虎走过去，认出是老乡李玉龙！他们一块儿在洼狸镇中学读过书，这会儿紧紧拥抱着，互相问家里可来信了？李玉龙说他父亲来信了，让他不要想家，好好听首长的话；还说媳妇 —— 其实是恋爱对象，也来信了，里面有照片。大虎接着自己动手从对方小口袋里摸出一个染了颜色的黑白照：大眼睛，齐耳短发，美丽的小姑娘。大虎还给了他。玉龙说："我们第一梯队也许就解决问题了。就是不顺利，顶多送上三个梯队。你是第四梯队的，你给家里传我的死信儿吧。"他说着笑了。

　　时间到了，李玉龙来不及再说话，随大家跃出了掩体。不一会儿开阔地上一片枪声，弹火亮起来。后来果然不出所料，密集的炮火落在了开阔地上。他第一梯队无一生还。炮火停了，接着又是第二梯队……连长方格找到团长，要求立即停止攻击，团长不同意。方格亲自给师部打电话，报告了战斗情况……正在他与师首长在电话上争辩什么的时候，团长走过来说："方连长，该你们上了。"

方格扔下电话嚷道："我方格不怕死，可是……！"下面的话被隆隆的炮声掩住了。方格坐下来，右手机械地解开了风纪扣。停了一会儿，他声音低低地对一边的大虎说："走吧！……"第四梯队跃出了掩体。

"军备竞赛可是个花大钱的买卖。武器越来越贵，听说第二次世界大战那会儿，一架歼击机不到一百万美元，如今就得花两千多万！"李知常插了一句："原来全世界的东西都在涨钱啊，咱这镇上前几年一块钱买的鸡蛋，如今五块钱也买不到了。"李技术员感叹着："可不！……搞军备那玩意花大钱了。不过它反过来又会促进技术的大发展。比如美国'星球大战'涉及了无数新技术，对这些技术的要求比现有的水平高出十倍百倍。这就眼瞅着把技术向前推进好几代！我叔父对这个挺忧虑，他说，很多国家今后势必面临这样的局面：与先进国家差距巨大，对新的技术和由新的技术研制出的新产品既不了解，又不能通过正常的技术转让取得。他读过报上一位专家的话给我听：像十六世纪以来制海权决定着国家的地位一样，到二十一世纪对太空的开拓将是重新排列国家地位的决定性因素之一。"李技术员说到这儿沉默了一刻。他压低着声音说："那天我跟叔父谈到很晚。老人很激动，仰望着星星，像是问别人，又像是问他自己：'世界会向着两极化发展下去吗？大约不会……中国作为一支独立力量登上了世界政治舞台。中国会上升为第三大国吗？她的崛起会使两极结构变成大三角关系结构，稳定整个世界。

中国应该强大。她的丰富资源、战略地位、不断增长的经济军事力量、众多的人口、深远的文化背景、社会结构，注定了她该是世界第三大国。她能够发挥平衡作用，能够抑制战争。她在战略均势结构中的平衡支点作用越来越大！'那晚上老头子真是激动了……"

第四梯队进入开阔地。炮火已经把黎明的泥土翻得稀乱。鲜血使道路泥泞。战士们跨越着战友的尸体，跌倒了，又爬起来。大虎的身上、手上、眼睛上都沾上了血滴。他闻不着血腥和硝烟味儿，他只听见李玉龙在远处呼喊着。他知道玉龙已经牺牲了，可是他听见他的声音。枪声密起来了，有一颗子弹从耳边飞过，另一颗飞进了他的左臂里。他自己的血流到了泥土上，没有预料的那么疼。他不顾一切地向前冲去。梯队在方格的带领下穿越这片不到半公里长的开阔地了，他指挥战士们散开，向着目标迂回。可是炮弹终于在天空呼啸了，接着是毁灭一切的爆炸声。全体战士卧在地上，一动不动。有一瞬间方格跃起来，跳动着向前扑了一下。他中了弹片。大虎向方格扑倒的地方爬过去，刚一活动头颅就剧烈地一抖。热乎乎的东西流下来，他用手去擦。血流在了眼里，他望着方格。一切都不见了，先变成了红色，接着是黑色。他在黑颜色中摸索前进，有什么力量把他推来推去……突然有一会儿他又望见红色了，方格就在一片红色里喘息，一条腿不见了。他想喊一声连长，但尖利的嘶鸣声使他闭上了嘴巴。

一颗炮弹在他身边爆炸了。浓烟逝去，只留下了一个大大的弹坑。炮弹又翻开了崭新的泥土。

　　隋不召这会儿突然从炕上蹦起来，喊道："大虎！我的大虎——！"其他三个人都愣住了。他往外冲去，抱朴去扯他，被他狠狠地甩开了。

　　河滩上传来了又一阵笛音。隋不召一摇一摇地迎着笛音奔去……李知常、隋抱朴和李技术员默默地立在门边，看着老人消逝在黑夜里。

第　十四章　三幅的复印力

　　赵多多一般情况下不敢打扰四爷爷。有一个大雪天他从河冰下捞到一条活鲜的鲢鱼，心想给四爷爷做汤最好了。他提着鱼送给四爷爷，隔窗望见四爷爷戴着眼镜，身穿羊羔皮敞坐在灯下读书。皮袄的毛绒翻卷出来，雪一样白。他举着鱼，叫着。四爷爷慢慢转过身来，摘了眼镜看了看鱼，哎哟一声："什么稀罕物件？"赵多多从语气中明白四爷爷不喜欢这条鱼，手一松就跑开了，鱼就扔在车窗下。后来过了半月，赵多多有要紧事来找四爷爷，见那条鱼在原地包干缩成一个鱼干。……这一回是非找四爷爷不可了，李玉明和栾春记都催他来。县长阎子夫亲自打电话告诉李玉明：自家粉丝厂一段出口外销出了点问题，为了国际市场上保住这个名牌，外贸部门要狠抓一下产品质量。省外贸搞了粉丝抽样检查，发现不少粉丝产品含有其他淀粉成份。省市外贸部门近期组成调查小组到下边加工厂来。洼狸粉丝大厂是主要的生产厂家，当然逃不脱调查。李玉明心里明白，粉丝大厂由赵多多承包以来，绿豆中掺入了大量杂质淀粉。他拿着听筒就紧张起来，但县长说："没问题，保你们那里没的题。我了解赵多多那里的情况，这个'企业家'干得不错。不过保还是提醒他一下，让他戒骄戒躁……"最后这个词用得更好。李玉明精神轻松了一些。他知道周县长完全了解掺杂质淀粉的事，还说这是了不起的发明。

272

第十四章

赵多多一般情况下不敢打扰四爷爷。有一个大雪天他从河冰下搞到一条活鲜的鲶鱼，心想给四爷爷做汤最好了。他提着鱼送给四爷爷，隔窗望见四爷爷戴着眼镜，身穿羊羔皮袄坐在火盆边读书。皮袄的毛绒翻卷出来，像雪一样白。他举着鱼，叫着。四爷爷缓缓转过身来，摘了眼镜看了看鱼，吆喝一声："什么稀罕物件？"赵多多从语气中明白四爷爷不喜欢这条鱼，手一松就跑开了，鱼就抖落在窗下。后来过了半月，赵多多有要紧事来找四爷爷，见那条鱼已在原地干缩成一个鱼干……这一回是非找四爷爷不可了，李玉明和栾春记都催他来。县长周子夫亲自打电话告诉李玉明：白龙粉丝前一段出口外销出了点问题，为在国际市场上保住这个名牌，外贸部门要狠抓一下产品质量。省外贸搞了粉丝抽样检查，发现不少粉丝产品含有其他淀粉成分。省市外贸部门近期组成调查小组到下边加工厂来。洼狸粉丝大厂是重要的生产厂家，当然逃不脱调查。李玉明心里明白，粉丝大厂由赵多多承包以来，绿豆中掺入了大量杂质淀粉。他拿着听筒就紧张起来，但县长说："没问题。你们那里没多大问题。我了解赵多多那里的情况，这个'企业家'干得不错。不过你还是要提醒他一下，让他戒骄戒躁……"最后这个词用得真好。李玉明稍稍轻松了一些。他知道周县长完全了解掺杂质淀粉的事，还说这是了不起的革新发明。他放下听筒就找了栾春记和赵多多商量。赵多多不愧是讲究"信息"的人，报告说市里的调查组明天就要下来。两位领导有些急了，于是想起了四爷爷。

四爷爷用粗粗的拇指把一个橙子的皮肉分离开来，又取过一个白手帕揩着指头。赵多多问："怎么办呢？"四爷爷眼皮也没有抬一下。他仔细地揩过指头，将手帕放到一边。赵多多说："我把那些杂质淀粉坨子都封存起来了。"四爷爷抬起眼皮："全镇人的口你也能封存起来吗？"赵多多的舌头舔了一下唇须。四爷爷捏起一个橙子瓣放到嘴里，嚼了嚼说："你这个人做事情太过。我早说你没有好结果。我是指以后。这回小事一桩：罚款谁也逃不脱，就让他们少罚一些罢！"赵多多大悟，一拍手说："把搞那些淀粉的日期往后改一改，库存量在账簿上加大。他们又不会一一过秤……"四爷爷哼一声，把红泥茶壶移到自己跟前。赵多多又说："明天调查组来镇上，我让韩大胖子备一桌好酒。"四爷爷摆摆手："去吧，用些心，到时候我去陪酒。"赵多多答应一声，就要离开。这会儿院门响了一下，栾春记来了，进门就怪赵多多"信息"不行：刚才接到电话，调查组成员主要是市里的，但也有省里的两个干部，其中一个是副局长。赵多多愣着。四爷爷放了茶盅，直起身来思虑再三，说道："多多！市里来人韩大胖子做菜倒还马马虎虎。省里来副局长，韩这个人不行……"栾春记不解地问："那还有谁能行？"

"张王氏。"四爷爷点点头说。

上边要来人的消息很快传开了。但人们又和参观之类的事情混到了一起。并不明了根底。来人照例要请客、接待，这并不奇怪。但料理酒席的掌勺师傅是张王氏，却使人大为震惊。据说张王氏听到厂长赵多多交代了任务之后，十分平静地扔下正捏着的泥虎，跟厂长说了几句什么，关上门到里屋准备去了。

　　上边的人要半下午才到，于是只能举行一次晚宴。整整有一天的时间可以整治菜肴，倒也十分从容。赵多多从粉丝房里找了闹闹和大喜做张王氏的下手，让她们先按张王氏的吩咐仔细备料。她们忙了一个上午，张王氏仍未出现。午后的一段时间里，厨房的外屋已经站了很多围看的人。他们大多是粉丝大厂下班的工人，男青年居多。闹闹换上了崭新的衣服，外罩雪白的工作围裙，在厨房里轻快地走着。大喜和闹闹的打扮一样，坐在一个蒲团上烧火。年轻人觉得她们很好看，一边看一边议论。闹闹的颈部和手脖十分白嫩，青年们说那是天生的、也是粉丝房的浆液滋润的。大喜坐在那儿，他们则说："看这一大堆！"……两个姑娘忙了一上午，主要角色还没有出场。镇上有几个好事的老人也凑过来，手提马扎，端端正正坐下来。今天"洼狸大商店"破例关了门，老头子们没有地方喝酒了。他们听说这一回由张王氏亲自动手做菜，知道来到镇上的决非平凡人物。他们抄着手，感叹不止。咂嘴不止。谁都明白这一回可不能随便来吃菜喝酒；但这一次可以亲眼见张王氏亮亮手艺，闻闻她做出的气味，也是难得的机会。

　　镇上老人们对张王氏的崇拜，直可以追溯到很远的时候。很多地方都可以发现张王氏对生活的影响。比如酱油和面酱，洼狸镇人就很少买来吃，而是在适当的时候自己做——如果不这样，老人们便会愤愤然。家做酱油和面酱的特殊气味，勾起了老一辈人温馨而久远的回忆。如果年轻的儿媳或孙媳做酱时程序上稍有欠缺，老人们就瞪圆了眼睛盯着她们的手，说："不是这样不是这样。"

应该是这样——张王氏刚嫁来洼狸镇的那年，就教会了镇上人小心谨慎、淳朴节俭地做些家用酱油和面酱。这些东西都是日常生活中用得极多的，因而决不能看成琐屑小事。老婆婆和年轻媳妇专心地学着，后来未出嫁的姑娘及未成年的女娃也围上去；到了最后，男人们也以寻觅他家里人为由，走到酱盆跟前去了。张王氏当时不足二十，扑了粉，描了眼眉，穿着鲜艳的衣服。她在自己家里示范做酱，已经用完了所有的原料。于是来人就随手带来一些。她的男人在院里支起一口大锅，日夜烧制酱油。男人被糠火冒出的浓烟呛得泪流满面，咳嗽声直传进屋里。张王氏一边制做一边讲解，通宵不睡。因为酱油和面酱的制做十分讲究季节，洼狸镇的女人必须在当季全部学会，所以惜时如金。女人们打起哈欠，男人们懒懒地躺下了。张王氏随便坐在哪一个男人的身上，两手在面前一个黑乎乎的陶盆里搓动。她不止一次地告诉人们，新的方法讲究的就是"精密"二字。以前镇上人使用上好的麦粒和玉米做酱油面酱，气味非但不鲜美，有时还发出一股恶臭，原因就在于方法陈旧。如今原料是节省得很了：只用麦子的麸皮外加一点玉米的渣屑。这些东西必须在农历的二月二日龙抬头的日子里拌水。拌成散散的样子，用手握一下刚好成团，五个指头印儿俱在，并且能分出小指与拇指才好。把这些麸皮按到一个黑陶盆里，端到炕头上，在炕头铺上新鲜的当年麦秸，然后麻利地将盆中麸皮扣上去。黑陶盆撤掉，麸皮圆鼓鼓地留在了麦秸上。这会儿家里最年长的女人要亲自给麸皮盖上一条麻袋，再盖上一撮麦秸、扔上一把荆条和香蒿。晚上睡觉时头要向着它，不准胡言乱语，更不准做那些男女事情。为求稳妥起见，男人最好请到厢房里去睡。苦苦煎熬到了七七四十九天，抬头去看，麻袋布缝里长出灰绿色的绒绒。这时用手摸一摸，热乎乎好像孩子的脑壳。再等两天，热力消退了，就可以取起捣碎。然后用玉米渣煮成的水搅拌捣碎的麸皮，并且每斤加盐二两四钱，按进瓷坛，封口燥晒。这时恰好是阳春天气，大地回暖，杏花刚刚凋谢，桃花梨花纷纷扬扬。春草二寸，黄鸟鸣啭，柳枝儿拂着坛口。瓷坛里咕咕有声，切莫理睬。坛子务必远离屋檐，以防壁虎撒尿。直放到秋果发红，满地粮食透出香味的时候，才可以打开坛口。多半年的秘密闷在坛里，探头看看，见坛内黝黑如墨，盐花闪闪，一股奇怪的腥香直涌进肺腑。至此，酱油只是做过了一半；另有一半工序要留待后来。

张王氏教给人们搓动陶盆里的麸皮结块。她双手握成松拳，伸进盆里时双腕微翘。这样掌根立刻坚硬如铁，就一下一下缓缓而搓。掌根发热，要趁热打铁。掌根发麻，要麻利求快。直搓得一片细散，才能够搅拌入坛，这是一处关键。有人问她是不是可以晚些再做酱油？她回答："三月做了二月酱，公爹必上媳妇的炕！"有一个人讪笑，拂袖而去。后来这个人家果真三月做起酱来，也果真传出一些不堪入耳的流言。

那家的当家人五十多岁了，一个夏天的月夜喝得大醉，踉踉跄跄奔回家去。儿媳坐在院中木桌上歇凉，后来就沉睡过去。他进了院里，第一眼就看见儿媳的身躯在月色下放出光芒。他颤颤抖抖走过去，一动不动地看着。后来，就这样看了有一刻多钟，他把嘴角缩起来，伏到了木桌上。媳妇醒来了，哭着，骂着，说他是一头老驴。他忍受着一切，伏在那儿，咕哝着："驴就驴罢！"……据说邻居听见了这些话。但那个人家坚决否认。后来那个当家人走上街头，人们都发现他剩下了一只眼。人们猜测这是被他儿子揍的。

大家都十分钦佩起张王氏了，张王氏淡淡一笑说："三月不能做酱。"……她坐在一个瞌睡的男人背上搓陶盆内的麸皮，身子一动一动，巧妙地利用了那个男人后背的弹性。女人在一边学艺心切，稍有些不快也只得忍了。可是那女人一转脸的工夫，张王氏又飞快地扭头亲一口那个男人的后脑。众人大笑，张王氏搓动不停……秋天里，闷了多半年的黑东西从瓷坛里倒出来，已经变为陌生神秘之物。大家眼瞅着张王氏指挥男人烧沸一大锅水，然后用开水烫那些黑色麸皮。开水也即刻变黑。张王氏就将这些黑水放到另一口锅里，让男人把火烧旺。她蹲在锅边，抛进锅里茴香、葱白、香菜、豆角、花生、蒜瓣、黄瓜、桂皮、猪皮、鸡爪、橘皮、苹果、梨子、辣椒……约有二十多种东西。有一回人们传说，她放这些配料时正巧有一个大绿蚂蚱从锅边蹦过，她上前一步抓到扔进了锅里，眼皮也不眨一下。有人问她可是真的？她回答："真的。酱油喜欢野物荤腥。"

有人就问道："麻雀放得？"她答："放得。""山鸡放得？"她答："放得。""大头鱼放得？"她答："放得。""山兔也放得吗？"她有些发火地跺跺脚："山兔有膻气！"……一切都在黑水里沸滚。几个时辰过去，加盐两次，然后赶紧停火。用细罗筛出填入的一切杂物，黑色的液体就是酱油了。用这种酱油做菜，自来百样滋味，任何调料都不能取代。

闹闹这会儿从一个角落里扛出一个瓷缸，人们立即认出那是张王氏的酱油缸。大家吐出一口气，心想这次张王氏不仅使用了家做酱油，而且使用了她自己的酱油。那个缸内的酱油有人以前曾品尝过，据说是美妙到无法形容。镇上人都知道张王氏留有最后一招未曾传授……厨房门口的人越来越多，只看着闹闹和大喜这两个配角。太阳西斜，人心焦渴；正在此时，张王氏缓缓地手持拐杖而来。人群急忙闪开了一个通道。她走到近前，所有人都给惊呆了。她的脸上、脖颈，再无一丝灰气，肉色鲜亮，楚楚动人。指甲剪短，臂戴洁白的套袖。头发已被收拢进一个细高的白软帽中。她的脸上搽了很少一点粉，看上去呈粉红色。腿轻脚轻，拐杖触地有声，面容庄重而又慈祥。全身没有一丝一毫脏气，倒成了洁净卫生的象征。她显然经过了沐浴。当她缓缓从通道中走过时，一股浓郁的香气立刻四散开来，人们用力地呼吸。这不是粉香，不是花露水的香味，而是一种真切的月季花的香气。人们都知道她的院里种有一棵老月季，但不解的只是她究竟用什么办法将它的香气收入了胸襟？这样想着，张王氏已跨入屋中，接着扔了拐杖，轻松自如地直奔灶间。

一个细弱的白软帽中。她的脸上搽了很少一点粉，看上去呈粉红色。腿轻脚轻，拐杖触地有声，庄重而又慈祥。全身没有一丝一毫的脏气，倒成了洁净卫生的象征。她显然经过了沐浴。当她缓缓从通道中走过时，一股浓郁的香气立刻四散开来，人们用力地呼吸。这不是粉香，不是花露水的香味，而是一种更切的月季花的香气。人们都知道她的院里种有一棵老月季，但不解的只是她究竟用什么办法将它的香气收入胸膛？这样想着，张王氏已跨入屋中，撂下了拐杖，轻松自如地直奔灶间。

　　闹闹和大昌立即停止了活动，垂手等待张王氏吩咐。张王氏从一个角落里摸出一个吵吵作响的纸盒，对闹闹说：〝一个一个洗净，要爱惜性命脚爪。〞又对大昌指着一个闷罐说：〝戴上皮手套，特定都洗干净。留肝胆。〞两个姑娘各自去水池跟前忙活，张王氏则从灶下摸出一柄闪闪发亮的小菜刀来。她把一堆瓜蛋摊到案板上，又用食指点划着数了数，分开了多余的几缕。捧上一根莫瓜托在掌上，用小拇指勾住瓜蒂，右手里的刀子一歪一拐地剥起来。亮光骤骤闪动，看得人眼花，只一会儿莫瓜的绿皮给剥下来了，成一条皱巴巴的长带子。她把这带子撂到有□上，瓜瓢儿却丢开老远。人们这才明白她是为了取那根带子。接上她又剥空了四个小香瓜的瓜心，瓜顶儿小仓地切下来放在一边，瓜瓢儿和贴心的一层肉照例扔掉。这会儿闹闹和大昌已经做完了交代的事情。原来闹闹洗刷的是一些活着的知了猴儿，这会儿湿漉漉亮闪闪地在一个□

闹闹和大喜立即停止了活动，垂手等待张王氏吩咐。张王氏从一个角落里摸出一个沙沙作响的纸盒，对闹闹说："一个一个去洗净，要爱惜性命腿爪。"又对大喜指指一个陶罐说："戴个皮手套，将它剖洗干净，留肝胆。"

　　两个姑娘各自去水池跟前忙活，张王氏就从衣襟下摸出一柄闪闪发亮的小菜刀来。她把一些瓜菜摊到案板上，又用食指点划着数了数，丢开了多余的几绺。接上一根黄瓜托在掌上，用小拇指勾住瓜蒂，右手里的刀子一弯一扭地剜起来。亮光频频闪动，看得人眼花，只一会儿黄瓜的绿皮给剥下来了，成一条皱巴巴的长带子。她把这带子搭到了肩上，瓜瓤儿却丢开老远。人们这才明白她是为了取那根带子。接上她又剜空了四个小香瓜的瓜心，瓜顶儿小心地切下来放在一边，瓜瓤儿和贴心的一层肉照例扔掉。这会儿闹闹和大喜已经做完了交代的事情。原来闹闹洗涮的是一些活着的知了猴儿，这会儿它们湿漉漉亮闪闪地在一个盘里爬着；大喜刚刚剖洗了两只大刺猬，它们伏卧在案板上，一身尖刺直立着，犹如活的一般。

　　围在外边的人见了这些，吐吐舌头，不知会出现何等怪事。年轻人兴奋地擦擦手掌，叫着："大喜，刺猬没扎了你吗？"老年人吸起烟来，眼神微微发亮。这会儿张王氏又吩咐她俩：剁切姜末、葱花、肉片、肉丁、肉末、蒜泥、香菜末、鱼片、鱼末、鱼块、果料、豆块、笋丝、笋片、蹄筋条、蹄筋末、椒子条、鸡脯丝、冬菇丝、木耳丝、蛋皮皮、凉粉丝、火腿片、毛栗片、毛栗丁、青豆瓣、冬瓜丝、冬瓜片、芸豆丝、葱结粉、葱结条、莴笋皮条、莲籽末……

剥浸白果、栗子、核桃、花生、橘子、鲜桃、菠萝、香蕉、莲籽、粳米……她自己则一溜儿摆开小碗，分放好黄酒、烧酒、麻油、豆油、猪油、辣椒粉、米醋、味精、胡椒粉、蛤油、虾油、咖喱油、干淀粉、白糖、色拉油、干馒头粉、西红柿酱……一切摆好之后，她又让大喜去厨房东边的小客厅里看住客人，等客人一到，立即报告。她打发走了大喜，一个人坐在方木凳上吸烟。她吸的烟是带长过滤嘴的那一种，这引起围看的年轻人一阵羡慕。她一边吸烟一边指挥闹闹调制一种馅子，闹闹不得要领。后来她叼着烟站起来，伸出一根食指，插进稀溜溜的馅子里，风快地正旋几圈、逆旋几圈，也就成了。闹闹及所有人都立刻叹服。这会儿大喜热汗涔涔地跑进来，说客人到了！到了！

　　"不要慌张。正是个时候。"张王氏站起来，看看两个姑娘说。

　　她戴上大喜戴过的皮手套，将刺猬反托在手掌里。空着的另一只手扒开它的空腹，飞快地填入毛栗丁、蛤油、米醋、葱结条、味精、蹄筋末、胡椒粉……最后又滴入一小勺豆油。她小心地将剖缝儿用线缝合三两下，打了死结，然后取起软软的粘土，将刺猬糊裹成一个大泥蛋子。她让大喜烧火，一个个泥蛋就放在灶里烧烤。这时也正好用热锅沸油。她把一个个海参填了闹闹搅成的馅子，放在碗里，让干净的知了猴在上面爬。同时她一手持盛沸油的铜勺，见哪个猴儿爬得恰到好处，就洒下沸油来——知了猴儿立刻烫死，那一些腿爪则紧紧扣住了海参。沸油用完了，知了猴儿也全部浇死。锅里有薄薄的一层油，于是用它烙一张结实的淀粉饼；饼烙成，就铺在案板上，蒜泥、香菜打底，后加笋丝、青豆瓣、火腿片、肉末、鸡脯丝、胡椒粉、粳米，以及味精盐末等等；最后就将抱紧海参的知了猴儿放进去，用那张淀粉饼包成一个扁瓜模样，再用沾了水的粉丝牢牢扎口。这时闹闹已依吩咐调成了另一种馅子，张王氏闻一闻，又猛地甩入一些色拉油和黄酒。接上她又加入肉丁、木耳丝、姜末、葱结粉等数十种东西，以荤为主。拌匀之后，她就一勺一勺盛进挖空了的小香瓜中，盛满了就盖上瓜顶，用两根小木条紧紧关牢。这时一边的小锅加了笼帽，正噗噗冒出白汽，张王氏将小香瓜和包了东西的淀粉饼分层放入，蒸了起来。蒸的时候，她已挪过一个长瓷盘来，随手揪下一截肩上的黄瓜皮条，咯咯地切起来。随切随摆，顷刻间盘里生出一株碧叶黄花的瓜蔓来。张王氏在蔓子上洒了味精及米醋、又撒了盐末虾油；后来小蒸笼里放出了芬芳之气，她叫声"好了"，让闹闹取出。小香瓜迅速浸入冷水，取出后就放在该当结瓜的蔓子上。张王氏说："这个菜叫'藤上瓜'。"又指指那个包成扁瓜模样的淀粉饼说："这个菜叫'一窝猴'。"大喜灶里的泥蛋裂了无数纹路，难以表述的香气就从纹路中透出，连围看的人也淌下口水。张王氏取了泥蛋，用笤帚扫去灰屑，放入盘中，告诉大家："这个菜叫'糊涂蛋'。"

有一个人从厨房后窗口探进头来嚷一句："上菜了。"张王氏点一下头。大喜和闹闹急忙去端盘子。大喜端了"藤上瓜"就往外走，张王氏把她拦住。她对大喜说："这个该闹闹端，你晚她一步上菜。你该端'糊涂蛋'。"围在外面的人听得清楚，笑了起来。大喜红着脸放下了手里的盘子。闹闹接上端起来,往外走时张王氏嘱咐:"步子越小越好。"闹闹蹙蹙鼻子,但还是碎着步子走了出去。她亭亭的身姿配上翠叶儿小香瓜,的确是再合适不过。当香瓜落桌那一刻,她还要报出菜名,还要依照张王氏的吩咐说一句:"各位领导远道而来,辛苦了,先吃个香瓜解解乏吧!……"闹闹回来了,容光焕发。大喜也要走,张王氏手扯她的衣襟。又停了五分多钟,张王氏说一声"去吧!"大喜也像闹闹一样小步疾趋,但由于太肥胖,很像在原地旋转摇摆。那几个泥蛋在盘中轻轻滚动,香气愈发浓烈。

大喜离开这一刻,张王氏伸长两臂,异常麻利地在案板上的一溜小碗中抓挠了一遍,接上又隔一摸一地重新来一遍。她双手并用,两眼眯起,原来熟练到不以目视的程度,很像弹一架钢琴。她把抓挠到的东西扔进一个小细罗里,然后坐到一个阔口大碗上,连续用沸水击罗。当罗底滴落的水珠满了碗腰时,击罗也就停止。大喜这时回来了,张王氏告诉她俩:"这叫'怪味汤'。"大喜见汤汁清清,一尘不染,知道这个汤不该自己端,就主动地端起了在一旁冒汽的"一窝猴"。张王氏坐在方木凳上吸起了烟,一旁打量着胖胖的大喜,心想这个姑娘可是个外粗内秀的人。

小客厅里坐着六位客人。陪客的有高顶街主任栾春记、书记李玉明,还有厂长赵多多。大家都吸着三五牌香烟,唯独那个省里来的副局长不吸。他胡茬刮得铁青,头顶已经退秃了,面色冷峻。赵多多敬烟,他头也不转,伸开右手轻轻一抖,将烟挡开。上菜了,第一个就是闹闹的"藤上瓜"。当她把张王氏叮嘱的一套话说完时,副局长就垂下眼皮，不安地搓起了手。她回身走了，他抬头看了她一眼。没有人动筷子，可是都掐灭了烟。客人中有人目不转睛地盯住香瓜，说了一声："哎呀！"很多人于是赞叹起来。可是仍无人动筷子。李玉明咕哝着："四爷爷怎么了……"赵多多身子活动着，终于最先拿起筷子来把香瓜戳了个洞。一股香气在小客厅里飘荡，大家都闻出是香瓜的气味。李玉明请副局长吃菜，副局长"嗨"了一声，很勉强地拿起了筷子。

正这会儿栾春记和赵多多扔了筷子站起来。大家抬头一看，四爷爷出现在门口。人们都站起来，副局长最后一个站起来。四爷爷今天穿了宽大松软的中式衣裤，颜色偏浅。老人手持一根雕花龙头拐杖，步子有些迟缓。他向桌上的人抱歉地笑笑，却并未道歉。人们在桌边活动着，似乎要离开桌子。老人走了过来，伸出多肉的、热乎乎的大掌一一跟人握手，连赵多多等人也没有放过。他握住副局长的手时，用力地耸动了两下。大家坐下，四爷爷将拐杖搁好。副局长不笑，也不作声，停了一会儿问："大爷高寿多少？"四爷爷开怀大笑："不敢不敢。未老先衰，不足六十的人……"副局长徐徐放气，似乎轻松一些。这时"糊涂蛋"端上来，它在盘中颤动着，大家不知如何是好。四爷爷拾起桌上的两片竹刀签按到泥蛋上，一手扶住，一手照准竹签"啪"地一拍。活动竹刀，红肉团显露出来，香味让好几个人身上颤抖着。四爷爷不吱一声，只是夹下第一块大肉，放到了副局长的小碟中。对方慌慌地站起来，连连说："谢谢！四爷爷……自己来。""四爷爷"在他嘴里有些别扭。四爷爷坐下来，举起杯子，与大家碰过，一饮而尽。

李玉明对副局长说："四爷爷今天高兴啊！平常哪里也请不动他；今天知道您从省里下来，他说：'那我得去！'"副局长感激地向着四爷爷点头微笑，四爷爷回报他一个笑脸。栾春记接上向副局长介绍了四爷爷很早就是洼狸镇的干部、如今是老赵家辈分最高的人、受到全镇拥戴等等。四爷爷挥手打断他的话，叹息道："本人算是一个俗物。'不求仕途之乐，只知散淡之福'，已落进窠臼。近来我常暗自告诫：我是镇上最早的党员之一……"

他说到这里，缓缓地昂起头来，望着窗外。一桌人默然不语，若有所思。副局长用敬重的目光看着四爷爷，微微透出些惊讶。

第一、二道菜已经决定了今天酒宴的风格。接上是"怪味汤""一窝猴""鸡生蛋""填鸭子"……那汤犹如清水，可取一勺品尝，百样滋味又都在喉咙里了。说不出个酸甜苦辣，只觉得舌尖微麻，后味足壮。"鸡生蛋"是一只伏卧的流油黄鸡，在金黄嫩绿的菜丝做成的"窝"中生下几只白蛋；磕了蛋来吃，又发现壳中是美妙的填料，并无蛋白蛋黄。"填鸭子"原来其意不在食鸭，而是鸭腹中的板栗、核桃、黍米、花生、莲籽……各种东西在鸭腹中与五脏闷合，变形变味，使人垂涎。正吃得有些腻，又上来两盘清爽的凉拌菜：一盘是家常青菜，不知如何调弄得极苦，别有滋味，菜名就叫"家菜苦"；另一盘全是由一些野菜做成，初入口时大酸，一经咀嚼大甜，取名就叫"野菜甜"。客人吃到两个凉菜终于忍耐不住，高声叫起好来。但叫好声未息，最后的两道菜就上来了：一盘"山海经"；

一盘"吊葫芦"。

前一盘由海中珍品鲍鱼、干贝、海参等与山上珍品金针、平菇等配成；后一盘是端放盘中的一个未成熟之葫芦。葫芦青皮簇新，茸毛可辨，有人用手摸一下又觉得灼热。后来是四爷爷亲手捏住葫芦蒂把一揪，开了盖子。原来它是一个别致的汤罐。罐内汤汁雪白，副局长伸出勺儿舀了一下，见嫩葫芦瓤儿朵朵如絮，漂浮在上；又舀了一下，见暗红色的甲鱼块儿泛上来。他小心地喝了一口，汗水立刻从两颊流下来……

第十五章

粉丝大厂的承包合同即将到期。按规定，一个星期之内将召开多项街大会，█████ 开始第二轮承包。河边老客采过去一样隆之轰动，粉丝房采过去一样响着呼之的打瓢声。

████████████ 隔见素芳子急促地走在街巷上，一双眼睛目不斜视。他为承包的事找过书记李玉明，李说这事情遍到了麻烦，内部正在争执，有待于研究。后来他才弄清楚，原来赵多之让小学校长长腺是起█草了一份材料。材料搬粉丝大厂改革一事，已大见成效，但合同仅订一年，与总的改革精神有悖。再说西度得长，投资衆采，██████大业易手已不可能。要求续订合同，法律（轻易改变层有规定）手续现更完备，等之。见素又找到主任菜春记，指出会提伤题干汪狸谟的利益，包害了极大的不公平。菜春记有些焕踪况，他料定也没人再接粉丝大厂的手。再说赵多之已具备改革█████采的亮户于胆魄：联合█████于青河地区的粉丝厂采，成立"陆猩粉丝生产销售运公司"。见素说现在的粉丝大厂是一来突极，莫他另议；既然合同到期，就走重新承包；敢于参加承包的还大有人在，他隔见素就是一个。菜春记面色肤青，说一声"我早看出来了"，再不吕说。隔见素一口气找了几次镶妻书记骨金殿、镇长郭玉全，读了关于承包的一些情况。谈到前一段调查祖的

文小五 字4.5条全
往大宋回行方4榜示角　　　㉚号式　李晶珠
　　　　　　　　269—274
　　　　　　　　　　　3740

288

第十五章

粉丝大厂的承包合同即将到期。按规定,一个星期之内将召开高顶街大会,开始第二轮承包。河边老磨像过去一样隆隆转动,粉丝房像过去一样响着砰砰的打瓢声。隋见素步子急促地走在街巷上,一双眼睛目不斜视。他为承包的事找过书记李玉明,李说这事情遇到了麻烦,内部正在争执,还有待于研究。后来他才弄清楚,原来赵多多让小学校长长脖吴起草了一份材料。材料称粉丝大厂改革一年,已大见成效;但合同仅订一年,与总的改革精神有悖。再说百废待兴,投资繁杂,大业易手已不可能。要求续订合同,法律手续结实完备,等等。见素又找到主任栾春记,指出轻易改变原有规定会损伤整个洼狸镇的利益,包含了极大的不公平。栾春记有些烦躁地说,他料定也没人再接粉丝大厂的手。再说赵多多已具备改革家的名声与胆魄:欲联合芦青河地区的粉丝厂家,成立"洼狸粉丝生产销售总公司"。见素说现在的粉丝大厂是一条实根,其他另议;既然合同到期,就应重新承包;敢于参加承包的还大有人在,他隋见素就是一个。栾春记面色铁青,说一声:"我早看出来了",再不言语。隋见素一口气找了几次镇委书记鲁金殿、镇长邹玉全,讲了关于承包的一些情况。谈到前一段调查组的事,见素详细谈了生产过程中几次掺杂质淀粉的具体数字，并指出这后果的严重之处是大大削减了整个白龙牌粉丝的外销量。鲁金殿皱着眉头说："上边的罚款只是象征性的一点。肯定有人对调查组做了手脚。这个事不能了结……合同到期就是到期，不经过重新承包怎么能续订？至于以后订几年那是以后的事。这次承包、发动集资，都要开大会，打破街道的界限。……"见素握一握两位镇领导的手，走了出去。一笔笔账目在他的脑子里盘旋，他心里一次又一次默念："那一天要来就早些来吧。我一切都准备好了。我等着你，赵多多。"

他去老磨屋里，有时不说一句话，看哥哥坐着、往运输带上推动木勺。有一次他终于忍不住说："哥哥，快要开大会了——有胆量的人会趁这机会把粉丝大厂抓到手里。"抱朴看他一眼："你就有这样的胆量。"见素的眼睛放出光亮，说："我等了多少日子啦。我到时候也会成立那个公司，控制整个芦青河地区的生产和销售。这不是空话，一切我都计划过……机会不多，可抓住它就成了。"

"你有那样的胆量。不过，我早说过，你还没有那样的力气。"抱朴站起来，走近了弟弟说。

见素点点头："你说过。我不瞒你，我至今也怀疑我的力气。不过我不得不拼一下……"说到这里他激动了，大口地吸了几下烟，抛了烟斗，握起哥哥的手腕说："哥哥！没有多少日子商量了，我只要和你一起，就一准能成！那时候就是不成，集资重起炉灶也会挤垮赵多多……我的力气不够，可咱两个人的力气会合成一股……"

抱朴沉吟着："不是一种力气，合不成一股。我该说的都说过了，你寻思去吧。"

见素一声不吭，脸色憋得发紫。他注视着抱朴，站了一会儿，扔下一句："不用再寻思了。我不会再来求你什么了。你在老磨屋里看一辈子老磨吧！"说完跺了跺脚，奔了出去……他没法遏制激动的心情，在河滩的柳棵间跑着， 不时地停下来向远处眺望。后来他回到粉丝大厂，不知怎么就迈进了赵多多的办公室。赵多多不在屋里，窗台上放着那把砍刀。他进屋来第一眼就看到了那把砍刀，不转睛地看着。右眼火辣辣地疼起来，他用手揉了一下。刀刃儿闪着光亮，耀着他的眼睛。他又往前走了一步，想伸手去抓砍刀。手伸出来了，他又在心里问自己：你要砍刀干什么？你为什么见了它手就发痒？你的手在衣兜里瑟瑟抖动。这双手早晚惹出什么来……他的心不安地跳动着，这会儿屏住了呼吸。他的目光从砍刀上费力地移开，又落到了老多多的枕头上。紫红色的枕头上印了个丑恶的头颅印儿。他想如果砍刀半夜里掉在那个地方，也许枕头就变得湿漉漉的了。他正站在那儿幻想着什么，鼻子突然闻到了一种奇怪的、但并不陌生的味道，心上立刻像被什么点戳了一下似的。他猛地掉转身来——赵多多站在背后，无声地笑着，嘴唇却紧紧地绷起来。见素看了看他垂着的两只手：没拿什么东西。十根指头又粗又短，疙里疙瘩的，指甲乌黑。这双手缓缓地抬起来，按到了见素肩膀上，指头扣住肩胛骨又赶紧放开。赵多多说："坐下吧。你是技术员，一个月拿走我一百多块钱，我现在该跟你通通'信息'了。"

见素没有血色的脸上滑下来几绺黑乌乌的头发，他甩了一下头。

来。赵多 说："你不行。你不如你哥 稳重。……好 当你的技术员吧，再说我们又沾点亲戚。"见素的失陕啣 响，大声质问："我们怎么成了'亲戚'？"赵多 眼光探到见素面前，盯 他说："我们老赵家四爷 是 你幸的干爹！"见素一怔，再不吱声。他呆待了一瞬，就站起来，往门外走去。他走出门口儿米远了，赵多 又急 他呼喊起来，说有个要紧事情忘了告诉他。见素只得站住。老多 小步跑着凑上去，用手招着嘴巴对着见素耳朵上 小声说："我已经挑中 女秘书了，河西的，二十二，那个傻呀，浑身喷香……"见素咬紧牙关 往前走去。他刚走出不远，大喜从粉丝房里飞一般踔出，在他左前方两 三步远的地方站住了。他望着她，没有吱声。大喜四下里看着，半弹着身子说："见素！往墙角那边……走！"说着她 先 腰跑开了。见素走到墙角后头，大喜一把抱住 他的脖子，用脸摩搽着埋怨他："找你几次了都找不见。那天我喊你，你听见了吧？你不回头！见素，你不喜欢我 了吗？你再不要我了吗？"见素用力地将头从她的怀抱中 抬起来，他望着她，声音生涩地说："大喜，我要你，我会十遍白遍地要你……我现在有更紧要的事情做。等 我 吧，也许两下，不，一个星期从后事情就分晓了。"大喜 笑了，抽泣着说："我知道。我明白你见素。我老替见你 跟老多 打仗……我知道你恨死他了。我和你一块恨他吧！我等你，我这会儿帮你做什么？做什么啊？"见素给她揩 着泪，吻着她，断续 地说："不用你帮了……我只要

<272>

"我一见你的头发就想起那么一匹马。吭吭。"赵多多从衣兜里掏出一根老大的花椒木烟嘴咬上，端量着他说。他燃了烟，讲起关于粉丝大厂的一些情况了。他说那个大公司必定要成立，已有很多作坊来联系过了。今后，哪个作坊不靠到粉丝大厂这棵大树上，就得倒霉。原料供应、产品销售，由公司统一规划。一个作坊是这样，一个人也是这样，想与大厂对着干的，不倒霉吗？公司要有小汽车，也要有小面包车。小汽车的事正在想办法……赵多多说着说着笑起来。见素盯住他问："不重新承包了吗？"赵多多咬着牙点一下头："包吧！不过粉丝大厂这块肉太硬，没有个好牙口嚼不动。"见素摇摇头："慢慢嚼。这么多人中不愁没有好牙口。"赵多多听到这里冷笑一声："你说那些好牙口我知道。我以前也跟你讲过：对付他们，连一根手指也不用伸，只用下边那个东西就把他干倒了……"

　　见素猛地站起来，衣兜里的手掌攥成了两个拳头。他的目光看着对方那两只粗短的巴掌，身子动了动，终于又坐下来。赵多多说："你不行。你不如你哥哥稳重……好好当你的技术员吧，再说我们又沾点亲戚？"见素的头颅嗡嗡响，大声质问："我们怎么成了'亲戚'？"赵多多的头探到见素面前，重重地说："我们老赵家四爷爷是含章的干爹！"见素一怔，再不吱声。他只停了一瞬，就站起来，往门外走去。

　　他走出门口几米远了，赵多多又急急地呼喊起来，说有个要紧事情忘了告诉他。见素只得站住。老多多小步跑着凑上去，用手捂着嘴巴对在见素耳朵上小声说："我已经挑中女秘书了，河西的，二十一二，那个俊呀，浑身喷香……"见素咬紧牙关往前走去。

他刚走出不远，大喜从粉丝房里飞一般蹿出，在他左前方两三步远的地方站住了。他望着她，没有吱声。大喜四下里看着，半蹲着身子小声说："见素！往墙角那边……走走！"说着她先弯腰跑开了。见素走到墙角后头，大喜一把抱住他的脖子，用脸摩擦着埋怨他："找你几次了都找不见。那天我喊你，你听见了吧？你不回头！见素，你不喜欢我了吗？你再不要我了吗？"见素用力地将头从她的怀抱中抬起来。他望着她，声音生涩地说："大喜，我要你，我会十遍百遍地要你……我现在有更紧要的事情做。等等我吧，也许两个，不，一个星期以后事情就见分晓了。"大喜哭了，抽泣着说："我知道。我明白你见素。我老梦见你跟老多多打仗……我知道你恨死他了。我和你一块儿恨他吧！我等你。我这会儿帮你做什么？做什么啊？"见素给她揩着泪，吻着她，断断续续地说："不用你帮了……我只要你 —— 等我！洼狸镇上……只有你一个人知道我的心……大喜！再等些天吧，你等着看吧！"

见素离开大喜，又去找了一次栾春记。栾春记口气依旧，不冷不热，只是说重新承包也是可能的，但又担心这只是个过场罢了。见素口气生硬地说："过场该走也得走。"离开栾主任，他突然想到该最后摸一摸老李家、老隋家、老赵家几个大姓人家的底。老赵家虽然不是铁板一块，一股心思跟上老多多干的不会多，但想把大厂推给外姓的也不会多。老李家难以预测，这一族人常常爆冷门。老隋家一部分人发了几十年的蔫，另一部分人的心已经散了。多少年来老隋家就是隋恒德这一支人领着往前走，四十年代这支人开始走下坡路，整个老隋家也就走下坡路了。老隋家一呼百应的时代已经过去。这一族人里还会有横下心跟上见素干的人吗？见素摇了摇头。倒是一些杂姓值得动动脑筋。这些人家几十年来在几个大姓中间挤来挤去，日子过得虽然难，但也的确磨出几个人物来。杂姓里边不乏怪才。

见素一路想着，头脑有些胀疼。他多半年前就开始留意镇上各色人物了，他发现洼狸镇藏龙卧虎，不愧是一个古镇。但最先冲刺出来的恐怕还是老隋家的人。无论如何，对付老赵家还得老隋家。见素另外还有些担心的是在这场争斗中自己只是做了一个铺垫，到头来会从哪个角落里钻出一个陌生人，轻而易举地得到那一切。多半年来他没敢跟任何人紧密地联系，没敢更多地交底，只是蹲在暗影里窥测着，不可抑制的冲动使他浑身发抖。时间已经快要到了，他不敢总是这样蹲着，他该扑上去了，与那个对手厮扭到一起……见素回到他的厢房里，天已经黑了。他胡乱吃了几口东西，就翻找出记了密密数码的本子来。重要的数码他重新抄下来、核对一遍，估计着新的上缴数额会是多少？上一次为七万三千元，而实际上纯利为十二万八千余元。如果增长百分之十到十五，那么会提出八万到八万四千元的承包额来。粉丝大厂落到赵多多手里时是太便宜了些，这是不言自明的事情。问题是镇上大多数人不知道更具体的、用滚烫的数字表达的东西，这就有利于赵多多一伙在下轮承包时做手脚。见素心里急躁起来，小心地把那个本子放下，走出了屋子。

哥哥的屋里亮着灯，但他不想走进去。他知道抱朴又在读那本书了。他发过誓，他再也不求哥哥什么了。妹妹的窗户漆黑，他不知道她是睡下了，还是又去了干爹爹那里。他差不多憎恨老赵家的一切人，包括那个在紧要关口帮助过老隋家的四爷爷。"为什么要认老赵家的人做干爹？"见素这会儿问着自己，觉得这真像一场噩梦差不多……他望了望天空，走出了院子。他想起了叔父，就向老人的厢房走去。屋里亮着灯，推门进去，见隋不召正和近似痴呆的李其生比画着讲什么。见素插不上嘴，就坐在了一旁。

隋不召将两根食指交成十字，问李其生说："这样呢？"李其生两眼发直，抖着腮肉看了看，摇起头来，把两根食指并到一起。隋不召仰起脸来，恍然大悟地"啊"了一声，钦佩地望着对方。他又对侄子说一句："看到了吧？真是个智慧之人。"见素站起来就要离去，隋不召也站了起来，注视着他问："你的脸怎么这么红？眼也红了！你病了吗？"见素声音粗粗地答道："是你病了！"……他走上街头，让凉风吹拂着，感到稍微舒服一些。他想了想，觉得还是不能回屋安睡，就往前走去。后来他情不自禁地又小步跑了起来，跑了一会儿又猛然止步，抬头一看，正好是镇委大门。他走进去，直奔镇委书记鲁金殿的办公室。鲁书记正在看什么，见素闯进来吓了他一跳。他站了起来。见素说："鲁书记，万一招标时候干不成，我要集资办厂，请镇上支持我……"鲁书记先是一怔，接上微笑一下说："粉丝厂是农产品加工业，支持当然没问题……小伙子好急的性子！"见素点点头说："那感谢鲁书记了！我走了……"他说完就转身走了。走了没有几步，他又回过身来看着鲁书记，嘴唇活动着，但终于没有说什么。

他像来时一样急促地穿过昏暗的街巷，最后不知怎么又迈进了叔父的厢房。李其生呆呆地望着屋角，见素进来他竟毫无察觉。隋不召瞥了一眼侄子，小声咕哝一句："不好"，往前走了一步，"你是病了！你的眼越来越红，这会儿眼神又发直了……"见素听不下去，怒吼了一声，差点儿挥起拳头把叔父击倒。他晃了晃身子，走出了屋去。隋不召灰色的小眼球一动不动地瞅着见素消逝在夜色中。这样有五六分钟，他跑出了屋去。

见素急一阵缓一阵地走着，到了门口，一脚踹开了屋门。他拉开电灯开关，坐到炕上，刚坐了一会儿又急躁地站起来。他用手狠狠地击着桌面，嘴里含混不清地骂了一句什么……这时隋不召已伏在了窗外，看了一会儿就赶快去叫抱朴了。见素骂着骂着，用手揪住了自己的头发，猛力一扯。一绺头发扯下来了，他叫着，凝视着手里的头发，跳上了炕。

抱朴和叔父走进屋来。抱朴一把抱住了弟弟，叫着："见素！见素！你怎么了？静一静……"

见素目光僵直地看着抱朴，大声质问："你干什么？你还不快去！大船开过来了……我要去了！"说完奋力挣脱了抱朴的手臂，一跃跳了起来，又挥手扯去了半边炕席子。隋不召朝抱朴使一个眼色说："跟那年李其生的症候一样……我去去就来！"叔父跑走了。

抱朴搂住见素，轻轻地用手拍打着他。见素看着哥哥，突然哭了。哭着哭着，又带着眼泪大笑起来，一把推开了抱朴，嚷着："你缠我！大船开走了……快跑啊……"他蹦跳着，就要往外冲去，抱朴紧紧地揪住了他的衣襟。停了一会儿，老中医郭运赶来了。老人立在一边看着，然后上前关了屋门，让抱朴松手。见素又跳跃起来，喊声不绝。后来含章也听到了声音，跑了出来。郭运手将胡须看着，微微弓腰，从小皮夹里抽出了一根长针。见素一转身的时候，郭运跨前一步，飞快地将针扎在了见素的身上。见素身子一抖，立刻瘫软下来。含章和大哥一块儿把见素抬到炕上。郭运看了见素的眼睛和舌苔，又为他号脉。隋不召问："和李其生的病一样不？"郭运摇摇头："舌苔黄厚，阳明燥热，内扰神明。是阳狂无疑了。该当泻热解郁。"说完开下药方。郭运把药方交给隋不召说："若方子对症，一剂病除。病人当解赤便而愈。"……老中医转身要走，又看见了含章，凝视片刻，才走出门去。

一家人取药煎药，一夜未睡。见素服药半个钟头就睡着了，直睡到第二天午时。醒来第一件事就是去茅厕，隋不召扶着他。回到屋里叔父惊喜地对抱朴和含章说："果真是'赤便'……"

见素的病迅速好转，神志清醒。他叮嘱身边几个人千万不要将他得病的事说出去，几个人答应。含章为他做了可口的饭菜，他吃得很多。但仍觉浑身无力，两腿发软。第二天他不听家里人的劝阻，又走上了街头。在十字街口，他见很多人围看什么，过去瞧了一下，见是赵多多集资扩建粉丝大厂的启事。启事由端正的毛笔楷书写就，一看就知道是出自长脖吴之手。启事上说千元以上为股，按股分红；

千元以下将在年内高息偿清；也可以几户合股……见素心想老多多动手可真快啊。他毫不迟疑地奔回去，用大字浓墨写了几张启事，说明他也要合股办粉丝厂，所标明的条件比老多多优厚，以此吸引入股人。有人议论起来，说老隋家终于有人伸头了。有人笑着接上说："伸头干什么？等着挨刀吗？"见素在人群中，一句一句都听在心里……

一天又过去了，双方都无人入股。见素常急躁地走出来。抱朴劝他去看看郭运，感谢老人为他医病。抱朴买了几斤糕点，催他去了。见素等待得焦躁，也很想找老人拉一拉。

他很少进老人的院子，这里出奇的沉寂使他都不好意思往里走。郭运招呼见素坐了，毫不推辞就收了礼物。他问起疾病情况，见素心不在焉，只是敷衍。后来郭运也就不再言语，喝起茶来。停了一会儿，见素终于挑起一个话题，扯到粉丝大厂承包的事上去。老人不加评说，只是听着。见素说："也太便宜了赵多多——刚开始承包的时候镇上人还不知道怎么回事，就像没有睡醒。世上事变来变去，谁闹得明白。赵多多就钻这个空子，差不多白捡了粉丝大厂。明面上赵多多一个人得好处，其实后面有一大帮子，他们霸着洼狸镇。我委屈够了，我早想豁上去拼一家伙。我心里也没有底。不过我想让镇上人明白，老隋家还没有死干净，还有人……"郭运喝着茶，又细心地整理着裹腿的带子。他望了望见素，叹息了一声。见素用询问的眼睛望着他。他又喝一口茶，目光落在石桌上说："世事玄妙莫测，也真是一言难尽了。我一辈子信'吃亏是福'，信'能忍自安'，现在看也不尽然。恶人一得再得，已成自然。可是'得民心者得天下'，这是至理。镇上人几经折腾，有些胆怯慵懒，眼前权且依附实力；不过从长远看，还是信托那些本分勤躬之人。抱朴也算得上这样的人了。你性情刚勇激烈，取势易，可惜淡了后味儿。这与镇上人相去远矣……"郭运说到这里，抬起头来看着见素。见素脸色红涨，嘴唇抖动起来。他说："郭运爷爷！我哥哥是好人，是可以信托的人 —— 我也这样认为。他的心是向着全镇人的。可他一年又一年坐在老磨屋里！老隋家人就该这样吗？"郭运摇着头，长长地叹气："这就是他的不幸了……"说完这句，老人再也不愿开口了。见素只得告辞。他心情沉重地走了出去。

整整一夜，他都琢磨着郭运的话，没有睡着。

天亮以后，见素得到一个准确消息，晚上将在老庙旧址开大会，重新承包。他的心马上急跳起来，不安地在屋里走来走去。为了对付那个时刻，他想了想，服了安眠药，强迫自己睡下了……他梦见自己一个人缓缓地走到了暗蓝色的河滩上。举目四望，空无一人。他孤寂地往前走去。河滩辽阔无边，没有声息。他感到奇怪的是这河滩上如此沉寂。无边的暗蓝色的河滩。他低头掬起一捧沙子，发现这沙子每一颗都是暗蓝色的。他继续往前走去，发现远远的前方出现了一个小红点。开始他以为是太阳，后来它腾跃着变大了，原来是一匹红色的马。他的心一动，睁大眼睛看着，它是父亲的那匹红马！红马在他的面前立住，用长而滑润的面颊摩擦着他。他哭了，紧紧地搂住了它。后来，他跨上了马背。红马嘶鸣着，在暗蓝色的、没有边际的沙滩上疾驰而去。

　　不知到了什么时候，门咚咚地响起来，他醒了。电灯被"咔"地拉亮了，灯光下站着的是哥哥抱朴。他神色沉重地对见素说："你睡得挺香。我还是得把你叫起来。快要开会了，误了这个会你要难过——咱们走吧。"见素迅速地穿了衣服，跟着哥哥走出去。他心里有些感激哥哥。路上抱朴告诉他，由于这个会太重要了，粉丝大厂的人也停工参加。这会儿全镇的人都到了老庙那儿。

　　会场上果真黑鸦鸦一片人。土台子上摆了一溜白木桌儿，桌后坐着镇委书记鲁金殿、镇长邹玉全以及高顶街的领导。有一个空位挨近镇长，据说是给四爷爷准备的。会场主持人是高顶街主任栾春记，他让所有参加承包的人都到靠前的地方坐。不一会儿就有人走到前边坐下，后来陆陆续续竟然有十几个人走过去。见素兴奋地看了看哥哥，哥哥说一句："去吧。"

　　会议一开始，李玉明代表高顶街委员会讲话，介绍了一年来的主要政绩。所有工业副业的承包额都已兑现，各项提留也最后完成。李玉明不善言辞，草草结束后请镇领导讲话。鲁金殿站起来，讲了几句就接触到要害问题。他号召更多的人参加承包，说洼狸粉丝大厂是全镇第一重要企业，一定要交到最能干最正派的人手里。其他企业也是一样，欢迎更多的好汉站出来！他讲话时全场没有一点声音。过了一会儿，又有一些人走到靠前的地方来。邹玉全兴奋地说："好嘛！不要开成'死会''过场会'！"……重要时刻马上到了，全场的人都紧张起来。主持人是栾春记，他移到一个电灯底下，面前摆着一沓纸、一支铅笔和一支红毛笔。开始的前几个项目都是一些小型工厂和作坊。具体方法是主持人先告诉一个"打底"数额，然后确定时间截取一个最高数就成了。这实际上是用拍卖方式进行的招标……栾春记喊一声"开始"，然后就看着手表。很多人站到更前边一点，用力地伸着脖子，两手按到肋上，不安地摩擦着。最初几秒钟里静得要死，接上有人声音低涩、像有些害羞一样地报了一个数额。他的声音刚停，另一个声音急不可耐地又蹦出一个数字，嗓门大得多了。数字不停地扔出来，水涨船高。剩下最后的一点时间了，栾春记盯住手表念道："三秒，两秒……"拍！他的大手猛地一拍白木桌儿，接上用红笔在最后报出的数码上重重地戳一下，定了。

项目进行下去，不断有人退回来，也不断有人走上去。参加的人身影在灯光下抖动，连闲看的人也跟着出汗。最后终于临到粉丝大厂了，七八个人一下站起来，往前靠了一靠。这都是要承包的人了。赵多多脱下外面的一件衣服，回身扔到了坐的地方。他站到前边一点，掐起腰来，用翘起的拐肘别住身旁的隋见素。隋见素侧一侧身体，跨前半步挡住了赵多多半边。赵多多把两臂交在胸前，拐肘离见素的肋骨有几寸远。栾春记喊道："粉丝大厂，打底是七万五千元；时间规定五分钟——开始！"话音刚落赵多多就像被蜇了一下似地嚷道："慢。有些话还得再讲讲清。我承包一年多来可打起了一个厚底子，改了设备、踩下了供销门路——重新承包到我手里好说，换了主人，这笔大帐我找谁算？主任得当众人讲讲清……"栾春记嚷道："这个我们研究过，回头跟你算这笔账。这回承包，是在新基础上重来——"他的嗓门特别大，一听就明白是喊给场上的人听的。赵多多接上喊："主任，我可是先小人后君子——那笔账再麻烦也得算清，亏了我一个不要紧，跟我干的人可都要过日子……"栾春记摆着手，说"知道知道"。

隋见素这会儿对着台上说："我也说几句吧！"没等应允他就转身向着人群说："我也说几句！刚才栾主任说回头跟赵多多算那笔账，那好。不过要算就把账一笔一笔公布出来，亏了一个不好，亏了老老少少也不好。"

赵多多鼻子喷着气，瞪着见素说："嗯？"

见素不理睬，说下去："没有多少麻烦的。我告诉大家一声：粉丝坊刚承包时存有二百四十八万斤绿豆、六十三个淀粉坨，外加流程中的二十多万斤，合人民币十八万两千多元；第六个月改装沉淀设备，第八个月改装机器磨屋，共投资十四万四千元……这次承包的打底数，七万五千元，这太小了！上次承包一年，毛利为二百一十七万九千四百多元，纯利为十二万八千多元——上缴额定成七万三，这实在差得太大了……"见素的话渐渐被人群的喧嚷压住了。人们见有人把数字倒背如流，惊愕无比，知道言必有据。大家嘘着气，传递着眼色，念着几个数字。赵多多像被人捅了似地喊起来，已经没法听出是什么。最后栾春记站起来挥着手，鲁金殿也打着手势，人群才静下来。

栾春记满脸是汗，说："瞎嚷不作数，账簿上一笔一笔记着！……

打底的数小了，有本事就猛劲往上涨……"

　　见素也出汗了，他伸手擦着，一边紧盯着栾春记。他的眼里有火星在跳荡，不顾一切地又喊道："我是跟大家交个底。我也是来承包的。这回谁也捡不到便宜了……就是这意思！"

　　台上有几个人喊着他的名字制止他说下去。他闭了嘴巴……大会进行下去。栾春记大声喊着："粉丝大厂，打底是七万五；时间规定五分钟——开始！"他喊完就低头看着表了。赵多多第一个呼出"七万七呀！"另有人呼出"七万八呀！"……慢慢长到八万五了。见素一声没吭，汗水在头发上闪光，乱蓬蓬地粘在前额上。他看看四周，似乎在用目光寻找什么。当他的目光收回来时，就落在了栾春记的红头毛笔上。他咬了咬牙关，猛地呼出："十一万呀！"……全场沉寂了。两个数一下差出了两万五千元，台上台下个个目瞪口呆。栾春记站起来，头却依然垂着说："时间快到了，快到了……"说着说着抬起手来。他刚抬起手来，赵多多忙呼："加一千！"见素紧随一句："加一千！"栾春记的手却没有拍下来，只是揉了揉眼睛。台子上下的人徐徐吐出一口气来。正这会儿赵多多突然往上一跳，猛地伸出右臂，嘶哑着喉咙大喊："又一千哪！"

　　栾春记揉眼的手正在下落，随着喊声就势一拍道："拍——啦——！"他手落桌上，接上仰面跌坐在椅子上……隋见素坐到了地上，怕冷似地用两手抱住了自己的身子。

　　人群乱了起来。参加承包的人慢慢离开台根。李玉明宣布了结果，人群才稍微安静一些。他讲完了，赵多多凑过去说了几句什么，他点点头。赵多多立即转身向着会场，讲了他的宏伟计划 —— 成立洼狸粉丝销售生产总公司，欢迎全镇人投资等等……隋见素坐在地上听着，慢慢站起来，走到前面。他对人们说："粉丝厂又落到赵多多手里了 —— 人家天时地利人和……可我想重起炉灶！老老少少信得过我，就来入股吧！我还不起大伙的钱，宁可典房子卖地、卖老婆……"有人大声讥笑："你哪有老婆！"见素回敬一句："会有的！老少爷们，老隋家的人说话算数……"台上的鲁金殿、邹玉全站起来，注视着隋见素。见素说完了，就退到原地坐了。人群又乱起来。后来突然声音弱下来，人们举目望去，见到四爷爷手持拐杖，不知从哪儿走到了台子前面。他站在那儿，默默无语地看了看，一双眼睛闪闪有光。他把拐杖捣一捣地；喊了一声：

"赵多多——"

赵多多弓着腰，有些慌乱地应着，跑了过去。

四爷爷缓缓地撩开衣襟，从裤腰的一个褶缝里摸出了一个红纸包，交给了赵多多说："你混账半生，如今算办了件好事，成立公司。这是二百元，四爷爷清贫，投资公司表表心意——你当场点清。"

赵多多捧着纸包说："不用，不用点了……"

四爷爷严厉地喝一声："当场点清！"……

广场上的人全都走开时，已是半夜时分了。老隋家的几个人最后离开。开始见素坐在一块冰凉的青石上，不愿走开，隋不召和抱朴把他扶起来，三个人一块儿往回走去。从老庙旧址到老隋家大院并不太远，他们却十分费力地走完了这段路。谁也没有说话。

宣布了▇▇结果，人群才稍做安静一些。他讲完了，赵多多凑过去说了几句什么，他点点头。赵多多立即转身向着会场，讲了他的宏伟计划——注狸粉丝铺笺生产总公司（成立），▇▇▇▇▇▇▇▇欢迎全镇人投资等等……隋见素坐在地上听着，▇▇▇▇▇▇▇▇慢慢站起来，走到前面。他（对人们）说："粉丝厂又落到赵多多手里了——人家天时地利人和……可我想重起炉灶！谁少谁借得还我，就来入股吧！我还不起大伙的钱，宁可卖房子卖地、卖老婆……"有人大声讥笑："你哪有老婆！"见素回敬一句："会有的！老少爷们，老隋家的人说话算数！……"台上的青金殷、钭玉全站起来，注视着隋（见素）。（见素）说完了，就退到原地坐了。人群又乱起来。后来吵嚷声音弱下来，人们举目望去，见到四爷爷手持拐杖，不知从哪儿走到了台子前面。他站在那儿，默默无语地看了看，一双眼睛闪闪有光。他把拐捣一捣地，喊了一声：

"赵多多——"

赵多多弓着腰，有些慌乱地走着，跑了过去。

四爷爷▇▇缓缓地撩开衣襟，从裤腰的一个褶缝里摸出了一个红纸包，交给了赵多多▇▇说："你混账半生，如今算做了件好事，成立公司。这是二百元，四爷爷请这，投资公司表表心意——你当场点清。"

赵多多捧着纸包说："不用，不用点了……"

四爷爷严厉地喝一声："当场点清！"……

广场上的人全都走开时，已是半夜时分了。老隋家的

〈284〉

文小五 22 字 4.5 套 金
注六宋四行开 4 磅宋 另
㉚ 与仇
284—289　　张　伟　3014

抱朴和叔父把见素扶到他的厢房里，又让含章给他做了饭，让他吃下去。他们小坐了一会儿，就离开了。含章坐在见素的桌旁，看着在暗影里半卧的哥哥。她说："睡觉吧，二哥。"见素"嗯"一声，问："你去开会了含章？"含章摇头说："没有。我害怕人多……"见素自语似地咕哝："那么你还不知道那个……场面……"含章喃喃地说："知道。我什么都猜得到，二哥。你睡觉吧，睡吧……你太累了。"

　　一连几天见素都没有出门。他似乎在等待什么。几天过去了，镇上只有寥寥几户来商谈过集资办厂的事，都是老隋家和老李家的。他们的钱合起来才不过几百元，与其说是来投资，不如说是来安慰。他们告诉赵多多几天来已经在镇子内外集了十几万元了，还告诉赵多多正在联系从银行贷款——这启发了见素，他决心也贷一笔款子，横下心挤他一下！他找了银行，银行讲了贷款的一套程序。他又去找栾春记，主任说你把个体企业申批这一套办完再来找我吧。见素怕最终白白花钱跑门子，决定以"洼狸大商店"的名义申请贷款。李玉明答应帮忙，并和他一起找了鲁金殿和邹玉全。结果银行表示可以贷给，但只能在五千元之内。见素大失所望。正这时传来赵多多贷款二十万的消息——见素问银行为何一样的人差别如此之大？银行领导回答：赵多多是全县有名的"企业家"了。上边有指示，对这样的人要重点保证，并且无息或低息都可以。见素听了，没有说一句话就离开了。

　　夜里，见素立在眉豆架边，久久地看着它枯萎下去的叶子。蓦然，那个割棘子的小姑娘的影子又从他的眼前闪过。他全身抖动了一下，伸出了两臂，又轻轻按住了自己的胸膛……哥哥的窗户上映着那个粗粗的身影，他走进屋去，不由得愣住了：抱朴在用那把特大的朱红算盘算账！见素问："你算什么？"哥哥平静地回答："我算粉丝大厂这笔账。"见素一下子坐在炕边上，叹着气说："可惜你算得太晚了！"哥哥点点头："太晚了。不过总得算哪！"见素停了会儿说："这些账我早就算好了，我以前告诉过你。"抱朴拨动着红色的珠子说："我得自己算。我也许比你算得要细、要多。咱们算的不完全是一笔账……这要费我不少工夫。"见素茫然地看了看算盘，又站起来在屋里走着。他从抽屉里找出了那本《共产党宣言》，翻了一下又放好。他让哥哥停了一会儿再算，接上讲了前几天开会之前他做的那个梦。他说那片河滩无边无际，是暗蓝色的，每一粒沙子都是蓝的。后来红马跑来了，像太阳一样红。他骑上马飞驰而去……讲到这里见素说道：

"哥哥，我要离开洼狸镇了。"

抱朴惊呆了，望着他问："到哪里去？"见素回答："到城里去。我不愿再待在镇上了。现在允许进城经商，我想到城里开开店，或者做点别的。镇上这个店先让张王氏照管着。"抱朴长久地望着窗外，说："这不是赌气的事，你该好好想想。城里不那么好混，你想得太简单了！"见素吸着了烟斗，口气坚决地说："我主意定了。我想过好久。也许去一段还会回来，镇子才是我扎根的地方。我死了也要出去闯荡一遭，我这些年憋屈得够受……"见素走了出去。

抱朴默默地坐在那儿，一动不动。他突然觉得弟弟真的会走，就像当年的隋不召一样。

见素回到厢房里，觉得身上一阵阵燥热。他喝了一茶缸冷水，正站在窗前喘息着，忽然听到有人笃笃地敲窗。他赶忙开了门，进来的是大喜！两人对望着，一声不吭。后来大喜扑进了他的怀里，小声地哭起来。见素扶起她的头，盯着她的眼睛严肃地问："你这几天怎么不来看我？！"大喜声音颤颤地说："我……不敢来，我怕、怕你心里难受，不喜欢我……"见素激动地看着她，不停地吻起她来。他说："大喜，我喜欢你！喜欢你！再难受见了你也好多了……"大喜惊喜地说："真的？啊啊……素哥……我恨死我自己了，我什么也帮不了你！赵多多……我恨不能杀了他……"见素心里一热，眼睛湿润了。他返身去关了门。他把头伏在了大喜松软的胸部，一动不动。大喜叫了他一声，他没有声音。大喜伸手去摇动他，他还是没有声音。大喜焦急地嚷叫了，用力地把他的头捧起来。她发现见素眼角上有一滴泪珠，害怕地"啊"了一声。她想不到他还会哭。他把脸靠在她的额头上，轻声呼唤道："大喜！你听见我的声音吗？啊，你听见。你听我说，大喜，我心里真感激你！我爱上了你，比什么时候都想你。我要你嫁给我，给我当老婆……我一辈子都和你在一起……你不知道，不知道我败得有多惨！可我这时候和你在一起。你不嫌弃我……"

大喜呜呜地哭起来，越哭声音越大。见素突然想到有人会听见，用手去捂她的嘴巴。她吻着见素的额头、眼睛、脖颈，吻着他蓬乱肮脏的头发。见素说："我们睡吧，躺下来，我告诉你个要紧的事情……"

洼狸镇经过了那个大会，新奇的消息越来越多了。一切都与赵多多有关。传说赵多多已经找人制造公司的大牌子了，小轿车也快买回；女秘书找成了，领回来的第二天又更名"公务员"……见素一连多少天不出隋家大院，日日失眠，眼窝发黑。隋不召和抱朴知道见素与赵多多这一场搏击折损了元气，千方百计让含章做好的给他恢复身体。半月下去，见素又头晕起来，症状反而见重。这只得又请郭运来看。郭运说这一次虽与上一次大不相同，但两次又息息相关。他说见素是阴阳两虚，已成"失精家"："精为神之母。有精方可全神。精伤神无所舍，是为失守。精脱者死，失神者亦死。"

隋不召和抱朴听了都慌起来。他们要求老人施以重剂。老人摇头说："正气已衰，耐不住攻伐重剂。只能用桂枝汤调和营卫，加龙牡潜镇摄纳，固阳守阴……"他说着开下方剂，嘱一家人谨慎留神，提醒病人按时吃药。抱朴取了方子一看，见上面写了：桂枝三钱，芍药三钱，生姜三片，甘草二钱，大枣六枚，煅龙骨、煅牡蛎各一两。

27

第 十六章

抱朴依旧到老磨屋去。空余的一切时间他都忙着▓▓▓▓

▓▓▓▓▓▓▓▓▓。他耳边老响着弟弟那句话："你算得太晚

了。▓▓▓▓▓▓▓▓▓▓催促吃药。见素

多少年来第一次这么安静地躺在炕上。郭运每隔儿天来看

一次，▓▓带给▓▓一本白话《天问》。见素就翻着它

打发时光……▓▓▓▓▓▓隔不吕进隋家老宅大院的次

数增多了。老人看见素，也看抱朴▓▓。他嘲笑抱朴

▓▓▓▓▓▓▓▓▓▓▓▓▓▓说账这个东西是人世

间最糊涂的，人弄出账本▓▓为了聪明，算来算去也弄糊涂

了。▓▓▓▓▓▓▓▓▓▓抱朴知道

▓是▓▓▓的，后来一直回避算账。但那个▓▓天竟终

于还是清醒他抓起了算盘。有一天竟从远处飘来了隋四

的笛音，隔不吕听了一会儿对抱朴说："笛声变了！"抱

朴▓▓▓▓▓▓▓▓▓▓▓▓屏住呼吸听着。笛音果然

一改这几十年的声色，抱朴怅惘地呆住了。交这去一直是

尖尖酸酸，孤寂而悲伤，▓▓▓▓▓▓▓▓

而今▓却透出了一种不肯遮掩的、象是偷来的欢乐▓▓这

笛音竟原来注猩领光掘汉永恒的音乐，而今变得再也不肯

让人习惯。隔不吕说一声："我去看看"，就走了。抱朴

再也无心▓▓。他的心一直慌慌地跳动，焦燥不安地主屋

〈290〉

文小五 22字▓▓▓全州
往六宋园行齐▓▓▓州
290~296
3828

第十六章

　　抱朴依旧到老磨屋去。空余的一切时间他都忙着算账。他耳边老响着弟弟的那句话：你算得太晚了。他常去催促弟弟吃药。见素多少年来第一次这么安静地躺在炕上。郭运每隔几天来看一次，还带给他一本白话《天问》。见素就翻着它打发时光……隋不召进隋家老宅大院的次数增多了。老人看见素，也看抱朴。他嘲笑抱朴算账，说账这个东西是人世间最糊涂的，人弄出账来本为了聪明，算来算去也就糊涂了。抱朴知道父亲是怎么死的，后来一直回避算账。但那个承包大会终于还是诱惑他抓起了算盘。

　　有一天黄昏从远处飘来了跛四的笛音，隋不召听了一会儿警觉地对抱朴说："笛音变了！"

　　抱朴屏住呼吸听着。笛音果然一改它几十年的声色，抱朴惊讶地呆住了。它过去一直是尖尖酸酸，孤寂而悲伤，而今却透出了一种不能遮掩的、像是偷来的欢乐。这笛音原来曾是洼狸镇光棍汉永恒的音乐，而今倒变得再也不能让人习惯。隋不召说一声："我去看看"，就走了。

　　抱朴再也无心做事。他的心一直慌慌地跳动，焦躁不安地在屋里来回走动，自己也有些莫名其妙。深夜里，笛音消逝了，他才躺下休息。可是睡不着。好不容易挨到了天亮，叔父隋不召伏在窗外喊着他的名字，告诉：

"小葵嫁给跛四了！"

接下去抱朴的头颅像被击了一拳，嗡嗡地响。他也不知道自己是怎么跑出了厢房、跑出了院子。他嘴里咕哝着什么，一直跑到老赵家的小巷子里。他用手砸着窗子，直到小葵手扯小累累站在了窗子的那边，他一双眼睛看着她又瘦又白的脸，问："真的吗？"窗子那边答："真的。""什么时候？""前些天，镇上人忙着开大会那会儿。""啊啊，啊啊……小葵！你该告诉我一声！你该等等我！"抱朴喊道，抱着头颅。小葵用牙齿咬着嘴唇，摇了摇头："我等了你几十年。我那天一照镜子，见里面的人那么多白头发。我哭了。里面的人也哭了。我们俩互相叮嘱：再也不等了，再也不等了……"抱朴难过地蹲在了地上，喃喃地说："可是……有小累累！把他还给我吧，他是我的孩子。"小葵冷冷地回答一句："不。他是兆路的孩子。"……抱朴眼前又闪过了那个暴风雨之夜。他朝着玻璃举起了拳头，又缓缓地放下。他站起来，头也不回地走了。

见素正在他的厢房里等他。抱朴进门默默地站了一会儿，扳住了他的瘦削的肩膀。见素感到了那只大手在剧烈地抖动。抱朴用手抚摸着见素的头发，一声不吭。见素看着哥哥的眼睛说："叔父刚才来了，你不在，他又走了……"抱朴点点头："走了，她走了，干干净净了，无牵无挂了。他们都走了 —— 你不是也要走，要进城去吗？老隋家啊，老隋家！老隋家的人啊……"见素安慰着他，让他休息，告诉他明天还要去看老磨。抱朴紧紧握住弟弟的手，乞求般地说："不，你不要离开我，今夜你不要走！你在这儿跟我说话——我一肚子话想说给你听，我闷死了。小葵走了，你也要走，我说给谁听？我说给老磨屋？我说给这间厢房？见素啊！你不要站着，不要这么直眼瞅着我，你坐下，就坐在炕上吧……"

见素慌慌地坐了。他第一次见哥哥这样，心里可怜起他来。他想安慰哥哥，可又不知该说什么。小葵嫁人了，她永远地属于别人的了。抱朴爱这个女人爱得要命，见素对这个清清楚楚。他在心里说："抱朴啊，你忍受着一切，坐在老磨屋里，如今算是得到了报应。没有人能帮你了，可怜你也是白搭。"

抱朴用抖抖的手去卷烟，卷得不成型儿。见素给了他一支香烟。他急急地吸着，吸了两口又抛掉了。他问见素："你骂过老隋家人'窝囊'？"见素有些茫然地看着他。他狠狠地点着头："你骂过。骂得好。我现在也想这么骂。眼盯盯地看着她走了，走没了影儿。折磨自己，也折磨别人，好像就为了折磨人才活下来一样。自己不高兴，也不让别人高兴，这他妈的算是什么怪人！有话都闷在心里，闷一个月、一年、一辈子，就像闷面酱一样，闷得全变了色儿！从来没有痛痛快快说过话，身上的血全瘀在那里，真想照准自己随便哪里扎一锥子。流血了，疼得在地上乱滚，喊裂了嗓子，喊得他们退开老远。想是这么想，从来也没有那样的胆子。什么都不敢。那就趴下过一辈子吧，偏偏又不能。偏偏又知道恨、知道爱，知道在暴雨天里往外跑。有时候像被热水泼了一样，烫得难受，老想蹦起来。咬住牙，挺住，一声也不吭，一声不吭啊。我要过小葵，我身子被雨淋得湿淋淋的，就这么抱紧她过了一夜。她是我的，我不要别的了，我可以穷，可以被人踩在脚底下，可是我要小葵！我没有一天不这样想，也没有一天敢去找她。这样过完了十年、二十年，我和小葵都有了白头发。我到底怕什么？怕兆路那双眼，我老梦见他在阴间里瞪着我。我还怕老赵家，小葵是老赵家的人。我也怕自己，怕老隋家。老隋家的人不该有家庭，不该有后代。可是老隋家的人也是人哪，老隋家有女人，有男人。老隋家的人世世代代都重名声，名声变得一钱不值，也还是为名声去费脑筋。我刚才说了怕这怕那，最要紧的一条还没有说，就是怕那个名声。小葵把她给了我，那时候兆路还活着，她倒什么也不怕。我真可恶。我怕镇上人说：老隋家有人趁别人闯东北的时候夺了人家的老婆。我战战兢兢地回避着这句话。小葵过得多苦，兆路死了，我该把她接到咱家里来！我是个小人，我再也不会瞧得起我自己。小葵是好样的，她咬咬牙走了，像个男子汉。我倒像个女人。我这辈子想着她……不，我该从现在起忘了她。把什么都忘了吧，只记住一条：我这个人真窝囊……"

见素第一次听哥哥这样痛心疾首地剖析自己。他激动地打断哥哥的话："别说了，别这样说了！你是个好人，比我好多少倍。你往狠里骂自己，我真害怕……哥哥，你是老大，老隋家的苦你受得最多，多不容易。我明白你，我比什么时候都明白你……"

抱朴的额头上渗出了密密的汗珠。他发冷似地磕着牙，说："你不明白我。谁也不明白我。这也怨我自己，想得太多，告诉别人得太少。我跟桂桂夫妻几年，也没说完心底的东西。不是怕什么，是想得太多太多了，说不明白了。我真羡慕别人：无愁无忧，有点忧愁一阵风就吹散了。我羡慕桂桂，她真是个小孩子，到死的那天一双眼还像个孩子。这双眼你见过，真好看，又黑又亮。她大概谁也没有恨过，这样的眼装不下什么恨。你记得办大食堂那会儿全家隔离开搜粮？她给打得脸都肿了。可是她晚上躺在我怀里，看着我，眼里面没有一丝恨。我当时就寻思，我真有福啊，和个'孩子'在一起过日子，自己多少染上一点她的脾气就轻松了！到后来我才明白这是痴想，谁也没有本事改变我一丝一毫。我已经是铸就了的沉甸甸一块东西，再也漂不起来了。后来我还想就这么一辈子了，坐到老磨屋里吧，让老磨一天到黑这么磨，把性子磨钝，磨秃，把整个儿人都磨痴磨呆才好！谁知道这也是枉想。老磨把我的性子磨得越来越细了。

　　"没有办法，我也不明白我自己。我有时恨自己简直超过恨任何人、任何物。我天天就这么坐着，心里一刻不停地跟自己交谈，问一句答一句，有时干脆不停地骂自己。见素，你不知道，世上那些不怎么说话的人其实说了最多的话，说得口焦舌燥。他们在跟自己交谈啊，最累的是心。我问自己些什么？我问得乱七八糟，又平平常常。比如我问自己从什么时候变成了不爱说话的人、哪一年忘记了自己的生日、爸爸死的那年收成好不好、亲妈去世那年的事情、后母、后母的死、含章小时候的样子及十八九岁的样子、她的病、老隋家最老和最小的人、桂桂为什么没有孩子、圆房那一天的事、找不找小葵一次、想要的事、我有没有信仰、我算不算知识分子、为什么最早学的生字是《论语》上的、我给爸爸研墨你给我研墨、赵多多会怎么死、张王氏见过几次爸爸、粉丝大厂怎样应用科学、大虎的死、如果有外星人怎么办、星球大战和洼狸镇有什么关系、六〇年早来半马车萝卜会怎么样。等等。你想不到我为什么跟自己谈这些。我坐在方木凳上，一琢磨就是半天。我忘不掉事情，全记在心里，心里装不下，又吐不掉。几十年的事情了，一齐挤着我的心，我在哀求老天爷了：快让我忘掉一些吧，我心里装不下那么多！老天爷一声也不吭。我心上难受，就开始骂自己了。半夜三更，狗叫得人好烦啊！还有光棍汉跛四，不停地吹他的笛子。我睡不着，一个人在院子里走。下大雨的时候，让暴雨冲我的全身，那是最舒服了。那时候，我想把你从炕上叫起来，把心里的话全告诉你。可我没有一次这样做。我知道除了叔父，老隋家没有几个睡觉香甜的人了。我还以为你是个无愁无忧的人，后来才知道这是妄想。你被粉丝大厂的事熬红了眼睛。你的眼神叫我害怕了。我老怕你出了什么事。你让我羡慕、让我害怕、也让我恨。你比我有胆量，像一头豹子一样，看准了就会扑上去。这不像老隋家的人——也许世道能造出你这样的人。你病了，我知道你没有扑到猎物也就病了。这一切都在我预料中。我知道你扑不到。我跟你讲过，你不听。你扑上去了，受了伤，流了血，老隋家一家人都疼。老隋家的血不多了，不该再流了。我难过的就是这个。我喜欢的就是你的胆量，你是老隋家的一个男子汉，长壮了，长浑实了，你比你哥哥强上百倍。如果你哥哥有这样的胆量，扑上去，什么也跑不脱，小葵也跑不脱！可是该不该有这样的胆量？该不该？我问一千遍，一次也回答不了。老隋家啊，老隋家的人该不该有这样的胆量？谁能回答？谁能回答……"

见素的一双眼睛又冒出了火星。他几次插嘴都被哥哥滔滔不止的话语打断。这会儿他大声说道："我能！我能回答！我敢说人的力气都差不太多，要紧是有个胆量。有胆的生，无胆的死。老隋家被人踩在脚底下几十年了，喘不过气来，哀求人家松松脚，人家又加上一只脚。老隋家有什么过错？这只脚刚松开了一点点，可你还趴在那儿。不！该有胆量站起来。我流了血，我会舔干净。我还会扑上去。我一次又一次问你过去的事情，问妈妈是怎么死的？你都不告诉我。你啊，你是用爪子撕自己，把自己撕得血淋淋。你不停地撕自己。小葵走了，可她该不该走？该不该走？"

"我不知道。也许她该走？她怕沾了我的血？我不该撕自己，我也不愿看到老隋家的人去撕别人。镇上人就是这么撕来撕去，血流成河。你让我告诉你过去的事，我还是不能。我没有那样的胆量，我说过我害怕你。你有胆量，我不想有和你一模一样的胆量。如果别人来撕我，我用拳头挡开他也就够了。如果坏人向好人伸出爪子，我能用拳头保护好人也就够了。我只需要这样的胆子，可我没有。这是我最不争气的地方。我和你不一样 —— 我早就明白了这一点。我最怕的就是撕咬别人的人。因为他们是兽不是人，就是他们使个洼狸镇血流成河。我害怕回想那样的日子，我害怕苦难！见素，我一想起那些日子就心里打颤。我心里祷告，'苦难啊，快离开洼狸镇吧，越远越好，越远越好，永远也别回来！'你不要听了在心里笑我，你不要以为我的担忧全是多余的。

　　"镇上人受了那么多的苦，从老辈算起肠子里也没有装过多少粮食。可他们是种粮食的人，他们得吃秸秆、树叶！粮食哪去了？不知道。反正没有了。镇上人是天底下最老实本分的人了，挨饿受冻，吃着草梗，不吭一声，实在没有力气走路了，就躺下来死。见素，你知道这些吧？你看到过这些吧？这些事情老在我眼前闪过来闪过去。父亲把粉丝厂交还了大家，他认为它应该是大家的。他不单单是因为害怕才交出去的，我从来就认为他有他的道理。他只给自己留下了过生活的一处小作坊。后来又有人做主把最后的小作坊也走了，理由是大家一块过生活。这样当然好。一辈子又一辈子的苦难，也许就是因为没有一块过生活 —— 可这样的生活还是没有过好。这才是我最难过的地方，我就为这个难过，所以我才不停地读那本书。我也为死去的老父亲难过，他吐净了血死在老马背上，就为了今后的人一块过生活。他知道了后来的事情一准伤心难过，说不定在阴间里又会第二次吐血……我寻思的就是这些。这里面牵涉到了作人的根本 —— 怎么过生活？这不是一个人的事情，绝不是！你错就错在把它当成了一个人的事情。那些吃亏的人，都是因为把它当成了自己的事情。你没有力气让你自己一个人过好生活，那样周围的人就会夺走你一个人的好生活。你听没听过这样一个传说：一群人在山里找金子，一大块狗头金在前面闪闪发光，走在最头里的人紧紧抱住它，说是他的，他自己的；人们去夺金子，因为是同行的人，一块儿找水喝，来了野兽一块儿去赶跑它；那个人紧紧抱住，用牙咬夺金子的人。后来没有办法，人们就端起石头把他砸死了。就是这么简单的故事。世上的道理千千万万，写成了书，有的书烫了金，用绸缎做封皮。其实说透了，都是在讨论过生活的办法。把生活过好，尽量过好，也就行了。你不是见我读那本薄薄的小书，《共产党宣言》吗？那也是一本讨论过生活的书，一本值得读一辈子的书。不过这还牵涉到一个人的信仰，这个一会儿再说。我们还是说过生活的事吧……我原来以为镇子上再也不会有那么多苦难了，再也不会流那么多血了，后来才明白这是梦想——镇子上还有你这样的人，不止你一个。镇上人会摆脱苦难吗？你这样的人会自己抱紧金子，谁也不给——有人会用石头砸你，你会用牙去撕咬，就又流血了。见素！你听到了吧？你明白了没有？你要知道你是老隋家的人，老隋家的人早就在老辈把事情想明白了，不用后一辈人再去糊糊涂涂流血了！这就是我要说的，这就是我要告诉你的。你现在已经受了伤，可是流血还不多。你赶快醒悟吧，赶快。"

"你让我趴在地上过一辈子！你让我像你一样埋在活棺材里……不！我不干！我以前说过，我三十多岁了，我要过人的日子！我要有自己的家、自己的媳妇、自己的孩子！我要过得像个人……"见素从炕上站起来，两手握紧了拳头，大声喊着，打断了抱朴的话。

抱朴声音粗粗地接上喊："说得好！再对也没有！你要求得一点也不过分！可惜这是你的一半话！如果你全说出来，你还会要粉丝大厂，要整个洼狸镇！你以前露过这个意思，我记住了……"

"我要粉丝大厂！我要！还是那句话，不能让它落到老多多手里！"

"它不是哪一个人的，洼狸镇上如今谁有力气把它抓到手里，抓一辈子？没有一个！老多多是做梦，不信看！别人也是做梦！你要夺到手里，理由就是不能给老多多。那么我问你见素，我亲眼见到镇上好多没有牙的老头子老太婆吃红薯和麸皮做成的团子，你发了财，会保证让他们吃好穿好，像对待父母一样对待他们吗？你能不能？你快回答我吧！"

见素额头上的汗水流出来，流到鼻子两侧。他不知所云地咕哝："这些，这难道……"

抱朴严正地看着他，厉声问："你回答！这个绝对不能含糊。你必须说真话，哪怕只说这一遭，你说！"

见素抬起头来："我不能。因为镇上的穷人太多了……"

抱朴坐下来。他卷了一支烟吸了一口，冷笑着说："你说了真话。这有点像老隋家的人。这下子你该明白自己了，你原来比老多多好不了多少。你的能力和善心都有限，你负不了那么多的责任。粉丝工业自古就是镇上人的命根子，你想要它，你要得太多了……我以前对你说过，我恨自己胆子太小，白白放跑了小葵，毁了我的下半辈子；可我更恨自己不能去夺下老多多手里的粉丝厂，把它交给镇上人，说一声：'快接住吧，抓紧它，上牢锁，它是大家的，再别让哪一个狠性子夺走。千万！千万！'我就在想这些。我的这些想法也许有人会嘲笑。我怀疑那些嘲笑我的人是不是真正善良的人。他们会轻轻松松嘲笑我：农民意识！平均主义！是啊，他们会这么说。他们不知道我们老隋家的苦难史，不知道洼狸镇人的苦难史，他们只为了快意，伪装大度的人，有时也伪装学者。他们如果亲眼看一看老隋家是怎么在农民式的嫉恨里挣扎了这么多年，就会知道老隋家人会比他们千倍万倍地憎恨平均主义。不，不是那种主义。实在是镇上人受的苦难太多了，实在是流的血太多了。该让他们喘息一下了，让他们长一长伤口。他们实在经不起强人再来抢掠他们了，他们轻易再不敢把镇子上的好东西随便一拱手交给哪一个人。难道不是吗？我想来想去是这样。苦就苦在想到这个步数，却没有一点胆量——胆子吓破了，就再也长不好了吗？我说过我羡慕你，那是真话！我真想得到你身上的另一些东西 —— 我指的是你的勇气，你的激情。人本来都该有这些东西，不过有人后来丢失了。这真倒霉。我就是这种倒霉的人。

　　"见素，人的勇气用不到正地方去，勇气还不如没有。可是他觉得能够用到正地方，就觉得勇气不够了。你以前说过我是个犹豫不决的人，说我这样什么都会耽误了。我明白你说得对，你一下就按在了我的痛处。我常想这是人的一种病，病根太深了。我从很小就得了这病，愈来愈重，胆小怕事，从来不敢说出心里的话；有时正说着，有人大声对应一句，我又变得吞吞吐吐了；我不敢走到人多的热闹地方去，不敢大声说话。镇上出了什么事，追查起来，我老觉得是我做的。我走路没有声音，就怕有人看见说：'看哪，他在走路！'其实谁不走路？我宁可走小路、走墙边、穿过野地，躲避着别人。我还暗地里观察过，镇子上有这种病的人绝不止我一个。老隋家的人偏多偏重，像含章，我不知道多少年没有听见她放声地笑了。我好几次试着自己根治自己的病，有一次深夜跑到河滩上，在黑影里哈哈大笑——四周发出回响，真痛快！我高声地笑，病根太深了。这大概要从头治。不过我有信心治好，我会里里外外强壮起来，我的信心一天天大起来。"

"你最好能变得胆子大起来！"见素看着激动的哥哥，又问："我有没有这种病？这是'怯病'。这种病到底是怎么得的？郭运也治不好吗？"

抱朴点点头："是'怯病'。郭运当然治不好。你如果留心看一看，你会发现镇子以外的人胆子大得多。你没有这个病，可你有另一种病。你的病我眼下还起不出名来，可我敢肯定你有病。咱们都是病人，老隋家的人多多少少都有病。我几十年都在设法战胜它，默默地咬住牙抵挡着。它和我婚姻的不幸连在了一块儿。小葵让我又爱又怯，说起来也许没人信。我整夜整夜地想她，想她的眼，嘴，想她的眼睫毛，想她身上的热气。我到现在也没发现还有比小葵好看的女人。她的性情是天底下最好的，就那么屈在男人怀里，一声不吭，高兴了顶多哭一哭。我想她呀，我怀疑世上还有谁会像我这样思念一个女人。可是到时候我又怕她。我不知道我想她对不对，该不该，她是谁、是什么！我往前一步，往后一步，几十年也走不出老磨屋。我这个等到祸害着我，我咬着牙关，我让自己挺住。我会强壮起来……你问我这毛病是怎么得下的？我也一次次地问、问，问个不停。可我不敢回答。今天我倒要告诉你，见素！你听着，我要从头想一想。我要在今夜把什么都告诉你……"

第 十 七 章

"我知道病根已经扎得很深很深了。我被██病折
磨着，又不敢仔细探究这种病。我大保九岁，也许保██没
██生下来我就██开始得病了。我跟保说过，我刚≈记事
父亲就整天算账，累得脸色焦黄。他从来不跟我笑，他没
有时间笑了。妈≈在我眼里很陌生，后来才好了一点。再
后来是她的父亲——就是保的外祖父死在青岛，妈≈得起
了消息笑得没有完了。那一天我吓坏了，那情景我现在还
辨想得起来。再后来，也就是父亲交出了粉丝厂，他变得
轻松愉快了。可██就是那一天妈妈敲折了自己的手指骨节，
血██红红酒在了饭桌上。血当然马上就擦干净了，可是
吃饭时，我老觉得血注在桌上，我去去桌，它就流██起来。
██████████████████父亲去世以后，我就一个人
██全，偷≈把饭桌劈了生了炉子。妈妈知道了就发起火
来，她不舍得这张红漆漆桌子。那时我觉得她什么都不舍
得。她性子到了后来，也就注定了是那样……那样死去
……"抱朴说到这里老想呕吃起来，并连连把她瞥了见素一
眼。见素玉≈≈地盯着他，这会儿打断他问。

"怎么死的？保说下去！"

抱朴像≈地吐气，说："这些保都知道。保知道她后
来是自杀了，吃了毒药……"抱朴的脸上有了汗珠。

见素冷██笑着。——抱朴说下去。"那时候我刚≈

<304>

文小五 72字 4.5 率 全
注六未圆行齐 4 辫余 用
③5 方式
354-313
机排点 5940

326

第十七章

"我知道病根已经扎得很深很深了。我被病折磨着,又不敢仔细探究这种病。我大你九岁,也许你没生下来我就开始得病了。我跟你说过,我刚刚记事父亲就整天算账,累得脸色焦黄。他从来不跟我笑,他没有时间笑了。妈妈在我眼里很陌生,后来才好了一点。再后来就是她的父亲——就是你的外祖父死在青岛,妈妈得知了消息哭得没有气了。那一天我吓坏了,那情景我现在还能想得起来。再后来,也就是父亲交出了粉丝厂,他变得轻松愉快了。可就是那一天母亲敲折了自己的手指骨节,血通红通红洒在了饭桌上。血当然马上就擦干净了,可是吃饭时,我老觉得血汪在桌上,我去夹菜,它就流起来。父亲去世以后,我就一个人做主,偷偷把饭桌劈了生了炉子。母亲知道了就发起火来,她不舍得这张红酱漆桌子。那时我觉得她什么都不舍得。她这性子到了后来,也就注定了要那样……那样死去……"抱朴说到这里突然口吃起来,并迅速地瞥了见素一眼。见素正死死地盯住他,这会儿打断他问:

"怎么死的?你说下去!"

抱朴徐徐地吐气,说:"这些你都知道。你知道她后来是自杀了,吃了毒药……"抱朴的脸上有了汗珠。

见素冷笑着……抱朴说下去："那时候我刚刚四五岁。到了六七岁上，镇子上就天天开大会了。老庙旧址上人山人海，贴近场子的墙头上、屋顶上都卧了民兵，架了枪。镇子内外的地主都拉到场子上斗，到后来哪天都死人。有一天爸爸也去开会，不过不是站在台上，是站在台下靠前边一点。我被妈妈打发出来看爸爸，看不见，就爬到一个墙头上。有个民兵用枪向我瞄准，我就贴在墙上闭着眼。后来睁开眼，枪口移开了。我这才知道他是吓唬我。我开始看爸爸，后来见拉上台子一个长头发的中年人，就光看他了。那个人留了长分头，穿了雪白的制服衬衫，乡下从来没有见过这样的人。后来才知道他是一个地主的大少爷，在外面读洋书，回来有事情，村里人就把他逮住了 —— 他父亲跑了，正好让他顶上。一个一个到台上哭诉，都是哭诉他父亲的。一个老婆婆穿了破衣烂衫，哭过了，一抹眼泪，突然从怀里摸出一把锥子，向着大少爷就扎过去。台上的干部和民兵架住了她。又有人哭诉，完了再接上。半上午的时候，一伙人拥上台子，每人拿一根颤颤的藤条。他们用藤条抽打他，我亲眼见藤条在白衬衫上留下血印，一道一道。后来白衬衫变成红的了。他惨叫着，我听不清，可我看见他疼得拧动……后来他死了。我回了家，吓得再不敢去看开会了。见素，你不知道，我现在还清清楚楚看见那红条条，印在白衬衫上。那时候我刚六七岁，离现在快有四十年了……接上去不断听到这样的议论：老隋家算不算开明士绅？民兵老在我们老宅里转悠。全家都在心里嘀咕：算不算？算不算？全家没有一个敢大声说话的。不知怎么我有个预感，我想早晚会不算的。见素！就在四七年的夏天晚一点，镇上发生了那些事情……我想一想都害怕，我一次也没有说过……也许这谁也不信 —— 幸亏有年长的人作证 —— 镇史上也记下来了……那年夏天……"

抱朴仰靠在墙壁上，嘴唇有些发紫。他的两臂抖着，这时候伸手去抱见素的胳膊。见素叫着他："哥哥，你说吧，你说下去。"抱朴点点头，眼睛望了望四周，又点点头："我说……我今夜一开始就告诉过你，我什么都要讲给你听……"

见素把胳膊从抱朴怀中抽出，坐到炕角上去。他看到哥哥也缩到炕角了，黑影里再也看不清他的脸。

"夏天晚一点的时候，还乡团回到镇上了。好多人闻风就跑开了，跑到河西或者更远的地方。赵多多跑了，四爷爷赵炳也跑了。村指导员、上边来的干部，都跑了。镇上有些人没有跑，有些人跑到半路又给截回来了。还乡团里有镇上逃出去的，更多的是镇外的人。他们由镇上人领路，挨家认东西、找人。后来四十多个男女老少给驱赶到老庙旧址上，我也在里边。还乡团的人骂着穷鬼，点了一堆大火，扔进火里一个人。那个人开始跪下来哀求，还是给扔进去。他爬出来，浑身是灰，头发焦了，又给扔进去。四十多个人吓呆了一半儿，吓哭了一半儿，不少人跪下求饶。我闻到了火里的气味，这一辈子也忘不掉。我常常想起那股味儿，有时走在路上，不知怎么就闻到了那股味儿。这当然是错觉……那个人烧死了。是个小伙子，只当过几天民兵。他死之前喊的最后一句话是：'不关我事呀，老天爷爷！我不知道……'剩下的四十多个人里，有个小孩子想跑，背枪的人就踢倒了他，让他仰面朝天，用脚踩他的肚子，说：'你跑！你跑！'小孩子喊也没有来得及喊，嘴里流着血就死了。为了防止逃跑，他们找到一根铁丝，穿进人们的锁子骨里。铁丝带着血，从这人皮下拖出又插进那人的皮下！他们用刀捅、撬，老太太小孩全串到一起。临到我了，一个人用血糊糊的手按住我的头，要用刀子撬我的骨头。有个人喊：'他是老隋家的大少爷，不能穿到一串上！'也就放开了我 —— 到现在我也不知道是还乡团的人喊的，还是那四十多个人里面喊的。那根铁丝的两端都有两三个人扯着，扯的人一用力，被串了的人就撕心裂肺地呼喊一声。就这么在场子上扯来扯去挨到了天亮，满场上都是血。天蒙蒙亮的时候，一串人被牵到一个大红薯窖边，一个一个往里推。见素，你没见那些人的眼神，见了你一辈子也忘不掉。他们什么过错也没有，吃了上顿没下顿，只不过留了一点斗地主的'果实'。全推进了窖子里，哭叫声惊天动地。还乡团往下扔石头、铲土，有的还往里解溲……不说了，见素，不说了。你想想当时的情景吧。那时候我刚刚七岁啊，假如我能活到六十岁，我要有五十三年记住这个场面。我怎么受得住。时间太长了。我注定这一辈子是完了，一辈子要在惊恐里过完，没有办法。你可能会说：'这个我也知道，我也知道红薯窖里活埋过四十二个人。'可是见素，你没有亲眼看见！你没有听见他们呼喊的声音！这可差得太多了。如果听了看了，一辈子都在心里，会压得你喘不过气来……"

抱朴终于说不下去了，身子紧靠住墙壁，咬着牙关。见素的手抖抖地去衣兜里摸烟，摸出了火柴又掉在地上。他给哥哥燃了烟，又给自己燃上。他开了一扇窗子，看了看含章的窗子，又合上去。他自语般地说："真是只有想不到的，没有做不到的。洼狸镇发生过这样的事，可从现在人们的脸上看不出来。老庙旧址上泥土的颜色也看不出来。人哪！人哪！有的这么容易忘事儿，有的到死也忘不掉。人真是不一样啊……哥哥，你太苦了，你活得真不易，真不易。我该帮帮你，怎么帮你？你真该有人帮帮。也许你自己才能帮自己了……哥哥！"

抱朴握住弟弟的手，用力地握着，说："你和我不一样，可到底还是最明白我的人。只有自己能帮自己，这句话说得再好也没有了。我正在拼着劲儿，帮着自己。这好比去举起一块大石头，举着举着，两个胳膊发酸也不能颤、不能抖，咬住牙关。一软下来，什么都完了。我正拼着劲儿。一点不错，我在自己帮自己。我寻思往事，我算账，都是自己帮自己。我常常想，人哪，你到底能走多么远？就一直走下去吗？让人最害怕的绝不是天塌地陷、不是山崩，是人本身。真是这样。谁如果不服我的话，就请他来一道翻一翻镇史吧。有的镇史上没有，都记在人的心里。光害怕不行，还得寻思下去。洼狸镇曾经血流成河，就这么白流了吗？就这么往镇史上一划了结了吗？不能，不能轻易忘记，得寻思到底是为什么。大人小孩、男男女女都要寻思，辈分最高的和辈分最低的都要寻思。人要好好寻思人。人在别处动脑子，造出了机器，给马戴上了笼头，这都不错。

可是他自己怎么才能摆脱苦难？他的凶狠、残忍、惨绝人寰，都是哪个地方、哪个部位出了毛病？先别忙着控诉、别忙着哭泣，先想一想到底是为什么吧。不会同情、不会可怜人，一个老太太吃糠咽菜活到了八十岁，正该是为她祝寿的时候，却用刀尖撬开了她的锁子骨，又把她活埋到红薯窖里！人哪人哪，这就是人群里发生的！老太太没有一点错，活得老老实实，吃谷糠时，里面的虫子又白又胖，不舍得扔，一块儿煮了。假使她真有错，八十岁的老太太又怎么不能原谅？她爬了一辈子，再有几尺远就爬到头了，怎么不能高抬贵手让她再爬一会儿，爬到头？……见素哪，我真不敢想，不敢想。有时我坐在老磨屋里，不知怎么就听到一声尖叫。我知道这是幻觉，我难过得哭了。谁来救救我，谁来救救人？没有。人靠人救。我每逢看到那些耀武扬威、满嘴谎话、只知道穿着好衣服欺压人的人，心里就恨死了他们。他们一有机会就传染苦难。他们的可恨不在于已经做了什么，在于他们会做什么！不看到这个步数，就不会真恨苦难，不会真恨丑恶，惨剧还会再来到洼狸镇上……见素，你想过这些没有？你想到这些没有？如果你没有想到想过，你怎么配去掌管粉丝大厂？你没想过，你就不配为洼狸镇做任何重要的事情！道理再简单没有：越是做大事情负大责任的人，越是要多想想苦难，学会恨一些人，学会寻思往事。这个一点不能含糊，含糊了，苦难迟早又要来了。见素，你今夜，就是现在，得回答我，你平常是不是常常寻思，常常恨那些传染苦难的人？你回答我。要老老实实。"

见素咳了一声，说："我……不怎么寻思。但我恨死了赵多多。"

"那不行。越来我越明白了，你不配为洼狸镇做重要事情。我原来想的没有错，你就是不行。你不该觉得大材小用，你该明白你必须做一个对镇子来说可有可无的人，你必须安于这个。你没有别的办法，你万一成了镇上至关紧要的人，镇子不会有一点好处。有人喜欢夸赞脑力，说有脑力、有勇气，就是个了不起的人了。我要问说这个话的糊涂鬼：想法用铁丝穿起一串老少的人没有脑力吗？没有勇气吗？你让他发挥脑力和勇气吧！也不要小看了那些只会说好话的人、不要小看了那些又谨慎又听话的人，当年就是这些人服从了脑力和勇气，具体动手去扯铁丝。还是那句话，重要的不在于他们已经做了什么，在于他们会做什么。小心地避开那些人、提防着那些人吧，避开了他们的脑力，我敢保证是镇上人的福。我这样说你会不高兴，会气得要命，可我还是要说……我说得太多，有时就接不上原来的茬儿了。我本来要告诉你我的病是怎么得的，我还是说这个吧。我要把我心里搁了几十年的事情全告诉你。一说到这里我就害怕起来，我这是最后一次跟你讲过去的事情了。我怕你听了刚才的故事和我下面要讲的这些，也犯和我一样的毛病……"

　　见素声音低低地说："我不会。小时候染不上那个病，就再也染不上了。你讲吧哥哥，我好好听。"

　　"那就讲吧。我不能老把它们放在心里，这憋得真难受。见素，我要讲早几年女人的惨故事……你不要这么盯着我，不要急着插嘴。还是镇子上的，还是那几年发生的。有一天下午，就是我去看开大会以后第四五天的一个下午，一个地主关在地窖子里，不知怎么逃跑了。全镇的街巷都由民兵把起来，挨家搜查。最后还是没有搜出。搜的同时，另有人带民兵拷问那个地主的家里人：一个女儿、一个儿子。他们和父亲分开关在两个地方。那个地主是镇上一霸，四十多岁上糟蹋了粉丝房里洗粉丝的两个女工，其中一个有了孩子，上了吊。那个女工的哥哥就参加了拷打地主女儿和儿子，听人说用枪托捣他们的后背和屁股，逼他们说出父亲逃到哪里去了。说不出，又捣。再到后来，又用枪托乱捣起来。到了晚上，几个民兵都争着看守他们，那个女工的哥哥说还轮不到你们几个。他一个人看守了两天两夜。第三天上开始，几个民兵都去看守了。不久，地主的女儿就死了，几个民兵扛到河滩上埋了。可怕的是后来，是那个早晨。我到现在想起来还后悔，那天早晨不该到外面去……我走到街西头，看到一伙人围住一棵树大笑大叫，有的还跺脚，就跑了过去。见我过去了，有人就扳开前面的几个说：'闪一闪，让小东西开开眼……'我不知是什么，就往前钻挤，到了前面一看，一下就吓呆了！我不信这是真的，可又分明是前天埋掉的人绑在了树上。她身上有一块块血印、伤疤，可全身还算雪白的。没有一丝衣服，闭着眼，像睡着了。乳头没有，上面结了黑黑的血块。下边一点，见素，亏他们想得出哪！他们在她的阴部插了一颗萝卜……我当时没有想是有人把她又从沙土里扒出来了，还是民兵根本就没有埋她。我哇哇地哭了，哭着跑回了家。母亲和父亲都吃惊地问我，他们惊吓怕了，以为又出了什么坏消息。我没有告诉他们。我一直没有讲，对谁也没有讲。这像一粒带血的种子一样，埋在我胸口，一埋就是几十年。

我也没有对桂桂讲。我为咱们整个儿人害羞，这里面有说不清的羞愧劲儿、耻辱劲儿！老天爷也许有意让我这辈子必须看那么一眼，好让我记住什么，一生都想着它打颤。这些事难道离我们太远吗？一点儿也不！就像发生在昨天一样，一切真是清清楚楚，清清楚楚！有人却转眼就忘了，好像什么也没有发生，平平常常的一个洼狸镇。不是，我知道不是，我亲眼见过，我要告诉大家说：不是。我想不明白为什么要杀了她，想不明白为什么要那样杀她；想不明白为什么不埋她或者埋掉又扒出。她流了血，血上又沾了黄沙，为什么不赶快再用黄沙盖住？盖住她的脸、她的手、她的乳头、她的那个地方、她的全身？为什么不盖住？不甘心吗？太美了吗？可是把一朵菊花踩烂了又吐上一口唾沫，能插到花瓶里吗？我一遍一遍地想着问着，一遍一遍难过地流泪。夜里我搂抱着桂桂，不知怎么有时就想到了树上的人。我浑身打战，桂桂害怕地问我病了吗？我说没有。我紧紧地抱着她，我抚摸她，我加倍地对她好。好像有过了那个场面，世上的所有男人都普遍地对不起女人了。男人应该羞辱，因为男人没有保护女人。从那一年往后，所有活着的男人都应该千方百计保护女人，用各种方式方法。谁不这样，就应该赶出洼狸镇去！桂桂夜里生病，她哭的时候，没有声音，只隔着一层泪水望着我。我想苦难怎么都加在了女人身上……桂桂，你嫂子，不久就死了。葬她时，我动手挖了个深穴。有人说行了，太深了，我说不行！我挖呀挖呀，我把她埋在最深处了……"

见素听不下去了，这时把头伏在哥哥的膝头上，痛哭起来了。

唾沫，再插到花瓶里吗？我一遍一遍地哭着问着，一遍一遍雅过她流泪。夜里我搂抱着桂之，不知怎么有时就想到了树上的人。我浑身打战，桂之责怪他们我病了吗？我说没有。我紧之地抱着她，我抚摸她，我加倍地对她好。好象有过了那个场面，世上的所有男人都普遍地对不起女人了。男人应该羞愧，因为男人没有保护女人。从那一车往后，所有活着的男人都应该千方百计保护女人，用各种方式方法。若不这样，就应该赶出挂狸镜去！桂之夜里生病，她望我的时候，没有声音，只隔着一层泪水望着我。我想灾难怎么都加在了女人身上……桂之，你嫂子，不久就死了。葬她时，我动手挖了个深穴。有人说行了，太深了，我说不行！我挖呀挖呀，我把她埋在最深处了……"

见素听不下去了，这时把关伏在哥之的膝头上哭了。（哭）（赵素哭了）

抱朴用手去扶他的头，他不肯抬起来。这样哭了一会儿，他自己止住哭来，擦干了眼泪。他双目炽热地望着抱朴，那神色好似在说："你讲吧！索性讲吧！我听，我在听……"

抱朴稍微做平静了一下，擦了擦额上的汗水。他接上说，"象我刚才讲的，镜史上都没有。这是镜史的缺陷。你千万不要少看了这一笔的有无，它会影响一代又一代人对嫂子的看法。后辈人不明白老辈人，后辈人的日子就过不好。他们以为老辈人没有做过，就去试一试，笑笑老辈人早就做过了。我几次想找李玉明、找费金殷，要求趁这批人还活着，赶快修改镜史，赶快。可是我没有那样的胆子。我抱朴用手去扶他的头，他不肯抬起来。这样哭了一会儿，他自己昂起头来，擦干了眼泪。他双目灼热地望着抱朴，那神色好似在说："你讲吧！索性讲吧！我听，我在听……"

抱朴稍微平静了一下，擦了擦额上的汗水。他接上说："像我刚才讲的，镇史上都没有。这是镇史的缺陷。你千万不要小看了这一笔的有无，它会影响一代又一代人对镇子的看法。后辈人不明白老辈人，后辈人的日子就过不好。他们以为老辈人没有做过，就去试一试，其实老辈人早就做过了。我几次想找李玉明、找鲁金殿，要求趁这批人还活着，赶快修改镇史，赶快。可是我没有那样的胆子。我想得多，做得少，差不多只配坐在老磨屋里了。我一想起要做点什么，就心慌。好像什么都不怕又什么都怕。不是镇上的人、不是老隋家的人，就永远也闹不明白这是为什么。刚刚能安安静静坐在磨屋里了，这多少也是个福。我坐一天、有时坐半夜，走回去洗洗脸，吃饭吃得饱，再睡觉或者读书。我一遍又一遍读《共产党宣言》，知道这是跟我们的镇子、跟苦命的老隋家人分也分不开。这不是一天两天能读懂的书，得用心去读，而不只是用脑。这种安静的日子才来了几天？后来的事你都记得，不用我说了。后来赵多多一次一次领人到我们院里，用一根铁钎往地下钻探。这差不多是捅在了我的心上。镇子上有了造反的，我们不敢出门。红卫兵一次一次来抄家，我把父亲留下的书藏在一个棺材里，上面又用罗子筛上浮土，这才算躲过去。你和我都被绑上游斗，咱们俩的额头上都给贴了父亲的照片。街两旁围看的人都大声问：'头上是他妈的什么鬼影？'

另一些人答：'老东西的！'他们笑，笑过了呼口号……晚上回来，我做饭，你咬着牙，脸色发白，一声不吭。你的模样让我想起了母亲。她当年敲碎了自己的手指骨节。我真替你害怕。见素，我们的日子就是这么过来的，一天一天地捱。我们差不多都没有畅快地笑过一次，不知道笑是什么滋味儿。不愿出门，不愿见人，就是在自己院里走路也是轻轻的。我那时候怕任何声音，做饭时锅盖不小心掉在地上，发出响动，就赶紧四下里看一看。有一次我过河，踏过窄窄的小柳木桥时正好迎面遇上老多多。他错过身去时狠狠吐一口，咕哝说：'干掉你！'我听了心里一哆嗦。见素，几十年来我就仿佛在等待着被谁来'干掉'，小心得不能再小心，生活得没有声音，唯恐有人记起我来，把我干掉。"

见素听到这儿呼吸变得急促了。他不安地站起来，又坐下去，一双手在膝盖上摩擦着。他说："不知怎么，见了老多多我的手就发痒。他那个紫乌乌的喉结，就短那么一刀了。我看他哪里都短那么一刀，我也不知这是怎么回事！所以我不会让他安安稳稳得到粉丝大厂，决不会。我和你不同，我心里憋足了一股劲，我的一切事情，差不多都是这股劲儿搞成的 。我开始明白你了哥哥，你没有那股劲，就是这样……"

抱朴摇着头："不对，不是这样。我没有那股劲吗？不，我有。我不是恨着哪一个人，我是恨着整个的苦难、残忍……我日夜为这些不安，为这些忧愁，想不出头绪，又偏偏拗着性子去想。我恨有人去为自己拼抢，因为他们抢走的只能是大家的东西。这样拼抢，洼狸镇就摆脱不了苦难，就有没完没了的怨恨。你想想吧见素，父亲、爷爷、老爷爷，老隋家的哪一辈人比你的本事少？他们保着大粉丝厂，让它发达兴盛，名声都到了海外。可最后还是保不住它。你能让粉丝厂姓隋吗？你有那样的力气吗？你应该寻思一下这是为什么。有些道理父亲早就寻思好了，可惜他明白得太晚。他知道你今天这个样子，一定会失望、难过。我说过，一个人千万不能把过生活当成自己一个人的事情，那样为了自己就会去拼命，洼狸镇又会流血。老隋家的人都是受过大苦的人，他们再也不敢为了自己活着。应该想一想镇史上记了的和没记的，不要以为那些事情那么遥远。洼狸镇人受的苦太多了、流的血太多了；他们饿得厉害，吃树叶吃草，最后把白土和石粉也填进嘴里。上年纪的人都记住了这些，李其生的老婆是咬着破布埋进土里的。应该想一想过生活的办法，谁都要动脑，不能耍懒，不能把指望寄托在哪一个人身上。不能再犹豫了，不能再拖拖拉拉，像死人一样坐在磨屋里了！我一遍一遍催促自己，一遍一遍地骂着。我会走出磨屋，挺起腰来，这也许都能。可我永远不会抛开镇上人，不会从他们手里去抢东西，他们只剩下最后一件衣服了，我不能去抢他们。我只会一块和他们想过生活的办法。你知道我一直读着那本《共产党宣言》，因为从根上讲，这几十年对洼狸镇影响最大的就是这本书了。它不那么好懂。你读下去，慢慢看到写书人的两双眼睛了，也就算懂了一点点。他们看过的苦难比谁都多，要不他们不会写出那样的书来。为什么这本小书要用英文、法文、德文、意大利文、佛来米文和丹麦文，用全世界的文字印出来呢？为什么？就因为他们在和全世界的人一块儿想过生活的办法。我读着读着，常常流出眼泪来。这是两个好心的、胸怀像大海一样宽广的学问家。他们钻研真理，一丝不苟，没有一点小心眼。两个忠诚的人，都是好父亲、好丈夫、好男人。他们要说的话太多了，可是你知道，话简短了才有力量。于是他们常常一句话或几句话就分成一个小段落，缓慢又有力，是最自信的人。小书的第一句话就说：'一个幽灵，共产主义的幽灵，在欧洲徘徊。'第一句话就让我激动起来。我想象着这个幽灵、那个徘徊！想象着它飘飘过了芦青河，在一片黑夜里来了洼狸镇上……见素，你必须想象，你听风吹树叶，你看窗外的黑夜，你想象那个幽灵。两个伟大的钻研真理的人这样告诉了我们。他们只想着那么多的人，只想着让受苦的人摆脱血泪，又善良又坚决。他们没有一点小心眼。有小心眼的人只为自己想一点小办法，想不出这样的一种大办法。用小心眼去解释大办法，也会把事情弄糟。所以，见素啊，我读它的时候，都在安静的时候，在心境清明的时候。这样才会没有偏见，让真理激动你自己。见素，我劝你也读一读它，体会这种特别的愉快心情。你早就该读一读。"

"我也许读不懂。""用心读。""我不像你。我文化比你浅。""用心去读。""郭运给了我一本白话《天问》。""先读读它也好。"见素睁大了眼睛："你读过？"抱朴点点头："嗯。也是郭运给的……"他说着，重新燃上了一支烟。他吸着烟，咳了起来……他又问："你开始读了吗？"见素摇摇头。抱朴说下去："读吧。也得用心读。

你只能读白话译文，你读不懂原文本。过去父亲有一本两种文字对照的，是镇上来的一个老师送他的。读这本书也会激动。读它，你会觉得如今的人眼光短多了，还不如过去的人能寻思事情。屈原一口气，问了一百七十多个问号。'请问远古开初的事情，是谁传述下来的？那时天地还没有形成，根据什么去考定？那时宇宙一片朦胧混沌，日夜不分，谁能够穷究出来？……'他一开口就问到了根本。他差不多净问一些根本。今天的人想的差不多全是眼前的事情，心胸越来越窄，这真可怜人。你没有听探矿队的李技术员讲'星外来客'吧？我那时望着一天星星，心想那些星星上如果有人，他们全是什么样子的？他们怎么判断洼狸镇的是非？他们怎么看承包大会上的争夺呼喊？我想不出来……他们也会死吗？死的时候也要火化，要哭丧？他们都有吃不完的东西吗？也开斗争会、也用铁丝穿过锁骨？要这样的话可怎么办！我想来想去他们的心不会像洼狸镇人这么硬，不会。如果一样的话，那些星星夜间就不会放光了。我一天傍黑在城墙下边看见一个瞎子，背着个破布包，手拿竹竿往前走。他老了，两个眼窝都往外流东西，一步只能走半尺远。我问他这么晚了到哪里去？他说到远处去，我让他留下来吃东西过夜，他摇着头，只说到远处去。那天我望着他半尺半尺地往前挪动，心里想他的家里人哪去了？他什么时候才能走到头？我们，包括我，为什么眼看着他一个人往前走？能不能专为他这样的人发一些专门的车子和食物？如果这样做了，不是挺好吗？我们没有力量吗？这样的瞎子很多吗？如果很多，怎么一年多过去了，再没有一个让我看到？一个洼狸镇一年多里使一个瞎子免除苦难，我不信就做不到。还有一回我去城里有事，半夜里就看见一个老婆婆去垃圾桶里捡东西。她哼哼着，快走不动了，伸手在桶里翻。突然她手扎到什么东西上了，尖叫一声抽回来，另一只手把扎的东西拔掉，然后再去翻。她把破纸和绳头捆了，拖着走了。我一连几夜都看到了她，按时来，按时去……我的心里酸酸的。我老觉得这是我的妈妈。怎么回事？我们连帮一个老婆婆的力量都没有了吗？我不知道。我只知道、我只认定，如果眼睁睁地看着这样的老人这样过生活，哪怕只有一个这样过生活的，那么就没有理由把我们的国家和日子夸得多么完美多么神乎！有人可能说，你说一说轻松，你如果帮了这个老婆婆，又立刻会有另一个；再帮，还会有！我的回答是：帮！再有，再帮！只要整座城市不是靠垃圾过生活，怎么忍心能让一个快死的老婆婆靠这个过生活呢？那些管理这座城市的人不是和管理洼狸镇的人一样，说自己最公正、最廉洁吗？他可能说没有看到老太婆，那怎么我一个乡下人多年进一次城就看到了？！真没看到，你该半夜蹲到垃圾桶跟前！第一个晚上你该帮她捡破纸，第二个晚上你该让她坐在暖和和的家里……"

抱朴的声音越来越高，见素叫了他一声，他才闭了嘴巴。见素说："哥哥，你想得太多了，太细了。你还是想想你老隋家，想想自己吧！你的心放得太大、太远，结果自己过那么苦……小葵走了，你心上的人也没有了。一切都挨到了数上，你该好好想想这些。你把病根拔了吧，这样就全好了。哥哥，你四十多岁，我三十多岁，我们两个还年轻。干什么都不晚，哥哥！"

抱朴两手按着自己的额头，喃喃地说："小葵走了……"

"她走了。我也要走。我跟你说过，我要进城去。你自己好好过吧……"

抱朴抬起头说："你不能走。你该留在洼狸镇……老隋家的人不该再四处去游荡。老宅大院里就这么兄妹三个人了，我是老大，你该听听我的。你一个人进了城里，我不放心。"

见素看着窗子，不断地摇头："不，不。我都想过了，我主意已定。洼狸镇没有隋见素立脚的地方了，我还是得出去闯一闯。过去想走也不行，如今欢迎进城经商。叔父早年出去游荡了半辈子，结果比父亲下场好……我早晚还得回镇上，在这里扎根。我也会常回来看家……"

抱朴还想说什么，可没等张嘴就听到了一阵笛声飘过来。还是那种透着遮掩不住的欢乐的笛音。抱朴呆呆地听着，昂着头颅。

天蒙蒙亮了。

第 十八 章

汪狸镇人遇到了连阴连雨天气就显得特别惶恐不安。他们都唠叨说："像那一年"——那一年春天■连阴连雨，一连半月没见日头是什么样子。沟渠干了一冬，这会儿哗哗地流水。田野踏进一脚■会陷没■小腿，上边的■草飞快地长起来。■■■■■■■人们从来没见春天阴雨连绵，心生怪异。后来这年的夏天一次就淹死了四十多个人，惨不忍睹。"天哭了"——汪狸镇人说。■雨刚下了一个星期的时候，街巷上就滑腻得不行。张王氏那会儿还是嫩到镇上没几年的利人，穿了红衣服在街上走，一不小心就跌倒了。赵多上背着枪从巷口转出来，走过去拉她，呛声张王氏骂着："老赵家的一条公狗！"赵多上二十岁了，唇上有了胡须，脸色黑紫。他小声说："再骂？……过来些，给你个东西。"张王氏走进去。赵多上从裤腰里摸出一个戒指，晃一下给了她。她知道赵多上领民兵看管地主而她丈夫和斗争出来的果实，这些东西有的是。她嘻嘻笑着问："从哪家的闺女身上弄的？这年头就是你得手■■■……我告诉你，如今人家都不往明处戴了，随便个地方一藏……"赵多上又对她动起手来，她又骂起来，只不过也不躲闪。她又问："得手了吧？小心伤天害理，叫雷打了你……"赵多上哼一声，眼

〈321〉

第十八章

　　洼狸镇人遇到了连阴连雨天气就显得特别惊恐不安。他们都咕哝说："像那一年"。那一年春天连阴连雨，一连半月没见日头是什么样子。沟渠干了一冬，这会儿哗哗地流水。田野踏进一脚会陷没小腿，野草飞快地荒长起来。人们从来没见春天阴雨连绵，心生怪异。后来这年的夏天一次就死去了四十多个人，惨不忍睹。"天哭了"——洼狸镇人恍然大悟地说。雨刚下了一个多星期的时候，街巷上就滑腻得不行。张王氏那会儿还是刚嫁到镇上没几年的新人，穿了红衣服在街上走，一不小心就跌倒了。赵多多背着枪从巷口转出来，走过去拉她，顺手给她揩着泥水，到处揩。张王氏骂着："老赵家的一条公狗！"赵多多近二十岁了，唇上有了胡须，脸色黑紫。他小声说："再骂？……过来些，给你个果实。"张王氏走过去。赵多多从裤腰里摸出一个戒指。晃一下给了她。她知道赵多多领民兵看管关押的地主和斗争出来的果实，这些东西有的是。她嘻嘻笑着问："从哪家的闺女身上弄的？这年头就是你得手……我告诉你，如今人家都不往明处戴了，随便找个地方一藏……"赵多多又对她动起手来，她又骂起来，只不过也不躲闪。她又问："得手了吧？小心伤天害理，叫雷打了你……"赵多多哼一声，眼睛往一旁斜斜说：

"早晚剩下了？识好歹的，皮肉少受些苦。哼，工作队那个王书记说我要在他手下当兵，非把我毙了不可……"张王氏快意地笑了笑。

这个赵多多脸上的胡须像是一夜之间生出来的。人们印象中他还一直是个躺在乱草堆里的孤儿，可怜巴巴。那会儿他像鬼魂一样在街上飘游，连老赵家族里的人也不怎么管他。他是靠吃乱七八糟的东西长大的，肚里装的最多的野物大概就是蚂蚱。他胆子很小，不敢看杀猪的。可是杀猪人扔掉的一些东西被他捡到了，他就烧一烧美餐一顿。有一户地主常常在场院上杀猪，赵多多听到猪的号叫就跃起来往场院上跑。可是地主的老黄狗卧在那儿，他伸手去拨弄肮脏的猪毛，老黄狗就扑过去。他差不多什么也没有弄到，老被咬得身上流血。老赵家的一个人见了他这模样就说："它咬你，你吃了它！"接上就教给他一套办法：用一根细绳拴个倒刺铁钩，钩上挂一块干粮，当狗咬紧了时，就把它钩住牵到河滩上去。他照着做了，果然就钩到了黄狗。它在绳子的一端滚动、哀叫，就是挣不脱带倒刺的铁钩。鲜血一滴滴洒到土里，老黄狗绞拧着那条绳子。他看着老黄狗挣扎，两手乱抖，最后"哇"地大叫一声松了绳子，头也不回地跑了。这年里他好几次差点饿死在乱草堆里。一个雪天，有人掏出两个铜板，让他去干掉老黄狗。他实在饿坏了，就再一次用铁钩钩到了它。这次无论它怎样哀叫翻滚他都不松手了，直咬着牙把它牵到河滩上……后来他才知道给铜板的人是土匪，那些人当夜就摸进去绑了黄狗的主人，把他拉到野地里用香头去触，最后还割下他一个耳朵。赵多多胆子慢慢大起来，他常常去钩猫狗。一只狗吃不完就藏在土里，变臭了也舍不得扔。他真正不挨饿了还是当了民兵以后。他有了枪，见了活动的家畜就想打。夜里捆绑地主，他用力地勒绳子；拷问的时候，他就伸了香头去触。也许是荤腥吃得太多，他很快结实起来，还过早地生出了一脸胡须。就在这个连阴连雨的春天里，他当上了自卫团长。

人们估计雨一停，老庙旧址上就会开起大会来。大会已经在雨前开过两三次，那种会不错。地主和富农的东西被抬出来，一件一件由长脖吴记下。后来东西多起来，也就不记了。东西堆在农会的几间屋子里，后来又分下去。这家分一个柜子，那家分一个瓷缸；花衣服和布料女人喜欢，接到手里不停地抚摸。光棍汉拣出一条花裤子，爱不释手，咕哝说："裤子里边是什么？"他们在分东西的场子上乱跳乱蹦，胡乱唱一些歌，要求先分死物，后分活物，分分分。可是到了半夜，不少人家都偷偷地把东西送回原主手里了。他们叫开了门，悄声说："这个柜子我认出是二叔你的，我给你送来了……就这么个世道，二叔可莫怪我！"最先发现的是小春记的父亲栾大胡子，他当时是农会主任。他立刻报告了工作队。王书记就领人重新抄回来分下去，结果还是有人往回送。赵炳正在镇书房（学校）做先生，忙着跟长脖吴清理登记果实，已经不去书房了。他对栾大胡子建议说："哪家收回了东西，就关到地窖子里。让分果实的人家想送也找不到主。"他的建议很快被采纳了，于是有人就给关起来。男女分开关，一家子人也要分开。可是后来还是有人把分得的果实送出去，堆在原主的院门口。工作队王书记召集干部开会，说最重要的还是发动群众。"这不是个简单事情，要比我们预想的复杂十倍。这里面有恐惧心理、习惯势力，还有家族因素。让他们放下心、壮起胆子，还有许多工作要做。"会上号召干部要真正深入到群众中去，挨门挨户，分头进行。要特别注意发现和培养积极分子，由点到面地带动起一批人。跟群众交心交底，让他们明白这是一块儿打天下，消灭万恶的剥削制度。胜利不能坐着等，胜利靠大家一齐动手去争夺。共产党是领路人，八路军就是穷人的靠山。王书记主张暂时把关起来的人放回去，栾大胡子很不痛快。正这时发生了一个意外情况：一个地主的女儿跟镇指导员睡了觉，指导员就让民兵自卫团撤了岗。结果这个地主携带着细软跑了。自卫团发觉后逮他们回来，于是指导员的事情败露。指导员的职务被撤掉。栾大胡子眼睛通红，骂骂咧咧，说关起来的人一个也不能放。赵多多是全镇最早的一批积极分子，这会儿又做了民兵，他跟在栾大胡子身旁，常到关人的地窖子里去转。他解下腰上的皮带抽打那个逃跑的地主，抽一下骂一句。他听赵炳说这个地主玩的一套叫"美人计"，这会儿就一边抽打一边喊："再叫你'美人计'！再叫你'美人计'！"他还点燃了一箍香，往那个地主的腋窝里触了一下。地主大嚎一声往旁一蹿，头撞在墙上流出血来。王书记知道这个情况后狠狠地批评了赵多多，并以此为例对自卫团的人进行教育，禁止一切残酷刑罚。栾大胡子不以为然，说赵多多苦大仇深，而那些地主老财在兴盛的年头才叫狠呢。王书记说我们是共产党，可不能重复敌人那一套。栾大胡子有些恼火了："我们整天发动群众，真发动起来了，你又怕了！"王书记也严厉地说了一句："发动的是群众的阶级觉悟，不是发动一部分人的兽性！"栾大胡子的胡茬子一掺一掺，再不吭声。夜间，王书记坐到农会主任的炕上，检讨自己白天态度粗暴；但对原则问题却仍未让步。他希望对方能与工作队一起严格执行土改政策，对这场运动的眼光再放长远些，告诉群众绝不能乱打乱杀图一时痛快，而是彻底拔掉剥削根子，建立一个新社会。栾大胡子爽快地说："你是上级派下来的，听你的。"发动群众的工作愈来愈深入，这期间妇救会和民兵组织起了很大作用。工作队还亲自编了一些配合土改工作的新歌谣，让儿童团说唱。街头巷尾到处是议论土改的群众，那些长期闭门不出的人也走了出来。老庙旧址上又开起大会，积极分子率先登台，一批又一批诉起苦来。大会越开越热烈，全场人不断地呼口号，那声音像山洪一样轰响着。洼狸镇终于被愤怒的火焰点燃了，接上是剧烈的燃烧。

雨下着，细细的雨丝变得粗了。有时候缓慢地、大滴大滴地往下落。这时候工作队王书记、农会主任栾大胡子、镇指导员被叫到区上开会。会上狠狠批了土改工作中"普遍存在的"右倾路线，即"富农路线"。上级领导特别点了洼狸镇的名，说这里的土改工作太"和风细雨"。王书记被来区里检查工作的上级领导好一顿训斥。他回到镇上时忧心忡忡，无所适从。栾大胡子不停抽烟，一对拳头时紧时松。只有赵多多眉开眼笑。

当夜，赵多多和几个民兵把平时最不顺眼的几个家伙脱光了衣服，放到一个土堆上冻了半夜。几个人瑟瑟抖着，赵多多说："想烤火了？"几个人跪着哀求："赵团长，开恩点火吧……"赵多多嘻嘻笑着，用香烟头儿触一下他们的下部，高声喊一句："火来了！"几个人两手护着身子，尖叫着……这一夜轻松愉快。天亮了，栾大胡子急匆匆找到赵多多，说有人传地主麻脸藏下了一罐子银圆。赵多多说："这个好办。"他让人把麻脸绑了，绑得全身紧缩如球，然后端放在桌面上。他问："一罐子叮当响的东西呢？"麻脸说："木（没）有。"一个民兵就站在桌子上，猛地一脚把他踢到地上。另有人将跌下来的麻脸抬到桌子上。赵多多又问："叮当响的东西呢？"麻脸说："木有。"桌上站的人又是狠狠一脚。麻脸的鼻子、嘴巴，到处都流出血来。赵炳听到消息走进来，喝住了几个民兵，让他们出去一会儿，他跟麻脸有话说。赵多多领人走了。赵炳解下麻脸的绳子，叹息不停。他读过不少书，说话常常半文半白，好像越发加重了分量。他说："江山都改了色，一罐银圆又有什么用？"麻脸咬着牙。这样咯咯咬了一会儿，说："我不是痛银圆。我是恨！"赵炳又叹一声："民如草芥，恨它何用？我劝你把什么都看淡些……无非几个铜臭！"这样又谈了片刻，麻脸说了一声："罢！"闭了闭眼睛，讲了银圆的藏处。赵多多他们回来，赵炳让他们送麻脸回去。赵多多说："急什么？我和麻脸吸一根烟再走……"赵炳离开后，赵多多燃了烟，吸一口就放在麻脸身上按一下。麻脸滚着，滚着，可是并不喊叫。赵多多收了烟，说："烟瘾不小，晚上接着吸。"晚上，赵多多一个人来了。他笑眯眯地看着麻脸，问："吸吧？"麻脸不吱声，只看着他。这样看了一会儿，突然麻脸的手往上一提，猛地扑过来，直抠进赵多多的眼窝里。赵多多忍住了疼，极其麻利地抽了砍刀在脸前横着一挥。麻脸的手腕砍折了，倒在地上抖着。赵多多不停地眨眼揉眼，走到近前，用脚踏住了麻脸，低着头咕哝说："天黑，我也看不太清……"说着掂掂砍刀，照准了麻脸的眼睛那儿就是一下。麻脸的脑壳给砍碎了半块。这是他砍中的第二个人。

雨丝不断，镇子织在一面雨网里。街巷上，张王氏滑倒了，栾大胡子滑倒了，史迪新滑倒了，隋迎之偶尔出门也滑倒了……镇上连日传着一句话，说不好了，上级有了指示，要开杀戒了。风声越来越紧，民兵身披蓑衣，日夜在街上巡逻。半夜里有枪声响一下，然后又沉寂下来。狗叫着，小孩大哭。老年人在窗前吸烟，自语说："要开杀戒了。"只是传着类似的话，并未杀人。但是渐渐街巷上出现了眼睛通红的人，抄着衣袖，默默不语 —— 人们说将来开杀戒时，就是他们先抓起刀子。红眼睛见了赵多多，压低了声音问一句："怎么样了？"赵多多匆忙地往前走着，只扔下一句："快了。"人们站在街头上议论关起来的那些人，什么都说。有人说："这一回，恐怕'面脸'活不成了。"大家附和："'面脸'活不成！""面脸"是一个地主的外号，因为他的脸盘白大松软。人们都记起他的一些事情，恨恨地吐一口："呸！"有一年他家里的一个使唤丫环跑出来，死也不回去。问她，她说"面脸"家的营生没法干了，杂活都得她来做，还得给"面脸"穿衣服。听的人大惊，问："裤子也是你给他提上的么？"丫环红着脸点一下头："嗯"……"面脸"活不成了。还有人说："'叫驴'也活不成了。"大家附和："'叫驴'活不成！""叫驴"是又一个地主的外号，他长了黑黑的长脸。他有两个老婆。小老婆跟长工有勾搭，他就把长工额头上烙了杏子大小一个印子，又让人将长工按住剜去了一枚睾丸。这个长工只活了一个多月，死的时候裤子被脓血染透。"叫驴"活不成了。还有人提起一个叫"瓜儿"的富农，说这个人该放了，这个人不错。这个人老实得要命，一年到头舍不得吃全粮，净吃些地瓜、玉瓜、南瓜、嫩葫芦之类。他常抹着嘴巴说："瓜儿不孬，好入口，软软和和……"大家差不多将关起来的男男女女都分析遍了。结论是有三两个活不成，不过一开杀戒也许会有四五个活不成；有几个年轻女人如花似玉，自身贞洁自然难以保全，该建议早给她们找下人家，过自己的日子。这样议论，都知道雨一停就开起大会来，男男女女拉到会场上，结论自然也就有了。

　　雨又下了一个多星期，才慢慢地收了。接上去开大会——结果与大家的议论也不尽相同。这连续不断的大会与连阴连雨一样给人留下了永远不灭的印象。整个洼狸镇像一锅沸水，热气弥漫着古老的镇城墙……到了炎热的夏天，人们渐渐明白了那连阴连雨是上天的哭泣。全镇的人都后悔不迭，后悔春天开会时没有多杀他几个。雨后的会开得不够劲儿。夏尾还乡团回来了，眼睛全是红的。镇子上的土改积极分子和干部差不多全跑光了，但也有落到他们手里去的。落到他们手里还不如落到沸水锅里。栾大胡子本来已经跑走了，后来又暗暗潜回镇上，腰上别了一枚手榴弹。他翻一堵土墙时被逮住了。还乡团连夜研究处置这个大胡子。有的建议"放天花"——

头顶人砸入一枚长钉，猛地拔出，红花四溅；有的建议大剖膛；有的建议零刀剐死；有的建议"点天灯"——将头发拢起，浇上煤油或豆油，然后点火，观赏那红中透蓝的火苗；还有人建议"五牛分尸"——将头与四肢各缚一牛，喊起号子，同时喝牛，身分五份。最后的主意被采纳了。这要找一个宽大的场子，自然又是老庙旧址。在一个阳光明媚的上午，栾大胡子在多人的注视下，被绳索套住，缚上了五头黑牛。栾大胡子大骂不止。有人喊着号子，另外五人各自鞭打黑牛。黑牛仰脖长啸，止步不前。又是鞭打，又是长啸。这样折腾了半天，五个牛才低下头去，缓缓地往前拉。栾大胡子骂着，最后一声猛地收住。接上是噼噼啪啪的碎裂声。血水溅得很远；五条牛身上同时沾了血，于是同时止步。当夜，还乡团又从碎肉中分离出肝来，炒菜喝酒。他们喝着，都说吃了这样的菜胆子立刻见大。为了证明，有的起身而去，带回一村妇，当众奸淫，又当众用刀削下两只乳房，最后又把刀子扎进下部，哈哈大笑。喝完了酒，他们决定把逮住的四十多个男女老少当夜"办了"。办法是用铁丝穿成一串，然后活埋到红薯窖里……他们办得十分顺手。最后只剩下了一个妇救会主任了，是故意留下来的。大家捆了她的手脚，让她一丝不挂地躺在一张门板上。离天亮还有一段时间，他们之中的有一个人带了怀表，掏出来看了看说："快快快。"接上他们把她轮奸了。一个胡须发红的老头子伏在她身上，只会哼哼笑，于是大家就笑他。他恼羞成怒，一发狠，咬下了一个乳头。大家睡着了。半上午时分，他们醒来，第一件事就是竖起门板，让她亲眼看着：他们把她孩子同时止步。当夜，还乡团又从醉肉中分离出肝来，炒菜喝酒。他们喝着，都说吃了这样的菜胆子立刻见大。为了证明，有的起身而去，带回一村妇，当众奸淫，又当众用刀削下两只乳房，最后又把刀子扎进■部■，哈哈大笑。喝完了酒，他们决定把逮住的四十多个老■少■当夜"办了"。

办法是用铁丝穿成一串，然后活埋到红薯窖里……他们办得十分顺手。最后只剩下了一个妇救会主任了，是故意留下来的。大家捆了她的手脚，让她一丝不挂地躺在一张门板上。离天亮还有一段时间，他们之中的有一个人带了怀表，掏出来看了看说："快××。"接上他们把她弄好了。一个胡须发红的名头子伏在她身上，只会嘻嘻笑，于是大家就笑他。他恼羞成怒，一发狠，咬下了一个乳头。大家睡着了。半上午时分，他们醒来，第一件事就是竖起门板，让她看着。他们把她■孩子的两腿捆到合起的门扇环子上，说一声"好"，猛地踢开门扇——小孩子给劈成了两半。■乳头丢在一边，拍了拍，早已昏死过去■。

还乡团折腾了半月■。■他们走了。■接上人用泪水冲洗着街巷上的鲜血。他们咬着牙齿，不停地怒叫。埋着一具尸首，后悔得不行。他们后悔当时——究竟两后，没有把那些泉伙更多地宰一些。那■会开远了。■还有机会开那样的大会吗？人们■回忆着一些细节，用走醉着眼。■当时所有长手长脚的人，这■都有些抬不起头来。大家恨不

354

的两腿捆到合起的门扇环上，说一声"好"，猛地踢开门扇——小孩子给劈成了两半。妇救主任的头歪在一边，拍了拍，早已昏死过去。

还乡团折腾了半月。他们走了。镇上人用泪水冲洗着街巷上的鲜血。他们咬着牙齿，不停地惊叫。埋着一具具尸首，后悔得不行。他们后悔当时——就是雨后，没有把那些家伙更多地宰一些。那些大会开过了，还有机会再开那样的大会吗？人们回忆着会上的一些细节，用来解着恨。当时所有畏手畏脚的人，这会儿都有些抬不起头来。大家恨不能重新开一次才好。

……记得那时候雨刚停，会就开起来，会场四周都架起了枪。第一个斗争的对象就是"面脸"。工作队王书记主持大会，在台上坐的还有农会主任栾大胡子、妇救主任、镇指导员。自卫团长赵多多领几个武装民兵在台侧站着。台子的另一侧是做记录的赵炳和长脖吴。两个民兵押上了"面脸"，妇救主任就领人呼起了口号。"面脸"的手在腿侧抖着，低着头不敢看人。几个星期关下来，"面脸"的颜色多少有些灰了。口号呼罢，王书记和栾大胡子分别做动员讲话。接上是诉苦，一个一个站到台上来。诉苦的人历数了"面脸"横行镇上的桩桩罪行，渐渐哀切悲壮。到后来有人上台就扑到了"面脸"身上，拳打脚踢。一个老太太手足无力，只得用牙齿去咬。王书记喊着民兵阻拦，赵多多就领几个人围上去，牢牢地按住"面脸"。这样诉苦的人可以尽情地踢打撕咬了。"面脸"跪在台上，磕头如捣蒜。台下喊着："不饶！不饶！"正喊着，一块石头从台下飞上来。这样有可能误伤台上的干部，赵多多就绑了"面脸"，牵到了台侧。

那里有个木杆，杆顶上垂下一根绳子，民兵就把"面脸"拴上，然后升到高木杆上。

人们仰脸控诉，声如雷鸣。有一个老汉手持镰刀，走到杆子下边，猛然砍断绳子。"面脸"倏然落下，跌得七窍出血。一伙人围上去就踢，老汉挥手挡开，伸着镰刀问台上的干部："我儿子给'面脸'扛了五年活，伤了腰，卧炕不起。我要剜'面脸'一块肉煮汤给儿子治腰！这个要求过分不？"干部还未表态，人群就嚷："快割快割！"老汉于是低下头去，在一阵惨叫声里剜下了巴掌大的一块肉，高举过顶，对台上喊一声："我们账结了！"说着跑走了。王书记拍案而起，吼了一声什么冲下台来。栾大胡子也随着蹦下台子，对王书记嚷："今天就吃他'面脸'的肉！怎么着？你护着谁？"王书记大着声音说："我护着上级政策！我们是八路军共产党，不是土匪！你也是共产党员，你知道杀一个人要经'巡回法庭'！"他们正喊着，又有人举着镰刀向前挤，王书记赶忙去劝阻。混乱中，不知谁的镰刀砍中了他的臂膀，鲜血立刻顺着他瘦削的身躯流下来。一场人全慌了，栾大胡子叫人赶快给王书记包扎。王书记看也没有看自己的伤口，直盯着栾大胡子说："你是个党员……"大会当天就停止了。王书记连夜召集干部开会，会上决定由他去找上级汇报，同时坚决暂停一切斗争会、杜绝乱打乱杀的现象。会散已是下半夜两点了，王书记没有休息，用未伤的左手把一支手枪掖进腰里，上路了。天亮了，镇子上死一样沉寂。栾大胡子咽不下这口气，病在了床上。第二天大街上又混乱起来，赵多多报告栾大胡子，说群众"又起来了"，怎么办？栾大胡子气呼呼地说："把他们赶回家去！"……人群涌到街上、会场上，再也没人能把他们赶回去了。他们自己开起会来，上来就是用藤条抽打一个大少爷，一口气把他打死了。接下去斗争一个胖老头，斗到半截上不知从哪来了他老婆，死死护住老头子。因为分不开他们，有人就把他俩捆到了一起，推倒了搂起来，直到听不见嗷叫声为止。后来终于轮到"叫驴"了。赵多多押他上台之前先收拾了他一通。赵多多盯着他说："你还两个老婆？奶奶的！"说着朝他裆部狠狠一脚。"叫驴"疼得在地上滚动，嘴唇发青。他给押上去，刚刚站稳，那个死去的长工的母亲就哭着冲上台来。赵炳一看来势太猛，就上去扶住了她，让她先诉苦。她站住了，一拍膝盖喊叫道："我那个儿哟 ——"就昏倒在台上了。几个人急忙过去摇动她，掐她的人中。这会儿人群已经围住了"叫驴"。扑打声，叫骂声，啊啊的喊叫声，混杂在一起。一会儿老婆婆醒来了，人们才停止了踢打，回身对她说："老婆子，我们大伙儿替你出过气了！"老婆婆爬到血肉模糊的"叫驴"跟前，晃着满头银发说："不行，不行，我自己，我不用别人替！"她说着挪到"叫驴"的脖子那块儿，低头看了看，狠狠地咬了上去……会开到第三天上，剩下的几个地主富农也全押到台上。如果他们之中有人平时结下了仇人的，这一次就难逃性命。"瓜儿"的女儿长得娇美，赵多多两年前曾经跳墙突破了闺房，被"瓜儿"当场逮住。可是"瓜儿"并未揍他，只是怒斥了一顿将其放走。这一次，赵多多捎着枪，专在"瓜儿"的面前晃荡。他手里握了个绑生猪皮的藤条，不断摇颤。他这样晃荡了一会儿，终于在"瓜儿"面前站住，照准了老头子的额头，"啪"地一下。"瓜儿"应声倒地，两手扒着，嘴巴啃了一些土。赵多多弯下腰，看了看，又照准后头那儿连击三下。"瓜儿"完了。

　　大会继续开着，人群像潮水一样在老庙旧址上涌动。第四天上，工作队王书记回来了。他是和"巡回人民法庭"的同志一起来到镇上的。由于日夜操劳，伤口发炎，王书记发着高烧。人们是用担架把他抬回镇上的。半路上人们要把他送到医疗队去，他死也不肯，只是执拗地伸出一根枯瘦的手指，指着洼狸镇。他们进入镇子时大会仍在进行，王书记让"巡回人民法庭"的同志将他抬上台子。全场群众见到了担架上的王书记，立刻停止了喊叫。王书记让人寻找栾大胡子，有人告诉他病了。王书记说："抬也要把他抬来。他必须到会。"他让人把自己扶出担架，靠在一块旧门板上。一会儿栾大胡子被担架抬来了，人们都对他几天工夫就变花了的长胡子感到惊讶。"巡回人民法庭"当场要来赵炳和长脖吴的大会记录看了。这上边记满了诉苦者的话，整整三大本子。从诉苦的情况看，如果所诉均是事实，那么批斗对象当中至多有五人该是死刑。可是几天来的大会上已打杀了十余人。法庭干部大为震惊，在会上表示了坚决而明朗的态度：严重违反上级政策；不符合法律程序；这种乱打乱杀的失控局面必须有人负责。在干部讲过这番话之后，台下立刻有人呼口号，喊打倒富农路线，打倒打倒等等。王书记让人把他扶起来。他的目光扫了扫会场，人群慢慢平息下来。他讲话了，声音微弱得快要听不见，但那坚定的语气却是全镇人都熟悉的："……

要打倒就把我打倒吧。我已经挨了一刀，再打倒也容易。不过我在这儿一天，就不准乱打乱杀。谁借机杀人，破坏土改，我就先把谁抓起来！你有冤屈你诉，你杀人，还要法庭干什么？这不是八路军的政策……"他说着，身子摇晃了一下，旁边立刻有人去扶他。会场上，一点声音也没有。……

血和泪交织的夏天好不容易过去了。埋过四十二人的红薯窖由长脖吴记入镇史。他特意将春天的连阴连雨也记下来，但十年以后又被红笔涂去。夏天过去了，整个秋天都被悲愤之气笼罩起来。接着一场空前规模的大参军运动开始了。难道静等着人家往红薯窖里推吗？老庙旧址上又开起大会来了。工作队王书记已经调走，栾大胡子壮烈牺牲。镇上的指导员和自卫团长赵多多就成了主要主持人。不久赵炳入党，登堂入室。他因为文质彬彬，又是老赵家辈分最高的，号召力极强。整个老赵家在土改复查中都表现得刚勇泼辣，一派振兴之势。赵炳常在会上慷慨陈词，晓之以理；台下口号不断，热泪滚滚。赵多多领民兵不断呼叫着："快参军啊！快光荣啊！没过门的媳妇也要送女婿呀……"整个会场热烈无比。当场有人报名参军，人们给参军者佩上红花，骑上大马，在众人的簇拥下绕镇城墙徘徊几次，然后直送县里。一批又一批的人送走了，到后来街巷上很少再能见到昂首挺胸的小伙子了。镇指导员有一次动员赵炳也去参军，说你这样的年轻人到部队上进步才快。赵炳说一点不错，我已经朝思暮想半月有余，无奈工作太忙。立即参军！立即参军！指导员十分高兴。谁知第二天赵多多喝得满脸紫红，摇摇晃晃找到指导员，当胸将其抓住，说："奶奶的，四爷爷赵炳走了，我们谁不走？都走了，剩你个土皇上，早晚还不被人干掉？你早晚被人干掉！"赵多多拍打着屁股上的砍刀，说着。指导员好不容易挣脱了，期期艾艾地退着。第二天他就病了。病好之后，上边来人调查起他的问题来，他惶惶然了。长脖吴和赵多多日夜在一起嘀咕，长脖吴已经写好了三张呈子。赵多多对调查的人说："他是指导员，可是栾大胡子死了，妇救会主任死了，他一根毫毛也没掉，还能跟敌人没勾搭？有人亲眼见他在还乡团来的时候往镇上跑过！"一个星期以后，上边来人了。指导员还没弄明白怎么回事，就给绑起来了。接着往县上送。赵多多领着民兵送了一程又一程，路上对指导员说："我的话这回信了？我们还没走你都给抓了；若是走了，还不就干掉了？"指导员咯咯地咬着牙齿，一声不吭。他再也没有回到洼狸镇上。不久，赵炳就当了高顶街的指导员。

从连阴连雨的日子里开始，赵多多就隐隐觉得有些该做的大事情没有做。比如老隋家的事情，就是他的一块心病。老隋家在过去的几十年里一直是洼狸镇上不可动摇的一个家族。老李家、老赵家，只有仰视的份儿。可是赵多多后来发觉老隋家的基石开始慢慢松动了。他渐渐敢于领人进隋家大院了。他看着大院正屋的朱红柱子、在柱子下缓缓游动的一两个使女，手就痒起来。有一天他站在院里，对正在空地上弄月季花的一个老头子和一个女孩儿说："早晚都得干掉。"老头子没听明白，停下手里的小铁铲，仰脸问："干掉这些……花木？"赵多多的食指在老头子额上点一下，又在小女孩儿的额上点一下，最后扬手对正屋和几处厢房划了一个半圆，说："统统都得干掉！"老头子惊愕地望着他。这会儿赵多多又看见了茴子和隋迎之在正屋的门内闪过，就张大嘴巴看着。看了一会儿，他又咕哝一句："最好还是干掉。"扬长而去了。

当时工作队的王书记还驻在洼狸镇上，他曾几次召集村干部谈隋家大院的问题，强调：隋迎之是开明士绅，属保护对象。隋家开创了芦青河地区的粉丝工业，已是有贡献之人。因而当地政府必须谨慎对待，多加保护，尤其在土改复查中确保其人身安全。这是上级政府的明文指示。王书记所传达的指示让赵多多和镇上一些人灰心丧气。有人说："最大的人家不让碰，斗争会还有狗蛋意思。"赵多多说："上级指示？猪屁！"尽管这样议论，老隋家的人最终还是没有被叫到台上斗争。后来工作队撤了，斗争会也不开了，赵多多几个人的心却依旧发痒。他常对指导员说："干掉算了！"指导员不作声，只是摇手。当指导员被抓走，高顶街群龙无首的时候，赵多多就主持开了一个会。他几次去院内找茴子，最后被茴子撕得鲜血淋漓。他终于将隋迎之叫到台上来了，辩论这个人是不是开明绅士？如果不是，就是漏下来的一个东西了。会开得并不热烈，开到仅仅一半，隋迎之就昏厥过去……赵炳做了指导员后，制止了赵多多这样"妄做"。年轻的四爷爷说："老隋家气数到了，不用老赵家动手。你让他们自己烂吧。"

不久隋迎之死在红高粱田里。赵多多说："烂掉了一个。"四爷爷淡淡一笑："不要慌急。慢慢等吧。"

老隋家的所有外地粉丝工业全部易主，最后留在镇上的粉丝作坊也不再姓隋。隋家大院里的闲人渐渐少了，往日的热闹景象一去不再复返。门前车马稀少，慢慢直到没有。院门一天到晚紧紧关闭。隋不召一个人住在院外的厢房里，有一次他去大院擂门不开，愤愤地骂着走了。他说："老隋家这回完了。"这句话被人听见了，都说老隋家自家的人认为完了，那么真的完了。与老隋家正相反的是，老赵家在整个镇子上变得举足轻重。赵炳与新任镇长常在一起运筹帷幄，共商洼狸镇的大事。赵多多一手抓起武装，弹药枪支更加精良，所有民兵一概改穿旧军装。逢年过节就真枪实弹，街巷上布起岗哨。因为国家安定不久，阶级斗争愈加激烈，四爷爷赵炳阴雨天气或夜间出来，常有民兵陪伴。赵多多每路过隋家大院，就用脚踢一踢院墙的砖石说："里面还有。""还有"什么他没说，这愈发让人觉得神秘莫测。四爷爷赵炳听了赵多多的话，只是轻轻地"嗯"一声。这样又过了不久，省里的某个领导犯了严重错误，错误逐条登在了省报上。有一条与洼狸镇有关：这个人在市委工作时，曾包庇荫护洼狸镇上最大的一个资本家。被荫护者就是老隋家的隋迎之。赵多多见了报，立即去找了赵炳，说："把大院抄了吧！"赵炳正在研究那张报，回答说："先开会，后抄家。形势已不比当年，要晓之以理。"赵多多说："时间到了，干掉就是。"四爷爷赵炳摇摇头："抄回东西，再把他们赶出正屋，已经够他们受的了，不可妄为。"

　　高顶街开起会来。会后赵多多领上一伙民兵，呐喊着开进大院。开始抄家了。长脖吴手捧一个本子，上面拴了支铅笔，一件一件登记。茵子手扯含章的手，身边就是抱朴、见素和仅剩下的女仆桂桂。茵子的面色惨白，秀美的细眉拧着，红润的下唇咬在了嘴里。整个抄家期间，茵子一声也没有吭。含章哇哇地哭着，见素也哭了，茵子只让他们哭去。两个孩子越哭越厉害，直哭到天色将晚，喉咙嘶哑。一个白天抄不完，民兵要留下看守。院里的几个人就用毛毯铺地，睡在上面，一夜也未合眼。天亮了接上抄，一直抄到下午。所有东西都由一个木轮车子辘辘地拉走了。赵多多临离开时宣布：院里只有几个厢房归老隋家这几个人，大正屋归公了；老隋家的人要赶紧将剩下的东西搬回厢房里去，三天之后来贴封条……抄家的人离开了院子。

抱朴对茵子说："妈妈，我们搬到厢房里吧。"

茵子仍不吭声，只是动手去给几个孩子搬被褥，把他们领进厢房里。她自己却仍回到正屋，躺在铺了厚被子的炕上，眼睛望着天花板。抱朴和弟弟妹妹来叫母亲，她也不起来。后来她坐了，手拉抱朴的手说："抱朴，你是老隋家的长子，我跟你说：你爸死了，把房子留给了我。老隋家就剩下这么一点东西了。我要替你爸看守这座房子，看守到死。"抱朴终于明白茵子是不会离开正屋的了，就领着含章和见素去厢房里了。

隋不召来到院里，再不敢去正屋。茵子见了他就骂，说他没安好心，他哥哥正在阴曹地府里等着他算账呢。隋不召灰色的眼珠失了光泽，低头走着，两条小腿比以往任何时候交绊得都厉害。三天的时间一晃就过去了，民兵来封门，茵子说把我封在屋里好了。封素去厢房里了。

　　隋不召来到院里，再不敢去正屋。茴子见了他就骂，说他没安好心，他哥哥正在阴曹地府里等着他算账呢。隋不召灰色的眼珠失了光泽，低头走着，两条小腿比从往任何时候跺挥得都厉害。三天的时间一晃就过去了，民兵来封门，茴子说把我讨在屋里好了。讨门的事只好作罢，但他们说再给你三天的期限，到时候搬不搬出也就不由你了……这一夜茴子在正屋里不停地端着蜡烛走动，用手摸着窗棂上的雕花，摸着下长廊里的朱红漆柱子。天亮了，她让抱朴领上含章和见素找叔父玩去，说她嫌吵闹，要好好睡一天觉。抱朴于是就领上他们走了。他将弟弟妹妹交给了叔父，自己就转了回来，因为他踏入叔父屋门的那一刻，突然那么想回到大院去！他奔跑着，进门就满头大汗地伏至茴子上。见茴子安静地躺在炕上，这才回了自己的厢房。茴子从炕上坐起来，摸了她最喜欢的几件细绸衣服，又对着镜子把眉毛描长，抹了口红。她这样看着镜子里的自己，一动不动，足有半个时辰。后来她从屋角拿出一个瓷瓶，吃了里面的东西，又喝了几口。她重新对着镜子，揉去了唇上的一点水渍。她接上关严了正门、窗户，从五个地方点燃了房子——这些地方她夜里全细心把抹过豆油。房子的火苗往上爬着，她躺在了炕上，闭上了眼睛。她等待着，面容美丽而安详。

　　抱朴在厢房里突然闻到了一股怪味，接上听到了噼啪之声。他仰起脸来，正好看到翘起的正屋屋脊上，一团红火成门的事只好作罢，但他们说再给你三天的期限，到时候搬不搬出也就不由你了……这一夜茵子在正屋里不停地端着蜡烛走动，用手摸着窗棂上的雕花，摸着檐下长廊里的朱红漆柱子。天亮了，她让抱朴领上含章和见素找叔父玩去，说她嫌吵闹，要好好睡一天觉。抱朴于是就领上他们走了。他将弟弟妹妹交给了叔父，自己就转了回来——因为他踏入叔父屋门的那一刻，突然那么想回到大院去！他奔跑着，一进门就满头大汗地伏在窗子上。他见茵子安静地躺在炕上，这才回了自己的厢房。

茵子从炕上坐起来，换了她最喜欢的几件细绸衣服，又对着镜子把眉毛描长，抹了口红。她这样看着镜子里的自己，一动不动，足有半个时辰。后来她从屋角拿出一个瓷碗，吃了里面的东西，又喝了几口。她重新对着镜子，擦去了唇上的一点水珠。她接上关严了正门、窗户，从五六个地方点燃了房子——这些地方她夜里全细心地抹过豆油。房子的火苗往上爬着，她躺在了炕上，闭上了眼睛。她等待着，面容美丽而安详。

抱朴在厢房里突然闻到了一股怪味，接上听到了噼啪之声。他仰起脸来，正好看到翘翘的正屋屋檐上，一团红火成球状落下来。他喊了一声冲出去，完全懵了。他发疯地用手去捶打屋门和窗户，红色的炭火不断从屋檐往下落。门窗都关得严严的，屋内滚着烟。

茵子还是静静地仰躺在炕上，这时两手抠进了席缝里，手指上流出了红色的血。

抱朴攀上窗台，砸碎了玻璃，还是钻不进身子去。这会儿一群人涌入院门，手持斧子铁锹、水桶之类，呐喊着围上来。火舌在檐角上舔着，檐角"哗哒"一声跌落下来。破碎的红火炭披在墙上、廊柱上，又被风吹在空中。冲上来的人群手忙脚乱地寻找水井，有的挖起土就往高高的屋顶上扬。抱朴喊着：

"妈妈——！屋里有我妈妈——！"

人群在惊慌地喊着什么，他的声音谁也没有注意。他突然看到一个人手里提着斧子，就夺下来劈门。一斧子，两斧子，斧子嵌进了木头里。这会儿有一个人从后面过来，猛地拔出了斧子，只一下就把门劈开了——这个人就是赵多多。赵多多领了两个民兵匆匆地走进屋里，四下里寻找什么，最后在炕前站住了。

抱朴喊着："妈妈"，扑在了炕上，用手去摇动她。

茴子没有睁开眼睛，只是把头使劲地抵住炕面，颈部痛苦地往上弓着。

"妈妈……"抱朴大哭着，求救地看着身边的三个人。

赵多多只是看着，叼上一支烟，吸了一口又抛掉。

茴子的颈部往上弓着，快要折断的样子。突然她的头一松，身子贴到了炕上，颈部也平复下去。接上她的两手用力地抠着炕席子，席子破了，染了血。她的身子往一起扭着。赵多多跺着脚，鼻子扑扑地喷气，在炕下走着。

"救救，救救她呀！"抱朴喊着，用力地往上抱茴子。

赵多多挽挽衣袖。示意让他们把抱朴拽住，登上炕对茴子说："我让你临死也带不走一件好衣服！"说着就用力地往下脱茴子的细绸衣服。茴子扭动得越来越厉害，衣服都紧紧地拧在了皮肉上。赵多多骂着，打着她的头，还是用力地脱。

抱朴突然不哭了，大睁起眼睛望着，像是呆傻了一样。

最后赵多多还脱不下来。他起身去找来一把锈蚀的破剪刀，插进衣服下铰着。茴子扭动着，他每铰一下就发出"嗯"的一声。不断有皮肉被铰破，鲜血染红了多多的手。衣服铰完了，茴子也渐渐平静一些了。赵多多把她身上最后的一根布丝也撕下来，布丝粘在了手上，他骂着，用力地甩着手。

茴子一动也不动了，躺在了炕上。她的身体雪白雪白。皮肉被铰过的地方，血水凝住了。抱朴大睁着眼睛。赵多多大骂不止，一边前前后后仔细地看着赤裸的茴子。看了一会儿，他咬咬牙，又骂了几句更难听的话，然后慢慢解了腰带。

赵多多照准茴子的身体撒起尿来，两手摇动着，把尿从头撒到脚……

抱朴的眼前一片漆黑。他们把他架住拖出来。屋顶"哗哗"地往下塌。院子里，四爷爷赵炳两手掐腰看着熊熊燃烧的房子，神色肃穆。

第 十 九 章

　　隋见素坐在一个角落里，开始衔住那根吸管，试着吸取 ▇▇ 玻璃杯枯红色的液体。吸了一大口，但不愿放开吸管，要设法衔住吸管咽掉液体。这更别扭 ▇▇ 。他把吸管拔掉 ▇ 扔了 ▇ 还是 ▇▇ 杯子里。他 ▇▇▇▇▇ 略有不安地盯住通往顶楼的电梯口。他穿了一件暗绿色西服，敞着衣怀，露 ▇▇▇ 黑色细碎柔软 ▇ 领带。这身装束他已经习惯了，毫无拘束。半年前他刚进城的时候就不曾慢慢进西装，他相信 ▇ 老隋家的血统。▇▇▇▇▇▇ 吸管及枯红色的液体 ▇▇▇▇▇ 这 ▇ 座叫做"环球大饭店"的六层大楼，是这个中等城市的最体面的地方。他 ▇ 是在一楼的门厅里。大楼没有舞厅，再有一会儿就会有一个人从大楼上下来。他这会儿就等那个人。一个叫"小凡"的人把他领到这里，并 ▇ 从 ▇▇▇ 的那个柜台上给他要了一杯 ▇▇ ，就上楼叫 ▇ 人去了。吸管发出了声音，液体吸完了。他后悔吸得太快，▇▇▇▇▇ 看了看柜台，突然想起自己没有勇气自己去要一杯。他走了过去。一个漂亮的、嘴唇 ▇ 红、悬了耳坠的女服务员飞快地瞥 ▇ 一眼，接上走过来，▇▇▇ 用询问的眼神看着他。他觉得她那飞快的一瞥很好，他会记得住。他呆了一会儿，说："同志，请再来一杯。"对方脸色冷 ▇ 起来，快快地转身，取了杯，又

368

第十九章

隋见素坐在一个角落里，开始衔住那根吸管，试着吸取玻璃杯里橘红色的液体。吸了一大口，但不能放开吸管，要设法衔住吸管咽掉液体。这真别扭。他要把吸管扔掉，但想了想还是让它待在杯子里。他略有不安地盯住通往顶楼的电梯口。他穿了一件暗绿色西服，敞着衣怀，露出一条黑色细碎条纹领带。这身装束他已经习惯了，毫无拘束。半年前他刚刚进城的时候就不曾畏惧过西装，他相信老隋家的血统。吸管及橘红色的液体，还有这座叫作"环球大饭店"的六层大楼，都不难适应。这是这个中等城市的最体面的地方。他现在是在一楼的门厅里。六楼设有舞厅，再有一会儿就会有一个人从六楼上下来。他这会儿就等那个人。一个叫"小凡"的人把他领到这里，并从厅内的那个柜台上给他要了一杯饮料，就上楼叫人去了。吸管发出了声音，液体吸完了。他后悔吸得太快，看了看柜台，突然想起应该有勇气自己去要一杯。他走了过去。一个漂亮的、嘴唇涂红、悬了耳坠的女服务员飞快地瞥来一眼，接上走过来，用询问的眼神看着他。他觉得她那飞快的一瞥很好，他会记得住。他考虑了一会儿，说："同志，请再来一杯。"对方脸色冷淡起来，快快地转身，取了杯，又伸出一根手指。见素知道这是要钱。一角？

一元？他宁可相信是一元。他交了一元，果然不错。在她接钱的一瞬间，他看到了她胸前的一个小牌子，先是一个彩照，再是外国字母，再是汉字：周燕燕小姐。他取了杯子，临离开时聪明了："谢谢，周小姐！"对方冰冷的面容顿时缓解，微微一笑。见素仍到原来的桌上去衔吸管了。他端杯往回走时特意在镶了镜子的廊柱下放慢了步子，看了看自己的样子。镜里的他面色苍白，身材颀长，暗绿色西服刚好合身。这个人潇洒中又透出了一股野性，与这座饭店的情调相比，或许是和谐中还多出了一点什么。他坐到桌前想：一个具有老隋家血统的人，走到哪里都用不着慌张。他吸着液体，吸管在嘴里不那么别扭了。

那个人半天了还没有下来。见素知道这需要忍耐。一切都需要忍耐，从洼狸镇走到这座城市，再走到这座"环球大饭店"的门厅，都需要忍耐。开始是挣脱洼狸镇的羁绊，一丝一丝地挣脱。老隋家的人只有隋不召一人赞成他出门闯荡，大喜更是哭哭啼啼。他在离开洼狸镇之前仿佛要对一切人做着没完没了的许诺，告诉抱朴他不会做出什么大逆不道的事情、告诉大喜他不会抛弃她、告诉李玉明他这次进城是符合文件规定的，等等。他为各种各样奇怪的手续奔波了近半月，进城后又差不多为一些相同的手续奔波了一个整月。他想开一个小商店，还想从老家找一些帮手。但进城后又发现原来的一切都是白想。别的不说，光地皮就搞不到——不是离闹市太远，就是条件太高。头十天里，他已经在与工商管理部门和税务人员的接触中损失了好几百元。后来还要与公安局派出所的人打交道，照例要损失一些钱。他差不多好几次决定要返回镇子，永远不再进城。但他还是忍住了。他住在一家旅馆的地下室里，每天只花四五个小时来歇息，其余时间全用来寻找机会。他以前读过那些描写孑身一人流浪到城市而后终成富翁的小说，觉得自己就是那样的人物。所不同的只是他身上还有乱七八糟的证件，有从洼狸大商店带来的一笔款子。

夜间他在街上游荡，看那闪烁不停的霓虹灯，看那如同潮头奔涌一样的自行车流。人太多了。他缓缓地走在人行道上。他试过了好多事情：看录像、看跳舞、吃素菜馆、看滑旱冰；有一次他看了立体电影，心中惊叹不已。街道上热闹非凡，卖瓜子的、卖牛仔裤的、卖手表眼镜的。手表大都是进口的，几元钱一只，掂一掂轻如桃壳。眼镜有红颜色的，还有黑的和蓝的、橘黄的、玫瑰色的。这一切见素都想买一个，但他还是忍住了。有一次他正走着，一个瘦弱不堪的小伙子将一个手枪模样的东西对准了他的脸，呼叫着："五分钱一看！"他很镇静地掏出了五分钱，对在枪眼上看了看。他看到里面有人接吻不停、搂抱不停；最后还飞出一只狐狸，围绕着人们的脖颈旋转。他笑了。这一切使他想起人们口中过去的洼狸镇、想起了消逝在历史烟尘中的"拉洋片"。半夜里他常到一些小店里喝酒，吃点零食，一边听人闲扯。后来他结识了一个陷于窘况的小店主，了解到他一笔布匹生意蚀了本钱，小店已经几个月没有进货了。见素掏钱买了酒菜，让小店主喝得大醉，送他回家时顺便看了看他的店。店实际上就是他的家，由老婆一人站柜台。让人羡慕的是这里处于比较热闹的地段。见素当时就萌生了合资办店、入一个股份的念头。这晚上他一夜未眠，盘算着一些细节。白天他睡了一个好觉，入夜后他从小酒馆里找到了小店主。他们喝着酒，谈到了深夜。见素提出合资办店，并给他看了进城经商的一些证件，特意提到自己有强大的经济力量，可以大大扩展眼前这个店。小店主有些心动，答应回家商量一下。可是第二天小店主见到他时，又摇头变卦了。见素想给这人一拳头，但还是忍住了，像以往一样地买了酒。小店主说不喝了，要去澡堂洗澡。见素劝他喝了一杯，然后跟他一块儿去了澡堂。

澡堂在一个小巷子里面，肮脏、拥挤。见素问了问，多花钱将他领到好一点的小池子里去了。小池子里人少一些，他们将脱下的衣服存好，领到一个木牌，又将木牌拴到手腕上，下了水。小店主身子瘦瘦的，只有小腹奇怪地胖着。他们互相搓洗，见素搓了他的后背又搓他的小腹，他认为是玩笑，看了见素一眼——见素表情严肃。搓了一会儿，见素轻轻一挟就借着浮力将他挟到一个水泥台上，让他为自己搓。小店主用手掌缠住毛巾擦见素的背，夸见素的皮肤和身材。见素冷冷地说一句："我是你的靠山。"缠了毛巾的手掌停止了活动。见素近乎命令地又说一句："不要停，快搓。"手掌又活动起来。小店主一边搓一边试探着问："你的意思是……什么？"见素漫不经心地洗着下身，洗得十分仔细。他又擦了些肥皂，揉起一片白沫，淡淡地回答小店主说：

"我在洼狸镇上有个粉丝公司。我的公司下设若干分公司。我不需要用你的店挣钱。我不过想在城里有个落脚的地方，来凑凑热闹。"

见素这样说时，一点也不觉得是在说谎。他此刻恍恍惚惚觉得那个粉丝公司就是他隋见素的。小店主"嗯嗯"地应答着，搓背的手立刻变得温柔了。搓了一会儿，这只手从后背伸到颌下来，又去轻轻地搓见素的下巴。见素把小店主的手挡开，站了起来。他隔着雾气望着小店主的脸，发现这张脸满是水珠，胀满了欲望……第二天他们就谈妥了合资办店的 事情。第三天见素拟好了一个近似于合同的文字的东西，并叫来了公证人。小店主和老婆两眼放光，手指哆嗦。他们夫妻俩频频对视，不知祸福。见素当场缴出了一笔款子，两口子这才长长地吐气。他们让见素搬到家里来住，见素同意了。不久见素提出扩大门面，将邻店的过道也改建成店的一部分，同时要更换店名、油漆店表——一切需要补办的手续由他去办。两口子没有什么不同意的。几天之后，见素打听到了一个美工，就请来工作了两天，把个店打扮得花枝招展。门上横着写了一串大美术字：洼狸大商店；美术字下边是拼音字母；门两侧漆成了鲜艳的颜色，还画了一男一女两个人，都面容娇美，足登长筒皮靴，翩翩起舞。又停了两天，小店主用见素的钱进了一大批货，甚至搞来一台录音机。见素建议搞两个音箱立在门的两侧，播放立体音乐。随着"嗡咚嗡咚"的乐声，顾客一群群地涌进店里。这期间见素却不怎么在店内停留，仍像以往一样到大街上游荡。他回来就不断改变物品的摆设，常常也只是小小一动，店内的气氛就大变。比如他在柜台的拐角外面放了一只三足高凳，柜台上放了个三棱纸板，上写了"咖啡"。有人喝咖啡，店主的老婆就在柜台后面迅速调制一杯劣等速溶咖啡。喝的人大半是男青年，或半坐高凳，或倚在墙上，端着杯子似吮不吮，一双眼睛贼亮地盯住走进店来的姑娘或少妇。几天以后，见素又请来了一个美工，在店外墙壁上的男女画旁写下了四个紫红色的美术字："先生、女士"。这座店变得有些奇奇怪怪，因而也招来了一些奇奇怪怪的顾客；也只有奇奇怪怪的顾客才舍得大把花钱，生意立刻兴隆了。小店主兴高采烈，有一次端着一盆温水，在嗡咚嗡咚的音乐声里一摇一晃地走着，盆里的水就溅出来。见素正坐在一旁吸烟，这时站起来大喝一声："你怎么走！"小店主愣愣地站稳，然后又缓缓地将水端开。店主的老婆脸色通红。见素也有些不好意思，觉得不该这样对店主说话。他一声不吭地吸烟，他想起了自己刚才喊的话在老隋家是极熟悉的——哥哥曾学叔父的走相，被父亲这样呵斥过。

见素常常在街巷上的一些小摊子跟前留连忘返。他发现这些小贩子五花八门，大多是一些怠工的工人和进城的农民。他们主要贩卖腈纶织品、各种仿皮制品和牛仔裤。开始看不出什么来，后来见素才发现很多所谓进口牛仔裤都是伪造的。小贩们的名堂的确不少，见素跟他们混熟了，也学会了不少名堂。有一个小贩跟见素喝过几次酒，十分投机，就领他去一个地方看了热闹。那个地方在一个窄窄的小巷里边，是用篷布围起的一块空地。篷布里边"噗噗喳喳"演着斗拳的录像，看的人无精打采。后来斗拳突然停止，众人一齐抬起头来：屏幕上有了脱光衣衫的男女。男女做的无非是人间的事情，见素看了却觉得如坠仙境。这样看了有一个钟头，屏幕上又出现了斗拳的人。见素这才松了一口气，后背上汗水交流。他和小贩无声地走了出来。这以后他每晚必去，不能安眠，吃的东西也失去了往日的滋味儿。几天过去，见素照了照镜子，发觉自己脸色发暗，眼神散散——他立刻想起了进城之前得过的那种病，不禁浑身战栗。他忍耐着，从此再不去看那种热闹了。他继续和小贩们交往，后来发现一个人专门成批地卖出形状奇特的半旧衣服，销路特别好。他从这个人手里买了一批，带回店里提价试销，发觉销得仍然不错。他决心探出那个小贩的货源来，结果几次都没有得手。他又求助于原来的小贩朋友，那个人摇摇头说："这得认识小凡才行。这些旧衣服都是从小凡那里倒手来的。小凡这个人可不好接近。"见素问了半天，结果弄明白"小凡"是一个叫"益华股份有限公司"的办事员。他又花费了半个月的时间打听了这家公司是怎么回事，最后只弄明白该公司可以直接与外国人打交道，公司里有些人经常出国。至于公司是官办还是民办，的没有一人能够讲清。见素吸着冷气，一连几天心都在不安地跳动。他想着与小凡打交道的一些办法，想得头疼。他想到小贩们感到那个人不好接近是自然的，但有一定来头的人与其接近就会容易得多。最难的倒是接近之后能不能向深处发展——见素换了一个角度考虑问题，立刻觉得心里轻松了一点。他马上与店主商量了一下，提出要名正言顺地做生意，才会成大气候。店主不敢想成什么大气候，但商量了一会儿，还是同意见素担任"洼狸大商店总经理"——见素很快印回了一沓子名片。当店主手捧印了自己名字、反面是外国字母的副经理名片时，立刻眉开眼笑了。

见素穿了西装，堂而皇之地步入益华公司的办事处，找到了小凡，掏出了名片，公事公办地提出要与该公司建立业务联系。小凡是个三十多岁的年轻人，彬彬有礼，只有一点节制了的热情。他们交谈着，三五分钟见素就告辞了。小凡给了见素一个名片，上面有彩色照片。名片由一种银色条纹交织起来，散着淡淡的黄色光晕。见素第一次见到这样的名片。照片上的人向他微笑着，他走在路上看着，突然站住了。他想把它撕掉，扔到脏沟里去。他两手捏紧了硬硬的纸片，抖了抖，最后还是小心地放到了内衣口袋里。

这一次只是为了认识这个小凡。见素觉得十分成功。接上又有第二次、第三次。见素在一个二流饭馆里包了一桌酒席，请小凡喝酒，并赠了他一台收录机。小凡后来一个人溜到洼狸大商店里来了，要了杯咖啡喝着，一边瞟着柜台后面的一个出口。见素从里面走出来，一眼看到了小凡，不禁愣住了。他两颊发热，眼睛一动不动地看着嘻笑的小凡。小凡不说话，只是喝着咖啡。见素走上前去握手，说："这里太窄巴……这是一处分店。"小凡伸手拍了见素的肩膀一下，说："咱哥们明白这个。咱们是朋友，有话明着说吧……"见素两手插在衣兜里，冷冷地望着他。这样停了一会儿，见素把他请到了屋里。

这一天他们玩得很好，彼此谈了很多。分手时见素提出让他介绍认识一下总经理，小凡笑了："你的野心倒不小。这不可能。我在公司一年多了，只跟总经理说了两句话……或许你能见见我们的于助理。他是总经理的助理。"见素说："那也可以。"停了会儿见素又问起总经理的情况，小凡不怎么回答，只告诉是个很有些背景的人，今年刚十九岁。年龄使见素惊叹不止。见素极想弄明白这个十九岁的总经理有什么背景，小凡也就要走了，临走说一句："算了吧，我劝你再不要问了——别吓着了你。"他走了。这之后，见素就总寻机会跟那个于助理会面，小凡说还要等待机会。等待期间小凡帮助见素挑选更换了几次领带，又印制了配有彩照的精美名片。这一切做好之后，机会也就来了——小凡这晚上把他带到了"环球大饭店"，说约定在此做短暂的会面。

隋见素吸着杯子里的液体。那个人老不下来。他知道那个人在跳舞。周小姐在柜台里面活动着，从这里可以看到她美丽的侧影。他记得去取第二杯饮料时，她曾飞快地瞥过来一眼。那一眼使他浑身灼热，这种感觉直到十几秒钟之后才消失。这真使他暗暗吃惊：使他有这种感觉的姑娘，过去的很多年里只有过闹闹一个。他小心地吮吸着，垂下头去，又瞟了她一眼。他知道离这位白绒绒的小姑娘（这个小东西！）还非常遥远，中间有着断崖，他触摸不到她的裙裾。他不是缺乏胆子或者力气——抱朴曾把他比喻为一头豹子。他在一定时机会扑上去。问题是他们之间相隔还非常遥远。见素这样想着事情来消磨时光，这会儿电梯门又"嚓"地一声启开了。他一眼就见到了小凡和一群人站在里面。

小凡走出来，一群人都走出来。小凡向这边走来，身边的一群候，见素愉快地站■了起来。小凡做了介绍，两个握手。
于助理握住见素的手，用力抖动一下，再抖动一下，也就
松开了。见素的手被松开的一瞬间，心里忽然明白了握手
也有个■■主动被动之分——握手的时间、节奏、
力度，都■对方控制了。见素勉强地笑了笑，但极力做出
亲热的表情。"我们那边谈吧，嗯，那边吧。"于助理一
手松地扳住见素，一手往一边推开。小凡在前边引路，
两个人往前走去。见素在挪步时有一个足以使他后悔一生
的小之举动：■偷之瞥了一眼剩在桌上的半杯■■饮料。
于助理眼着见素的目光，也看了看饮料，嘴角出现了微笑，
说："哦，是吧，隋先生！"

他们穿过这一段铺了深红地毯的走廊，来到了一个小套
万里。

这是隋见素三十多年来所见到的最漂亮的一个房间。
他在心里承认，如果不是亲眼见到，他无论如何是想象不
出来的。可是他不肯流露出还是那似好■■。他做之地
眯着眼睛，缓慢地、一个部分一个部分地看了一遍，那样
子■有些漫不经心。整个地板都被一张厚之的■■色地毯
盖住，地毯之上，是一圈儿胖胀笨拙的棕色沙发。墙壁全
部贴了淡蓝色的、有着又复杂又单纯的花纹■、不晓得是
纸是塑料还是什么丝绸的一层东西。窗户阔大，窗帘有两
层，一层是纱的，一层是厚丝绒的。小凡去拉没有完全拉
开的带子，伸手■找一根丝绳，上面的小滑轮就发出动听
的嘤之声。正面的墙壁■■挂了一幅巨大的足见雕画，画面

人则向别处走去。小凡身边的那个人大概就是于助理了。见素老想站起来，可心底有一个执拗的声音在抵制着他："不能！不能这样殷勤，你坐着——你喝你的橘红色液体吧！"他神色淡然地瞥了那个人一眼，发现他四十多岁，脸刮得非常干净，发型也很讲究；穿了一件黑色的皮革上衣，大翻领闪露着猩红的细缎子围巾。他走过来，似笑非笑，步子很轻快。他们离桌子五六步远的时候，见素愉快地站了起来。小凡做了介绍，两个人握手：于助理握住见素的手，用力抖动一下，再抖动一下，也就松开了。见素的手被松开的一瞬间，心里突然明白了握手也有个主动被动之分——握手的时间、节奏、力度，都由对方控制了。见素勉强地笑了笑，但极力做出亲热的表情。"我们那边谈吧，嗯，那边吧。"于助理一手松松地拢住见素，一手往一边摊开。小凡在前边引路，两个人往前走去。见素在挪步时有一个足以使他后悔一生的小小举动：偷偷瞥了一眼剩在桌上的半杯饮料。于助理顺着见素的目光，也看了看饮料，嘴角出现了微笑，说："哦，走吧，隋先生！"

他们穿过一段铺了深红地毯的走廊，来到了一个小客厅里。

这是隋见素三十多年来所见到的最漂亮的一个房间。他在心里承认，如果不是亲眼见到，他无论如何是想象不出来的。可是他不能流露出丝毫的惊讶。他微微地眯着眼睛，缓慢地、一个部分一个部分地看了一遍，那样子有些漫不经心。整个地板都被一张厚厚的浅蓝色地毯盖住，地毯之上，是一圈儿肿胀笨拙的棕色沙发。墙壁全部贴了淡黄色的、有着又复杂又单纯的花纹、不晓得是纸是塑料还是什么丝绸的一层东西。窗户阔大，窗帘有两层，一层是纱的，一层是厚丝绒的。小凡去拉没有完全拉开的帘子，伸手拽一根丝绳，上面的小滑轮就发出动听的嘎嘎声。正面的墙壁挂了一幅巨大的贝雕画，画面上是缩小了的蓬莱仙阁。在离开贝雕画框稍远一点的角落，是一个老树根刻成的一个花架，整个架子都被粗粗细细的根脉纠结着。架上搁了一个金银花盆景，花棵正开在旺盛时候，喷金吐银，满室芬芳。见素的眼睛正端量着盆景，又一位"小姐"手托瓷盘进来了。她礼貌地问候了一句什么，接上用一个竹夹夹了盘上的方毛巾，每人分一块。大家擦擦手、擦擦脸。见素从毛巾上闻到了比金银花的气味还要浓烈的芬芳。小姐走了，留下一个微笑。接着又一个小姐来了，送来了饮料、橘子、香蕉、香烟等等，走时留下了同样的微笑。见素重新端量房间。他发现室内的几个茶几都是浅黄色的，茶几腿的上部，就是连接几面的那块儿有流线型的弯曲，十分漂亮。这使他突然联想到那个割棘子小姑娘的肩膀，喉头有些发热。他揉了揉眼睛，再一次去看那一些沙发，竟然再无笨拙之感。这些沙发都坚牢固定，仿佛踞在了地毯上就不可动摇。他看着看着，不知怎么觉得室内的所有人，当然包括这个于助理，坐这些沙发都不恰当。因为他想起了个更恰当的人，就是洼狸镇上的四爷爷……于助理这时指指饮料，见素微笑着点头，却取了一个橘子。最后还是小凡开始了一个话题。他第一句话就赞扬隋先生。

这次会面只有十三分钟。而据后来小凡对隋见素解释说，在于助理的一般性会面中，这是花费时间最长的一次了。在他们益华公司，时间就是金钱。交谈中，隋见素提出他的"洼狸大商店"可以为公司设立专柜，并渴望更多的合作与支持。于助理不断微笑着点头，但并没有什么实际性的答复。最后助理表示说，今后一些具体事宜，可由公司的小凡与隋先生商定，等等。于助理离开之后，小凡和隋见素在门厅里小坐了一会儿。小凡吸着饮料，不无失望地说他自己没有多少权力，很难为商店做一笔大买卖，只能批给一部分进口衣服之类。见素淡淡地笑着。对面的小凡永远也搞不明白见素的微笑中藏匿了什么。对于见素来说，这一切已经是相当大的收获了。老隋家从三四十年代开始衰落，退出了所有城市，最后连芦青河地区的地盘也失掉了。而今由隋见素迈出了第一步，重新在一座城市里找到了立足之地，豪华的小客厅地毯上，几十年内第一次印上了老隋家人的脚印。

隋见素压抑着心中的兴奋，与小凡随便交谈着什么。他的眼睛却常要去瞟一下柜台内的周燕燕小姐。有一次他抬起头来，又看到她飞快地瞥过来一眼。见素点上一根烟吸着，长时间一声不吭。他垂着苍白的额头，费力地吮着吸管。后来他抬头看着小凡，说道：

"我们再来一杯吧。"

小凡向柜台走去。他伏在柜台上了，伸出手指比画着什么，跟周小姐开着玩笑。隋见素走了过去，一手插在裤兜里，另一只手重重地拍了一下小凡的肩膀。小凡转脸笑笑，然后对见素介绍周燕燕。周燕燕询问的目光看看见素，又看看小凡。见素把自己的名片递给周燕燕。她看了看，提高声音说一句："哦，隋经理！欢迎……"

随即伸出白白的小手掌。见素的目光落在了小手掌上，然后轻轻地握住了它。

　　走出"环球大饭店"，小凡对见素说了一句："她很漂亮。不过是个老姑娘了。"见素吃惊地问："她多大了？"小凡笑笑："二十四岁——不算大是吧？可在这个城市，女人处于这个年龄很敏感了。在这个饭店的服务员中，二十四岁已经是最大的了。"

　　见素哦哦地应答着，路上故意把话题固定住。小凡告诉见素，周燕燕原来在一个县城招待所做服务员，叔父是个县长，叫周子夫。后来她辞了职，来城里做了服务员。可能是她叔父给她找的关系，也可能是市委一个当处长的远房亲戚，这个年头要到高级饭店或宾馆做个服务员可不那么容易。见素只是听着，丝毫没有表现出心中的惊讶。他明白了，周燕燕原来也是一个人从芦青河地区来到这座城市的。他突然觉得这个姑娘离自己并不十分遥远了，中间横着的断崖已在消逝。

第 二 十 章

在整々一条街上，只有狂狸大商店没有"激光打耳眼"的服务项目。这还要感谢益华公司，是他们最先把机器供给了运泉松人商店。商店的门前挂出了一座巨大的广告牌，上面用最凝练的语言介绍了耳眼机的妙处，并写明店内有美国进口的二十四K包金耳环。广告牌的中央画了个金发女郎，她就佩戴了这种耳环。狂狸大商店乐声荡々，人如潮涌，害怕拥挤的姑娘就在门前々々徘徊。喝咖啡的男青年也随它增多，小々店主的老婆忙不过来，就给每杯咖啡提价々々角。小店主只卖控纵打耳眼的机器，由于视力欠佳，平均每天要打出三到五个斜眼。见素只在特别有关时才出面招呼一下女顾客，撒弄机器时小心翼々。姑娘们也乐于让他来打耳眼，相信对方会将男性的爱恋随同激光一并射入耳垂。见素用手抚摸过一系列々姑娘的耳垂，逐渐变得落々大方，风流倜傥。他率々穿着那件暗蓝色的西服，不断变换着领带，跟上小凡到环球大饭店去坐一会儿。周燕々非常热情，带走出柜台，将饮料送到他们的桌上来。见素反而变得不苟言笑，只在离开时道一声谢，抓住他的小手松々一握。到后来没有小凡，见素自己也可从来了，一个人坐在桌边。周燕々照例过来送饮料，但放下赶紧离开了。见素吸々着杯里的东西，若无其事地招头看着大厅。他感到那边的 ▆▆ 目光又飞快地

人民文学出版社稿纸（24×25＝600）

文小五 22 字 4.5 条 全
注大宋回行方 4 磅来 小

㊶ 古 代　函垫当 5830
354—363

384

第二十章

在整整一条街上，只有洼狸大商店设有"激光打耳眼"的服务项目。这还要感谢益华公司，是他们最先把机器售给了这家私人商店。商店的门前挂出了一面巨大的广告牌，上面用最凝练的语言介绍了耳眼机的妙处，并写明店内有美国进口的二十四 K 包金耳环。广告牌的中央画了个金发女郎，她就佩带了这种耳环。洼狸大商店乐声滚滚，人如潮涌，害怕拥挤的姑娘就在门前久久徘徊。喝咖啡的男青年也陡然增多，小店主的老婆忙不过来，就给每杯咖啡提价一角。小店主负责操纵打耳眼的机器，由于视力欠佳，平均每天要打出三到五个斜眼。见素只在特别高兴时才出面招呼一下女顾客，搬弄机器时小心翼翼。姑娘们也乐于让他来打耳眼，相信对方会将男性的爱恋随同激光一并射入耳垂。见素用手抚摸过一系列姑娘的耳垂，逐渐变得落落大方，风流倜傥。他常常穿着那件暗颜色的西服，不断交换着领带，跟上小凡到"环球大饭店"去坐一会儿。周燕燕非常热情，常走出柜台，将饮料送到他们的桌上来。见素反而变得不苟言笑，只在离开时道一声谢，抓住她的小手松松一握。到后来没有小凡，见素自己也可以来了，一个人坐在桌边。周燕燕照例过来送饮料，但放下赶紧离开了。见素呿吸着杯里的东西，若无其事地抬头看着大厅。他感到那边的目光又飞快地瞥过来一次，就在心里轻轻地告诉自己一声："你明白了。"第二天，他捎给周燕燕一副二十四 K 包金耳环。周燕燕怕烫似地接到手里，在掌心倒换了几次，脸色绯红。她想说什么，也许是感谢的话，也许不是，嘴唇活动了一下又闭上了。见素热辣辣的目光看着她，但很快又镇定下来。刚才他在想这个嘴唇多么适合亲吻。他淡淡地笑了笑，离开了。

这个夜晚他很难入睡。回想着第一次见到周燕燕的情景，然后又想第二次、第三次……他知道一个人在一群疯狂的追逐者中间也会感到孤寂，周燕燕一个人来到这里，对很多东西都陌生、都恐惧，只不过虚荣心把这一切都覆盖了罢了。他对自己的判断非常满意。他觉得自己在向着一个方向慢慢地移动，身不由己。在离那个猎物近了时，他会毫不犹豫地扑上去。老隋家每一辈里都有这样的人。仿佛一个家族都太老实、太木讷，上帝为了平衡，就让家族里有一个人懂得复仇。他差不多忘掉了大喜，忘掉了她温热而丰满的、喷香的身体。他只是入睡之前才多少想了想她，她哭哭啼啼地送他进城，第一句话就嘱咐他不要看上别的女人。大喜明白她爱上了什么人，但还是爱着，这真不幸。见素闭上了眼睛，在心里咕哝一句："整个老隋家都是为别人想得太多了。"说完以后就睡过去了。

小凡到底还是够朋友，不久就为见素批来一些形状奇特的进口旧衣服。见素每件衣服提价百分之十四，结果销得还是很快。这使他十分兴奋，跟小店主合计以后，决定将赚到的百分之二十用来答谢益华公司的两个人：小凡和于助理。小凡提醒他们：这些钱刚好可以用来在"环球大饭店"搞一次像样子的酒宴，他和于助理都参加，另外再请请商业界的几个人物。这等于借机会把该店介绍给商业界。见素对小凡十分钦佩，就按他的意思办理了。能在"环球大饭店"举行宴会的企业想必是有些来头，前来赴宴的人大多还是第一次听说过这个商店的名字。人们喝得十分满意，酒席间倒并不怎么谈论商业界的事情。有一个人前不久参加过一个烈士的追悼会，于是就议论起前线的事情。这很自然让见素想起了隋大虎。那个人搔着头发，饮下一杯说："打得很苦噢！这场仗可比过去战争年代苦多喽……我外甥从前线上负伤了，是排雷被炸伤了的，伤了脚。现在去一个什么学校进修去了。我从他那里知道一些前线的事情。他说他们团有一个连困在哨位上，最后只回来一个人，回来还是死了。那个战士的老家就是咱这个省，跟隋先生一个姓……"

隋见素手中的杯子泼出了一些酒。他问："那个战士叫什么名字？"

"我外甥说得太多了，我怎么记得住。反正是死了……"

隋见素还想再问，小凡端起杯子说："先别谈这个了，来，干一杯！"见素跟所有人碰过杯，一仰脖儿喝下去。他几乎没有感到酒的味道，脑袋嗡嗡响着。他咕哝了一句："他肯定就是老隋家的人了！"于助理惊诧地望着他，嘴里哼了一声。

酒后大家一起来到了六楼的舞厅。

这儿的阔绰和热闹、这儿的奇特的气氛，一下子就把隋见素攫住了。他不知道该把目光投在哪里，索性小心翼翼地盯住脚下，跟随前面的人走。脚下是松软的、富有弹性的地毯。这地毯是棕色的，仿佛比他见过的所有地毯都厚实。前面的人停下来，有的坐了，于是见素也坐在了一个带拐角的丝绒沙发上。面前是一个可以旋转的、别致的圆形桌，桌上已摆了两种不同的高脚杯，一只盛了粉红色的冰激凌，一只盛了浅绿色的饮料。一些多格托盘中分别装了花花绿绿的果脯、果子蛋糕、橘子、香蕉等。一种彤红的、去了核儿的冰樱桃实在诱人，见素伸手取了一枚。他这时记起了抬头去找同来的几个人，发现小凡就坐在桌子的另一边，于助理不见了；身边的一个人用手帕捂着鼻子，取下手帕，见素认出他是讲前线故事的那个人。隋大虎的事又在脑海中闪了一次，见素低了低头。他再次抬起头来，发现在左前方的一只沙发上：于助理正和一个挂了项链的姑娘说话，两人使劲低着头，说一句一笑，头再沉下去一次。那个姑娘描了眉，涂了口红，睫毛是假的。她很漂亮，但见素无法判断这种漂亮是不是假的。小凡在一边鼓了一下掌，见素发现他正看着舞场上的几个人。一个五十多岁的肚子滚圆的人正和一个矮瘦的小女孩子旋转。小女孩子身穿红裙，齐耳短发，煞是可爱。乐队很壮观，有一个吹单簧管的老头子头发如雪，文质彬彬。他显然吹了一辈子。见素盯着白发，开始寻思一个男人一辈子捣鼓这东西是不是值得。老头子神色庄重，犹如身在威严的仪式之中，于是见素的结论是"大概值得"。数不清有几对子在跳，一支曲子停了，就一齐停下来。很多人退下来，又有很多新的舞伴进了场子，等待又一支曲子。见素瞥了肚子滚圆的人一眼，发现他已经大喘不止，每一次呼吸都不得不提起双肩；但他还是捏紧小姑娘的手不放。见素想这个老人不好，这个老人该让女孩子和别人趁这段时间跳一会儿。音乐又响起来了，并有一个女歌手站在乐队前边为大家唱。她唱一句，脸蛋就划圈似地一转，做出极天真的样子。但见素觉得她有四十多岁了，比洼狸镇的小葵年轻不了多少。一会儿，于助理和小凡都上场了。小凡的舞伴就是周燕燕，她刚才不知坐到了哪里。见素觉得心跳加快了，不安地动了动身子。他看到了那副包金耳环，他真希望她能知道谁在一旁看着她。于助理和那个假眼睫毛跳着，花样很多，渐渐吸引了很多人的眼光。有一次姑娘穿了长筒皮靴的腿似乎是从弯腰扭动的于助理头上撇过去的 —— 但见素没有看准，不能肯定。他主要在看周燕燕。终于她也看见了他，送来了只有他一个人感觉得到的淡淡微笑。见素幸福极了。

于助理和假眼睫毛花样成倍地翻出，终于逼迫场上所有的舞伴动作迟缓、无精打采，最后不得不退回座位上去。见素感到了从未有过的惊讶，这时再也顾不得看周燕燕了。场上仅有的这一对子一会儿合起，一会儿分开，一会儿各自旋转，一会儿一起旋转。于助理和假眼睫毛常常一腿弓起，微笑相对，双肩有节奏地扭动。还有一次他们突然转身，以背相对，再复回转时还忙里偷闲，伸出拇指在对方脸前做一甩动。这一切都正合节奏，堪称一绝，满场里长吁短叹。也正是这时候，场上又突然响起一种奇怪的歌声，温温吞吞，明朗自如，但辨不清男女。看看乐队那儿，没有歌手站出来。歌声还是响着，咿咿呀呀，甜美动人，歌词一句也听不清。见素用力地寻找着歌手，他想一定是藏在了什么地方唱着。他逐个看着，主要看他们的嘴巴动不动——他终于发现了唱歌的人是那个白发如雪的吹单簧管的老人，如今老人放单簧管于膝盖之上，双手叠起，面色安详地唱着。见素看着看着，嘴里发出了"啊"的一声。

从六楼舞厅下来，已是深夜。隋见素见人们纷纷散去，他们大多乘自己的小车急急驰去。他刚要出门，就见讲故事的那个人又转回来，说门前不见了他的车，还要等一会儿。见素于是伴他在门厅里坐了。

嗡嗡咚咚的乐声老在脑海里鸣响，赶也赶不走。那个人掏出烟来，在桌上敲一敲，又想起见素来，就重掏出一支。他们吸着烟，暂时没有说什么。那个人看着见素，说道："贵店有多少职员？"他的腔调倒一下让见素想起了别的。见素没有回答他，而是问："你说你外甥那个团是什么时候上去的？"

那人的脸仰着，吐着烟说："大概也就是两年前吧！有一段是在前防训练。"

见素觉得这跟隋大虎上前线的时间也差不多。他真的怀疑起那个战士就是隋大虎了。他有些沉重了，这会儿又记起传来大虎死讯时，他和叔父午夜里喝酒的情景。他鼓了鼓勇气，跟那人攀谈起前线的事情。他觉得死去的人是老隋家的一个男孩子，就有必要搞清到底是怎么死的。那人的酒意未消，面色微红，似乎也乐于讲叙战争。他说他二十年前也当过兵，可惜没有战争。

"我外甥他们这茬遇上了，他的一只脚只剩下了一半。那是排雷炸的。那里的雷谁也排不完，战争完了也要排上个四年五年。好多战士都伤在地雷上。敌人不怎么碰雷，那些家伙心里有数，摸索得熟。我外甥他们晚上待在工事里，觉也睡不沉。如果黑夜里听见外面沙拉沙拉的，那肯定是敌人。他们就摔手榴弹，轰隆一声，再没有沙拉声了。可是第二天什么也找不到，炸不着什么。这样情况不知有多少回，只有一回炸着了，炸死一个十六七岁的小敌人。小家伙瘦骨嶙峋，头发老长，脚板的皮像铁一样硬。工事是什么？就是山包上的一个个能容身的洞洞，最小的只能容下一二人。他们白天晚上就蹲在里面，困了屈着身子抱紧枪。怕就怕敌人截断所有的通路，那时候什么也送不上来，也就完了。这样的事早晚要发生，这个谁都知道，外甥也知道。可是你得蹲在小洞洞里 —— 战士跟这个叫'猫耳洞'。他们就在这样的洞里被困了两个月。随身就是那么一点点罐头什么的，开始时候就在盒上戳一个洞，吸里边的汤。后来又一小片一小片地剜里面的肥油吃，一点点吃得什么也没有。再吃什么？喝什么？洞子四周的嫩草叶全嚼光了，粗一点的草根像嚼甘蔗一样嚼一遍。裤子屁股那块磨透了，就转过来穿，再磨透，也就得那样。衣服的拐肘那儿、袖子、肩膀那儿，全磨破了。再磨皮肉，磨破了，溃疡，烂一个大洞，怎么也好不了。这才熬过了半个多月，日子还长。如果是咱这些人，该打谱死了。"

见素屏住呼吸，一声不吭，大口大口地吸烟。

"他们全不打那个谱，想法活着守山包。有的人伤口烂得发臭，蹲在一个洞里都闻得见。该用清水洗洗伤口，可是一滴水也没有。

发烧、说胡话的人哪天都有，能活动的就嚼了青树叶儿，一点一点往他们嘴里抹。常常是抹着抹着，人就咬紧牙关死了。就是这样，还有人打开录音机听歌。听着歌抵挡一会饥饿，实在不行就爬出去找发绿的东西吃。敌人不定什么时候就打炮，炮弹雨点一样落，有的'猫耳洞'炸塌了，把人活埋在里面。你看看，这个样子捱两个月！他们等到援兵上去换下来，差不多就剩那一丝气了。脸色不敢看，看了吓人。头发焦黄发脆，像放到地底下闷了几年似的，一梳理就断。那身衣服全变成条条了，胡乱网在身上。这场仗可真苦，不亲眼看看，你想不到那个步数。我外甥就是从这里面活过来的。那时候没死，大概以后会长命百岁。他现在学医去了，学着把不该死的人救过来。该死的谁也救不过来。"

见素狠狠地把烟掐灭了，问："那个姓隋的呢？也被困了两个月吗？"

"不，困了一个多月……他不和外甥在一个山包上。我外甥也不怎么清楚他的情况，只是后来才听说。"

"他到底怎么死的？"

"他那个连原来是守一个哨位。后来仗打乱了，他们就被困在了里面。那个哨位已经没有什么意思，连队就设法回到咱们的阵地上来。他们在山里打打藏藏一个多月，死了一多半儿，连长头半月就死了。这里边有不少人是伤在地雷上，所以我一开始就说该死的地雷。那个姓隋的据说年纪也不大，够勇够灵的，所以能坚持到最后。连长死了，不知道谁代理了连长，这个再也没法知道了。也许姓隋的早就一个人活动了，你想想看吧！那边是闷热地方，什么都长得又高又粗，走路也没有个下脚地方。他死了后，有人发现他兜里有一片纸，上面有谁也不懂的数码和符号。看到后来才知道是记了战友死的日子和地方。到了半月那一天，一个数码后面做了个三角符号，估计那天连长死了。人们还从他身上看到几十处刀伤、抓挠印子、牙齿印儿。真好样的，你想想他跟多少敌人搏斗过。没有人能胜过他，最后都败在他手上。这个战士了不起，饿不死、捅不死、渴不死也咬不死。他一个劲儿往我们的阵地上移动，死也要回来。到后来离我们阵地一定不远了，他一定是那时候被什么打中了。两条腿都给炸掉了，他就用手抓地往前爬。腿使不上劲了，全靠两只手的力气，挪动一寸都不容易。他就这么爬，爬，手抠进泥土里、石缝里，用劲拉着多半截血淋淋的身子往前移动。那些该死的草木遮住了他，他离阵地一百米了还没有人发现。他嗓子早渴哑了，什么也叫不出来。后来离阵地只有五十多米了，才有人看见了他。一伙人跑过去，怕是敌人的特工队摸上来，随时准备开枪——一伙人认出是自己人，就去抱他。他的十根手指全露着骨头，白色的骨头尖磨秃了。他被抱起来，刚抱到阵地上就死了。他把血流完了。不过他还是死在咱的阵地上。这个战士姓隋……"

隋见素的拳头猛捶了一下桌子。邻座都惊讶地看了看他。

这会儿有汽车声。一会儿司机走进来，那个人就站起与见素握手。他走了，见素坐下来。他重新点上一根烟，吸了起来。厅里人越来越少了，最后周燕燕不知从哪儿转过来，就站在桌边上。见素

██████████。两条腿都给炸掉了，他就用手抓地往前爬。腿使又上动了██，全靠两只手的力气██，挪动一寸都不容易。他就这么爬，爬，手插进泥土里、石缝里，用劲拖着多半截血肉之的身子往前移动。那些浓密的草木遮住了他，他滑离阵地一百米了还没有人发现。他嗓子早喊哑了，什么也叫不出来。后来离阵地只有五十多米了，才有人看见了他。一伙人跑过去，怕是敌人向我军阵地摸上来，随时准备开枪——一伙人认出是自己人，就去抱他。他的十根手指全露着骨头，白色的骨关头██磨壳了。他被抱起来，刚抱到阵地上就死██了。他██血██了██████。不过他还是死在咱的阵地上。这个战士姓隋……"

隋见素的咯关狠握了一下桌子。卲彦恨透地看了看他。

这会儿有汽车声。一会儿司机走进来，那个人就站起██与见素握手。██████他走了，██坐下来。他重新点上一根烟，吸了起来。厅里的人越来越少了，最后周薷之不知从哪儿钻进来，就站在桌边上。见素抬起头来，近之头。周薷之以为他病了，问他，他摇之头。这样又停了一会儿，见素说一声"再见"，步子沉重他走出了环球大饭店。

一连多少天小店主██郎细声细气地说话，怕惹翻了面色突然阴沉起来的隋见素。小店主要之他给来店的姑娘打着耳眼，姑娘如果娱笑，他就威胁她们██耳眼似定发炎。遇到特别漂亮的来了，他就亲手将耳眼机交到见素手里，██一声，"我要撒尿"，轻身离去。见素██████

抬起头来，点点头。周燕燕以为他病了，问他，他摇摇头。这样又停了一会儿，见素说一声"再见"，步子沉重地走出了"环球大饭店"。

　　一连多少天小店主两口都细声细气地说话，怕惹翻了面色突然阴沉起来的隋见素。小店主默默地给来店的姑娘打着耳眼，姑娘如果嬉笑，他就威胁她们耳眼必定发炎。遇到特别漂亮的来了，他就亲手将耳眼机交到见素手里，说一声："我要撒尿"，转身离去。见素亲手给十几位美人打穿了耳垂，心情才微微好转。又住了几天，见素在录音机的乐声里双腿有节奏地颤动。到了周末，他盼着小凡来了。小凡几个月来可教会了他不少东西，这些在洼狸镇永远也学不到。比如吃西餐，握刀叉的那套本事在洼狸镇就学不到，没有小凡可不行。周末，小凡来了，他们两人又去了"环球大饭店"。柜台那儿没有周燕燕，他们就去了六楼舞厅。

　　两人看着场上的人跳舞。见素不时地瞟一眼乐队里那个白发老头，就等着听他唱歌了。跳舞的人中没有她，见素和小凡都有些失望。一支曲子终了，跳舞的人擦汗。场子上人来人往，乐队里也有人站起来，似乎意味着大的调整。后来音乐奏起来，不少人大惊失色。演奏出的音调越来越熟，慢慢听出是革命现代京剧《奇袭白虎团》的唱段。果然有一个男子站出来唱了，唱得热烈而急促，不少人也站起来，跳起了迪斯科。这时候周燕燕出现了，下身是牛仔裤，上身是火红的衬衫。与之伴跳的是一个瘦削的小青年，神态多少有些癫狂。见素刚要指给小凡看，小凡惊讶地"啊"了一声。他对在见素耳边说："总经理！"

见素不明白，看了他一眼。

"和周燕燕一块跳舞的，是我们总经理。"

见素差点蹦起来："就那个小瘦子？"

小凡点点头，两眼注视着场上说："我们总经理一般不在这地方露面的，他肯定是对她有兴趣了。"

"'她'是谁？"

小凡笑笑："周燕燕。这个姑娘可真有办法，能骠上我们总经理……"

见素再不说话。他死盯住那个小瘦子。他想小瘦子扭得蛮好，不过落到他手里，他会把这个小瘦子的脖子扭断。见素机械地端着杯子，饮着橘汁，没感到一丝甜味。这样看了一会儿，曲子完了。小瘦子到座位上披了一件衣服，周燕燕在他耳边说着什么。小瘦子面孔冷冷，偶尔一笑。周燕燕的镀金耳环摇动着，紧紧跟随小瘦子往外走去。见素猛地站起来，说："走！我们也走吧。"他和小凡也走出去。小凡拉他乘了另一个电梯，于是他们下楼后，正好看到周燕燕挽着瘦小的总经理往大门走去。立在门旁的一个粗壮的中年人弯腰为他们开门，然后也走出门去。见素看了小凡一眼，走到了门外，看到了急急驰去的一辆日本"皇冠"。小凡走出来，站在见素身边，这会儿介绍说："开门那个人就是总经理的司机。那家伙力大无比。"见素像没有听他说什么，只是望着汽车消逝的地方。停了会儿他问小凡："你们总经理多大年纪？"小凡回答："早告诉过你，十九岁嘛。"见素摇着头："那他们太不合适。"小凡笑了，拍打着见素的肩膀说："隋先生真是个天真的人。"见素把手抄到裤兜里，苦涩地笑了笑。这一天他们喝了很多酒，见素醉倒了。

生意越来越兴隆，洼狸大商店不得不招来两个店员。两个店员都是十七八岁的女孩子，一来就穿上了天蓝色的店服。她们都十分漂亮，小店主的老婆多少有些不能容忍。但她们都由隋见素亲自选定。她们来店第一天就学会了配制低劣的速溶咖啡，第二天学会了怎样量布才能多量出几寸，小店主老婆对这些倒颇为满意。激光打耳眼机招来了漂亮姑娘，而漂亮姑娘又招来了喝咖啡的小伙子，小伙子对那些姑娘又并非毫无吸引力，这样互相作用，良性循环，店内拥挤不堪。有人浑水摸鱼，姑娘尖声大叫，终于有一天吵闹起来，打斗中砸毁了两只高级咖啡杯子。小店主老婆原想走过去拉架，可刚迈出一步就被人当胸一掌。店内乱成一团，小店主老婆大声嚷叫。一伙人直厮打了两个钟头才恋恋不舍地离去，店内地板上留下了数不清的头发、唾液和鲜红的血丝。见素领人清扫地板，唯有店主老婆嚷叫双乳肿胀，一个人退到里面静养。见素和小店主都明白，商店开到这个地步，非扩大店面不可了。店右侧是一个废弃多年的公共厕所，但街上行人焦急时还偶尔一用。小店主夫妇多年闻惯了恶臭，见素和新来的两个女店员却深恶痛绝。见素决心拆掉它扩大店面，永远废除祸源。他为此奔波了一个多月，精疲力竭才终于明白：要彻底根除恶臭，最后也许要借助某一种伟力。他想得头疼，才想起了于助理。小凡跑前跑后，最后于助理答应开个条子介绍几个人，但总经理却不敢惊动。

隋见素带着条子找了几个人，终于胜利在望。到后来，又破费了几架"傻瓜"照相机、几条"三五"牌香烟，事情算是办成了。见素这期间认识了一位处长。有一天他在处长家里遇到了周燕燕，这才明白这人就是周燕燕的远房亲戚。处长不知道两个人认识，就为他们做着介绍。见素"哦哦"地应答着，看着周燕燕说："认识您非常高兴"，上前一步握手。

　　周燕燕惊讶、慌促，但看了处长一眼，还是伸出了手。见素盯着她的眼睛，用力地握了一下。

　　这一天他们都在处长家吃了饭，饭后处长要为他们张罗车子，他们谢绝了，一同走出来。

　　谁也没有说话，两个人只是沿人行道往前走去。隋见素有时停下来点烟，周燕燕就走到前边去。他平静地打量着她的背影。他承认他原来的判断是准确的，她的确太迷人了。空气中有着她的芬芳，她走得很慢，似乎在等他赶上去。前面有两个垃圾箱，在这静静的夜色里，有人伏在箱口上翻找着什么。周燕燕走过去，那个人正把找到的东西塞到嘴巴里，咯咯地嚼着。周燕燕站住了。见素也走了过来。见素问黑影里的人："你吃什么？你饿吗？"那个人谁也不理，还在不停翻找，咯咯地咀嚼。他们一声不吭地看了那人一会儿，继续往前走去。

　　周燕燕走着走着，突然倚在了一株梧桐树下。她轻轻叫道："隋先生……"

　　见素的心怦怦跳着，但看来非常镇静。他说："我们已经好多天没见了。我知道你跟那个总经理玩得很好，不愿去打扰你……"

周燕燕尖叫着打断他："隋先生！"

隋见素不作声了。周燕燕抽泣起来。见素一动不动地站着。周燕燕哭了一会儿说：

"他骗了我……"

见素冷冷地说："你还会受骗。"

周燕燕惊讶地抬起头来，问："谁再骗我？"

"我。"见素回答。

周燕燕"啊"了一声，捂着脸哭了起来，一边哭一边摇头说："不，不，你不会骗我——我第一次见到你就这样想过……我后悔死了。"

见素的心已经不那么狂跳了。他抛了烟蒂，用脚仔细地踏灭，然后上前抱住了她的两肩。她立刻不哭了，把脸贴在他的胸口上。见素扳了她的头，吻着她美丽的前额，一颗心又跳起来。吻着她，见素在心里告诉自己："你的第一步走完了。你干得真漂亮。"

这个夜晚，当见素把她送回宿舍时，就宣布了睡在这里。周燕燕死也不肯，还用一把苹果刀威胁他。见素笑着去铺床，她要冲出门去。见素很容易就抓到了她，紧紧地抱在怀里，不管她怎么挣扎，只是吻着，直到她安详地闭了眼睛。

见素以后每夜都来找她。这样迎来了第一个周末，他们决定去大饭店的六楼跳舞。路上周燕燕挽着见素的胳膊，不停地站下来吻他。她夸奖见素说："你真伟大。"

洼狸大商店旁边的厕所已经拆掉，店面扩大了许多。建筑开始半个多月的时间，见素风尘扑扑地回来，第一件事就是找他的闹燕。

"你回你的大商店去吧。你走这一段，我算弄清了你的底细……我这是最后一次跟你说话！"闹燕之将窗子开一点，对敲门的隋见素说。

见素愣怔了足足有好几分钟。他的脸色发青，嘴唇抖，连之叫着。"燕之，你开门，我跟你说……"他敲着门，很轻很轻，有点象抚摸了。这扇门死之地关着。隋见素咬着嘴唇，两眼通红，在门外急之地走动。他走了几步又站住，重之地敲，唤着她。一点回答都没有。见素又在门前来回走起来。是了一会儿，他终于站住了，退开几步，用仇恨的目光盯着这扇门。突然他连着又退几步，然后箭一般跑上去。他的肩膀撞在门板上，"哀啦"一声，门上的插销撞飞了，他和门板一块儿摔在了屋内。闹燕之惊叫着，慢慢地往屋角缩着。见素的一只胳膊流着血，他看也不看，只是盯着屋角的闹燕之。他嗓子一下子变得嘶哑了，声音低之地问。"你知道我的底细了吗？全知道了吗？我是注狸镇的芳老爷、是倒霉的老隋家人，都知道了吗？还有，来城从萧参加承血，陡打得落花流水，这些也知道了吗？嗯，你不做声，你大概全知道了——还有没有让我再说完的了？嗯？"

闹燕之退在墙角，身子有些抖。她捂着头，不知所措。

隋见素的声音猛地放大，两手握紧拳头往下用力，大步在屋里走动起来，喊道："你全知道了，你还为你自己的时候下掘数尺，将积存渗漏多年的臭土一并除掉。地基填了沙石，盖好屋子后又抹了水泥地板。为了让人彻底忘却它的前身，新柜台上摆满了鲜艳的玫瑰花。益华公司近来又格外慷慨，批发给大商店一大宗进口服装，而且是前所未有的优惠价格。隋见素这时候又与无锡的一个布商做成了一笔买卖，亲自往南跑了一次，订了一大宗便宜货，估计会赚三到四万。

一趟无锡之行花去了半个多月的时间，见素风尘仆仆地回来，第一件事就是找他的周燕燕。

"你回你的大商店去吧。你走这一段，我算弄清了你的底细……我这是最后一次跟你说话！"周燕燕将窗子启开一点，对敲门的隋见素说。

见素傻愣了足足有好几分钟。他的脸色发青，嘴唇颤抖，连连叫着："燕燕，你开门，我跟你说……"他敲着门，很轻很轻，有点像抚摸了。这扇门死死地关着。隋见素咬着嘴唇，两眼通红，在门外急急地走动。他走了几步又站住，再重重地敲，唤着她。

一点回答都没有。见素又在门前来回走起来。走了一会儿，他终于站住了，退开几步，用仇恨的目光盯着这扇门。突然他连着又退几步，然后箭一般跑上去。他的肩膀撞在门板上，"轰啦"一声，门上的插销撞飞了，他和门板一块儿摔在了屋内。

周燕燕惊叫着，恐惧地往屋角缩着。见素的一只胳膊流着血，他看也不看，只是盯着屋角的周燕燕。他嗓子一下子变得嘶哑了，声音低低地问：

"你知道我的底细了吗？全知道了吗？我是洼狸镇的穷光蛋、是倒霉的老隋家人，都知道了吗？还有，来城以前参加承包，被打得落花流水，这些也知道了吗？嗯，你不作声，你大概全知道了——还有没有让我再补充的了？嗯？"

　　周燕燕偎在墙角，身子有些抖。她摇着头，不知所措。

　　隋见素的声音猛地放大，两手握紧拳头往下用力，大步在屋里走动起来，喊道："你全知道了，你该为你自己骄傲！你知道了就好——这他妈的太好了！我隋见素就是这样的人。你遇到这样一个人，他把你抱起来，搂起来，把你按到他的心窝上，完完全全把你征服了，把你干掉，这真是你的大福！你再也不会遇到这样的人，你不会！你这个胆小鬼、没见世面的黄毛小丫头，毫不讲信义、不讲感情，不管我一个人在外面多么想你，翻脸就不认人！我这会儿算明白了，你这样的人就是给益华公司总经理准备的，就适合给那些狗杂种……你瞪什么眼？你嫌我太粗鲁！不错。不粗鲁就讲不明白我要说的意思。你认为我骗了你，我没有背景，没有钱，只是从镇子上来的一个流浪汉，是个倒霉鬼。我是这样一个人，我从来也没有掩饰呀？是我的头衔、名片，我这身装束和举止蒙骗了你吗？可是谁规定了我这样的人就不准有那样的头衔、不准印精美的名片穿好衣服、不准有文雅的举止？是谁规定了？你吗？或者是像你一样的蠢东西吗？你又是什么？你不是辞职跑进城市来的吗？你比我哪里高贵？是你自己认为你高贵。我倒认为我们老隋家高贵。你查查历史，站在你跟前的这个人，他的家族在几座大城市都有过产业，影响到了海外，辉煌了几辈子，只是近几十年才缩到了一个镇子上。你比一比吧，比一比就会明白 —— 可是我接上要告诉你的是，这些比较有个屁用！你面前的就是这么孤零零的一个人，你只要把这个人看准。你盯住我的眼睛，你该明白这双眼什么也蒙蔽不了，它会在阴雨天或黑夜里看清路径，把你带到一个好地方。你再看看我这双胳膊、这双手，它们可有的是力气，没人能够打败它。它会打出一块地盘，让你安身。他一个人跑到这座城市里来，就靠胆子、靠力气。你想想，这会是一双窝囊废的手吗？你目光短浅，只看眼前，你根本就不明白我们老隋家人。老隋家人的苦难已经够多了，轻易不把心交给哪个女人，交给了你，你就再也不能伤害。你要以为老隋家人是可以随便伤害的，你算完全错了。你是我的，已经是我的，你又虚荣又笨蛋，狗杂种把你害得呜呜哭。我没有嫌弃你，因为我们俩都是闯到城里的流浪汉，我们的命一样！我原来想我会保护你一辈子，一辈子让你漂亮让你娇贵。我有这样的力气，可别人没有。那个狗杂种也没有，他生性下贱，瘦成了一把骨头，怎么会有。我有，可你要离开我，临走还要扣个黑锅让我背着，你多么狠心！你外表美丽，让人投降，可你对投降的人随便宰割。你压根就不管你的俘虏流多少血。对付你这样的坏女人最好是负心汉，先假装投降，先把你干掉，然后吐一口，一甩袖子就去。可我还是不能，我爱你就是爱你。我真心爱过的女人就是闹闹 —— 你不熟悉她；再就是你了。你对我举起刀子，我会给你把刀子折断，但我绝不伤你……"

隋见素说着，越说离墙角的周燕燕越近。她盯着见素，见他汗水满身流动起来，几次尖声叫出来。她的一双小手举起来，像投降一样举着，最后又拢在胸前。她喘息着，肩膀抖着，突然大叫一声：

"别说了见素！"

她的两只小手又举起来，使劲一跳搂住了见素的脖子，去吻他。她的泪水打湿了见素的脖子，又吮吸到了自己嘴里。

见素让她吻着，小心地将流血的胳膊移开一点。停了一会儿，他两手抚摸起周燕燕的头发来。抚摸了一会儿，见素推开她一点说："你不要一下子又变过来，这太快了。你用一段时间好好考虑一下吧。我这一段正好用来整整店，我回来还没顾得进店去……我在店里等你——你如果觉得还是分手好，就不用去了。这一段我不会来了……哦，我先动手帮你修好这扇门。"

整个洼狸大商店都喜气洋洋。因为益华公司在货源上的帮助，店内做成了不少好生意。见素往日交往的一些小贩涌进店里，成批地购走了一些进口旧服装。店主两口子对归来的见素叫"俺家经理"了。见素不怎么理会，他心里只有一个事情，就是盼着店内出现周燕燕的身影。小店主常常对两个女店员小声说话，她们相视而笑，面色赤红。店主老婆不在时，小店主还常给她们一些零用钱。有一回他兴致勃勃地告诉见素，说街上连日来正举行一种演讲比赛大会，优胜者可得几百元的奖金，见素不妨可以一试。见素笑了笑，并未往心里去。他盼着她的身影，焦灼不安。

有一天早上突然来了一批生人，有的还戴了大盖帽子，一进店门就驱走了顾客，找经理、要账目。全店人大惊，见素也感到莫名其妙。住了一会儿，大家才知道他们来查封那批进口衣服。这批货物是违法的，他们从小贩那儿追踪到此。被查封的衣服要拉走烧毁，还要对洼狸大商店重重处罚。小店主老婆大叫一声"冤枉"，当场昏厥。店内乱成一团，两个女店员久久对视。隋见素对来人再三解释，人家一概不听，面色冷峻。焦急之下，见素马上去找了小凡，小凡哭丧着脸告诉：他已被公司辞退了！这一下见素终于明白了，商店被益华公司坑了！他一屁股坐在了地上，呆呆地看着面前一片泥土。

这一切变得太快了，商店的老本也要赔 进去。隋见素一连几天在店内踱来踱去，不吱一声。他老在心里重复着这样一句话："他们打了我一拳，打了我一拳！"小店主和老婆不停地埋怨见素，不停地擤鼻涕哭泣。夜晚见素要出门去，小店主一把抓住了他的胸口，红着眼睛说："你不能跑！不能一跑了事，好好的店让你给毁了！"隋见素反手一拧他的腕子，将其重重地摔在地上，骂道："你这头笨猪！我有投资，有公证人，我哪里跑？你这头笨猪！"他骂着，嫌脏似地拍打着手掌，走到了街上去。

夜色浓重，星光在头顶闪烁。见素一步一步往前走去，小心地避开热闹的地方。他很想去找她，但他克制着。他不由自主地走到了第一次亲吻过她的那棵梧桐树下边，久久地站立着。他闭上眼睛，小声咕哝一句："他们打了我一拳。"……一会儿，一个黑影走过去——就是那一次遇到的人，伏到垃圾箱上找起东西来。他咯咯地咀嚼着，引诱见素走了过来。见素看着他，伸出拳头抚摸着，像问对方说："我这一拳怎么打回去？"

　　黑影用力地咀嚼着，声音越来越响，算是回答。见素转身走了。他这一次故意地往热闹的地方走。他看着那些叫卖牛仔裤的、瓜子糖栗子的、五分钱一看的，目光无比冷漠。又走了一会儿，他看到一个广场上围了众多的人，横扯的红布条上写了"时代演说有奖比赛大会"。他走过去，正看见有人在台上演讲，大汗淋漓。他耐着性子听下去，直听了三五个。一股热血在胸中沸滚，满身的焦虑和愤慨立刻化为冲动和兴奋、化为拼杀搏击的欲念。他鹰隼一样的眼睛很快看穿了比赛的实质：看谁在规定时间内能够更多地运用最新词汇。他马上去主持者那儿填了简表，缴了五元报名费，然后静等。又是三个人先后演讲完毕，接上隋见素登台了。他一开始就用炯炯的目光扫视全场群众，然后连声设问，新词迭出，把来这座城市前后所得到的最新词汇一口气使用了一千二百多次，又愤怒地抛撒出现在没有但将来可能有的更新的词汇。规定的二十分钟到了，他同样大汗淋漓地走下来。台上有人频频按动电子计算器，于是有人报出了绝对冠军隋见素的演说成绩：二十分钟内共使用新词两千一百多次，其中仅"信息"一词就出现过六百余次。

　　满场为优胜者鼓掌。见素平静地接过缚着红缎带的三百元奖金，疲乏地往回走去。

　　洼狸大商店内，周燕燕正在等待隋见素。见素迈进门来，一下子怔住了。手上三百元钱掉在了地板上。

他们紧紧地当众拥抱，不停地亲吻。两个女店员躲到了一盆玫瑰花的后面；小店主夫妇则盯住地板上那缚了缎带的三百元，目光如炬。

第 二十一章

汪猩镇自从开进了█████大会从后就没有安宁过。先是赵多ㄟ买来一个█████████小车，在街巷上像只矮腿猫一样整天扎蹿，使人们又惊喜又慌乱；接着是█████"公务员"的█████出现——她是赵多ㄟ█████████从河西聘来的，奇怪的穿着打扮令人不安；最后是地质勘探队丢失了一千铅█筒，而铅筒内有一枚小如米籽的放射性█████，在勘探工作中至关紧要。为寻找它，地质队请求当地政府配合，张贴布告，说明那个铅筒可是个要命的东西，哪个无知的人如果食为铅块，█████████是射线影响而生出畸形的人来。█████████县委写书记反███书记晋金殿都在全镇大会上讲了话，号召█接到那个铅筒█████，务必快ㄟ█████。地质民们李技术在会上进一步说明█████████，把它丢进水井、埋进土里、藏进草垛█，都无济于事。交会长久他作用于█████汪猩镇，使镇上人生一些奇ㄟ怪ㄟ的病、下一代出现畸形人等ㄟ。布告贴了，会也开了，那个铅筒仍无踪勤。█████云发生了█████镇子，所有人都叫不█████叹气。也许是█████最大的就是李趄常了。他经过长期的█████████之后，终于动手设计变逐稼了。█████████的金色稼子███着在纸上，又化为光滑的木稼，最后变成黑青色的生铁稼子。整个过程都由

第二十一章

洼狸镇自从开过了承包大会以后就没有安宁过。先是赵多多买来一个小汽车，在街巷上像只矮腿猪一样整天乱窜，使人们又惊喜又慌乱；接着是"公务员"的出现——她是赵多多从河西聘来的，奇怪的穿着打扮也令人不安；最后是地质勘探队丢失了一个铅筒，而据说铅筒内有一枚小如米籽的叫作"镭"的放射性物质，在勘探工作中至关紧要。为寻找它，地质队报告了公安部门，又请求当地政府配合，张贴布告，说明那个铅筒可是个要命的东西，哪个无知的人如果贪恋铅块，或身体发生恶性病变，或下几代受射线影响而生出畸形的人来。县委马书记及镇委书记鲁金殿都在全镇大会上讲了话，号召谁捡到那个铅筒，务必快快报告。地质队的李技术员就铅筒在会上作了进一步说明：把它丢进水井、埋进土里、藏进草垛，都无济于事。它会长久地作用于洼狸镇，使镇上人生一些奇奇怪怪的病、下一代出现畸形人等等。布告贴了，会也开了，那个铅筒仍无踪影。愁云笼罩了镇子，所有人都叫苦不迭，长长叹气。也许受影响最大的就是李知常了。他经过长期的踌躇之后，终于动手设计变速轮了。往日在脑海里旋转的金色轮子而今落在纸上，又化为光滑的木轮，最后变成黑青色的生铁轮子。整个过程都由李技术员和隋不召参与帮忙，铅筒的事情发生后，更复杂的调配安装工作只得暂停。隋不召和李技术员再也顾不得变速轮了，连日来一直在寻找铅筒；隋不召对捡了铅筒拒不交还的人大骂不止。也正好这时李其生病了，李知常放下一切，又到炕前服侍父亲去了。

　　隋抱朴仍旧为"洼狸粉丝生产销售总公司"看老磨。他近来除了和镇上人有着相同的不安之外，还一直为进城的见素担忧。见素只在进城不久来过简短的一封信，信上称一切皆好，让全家多加保重，他忙一段就回来等等。一个月又一个月过去了，没有信，也没见人。抱朴在弟弟离开镇子时曾反复叮嘱过他：遇事千万不要铤而走险，他一一点头。抱朴现在回想起来，怕是他在搪塞。粉丝厂更了名字，可是老磨屋依旧，粉丝房依旧。不同的只是赵多多有了小轿车，来粉丝厂的客人增多了，宴会一个接一个。紧挨旧厂的空地开始扩建新厂，赵多多又到银行贷了几十万元的款子。小车司机是借来的，后来赵多多用高工资将他长期雇用了。赵多多闲下来让司机教他开车，说"大企业家"哪能不会开车。有一次车子在老庙旧址上盘旋，隋抱朴走过那儿就被喊住了。赵多多让他也坐上车子，说经理要亲自给大少爷驾驾车子，驾不好，翻了车，跟大少爷死在一起也值得。车子在广场上乱扭乱蹦，司机在车外大声指挥，面无人色。赵多多咬着牙，手老在方向盘和一些手柄上抓挠着。车子向着一堵残墙冲去，赵多多"啊啊"地喊起来，隋抱朴一阵眩晕。突然赵多多两腿一蹬，车子向上一蹦，发出了"呜"的一声，停住了。残墙离车子只有一二米远了。赵多多哼哼地笑着，说："不老实，我就干掉它！"他头上滴着豆大的汗珠,见抱朴平静地望着残墙,就说:"你的招数到底好些,嗯。"

每到了半夜里,粉丝房里就出现了那些杂质淀粉坨子。抱朴知道上次调查组走了个过场,这一回赵多多掺假就肆无忌惮了。抱朴的心一阵阵发痛,他真怕白龙粉丝在国际上的声誉一跌再跌,最后结局凄惨。一连多少个晚上过去了,抱朴终于再也忍耐不住,就直接去找了镇委书记鲁金殿。鲁金殿握住了抱朴的手,说我可是第一次在镇委见到你。抱朴说:"也许因为我是老隋家的人吧,我特别害怕洼狸镇的粉丝在这一辈人手里完蛋。我来找你,不是我变得太胆大了,是我变得太害怕了。"鲁金殿听着,脸色发青。他久久地望着远处,说:"我们镇委多次阻止过赵多多,没有用。上面有人支持他。前一段县委马书记来了,我们向他做了汇报,他说在这个事情上坚决不能妥协!不管是市里还是省里有人支持,都不能妥协!这关系到我们的国际信誉!他让我们镇委尽快搞个材料。"鲁金殿说到这儿用拳头捣着桌子骂道:"有些人他妈的算瞎了眼!县长怎么样?省里的副局长又怎么样?我都不怕!我干一天共产党,就得跟那些王八蛋斗一天!我就不信没人豁上去……"

隋抱朴把余下的时间大都花在算账上。他拨弄着朱红算盘,不知疲倦。他越来越感到弟弟说的对:这笔账算得太晚了。他最怕的是听到远处飘来的跛四的笛音。那时候他就会离开桌子,站到院子里久久地张望。这笛音如今是毫无遮掩的一种欢乐,听久了,又会从中听出一丝淫荡之气。抱朴恨不能跑过去折断他的魔笛。从这笛音里，他可以看到小葵日渐消瘦，眼窝发黑；小累累赤脚奔跑，衣不蔽体。在这样的夜晚里他不能做任何事情，也不能安睡。到了白天，要做的第一件事就是想看一眼小葵和小累累。他在所有可以见到他们的地方转悠，结果却令人失望。不知多少天以后，他终于见到了手扯累累的小葵：一切都跟抱朴猜测的一样，她更黄更瘦了，头发又乱又长；小累累似乎更矮小了，两眼灰暗。小葵是领孩子买糖果的，在店门口遇到抱朴，瞥一眼就要离开。抱朴说："让我看一看累累！"小葵说："他爸在家等着。""你和孩子都瘦了！"抱朴又说一句。小葵冷冷地笑了笑，扯一扯小累累走了。

隋不召见到抱朴就谈寻找铅筒的事，他说日子越拖越久，恐怕是无望了。要知道它的底细也许只有耐着性子等上十年二十年了，那时候谁家会生出畸形人；不过已经没有老隋家这个最年长的人了。隋不召嘱咐侄子，让他千万记住，今后无论谁家生了孩子，都要去看一眼。谈过了铅筒，就谈老朋友李其生的病。他叹息说："李其生大概这一回不行了。郭运去看了，也恐怕不顶事。他是狂病复发。以前犯病都是跳到炕上，手扯炕席，这一回只能满炕滚动。我知道他一辈子的力气耗到今天也差不多了，像熬到根上的蜡烛。狂病狂不起来，也算病到头了。完了，洼狸镇剩下这么一个英雄也要完了……"隋不召谈过李其生，再也打不起精神。抱朴跟他谈见素的事，他才慢慢精神起来。他说："来信了？没有？嗯。这个好。我早年跑出去驶船，从来也不往回写信。自己在外面闯荡去，做些大事情，做成了再回来见父老乡亲。那时多气派。他去的那个城市我也去过，卖零食的多，还有在十字街口开场子耍枪的。俊气姑娘也多。有一个二十多岁，脚大手大，好。我如今还能想起她的模样来。名字记不清了，大概叫'触儿'……"抱朴打断了叔父的话。隋不召抹抹胡子，小灰眼珠一闪一闪地对抱朴说："你见到赵多多那个'公物（务）员'了吧？嘿嘿，多多有眼力啊，捣鼓来这么个俊气玩意。小手小脚葱白一样，走起路来颠颠的。腿真长啊，光是这双腿吧。嘿嘿，我是老了，我不顶事了。早上十年二十年，跑了她！"抱朴听到这儿就站起来，约他一起去看看李其生。

赵多多到粉丝房里转悠时，总是领着公务员。姑娘跟在后面，气喘吁吁。每当他们来到时，粉丝房里所有的眼睛迟早都要转到公务员身上。她穿了一条窄窄的粗布裤子，红绸布衣服扎紧在裤子里。小身体紧紧张张，耐人寻味。赵多多走着看着，不时伸手拨弄一下悬起来的粉丝束。他问工人这一班开始做了几个粉坨？浆液好不好？工人回答了，他就对身后的公务员说一声什么。打铁瓢的黑汉在高处拍打着，见公务员走过去，就喊："嘿！嘿！嘿！嘿！"赵多多仰脸骂一句："起性？给你用火棍燎燎！"一屋子人哄堂大笑。公务员问赵多多他们笑什么，赵多多说："笑火燎毛虫。"公务员正好站在了大喜身边，大喜在涮粉丝的时候顺手捣了她一拐肘。公务员又往前走，渐渐挨近了闹闹。闹闹一声不吭地在温水盆边忙着，见公务员背向水盆，就往她绷紧的臀部上撩了一把水。赵多多走出粉丝房，公务员跟在他的身后。刚刚出门公务员就抱怨起来。赵多多说："那里面流氓很多。"他们到了河边磨屋里。隋抱朴坐在方木凳上没有动，赵多多介绍说："这是老隋家的大少爷。"公务员伸出手来握手，隋抱朴跟她握了握。公务员笑了，对赵多多说："少爷就是文明些。"赵多多哼一句："招数不错。"说着去看运输带上的绿豆，用手捻着。他们出门时，抱朴无意中看到了公务员泛湿的臀部，心中大惑不解。

这天夜里抱朴拨弄着大算盘，有一种空前的紧迫感。这笔账无限烦琐。算着算着，他突然意识到自己和父亲当年使用的是同一把算盘！两笔账在某一点上相契合了。抱朴站起来，久久地呆立着，额上渗出了一层汗珠……每至深夜疲累了，他就吸起烟来，读那本油布包着的小书。如今这本小书已经磨去了边角，上面满是亲手画上的杠杠圈圈。他读不懂的地方就做上记号，留待再去琢磨。读一遍和读两遍可大不一样，有时候会发现假懂。下面的这一段他已经在一个月中读了三遍，今夜还想读一遍。"资产阶级在它的不到一百年的阶级统治中所创造的生产力，比过去一切世代创造的全部生产力还要多，还要大。自然力的征服，机器的采用，化学在工业和农业中的应用，轮船的行驶，铁路的通行，电报的使用，整个大陆的开垦，河川的通航，仿佛用法术从地下呼唤出来的大量人口，——过去哪一个世纪能够料想到有这样的生产力潜伏在社会劳动里呢？"——抱朴像过去一样，一读到这里就有些激动了。他在心里对比着"不到一百年"与"过去一切世代"的关系，认为那两个人有着巨大的对比和运算能力。这里面显然有更大更烦琐的一笔巨帐。想到这里他把算盘往一旁推了推，感叹不已。他想到自然力的征服问题，自然而然地一一对应到洼狸镇上去了。他发现"机器的采用"一项，老磨屋刚安装变速轮不到两年；化学的应用在洼狸镇等于没有；"轮船的行驶"如果去掉一个"轮"字，那么必须指出，这在很早以前的洼狸镇是极为发达的；"铁路的通行"，洼狸镇显然没有，全镇也许先后只有四人见过火车；"电报的使用"，没有电报。洼狸镇有个邮电局，可是不能办理电报业务。隋抱朴认为这都是早就应该做而没能做好的事情。那么理解起来就愈加困难，因为镇上没有。没有怎么理解？抱朴绞尽脑汁的就是这个。这牵涉到了极其复杂的问题，他不得不承认。也许他这一生是读不懂了，但他要读到底。他的手瑟瑟抖着拾起火柴，点燃了不知何时熄灭的香烟，又翻开了另一页，寻找着他反复领会过的一段话。

要给基督教禁欲主义涂上一层社会主义的色彩，是再容易不过了。基督教不是也激烈反对私有制，反对婚姻，反对国家吗？它不是提倡用行善和求乞、独身和禁欲、修道和礼拜来代替这一切吗？……

抱朴怔怔地望着这段话。每读到这里他就是这样的眼神。他又一次问着自己：你不是也激烈地反对私有制吗？回答是。你对婚姻及国家的态度呢？回答是含混模糊的。那么你是否有过行善和求乞、独身和禁欲、修道和礼拜的思想呢？有没有呢？哪怕是一丝一毫，有没有呢？你是否也过分重视了色彩而抽掉或部分地更改了它的实质呢？你怎么回答呢？

抱朴冷冷地看着那几个问号，额上渗出了汗珠。他无法回答了。

他仔细盘查着自己，心上一阵阵灼痛。这多少触及到了他灵魂最深处的东西，让他一遍又一遍筛过那些痛苦、忧虑和欢乐。是的，这要严格地考查已有的一切，考查行为的根源，考查整个的过程。他又想起了见素进城之前的那场彻夜长谈：那里面有追溯、有自我肯定和自我批判、有惶惑。生活没有尽头，那场长谈永远都在继续着……隋抱朴感到头有点涨，就轻轻地合了书页。他走出门来，第一个感觉就是风那么凉爽。接上他看到了含章的明亮的窗子——妹妹正把窗扇打开了，昂首看着窗外的一切，看着星光。抱朴很想和她在这个夜晚交谈一下，但他想了想，还是作罢。

张王氏的生意萧条得很。不知什么缘故，镇上人好像一下子对洼狸大商店失去了兴趣。装零酒的坛子已经几十天没有添酒，张王氏加入了双倍的橘子皮，还是无济于事。那些喝零酒的老头子再也不像过去那样迎着酒香按时奔向商店了。张王氏正在犹豫是不是还要按时打开店门。她有时白白在柜台后面站立一个小时。隋不召在这样的时刻仍然坚持来喝零酒，使张王氏感激不尽。她常与隋不召对饮，使他的小灰眼珠又变得闪闪有光。他们为了清净，有时索性关了店门，门外挂一块小木牌，上书："今日盘点"。张王氏用手戳着对方的脑瓜说："还行吗？"隋不召"嗯"一声："也许我还是把好手。不过我比不上四爷爷了。"张王氏嘻嘻笑着："那还用说！不过四爷爷如今也懒了。"离开商店之前，张王氏又赠给隋不召五块野糖，以表明心迹。隋不召当场吃掉三块，感叹野糖的滋味再也不如记忆中的好了。张王氏立刻不快，说她那时如花似玉，野糖自然没人敢贬；如今人老珠黄，野糖也不甜了。隋不召后悔说了真话，临走再三致歉，并告诉张王氏：千万不要草率关门，生意萧条，主要原因是丢失了要命的铅筒，再加上赵多多的小车及女公务员的奇怪打扮搅得镇子心神不宁。不过一切都会过去，因为他得到消息，地质队从省里运来几个寻找铅筒的专门器械。这将会轻而易举地找到那个铅筒，同时找到掩藏铅筒的人。隋不召两手做成枪状，指向张王氏说：

"那个科学器械就像机枪一样，提在手里，转着圈儿瞄准，老发出'嘀 —— 嘀 ——'的声音。铅筒藏在哪个方向，它瞄准了就急急地尖叫，像小兔子一样，'唧唧唧！唧唧唧'机枪筒儿死死地指向藏铅筒的地方。"

在洼狸大商店挂出"盘点"木牌的第二天，寻找铅筒的工作就开始了。这事再一次惊动了整个镇子，将铅筒事件推到了最高潮。所有人都跑出来观看，把个街口围得水泄不通。赵多多的小轿车不能从街上通过，只得与小公务员步行。这又使街上增添了新的光景，大家一齐把目光投向老多多身后的姑娘。地质队的李技术员领着几个手持探测器械的人，他们身边还跟着隋不召。李知常由于父亲病重，无缘参与这一盛事。李技术员等人有一阵被众人围在街头不能脱身，隋不召就指点他们趁女公务员出现时快些转移。这样人们再回头寻找李技术员就看不到了。人群大乱，蠢蠢欲动，正这会儿栾春记领着看泊的二槐出现了。栾春记让人们回家去等候，并让二槐维持秩序。他们两人一再驱赶，众人才缓缓散去。

了四爷之，请老人拿个主意。四爷之说这不用忧愁，世上凡是大凶险大至宝之物█沦落民间，少则一代，多则几代，早晚出世。焦急也没有用。他让宋香记更多地把心放在粉丝公司上。宋香记走出四爷之的小院，稍微平静地些了一些。但他过后还是放心不下。他与李玉明合计，准备让张王氏出面算一算。与此同时，探测器械从省里运到了。宋香记和李玉明这才松了一口气。

　　李技术员他们来到了镇城墙下。他们计划将全镇划成几千方块，然后按方从头探测，先是街巷，后是一家一户。大家将那枪模样的器械端起来，四下里瞄着，那身子也不由得像打枪一样弓起来。"嘀—嘀—"的声音纷之响起，隋不召在这声音里神色庄严。他紧之盯住每一个器械，咬着牙关，不断地发出"嗯之"声，仿佛与之应答。所有器械都转着瞄了一周，没有发出"呔之"的叫声，于是大家提起来再向镇中转移。隋不召向小肥支使着，关备地跟在拿器械的人后边跑。他说："有灵性的东西使用起来都要转动。我在船上那会儿，罗盘针就是这么转。病了定可不行。它在中间转，周围儿是'子癸丑艮寅甲卯'那一套。航海书上有下针方法，说："安罗经，下指南，缝从乾宫下。盖乾言者乃二十四向之首，夫乾者天之性情，故下针必从是为先。庶针定向，不至浮况。'……"隋不召啦"哒之"，像唱歌一样背过了"下针法"，问李技术员："要不要我回去带那书来？你们端着那器械移动时先从乾宫开始吧，那是二十四向之首。"李技术员笑着回绝了，"你

〈385〉
385-392
4620
418

栾春记连日来无比愁楚。除了因粉丝公司使用杂质淀粉一事与镇委意见分歧，吵得口干舌燥而外，更为铅筒一事放心不下。铅筒不除，祸延子孙。栾春记焦急之下去找了四爷爷，请老人拿个主意。四爷爷说这不用忧愁：世上凡是大凶险大宝贵之物沦落民间，少则一代，多则几代，早晚出世。焦急也没有用。他让栾春记更多地把心放在粉丝公司上。栾春记走出四爷爷的小院，稍微平静坦然了一些。但他过后还是放心不下。他与李玉明合计，准备让张王氏出面算一算。与此同时，探测器械从省里运到了。栾春记和李玉明这才松了一口气。

　　李技术员他们来到了镇城墙下。他们计划将全镇划成几个方块，然后按方从头探测，先是街巷，后是一家一户。大家将机枪模样的器械端起来，四下里瞄着，那身子也不由得像打枪一样弓起来。"嘀——嘀——"的声音纷纷响起，隋不召在这声音里神色庄严。他紧紧盯住每一个器械，咬着牙关，不断地发出"嗯嗯"声，仿佛与之应答。所有器械都转着瞄了一周，没有发出"唧唧"的叫声，于是大家提起来再向镇中转移。隋不召的小腿交绊着，兴奋地跟在拿器械的人后边跑。他说："有灵性的东西使用起来都要转动。我在船上那会儿，罗盘针就是这么转，离了它可不行。它在中间转，围圈儿是'子癸丑艮寅甲卯'那一套。航海书上有下针方法，说：'安罗经，下指南，须从乾宫下。盖乾宫者乃二十四向之首，夫乾者天之性情，故下针必以是为先。庶针定向，不至浮沉。'……"隋不召咕咕哝哝，像唱歌一样背过了"下针法"，问李技术员："要不要我回去带那书来？你们端着那器械转动时先从乾宫开始吧，那是二十四向之首。"李技术员笑着回绝了："你那是航海的书，与这个无关。"

当他们提着器械出现在街巷上时，近处的人家还是有人跑出来围看。探测器端起来，指向谁的房子，该户的主人就不免面带惊慌之色。器械"嘀嘀"叫着，仍无那个信号。隋不召观察过几个人的脸色，这时就大声建议说："再探！"探测者于是又重复工作一次，结果仍如从前。大家又失望地移动器械，逐门逐户地探起来。后来跟随探测器往前走的人终于多起来，二槐不得不背枪跑来驱赶。人们被迫站在远处观看，都神色肃穆地注视着那些像机枪模样的东西、那些关系到全镇命运的"枪管"。李技术员他们不断提起器械往镇子的纵深发展，"嘀 —— 嘀 —— "的声音不绝于耳。这声音响过了整整一个上午，连隋不召也觉得它有气无力。操作器械的几个人都有些疲惫了，只有李技术员还能够聚精会神。后来探测器接近了隋不召的厢房，隋不召这才提起精神。当"枪管"指向厢房的那一刻，隋不召一颗心都提到了嗓子眼，就怕它发出"吺吺"的叫声。

还是那种缓慢的、懒洋洋的声音。隋不召松了一口气。

整整的一天快过去了。探测器全部汇聚一起，那一支支"枪管"在模糊的夜色里做着最后一圈扫描。镇上人越聚越多，二槐驱赶不迭。无数的眼睛盯住那些黑洞洞的"枪管"，没有一个人说话。

"嘀——！嘀——！嘀——！"

它们有气无力地叫着，一如既往。李技术员一天来将心力全部凝聚到了探测器械上，这时候又疲惫又失望，一屁股坐在了地上。

人群七嘴八舌地议论起来。隋不召艰难地站起，搓着手掌在器械旁边走动，汗水一滴滴往下落着。他走了一会儿，伸出一对巴掌拍了几下，小眼睛锐利地看了看人群，喊道："别瞎吵闹了！听我说几句要紧话！喂！闭上嘴巴听……"

人群看看他，终于静下场来。隋不召站在那儿，用恐惧的眼神瞅了探测器一眼，呼喊道："大伙儿看准了这个器物吗？它找那个铅筒，找遍了全镇，还是没找到。铅筒就失落在洼狸镇的地盘上，不知是哪个鬼东西藏下了，藏得好严实。这一回全镇乡亲可得记住，某年某月有个米籽大的东西落在洼狸镇上，入了土。从今天起时刻提防吧！从今天起，镇上人得了怪病、生出古怪小孩儿来，都不要惊慌！千万要明白，毛病出在那个米籽大的东西上，它藏在铅筒里，如今就不出声地趴在镇上的哪个边边角角。不要惊慌，千万提防，老人告诉小孩，小孩长大了再告诉他的小孩，一辈传一辈……"隋不召喊着，那种巨大的不幸的后果他仿佛已经亲眼看到，脸色悲怆，泪水盈眶。一场人鸦雀无声，默默地互相对视。这样停了片刻，不知有谁惨切地叫了一声，喊着："洼狸镇哪！洼狸镇哪！什么时候捱到头啊……"

这一夜，镇上有一半人不能安然入睡。

在黎明时分，李其生停止了呼吸。当这一消息传开时，全镇陷入了新的悲哀之中。

人们纷纷站到自家门口，默默不语地望着老李家的那个方向。李其生病重的消息谁都知道，他的过世不让人感到惊讶，却使人特别沉重。年老的人不约而同地记起了饥饿的年代，他那不同寻常的切糕的滋味。又一个老友离开了洼狸镇，这个人在几十年的镇史上占有特殊的地位。老年人手持拐杖伫立着，头颅昂起，泪水潸潸。他们后悔几天来老惦着铅筒，没有到李其生的炕沿上坐一坐。整个一个白天都要留给老李家自己的人去奔忙，老人们痛苦地等待着太阳落山。他们在这段漫长的时间里互相走动起来，交换着各自的悲哀以及关于李其生的一些记忆。大家都感到奇怪的是死者多年闭门不出，但突然离去竟使个洼狸镇如此空旷。洼狸镇没有了李其生，就似乎变得残缺了。

"洼狸镇上最后一个英雄也走了！"隋不召在街上呼喊着，踉踉跄跄，不断跌跤。

他的呼喊使人心碎。镇上的年轻人逐渐也受到感染，结束了他们的欢声笑语。如果说赵多多的小轿车和女公务员使人惶惑、铅筒的丢失令人忧虑，那么李其生的死才真正让人悲痛。镇委的干部亲自过问李知常办丧事有什么困难，李玉明率领老李家的人忙前忙后。张王氏听到隋不召的喊声，慌忙不迭地关闭了洼狸大商店，到死者家里严格掌管起礼仪事项。她询问了李知常死者最后时间里的一些细节，右手手指掐弄不停。旁边的李知常一直泪水不干，这时哭出了声音。张王氏严厉阻止，告诉他八个钟头之内不准泣哭、不准大声说话。她让李知常关严屋门，然后诵唱不停。这样过了八个钟头，天已近黑，两人才为李其生沐浴更衣。李知常拉开了电灯，张王氏又拉灭。她点亮一根小如拇指的蜡烛，给李其生脱去衣衫。

这个夜晚，一批又一批的人前来与李其生告别。死者生前做梦也想不到镇上有这么多默默爱着他的老友。人们送香送纸，香纸最后堆起了案几那么高。来告别的人中，老头子老婆子最为悲伤，常常是没有来得及放下手里的香纸，就伏身哭起来。李其生如果活着，过去的岁月就能在人们的记忆中活着。那些岁月里有血有泪也有欢笑。李其生死了，带走了所有的关于过去的记忆，老人们突然觉得头脑中一片空白。年轻人渐渐也从老一辈悲伤的面容上知道了事情的严重 —— 他们在心中自问，没有了李其生，饥饿时谁来发明切糕？……讲不清，一切都是模模糊糊地化作泣哭和抽噎。

各家老人都由儿孙搀扶，源源不断地聚到李其生家。人太多，人们只能在孤房子里站立片刻，上了香，磕一个头退出来。老李家有人负责登记人们送来的香纸，用一支铅笔，一笔一笔记得清清楚楚。张王氏坐在蒲团上诵着什么，眼睛眯着，闪跳的烛光一会儿使她的脸亮起来，一会儿又把她隐在了阴影里。李知常迎送着来人，用嘶哑的嗓子和人们答话。后来，人群渐渐稀落了的时候，四爷爷手持拐杖，挟着香纸出现了。他的到来，就像隋大虎灵堂前那一刻一样，使在场的人无不感动。人们叹息着，目光一齐聚在上香的四爷爷身上。四爷爷上毕了香，又到李其生的遗体前鞠了三躬，跟老李家在场的人一一握手，才离去了。四爷爷刚走，赵多多就送香纸来了。他阴沉着脸，打量着孤房子的四周，双手抄在裤兜里。赵多多穿着笔挺的西服，使人们大为惊讶。

赵多多走了不久，粉丝公司的女公务员来了。她的穿着使人不能容忍，但大家对前来哀悼的人也不好说什么。但后来人们又发现她并未带香纸。她的薄薄的上衣使双乳的轮廓极为清晰，而上衣又扎紧在电镀钢腰带里，臀部又小又圆地那么翘着。她从外屋奔到里屋，高喊了一声："赵经理在不在？有他的电话。"没人作声。她又问两旁沉默的人："见到了吧？"还是没人回答。

这会儿一直眯眼诵经的张王氏忽地从蒲团上立起，"啪啪"地给了女公务员两个耳光，骂道："小贱种！"

女公务员被打蒙了，刚要说什么，老李家站出了两个男人，架起她来，没头没脸地扔到了门外的黑暗里。

一个满身妖气的女人来诱惑亡魂，在场的老老少少今生还是第一遭见到。张王氏加倍地吟诵，嗓门较前变大了些。这会儿隋不召率领侄子侄女赶来了——抱朴和含章跟叔父跪在了孤房子里，久久不愿起来。隋不召跪在前边，小声地倾诉着，泪水滚滚。

第二天孤房子前搭了席篷，仍由张王氏请来了那班弹奏的人。这些人像在隋大虎灵堂前一样，奏出了一支又一支美妙绝伦的曲子。所不同的是这一回没有那支魔笛打扰，乐声更加完美动人。送葬那天，镇上人几乎全部出动。有人后来评论说，这是几十年来洼狸镇最隆重的一次葬礼。这次送葬应该记入镇史。

送葬的指挥人无可争辩地是张王氏。她亲自选择了墓地，看风水，定时辰，安排一系列烦琐的、除她而外任何人无法搞清的礼仪事项。抬棺木的几个大汉由她选定，系棺木的绳子怎样打结、棺木哪一端先离垫凳，也由她一一关照。送葬队伍还未出发，她已差人沿所经路径走了一遍，又派人在镇城墙下烧过纸钱。然后，静静把守通道，不得任何车辆此时此刻在城墙之下驶过，尤其要提防赵多多的铁壳小轿车。一切安排就绪，送葬队伍刚要启程，突然隋不召建议将李其生遗留在孤房子里的杂乱东西一并入坟，以慰亡灵。张王氏与老李家的几位长者商议，长者面有难色。隋不召再三说服，指出李其生一生孤单，唯有这些做伴。大家觉得所言有理，再加上时辰逼近，也就依了隋不召。张王氏一声吆喝，有一人将一个黑色的陶盆高高举起，猛力在地上摔碎。棺木离开垫凳了，哭声顷刻大作。送葬队伍往前活动了。李知常披麻戴孝，几次哭得弯下身子，然后倒在尘土里。白色的孝服沾满了黄土，人们不得不挽起他往前走。整个老李家的人都排在队伍里，按分支和远近，或穿孝服，或不穿孝服。渐渐，围看的镇上人也自觉地随在他们之后，成一个长长的队伍往前活动着。前头的棺木出了镇城墙那一刻，哭声像浪涌一样突然迭起。这哭声男女混成一起，撼天动地，把尘土也激扬起来，像乌云一样飞上了城垛。有人亲眼见铁色的城墙被哭声摇动了，那城垛抖了一下，又抖了一下。队伍一时像凝住了一样，一动不动地停在了城墙下。哭声一阵阵如山洪暴发一般，越来越大。镇城墙继续被摇动着……

李其生在这个秋天里给埋葬了。

洼狸镇在悲伤和惊恐中度过了凄凉的秋天。铅筒没有找到，祸根仍然留在某个角落。漫长而寒冷的冬天来到了，大雪几次覆盖了铁色的城垛。粉丝公司的扩建进展迟缓，投资的人家已经满腹狐疑。

洼狸大商店也没按时开门，原因是张王氏心灰意懒。酒坛内掺水太多，因为货价一涨再涨。李知常长久陷于悲痛，暂时无心安装变速轮。隋不召和抱朴盼不来见素的信，也忧心忡忡。女公务员自从被人从孤房子里摔出，脸上落下了杏大的疤瘌，赵多多觉得有碍观瞻，正考虑是否将其解雇。

第　二十二章　_{手稿}

外

　　■春天的积雪化得十分艰难。芦青河东～的河道上冰层坚硬，过往行人都踏冰而过。地质队的井架移到了河滩上，钻机日夜轰鸣，暂时盖过了老雯的声音。■

■■■■■■■■■

■■■■■■■■■雪水顺着河滩流淌下来了，柳棵枝条上爆出了小绿芽儿，井架们也竖立在那儿。■（大约是一个多月之后。）■地质队宣布了一个秘密：差不多正对着芦青河的一百多米深的地下，还有一条河。这是他们在工作中无意发现的，但■■■（消息还是震动了）■■都深～地震动了洼狸镇。人们奔走相告，一群一群地涌到河滩上观望。河在地底，谁也看不见。但每个人都在心中描绘了它的模样。这一发现的最大功绩在于解开了一个迷，这个迷整～把洼狸镇人害陷了好几辈子。这就是一条大河为什么悄～地变窄了，几乎干涸？水没有了，船没有了，有名的狸迷大鲇鱼也跟着庭掉了！洼狸镇的显赫地位失去了，传递了多少代的骄傲也失去了，变得无声无息，象河水一样正从这个世界上慢～消失。而今什么都清楚了，原来是河水渗入了地下，变成了一条地下河！它没有抛弃这个镇子，它还在地下汹涌澎湃。镇上老人象喝了酒一样，脸色红润地赶到河滩上，惊喜地互相对视。惹～折磨了他们一千冬春的悲哀和忧虑，这会儿都似乎没有了。大家都时不想李芨生，不想那个筒迷。

〈393〉

428

第二十二章

春天的积雪化得分外艰难。芦青河窄窄的河道上冰层坚硬，过往行人都踏冰而过。地质队的井架移到了河滩上，钻机日夜轰鸣，暂时盖过了老磨的声音。雪水顺着河滩流淌下来了，柳棵枝条上爆出了小绒芽儿，井架仍然立在那儿。

大约是一个多月之后，地质队宣布了一个秘密：差不多正对着芦青河的一百多米深的地下，还有一条河。

这是他们在工作中无意发现的，但消息透露出来却深深地震动了洼狸镇。人们奔走相告，一群一群地涌到河滩上观望。河在地底，谁也看不见。但每个人都在心中描绘了它的模样。这一发现的最大功绩在于解开了一个谜，这个谜整整把洼狸镇的人苦恼了好几辈子。这就是一条大河为什么悄悄地变窄了，几欲干涸？水没有了，船没有了，有名的洼狸大码头也随着废掉了！洼狸镇的显赫地位失去了，传递了多少代的骄傲也失去了，变得无声无息，像河水一样正从这个世界上慢慢消逝。而今什么都清楚了，原来是河水渗入了地下，变成了一条地下河！它没有抛弃这个镇子，它还在地下汹涌澎湃。镇上老人像喝了酒一样，脸色红润地赶到河滩上，惊喜地互相对视。整整折磨了他们一个冬春的悲哀和忧虑，这会儿似乎都没有了。大家暂时不想李其生，不想那个铅筒，人们的第一个念头就是：怎么利用地下的这条河啊？

隋不召半年来第一次畅快地醉酒，摇摇晃晃地在街上走着，吆喝着行船号子。在他看来。好像那条消逝的大河又快回来了，洼狸镇又要像几十年前那样，河道里挤满了大船。"郑和大叔啊！"他呼叫着，镇上人觉得有趣地笑了。连日来，他一遍遍地翻看着那本航海的经书，唱着书上的"定太阳出没歌""论四季电歌"。他对抱朴叹息说："我那么想那条老船！那是我和郑和大叔的船哪。如今它是摆在省城里了。我寻思把它要回来，就供奉在咱洼狸镇上。不错，早晚得要回来。那是咱镇上的一条老船哪！"他让抱朴夜里跟他到厢房里去坐，听他讲海上那些斗风斗浪的故事。他讲着讲着，就从砖壁里取出了航海经书读起来。他对侄子说："也许我这辈子再不能到海上了。可你这辈子一准能！我死了以后，这本经书就归你了。你要用性命保护它。几辈子人都用得着它。你也许是个有福的人，能等到驾船出海那一天……"抱朴本来不愿到叔父屋里来，但他怕老人孤寂，怕他像李其生一样，说不定什么时候就永远地离开了人世。抱朴对地下河的发现也像叔父一样兴奋，他由此想了好多好多。他认为它无可争辩地还应当称为"芦青河"。

当洼狸镇在春天里缓缓苏醒、沉浸在一片愉悦和激动里的时候，隋见素归来了。最先发现他的是大喜。那天她不知为什么走到了河边上。当她无意中向河桥上瞥了一眼时，立刻惊讶地尖声大叫起来，接上是呆呆地看着。后来她跺着脚，嚎哭着往回跑去了。大喜跑在街道上。疯了一般，绝望地哭叫。街道上的行人不敢拦她，以为出了什么大事，惶惶地往后看：什么也没有。大喜看到了什么？

大喜看到了隋见素，他手挽一个漂亮的姑娘从小河桥上走过。

人们正迷惑不解，见素和那个姑娘就走到街上来了。镇上人当时全都怔住了，一齐停下来看着身穿西装的见素、看着那个与女公务员打扮大同小异的姑娘。隋见素昂首挺胸，面带微笑地朝人们点点头，大步往前走去，他们提了一个精制的酱色小皮箱，这是镇上人从未见到过的。大家都定定地望着，直看着他们消逝在一个巷子里。各种猜测都等待着证实，洼狸镇从这天开始转换了话题。地下河的兴奋还未消退，老隋家又爆出了新的冷门。有人当天就跑到老隋家大院去观望，回来时却一无所获。大院里的厢房门窗紧闭，隋见素的屋子也面貌依旧。隔了一天有人去河边磨屋，看到了神色沉重、眼睛布满了血丝的隋抱朴。另有人看到隋不召将归来的侄子喊到自己的厢房里，让如花似玉的姑娘在门外独自徘徊。终于有人打听出那个姑娘的来历，得知她是周子夫的侄女。全镇立刻哗然，都说老隋家或许又要开始兴盛，竟然能与县长攀上亲家。也有人将地下河的出现与老隋家的事情连到了一起，说当年老隋家兴旺的时候，正是洼狸镇大码头繁荣的日子；如今老隋家委屈了几十年，说不定又要兴盛了。各种议论传得风快，有人高兴也有人丧气。不久，人们发现洼狸大商店改为全天开门，有好几次由周燕燕和张王氏同站柜台。老头子们重新恢复了喝零酒的习惯，小孩子们也嚷着要买泥老虎。粉丝公司的工人一天几次跑到大商店去，赵多多已是忍无可忍。

隋抱朴对弟弟的归来大为失望。尽管如此，他还是详细询问了城里的一些情况，特别是那座商店的生意。见素拼搏一年，立足未稳，却谎称兴旺发达。他掏出了印制精美的名片给哥哥看，告诉如今已是城乡两座店的经理，此次归来除探家而外，还要整顿镇上这座店。抱朴看了名片，还给他说："我想知道的是账目，收入支出，一笔一笔账。"见素说那都是小账，大账你应该看到：我领回了这么漂亮一个姑娘。抱朴听到这个就面色赤红，大声地斥责他抛弃了大喜。见素久久不语，只任哥哥说去。最后他站起来对抱朴说："没有办法。我不喜欢大喜。"

见素给妹妹含章带回了款式新颖的衣服，特意让周燕燕亲手交给含章。含章把这些衣服放在膝盖上，摩挲了两下就放到了一边去。她让周燕燕出去一下，跟哥哥有要紧话说。周燕燕一走，含章就紧紧盯着见素，那张毫无血色的、近乎透明的脸被愤怒扭曲了。见素有些害怕地躲闪着她。她只这样久久盯着他，最后说了一句："大喜下一辈子也饶不了你！"

就在含章指摘见素的第二天，又一个惊人的消息在镇上传开：大喜陷入了绝望，吞服了毒药。消息传出，满镇皆惊。隋见素不敢出门，恳求哥哥抱朴去看看大喜。

大喜家一片哭声，郭运正忙得浑身淌汗。大喜母亲一见到抱朴就拍打着膝盖，骂起了该遭雷打的老隋家人。抱朴觉得无地自容，嘴角颤抖着，没说一句话。郭运指挥着几个帮手，让他们扶住大喜，他亲手往里灌药。大喜吐出来，郭运又灌进去。抱朴也过去扶住了大喜。突然大喜大吐起来，郭运的多半个衣襟都被吐满了东西。老人连连说道："得救了，得救了。"周围的人这才松了一口气。大喜的母亲跪到炕上喊着："我的孩儿呀，你可不能死！你该看看雷怎么打老隋家的人……"抱朴低头看着大喜，大喜的脸蜡黄蜡黄，好像消瘦了许多。她的眼睛轻轻活动着，看见了抱朴，突然喊一句："见素！"抱朴流下了眼泪。大喜的母亲哭着说："贱人哪，什么时候了，还是记得那个遭雷打的。"大喜从被子里伸出抖抖的两手，抚摸着抱朴的两只大手，还是叫着："见素……"抱朴的泪水一滴滴流在炕席子上。他咬了咬嘴唇，说："见素比不上你一根头发丝……"

抱朴在大喜家里守了一夜。他是坐在院里的。他觉得自己不配待在人家屋里。他也没有向人家说一句赔罪的话。他觉得老隋家人犯的罪是太大了。他为整个老隋家感到了羞辱。离开大喜家的时候，大喜已经睡着了。她脱离了危险。抱朴出去买了各种各样的点心送到大喜的炕头上，大喜母亲见了，不吱一声，过去把点心取了，抛在了猪栏里。

从大喜家回来，抱朴看到见素正在屋里等他。抱朴问："她哪去了？"见素说："我把她支到张王氏那里去了，我知道你快回来了。"抱朴点上烟，大口地吸了两下，又踩灭。他低头看着自己的脚，没有吱声。见素说："抱朴，你骂我吧，早些骂完吧，我等着，等了你半天。"抱朴抬起头来："你已经不配我骂了。你让我害怕，让我害羞。你还算老隋家的人吗？你还敢对人说你是老隋家的人吗？你不敢去大喜家，你怕人家撕碎了你……你没看见大喜怎么在炕上扭动……"抱朴说到这儿突然用力地捶打着膝盖，大声说："早几年有人逼得老隋家的女人服毒，今天又临到老隋家逼了别的女人服毒！见素啊见素！你想到这个了吧……"见素一屁股坐在了地上，嘴角抖着，说不出一句话来。泪水终于从他眼中流出来。他用衣袖擦去，还是流出来。后来他站起来，握着哥哥的胳膊说："我真不想回洼狸镇，可我忍不住，还是回来了。我是老隋家的人，我的根扎在镇子上……我明白我做了什么事，我不后悔。我心里难过得要命，如果大喜死了，我手上就沾了血，洗也洗不净。我都明白。可是我不能不要周燕燕，我真心喜欢她。我没有胆子再待在镇上，我要回去。过了这一段我会经常回来，因为我是老隋家人哪！哥哥，我们都是这一族的人，谁想脱也脱不掉……"

隋见素不久就悄无声息地离开了洼狸镇。

大喜很快就康复了，重新回到了粉丝房去。与过去不同的，是那双变得沉郁和深邃了的眼睛、那消瘦下去的身体。她再也不怎么说话，身体再也没有胖起来，看上去差不多像闹闹一样苗条。见素走了，有一个车子从县城开来，开到洼狸大商店门口，卸下了一些东西。人们这才知道是见素上次带回来的，因为镇上出了大喜的事没来得及运回。自此大商店不断摆出一些稀奇古怪的东西。牛仔裤一行一行悬在绳子上，颜色鲜艳的腈纶织品一叠叠装满了货架。还有什么口红、脱毛霜、祛斑露、增白露、假眼睫毛、卷头发的药水，五花八门，目不暇接。喝零酒的老人用拐杖挑下一条牛仔裤端量着，咕哝说："这也是人穿的吗？"张王氏现身说法，涂了口红，又取一点脱毛霜脱去了手背上的一点汗毛。粉丝房里的男男女女不可阻挡地涌到店里，赵多多的"踢球式"管理法已经毁坏无遗。他们开始的时候只看不买，后来就跃跃欲试。闹闹毫不犹豫地买了条牛仔裤，并让张王氏给她挡着人眼当场换上。闹闹穿着它走出店来，所有人就跟在后面看着，一路上目不转睛。小伙子们以研究新式服装为名，从容不迫地欣赏着闹闹漂亮的臀部及两条长腿。大喜也去过几次大商店，但没买任何东西。她一看到牛仔裤就想到了那个夺走见素的女人，目光里充满了厌恶和仇视。

仅仅是一个星期的时间，洼狸镇的大街上就出现了很多穿牛裤的姑娘。镇上人面带惊讶，不知是祸是福。姑娘们骄傲地走着，的确让人喜爱。全体洼狸镇的男人都在经受着一种道德上的考验。年轻的男人被闹闹她们绷紧的窄裤撩拨着，夜不成寐，一个个面色发乌。但一星期过去了，终于没有出现过什么暴力事件。第二星期就习惯多了，男女可以像往日一样融融相处，小伙子谈笑风生。到后来大商店又运进一批长些的牛仔裤，小伙子们也穿上了，于是姑娘们内心经历了像小伙子们当初同样严峻的考验。史迪新老怪背一个粪筐在街上走着，见到穿牛仔裤的青年就咬牙切齿。最后青年人就有意回避着那个矮小的身影。

不久，见素和周燕燕又回到了镇子上。这一回远不像上一次那样让人惊讶了。他们是坐一个小型货车来的，住在老隋家大院那幢门。二槐问："你们有结婚证明吗？"见素咽口唾液，说，"有，进来看吧。"二槐进进一步，被见素一个耳光打倒，接上又狠之他用脚去踢。二槐爬起来拼命，见素正没地方出气，就结之实之揍了他一顿。二槐说一声"你等着"，就走开了。见素什么也没有等到。原因是二槐建议先看记去捆了他们，来看记喝斥道："你是找菁失□！你不知道周县长是谁吗？"……见素出门时总是搂着周燕之的手，这让镇上青年惊羡不已。有议论说周西之或许已经超过了阗之的漂亮，也有人表示异议，但女公务员脸上落下了疤痕，议论中一致认为她大不如苏，也许还要排在□□□大嘉之后。周燕之有一半时间与张王氏同站柜台，布置货架，重整店容。见素找人将店面漆成了彩色，画了图画，在门侧安装了信箱。后来又在柜台一角设了咖啡杯子，但镇上人没有饮咖啡的习惯，只好又改为饮茶。嘭咚嘭咚的乐声里，顾客□倍增，老头子们□□怨说来喝棗酒找不到下脚的地方。张王氏一个人忙得焦头烂额，也就暖势讨了酒坛。正在这时，粉丝公司里辞退了女公务员。原来赵多之一直犹豫不决，□周燕之的出现使得有疤的公务员愈□丑陋，□赵多之最后下了决心。女公务员在街失嘤之泣哭，见素就招她到店里当了张王氏的副手，女公务员感激不尽，也就没完没了地骂起赵多之来。

　　洼涯大商店一片兴旺，粉丝公司却接连倒霉。先是几十万斤出口粉丝被外贸部门□□□，接着又是粉丝厂扩建一半钱就花完，重新贷款又遭拒绝。几十万斤粉丝只好降

436

厢房里，日夜听着音乐。有一天看泊的二槐捎着枪去敲门，时间正好是午夜。见素正和周燕燕睡着，听到声音愤怒地穿衣开门。二槐问："你们有结婚证明吗？"见素咽口唾液，说："有，进来看吧。"二槐迈进一步，被见素一个耳光打倒，接上又狠狠地用脚去踢。二槐爬起来拼命，见素正没地方出气，就结结实实揍了他一顿。二槐说一声："你等着"，就走开了。后来见素什么也没有等到。原因是二槐建议栾春记去捆了他们，栾春记呵斥道："你是自找苦头！你不知道周县长是谁吗？"……见素出门时总是挽着周燕燕的手，这让镇上青年惊羡不已。有人议论说周燕燕或许已经超过了闹闹的漂亮，也有人表示异议；但女公务员脸上落下了疤瘌，议论中一致认为她大不如从前，也许还要排在大喜之后。周燕燕有一半时间与张王氏同站柜台，布置货架，重整店容。见素找人将店面漆成了彩色，画了图画，在门侧安了音箱。后来又在柜台一角设了咖啡杯子，但镇上人没有饮咖啡的习惯，只好又改为饮茶。嗡咚嗡咚的乐声里，顾客倍增，老头子们抱怨说来喝零酒找不到下脚的地方。张王氏一个人忙得焦头烂额，也就顺势封了酒坛。正在这时，粉丝公司里辞退了女公务员。原来赵多多一直犹豫不决，周燕燕的出现使个有疤的公务员愈显得丑陋，促使赵多多最后下了决心。女公务员在街头嘤嘤泣哭，见素就招她到店里当了张王氏的副手。女公务员感激不尽，也就没完没了地骂起赵多多来。

洼狸大商店一片兴旺，粉丝公司却接连倒霉。先是几十万斤出口粉丝被外贸部门查封。接着又是粉丝厂扩建一半钱就花完，重新贷款又遭拒绝。几十万斤粉丝只能降价内销,这一下损失巨大。最让人焦虑的是停建的粉丝厂,贷不来款,集不起资,原来的投资户又坐卧不安,多次索要款子。女公务员幸灾乐祸地对来店的人讲:"好汉经不起女人咒。赵多多是被我咒的,我天天咒他。看吧,他还得倒霉。"人们都说女公务员的话灵验,因为传说洼狸镇不久要派进一个调查小组,上一回那个小组的负责人已被处分。过了十几天,调查小组真的来了,镇委书记鲁金殿也参加小组工作。

隋见素这时候神色突然不安起来,一天几次到外面去。他变得不爱说话,有时眉头紧缩地盯着远处。有一天晚上女公务员走了,周燕燕也出了门,见素一个人蹲在了柜台上——他本来早就改掉了这个不好的习惯。不一会儿张王氏进来了,一进门就把门合上了。见素警惕地看了她一眼。她如铁的脖颈长长地挺着,往里扣着的下巴一点一点。她"哼哼"地笑着,看着见素。见素不安地咳了一声。

"你啊!哼哼——"张王氏的下巴点着,"还能瞒了我?你这个毛头孩子!"她用手拍了一下他的屁股。

见素从柜台上下来,看着她。张王氏揉了揉松松的颔下,说:"你可不是个安分孩子。你长了双鹰眼,这几天听见些风声,一双眼又盯到粉丝大厂上了。对不对?"见素抽起一支烟,把烟吐到了她的脸上,说:"是又怎么样?"张王氏用手赶着烟,嘴巴对在见素耳朵上说:

"四爷爷看重你啊,常对我夸起你……"

见素的心跳起来。他不知这里面的名堂。张王氏说下去:"四爷爷常说，赵多多老糊涂了，粉丝公司真要兴旺，还是得见素经管。四爷爷常跟我这么说。"张王氏说着，紧盯着见素的脸色。见素这会儿完全明白了：赵多多快不行了，四爷爷想找个替身，让见素捡起烂摊子。见素在心里冷笑，嘴上却说："真感谢他老人家了，这么看得起我。"张王氏哈哈笑着："就是啊。你是个聪明孩子。谁想在洼狸镇成个气候，四爷爷看不上眼他就成不了。可不能忘了四爷爷，老人家看重谁了？"见素连连点头，心头却对张王氏生出从未有过的厌恶。他笑着，用手对她比画了一下，她兴奋得浑身抖动。

周燕燕是请了假回来的，不久就和见素回城了。见素再一次回到镇上时，带回了激光打耳眼的小机器。有了牛仔裤的经验，镇上的姑娘们都很痛快的享用了这个机器。粉丝房里的姑娘几乎全打上了耳眼，只有闹闹和大喜例外。大喜常常一个人遥望着洼狸大商店，想象着里面的一个人。她知道打耳眼时少不了要被见素捏弄耳垂，她怕到了那一刻她会受不了，于是克制着自己，回避着那束激光。闹闹恨不得第一个戴上耳环。但她在一个偶然的机会听到隋抱朴跟叔父议论见素，知道了抱朴极其反感那个耳眼机。闹闹一下子就失去了戴耳环的兴趣。在粉丝房里，她伸出雪白的臂膀跟大家一块儿和着淀粉糊糊，不停地唉声叹气。人们觉得闹闹不戴耳环是不能容忍的，女伴们于是伸手去捏她的耳垂。闹闹烦躁地摆脱开她们，大口地喘气。有时她一个人走出来，到晒粉场上转着，捡一根凉粉杆儿玩着，顺路到老磨屋里去一趟。她只到那一个磨屋去。她看着隋抱朴宽阔的后背，就恶作剧地伸出白色的凉粉杆儿，做出狠狠击打状。抱朴猛地回头，她就迅速地将杆儿收到身后。她在老磨旁边跳跃着，不时来一个迪斯科动作。抱朴吸着烟斗。闹闹说："她们都打上耳眼了。"抱朴说："嗯。"她又说："好好的耳垂打个洞我不习惯。"抱朴说："对。"闹闹热切的目光看着他，半晌才说一句："你们男人真能抽烟。你真能抽烟。"抱朴再不作声。闹闹又玩了一会儿，恨恨地瞥他一眼，出了老磨屋的门。

她一个人在绿色的河滩上走着，有时奔跑起来，有时就在柳棵间仰卧着。她仰躺着去折柳条，折成了一段一段。她真想洗一个澡，可她跑到水边试了一下，水太凉了。她洗了洗脸。

闹闹一生都会恨着这个秋天。

那是一个很不错的秋天的下午。河滩上暖洋洋的，白色的沙子微微地反射着阳光。闹闹在粉丝房的水蒸气中闷坏了，一个人跑出来，跑到了河滩上。她奔跑着，在开阔的沙土上不时地跃动一下，很像一匹健壮的小马。蓝色的牛仔裤使她更苗条、更迷人。她的米色上衣束在了腰带里，上身显得饱满短小。从腰部往下，是结实健壮的、笔直的、颀长的两条长腿。她的腰柔软得很，当她弯腰收拾地上的石子什么的，一点也不费力。她捡了那么多美丽的石子，放在手心里。后来这些圆圆的、像鸟蛋一样的石子又被抛进了河里。她似乎要从这茫茫的河滩上寻找什么，可她明白什么也找不到。秋天了，一晃就是秋天了。接下去是冬天，严寒里河冰闪亮。闹闹举目四望，看到的都是远远近近的柳棵。她不明白它们为什么都长不成高大的柳树，在风中这么温柔地扭动着。

正在她这样想着时，看泊的二槐掮着枪从柳棵间走出来，嘴里嚼着什么。闹闹觉得他的样子十分可笑。她想骂他一句。但她忍住了，只想回粉丝房去。可二槐将肩上的枪倒换了一下，招手让她站住。她站住了。二槐走过来，嘻嘻笑着。闹闹两手插在裤子口袋里，端量着他说："你他妈的真难看。"二槐说："一样。"闹闹不明白，有些火，大声问："什么一样？"二槐把枪放在地上坐了，说："一样。"闹闹笑着骂起他来。

　　有一条花花绿绿的蛇从不远处跑过来。

　　二槐追上了蛇，捏住了尾巴抖动着。闹闹吓得尖声大叫。二槐说："没结婚的女人都怕这东西。"闹闹觉得二槐脸上有一种陌生的、可怕的神气。二槐扔了蛇，上前一步说："我什么动物都敢捏。"闹闹点点头。她有一回见二槐在手里玩一个老大的癞蛤蟆，它释放出的白色汤汁沾了他一手。闹闹想到这里就害怕。二槐的眼睛老盯住闹闹的下身，闹闹想抓把沙子扬迷了他的眼。她正弯下腰去，二槐趁机猛地扑上来，从后面抱住了她。闹闹用两个拐肘用力地往后捣，可二槐还是紧紧地抱住了她。

　　"哎呀？你不松手了！"

　　闹闹回头看了看二槐，惊讶地说了一句。接上闹闹两腿踩紧沙土，使出全身的力气挣扭，屏着气。二槐抵挡着，两只胳膊像锁链一样缚住她。闹闹骂着，捣着，可是怎么也挣脱不掉。二槐等待，等闹闹用尽了力气时，他轻轻一扳就把她放倒了。闹闹仰脸看着二槐，剧烈地喘息着。汗水在她脸上流动，她的脸像花瓣那么红，她也等待着，刚刚积蓄了一点力气，就狠狠地用脚去蹬踢。有一脚踢在了二槐嘴上，他的嘴角立刻流出血来。二槐去擦嘴角的血，闹闹一拧身子坐起来，她像个疯狂的狮子一样扑到二槐身上，扯他的头发，用牙去咬他。二槐叫着，躲闪着闹闹的手和牙齿。后来二槐终于寻到一个机会，"嘭"地一拳打在闹闹的脸上。鲜血不知从哪儿流出来，闹闹倒在了地上。二槐骑在她的身上看着。闹闹一声不吭，停了一会儿，又一拧身子坐起来。

二槐迎着她的脸打了更有力的一拳。闹闹倒下了。

这天下午剩下的时间里，闹闹一直用来擦着她的变脏了的、曾经是十分漂亮的牛仔裤，然后到河边上洗手洗脸。这个秋天哪！这个下午啊！闹闹洗着手，洗着脸，洗一遍，又洗一遍。后来她哭了起来，双肩抖着，直哭到太阳落山，河水变得一片通红。

她艰难地在河滩上走着。后来她又捡到了自己遗落在沙土上的那个凉粉杆儿。她拄着杆子，走着，走到了老磨屋跟前。她倚在了磨屋门框上。

隋抱朴听到了喘息声，回身一看愣住了。他问："你干什么？"

闹闹身子紧贴在那儿，一动不动。抱朴又问了一遍。她突然大声喊叫着："我来打你。我要从后面砸碎你脑壳！我来打死你……"闹闹喊着，泪水哗哗地流下来，举起了木杆，木杆又掉在了地上。抱朴这会儿看清了她脸上青一块紫一块的斑痕，惶惶地跳起来。他叫着："闹闹！你到底怎么了？你快告诉我！你怎么了？谁欺负了你？你来打我，我怎么了？你说呀，你……"

"我恨死了你。我恨你。谁欺负了我？你……是你、你弟弟欺负了我。对，就是你弟弟把我打成了这样！我找你们老隋家算账来了，你是老隋家的人……"闹闹呜呜地哭着，头伏在门框上，痛苦地扭动着。

　　抱朴像被人当头击了一下，全蒙了。他在心里喊了一声："见素！"接上全身颤抖起来。

　　抱朴跑到大商店去找见素，见素不在。他又跑到见素的厢房里，看到见素正吸着一支长长的雪茄。见素起身拿过一个纸包，剥去报纸，露出了装在塑料袋内的一套西装。抱朴看也没看递来的衣服，一把抓紧了弟弟的手腕，喝问说："是你欺负了闹闹，打得她满脸青紫？"见素呆看着抱朴，说一句"什么呀！"甩开了手腕。抱朴急急地把事情说一遍，见素的脸色立刻变冷了。抱朴又问，见素只是吸那支雪茄。后来见素狠狠地抛掉了手里的烟，大声说一句：

　　"她喜欢你！她爱你啊！抱朴……"

　　抱朴退开一步，轻轻地坐了。他嘴里长长地吐了一口气，吃惊地小声重复着："谁伤了她、谁伤了她？"

　　见素愤愤地说："就是你伤了她！你伤了她的心。你等着吧，这又是一个'小葵'。我对不起大喜，你也有对不起的人。我们兄弟两个今天是一样了。"见素说完随手合了窗子，转身盯着哥哥的脸，盯了好长时间。突然他说了句：

　　"赵多多快不行了。粉丝大厂就快要改姓了。"

　　隋抱朴站起来，双目炯炯地望着见素："姓什么？"

"姓隋。"

隋抱朴摇着头。见素冷笑着："我知道你又要说我没有这个力气。不，我隋见素再也不会往后退开一步。你摇头，可你看看洼狸镇吧！你看看今天除了我还会有谁站出来收拾这个乱摊子？恐怕再也没有了。"隋抱朴听着，慢慢卷了一支烟，吸了一口。他对弟弟点点头说：

"也许到时候我会从老磨屋里走出来。我会说一句：'抱朴给你们管粉丝大厂来了。大家一块儿牢牢抓住，再也别让哪一个贪心人夺走了它！'我会说这么一句。"

见素的嘴唇抖动着，额上的青筋凸了起来。他咕咕哝哝，眼睛看着一边，不知在对谁说："完了，老隋家这回真的完了。老隋家自己朝自己伸出拳头了。兄弟间拼抢起来了！"他说着转向窗口喊道："大喜、小葵，还有闹闹！你们真是瞎了眼了呀！你们怎么都看上了这家窝囊废呀……"他喊完就伏在了炕上，哭了起来。

第二十三章

见素哭着，两手不断去打脸面。抱朴这是第一次见到弟弟如此痛心疾首地哭泣。他从这抽咽声里感到了绝望。他几次想去安慰，但几次站起来又坐下了。他明白，也许兄弟两个就在这秋天的傍晚里真正分手了，这个结局更是悲惨。他坐在那儿，目光停留在那套西装上。这是弟弟从那个遥远的城市带给他的礼物。抱朴去取西装，随手糊着见素刚才剥掉的几张报纸。光线太暗了，他不得不撑起身子伏下来。突然，他按在报纸上向手抖动起来，接一把这张报撕掉了，嗓子里发出一声骇人的叫喊。见素抬他抬起头，见哥哥额上、两颊，到处是汗水。抱朴大声问："你从哪里弄来这张报？"见素慌慌地看着他。"一张过期的报，我随便拿来包东西……"他从哥哥手里夺过报纸，急急地瞥一眼，一下子坐在了地上。他盯着那几行字。"

……发生在'文革'中的一桩血案。一九八×年八月北京××县发生大规模杀害'四类分子'及其家属的事件……斗打、乱杀事件日益严重。由一个大队消灭一两个、两三个，发展到一个大队一下子打死十来个甚至几十个；由开始打杀'四类分子'本人发展到乱杀亲属子女……全家被杀绝。自八月二十七日至九月一日，该县的十三个公社四十八个大队，先后杀害'四类分子'及其家属共三百二十五人，最大的八十岁，最小的仅三十八天，有二十二户被杀绝。

人民文学出版社稿纸 (24×25=600)

刘道敏　文小五 72 字 4.5 条 全　往大宋同行齐4榜表 角

〈409〉①
409—415
4532

第二十三章

　　见素哭着，两手不断击打炕面。抱朴还是第一次见到弟弟如此痛心疾首地哭泣。他从这抽噎声里感到了弟弟心中的绝望。他几次想去安慰，但几次站起来又坐下了。他明白，也许兄弟两个就在这个秋天的傍晚真正地分手了，这个结局真是悲惨。他坐在那儿，目光停留在那套西装上。这是弟弟从那个遥远的城市带给他的礼物。抱朴去取西装，顺手翻着见素刚才剥掉的几张报纸。光线太暗了，他不得不将身子伏下来。突然，他按在报纸上的两手抖动起来，接着把这张报揪紧了，嗓子里发出一声骇人的吼叫。见素猛地抬起来，见哥哥额上、两颊，到处是汗水。抱朴大声问："你从哪里弄来这张报？"见素惶惶地看着他："一张过期的报，我随便拿来包东西……"他从哥哥手里夺过报纸，急急地瞥一眼，一下子坐在了地上。他盯着那几行字："……发生在'文革'中的一桩血案。一九六六年八月××市××县发生大规模杀害'四类分子'及其家属的事件……斗打、乱杀事件日益严重。由一个大队消灭一两个、两三个，发展到一个大队一下子打死十来个甚至几十个；由开始打杀'四类分子'本人发展到乱杀家属子女……全家被杀绝。自八月二十七日到九月一日，该县的十三个公社四十八个大队，先后杀害'四类分子'及其家属共三百二十五人，最大的八十岁，最小的仅三十八天，有二十二户被杀绝……"见素"啊啊"地叫着，像受到了窒息一样，脸的颜色都变了。"我怎么拿回这么一张报啊！"他用手解开了领下的衣扣，叫着哥哥。抱朴坐在那儿，望着越来越暗的窗子，头也不回。见素抱住了他的肩膀，摇动着，拍打着，他还是一动不动。"哥哥呀，你怎么了！你说话啊……"抱朴冷冷地瞥了他一眼。见素害怕这对目光，他的手从厚厚的肩头上移开了。窗子黑下来，透过窗户看到了星星。镇上的狗吠起来，有谁在声声呼唤着什么。窗前有个黑乎乎影子跳动了一下，见素把脸贴在玻璃上，看清是风吹弯了一棵小树。他重新坐了。哥哥一点声音也没有。屋子里黑极了，见素没有去拉灯。这个夜晚真黑啊，就像那个可怕的夜晚一样。见素仿佛又听到了一阵阵混乱的脚步声，听到了呐喊、狗吠、惊叫的声音。那个夜晚老隋家兄妹三人就是这样坐在暗影里，惶惶地等待着天亮。……见素轻轻地叫了哥哥一声，他还是没有回应。又停了一会儿，见素听到了撕纸的声音——哥哥把那张报纸撕碎了。接上去又是一点声音也没有了。但只停了片刻，见素又听到了摸索东西的响动，他于是赶紧拉亮了灯：哥哥蹲在地上，伸出两只大手，正小心地捏起撕碎的纸片。两只大手把小碎片往一起费力地拼凑、拼凑，拼成了巴掌大小。

天刚蒙蒙亮，率先造反的人已经砸毁了老庙旧址上遗留的一个石碑、镇城墙外的一个土地庙，敲碎了各家家门前照壁上的"福"

字。后来出门观战的长脖吴又告诉大家：老式屋檐瓦片上那些圆形图案，其实也是些变形的"福"字。于是红卫兵又用了多半天的时间把老式房屋砸得七零八落。接着是更缜密的搜索，从城墙下开始，挨门挨户地寻找"四旧"和"封资修"。花盆、描古人的器皿、旧画、水烟袋、雕花石砚……可砸的砸，可烧的烧，无一存留。搜索队伍进了国营商店，直奔化妆品而去，将雪花膏，香水之类"资产阶级玩意儿"统统销毁。经理开始试图劝阻，被一个戴袖章的壮汉一拳捅倒。一个十七八岁的小伙子搜索到女工宿舍，在一片尖叫声里砸毁了胭脂花粉，又万分惊奇地抖落出一条月经带。他不明白这根形状怪异的带子为什么要装在那么好的一个小纸盒里，但知道这注定又是一个"资产阶级玩意儿"，就当场毁掉。搜索队伍离去时，店内女工大多抽泣不停，眼皮红肿。队伍来到四爷爷赵炳的小院跟前，有人就犹豫起来。另有人说："造反有理，还管那些庞然大物！"说着就去擂门。门开了，四爷爷站在那儿，说一句："是造反的嘛？来、来、来！小马三——"他伸手指着站在队伍前边小伙子的乳名喊道："快领他们进来造反！"他面色阴沉，黑黑的长眉轻轻活动着。队伍有些乱，又停了一会儿，就离去了。四爷爷长叹一声，关了院门。

整个镇子搜过之后，队伍又集中地分布到几户人家里。有一个富农以为又要土改复查了，就把所有的衣物装进瓷缸，埋到了地下。队伍中有不少人经验丰富，轻而易举地用一根铁钎探到了衣物。于是大家把这个富农的全家押到了老庙旧址上，批斗起来，除了没有那么多诉苦的人之外，其他项目一如当年。洼狸镇的人全涌到场子上，都在心里悄悄说："又来了！又来了！"台上有人手持藤条和皮带，喊着，打着，一会儿被打的人就哀号着在台上滚。这样打了一会儿，又捆了他们的手，在大街上游斗起来。后来队伍每到一家，都要使用铁钎，无论搜没搜到东西，都要捆了游斗。老隋家这时候早已不是开明士绅了，理所当然地被钻探抠挖三日，然后将隋抱朴和隋见素捆了游斗。有人在搜索中发现了隋迎之的照片，于是就别出心裁地贴到了兄弟两个的额头上。被游斗的人都用一根粗绳捆了，又连在一起。扛红缨枪的、背三八式的红卫兵，则缓缓地走在两旁。队伍走到十字街口的时候就停下来，每四个红卫兵押一个坏人，把他们的头使劲往下按。四周有人不停地呼起口号，还有人催促红卫兵"快亮一手"。有的亮出了很绝的一手：一手按头，然后单腿从后面一顶，坏人就一个跟头栽下来，大家鼓掌。游斗继续下去，人们明白了这就是造反。后来给那些被斗者挂了牌子，如果是女的，就在她们眉边各描一个黑圈。赵多多戴袖章很晚，但很快就变得引人注目。他对人说："嘿呀！革命群众的好日子又来了！"他砍刀不离身，哪里有坏人就到哪里去。谁家丈夫押走了，他必定再到这家里训斥一通，半夜里才懒洋洋地往外走。

那时候没有白天也没有黑夜，日落后常常群情激愤。老庙旧址上点了明亮的汽灯，先开斗争会，然后演戏。镇上几个街道的宣传队轮流演出，开场的格式一样：由一个黄衣黄帽的小姑娘站在前排，其余的站在后排；小姑娘一腿弓起，双拳紧握喊道："洼狸镇毛泽东思想宣传队，战斗开始——！"后排众人接上呐喊："开始开始开始！战斗战斗战斗！"于是演出开始了。常演的节目有"两个老头学《毛选》""四个老婆学《毛选》"等，表演时，头捆白巾的老头以背相对，在台上摇颤不停。摇得幅度大的，就无疑是最好的了。有一次隋不召表演了"一个老头学《毛选》"，摇颤不止，小腿交绊不止，几次跌倒又爬起，已是有口皆碑。受这次表演的启发，有关部门在全镇范围内动员了一批年纪最大的老头老婆，让他们化了妆到台上扭。浓浓的粉脂，深深的皱纹，令人不安。这次表演失败了。给人留下深刻印象的是"可以教育好的子女"的揭发批判演出：让被批斗者的子女用演唱或快板数来宝或相声的形式，来演出父母的罪行。他们又羞愧、又想表明与父母划清了界限、又要照顾到起码的艺术性，常常弄得可怜巴巴。表演最好的要算富农马老豁儿子闺女的对口快板了。他们为了合拍，把自己称为"可教子女"："哎，哎，竹板一打响连天哪，同志们听俺谈一谈……马老豁，还敢孬？俺'可教子女'决不饶，决不饶来决不饶！"

造反的人流继续在镇子上涌来涌去。不久所有街道上都贴满了漫画和大字报。这些大字报的内容五花八门，揭发某人偷了东西，某人说了反动的话，哪个干部与哪个出身不好的人一起站过等等。所有大字报上几乎都有相同的一句话："用心何其毒也！"后来大字报的矛头渐渐都指向了镇委，特别是镇长周子夫。大字报例举了多少年来周子夫之流的恶行，特别是大炼钢铁前后的胡作非为，致使全镇许多人饿死；利用一个镇武装部，多次非法捆绑群众，等等。税收问题。摊派问题。出　问题。供应问题。征兵问题。无数的质问涌向了街头巷口。镇委机关内部也有了造反的，到外边贴了大字报，揭露了一般人不知道的一些趣事：周子夫调戏了一个女打字员，打字员跟组织汇报了，却一直没有解决。镇上人愤怒了。终于有人画出了一幅天才的漫画：周子夫形同公猪，身上数尺长的螺旋状阳物正伸缩自如。他的身侧，是一群吓得惊慌失措的无辜妇女。接上又有了第二张、第三张类似的漫画。有人请长脖吴写了一条大标语，字字如斗：打倒走资本主义的当权派周子夫。接上又写了另一幅标语：打倒镇委。识字的老人互相眨着失神的眼睛，小声说一句："真是反了，冲着衙门去了。"他们料定不久上边会派兵来。他们估计的不错：一队士兵开来了。可是后来士兵的头儿讲话说："我们坚决和革命群众战斗在一起，胜利在一起！"老人们又糊涂了。有的老人合计了一下，咬咬牙说："咱也反了吧！"

关于镇委和周子夫的大字报贴了一层又一层，后来出现了矛头指向四爷爷赵炳的大字报。大字报揭发了他几十年坐在高顶街，霸着洼狸镇，很多打吊群众的事都要他来负责；他还勾结周子夫，狼狈为奸，横行镇里。另一张大字报具体质问大跃进、社教、四清一系列运动中，赵炳所起的恶劣作用为什么人们视而不见？一些人饿死、冤死、自杀，与他有没有关系？这样的大字报寥若晨星，但却特别引人注目。一群又一群人围上看着，没有一个人吱声。大字报贴了刚刚一天，夜间就被人撕去了。不久，又贴出了关于四爷爷的漫画，漫画上最突出的自然是赵炳那个硕大无比的臀部。大家围着看漫画，一会儿又有人提着浆糊桶在一边贴大字报了。人们看了看，见大字报还是关于四爷爷的，与其他大字报不同之处在于赵炳二字已经倒写。人们扔下漫画又去看新贴的大字报了。有人看了一会儿嚷叫有个字他不识，用手把贴报人扯到墙边，说："这个、这个。"那个人扔了浆桶往前凑着，头快要对在墙上了，问："哪个？哪个？"后面伸出一只拳头朝他后头猛力一捅说："这个！"那个人的头重重地碰在墙上，鼻子立刻碰扁了，鲜血哗哗地流下来。

洼狸镇出现了各种各样的"战斗队"和"造反兵团"，名目繁多，连最精明的一些人都糊涂了。长脖吴不停地为这些组织书写"战旗"，每个组织都送给他一个"伟大领袖纪念章"作为答谢。纪念章越来越大，最初宛若纽扣，到后来阔如铜盘。组织的名称各式各样，像"井冈山兵团""无敌战斗队"等等，那意思还能明白；但"激三流战斗队""真血乎革命联总指"等等，就无论如何也搞不清楚了。只要加入一个组织，就誓死捍卫它。组织之间不停辩论，不停谩骂。后来几乎发展到无人不在组织，于是每个角落都辩论不休，谩骂不止。夫妻之间不在一个组织，往往就睡前辩论，吃饭吵嘴，做爱时想起对方是另一组织的人，兴趣顿失。分居的比比皆是，一个初中生已将大字报贴到了父亲脊背上。张王氏属于"革命联总"，而瘦削不堪的男人却加入了"激三流战斗队"。张王氏本来就厌恶男人，如今又增加了新的仇恨，终于忍无可忍，在一个冰冷的夜晚将他光光地推到炕下。男人受寒，自此大病不起，不久即含冤死去。街头上，晒太阳的老头儿分"观点"坐在一起，假如组织不同，"观点"不同，提起马扎就走。走路的人常常几十米被拦一次，拦路人不贪钱财，无法证实，▇▇人惶惶▇▇▇。有传说整个镇子将按"观点"重新建设，有些▇人家，比如马名9和老隋家大院里的，很可能要"扫地出门"。还有的说运动深入发展▇，革命造反派要实行专政。有人说镇外一些村庄里，半夜常来抓人，抓走了就再也回不来，▇▇▇（而我们）对走资派太"和风细雨"，▇"革命是暴动"，不是"绘画绣花"▇▇▇！各种传说都有，有的慢慢被证实了。终于有了半夜失踪的人，也终于有人提出揪斗走资派。不过失踪的人大多还▇能够回来，回来后就▇▇▇诉苦不止，讲那些人怎么吊打他，怎么把他脱光衣服、专用掸类儿耐心地抽打那个地方。他的组织于是在街头贴出大字标语："迫害革命群众罪责难逃！"如果失踪的是个姑娘，那么姑娘回来时必定面部浮肿，沉默寡言，永不谈所▇受迫害之事。揪斗走资派的呼声日益高涨，大会上，不断有人揪派▇▇▇。这期间，留给镇上人印象最深的，是一个二十岁左右的红脸小伙子。他臂戴袖章，头顶军帽，演说长达▇（六）个小时之久。他的调查资料▇▇花费了（无数时间），列举了同子夫和赵炳的一系列罪行。讲到被逼迫而走狸镇人、讲到▇▇▇▇▇苦苦挣扎的走狸镇人，听众连呼口号，泪水涟涟。不少人想起了那些牵肠挂肚、▇▇了一晌之▇▇▇▇▇骣曦，无比愤慨。大家齐喊："造▇反有理！打倒永不改悔的走资派！""敌人不投降，就让他灭亡！"口号罢，小伙子又继续演说。"舍得一身剐，敢把皇帝拉下马！革命的战友们，我们甘洒一腔血，换得全球

文小五 22 字6.5行 楷　（48）方刚
注六宋回行齐4楷宋 黑　　　　416-42〇　　王·伟
　　　　　　　　　　　　　279x

只为"观点"："你是什么'观点'的？"被拦的人答错了"观点"，轻则挨一顿训斥，重则被拳打脚踢。下一次被拦就不一定需要"观点"了，拦路人可能严肃地命令道："背一段《纪念白求恩》吧！"隋不召与众不同的是，"观点"多变，一个月之内加入过二十多个组织，还说"一个组织一个味，俺可尝了新鲜。"他在每个组织里都交了几个朋友，所以最终未受什么皮肉之苦。他给朋友讲一些海上奇遇，分析"大海航行靠舵手"这句歌词到底是什么意思，令人折服。尽管各种组织繁多，但到后来以"井冈山兵团"和"无敌战斗队"最为强悍。赵多多当了"无敌战斗队"的总司令，并将一个地窖子改为"司令部"。

形势愈来愈复杂，愈来愈紧张。各种各样的传说无法证实，令人惊悸。有传说整个镇子将按"观点"重新建设，有些人家，比如马老龊和老隋家大院里的，很可能要"扫地出门"。还有的说运动深入发展，革命造反派要实行专政。有人说镇外一些村庄里，半夜常常抓人，抓走了就再也回不来，而我们对走资派太"和风细雨"，"革命是暴动"，不是"绘画绣花"！各种传说都有，有的慢慢被证实了。终于有了半夜失踪的人，也终于有人提出揪斗走资派。不过失踪的人大多还能够回来，回来后就诉苦不止，讲那些人怎么吊打他，怎么把他脱光衣服、专用柳条儿耐心地抽打那个地方。他的组织于是在街头贴出大字报标语："迫害革命群众罪责难逃！"如果失踪的是个姑娘，那么姑娘回来时必定面部浮肿，沉默寡言，永不谈所受迫害之事。

揪斗走资派的呼声日益高涨，大会上，不断有人控诉。这期间，留给镇上人印象最深的，是一个二十岁左右的红脸小伙子。他臂戴袖章，头顶军帽，演说长达六个小时之久。他为调查资料花费了无数时间，例举了周子夫和赵炳的一系列罪行。讲到被逼迫的洼狸镇人、讲到苦苦挣扎的洼狸镇人，听众连呼口号，泪水涟涟。不少人想起了那些年的饥饿、想起了一场场蹂躏，无比愤怒。大家高喊："造反有理！打倒死不改悔的走资派！""敌人不投降，就让他灭亡！"口号毕，小伙子又继续演说："舍得一身剐，敢把皇帝拉下马，革命的战友们，我们甘洒一腔血，换得全球一片红；战友们，让我们团结起来，战斗！战斗！"他说到这里奋力扬手，热泪滚滚。台下不少姑娘都睁大了含泪的眼睛，久久地盯着演说的红脸小伙子。

小伙子演说的第二天，好几个战斗队涌到镇委院里，一块儿去揪周子夫。周子夫闻风逃了，但两天之后又被逮到了。也有一部分人去揪四爷爷赵柄，但在门外被"无敌战斗队"拦住了。赵多多掐着腰喊道："谁敢上前半步？谁上来我就干掉谁！他妈的，四爷爷跟周子夫反革命路线斗争了一辈子，要不是四爷爷，哪个人不得遭二茬罪受二遍苦？谁忘了这些，不讲良心，我就睡他祖宗！"赵多多说到这里，右手已经按到了盛砍刀的皮套子上。人们交头接耳，后来终于散去。从这天开始，赵多多派人每天给四爷爷站岗了。

周子夫被挂上了纸牌，揪上了台子，批斗几次，就押上游街了。几乎全镇的人都涌到了街头看游斗。红卫兵背着枪，跟在周子夫的身后。口号声连续不断，周子夫一边走一边检讨认罪，但已无法听清。这样游下去，几天后便觉索然无味。有人从镇业余剧团搞来一套古代戏装给周子夫穿上，并为之描了花脸。这一来，人们的兴趣又大了起来。当人们的兴趣再败下去，有人想出了一个惊人的高招。那人说，周子夫是有名的吹牛大王。洼狸镇可被他吹塌了天，干脆，剜下母牛的那东西拴到他嘴上吧！一群人大笑不止，举手赞成。有人当即跑去，割下了一条母牛的外生殖器，两手高举喊着跑回来："来了！来了！"几个人揪紧了周子夫的头发，另几个人动手将牛生殖器拴到他嘴上。锣声响了，游斗重新开始。周子夫泪流满面，跌跌撞撞往前走着。血水混合着唾液流下来，浇湿了他的胸口。人群跟上去，有的大笑，有的大呼口号。这样游遍了大街小巷，周子夫只有吃饭时才允许摘下那东西。有些上了年纪的红卫兵跟上游斗队伍奔走一天，回家时浑身酸疼。老两口互相捶背，议论说："太对不住那个畜生了。那真是条好牛，去年还生了一条粉丹丹的小牛。"

小学校围墙上的大字报多起来。这些大字报字写得虽好，但有很多敷衍成篇，言不及义。有的揭露食堂某个大师傅偷吃鸡蛋时左顾右盼，然后一口吞下。有的批判某个教师搽雪花膏，所到之处充满了资产阶级香风毒雾。还有一张大字报议论起一位女教师的婚姻来了：她是校内唯一毕业于师范学校的教师，自视甚高，存心与革命群众作对，四十多岁了还不结婚；而且此人工资最高，达八十多元，算一算这些年她吸走了多少劳动人民的血汗。大字报右上角画了女教师的肖像，面颊部分用红墨水染了，旁边还注了一行小字，我是小姐呢。这张大字报很快将斗争引向深入。接续上去的大字报几乎全是对准女教师的了。人们一下子对她的婚姻关心起来，兴趣空前。大字报分析道：她整天小心翼翼，不苟言笑，其实是压抑欲火。她一次又一次将粉红色的内裤晒在门前，用心何其毒也。她对较大的男学生格外体贴，有一男生仅有发烧小病，她竟趁机抱起，久久不愿放下。但也有很多大字报对她的高工资不能容忍，质问说：肩不能挑，手不能提，为何取走了这么多钱？吓人！吸走的血汗要偿还；多吞的美味要吐出……最后又有大字报将她与镇长周子夫联系起来，说她完全由镇上最大的走资派所支持和包庇，有人亲眼见到周子夫来学校时，与她交谈过，并且面带微笑。于是另有漫画画了她和周子夫合穿一条裤子。漫画给人无限联想，人们惊呼："男女合穿一裤还了得？"女教师老大不婚之谜似乎也揭开了。斗争深入到这一步。不游斗是不行了。造反兵团终于在一天下午将瑟瑟发抖的女教师揪出来，与周子夫拴到了一起，又在女教师的脖子上搭了一串散着恶臭的破鞋子。

至此为止，游斗达到了最高潮。人山人海，交通阻隔，老人们觉得比起很久以前的庙会来，有过之而无不及。

四爷爷赵炳一直安然无恙，使很多人不能甘心。有好几个小战斗队去揪斗他，结果都被拦截回来。那个讲演起来泪水涟涟的红脸小伙子气愤地说："皇帝都能拉下马，何况是一个赵炳！人民最需要的时候来到了，革命的战友们，跟我冲！"他率领一大群红卫兵，排着队伍，唱着战歌，向着四爷爷的小院开去。"无敌战斗队"早已守护在屋子四周。赵多多站在高高的门边石墩子上，注视着开来的红卫兵，呼喊道："瞎了眼！"

红脸小伙子扬手喊着："誓死捍卫革命路线！与走资派血战到底！冲啊！"喊完，自己领头往前冲去。

人群在门前空地上厮打起来，木棒相撞，折断了又飞上天空。正打在热闹时候，突然红脸小伙子尖叫一声，掩面倒地，一些人停了手，急忙去拉倒地的人。有人拉开小伙子的手，见他眼内被撒进了什么东西，他两手揉着，后来流出血来。

这场打斗使好多人受了伤。红脸小伙子的眼睛瞎了。后来再也没人见他出现在洼狸镇的街头。很久很久，即十几年以后，才传出关于他的一些消息。据说他这十年间忍辱苦学，已成大材。由于双目失明，悟性渐高，终日吟哦，一天能成数首，已是国内有名的盲诗人了。

那天，门前的人群散去以后，四爷爷赵炳开门走了出来。他站在那儿，看着空地上折断的木棒、头发、血迹，一声不吭。他面容憔悴，好像苍老了许多。赵多多叫着四爷爷，赵炳也不吱声。远处传来又一阵喧哗，赵多多赶紧离开了。停了一会儿赵多多回来报告，说："没有什么。小学校那个女教师上吊了……"

第 二十四 章

尽管没有记入镇史，但每个 ▓▓▓（经历注）的人对 ▓▓ 这段奇异 ▓▓（的变故）都 ▓▓（不会遗忘）。短短五十多天里，镇子的政权就变动了二十多次。

▓▓▓▓▓▓ 最早夺得处理镇大权的是"井岗山兵团"，后来是"无敌战斗队"，再后来是"▓（激）三流战斗队"，接上又是"革命联总"、"五二三一联总指"等。▓▓ 夺权就（揭）是占镇委的大院，▓▓▓ 门前插上该组织的大旗。▓▓▓ 而后又有言传，说占大院自占，那还不叫夺权。要紧的是控制 ▓▓ 所有的账册、文件、名册 ▓▓，这叫档案。有了它，才算真正的夺了权。但不久又有了新的结论，说 ▓▓▓▓▓▓ 要夺就夺"印把子"，即镇委那个圆圆的印章。最后这一结论使 ▓▓▓（早夺权的组织后悔（及））▓▓▓，他们恍然大悟。原来那时候夺到的权是个空壳子。▓▓▓▓▓（当事人闹明白了），▓▓ 大多数人倒糊涂起来。▓▓（人们）见面就问："权是什么？"有人答。"是镇委。"为有人又问："镇委又是什么？"半晌又有了回答的。"是个圆东西。"他说着，两手合起比划出一个大大的圆。可是谁也没有见过那个东西。占领大院的人一次 ▓ 次不厌其烦地拷问旧镇委的工作人员，逼迫他们说出那个"镇委"到底藏在了哪里？追来追去，▓▓▓ 一个组织而失 ▓（好不容易）得到了它。这才是真正夺 ▓▓▓ 权。他两手捂 ▓▓（权），在院内 ▓▓

第二十四章

　　尽管没有记入镇史，但每个经历过的人对这段奇异的变故都不会遗忘：短短五十多天里，镇子的政权就变动了二十多次。最早夺得洼狸镇大权的是"井冈山兵团"，后来是"无敌战斗队"，再后来是"激三流战斗队"，接上又是"革命联总""五二三一联总指"等等。夺权就是占据镇委的大院，门前插上该组织的大旗。而后又有言传，说占大院白占，那还不叫夺权。要紧的是控制所有的账册、文件、名册，这叫档案。有了它，才算真正的掌了权。但不久又有了新的结论，说要夺就夺"印把子"，即镇委那个圆圆的印章。最后这一结论使早先夺权的一些组织后悔莫及，他们恍然大悟：原来那时候夺到的权是个空壳子。当事人闹明白了，大多数人倒糊涂起来。人们见面就问："权是什么？"有人答："是镇委。"另有人又问："镇委又是什么？"半晌又有了回答的："是个圆东西。"他说着，两手合起比画出一个大大的圆。可是谁也没有见过那个东西。占领大院的人一次次不厌其烦地拷问旧镇委的工作人员，逼迫他们说出那个"镇委"到底藏在了哪里？追来追去，一个组织的头头好不容易得到了它。这才是真正的夺权。他两手握权，在院内过道里频频跑动，夜间也不休息。这样约有三天，他突然两眼发黑，口吐白沫倒在了地上。于是印章又在当天落到了副手怀中。副手总结前人经验，很少出门，晚上睡觉就把它搂在被窝里。一个星期之后，副手还是牢牢地掌握着政权；第十天上，副手觉得拥有一个镇子的人，怎么还能要原来的丑陋老婆？于是他口念手写一纸休书，又用那个印章按了一下，当天与老婆离婚。离婚的第二天，一觉醒来却再也不见了印章。众人惊恐无比，到处搜索。站岗的后来说：好像在半夜时分，有个黑影从院墙上闪了一下。

那个黑影是谁呢？这或许是一个永远的谜了。

最明白不过的是镇委自此再没有了，权再没有了。十几年之后，有人回忆起来还是叹息不止，说那个副手掌不住权事小，丢了镇委事大。他万不该沉浸在离婚的喜悦里，昏头昏脑地丢了印把子，留下千古骂名。

在镇上大权频频易手之时，早有人盯住了高顶街的大权。但是谁都知道该权握在四爷爷手里。有了红脸小伙子的教训，再很少有人敢去围那个小院了。不过挨到镇委再也没有了的时候，高顶街的大权就变得十分宝贵起来。谁都知道，它正完整无损地保存在四爷爷阔大的手掌里。问题是敢不敢去夺。人们议论着，其中也不乏跃跃欲试的人。在长期的争斗中，由于"无敌战斗队"结怨渐多，后来终于使"井冈山兵团"等几个组织有了联合的趋势。大家经过三天三夜的谈判，达成了新的协议，决定向高顶街最后的一个反动堡垒进攻，夺下被走资派把持了的那部分权力。他们令手下善画者画了高顶街的地图，拼成一张极大的军事地图，悬在墙壁上。首领们站在图下研究战略部署，通宵达旦，不知吸了多少香烟。哪个街口放多少兵力、哪个地方需要加岗布哨，争执不下。首领中有一人读过几句"孙子兵法"，常常发出"孙子云"来，终于激怒了其他首领，大家骂："去你娘的'鬼孙'。"后来几个首领终于取得了统一，就是采取与孙子相反的战略。这时会议已经开过了两天。第三天阴云密布，凉风习习，街巷上出现了神色反常的人。有经验的老人纷纷招呼自己的孩子赶紧回家，然后牢牢插上院门。只有隋不召小腿交绊不停，在街上窜来窜去，跟各个组织的人都搭话。有人威胁他，说别死于马蹄之下，他哈哈一笑说："两军交战不斩来使。"别人斥笑他算什么"来使"，他说："我可是郑和大叔派来的！如今我们的大船都停在码头上，郑和大叔一声令下，火炮就打过来了。你们见过挖出来那个老船么？这回哪一条都比它大。小心。哼哼。"隋不召一绊一绊地走了。他所行之处留下了酒香，人们不禁纳闷：如今的酒厂可都停工了，他从哪儿买到了酒？

当一切皆按计划部署停当之后，就有一群群手持木棒的人出现在四爷爷门前。赵多多的队伍一部分留在小院内，这会儿早伏在墙头上，支起了钢枪。另一部分却从四面围过来，把空地上的人紧紧包围。联合组织的人又从外面围了一层。赵多多的人再围一层。这样只是围着，互相恨恨地盯视，暂不动手。围来围去，不少人糊涂起来，分不清敌我，仇恨的眼睛茫然四顾，最后落在自己这方的人身上，挨一顿臭骂。围到正午时分，大家的肚子都响起来，就有人喊："早干早利索，动手吧！"赵多多爬上墙头，只穿了一条短裤，抓起枪来朝上打了一发子弹，说："枪子可不长眼。"人群听到枪声就摇晃起来，乱哄哄地吵开了。有人在后面喊："往前冲，往前……"后半截话猛地止住了，估计有人照准他的脸来了一拳，人群中有一个脆生生的姑娘振臂呼道："革命的战友们！赵炳不投降，就让他灭亡！"立刻有一群人随声呼起了口号。赵多多远远地用指头点划着那个呼口号的姑娘，骂声不堪入耳，最后还脱下一截短裤，说："来吧，我可知道你毛病犯在什么地方！"人群里一阵哄笑，接上又被"枪毙流氓"的口号声压了下去。人群大乱了，人流往前涌动着，各种呼叫令人恐惧。赵多多又一次朝天放了一枪。就在这时候，院门"吱"的一声打开了。

四爷爷赵炳高大的身躯出现在门口台阶上。

空地上的人一瞬间没有了声音。

赵炳轻咳一声，说："老少爷们，赵炳出来晚了……洼狸镇这一截上的争争吵吵，我全知道。对我赵炳的所有闲话，我想不必申辩，日久自明。我如今要说的是：我凡人一个，有何德才经管高顶街大事？多少年呕心沥血，反倒延误了大伙的前程。你们来夺权正中我意。我早想卸下乌纱，自享清贫。今天一言为定，还权与民，来、来、来！"他说着翻卷衣角，挣断了腰带上拴的一个皮环，解下了一个暗红色的木头印章。他双手抓紧印章，高举到右肩上方，神色穆然，大声喊道："一旦掷出，再不复回——乡亲看准！"

他的身体后移半步，两手也往后移，摇动一下，猛地往前一冲。手中的印章抛在了空中。

赵多多绝望地大呼了一声，赵炳严厉地朝他一摆巴掌。

印章落下来，很多人躲闪着，顷刻，又有人上去抢在手里。抢到印章的人高高举着它，由一些人拥护着，往远处走去。赵多多要领人冲上去，被四爷爷喝住了。

老隋家大院几个月来或者是大热闹，或者是大沉寂。不知有多少造反组织来院里闹腾过，重复着训话、用铁钎捅地。老隋家曾是最显赫的人家，哪个组织不来这个大院就不算有作为。兄妹三人依次站好，被各个组织的头头训斥着，用食指戳来戳去。头头们都喜欢去戳含章，乜斜着盯住她说一句："小东西！"有一次隋抱朴用手去挡伸向妹妹的手指，被对方一拳打过来，鼻血染透了好几层衣服——就在那只拳头收回的瞬间，隋见素像头小豹子一样扑上去，狠狠地咬住了那人的胳膊。几个人打见素的头、肋骨，用脚踢他，他就是不松口。那个被咬的人没命地呼叫，最后躺下来。见素也躺了下来，但仍不松口。有人踩住见素的头，用一根钢筋去撬开了他的嘴。

兄弟两个给逮走了。逮走的当夜，他们就被光光地吊起来，有人用柳条从头到脚细细地抽。整整两天两夜，他们嚎叫着，后来连叫也叫不出声音了。第三天上，隋不召用两瓶白酒买通了一个头头，才把两个侄子背回家来。抱朴和见素已经不能动了。隋不召在夜深人静的时候请来郭运，给他们涂了满身满脸散发着铁锈气味的药膏。

造反派们忙着搜索印把子的时候，隋家大院才没有了声音。兄弟姊妹蹑手蹑脚地在院里走动，说话也压低了嗓子，有时干脆只做手势。只有隋不召一个人进院时敢于放声说话。抱朴和见素怎么也搞不明白叔父从哪里弄得到酒，喝得满脸酒气。后来隋不召得意地泄露了秘密：张王氏自己偷偷用土法儿酿白酒。那种酒性烈，只是多少有股醋味儿。

有一次他去买野糖吃，无意中发现了一个蓝花瓷坛，一开盖子，酒香四溢。但张王氏死活不承认是酒。她说那是卤水。隋不召说她越来越年轻了，张王氏笑吟吟的。她接受了隋不召的爱抚，承认了那的确是烈酒。但她还是不允许品尝。隋不召急得团团转，有时停下来，就用手指弹击着张王氏那布满灰尘的细颈。这一天他终于没有喝上酒。后来他打听到张王氏属于"革命联总"，于是就设法加入了这一派，尔后再去找她。张王氏一见到他就咯咯地笑，用手捅了他一下说："喝个够吧，老馋鬼。"隋不召当天大醉。他自己也不知睡到了什么时候，醒来时见屋门反锁，室内空空，自己的两手绑在了肚脐那儿，欲动不能。这天他静候张王氏来到，两人又喝起来，使用了很久没有试过的"以酒醒酒"之法……

隋不召有很长一段时间来往于张王氏和隋家大院之间。一方是骨肉之情，一方是酒的诱惑。后来隋抱朴兄妹三人又一次被抓，但不久含章由贵人搭救，两个哥哥也安然回家。这个时期形势发展愈加迅猛，省里成立了革命委员会，并向首都北京发去了致敬信，信的开头就是"最最最最敬爱的伟大领袖、……"再后来，其他省也相继成立革命委员会，但致敬信开头的"最"字已经叠成一串。隋不召仍旧去张王氏家。有一次他端杯欲饮，张王氏一把夺了下来，呵斥道："你做了'首先'吗？"接上她教隋不召怎样站立、怎样握紧红色的小语录本，连呼祝伟大领袖万寿无疆、祝伟大领袖的亲密战友永远健康——"这就是做'首先'了吗？"隋不召问。张王氏点点头："以后开会、吃饭，都要做'首先'！"隋不召想了想说："这个俺懂。航海经书上写了，船下水时候就要祷告，'伏以神烟缭绕，谨启诚心拜请'，词儿不一样罢了。"

"跟我做做'首先'吧！"隋不召见了侄子们说。他不知从哪儿搞来几个红色的语录本，教会了他们，并嘱咐说，他不在的时候，就由抱朴率领做"首先"。

有一天抱朴把饭菜摆在桌上，唯恐凉了，就急急地召集弟弟妹妹快做"首先"。三个人站好了，抱朴刚刚呼出"首先让我们……"几个字，院门就"哗"的一声被踢开了。几个人无比愤怒地冲进来，对浑身颤抖的兄妹三人喝问："你们干什么？"抱朴说："做个……'首先'。"一个人挥起巴掌打过去，骂道："什么狗东西，也配做'首先'！"另一个说："别以为你们的事情我们不知道。革命群众的眼是亮的。"他们骂着，收回了所有语录本，扬长而去。含章哭了。见素去拿桌上的窝窝头，被抱朴喝住了："不能吃饭。在心里做'首先'吧……"

隋不召后来知道了侄子们做"首先"挨揍的事，悲愤异常。他怎么也不能理解抱朴兄妹为什么就不能表忠心，同时对造反派们的侦探能力也感到费解。他想了想对抱朴说："他们一准有望远镜。"

他的这个判断不久就被证实了。

土改复查中被打死的"面脸"，留下了一个皱巴巴的"小地主婆"和三个女儿。她们轻易不敢出门，有好长时间人们把这四个给忘了。可是有一天一个组织的头头爬上高高的　望台，一眼就看到"小地主婆"在院角的桃树下埋一个瓦罐 —— 他手里拿了一架望远镜。多半年里这架望远镜给了他无限的乐趣。他常诡秘地说："我什么不知道？！……"他当即命令副手领人去院角桃树下挖出瓦罐。副手走了，一会儿就押来了浑身筛糠的小脚女人，提回了瓦罐 —— 瓦罐里原来装了几张陈旧的股票、一个谁也看不明白的发黑的账本。头头说："这就是'变天账'。"副手无比惊愕地看着他问："你怎么知道埋在桃树下？"头头说："我什么不知道？！"

　　整个造反组织都兴奋起来，连夜拟稿上报，又到　望台上用喇叭筒通报全镇。镇上人都在奔走相告："挖出变天账来了！"各派组织的头头都嫉妒那个得手的人，骂着："奶奶的，还不是就靠一个屁镜。"尽管如此，开批斗大会时，几派差不多都参加了。后来，那个人就将望远镜挂在胸前，大背着手行走在洼狸镇大街上，踌躇满志。这使另几个头目心中充满了怨恨。他们想总有一天把那个人干倒，从他脖子上拉下望远镜来。有一天副手发现地主婆的女儿给母亲来送饭，绕来绕去走到了头头的屋里，半天才出来，心生疑团。后来他瞅准一个机会逮捕了送饭的三个姑娘，严加审问，终于把事情搞明白了。原来头头曾威胁说要枪毙她们母亲，她们吓得跪下来，头头于是分别把姊妹三人糟蹋了。副手长长地吐了一口气。他感到自己无力收拾头头，就暗地里联络了其他两派，在一个深夜绑了头头。第二天副手就把那架望远镜挂到了自己脖子上。批判大会开得空前隆重，几乎全镇的人都参加了。会上，几派的头头轮流主持，让捆绑了的头头站在一旁，命令姊妹三人细细道来，再细细道来。会议开了两天，参加大会的人越来越多。这个会差不多成了一次性的普及教育。当姑娘讲到一个关节上，就有一个头头走到捆绑的人跟前喝问："是这样吗？"……会议开完，姊妹三人押在一块儿等候处理。她们实在疲乏了。当夜，大姐见两个妹妹睡着了，就一个人吊死在窗棂上。

一架望远镜促进了几派的联合，再加上省内外的大好形势，洼狸镇成立革命委员会的条件已经成熟。在经过几个星期的争吵、谈判之后，委员会终于成立了。宣布成立的当天，选拔了全镇臂力最强的几个人擂鼓，又特制了一挂九丈六尺多长的大鞭炮。张王氏负责训练了一支由五十岁以上的人组成的化装高跷队。这些人都是在当年庙会上练就的功夫，所以表演极其成功。整个庆祝队伍无头无尾，在街巷上漫漫地流动，像一条蟒蛇那样光滑自如。一截儿打鼓，一截儿放鞭炮，最热闹的一截儿则是张王氏的高跷队。这群五十多岁的老婆婆们足踏木杆，似乎倒比脚踏实地来得更灵捷一些。没人担心她们哪个会跌倒骨折，因为她们浑身乱扭，双肩耸动，极力要逗笑一旁观看的老头子们。老头们吸着烟斗，在一边大声评说。他们普遍感到今不如昔：虽然高跷队的技艺还算纯熟，但踏跷女使男人躁动不安的那股野性已经不复存在。过去每次观看踏跷都是一次美妙的享受。男女角色摇摇晃晃，推推搡搡，只是不倒。足踏高跷几乎全镇的人都参加了。会上，几派的头头轮流主持，让捆绑了的败类站在一旁，命令姊妹三人细细道来，再细细道来。会议开了两天█████，参加大会的人越来越多。这个会差不多成了一次性的普及教育。当姑娘讲到一个关节█████，就有一千关头走到捆绑的人跟前喝问："是这样吗？"……会议开完，姊妹三人押在一块儿等候处理。她们实在瘦乏了。当夜，大姐见两个妹妹睡█了，就一个人吊死在窗棂上。

　　一桩惨这谎促进了几派的联合，再加上省内外█████████████████的大好形势，汪狸镇成立革命委员会的条件已经成熟。在经过几个星期的争吵、谈判之后，委员会终于成立了。宣布成立的当天，选拔了全镇█臂力最强的几千人擂鼓，又拴制了一挂九丈六尺多长的大鞭炮。张王氏负责训练了一支由五十岁以上的人组成的化装秧歌队。这些人都是在当年庙会上练就的功夫，所以表演极其成功。整于庆祝队伍无头无尾，█在街巷上滚动流动，像一条蟒蛇那样光滑自如。一截儿打鼓，一截儿放鞭炮，最热闹的一截儿则是张王氏的秧歌队。这群五十多岁的老娘们足踏木杆，脚踏实地来得██████████更是轻捷一些。没人担心她们哪个会跌倒骨折，因为她们浑身扎扭，双肩耸动，极力要逗笑一旁观看的老头子们。老头子们吸着烟斗，在一边大声评说。他们普遍感到今不如昔：虽然秧歌队的技艺还算纯熟，但踏跷█又使男人躁动不安的那股野性已经不复存在。过去每次观看踏跷都是一次美妙的享受。男女角还能动动手脚，到了令人心旷神怡的地步，那是何等的境界。老头子们叹息着，吸一口烟，用戴了袖章的衣袖去擦一下眼角。

庆祝游行进行到深夜，队伍中很多人举起了火把、打起了灯笼。九丈多长的鞭炮已经放完，踏高跷的老婆婆早就手脚酥软。鼓声不响了，口号零零星星。当队伍懒懒地在街巷上转着时，突然有人在临街的屋顶上往下浇起了大粪尿来。无比的臭气立即驱散了洋洋喜气，人群大乱，呼叫不停。游行只得就此结束。后来才知道整个队伍都被分段儿浇上了大粪。臭气相同，时间相同肯定是有人搞破坏无疑了。革命委员会刚刚执掌起洼狸镇的无权之权（因镇委印章早被一个奇怪的黑影窃走），第一件事就是要破获浇大粪的臭案。但费时不少，"走群众路线"等方法也用过，都无济于事。有人就此议论说："这个革委会成立第一天就被大粪泼过，最不吉利，日后必然不会安生。"

长脖吴接受了起草致敬信的繁重任务。他洗了几次身体，还是散发出淡淡的臭气。他瞧不起以往出现的所有致敬信，这次决心全力以赴，一鸣惊人。信的开头自然也是"最"字叠用，但妙就妙在一叠七个，连用三叠。下边的文字则古香古色，一唱三叹。革委会的秘书不敢苟同，特意让第一把手过目。第一把手目不识丁，但觉得长脖吴整齐的墨迹十分和顺，就说了一声："好！"长脖吴得意地对秘书说："领导觉悟就是高。你以为这是随意乱书嘛？这是采用了古代名篇《滕王阁序》的句式，'落霞与孤鹜齐飞，秋水共长天一色'。这样写来，可咏可唱，滋味深长恰如老酒。别处的致敬信可以清如白水，毫无文采，洼狸镇可不行。本镇历史久远，不可不仔细为之。"革委会秘书听了，无话对答。长脖吴日日苦做，多次推敲，一周之后才算最后定稿。抄写时他使用了陈年香墨，一字一字正楷书就。可是致敬信拿到革委会，大家发现它无法捎到首都：通篇透出微微的臭气。开始人们不解，后来才明白是长脖吴游行时被粪尿浇过。有人将其放在通风处，想让浊气慢慢散尽。但历经数日，气味依旧。焦急之下有人想起了张王氏，于是请了她来。她闻一闻，然后就去采来艾叶和干花瓣，将它们点上薰着信纸。一个钟头之后白烟散尽，致敬信变得一片芬芳，令人爱不释手。

镇上人一年来不知参加了多少游行。白天里满是惊天动地的鼓声和呐喊，夜间就难以沉睡。好不容易睡着了，突然街上鞭炮齐鸣，又得起来游行。不是从上边运回了"宝书"，就是广播了"最新指示"。接"宝书"和"最新指示"都不能过夜。有一天隋不召刚刚睡着就被鼓声惊起来，急急忙忙穿上裤子跑出来。街上人声鼎沸，人群自动形成了队伍，一挪一挪地往前走。走了不知多远隋不召才听说又来了"最新指示"。可是人多嘴杂，到底是什么也听不明白。直游到半夜，隋不召临离开游行队伍才听清了半句话："……不是小好。"隋不召叹着气，觉得挨冻游行，结果也就接回了这么几个字："不是小好"。他觉得这太不合算。

革委会成立后乱子层出不穷，应验了人们第一天的预言。先是"无敌战斗队"和"革命联总"几个组织嫌分权不公，接上又对镇上的"支左"士兵大肆攻击。大字报骂革委会是伪据点，扬言"早晚铲除"。革委会大院前边出现了请愿的人，开始早出晚归，后来夜晚也不走，实行了"绝食"。反对革委会的组织搞起了松散联合，一派搭起了席棚，另一派就差人坐到棚下绝食。绝食的一派提出了无数条件，其中包括"改组革命委员会"等条款。一些人不吃不喝。到了第三天上，革委会里有人慌张起来，走出大院答应了几条次要的条件。绝食的人也仅仅喝一点稀粥，然后重新坐到棚下。革委会无比焦灼，思来想去，请来了年老体迈的李玄通和绝食的人陪坐。李玄通糊糊涂涂，以为大家在棚下是"打坐"，就念一句"阿弥陀佛"坐下来。他双目垂帘，两腿盘起，取双跏趺姿势静坐了。后来渐渐入定，气息全无。这样过了五天，对方绝食的人已经轮换了两次。李玄通还是坐着，平静如初，一坐又是五天。绝食的人大败而归，几派大骂李玄通实在可恶。李玄通醒来，回到家里再不得安宁。不断有人去骚扰他，有人大骂他反动，加入了那一派等等。李玄通苦不堪言，也听不懂那些年轻人的话。后来他终于听清了"造反"二字，不禁大惊失色。他从此卧倒不起，三天后就死去了。

绝食的失败令几个组织极其羞恼。这一行动除了使几十个最坚定的革命战友瘦得皮包骨头之外，几乎没得到任何好处。他们越来越坚信"枪杆子里面出政权"。革委会门前绝食用的席棚撤掉了，显得空空荡荡。洼狸镇突然安宁起来，倒使人满腹狐疑。街道上行人稀落，大家都在逃避着这可怕的沉寂。不久，一个惊人的消息在镇子的上空炸开了：深夜里，镇上士兵被一些陌生人解除了武装。全镇人都惊慌起来，知道打仗的日子近在眼前。过去的日子也常有武斗，但大多使用棍棒和石块。赵多多手里有民兵连部的几支枪，他们也至多向空中放过。他们还用来打狗，全镇的狗几乎都变做了赵多多司令部的夜餐。如今士兵的枪究竟被哪一派搞走了，谁也不知道。士兵的头头通过有线广播勒令抢枪的人交枪，不然就执行上级"对抢枪者开枪"的命令，严惩不贷。但对他们的话已没人相信，因为谁都知道他们手中已经无枪。从属于革委会的一派及相反的一派连日来都在密谋。上一次围攻"无敌战斗队"绘制的大地图如今已落到了赵多多手里，成为至宝。每一派都成立了"前敌指挥部"，司令就由各派的头头担任。各种消息都在流传，这更加浓了洼狸镇的火药气味。有的消息说不仅镇上的几派要战斗，而且镇外的组织也要打进来。外地战事频仍，兵工厂大显神威，坦克车也隆隆开出，好不威风。有的地方血流成河，战事正在继续。有一个准确的消息说县拖拉机厂正把一台履带式拖拉机改成了一辆坦克，造反派们已经开了出来，支持他们在全县各地的战友。

各种消息正传得热闹，突然有人大声疾呼，说洼狸镇最大的走资派、一直在押的周子夫已经逃遁，没了踪影。全镇人都惊呆了。大家突然觉得两手空空，前功尽弃。无数的人愤怒地涌向街头，有人包围了革委会，又有人反包围了。交通切断，电话不灵。落日前打响了第一枪。之后就枪声不绝，二三十岁的年轻人第一次听到了机枪声。月亮出来了，枪声断断续续。有人在黄蒙蒙的月光下，踏着屋脊飞快地跑。突然"叭"的一枪，正跑着的人就顺着房瓦滚了下来。几乎所有的屋顶上都有了人，打枪的、抛瓦片的、高声喊叫的。

当厮打的人群涌到街巷上时，屋顶上的人就伏到檐上。人群中有的臂上绑了白手巾，有的头上绑了白手巾。"噼噼啪啪"的棍棒声、哀号声，充斥了整个镇子。不一定哪个角落烧起火来，有老婆婆在哭叫："我的儿呀！儿呀……"有的地方喊着"打流氓"，正喊着声音顿失。

在这个厮打的夜晚，流血的夜晚，一些人战战兢兢地搂在一起，一动不动地趴在地上。隋抱朴和弟弟妹妹偎在一起，藏在院子的眉豆架下，身体瑟瑟发抖。镇子上有无数个这样的角落，死一般沉寂，连呼吸的声音也没有。

在镇子北边一处茅草搭起的棚子里，黑夜遮掩了一切。一幢大房子挡去了它的月光。它一直处在墨一样浓的夜色里。这是一处饲养棚。棚子的主人近日来一直为他的一头牲口操劳不息，心力差不多都要用尽了，此刻歪在一个角落里睡着了。这个棚子里有一匹老马，两头老牛和它们的孩子。主人与他精心护理的那头老牛相处多年，每个夜晚入睡前都要与它交谈。可是今夜没有。外面枪声大作，他歪在乱草里，一下子就睡过去了。那头老牛很多天以前被人从后臀那儿剜了一刀，主人看到时它正卧在地上，血流不止。主人大叫一声，差点昏厥。接上就是去请兽医、日夜的护理。……这个夜晚里，那头老牛艰难地喘息着，再也站不起来了。它是一头黄牛。老黑牛和它生下了那头粉丹丹的、如今已是很大了的雄性黄牛。

老黑牛和小黄牛此刻也跪卧在老黄牛的身边。它们默默相对。老黄牛舔了舔小牛的鼻子，最后一次表现出母性的温柔。老黑牛的眼角不断滴下泪水来。小黄牛轻轻叫着。老黄牛眼里似乎有什么闪了一下，永远地熄灭了，接着它的头垂下来，身子松松地歪倒了。老黑牛突然"哞——"的一声长嘶，站了起来。

主人醒了。

外面的枪声又密起来。

第二十五章

　女公务员站在柜台后面熟练地应酬着各种顾客。她每天祖咒赵多多，骂而不惭。自从调查组进入注狸镇之后，女公务员就有了几分得意。渐渐她已经不满足于一般的咒骂，她这个大流氓不得好死，绘声绘色地叙述赵多多一年多来对她的多次摧残。张王氏听笑，露着一口里短的牙齿问："后来呢？"女公务员孟好象完全忘记了李芝生办丧事时摸的那一巴掌，两人感情格外融洽。张王氏教她量布匹怎样做手脚，怎样使白糖、碱面、胡椒粉等物品增多。女公务员一学就会。张王氏有时憋不住说一句："见素更有眼力。"女公务员听到见素的名字就目光发直，然后骂同西之不配，还说这个女站在柜台而那几天，她似乎闻到了"狐臭"。见素每隔一段便要回镇上一次，除了带来影的商品之外，还搞回了一套放小电影的机器。小电影片子很来，大多都是武打的。注狸大商店用遮布围个场子，女公务员和张王氏两人把门，看小电影的人进场时必须交上两毛钱。这种小电影便全镇着迷，老老少少都我着看过。粉丝工人扔下手里的洗计跑了来，一看就是几千钟头。赵多多段调查组搞得自顾不暇，再无力去催促工人上班。来看记从车连片子内客，进场可从免交两毛钱。李玉明倒

人民文学出版社稿纸（24×25＝600）　　　　　　　　　　<437>

陈凤红

437-446

文小五 22 字4.5

第二十五章

　　女公务员站在柜台后面熟练地应酬着各种顾客。她每天诅咒赵多多，坚持不懈。自从调查组进入洼狸镇之后，女公务员就有了几分得意。渐渐她已经不满足于一般的咒骂，吐言芜杂，并且恶声恶气。她咒这个大流氓早晚不得好死，绘声绘色地叙述赵多多一年多来对她的多次摧残。张王氏边听边笑，露着一口黑短的牙齿问："后来呢？"女公务员好像完全忘记了李其生办丧事时挨的那一巴掌，两人感情格外融洽。张王氏教她量布匹怎样做手脚，怎样使白糖、碱面、胡椒粉等物品增多。女公务员一学就会。张王氏有时禁不住说一句："见素真有眼力。"女公务员听到见素的名字就目光发直，然后骂周燕燕不配，还说这个女人来站柜台的那几天，她似乎闻到了"狐臭"。见素每隔一段就要回镇上一次，除了带来新的商品之外，还搞回了一套放小电影的机器。小电影片子很杂，大多都是武打的。洼狸大商店用篷布围个场子，女公务员和张王氏两人把门，看小电影的人进场时必须交上两毛钱。这种小电影使全镇着了迷，老老少少都轮番看过。粉丝工人扔下手里的活计跑了来，一看就是几个钟头。赵多多被调查组搞得自顾不暇，再无力去催促工人上班。栾春记以审查片子为名，进场时可以免交两毛钱。李玉明倒是按章办事，

是按章办事，从不白看。隋不召每场必到，百看不厌，而

且从来不忘交钱。他总是坐在前边，给全场的人讲解。他

（进城归来时起）

最爱还是跟 ▆▆▆▆ 小电影：小伙子打不过女人，女人还打

不过怪老头。有一次屏幕上出现了一个跟是老人，隋不召
（角色）

紧紧盯住，眼巴巴又泪汪汪屏幕上的某地 ▆▆▆，说："千万
（所向披靡）

小心哪！"结果跟是老人果然 ▆▆▆▆▆▆。硬上老人
（"抱洋片"）（看些）

提着马扎走出帐篷时掌掌感叹，从心里承认远比当年的

好些。小电影搞得镜子轻松愉快，使人们十几

天不去想那千铂铕留下的隐患，也忘了地下河带来的喜悦。
（没有忽略这样一个现象）

但 ▆数有心人却 ▆▆▆▆ 老隋家正一步一步
（注视碰的）（随着）

走回到舞台上来，而老赵家 ▆▆▆ 粉丝公司的明白 ▆▆ 会
（重到）

▆▆▆ 走到下坡路上去。有人注意到隋抱朴一定也没

来看小电影，▆▆▆▆▆ 倒是几次走进了粉丝房 ▆▆，
（真正的）

▆▆▆▆▆▆▆▆▆ 泉一下主持人那

样关心浆液和沉淀池，用手去试浸豆子的水温。

▆大喜和 ▆▆▆ 闹之也都没 来看小电影。闹之

的变化比大喜还要显著。他几乎整天不说一句话。▆▆▆
（是眼见）

▆▆▆▆▆▆ 有人 抱朴有一次从沉淀池边走过，
（闹之）（两人）（久久对视）

在 ▆▆▆ 几步远的地方看着他做活，神色异常 ▆，后来又慢
（后来又慢 抱朴）

之地走开。隋见素将小电影搞好之后就匆匆进城了。▆▆

▆▆▆▆▆ 张王氏与文公贝吴敝每人交来的两毛钱弄

得十分慷慨。后来他们擅自决定只在周末开场。这一决定

引起了全镇青年的激烈反对，老头子们趁机提出要开酒坛。
（则）

▆▆▆▆▆▆ 张王氏答应了老头子们的要求，遂

从不白看。隋不召每场必到，百看不厌，而且从来不忘交钱。他总是坐在前边，给全场的人讲解。他进城归来时就总结过这些小电影：小伙子打不过女人，女人还打不过怪老头。有一次屏幕上出现了一个跛足老人，隋不召紧紧盯住，像自语又像叮嘱屏幕上的其他角色，说："千万小心哪！"结果跛足老人果然所向披靡。镇上老人提着马扎走出帐篷时常常感叹，从心里承认它比当年的"拉洋片"好看些。

小电影搞得镇子轻松愉快，使人们十几天不去想那个铅筒留下的隐患，也忘了地下河带来的喜悦。但少数有心人却没有忽略这样一个现象：老隋家正一步一步走回到洼狸镇的舞台上来，而老赵家随着粉丝公司的坍台会重新走到下坡路上去。有人注意到隋抱朴一次也没来看小电影，倒是几次走进了粉丝房，像一个真正的主持人那样关心浆液和沉淀池，用手去试浸豆子的水温。大喜和闹闹也都没来看小电影。闹闹的变化比大喜还要显著：她几乎整天不说一句话。有人亲眼见抱朴有一次从沉淀池边走过，在几步远的地方看着闹闹做活，两人神色异常，久久对视，后来抱朴又慌慌地走开。

隋见素将小电影搞好之后就匆匆进城了。张王氏与女公务员被每人交来的两毛钱弄得十分憔悴。后来她们擅自决定只在周天开场。这一决定引起了全镇青年的激烈反对，老头子们则趁机提出重开酒坛。张王氏答应了老头子们的要求，篷布场却坚持只在周末开放。女公务员也学会了往酒坛里掺凉水，只是加橘皮时更为吝啬。张王氏对她十分满意，但有一次去为四爷爷捶背，回来时见她正在偷吃糕点。

也许是太热闹了的缘故，人们似乎都忽略了跛四的笛子。他已经许久没吹了。有一天晚上隋不召坐在厢房里，突然觉得整个镇子都空荡荡的。他想读一会儿航海经书，可后来终于失了心思。他去找了抱朴玩，两个人交谈起来。抱朴一谈到小葵的婚姻就再不言语，停了一会儿，他突然说该去看看他们，她的家。第二天半上午时分，隋不召慌慌地找到抱朴说："你不是要去看她吗？那就快去吧！小葵生孩子了……"抱朴"啊"了一声，两手在胸前抖着，说："啊，生孩子了？生孩子了？"隋不召说："生孩子了！怪不得跛四这么久不吹笛子了，老婆怀孩子，他忙忘了……嘿嘿，扳着手指算算，就是我听出笛子的声音变了那会儿有的孩子！嘿嘿！"抱朴的嘴角颤着，连连说："我得去看看孩子，我得去了。"

　　跛四的小院里冒出一团团蒸汽。抱朴急急地推门而入，额上的汗珠一滴滴洒了下来。跛四蹲在一口铁锅旁烧水，卖力地往锅下塞着劈柴。他转脸看到有人，立刻站了起来，伸出短短的双臂挡住抱朴说："你不能进去。"抱朴几次想把他推开，最后还是忍住了。跛四说："除了接生婆以外，第一个进去看的人叫'采生'，小孩子的脾性以后就会像他。我对你没意见，不过你是老隋家人——我可不想让孩子的脾性像老隋家人。"抱朴的脸火辣辣地烧起来，好像被人狠狠地打了一记耳光。他觉得受了莫大的侮辱。他在心里叹道："老隋家人真的窝囊到这个地步了吗？"想到这里他一阵火起，斜一斜膀子把跛四撞开，在对方的惊叫声里闯入了正屋。小生命在东间屋里呀呀叫着，抱朴一颗心都要跳了出来。他怕吓着孩子，蹑手蹑脚地走了进去，轻轻地把带来的红糖和鸡蛋放在了柜子上。小葵刚给孩子喂过了奶，这时看到了抱朴，定定地望着，目光出奇地安详。抱朴注意到她面色较好，又美丽又年轻。她看着他，随手揪揪衬衫盖住了乳房。抱朴俯身去看孩子：小家伙浑身都是橘红色的，是个男孩，睁着大眼看着，好像真的看到了什么，明亮的眸子里闪着愉快的光彩。抱朴伸手去抚摸他的小腿，他的小腿就频频蹬动。抱朴给他盖好，仍像刚进门时那样注视着他。突然小家伙明亮的眸子从抱朴脸上转开，接着大哭起来。抱朴慌张地站立着。小东西蹬掉了小被子，剧烈地哭着，那声音真让人想起决口的河水，令人震惊。小葵用乳头去对他的小嘴，小家伙愤怒地甩掉乳头，接着发出一阵又一阵猛烈的啼哭。跛四被哭声召唤进来，一进门就盯着抱朴，嘴里发出"啊？啊？"的声音。小葵用目光示意他走开，他转身就走了。小家伙还是大哭不止。这哭声不知怎么让抱朴撕心裂肺般地难以忍受。他在炕下急急地走动起来，后来干脆坐在炕沿上，静等着这哭声终了。哭声慢慢终止了，小葵用一个软软的黄手帕给孩子擦汗。

抱朴在新生儿的房间里又待了一会儿，却没有说一句完整的话。小累累玩去了，一直没有回来。小葵幸福地躺在炕上，在孩子不哭的时候，就用平静的目光看着小家伙、看着抱朴。阳光从窗子射进来，屋内暖洋洋的。抱朴闻到了一股玫瑰花的香味，到处寻找着，发现它插在柜角的一个旧花瓶里。

从跛四家回来，叔父还没有走。他的灰色小眼珠盯着抱朴，第一句话就问："小葵生的孩子没有毛病吧？我想起了铅笔……"抱朴摇摇头："是个最好的孩子。一个男孩。他将来比谁都要健壮。"

　　隋见素自上次走后再也没有回来。店内的新鲜东西差不多快要卖光了，小电影就那么演来演去。张王氏一天几次念叨见素，女公务员把见素的名片镶到了她的小圆镜背面。粉丝工人走进大商店就不愿离去，看上去松闲得很。总经理赵多多自调查组进驻不久就有些失常，每天喝酒，大醉之后躺在办公室嚎叫。他骂洼狸镇上出了叛徒，还说早晚要把这个人干掉。由于出口粉丝的查封、贷款的停止，公司形势急剧恶化。粉丝外销班子不得不停止工作，去为新扩建的粉丝厂集资。粉丝厂仍旧停建。调查组的工作倒是进展顺利，事情慢慢有了眉目。县委的周子夫开始为粉丝事件做检查，再也顾不得保护赵多多。省委和省纪委都过问了这个事件，省外贸部门那个副局长也受到牵连。镇委书记鲁金殿态度坚决，在整个调查中毫不含糊。高顶街主任栾春记开始为调查组设置障碍，到后来一败涂地。李玉明心地善良，但头脑昏聩，他的无原则无纪律受到上级组织的严厉批评。最后李玉明主动配合了调查组的工作。在见素迟迟不归的时候，有人检举他带回洼狸镇淫秽物品，伤风败俗，触犯刑律。主要罪证是牛仔裤与小电影。检举者是长脖吴，并得到了史迪新的有力呼应。镇公安局立即侦破研究，于是有数以百计的年轻人穿着牛仔裤去证实隋见素无罪，连老头子们也证明小电影里没有裸体男女，远比当年的"拉洋片"还正经。尽管如此，公安局还是决定小电影的放映次数必须减半，改为两周一次。隋不召和隋抱朴在风云翻滚的日子里，成百次地念叨起见素来。他们都觉得见素这么长的时间没有音信，丢下了镇上兴旺的生意，实在奇怪。

一天张王氏把一封拆开的电报交给了抱朴。电报拍给"洼狸大商店"，内文只有令人惊惧的两个大字：素病。隋抱朴问："谁拍来的？"张王氏摇摇头说："就是这么一张纸了。"

抱朴盯着这两个字，心噗噗地跳起来。他决定马上去城里看见素，就赶紧去找隋不召了。

抱朴去了城里，费了多半天的时间才找到了"洼狸大商店"。抱朴从小店主躲躲闪闪的目光中马上明白了事情非常严重，电报是他拍的。抱朴想弄清情况，对方一开口，他的脸色立刻变得煞白。他坐在了地上，小店主把他扶到一张椅子上。小店主嘴里咕哝说："我们店塌了天了，塌了天了……这真是晴天里打雷。"

店内所有的人都听着店主跟总经理的哥哥讲话。

小店主告诉，见素这半年来常常发晕。有一次晕倒了，就送到了医院。后来又转到了最大的医院。开始都不觉得有什么大不了的，周燕燕和店里的两个女店员每天都去看他。周燕燕有时晚上也在那儿陪他。后来直检查了好多天，让病人的亲属去谈话，大家这才觉得不妙。周燕燕虽然没有与见素正式登记，但早已形同夫妻，小店主也就让她去听结果。她去了，但一会儿就哭着回来了。见素得了绝症。店里慌了手脚，商量了一会儿，决定先不告诉见素，让他家里来人。周燕燕借口单位上有要紧事情，几个星期没有沾医院的边。商店已经为见素缴了一大笔医疗费……小店主讲到那一大笔医疗费时，声音都是颤抖的。隋抱朴问小店主："你说怎么办呢？是不是大医院了。这里治不好，哪里也不行了。就是这种病啊，我倒不是疼那几个钱。不如领回老家〔好〕里，他愿吃什么，就做什么给他█吃……"隋抱朴的泪水滴下来："他今年才三十七岁啊！"█抱朴去了医院。见素见了哥々，老远就从病床上伸出了手。兄弟两个紧々地抱在了一起。

"见素，我来晚了。我这甲来看々你█〔大哥的〕。我是老隋家的长子，█不该让你一个人出来闯荡。我没有尽到责任█████████"抱朴的两手梳理着见素的乱发，声音艰难地从嗓子眼里吐出来。

"████████我█〔也〕不想让你知道，我怕镇上人知道〔要不就叔在城里！〕。我想挺直腰杆走回去才是，我不愿让洼狸镇█看到一个快死的人……████████〔不过〕我是想家，想着事々〔想〕权父，想咱的镇子。这座城里没有一个亲人，闹病々〔的〕也不象々了█████……"

"█我们要转院。█〔得〕一定把病治好。"

"这是绝症。"

"世上没有绝症。"

见素从床上爬起来，哀求道："哥々！我一夜一夜想着家，盼着你来把我领走。你不知我的焦急劲儿。我知道这样〔下去〕█████好人也要急坏。城里治不了我的病，我心里一清二楚了。哥々，你把我领回去吧。"

隋抱朴再不言语，久々地看着弟々没有血色的面礼。〔见素〕又哀求起来。抱朴把他的脸按在自己的胸口那儿。

他们第二天就启程回洼狸镇了。

人民文学出版社稿纸（24×25＝600）

〈44.4〉

快些转院？"小店主连连摆手："这里就是有名的大医院了。这里治不好，哪里也不行了。就是这种病啊，我倒不是疼那几个钱。不如领回老家好些，他愿吃什么，就做什么给他吃……"隋抱朴的泪水滴下来："他今年才三十七岁啊！"

抱朴去了医院。见素见了哥哥，老远就从病床上伸出了手。兄弟两个紧紧地抱在了一起。

"见素，我来晚了。我该早来看看你。我是老隋家的长子，不该让你一个人出来闯荡。我没尽到大哥的责任……"抱朴的两手梳理着见素的乱发，声音艰难地从嗓子眼里吐出来。

"我不想让你知道，我也怕镇上人知道。我想挺直腰杆走回去才是，要不就死在城里！我不愿让洼狸镇看到一个快死的人……不过我真想家，想含章，想叔父，想咱的镇子。这座城里没有一个亲人，周燕燕也不会来了……"

"这是绝症。"

"世上没有绝症。"

见素从床上爬起来，哀求道："哥哥！到后来我一夜一夜想着家，盼着你来把我领走。你不知我的焦急劲儿。我知道这样下去好人也要急坏。城里治不了我的病，我心里一清二楚了。哥哥，你快把我领回去吧。"

隋抱朴再不言语，久久地看着弟弟没有血色的面孔。

见素又哀求起来。抱朴把他的脸按在自己的胸口那儿。

他们第二天就启程回洼狸镇了。

老隋家族的人都涌到隋家大院里探望，接上鲁金殿和邹玉全、李玉明等领导也来了。四爷爷来到的时候，正赶上含章在泣哭。含章抬头看到了他，立刻不哭了，一双眼睛瞪着他。四爷爷高大的躯体矗立在院子当中，慢慢又向外走去。洼狸镇没有了喧哗，这气氛与隋大虎阵亡那会儿十分相似。好像整个镇子都得了绝症。就连平时等待看老隋家笑话的人，此刻也不乐观。因为这不是笑话，这是死亡的预告。隋不召去看了见素，离开时跌倒在院子当心，再也不愿起来。他躺在泛湿的泥土上，仰望着天空，嘴里呼喊着什么。一只苍鹰在高空盘旋，他向它举起了双手。苍鹰在盘旋、盘旋，不知在俯视整座镇子，还是在观看隋家的院落。隋不召猛然记起了那艘老船出土的时候，天空中的那只大鸟。他呼叫着："你！你看到了什么？你看到了什么？你就大叫一声罢！"

　　天黑下来，人走光了。见素的小厢房里只有兄妹三人。含章过了一会儿去做了饭，见素只吃了很少一点，他夸妹妹做的饭真好吃。夜深了，外面起了风。忽然有人叩着窗，一下，两下，见素从炕上一欠身子喊道：

　　"大喜！"

　　抱朴和含章都愣了一下，见素要下炕去，他们赶忙去阻止他。门开了，进来的果然是大喜。她坐到了炕沿上，看着见素的眼睛，好像厢房里再也没有任何人。见素眼里汪着泪水。她看着看着，猛然伸出胳膊抱住了见素，又把头拱在了见素的胸口上。抱朴用手揉了揉眼角，扯一下含章走了出去。

厢房里，两个人不说一句话。见素的泪水滚落到大喜乌黑的头发上，又滚到她的脸上。大喜去擦他的眼睛，他抓住了这双手吻着，吻着，后来又猛地松开。他一个人缩到炕角上，声音小得快要听不见了：

"大喜，我得了绝症。"

大喜摇着头，一双又大又亮的眼睛望着他。

"这是真的。我什么都不怕了，这才回来。"

大喜还是摇着头……

一个星期之后，调查小组宣布了处理结果，粉丝总公司被重重地罚款。人们都知道赵多多完了，那些当初投资的人家连连喊冤。调查小组撤走了，洼狸镇立即陷入了无休止的争吵之中。栾春记对李玉明大骂不止，说他是老李家第一个孬种。李玉明并不还击，躲到屋里闭门思过。他觉得几十年的生活犹如一场梦境，糊糊涂涂就走了过来。这一次的打击太大了，这不是赵多多一个人在承受，而是整个的洼狸镇。粉丝公司的生产松松垮垮，不久又发生了"倒缸"。赵多多一个人关在办公室里不闻不问，只有工人们急得团团转。镇上人都知道这次倒缸好比又给垂死的人打了一闷棍，粉丝公司再无希望。镇委和高顶街负责人亲自组织人们"扶缸"，鲁金殿在粉丝房里喊哑了嗓子。三天过去了，李玉明已经在门框上拴了避邪的红布条。第四天上，镇上人都熟悉的酸臭从浆子缸和沉淀池里发出来，引诱了一群群的苍蝇在门前旋转。隋抱朴绝望地守着弟弟。老中医郭运来看了，发出一声长叹，将隋见素领走了。

抱朴来到粉丝房，开始动手扶缸。这时已是第四天上，酸臭浓重。他让人用艾草熏开苍蝇，然后指挥几个身强力壮的小伙子跟他倒动浆缸和沉淀池。他将铁瓢里的浆液喝了一小口，第二天就开始腹泻。整整几天肚疼难忍，他还是咬着牙关，指挥工人们调理浆液。粉丝房里再没有一个闲人，大家一连几天额头挂汗，气喘吁吁。闹闹的牛仔裤已被浆液染得肮脏不堪，紧紧贴在了身上，看上去愈加动人。她整天不说一句话，哪里脏累就出现在哪里，嘴角永远挂着幸福的微笑。她在深夜烤熟一个淀粉团子，掰成两半，一半给抱朴，一半留给自己。滚热的淀粉团子捧在手里，她不停地撩动它，用嘴吹着。六天过去了，第七天上，粉丝房里弥漫着芬芳。人们都兴奋地呼唤说："行了！"抱朴在呼唤声中走出粉丝房，所有人都盯着他的背影。闹闹又回到她的浆子缸边，像以往那样去提涮湿淋淋的粉丝。整个倒缸期间赵多多没有出来过一次。生产恢复正常之后，赵多多喷着酒气，两眼血红地走进粉丝房，胡乱骂着什么。人们只听明白三个字："干掉他"。

赵多多常一个人开着小轿车出去，开得飞快，镇上人都远远地躲着。剩下时间他就关在办公室里昏睡、饮酒、来回走动着叫骂。有一次他跑到洼狸大商店去找女公务员，哀求她再回公司工作。赵多多用手去抚摸女公务员的胸部，又把手缩回来，做出一些怪异的动作。女公务员看出赵多多神经有些失常，就幸灾乐祸地当面鼓起掌来。当夜，女公务员溜到公司总经理办公室门外，从门缝往里望着。她看到赵多多只穿了件肥大的短裤，在屋里走来走去，脸色发黑。她不知怎么觉得这个人快死了，心里高兴得要命。她又看到窗台上的那把砍刀，又记起过去的夜晚里，赵多多曾用它比画着吓唬她。她此刻真想抓起这把刀来，往他的随便什么地方画一道口子，看着这口子流血。如今赵多多算是快要走到头了。她实在太高兴了。她想最好现在能报复他一下，想来想去想不出办法。后来她就用尽全身力气，猛地踢了一下门板，转身跑走了。

抱朴走回自己的厢房，感到了从未有过的疲惫。自从见素得病、粉丝房倒缸以来，他就没有睡过一次好觉。他躺在炕上，昏昏沉沉地睡着了。睡梦中，他朦朦胧胧和见素一起来到了河滩上。见素全不像有病的样子，容光焕发，用手指着前边让他看。河滩上的沙子全是浅蓝色的，一望无边。在远处，慢慢升起像太阳般红亮的、跳跃不止的东西。它渐渐大了，近了，原来是老隋家的那匹老红马。见素跳上马背，他也跳上了马背。老红马载负着兄弟二人，蹄子踏踏地踩着蓝色的砂子，急驰而去……抱朴醒来了，回味着那个美丽的梦，记起这是见素跟他讲过的。他心里惦念着弟弟，赶忙跳下炕来，往郭运家跑去。一路上他想，老中医是镇子上唯一一个理解老隋家的人了。郭运如果表示无望，见素也就完了。那个梦或许是吉祥的，或许恰恰相反。

抱朴忐忑不安地推开了老中医郭运的院门，一眼看到老人正在藤萝架下读书。

他不愿打扰老人，就悄悄地走近了。郭运手捧一本线装书，两眼盯住字行，头颅微微活动，几秒钟就翻动一下书页。抱朴从没见到有人读这么快，暗暗吃惊。老人右手的中指和食指夹住书页，频频翻动，一会儿多半本书就读完了。抱朴吐了一口气。老人把书放到石桌上，用手指一指旁边的石凳让抱朴坐。抱朴坐了，眼盯着那本书问："您刚才是把它读了一遍吗？"郭运点点头。抱朴站起来，又坐下，连连摇头。郭运微微笑着：

"有人读字。有人读句。我读气。"

抱朴陷入了茫然。他想问老人什么是"气"？一本书里怎么会有"气"？老人抿一口茶说："写书人无非是将胸襟之气注入文章。气随意行，有气则有神采。读书务必由慢到快，捕捉文气，顺气而下；气断，必然不是好文章。一页书猛一看无非一片墨色，字如黑蚁；待文气流畅起来，有的黑蚁生，有的黑蚁死。你两眼只看活处，舍弃死处，顺势直下，当能体会写书人运笔那一刻的真趣。不然就枉费精神，只取皮毛，读书一事会无快乐可言。"郭运说着看一眼抱朴，取了书揣在衣襟里。抱朴呆呆地坐在那儿，久久不语。他不完全明白，但他相信自己是明白了一些。他后悔平日只坐在老磨屋里，没有更多地来看老人。郭运指指正屋东一侧的厢房说："见素就住在那里了。他喝了安神汤睡了。他今后必得久住这里，慢慢调理，或许还有一丝指望。唉，青春少年，血气充盈，卫外固密，当是外邪莫入……"抱朴点点头，望了望罩在梧桐荫下的小厢房。他想告诉老人，见素是老隋家最苦的一代，战战兢兢地活过来，或许已经耗尽了青春。但他没有说。他知道郭运是最理解老隋家的人了，把弟弟交给老人，是再合适也没有的了。抱朴不指望哪一天奇迹会发生，他只是盼望走到绝路上的弟弟跟上洼狸镇最好的老人去寻找那一线生的希望罢。抱朴的眼睛迷　了。郭运站起来，在藤萝下走了几步，低头看着自己的脚说："好在尚有时光，细细做起罢。今后他一举一动，我皆留心，不出一丝偏差。我让他服汤药、做气功，所食之物，务必新鲜。'五谷为养，五果为助，五畜为益，五菜为充'，祛邪扶正固本。我郭运已是风烛残年，老天爷让我做最后一件善事了。"抱朴听到这里抱住了老人的胳膊，嘴唇活动着，但说不出一句感激的话来。

　　抱朴和郭运在院里待了一会儿，就进屋去了。这所房子很久以前曾用来开门诊，所以十分宽敞。郭运的老伴去世后，他一个人住这个大房子了。屋内弥漫着草药的气味，东间屋里是两个高大的药柜子。中间里是一套讲究的红漆家具，几个盆景，洁净素雅。西间是老人的卧室兼读书的地方。抱朴随老人跨进西间，立刻感到了一种新的、奇特的气氛。室内有一床、一桌、一椅、一个大书架。书架立在床侧，躺在床上可以取书。墙上有几幅字画，已是十分古旧。桌子上方及对面的墙壁，各悬了一个可以旋转的圆牌，一个叫"六气主时节气图"，一个叫"客主加临图"。圆牌上有绕圆心画成的圈圈，圈内写满了字，如"少阴、君火、子午、终之气、立秋"等等；再如"子丑、大寒、小寒、东西南北"等等。看上去只觉得眼花缭乱，不辨经纬。郭运见抱朴眉头紧缩，就指着"六气主时节气图"解释说："人身疾患与五运六气相连。风热湿火燥寒为六气，又分主三阴三阳。这六种气化，又要看节令。六气分司于一年二十四节气，又按五行相生之序分为六步，每步约主六十日又八十七刻半……"抱朴听了苦笑起来，连连摇头说："您越解释我越糊涂了。"郭运捋捋胡须，再不言语。停了一会儿他又说道："见素的病非一日积成，或重剂急进，或缓缓滋养，原理都脱不了这些。"抱朴用手去旋动那个圆牌，仔细地看起来。离开书架远一点的地上放了一对石锁，抱朴知道那是健身用的。石锁旁有一个小小的布袋，抱朴捏了捏，里面装了一些核桃大的石块；袋口还钉了两根布带子。抱朴知道这也是健身用的，问他用法，老人摇摇头："年轻人不知为好。"

这一天抱朴几次去看弟弟，都见他睡着。晚饭后抱朴又来到郭运的小院里，一进厢房，看到见素正伏在窗前看着什么。见素似乎要拥抱哥哥，往前走了几步，又退回去坐在炕沿上。抱朴试了试他的额头，发觉他仍在发烧。见素一双期望的眼睛睁得大大的，说："哥哥！含章来过又走了，我老等你。郭运不许我离开院子，你天天来看我吧。"抱朴点点头。

见素把被子移动一下，身体仰靠在上面。他一动不动地看着抱朴。后来这双睁大的眼睛流出了泪水。

抱朴去为他擦泪，他握紧了抱朴的手说："哥哥！我有多少话要跟你说。我只怕现在不说就再没工夫说了。我知道我好不了，谁也骗不了我这个。无论是城里大夫还是郭运，都治不好我的病了。"抱朴气愤地挣脱了手说："不是这样！你该听听郭运的话，他会把你治好，让你像当初那么壮实。你把那些念头全扔了吧，要不就不要告诉我什么。"见素坐起来，捶着自己的腿嚷道："我不怕死，我为什么还要骗我自己，我不！"他嚷着，泪水哗哗地流下来，突然不吱一声。他望着抱朴掺杂了银丝的头发，叹了一口气，又仰靠在被子上说：

"好吧。我扔了那个念头。我会活、我会……强壮。"

抱朴坐在了炕下的一个方凳上，吸起了烟。

见素仰望着屋顶说道："我在医院里的时候，想了好多。开始他们都来看我，后来见我不行了，都不来了。那个周燕燕也不来了。我倒清静。我想了前前后后那么多事情。承包大会、你我一夜一夜的辩论，特别是最后跟你那场争吵。我还想了母亲和父亲、想了父亲的死、叔父这一辈子。我怀疑起我自己来了。我在想老隋家这一代人该怎么当？也许你真是对的，哥哥！也许老隋家人就该像你一样。也许，我就不该和赵多多争夺，不该进城……我想得头疼。我想老隋家的命真苦啊，没完没了的磨难。

"你不知道哥哥，我一直瞒了你好多事情。我在城里做生意，开始还顺手，后来就被一家公司骗了，再后来又被无锡一个布商骗了。店里亏大了，这些都要我和小店主一起承当。住院时我与小店主立了字据，镇上的洼狸大商店也抵押上了。这些我都瞒着你。你听了不要吃惊 —— 更吃惊的还在后面。你记得我从城里回来和你吵那一架吗？那天晚上我伏在炕上大哭了一场，我知道你决心要收拾粉丝公司的乱摊子，气得要命。因为张王氏传来四爷爷赵炳的话，说他要帮我接替赵多多。我满以为这一次什么都成了，没想到突然又站出个你来。我真恨你！我真恨你！那时我才第一次明白过来，

抱朴 ■■ 站起来，不认得似地盯住了见素，大声问：
"你说什么？你刚才说什么？"

见素象是什么也没听到，只是怔怔地往下说："我那天在你面前哭啊哭啊，你不知我哭的是什么。我哭的是老天爷变着法儿折腾我，最后又送给我这么一个对手。我又气又恨地回了城里。可我罢休了吗？没有——我今天把什么都告诉你——我回城想来想去～还是要把粉丝公司夺回来，不管交落在谁手里，一定要让它姓隋。因为你多次表示过，它不姓隋！我积攒着力气，通过张王氏和四爷的联系，准备最后这一仗好打赢，好把他们打败，夺回粉丝公司！……你看吧■哥～，我真到这样，我想联合老赵家的人来对付你了，我这些日子天还在骂这些。你现在骂我吧，打死我我也不会还手，因为我已经无意。不过还是老天有眼——一定在紧急关口判了我的死刑，让我害了绝症。那场争斗再没有了，老天惩罚了我，我对你、对大唐、对一切别的人犯下的罪过，一下子了结了。不过我想我死之前还是要告诉你这些，告诉你老隋家人能坏到什么地步！……"

他说完了，热汗涔涔，斜倒在被子上喘息。抱朴眼中涌出了难过的泪水，坐到见素身边来，抚摸着他的头发，又把他的头板到了枕头上。抱朴自流似地哽咽道："我明白了，我听清楚了。就是这样，你看，会是这样。见素，见素……"抱朴的手抖动着，说不下去。他的一双眼睛在夜色里闪亮，久久地望向窗外。他又转脸看着见素，一双手在弟々的肩膀上抖动着，说："你进城这一段儿我也想我真正的对手原来不是赵多多，就是你，是自己的哥哥！"

抱朴站起来，不认识似地盯住了见素，大声问："你说什么？你刚才说什么？"

见素像是什么也没听到，只是急急地往下说："我那天在你面前哭啊哭啊，你不知我哭的是什么。我哭的是老天爷变着法儿折腾我，最后又送给我这么一个对手。我又气又恨地回了城里。可我罢休了吗？没有 —— 我今天把什么都告诉你——我回城后想来想去，决定还是把粉丝公司夺回来，不管它落在谁手里，一定要让它姓隋。因为你多次表示过，它不能姓隋！我积攒着力气，一边通过张王氏和四爷爷联系，准备最后这一仗能打赢，能把你打败，夺回粉丝公司！……你看吧哥哥，我昏到这样，我想联合老赵家的人来对付你了，我住院前几天还在想这些。你现在骂我吧，打死我我也不会还手，因为我已经起意。不过还是老天有眼 —— 它在紧急关口判了我的死刑，让我害了绝症。那场争斗再没有了，老天惩罚了我，我对你、对大喜、对一切别的人犯下的罪过，一下子了结了。不过我想我死之前还是要告诉你这些，告诉你老隋家人能坏到什么地步！……"

他说完了，热汗涔涔，躺倒在被子上喘息着。抱朴眼中涌出了难过的泪水，坐到见素身边来，抚摸着他的头发，又把他的头扳到了枕头上。抱朴自语似地咕哝道："我明白了，我听清楚了。就是这样，你看，会是这样。见素，见素……"抱朴的手抖动着，说不下去。他的一双眼睛在夜色里闪亮，久久地望向窗外。他又转脸看着见素，一双手在弟弟的肩膀上抖动着，说："你进城这一段儿我也想了好多，我今夜也要全都告诉你！你的话真让我吃惊，让我难受，可我现在一点也不怪你了。我要告诉你这一段我是怎么想的、怎么做的。你不知道，当调查组来到镇上，粉丝公司快要散架的时候，我突然发觉我犯了个不能饶恕的错误！如今不单单是粉丝公司，是整个洼狸镇都遭受了损失。那么多人家投过资，他们再也经不起折腾了——可我那时蹲在老磨屋里，像个死人一样！我以前责怪你、埋怨你，咬着牙反对你进城，今天看，我身上缺少的就是你那么一股劲儿。你可能说你在城里赔了个精光，可我要说这都不要紧，你只要闯下去，你一定会发财！你不会永远受骗！我从心里羡慕你的勇气、你的胆子、你的那种精明、那颗征服心！我缺少的就是这些啊！可你呢？你刚才在说什么？你刚才在否定这一切！这别提多么让我难受！你该否定的只是你过分的私欲！我太依赖我的善良、公正，结果怎么样？那些投资的人家交出的都是血汗钱哪！国家贷给赵多多几十万、上百万的钱不是血汗钱吗？男人哭了，老婆婆也呜呜地哭，我看了心里多难受！我那天要一块儿和你站到承包的前台上，或许就能打败赵多多。我这是善良吗？我这是公正吗？我一遍一遍诅咒我自己，诅咒我的犹豫、胆小，诅咒老隋家人遗传下来的老毛病。我耽误了好时光，是个不称职的兄长。我以前也批判过我自己，可这种批判坏就坏在没有变成一股劲儿。

　　"你与我最后的较量没有发生，有幸也不幸。如果把我彻底打败了，那才痛快！那才叫我后悔一辈子！不过粉丝公司落在你手里早晚也是镇上的灾难，我还是得从地上爬起来，擦净了血，还会用老拳把你砸倒，打败你。这场硬仗没发生太可惜，这是让人长劲的一场打斗。你一定会强壮起来，你强壮起来吧。如果你再看到你哥哥窝窝囊囊，你就照准脑门那儿给他一拳！"

见素的泪水不流了。他兴奋地望着哥哥。最后他说："不，我强壮起来以后也不会和你打斗了。"

抱朴摇摇头，疲倦地坐到了凳子上。停了一会儿他说："我还在算那笔大帐，越算越烦琐，简直算不完了。余下时间就读那本薄薄的小书。你进城这一段是我心里最累、最不安宁的一段。我一遍遍想着洼狸镇和老隋家，想它的过去和现在。我从来没有像现在这样急着强壮、急着振作起来，也从来没有像现在这样怀疑我自己。我害怕自己从一开始就没有理解那本书，因为我终于发现那本书写成到如今一百多年了，洼狸镇的事情还是比那本书要复杂得多。可这是一本没法回避的书，它跟老隋家人分也分不开。一百多年间洼狸镇发生了多少事情，老隋家人该怎么去读这本书？我回答不出。难就难在这里。我常读的还有另一本小书，就是郭运给的《天问》。它写成到现在已经几千年了。几千年间洼狸镇又经历了多少变化！这两本小书之间会有什么联系着吗？怎么去寻找这个联系？一本书不能回避，那么另一本书就能回避了吗？比如那一百七十多个问号，洼狸镇人就能够回避吗？这本小书不能回避，那么现在没有看到不过将来肯定会看到的其他一些书又该不该回避？老隋家人如果只记住了那本书中的一百七十多个问号是不是另一种回避？老隋家人只读纸页发黄而不读纸页雪白的书，这又算不算一种回避？这种回避带来的后果又是什么？这些后果如果看得见那么谁能指点出来呢？'洼狸镇的事情会比一切写成的书都复杂得多，没有任何一本书能囊括这一切'，这么说是不是真诚？还有叔父那本薄薄的航海经书，我们全家人几十年来是不是在有意回避？如果是，那么后果又是什么？叔父把这样一本书当成了性命，他的道理又在哪里？几千年前的那本小书与这本航海经书之间有什么联系？我们又怎么去寻找这个联系？这都是两本纸页发黄的书；不过反过来，如果我们只读纸页发白的书那不同样是在回避吗？这种回避的后果又是什么？还有，我提到的薄薄的书都是重要的书，那么那些厚厚书是不是同样重要？它们之间的联系又是什么？一些书简单明了，另一些就复杂烦琐，信哪一些才不至于吃亏？洼狸镇人是不是太多地听了简单明了的东西造成了脑力退化？几千年前写那本小书的人一口气问了一百七十多个问号，今天的洼狸镇人听了会不会厌烦？如果厌烦了，又想什么办法使他们听下去？再进一步问，这种厌烦的心情是不是长期回避造成的后果？……我不断问自己，一个问号连一个问号，可我一个也解答不了。我的脑子更累了，可是比过去清晰了。我一下子想起了那么多书，这还是得感谢我身边的这本书。是它使我慢慢强壮起来，敢于一声连一声地质问我自己。"

见素有些惊愕。他直盯盯地看着激动不已的哥哥。抱朴这时站了起来——他突然意识到这场谈话太久。该让弟弟休息了。抱朴搓搓手，走过去替弟弟盖好了被子。他又嘱咐了几句，向外走去。当抱朴跨出门的一瞬间，见素突然喊了一声。抱朴站住了。

见素上前握住了抱朴的手，摇动着说："你今晚能告诉那个事情吗？"

"什么事情？"

"我母亲是怎么死的！"

抱朴呆住了。他摇着头，嘴里却在说："你都知道，都知道……她是服毒自杀的。"

见素站了起来，声音冷冷地说："你一直瞒了我什么。我知道母亲死的不那么简单，因为一谈起她，你的脸色就变了。我不逼着你讲，可我是害了绝症啊！这是我最后的要求，你不能不答应我！你今夜，你现在，就得讲给我听！"

抱朴的脑海里又出现了燃烧的正屋，屋檐上，一球球的火蛇在跌落……赵多多用一把锈剪铰着苗子的衣服，苗子身上的血道子……赵多多咒骂着撒尿……他咬了咬牙，下巴抖动着说：

"好，我讲，我全讲出来。"

兄弟两个半夜才分手。回到自己的厢房里，抱朴却睡不着了。

天刚放亮，抱朴听到有人拍打窗子，开窗一看，见打窗的是郭运。老人神色有些异常，开口就问见素回家没有？抱朴摇摇头，老人说坏了，见素不见了。

抱朴的头颅"嗡"地一下响起来。他突然记起了昨夜他把那一切都告诉了见素！他快速穿上衣服，扯上老人的手就往赵多多的办公室跑去。

办公室的门大敞着，屋内空空。

这时远处传来一片惊呼声。抱朴喊了一声什么，一个人向前跑去。

　　街上的人多起来，大家都往镇委那儿跑。镇委大院前边的空地上已是人山人海，油烟味儿刺鼻。抱朴不顾一切地往里挤，挤到中间，看到了一堆乌黑的东西在冒烟。当他看清那堆东西旁边蜷曲着一个烧黑了的人时，吓得往后退开了两步。有人手指着死人叫"赵多多"，抱朴这才看出那堆黑东西是撞毁了的小轿车。人们惊呼着、询问着，抱朴最后才搞明白。原来赵多多喝得大醉，歪歪扭扭驾着车来到镇委，要找鲁金殿拼命。镇委有人出来劝阻，赵多多以为出来的就是鲁金殿，踩了油门撞过去，撞到了厚厚的石墙上……抱朴长长地吐了一口气。

　　人群里突然发出一阵阵喊叫，抱朴听出是见素的声音。他不顾一切地推着人流，喊着："让他进来，让他到跟前来看看呀——！"

　　浑身颤抖的见素爬着、扒着，穿透了厚厚的人墙。

　　抱朴把他抱到了浑身散发着焦煳味的赵多多跟前，让他看着。抱朴觉得见素的腰部有个硬硬的东西，取了一看，是一把锈了的砍刀。

第　二十六章

　　大约是　　　　　　　　　总公司成立之前一个月左右，
李知常（叫）赵多之　　　　　　安装变速轮。　　　　　（但实际上）工作进展却十分缓慢。
这除了隋见索阻挠的缘故，还有其他原因。　　　　　　　他终于刚
做出第一批变速轮来，未及安装又遇上铅筒事件，再后来
又是父亲去世。他　　　　一个人呆在消耗了父亲多半生的
里，整理着　　遗物，　　着父亲留下的　　　气息。
这期间汪狸镇发生了一系列惊天动地的大事。　　　　　
　　　　　　　李技术员忘却了关于星球大战的争辩，仍为铅筒
　　　　　　　担忧。地质队发现了一条地下河，揭
开了芦苇河缓之消失之谜。汪狸大商店获奖剪彩，隋见索
娶回了美丽的姑娘。调查组二次驻到镇上，赵多之绝望中
撞车自焚。（据说是）粉丝总公司易手隋抱朴。一切好像都出人意料，
但又　　合乎情理。镇上人从赵多之接手粉丝大厂那天起就
提　心胆，　　　　　　　　　　直到　　才长
　他舒了一口气。　　　　　　　　　　　　　　　

　　　　　　　　　　　　　　一些日子过去了，另一些
日子开始了。李知常呆在　　（老屋）里，完全想起了隋含章那
双美丽的眼睛，　又有些坐卧不安了。　就在这个时候，

人民文学出版社稿纸（24×25=600）　　　　　　〈458〉

第二十六章

　　大约是总公司成立之前一个月左右，李知常答应赵多多马上开始安装变速轮。但实际上工作进展却十分缓慢。这除了隋见素阻挠的缘故，还有其他原因。他终于制做出第一批变速轮来，未及安装又遇上铅筒事件，再后来又是父亲去世。他一个人待在消耗了父亲多半生的老屋里，整理着遗物，嗅着父亲留下的气息。这期间洼狸镇发生了一系列惊天动地的大事。李技术员忘却了关于星球大战的争辩，仍为那个铅筒担忧。地质队发现了一条地下河，揭开了芦青河缓缓消失之谜。洼狸大商店花样翻新，隋见素领回了美丽的姑娘。调查组二次驻到镇上，赵多多绝望中撞车自焚。接着是粉丝总公司易手隋抱朴。一切好像都出人意料，但又合乎情理。镇上人从赵多多接手粉丝大厂那天起就提心吊胆，直到如今才长长地舒了一口气。一些日子过去了，另一些日子开始了。李知常待在老屋里，突然想了隋含章那双美丽的眼睛，又有些坐卧不安了。就在这个时候，隋抱朴和叔父隋不召、地质队的李技术员一起来看他了。隋不召见到李知常的第一句话就说："十几年前，是我用板斧把你劈出来的。"其他人感到莫名其妙，李知常却羞愧难当。隋抱朴说："开始安装变速轮吧！"李技术员说："这事耽搁得太久了，可见做事业之难。"

李知常睁大了一双眼睛看着大家，最后说："走吧。"

他领上三个人向家里走去。那里放着他做成的第一批变速轮。

隋抱朴永远地离开了河边的老磨屋，自荐担任了粉丝公司总经理。洼狸镇似乎再也没有比隋抱朴担当这个职务更恰当的人了。高顶街及多半个镇子的人都聚集在老庙旧址上开会，有好多人捧着用红纸包起的钱走到台前来，要为这个公司投资，让公司将停建的粉丝工厂续建下去。抱朴一分钱也没有接。他知道这是他们手里最后的一点钱了。他接过一个老人的红纸包看了看，见全是小票子攒起来的，约有二十多元。他把钱塞回到老人手里，眼睛模糊起来。他对老人说，留着这些钱到店里喝零酒吧，粉丝工厂要坚持生产，挣了钱再继续扩建。这个会似乎开得郁郁不快，但抱朴心里却充满了力量。他走回粉丝房里，觉得要做的事情太多了。他看着闹闹和大喜扎在头顶的头发，首先就想到废除那个"踢球式"管理法。她们当即解开了头发，于是立刻变得更加妩媚。抱朴与闹闹对视了一下，一颗心急急地跳起来了。他们对视着，两对目光同样热烈……他离开她们，走向沉淀池，走向晒粉场，最后又走向那散发着膻气的"总经理办公室"。赵多多在一个阔大的屋子里放了几张大沙发、一个写字台、一部电话机、一个痒痒挠，还垒了一个大土炕、一个中等锅灶。抱朴费了一个下午的时间才拆除了大土炕和锅灶。天黑下来，电灯亮了。当抱朴满脸尘土蹲在办公室里歇息时，隋不召提着一瓶酒进来了。叔父对抱朴拆除锅灶一事大为不满。老人嘴对在瓶口上喝了一口酒，抹抹嘴巴告诉说史迪新老怪病倒了。他说："这个老怪和我做了一辈子的对头，倔了一辈子。他一辈子没亲近过女人，是个孤老头子。"抱朴记起好多天没有见到老怪了，不知道他是病倒了。抱朴问谁照顾老人、看没看过医生，隋不召说老怪河西有个亲戚在这儿照顾。提到请医生，隋不召说："镇医院来个女医生给他打针，他把人家的针管给砸了。后来郭运为他扎干针，他倒老老实实。唉，倔不了几天了……我心里挺难受。李其生死了，老怪又不行了。我们都是一茬上的人，这一茬人快离开洼狸镇了。下一茬的人，"他说着扳起手指，"老隋家的大虎死了；老李家的兆路死了；……他们都是活蹦乱跳的小伙子，胡子都没有长硬。"他说到这里突然停住，抱朴知道老人家想到了侄子见素。抱朴心里也十分难受，咬了咬牙关，从地上站起来。

他们一前一后往回走去，一对微驼的脊背消逝在夜色里。他们身后，正从灯光通明的粉丝房传出一阵阵号子声——"嘿呀！嘿呀！"是拍打铁瓢的人喊出的；"咿呀！咿呀！"是那群在大盆边搅弄浆糊的年轻人发出的。夜班开始了。

自从见素搬到郭运家以后，含章天天去看他，陪二哥坐一会儿。她用编草辫积下的钱为见素买了罐头、水果和糕点。见素每吃一样东西都要经郭运允许，郭运看了含章的东西，只同意见素吃新鲜的水果。老人说罐头和糕点"已不新鲜"。含章每次都同时带一份给郭运。她只好把剩下来的东西放到大哥屋里。大哥再送还她。她就去送给叔父。叔父收下来说："小章章越来越知礼。这些都是下酒的好东西。"含章从晒粉场上回来就编着草辫。有一次她发觉草辫愈来愈细，开始找不出原因，慢慢才明白是煞得太紧。她剪掉了这些不合格的辫子。那把剪刀的尖刃被一块磨石打磨得雪亮，她每天还要打磨几下。她已经好久没有见到四爷爷了。她打磨着剪刀。有时她的手抖动起来，剪刀就掉在了炕上。剪刀有一次碰在她的腿上，锋锐的尖刃毫不费力地弄破了近乎透明的皮肤。鲜红的血顺着腿弯往下流，她惊讶地看着。当血在席子上汪成伍分钢币那么大时，她用一条手帕把腿扎上了。她想：如果不扎上它，它会流下去，一直流下去吗？她绾起裤脚、袖子，看着雪白的皮肤、皮下清晰的淡蓝色血管。夜间，当她朦朦胧胧进入梦乡时，常常看到一个巨大的红光闪亮的躯体立在一边，这个躯体冒着热气，肉在微微颤抖。她睡梦中去抓剪刀，怎么也抓不到手里。她总是给急醒了，坐在那儿，心怦怦乱跳。她又记起那天四爷爷说过的话：他已经知道了那个结果。她记起当时听到这句话时，手掌抖得连筷子也握不住。从梦中醒来，她就悄悄地出了屋子，在院子里走着。露水从眉豆架上滴下来，打在地垄的干叶上。她还听到了呜隆呜隆的老磨的声音，想到大哥再也不看老磨了，他已经是总经理了；她还知道老磨屋的机器就是李知常安装的。她怕想这个头发蓬乱的男子，可又没有一天不想到他。她知道这是为什么，也知道自己永远也不可能属于他，她只属于魔鬼。她站在院里，有时可以看到大哥伏案工作的身影。抱朴做了总经理之后，这个窗户亮的时间更长了。在这样的一个夜晚里，他们兄妹两个曾有过一次愉快的谈话。

那天晚上抱朴正读着那本《共产党宣言》。他刚刚翻到上次做过记号的地方，含章就敲门进来了。她搬一把椅子靠在哥哥身边，把头倚在了他身上。她看看大算盘，又看看桌上的书，问："哥哥，你老要算账吗？"抱朴把手搭在她的肩上，像对一个不懂事的孩子谈话似的，语气柔和极了："是呀，一笔一笔账交织在一块儿，就像你的小草辫子一样，编得老长老长。不算不行，我对每一笔账都心里有底，才能管理好这个公司。你说对吧？"含章看着哥哥笑了。抱朴多少天来第一次看到她笑，发现她笑的时候是那样美丽。他用宽大的手掌为她梳理着头发，她紧紧地倚在他身上。停了会儿她又问："你老读这本书有意思吗？"抱朴说："我也读别的书，不过我花了不少工夫钻研这本书。它当然有意思。它是一本过生活的书，够我们读一辈子 —— 就是说一辈子也不能丢开这本书。"含章翻着书页，认真地看着上面划的红道道。她后来轻轻地念出了声音："'资产阶级使乡村屈服于城市的统治。它创立了巨大的城市，使城市人口比农村人口大大增加起来，因而使很大一部分居民脱离了乡村生活的愚昧状态。正像它使乡村从属于城市一样，它使未开化和半开化的国家从属于文明的国家，使农民的民族从属于资产阶级的民族，使东方从属于西方。'"含章抬起头来，问："什么意思呢？"抱朴笑笑："我不说。我怕把错的当成对的传递给你。这本书奇怪的地方，就是每个读它的人必须用自己的心去体验它。就是这样。"含章皱了一下眉头，但很快又舒展开了。她继续翻着。后来她读到了一个地方，伸出食指点划着，让抱朴看——"法国和英国的贵族，按照他们的历史地位所负的使命，就是写一些抨击现代资产阶级社会的作品。……""他们用来泄愤的手段是：唱唱诅咒他们的新统治者的歌，并向他叽叽咕咕地说一些或多或少凶险的预言。"

含章用指甲划着"凶险的预言"几个字，好像在琢磨着什么。抱朴似乎并没有过多地注意含章此刻的表情，而是一动不动地看着接下去的一段文字。他看了一会，又把书取到了手里。他看的还是那段文字。

这样就产生了封建的社会主义，其中半是挽歌，半是谤文；半是过去的回音，半是未来的恫吓，它有时也能用辛辣、俏皮而尖刻的评论刺中资产阶级的心，但是它由于完全不能理解现代历史的进程而总是令人感到可笑。

抱朴放下了书，仰起脸来，好长时间没有活动一下。他站起来，走了几步，从衣兜里掏出卷烟，又放回去。他重新坐下来，面对着含章，看着她的眼睛。含章叫了一声："哥哥，"握住了他粗大的手掌。抱朴说："妹妹，你现在读不懂这些。可是你看到了这本书给我的快乐，你一定看到了。"含章点点头："嗯。"抱朴望着漆黑的窗子说："含章！镇上人把粉丝工业交给老隋家了，你知道吗？我又高兴又害怕，因为我知道该怎么去做、要做的事情又这么多。洼狸镇人实在经不起苦难了，可苦难老是跟在他们身后。他们把一点指望放在粉丝公司上，赵多多却恨不能把公司吞进肚子里。我天天算账，怕的是做错了事情。我今天才知道父亲不停地算账、还账，那是在批判他自己。老隋家的人一辈一辈都苦苦摸索过。我和见素都狠狠地批判过自己。可这里面对了多少？错了多少？这其中就没有误解吗？难就难在还不知道，还不知道。谁如果这时候站出来干干脆脆地给我们分个清楚，我倒要怀疑他是不是个糊涂的小孩儿、或者是个骗子。有时我想，我只要正直、真诚，就用不着怕什么。我会和镇上人一起摸索下去。"抱朴说到这儿两眼闪出光芒来，扯着妹妹的手站起来说："要紧的是和镇上人一起。含章，老隋家人多少年来错就错在没和镇上人在一起。我们无声无响地住在厢房里——我现在都有些嫉恨、讨厌这些厢房了！老隋家人怎么偏偏都住厢房？你、我、见素，还有叔父，都住厢房！为什么？因为早些时候正屋被烧掉了。多老实啊，从那会儿起就永远住厢房了，就不会动手盖一幢，我们四个人四双手啊，妹妹！……"

含章望着哥哥，两眼闪亮，长时间不说一句话。后来，她紧紧地握住了哥哥的一双大手。

史迪新老怪终于明白自己不行了。但在即将告别洼狸镇之前，他做了一件震惊全镇的事情。这件事必将像地下河的发现那样，记入镇史。镇上人几乎都知道他们居住在一座没有"权力"的镇子上。那个印把子早在十几年前混乱的夜晚里，落在一个神秘的黑影手中。而今，就由史迪新交出了那个遗失了十几年的印章。这个印章是那样古旧、粗拙，脏里脏气。可它解开了一个隐藏了十几年的谜底。

史迪新为什么要取走它？是怕各派争夺它流血吗？是出于同样的贪婪吗？是珍惜全镇的权力吗？到底是什么鼓舞他冒着生命危险去获取它？又为什么混乱过去了他仍不交还？这些都永远没法知道了。

史迪新昏昏地躺在床上，挨着他生命的最后时光。大街上的人议论纷纷。老人们互相看着说："老怪不行了！""还好，他没把镇上大权带走！""从今个起，咱镇上又有权了！"……隋不召对这一件事格外重视，他找到镇委领导要来那个印章看了良久，然后陷入沉思。他想到的是那个铅筒。他想铅筒神秘地失踪了，必定也与老怪有关。他狠狠地拍着脑瓜，恨自己当时怎么就没有想到这一点呢？他站起身，呼喊了一声什么，飞速地向史迪新家跑去。

"老伙计，那个铅筒 —— 你不能把它也带走啊！"隋不召跑进史迪新屋里，对紧闭双目的老怪喊道。

老怪史迪新微微喘息着，身边站着伺候他的一个中年妇女。隋不召劝妇女走开，说有个要紧事情要跟炕上的人商量。中年妇女压低着声音，有点像哀求说："他听不见了，什么话也不会说。他快去了，你走吧，走吧，让他最后安静一会儿。"隋不召移动一步，但看了看老怪又站下了，对那个女人说："不行，还是不行。我们要商量的是关乎全镇的大事。你出去吧，只那么一小会儿，快些吧。"女人犹豫了一瞬，走了。隋不召马上伏到史迪新脸前，低一声高一声地叫着："老伙计，快睁睁眼。你不行了吗？看来你是要先我一步走了。你走吧，我留在镇上也不会长久，因为咱俩是配对子的。到了那世间，咱俩还是一对子。我只求你临走留下铅筒。哦哟，你没力气张嘴了？你说不出话？你用手指指不行吗？再不你就用眼角瞅一瞅，你怎么样我都会明白那个铅筒藏在哪里！老伙计！老伙计！"

史迪新老怪一直紧闭双眼。隋不召住了口，他才微微闪开一条缝，看了看隋不召。"哼哼！"老怪冷笑了一声，接上又闭了眼。

"哎呀，你还会笑！老伙计，你听见吗？"隋不召急得在炕下活动起来，小腿交绊着。老怪嘴角撇着，满是藐视的冷笑。这时候中年妇女进来了，见史迪新大口吐气，一脸的皱纹开始舒展，她两手就在身侧抖起来。史迪新的一双手向前伸着，又压着炕被，像是要坐起来。女人去扶他，扶不动，隋不召就把他扶起来。史迪新歪在隋不召的怀里，淡淡地呼吸着，嘴角仍挂着藐视微笑。后来隋不召听到那个女人惊呼了一声，低头一看，藐视的微笑已经凝固在老怪的嘴角上了。

史迪新老怪的葬事远远比不上李其生和赵多多。因为史姓在洼狸镇是个杂姓，本家族的人少。但洼狸镇人乐于助人的秉性又一次表现出来，几乎每个人家都有人去帮忙做丧事、送烧纸和香。老怪最后死在了隋不召的怀中，这事很快传遍了大街小巷。送葬那天，很多人都看到了跑前跑后的隋不召。他将抱朴和含章都叫了来，还对他们说："给倔大叔老怪磕个头！"人们咂着嘴，都说隋不召不是记仇的那种人。由于老怪的墓穴挖得离李其生的坟头较近，老李家的人坚决阻止。他们说老怪是一个罕见的倔人，万万做不得李其生的邻居。争吵了半天，最后还是另选了一个地方。埋葬了老怪的当天，隋不召一个人伏在隋迎之的坟上大哭了一场，直到天黑透了才摇摇晃晃地走回来。当夜他跑到了张王氏的店里喝得大醉，然后在街道上东倒西歪地走着。他的两个小腿不时就交到一起，倒下来，唱得大醉，然后在街道上东倒西歪地走着。他的两个小腿不时就交到一起，倒下来，■■一边爬着一边大骂。他骂该上人全是些忘恩灵义的东西，忘了祖宗，忘了郑和大叔。写着写着就喊起了行船号子，那尖亮的声音让人怀疑会是这么大年纪的一个人发出来的。很多人很惊动■■，走出门来看着。人们无数次见他醉酒，听他喊行船号子，但没有一次听过这么响亮、这么动人心魄的号子声。小孩子们对大人说："隋爷爷唱得真好听。"大人告诉："那是喊号子，不是唱。"隋不召满嘴白沫，用手一指街道两旁的人，大喝一声。

"你们为什么不去闯怎洋？为什么不去？"

人们惊愕地互相看着。隋不召接上顺口大骂，"臭狍狗的窝囊废。一个个身强力壮，就这么晃悠在街道上，给祖宗丢人！还不快上船，芦青河涨水了，风好■■，郑和大叔早■开着船走了……啊嘿哟哦——嗬！"他骂着，喊着，不停地挥拳。后来抱朴闻讯赶来■■扶住了他，他喂着酒气问侄子："咱也上船吗？"抱朴庄严地点点头。"上船。"四周的人大笑起来。抱朴扶着叔父，在大家的注视下，一步一步走回■■去。抱朴将老人抱到炕上，又给他倒了水。抱朴知道这一回老人醉得最厉害，知道那个张王氏从来那是劝酒的好手。他让叔父躺下■■，哪知隋不召一把抓住了他的衣襟，说让他在这儿睡一会，说说话。抱朴只好■■坐下。隋不召眼睛眯着，仰着脸说："你是老隋家的老大，你知道吗？"抱朴点点头。

一边爬着一边大骂。他骂镇上人全是些忘恩负义的东西，忘了祖宗，忘了老船，忘了郑和大叔。骂着骂着就喊起了行船号子，那尖尖的声音让人怀疑会是这么大年纪的一个人发出来的。很多人被惊动了，走出门来看着。人们无数次见他醉酒，听他喊行船号子，但没有一次听过这么响亮、这么动人心魄的号子声。小孩子们对大人说："隋爷爷唱得真好听。"大人告诉："那是喊号子，不是唱。"隋不召满嘴白沫，用手一指街道两旁的人，大喝一声：

"你们为什么不去闯老洋？为什么不去？"

人们惊愕地互相看着。隋不召接上破口大骂："真他妈的窝囊废。一个个身强力壮，就这么踞在街道上，给祖宗丢人！还不快上船，芦青河涨水了，风好流好，郑和大叔早开着船走了……啊嘿来哉——嗬嗬！"他骂着，喊着，不停地摔跤子。后来抱朴闻讯赶来扶住了他，他喷着酒气问侄子："咱也上船吗？"抱朴庄严地点点头："上船。"四周的人大笑起来。

抱朴扶着叔父，在大家的注视下，一步一步走回去。抱朴将老人抱到炕上，又给他倒了水。抱朴知道这一回老人醉得最厉害，知道那个张王氏从来都是劝酒的好手。他让叔父躺下休息，谁知隋不召一把抓住了他的衣襟，说让他在这儿陪陪，说说话。抱朴只好坐下。隋不召眼睛眯着，仰着脸说："你是老隋家的老大，你知道吗？"抱朴点点头。老人说下去："知道就好。你该领上弟妹上郑和大叔的船。你听见了没有？"抱朴又点点头。隋不召兴奋地坐起来："上船去吧，到老洋里闯闯，那才叫一辈子！我把这本航海的经书交给你了，它是我的性命。"他说着下了炕，从壁内取了那个铁盒，用竹爿端出书来，小心翼翼地翻着。"一本好书啊！"他叹息着，突然小灰眼珠又闪闪发亮了，手指抖动着念出声来：

"'……累次较正针路，牵星图样，海屿水势山形图画一本山为微薄。务要取选能谙针深浅更筹，能观牵星山屿，探打水色浅深之人在船。深要宜用心，反复仔细推详，莫作泛常，必不误也。'"

隋不召抬起头来，盯着抱朴说："你听见了没有！在老洋里航船可不是简单事情，'反复仔细推详，莫作泛常'啊！"他把航海经书装进铁盒里放好，又躺在了炕上。他眯上眼睛说："抱朴啊，我们这茬人都死得差不多了。我琢磨，这不是洼狸镇变老了，是变年轻了。我老想嘱咐你两样事情，又怕你当成醉话。"抱朴问："哪两样？"老人点点头："一是这本经书。我不在了它就归你，你要用性命担保不受糟践。"抱朴回答："做得到。"老人又说："铅筒没有找到，里面有颗不祥的种子。今后无论谁家生孩子，你都要去看看有无毛病，要找到铅筒。"抱朴回答："做得到。"隋不召舒了一口气，又说道："还该常去看看那截古莱子国的城墙。这该让镇上人明白，洼狸镇当年是个国都！还有那个老船，如今是安在放省城了。可是镇上人该明白它是镇子上的，镇上人应该供奉它，找不到实物，就在心里供奉！"抱朴"嗯嗯"地应答着，不知怎么两眼一阵潮湿。他小声重复着叔父的话："老船，在心里供奉。"……

大喜和闹闹常常一起去探视见素。见素在郭运的小院里住下来，平常只在院子里散步、晒太阳，喝草药汁，跟郭运学会了气功，绝对不吃一点不新鲜的食品。大喜送给见素一根甘蔗，被郭运一把夺了下来。老人严厉地说："从南方辗转运来，想必已不新鲜。"在厢房里，大喜无休止地亲吻见素。大喜并不回避闹闹。她吻着见素的额头、眼睛，又去吻他没有血色的脖颈。大喜常常流出热泪来，用厚厚的手背去擦眼睛。她悲伤地叫着："老天爷怎么就让你得了这个病，该死的老天爷！你不该去城里，我知道你是被城里害成了这个病。见素，你快些好了吧……"见素一声也不吭，只是看着大喜。闹闹坐在一边，随手去翻床头上的一本白话《天问》。她知道这是见素治病期间唯一被允许看的一本书。闹闹近来也消瘦多了，脸色有些发黄。她坐在那儿，显得那么单薄。有一次她对见素说："我等着他。"见素点点头，回答她说："等下去吧。"

变速轮的设计制造工作进入了最紧张的时刻。李知常和那个"胡言乱语"、隋不召以及镇上铁器作坊来帮忙的人夜以继日地工作。很多人得知消息都去看望他们，明白他们所进行的正是洼狸镇粉丝工业几十年来最重大的一次革新。他们将李知常的家改在了车间，干得热气腾腾。这里是给人工作欲、给人灵性的绝好地方。大家一边工作一边交谈，李知常和李技术员谈得最多。隋不召常讲的就是海上的故事，他在老洋里的奇怪见闻常常让人目瞪口呆。但"胡言乱语"讲起宇宙间的事情、讲起"星球大战"，隋不召总是听得津津有味。他说："听听年轻人的话也不错。"隋抱朴每天都抽出时间到李知常家里去，每一个轮子、每一根轴杠都要亲手摸一摸。随着工作接近尾声，他的心情一天比一天激动。

"胡言乱语"有一次将一些轮子摆在地上，用以说明银河系的情况。"地球、土星、金星、月亮……"他指点着轮子说。李知常对他划出的飞船运行路钱十分着迷，但对李技术员讲的"太空行走"却永远不能理解。"飞碟"的情况使所有人都兴趣盎然，隋不召证实说十几年前的一个夜晚，"飞碟"的确来过洼狸镇，并且十个排成一行，在芦青河湾盘旋三周而去。李知常最关心的还是"星球大战"，对"飞碟"的"盘旋三周"连声惊叹之后，又缠着李技术员谈美苏的航天技术了。李知常最感到挠头的就是那些术语多得记不下，而"胡言乱语"偏偏又能倒背如流。他想这个李技术员肯定长了一个古怪的脑瓜，他那个叔父也有那样一个脑瓜。什么"红外探测""强激光""'弹载长波红外探测器'""自适应光学技术"……鬼才搞得清楚。奇怪的是越搞不清楚越想听，简直有了瘾。他问："那个厉害家伙叫什么哩？我又忘了！"李技术员一边忙着手里的活一边说下去："'弹载长波红外探测器'。它能在大气层外捕获、初步识别和跟踪弹道导弹弹头。还有那个'自适应光学技术'，它能使探测空中和空间目标时基本不受大气影响。在数据处理技术方面，美国人的处理率可达每秒十亿次……"李知常感叹道："了得！"李技术员点点头："没有这些本事垫底儿，美国人就不敢打谱搞那个'星球大战'。我叔父分析说，那个计划中属于战略理论的只有一丁点儿，百分之九十都是尖端技术问题。就是说技术才是最关键的。美国人的胃口可不小，他们的航天局举行了一个太空活动讨论会，会上说他们到了八十年代末，除了冥王星外，要向所有行星送上宇宙飞船。还要建立一个长期有人管理的月球基地。"

李知常寻思了一会儿，问："冥王星怎么了？"李技术员告诉他：冥王星离地球太远太远。李知常又问："月球上的好东西多吗？"李技术员点点头："那上面有贵重金属。主要是利用这个基地开拓其他行星。有些尖端技术产品非在太空制造不可，利用失重条件，活儿干得又快又漂亮。怪不得美国总统说：'我们在太空可以三十天内制造出地球上要用三十年才能制造出来的救命药品……'"

屋里的所有人听到这里都感兴趣地抬起头来。大家看了李技术员一会儿，又低头去做活了。李知常接下去又问苏联的情况，没等对方回答，就转脸对隋不召说了一句："'导弹'就是'捣蛋'！"隋不召哼了一声。李技术员说："苏联在好多地方要追赶美国，可也有不少地方比美国厉害。拿航天领域来说吧，报上做过这样的对比：在航天计划方面的耗资，苏联是美国的一倍多；每年的航天发射有效负荷，苏联是美国的十倍；去年，苏联发射的航天器，比世界其他所有国家发射的总和多三倍；比美国多四倍；苏联宇航员在空间飞行的时数比美国多两倍；苏联宇航员在空间失重条件下连续度过天数的记录是二百三十七天，而美国的记录只是八十四天。……明白了吧？"大家互相望了望，没有说话。李技术员沉默了一会儿，压低了嗓子说："我上次探家读过叔父的一篇论文，上面有一段话让我怎么也忘不了：

空间争夺和军备竞赛的结果，必将推出一代与新科技革命相适应的崭新的武器群。决定未来战争胜负的物质因素，很可能将主要是科学技术水平和对空间与时间的支配能力，而不再是一国所拥有的人口、土地、地理等等要素了！

这段话我永远也忘不了。”

屋里的人一声不吭。抱朴站起来，郑重地提议说："你把那段话再重复一遍。"李技术员又重复了一遍。

经过一个多星期的紧张工作，粉丝房里的全部变速轮安装完毕。

一台巨大的柴油机已经坐落在一个专门的机房里，它将为整个的粉丝生产提供动力。变速轮大小不一，由无数根轴杠穿起，有的悬在屋梁上，有的藏在地底下。所有的轮子都由宽宽的平板机带连接起来。试机这一天吸引了无数的人，大家都被这种复杂的变速装置弄得晕头转向。李知常、李技术员、隋不召和从铁器作坊里来的几个人，都满身油腻，神色庄严。所有的工人都停止了生产，静静地垂手等待隆隆的机器声。

最后一遍的检查完毕，李知常高喊了一声："开始！"

雷鸣似的机器声发出来。地皮颠簸着，所有轮子一齐转动，有的快，有的慢。接上是浆液流动，搅拌面糊的器械噗噗响着。人们的眼睛顾不过来，有谁喊着："快看'打瓢机'！"大家一齐去寻找那个高高吊起的漏制粉丝的铁瓢，这才发现拍瓢的黑汉没有了，而是一个器械从容不迫地活动着，永远代替了黑汉的巴掌。大家一齐笑了起来。正笑着，突然从什么地方发出了一声嚎叫。

人们转过脸时，只见李知常"啊啊"地甩着一只带血的胳膊，另一只手发疯地去扯什么 —— 一个人被绞到了皮带轮上！大家呼喊着，都认出那是隋不召！"妈呀！"大家一齐惊恐地大叫，往前跑着。只有李技术员一个人向相反的方向跑去，飞快地推倒了挡路的人，跑到机房里关了机器。

但巨大的惯性使轮子仍在转动。人们捂住了眼睛。隋不召瘦小的身躯随轮子转着，衣服撕得粉碎，鲜血甩到了远处。一瞬间这身体球到了一块儿，被皮带拉到了高高的天轮上。

当血肉模糊的身体上升到最高处时，所有天轮一齐停止了转动，接上"啪哒"一声，一团血肉落到了地上。

不知有多少人哭叫着跑走了，站在远远的地方哼哼地哀叫。没跑的人面色如土，僵僵地看着。隋抱朴跪在了血肉面前。李知常试着去抱不辨人形的老人，刚伸出手来就昏倒在了血泊里。

第二十七章

一个古█垒似的老瓦屋矗立在河滩上，与残破的█城墙遥遥相对，█阶梯形的老河道中央████缓缓流动，叙述着一条大河年年消退的历史。没有这一切，汪狸镇上█的████没法想象这儿曾有过一个繁荣而跻关，也不会相信镇子上有一个人就是从这████起航，开始了他历尽风险的海上生涯的。那个人████延续的历史，连踪了一条河的兴衰。当这条河的姊妹河——他下河██现了久，他也就死去了。

那个悲惨壮烈的场面将永远铭记在全镇人心里。他██是老隋家最老的一个人，也是最野性████的一个人。他██在千钧一发之时，为了救出李知常而不慎卷入█连践中，████死的时候，████无法辨认的一滩血█。████直到很多天之后，镇上人的眼睛还是████████汪狸镇仿佛来到了一个择别██时期，这个时期██送走各式各样的人。李芝生死了，接上又是████隋不召和██史迪科老怪。上██个时期的代表人物一个一个离开了镇子，████揭走了过去的岁月，镇上人██觉得异常空旷和沉寂。隋不召游荡一生，既有远航的往历，又有败家的劣迹。他无阻████了全镇的██，可也██散布了荒荡。当他埋葬入土的时候，哭得最伤心的却是那些足不出户的年过女人。他死了，可他救

〈475〉

第二十七章

一个个古堡似的老磨屋矗立在河滩上，与残破的镇城墙遥遥相对，似乎在期待着什么，又似乎在诉说着什么？河水在阶梯形的老河道中央缓缓流动，叙述着一条大河步步消退的历史。没有这一切，洼狸镇上的年轻一代就没法想象这儿曾有过一个繁荣的码头，也不会相信镇子上有一个人就是从这里启航，开始了他历尽风险的海上生涯的。那个人短促的历史，联结了一条大河的兴衰。当这条河的姊妹河——地下河出现不久，他也就死去了。

那个悲惨壮烈的场面将永远铭记在全镇人心里。他是老隋家最老的一个人，也是最野性的一个人。他在千钧一发之时，为了救出李知常而不慎卷入变速轮中，死的时候，成为无法辨认的一摊血肉。直到很多天之后，镇上人的眼前还是闪动着血的颜色。洼狸镇仿佛来到了一个特别时期，这个时期负有的特别责任，就是送走各式各样的老人。李其生死了，接上又是赵多多、隋不召和史迪新老怪。上个时期的代表人物一个一个离开了镇子，携走了过去的岁月，使镇上人觉得异常空旷和沉寂。隋不召游荡一生，既有远航的经历，又有败家的劣迹。他无疑增添了全镇的活力，可也的确散布了淫荡。当他殡葬入土的时候，哭得最伤心的就是那些足不出户的年迈女人。

他死了，可他救出了一个李知常。总之，他是镇上争执最大、最难以分清功过的一个老人了。

隋抱朴一连多少天形同痴人。他蓬头垢面，话语迟钝，手臂抖动着去找含章、去找见素，后来一个人在叔父的厢房里呆坐。很多人去安慰他，他握住别人的手说："看到了吧！看到了吧！"人们也不明白他的意思。闹闹和大喜——两个全镇公认的善良姑娘，又要照顾含章、又要陪伴见素，还要去看抱朴。抱朴握着闹闹的手，用力地握着。他对面色泛红、身子微微颤抖的闹闹说："一个把血吐在了马背上，一个把血洒在了粉丝房里……"两个姑娘走了之后，李技术员来找他商量给隋不召开追悼会事宜，说高顶街和镇委的同志特别重视，鲁金殿和邹全都要亲自参加。隋抱朴的神志清醒了一些，与李技术员一块儿商量起来。可是哭得两眼红肿的张王氏也来了，坚持要为隋不召做道场。她代表了整整一茬老人的意见，抱朴也无力反抗。结果后来一边是隆重的追悼会，一边却是盛大的道场。这边的主持人是李玉明，那边的则是张王氏。隋抱朴两边走着，将两代人的悲哀交织到一起。这是洼狸镇从古到今最奇异的葬礼了。这期间除了老隋家的人一片哀恸之外，再就是李知常和张王氏从心底难过了。李知常哭得昏厥几次，最后都被老中医郭运掐人中穴转醒过来。他说："老伯伯走了，我还留下干什么？"旁边的人含着泪水劝慰说："不能啊孩子，不能啊……"张王氏祷告着，泪水顺着面颊流下来，又流到细如手臂的脖颈上。没有能听清她在祷告什么，但都在这抑扬起伏的声音里想到了岁月的流逝。隋不召下葬时，全镇人都汇入了送葬的人流。墓地上站了黑鸦鸦的一片人，隋抱朴终于明白叔父是镇上真正受到爱戴的人。大家都来跟一个老人告别，似乎忘记了平日里对这个人的讪笑和各种各样的指摘。人们好像在最后一刻才察觉到，洼狸镇从今以后再没有了一个天真烂漫的老人。他走了，带走了一些远航的故事、一些日子、一些色彩。老隋家的晚辈人往墓穴里撒土，接上是众人掘土，铁锹叮叮当当碰响了。这时候很多人终于忍不住，放声大哭了起来。含章撒着土，哭着，突然身子一软滑到了墓穴里。人们停了锹，大惊失色地呼唤她。含章死也不肯上来，大家费了好大劲才将她抱出。

她坐在地上哭呀哭呀，压过了所有的哭声，终于使抱朴呆住了。含章的头发散在肩头，蒙住了苍白的脸庞。沙土弄脏了她的衣服、头发，她满身都是沙土。她的身子在地上扭动，样子极其痛楚。抱朴将她拉起来，她又倒下了。抱朴两手捶打着沙土，急急地喊着，泪水不停地流下来。他搂抱着大哭不止的妹妹，摇动她，安慰她，她仍旧哭着。这哭声使抱朴悲伤、惊愕、又无能为力。他问着她："含章，你怎么了呀？你不能这样啊！你……"人们慢慢拍好了坟头，一层层的人围住了兄妹二人。有一个中年妇女在他们跟前蹲下来，伸手梳理含章沾满了沙土的头发，轻轻呼唤了一声。含章听到呼唤，哭声猛地止住了，叫了一声"小葵"，扑到了她的怀里。抱朴看着两个抱在一起的女人，又回头寻找什么。他看到了小累累！小累累走了过来，抱朴把手放到了他的头上。

老人们再也不到洼狸大商店喝零酒了，因为大家只要围上酒坛，立刻就会想起那个嗜酒的老伙伴。商店里顾客稀少，女公务员和张王氏挨着寂寞的时光。张王氏每天仍坚持去给四爷爷捏背，所不同的只是下手狠了。她眼睛浮肿，面色阴沉，每天里呵斥女公务员，然后就长长叹息，说活着真是毫无乐趣、毫无意义。一天下午她找到在郭运藤萝下做气功的隋见素，慢声细语地数叨了一遍大商店的收入支出，然后无声地离去了。这天晚上她买了一条有毒的艇鲅鱼，将其中含毒最多的鱼子炒了鸡蛋，喝起酒来。她摇摇晃晃地走到墓地上，先在隋不召的新坟上躺了一会儿，然后就找到长满荒草的男人的坟堆躺下。她等待着。一个钟头又一个钟头过去了，还是没有异样的感觉。天色放亮的时候，她终于失望了。但她还是躺着，回忆着男人活着时的一些事情。天大亮时，二槐低头看看，嘿嘿地笑。张王氏闭着眼睛，骂了声"崽子"，命令他把她背到四爷爷家里。四爷爷在炕上躺着，张王氏像往日一样脱鞋上炕，用一块白白的布单蒙了他红润的肥胖身躯，捏起背来。捏完之后，张王氏就为庭院里的盆花洒水。太阳升到屋顶的时候她回到了家里，一眼就看到了那条鱼：原来夜晚看不清楚，那根本就不是一条毒鱼。她叹了口气，心想：是老天爷不让她离开镇子啊。

隋抱朴尽了最大的努力使粉丝厂恢复了生产。那台巨大的柴油机轰鸣起来，所有的轮子一齐转动。李知常在每个皮带和轴杠旁边都加了安全罩。整个车间里的人都一声不吭，全神贯注地坚守着自己的岗位。每道生产程序几乎都让机器取代了，那种神奇的力量无所不在。由一个曲轴晃动的长条大筛罗筛着豆渣，发出"哐当哐当"

的声音。粉丝房里的一切声响都是有力的、富于节奏的。古老的粉丝房一下子变得昂奋起来。可是工人们都整天沉默着，没有一个人高声说话，更没有一个人欢笑。隋不召的死深深地震撼了洼狸镇，就像巨大的机械撼动了整座粉丝房一样。机器的威力很快就显示出来，粉丝厂的生产能力猛然增大。紧接着就是晒粉场的扩大，是一辆辆满载粉包的车子从街道上辘辘驶过。镇上人一批又一批来观看机器怎样取代了手工操作，所有人都惊叹不已。来看的人没有一个大声喧哗，他们脸上悲哀和兴奋交织在一起。不少人看着看着，最后朝梁上旋转的轮子深深地鞠了一个躬，就离去了。

李技术员经常到粉丝厂里走一走，与满身油渍的李知常研究问题。鲁金殿和邹玉全也到粉丝房里，询问生产情况，特别注重安装变速轮之后的粉丝质量。他们都强调洼狸镇是白龙粉丝的重要产地，稍有不慎就会影响国际信誉，影响整个的粉丝出口业。隋抱朴握着两位领导的手，但很少说什么。这个出自老隋家的公司总经理为全镇所注目，因为他是在一个非常时刻走进了经理办公室的。他在老磨旁边耗掉了一大半青春。他每听到那种隆隆的声音，就有些莫名其妙的激动。后来，打瓢的那个黑汉无事可做，要求到磨屋里去看老磨，抱朴一听就火了。他很少这样发火。他指着黑汉的鼻子说："你也好意思说出口！你身强力壮像头牛，凭什么去看老磨！你他妈的也算个男人吗？"他喊着，后来还骂了起来，骂着骂着一转脸看到了闹闹热烈中透出责备的目光，这才闭了嘴巴。他歉疚地拍了一下黑汉的后背，让他到晒粉场去了。夜间，抱朴从粉丝厂出来，常常一个人在河滩上走着，默默地想着叔父，想着老人过世前不久的那场谈话。

那真是一场奇怪的谈话。老人嘱咐了两件大事。第一件事已经做了；第二件事他也必定会做。他在埋葬老人的当天就取了藏在墙壁中的航海古书，拿到自己厢房里放好。在以后的岁月里，他会爱护它，研读它。他想自己这一辈子大概不会到老洋里驶船了，但有了老人的书，就会做起远航之梦。他发誓找到那个铅筒。他在同时也暗自判断了地质队的功过——他们找到了巨大的能源；找到了地下河；可是他们也在河边遗落了那个铅筒，给一辈又一辈人留下了一颗痛苦的种子。他发誓找到它。他发誓。

含章从墓地上回来就病倒了，第一次向晒粉场请了病假。她不吃药，抱朴亲手熬制了药汤，她都偷偷地倒掉了。开始的几天她喝一点稀粥，后来什么也不吃了。她静静地躺在炕上，头发散在肩上，仰脸儿望着屋顶，目光里没有怨恨，也没有悲伤。抱朴坐在她的身边，叫她，她就轻轻地答一声。抱朴把她歪斜的身体摆正一些，又给她理顺了头发。她一动不动。抱朴劝饭劝药费尽了口舌，含章却不答一声。抱朴在炕下急急地走着、跺脚，说："你总得吃一点啊。这怎么行呢？只吃一点儿……"含章温柔的眼睛看着抱朴，示意让他坐下。他坐了，她伸出手去抚摸哥哥黑黑的胡茬。抱朴握了妹妹的手，惊奇地看着这手腕、这胳膊。这手松松的，柔软极了，白得出奇。抱朴抚摸着她的头发，又一次劝说道："起来喝一点粥吧——我来喂你，用汤匙，像你小时候一样。"含章这一次摇摇头，说话了：

"我什么也不吃了。我现在是明白了，妈妈不该生我……我应该跟妈妈一块儿走。如今是晚了，我跟叔父一块儿走吧。你不用劝了，我不会听你。你不在的时候，我把药汤都倒掉了……"她缓缓地说着，面容十分安详，像在叙述一个美好的故事。抱朴紧紧地咬着牙关，一声不吭。后来他猛地把含章抱到了怀里，使劲地贴到胸口上，一对臂膀剧烈地抖动起来。他的那双干涩的、缺乏睡眠的眼睛望着窗子，嘴唇不停地颤着。他像自语，又像对着窗外的一个什么人呼叫着："晚了，什么都晚了。什么都怨我！我是老隋家的老大啊，我没有给你把病治好。这也怨你、怨老隋家、怨他妈的这个厢房、怨他妈的我们都是老隋家人！你到底想些什么、你得了什么病！你得讲！得讲！你闷在心里，像我一样，你要把什么都毁掉吗？你不结婚，不说话，你对李知常看也不看一眼，你要把什么都毁了呀！你说要跟叔父一块走，你走吧，老隋家人一个也留不住。可你临走也要留下闷了几十年的话，你要说话……这到底是怎么了？老隋家啊！老隋家啊……"

抱朴一双大手不停地揉动着含章，像要把这个瘦削的、近乎透明的小身体全部揉碎。后来他自己也没有了力气，手一松，含章落到了炕上。含章仍用一双温存的目光看着哥哥。她摇摇头，声音十分微弱了："我们家最苦的就是你了，不是叔父，也不是二哥和我。我玷污了老隋家的名声，我不配做这个家里的人……我说什么？我怕你受不住，要不你会杀了我。我也急着要说，我要去找叔父说啊……"抱朴呆呆地看着她，像是一句也听不明白。这样停了一会儿，

上走着，扛着什么东西。往北一点都是连成一片的晒粉场，
银色的粉丝在微风里飘动█。她望着这一切，突然就想起
了哥哥小时候领着她在河滩上玩的情景。后来她又想起了母
亲，记起母亲挽着她的手去摘眉豆角。父亲的模样已经记
不清了，只记（得）他骑一匹红马在河滩上驰过，又记起红色的
马梁田，马紧上的血珠向下洒落。她伏在小窗口，（在心里）说：
"我走了。我要随叔父离开注猩镇了。我这时候也想为得
了绝症的二哥、为忙千不停的大哥哭一场。我还想为那个
人哭一场。那个人啊！那个人这时候来一下多好。我要告
诉他我全身都（不干净），我配不上他。我走了，我多想去看
看老磨屋——我天天听见它呜隆呜隆的声音，听着它长大
了。我还想在公司经理的办公室里跟大哥道别，（去跟那个晒粉场告别。）我不配留
在镇上了，不配留在老潘家的█厢房里。我知道这样哥哥
会难过，可那是一阵儿。没有了一个胺胀的妹妹，他们会
过得更好。"（含章）最后看了一眼河滩和上面的蓝天，就离
开了窗子。她弯腰从柜子下边摸出了一根绳子，当这绳子
缓缓抽出来时，她的手就抖（利）起来。她对自己的手感到气
恼，就猛地一拔——那把锋利的剪刀随绳子一带了出来！
她惊讶地"啊"了一声，跌坐在了地上。她不明白这是怎
么了！她不记得曾把剪刀藏在绳子（一块）儿！这把剪刀，这把
剪刀……她闭上了眼睛，浑身发冷，牙齿咯咯地█响着
剪刀是为那个人准备的，而绳子是为自己准备的。她原以
为又有绳子会用得着，就忘记了剪刀放在了那里。可现在
两件东西一块儿出现了，她不知（挑拣哪一件好）了。她咬着牙，

含章要求哥哥走开，回他的公司里去。抱朴不走，含章说她是太困了，她要睡一会儿。抱朴只得离开了。

抱朴走后，含章就艰难地支撑着身子，爬到木凳上，从小后窗上向外遥望。从这里可以望见芦青河滩，那白色的沙土和碧绿的柳棵。有人在沙滩上走着，扛着什么东西。往北一点就是连成一片的晒粉场，银色的粉丝在微风里飘动。她望着这一切，突然就想起了哥哥小时候领她在河滩上玩的情景。后来她又想起了母亲，记起母亲扯着她的手去摘眉豆角。父亲的模样已经记不清了，只记得他骑一匹红马在河滩上驰过，又记起红色的高粱田，马鬃上的血珠向下洒落。她伏在小窗口，在心里说："我走了。我要随叔父离开洼狸镇了。我这时候老想为得了绝症的二哥、为忙个不停的大哥哭一场。我还想为那个人哭一场。那个人啊！那个人这时候来一下多好。我要告诉他我全身都不干净，我配不上他。我走了，我多想去看看老磨屋——我天天听见它呜隆呜隆的声音，听着它长大了。我还想在公司经理的办公室里跟大哥道别，去跟那个晒粉场告别。我不配留上镇上了，不配留在老隋家的厢房里。我知道这样哥哥会难过，可那是一阵儿。没有了一个肮脏的妹妹，他们会过得更好。"

含章最后看了一眼河滩和上面的蓝天，就离开了窗子。她弯腰从柜子下边摸出一根绳子，当这绳子缓缓抽出来时，她的手就抖了起来。她对自己的手感到气愤，就猛地一拽——那把锋利的剪刀被绳子带了出来！

她惊讶地"啊"了一声，跌坐在了地上。她不明白这是怎么了！她不记得曾把剪刀藏在绳子一块儿！这把剪刀，这把剪刀……她闭上了眼睛，浑身发冷，牙齿咯咯地响着——剪刀是为那个人准备的，而绳子是为自己准备的。她原以为只有绳子会用得着，就忘记了剪刀放在了哪里。可现在，两件东西一块儿出现了，她不知挑拣哪一件好了。她咬着牙，没有取剪刀，只去摸索绳子。可她在不由自主地挽着绳子，又神差鬼使地抓起了剪刀，"咔咔"地剪断了绳子。她把绳子剪成一小节一小节，还是剪着。

　　四爷爷被捏过了背，坐在炕上微微喘息。后来院门响了一下，他知道张王氏浇完花走了。他刚刚端过沏好的茶，长脖吴就来了。四爷爷端茶盅的手有些抖，抿了一口茶说："我这几天就得老了。"长脖吴笑笑："四爷爷怎么会老。"四爷爷摇摇头说："我是老了。手抖，憋气，脉象也不好。"长脖吴认真地端详着四爷爷的脸色，说："你该让郭运来看看。"四爷爷轻轻咳着，将茶盅推开："赶明儿你让二槐打几只鸽子，我先用几副'肉桂炖鸽'。"长脖吴点着头，心里却在怀疑四爷爷真的是有些老了。他记得从跟赵炳相识的那一天起，就很少听见这个人的叹气声。有一天他见四爷爷在暮色里向西走去，在赵多多的新坟边徘徊不前，最后燃掉几张黄纸。那天傍晚长脖吴真觉得赵炳是老了。长脖吴为茶壶重添了水，然后抄起衣袖坐在了炕上。两个人默默不语。正这时院门响了，四爷爷腮肉抖了一下，手中的茶杯跌碎在地上。他咕哝道："老隋家来人了。"长脖吴抬头从窗上一看，见来的果真是含章。长脖吴看一眼四爷爷，说一声"我去厢房了"，就走开了。

含章倚在门框上喘息着，像是刚刚跑过了一段遥远的路途。她盯着赵炳，汗珠一滴滴往下滚落。四爷爷依旧盘腿坐在炕上，一动也不动。他垂着头说："我在等那个'结果'。"含章的身子离开门框，像捕捉什么东西似的，小心翼翼地绕着往前挪步。她靠在了炕边。彼此都能听见对方呼呼的喘气声。四爷爷猛地昂起头来，一张阔大的脸盘迎着含章。两双眼睛对视着。四爷爷叹息一声，伸出手来，将一杯冷茶拿到含章一边。含章的目光随着这只手移动，最后伏身抓住了这只肥肥的大掌，狠狠地扭着，掐着。她嘴里叫着什么，又扑到他的身上，去掐他的颈部。四爷爷摇头、摇动身躯躲闪着，却是依然盘腿，硕大的臀部一寸也不曾挪动。含章撕碎了他的衣服，指甲划破了他的胸脯。他的两个大鼻孔活动着，蓬蓬地喷气，终于烦躁地挥起一掌。含章跌开老远，爬起来时鲜血已经从嘴角淌下来。她再次扑过来。四爷爷说："怨我手掌太重……"他一句话没说完，含章已经从衣襟下边拔出了那把剪刀。她把剪刀往前直着一推，捅进了四爷爷的小腹中。

血水顺着剪刀涌上手臂。含章觉得两手像被开水烫了一下。她尖叫一声松开了，剪刀还翘翘地插在那个肚腹上。

四爷爷跌倒在一叠被子上，两眼仍然盯住含章。他把嘴唇鼓起来，又咬住。他说："你快铰一下，铰一下……我就完了。你快动手……"含章往后退着，连连摇头。四爷爷把头仰靠在被子上，憋着气说："罢！罢！你到底还是个孩子，下不得……手去。

我这会儿伸出两根手指，就能把你……捻死！可我不了。我对老隋家人做得……太过了。我该当是这个……结果！"他说一句，腹上的剪刀就颤一下，血水越涌越多。后来这血水又慢慢变成了酱油颜色。

含章先是尖叫，最后大声呼叫着跳下炕来，推开门跑了出去。

长脖吴奔出厢房，一眼看到了洒在地上的血珠，就惊慌地大喊起来："杀人了呀！杀人了呀！逮住她呀！杀四爷爷了啊——！"

街巷上的人越围越多。人们互相呼叫："杀人了呀——"直呼喊了很长时间，才弄明白是老隋家的含章用剪刀捅了四爷爷。老赵家几个身强力壮的人用布单将四爷爷裹了，飞一般跑向了镇医院。粉丝公司的人全跑出来了，当隋抱朴和李知常跑到大街上时，见看泊的二槐正向天空放枪，阻止人群往出事地点涌。隋抱朴奋力扳开人群，二槐朝他骂着，他像没有听见。二槐又一次向空中放枪。隋抱朴呼喊着含章，左冲右突，仍不见妹妹的影子。天色将晚，霞光把街巷染得通红。到处是呼喊声、叫骂声，人流一会儿涌向东，一会儿涌向西。民兵捆上了武装带，把住了所有的巷口。二槐喊着："逮住凶手！"……有一个民兵忽然对着二槐的耳边说了句什么，二槐抬腿就向西跑去。人群中有人跑得快，就跟着民兵跑到了河边。

河边的柳棵在风中摇动着，一切都是血红的颜色。大家在霞光中张望，只能看到摇摆的柳棵。这时有一个民兵伸手一指说："看！"大家顺着手指看去，看到了有一个披散头发的姑娘在红色的柳棵间一蹦一蹦地跑着。大家惊呆了，不知在叫什么。那是含章，她浑身也是红色的，一蹦一蹦地跑着，像骑在一匹马上。

"含——章——！"隋抱朴放开喉咙叫着，不顾一切地冲了过去。他的身后紧紧跟着李知常。

他们跑着、跑着，突然身后传来"勾嘎"一枪，含章就倒下了。但只停了一瞬，这个身披霞光的姑娘又重新爬起来，一蹦一蹦地往前跑去。

二槐单腿跪地，瞄着准，又是一枪。那个蹦跳的红色身影一晃，就像红色的柳棵在风中摇摆了一下似的，倒下了……

两个男人跑近了，紧紧地将她抱在怀中。

一个星期过去了。四爷爷脱离了危险，但仍需住在医院里。含章腿部受伤，已被镇公安分局拘留。

洼狸镇突然间处于几十年来最惊恐不安的时刻了。街上的人群先是潮水一般，乱嚷乱叫，接着又退回到各自的小巷里。行人在街上碰了面，双目圆睁，咬住嘴唇用力地点一下头，就匆匆地分手。二槐带领民兵日夜巡逻，并在老隋家大院外面加了两个游动岗哨。镇子变得死一般沉寂，鸡狗鹅鸭也缄口不语。这情景又让人想起老庙被大火烧毁的那些日子。只有粉丝工厂的机器依旧轰鸣。但工人们走出厂门小步疾趋，两手抄在衣服兜里，同样是谨小慎微。

四爷爷在市县工作的儿子火速归来，两个儿媳也泣不成声。他们一块儿找当地公检法部门，郑重地提出对含章要"从重从快"。

这份起诉书追根溯源，铁证如山，但因为包容的东西实在太多，字得太长，已经不合规范。这样反而救了含章。大家讨论起来，知章建议只摘有关含章的那一点交给法庭，抱朴同意了。

递上了起诉书，抱朴这才轻松了一些。剩下的事情就是等待判决了。

李知常多次让抱朴转达他对含章坚定不移的爱情。他说："含章什么时候回来，我都等她。"抱朴原来担心这个事件也许会彻底葬送妹妹的婚事，这时候听了知常的话，两眼湿润起来。他握住知常的手说："娶他吧，她是个革命的好姑娘，她会给你建造一个暖和的小家……"他们在一块儿没完没了地讨论粉丝公司的事情，对未来充满了信心，都认为粉丝工业在洼狸镇振兴的日子不会太久远了。李知常决心从此为开端推动全镇的工业，提出了建立化验室、利用地下河等一系列设想。隔抱朴说："你放手做吧，注狸镇或许还会有人阻拦你。不过这些都不重要。最重要的是自己不阻拦自己。这个比什么都重要。我们满身都是看不见的锁链，累了就得歇。不过我再不会服输，我会一路挣脱着往前走。哪怕我的胳膊送些锁链挫折了，两手流血，我还是要挣脱。没有这股劲儿，就没法在注狸镇过一天来捧的日子。就是这样，知常。"

这个秋天的早晨，一千浦岛在鹱子上驶开了，它隔壁邻居里又要有人走征入伍了。抱朴刚听到这消息时候将信将疑，后来终于得到了证实。要多早的刚高中毕业的一█

小学校长长脖吴已经停止正常工作，日夜伏案，正起草一份"案情目击记"。有人瞥过几眼草稿，不甚明白，只记住了其中的一句："俄尔，鲜血如注。"镇上人异口同声，都说老隋家的小女子这回完了。只有老中医郭运沉默寡言，不愿附和。他评论起受伤的四爷爷，只用八个字概括，说这个人至少得"三年扶体，十年扶威"。

　　隋见素与哥哥抱朴多次探视妹妹，终于弄清了她与四爷爷二十年前后的一切细节。兄弟二人捶胸顿足，悲愤不已。抱朴让含章好生等待，一切自有办法。抱朴回到家里，专心去写一份"起诉书"了。他知道此举关系到含章的后半生，常常觉得笔杆沉重如铁。这期间见素、知常及大喜、闹闹多次来厢房看他，每次都见他脸色冷峻，奋笔疾书，只得无声地退出。但抱朴并没有扔下公司的工作，相反更加兢兢业业，仔细周到。公司里的所有人见了神色庄严的总经理，都对他更加敬重。镇委领导鲁金殿及高顶街书记李玉明也对隋抱朴再三安慰，情真意切，使抱朴十分感动。他抓紧一切时间写那份起诉书。一天黄昏知常、见素、大喜、闹闹都来了，抱朴展开起诉书，使这四个人大吃一惊：那是没有裁过的几卷大纸，上面密密麻麻地写满了字！闹闹找到开头处念了起来，刚念了一会儿就声泪俱下，接着其他三人都哭了起来。抱朴却在屋里不停地踱步、抽烟，花白的头发在灯光中一闪一闪。念了一会儿，大家都发觉这份起诉书虽是追根溯源，铁证如山，但因为包容的东西实在太多，写得太长，已经不合规范。这样反而救不了含章。大家讨论起来，知常建议只摘有关含章的那一点交给法庭，抱朴同意了。

递上了起诉书，抱朴这才轻松了一些。剩下的事情就是等待判决了。

李知常多次让抱朴转达他对含章坚定不移的爱情。他说："含章什么时候回来，我都等她。"抱朴原来担心这个事件也许会彻底葬送妹妹的婚事，这时候听了知常的话，两眼不由得湿润起来。他握住知常的手说："等她吧，她是个苦命的好姑娘，她会给你建造一个暖和和的小家……"他们在一块儿没完没了地讨论粉丝公司的事情，对未来充满了信心，都认为粉丝工业在洼狸镇重新振兴的日子不会太久远了。李知常决心以此为开端推动全镇的工业，提出了建立化验室、利用地下河等一系列设想。隋抱朴说："你放手做吧，洼狸镇或许还会有人阻拦你。不过这些都不重要。最重要的是自己不阻拦自己。这比什么都重要。我们满身都是看不见的锁链，紧紧地缚着。不过我再不会服输，我会一路挣脱着往前走。哪怕我的胳膊被这些锁链捆折了，两手淌血，我还是要挣脱。没有这股劲儿，就没法在洼狸镇过一天像样的日子。就是这样，知常。"

这个秋天的早晨，一个消息在镇子上传开了：老隋家族里又要有人应征入伍了。抱朴刚听到这消息时将信将疑，后来终于得到了证实。要参军的是刚刚初中毕业的一个小伙子，今年刚好十七岁，叫隋小青。小青的母亲找到抱朴说："孩子要走了，按镇上规矩该摆几桌酒席热闹热闹，可隋爷爷刚去，含章又在监里，也就免了吧。"

抱朴想了想，摇头说："还是按规矩办吧。小青当兵是件大事，理该摆酒为他送行。多叫些人来，除了老隋家本族的，老李家、老赵家、别家的老人，都该请了来。"抱朴决定这事由他来操办，小青的母亲拗不过，只好依他。抱朴当即让知常去请张王氏来做菜，去叫郭运来赴宴，叫弟弟一起来为隋小青送行。李知常回来告诉说张王氏喝得大醉，于是不得不改请镇府食堂的韩大胖子了。

酒宴是入夜后开始的。这是李其生过世后的第一场酒宴。镇上老人在星空下踏着夜露走来，拐杖捣地咚咚作响。隋小青被酒桌上的老人们喊来喊去，他用脆生生的声音应答着。隋抱朴在灯火下端量着隋小青，觉得他红亮的脸庞简直像苹果一样。见素不能喝酒，只能吃一点新鲜的蔬菜。大喜和闹闹为韩大胖子帮厨，菜上完了，就坐在了桌边。一位白须老人端着酒杯站起来，大家都看清了他是郭运。老人提议大家为平平安安、无灾无难的洼狸镇，为这个脸庞像鲜果一样红的老隋家后代、镇上派出的又一名兵士干杯。大家一饮而尽。气氛渐渐热烈起来，见素让一边闲着的女公务员去大商店取来录音机。音乐声中，有人鼓着掌，欢迎闹闹为大家跳个舞。闹闹几乎没有怎么推辞，就站起来跳起了迪斯科。热烈而奇妙的舞姿使所有人都怔住了，大家屏住呼吸看着。抱朴看着闹闹妩媚的面容、漂亮的牛仔裤，一股热流在周身奔涌起来。他看着，最后揉了揉眼睛，悄悄地离开了人群。

他迎着微风往前走去，不知要走向何方。后来他听到了一阵脚步声，回头看了看，见是见素也走了来。兄弟两个默默地走着，脚

跳个舞。闹了几年没有怎么样群，站起来■跳起了■
迪斯科。■热到而奇妙的舞姿使所有人都怔住了，大家
屏住呼吸看着。■抱朴看着闹了
■烧媚的面庞、（换光）的牛仔裤，一股■流在周身奔涌起
来。他看着，■最后揉了揉眼睛，悄悄地离开了人群。

他迎着微风往前走去，不知要走向何方。后来他听到
了一阵脚步声，回头看了看，（世是／兄弟两个）见素也走了来。■（默）
默地走着，脚下踏着白色的月光。不知走了多会儿，两个（墙）
人一齐站住了。（他们的）前面是泛着浓浓白光的一座土（父子他站立着）
在莱子国的城墙。他们把背靠在了上面。■
■见素说："我知道■你在想叔父和
妹妹。你心里不好受，就离开了。"抱朴点了点头，又揉了
揉。他吸着了烟■，说："我想起了他们。他们今晚如果
也在闹了跳舞会多好。我也想起了别的，想起了大虎（觉注狸狸最好的）（多少年来）
李芝生，想起了父亲。有月亮，有音乐，有人跳舞。这（一个）
（夜晚）■（可是他们都不在这里。我还想起了我们的公司，我）■老
隋家的人一下子会变得这么有力量吗？他会对得起注狸镇
吗？不知道。不过我只知道一点，那就是我再也不会坐在
老窑屋里了。隋小青要走了。隋大虎牺牲了，我在想念隋
家（挺好的）■（子孙）这些男儿，一千一个想了一遍。"见素握住了哥哥的
手，紧紧地握着。停了一会儿见素说："我这里天天想叔（最后）
父。我后悔没有跟他好好玩。他是盼河里涨水，盼着开（可恨的是有）（河）
船出海，盼不来，■就死了。人■一听他喊开船号子就■
笑他……"

下踏着白色的月光。不知走了多会儿，两个人一齐站住了。

他们的前面是泛着淡淡白光的一座土墙 —— 古莱子国的城墙。他们把背靠在了上面，久久地站立着。见素说："我知道你在想叔父和妹妹。你心里不好受，就离开了。"抱朴点点头，又摇摇头。他吸着了烟，说："我想起了他们。他们今晚如果也在看闹闹跳舞会多高兴。我也想起了别的，想起了大虎、李其生，想起了父亲。有月亮，有音乐，有人跳舞。这是洼狸镇多少年来最好的一个夜晚，可是他们都不在这里。我还想起了我们的公司，我想我分担的责任真是太大了。老隋家的人一下子会变得这么有力量吗？他会对得起洼狸镇吗？不知道。不过我只知道一点点，那就是我再也不会坐在老磨屋里了。隋大虎牺牲了，隋小青要走了。我在想老隋家这些挺好的男子汉，一个一个想了一遍。"

见素握住了哥哥的手，紧紧地握着。停了一会儿见素说："我这些天老想叔父。我后悔最后没有跟他好好玩。他是盼河里涨水，盼着开船出海，盼不来，就死了。可恨的是有人一听他喊开船号子就嗤笑他……"

"河水不会总是这么窄，老隋家还会出下老洋的人。"

隋抱朴说了一句，向回走去，但他走了一会儿又站住了。他好像在倾听一种声音。见素听了一会儿说："河水声吗？"抱朴摇摇头："河水在地下，你还听不见。"

见素终于听到了。那是老磨在呜隆隆地转着，很像遥远的雷鸣。这就是镇上老人常常讲起的那种声音 —— 老人们讲那些背

"河水不会总是这么哀，老隋家还会出下老洋的人！"

隋抱朴说了一句，向回走去。但他走了一会儿又站住了。他好像在倾听一种声音。见素听了一会儿说。"河水声吗？"抱朴摇了头。

"河水在地下，你还听不见。"

见素终于听到了。老窖鸣隆，在地鞍着，很像遥远的雷吗。这就是镇上老人常之讲的那种声音——老人们讲那些背井离乡的人，比如下了关东的人，半夜里爬起来都附听得见故乡的老窖声，鸣隆鸣隆的。可是见素此刻仿佛还听到了另一种声音，河水的声音；看到了那条波光粼之的宽阔河道上，阳光正照亮了一片槐林。

1984年6月写片断

1985年9月20日草

1986年1月26日再写。

3月10日改

1986年5月19日改于

胜利油田

1984年6月——1986年7月起草、改写

于济南、胜利油田、北京

〔插图：康☓华〕

井离乡的人，比如下了关东的人，半夜里爬起来都能听得见故乡的老磨声，呜隆呜隆的。可是见素此刻仿佛还听到了另一种声音，河水的声音；看到了那条波光粼粼的宽阔河道上，阳光正照亮了一片桅林。

一九八四年六月－一九八六年七月
起草修改于济南、胜利油田、北京

附录一

在济南《古船》讨论会上的发言

感谢五个单位联合召开这个作品讨论会。一本小说耽误了这么多同志的时间，一直让我过意不去。讨论作品的这几天，我一直在会上，听了、记了不少意见。那些真诚的意见、热烈的气氛、友好的关切，我都会记住的。很多同志从北京、上海，从外省赶来，更让我感动。我想当我以后再写长篇的时候，一定会有进步。

我不能说这个作品是我最好的作品，但我可以说它是我花费时间最多的一本书。在很长的时间里，我没有做别的，全部心思都在它身上。我写得很慢，几乎是一笔一画地把它写下来。我并不认为写出了什么特别重要的东西，给文坛增添了什么，我没有想到这些——有人说它是什么巨构，很感谢您的鼓励，我不敢这样讲，真的。也有人把它与我国四五十年代出现的长篇相比较，我也没有那样想。我可不愿意这样比。我尊重那些作品，也尊重我自己。

有两个同志提到了土改的描写，说虽然写的是事实，但还是不应该写到农民对剥削阶级的过火行为。我想这种想法倒是可以理解。不过农民的过火行为党也是反对的——党都反对，你也应该表示反对。至于土改运动中的"左"的政策，已在当时就批判了 —— 当时批判了的，现在反而不能批判了吗？最终问一句，我仅仅是在写土改吗？

有一个同志甚至说可不能否定土改 —— 谁否定了？我否定的只是党和人民所一贯否定的东西，即否定极左和愚昧、否定流氓无产者的行径。歌颂土改及土改政策，最好的方法就是写一写在火热斗争中的党的领导者的形象。王书记是土改的负责人，他怎么样？为什么不提他在书中的态度、他的坚定性和牺牲精神呢？为什么回避他？

至于抽象的人性、人道主义，尽管只有一位同志提出，我还是想说，人道主义的确有真假之别。如果是抽象的，那么是你抽象了，不是别人。你所认为应该运用的"阶级分析"方法，恰恰完全被你抛弃掉了。你不自觉地在抽象，抽象出你所谓的反面人物、正面人物，对人物的言行根本不作"阶级分析"。你希望作品中的人物要按照你所抽象出的东西去写，要按早已形成的概念、条条和框框去套。一旦离开了你所抽象出的"人性"和"人道主义"，就反而要被指责成这种主义。这真是奇怪。我偏偏要抛弃这种抽象的东西，要写一点有分析的、不盲目的、具体的东西。

比如，出身贫苦的人一定要是好人、革命者、勇敢的人吗？你也知道不一定。穷人的打斗就一定是有理有力，是符合大多数人的利益的吗？你知道也不一定。你抽象出的所谓的阶级观点，其实是虚假的。你强调阶级观点的同时，恰恰地违背了这个观点。

请原谅我的直截了当。因为这牵涉到了另一种"原则",作为作者,有必要说说看法。因为你的话需要回答。

其实从另一方面讲,这当然不重要。我们知道它们不重要。有人强调它的重要,是因为他认为更重要的东西也不重要。他们强调已有的"巨著"是如何写的,我如何背弃了这种伟大光辉的写法——毛病就在于此。我要说的是我根本就不是在动手写什么巨著,真的不是。因而你的期望、你以那样的"巨著"要求我的做法,同样也是无的放矢的。这才真正不重要。

重要的是什么?每个朋友眼里心里各有不同的重要的东西。不是吗?

我在会场上听到了很多大心噗噗跳动的声音——我知道一颗大心与一颗小心相碰撞的时候,往往非常尴尬。我并不是说自己的心有多么大,我很渺小。我比起那些巨人,太微不足道了。但我讨厌的是另一些东西,它同样掺杂在艺术活动中,同样……没有什么可谈的,它不重要。我只知道我写作时沉浸在一种什么状态里,我清清楚楚地记住了。那个时刻的激动、畅想、愤慨,都一下子出现在眼前。对于这部书来讲,它们同样是重要的。

两年前的春天我去过一个油田。那里荒野上有个小碑,上面刻了字:某年某月这里遗落了一个铅筒(即放射性物质镭之类),方圆多少里不准取水饮用不准建筑等等……我脑子里好像从那时起就沉甸甸的了。我还想起了小时候见过的事:在矿区勘测队那儿,也遗落了一个铅筒,于是公安局来了,有关部门也来了,他们都手提一杆长枪模样的东西，四处瞄准探测。那个场面我永远忘不了。于是我就惶惶不安地在书中写下了铅筒。它真的潜伏在我们的生活中，使我们永远不能安生。它的威胁是很久很久的，它让生活中发生畸形、发生可怕的事情。关于这个铅筒，有人指出了它的象征 —— 这当然是会有的，也不是什么深奥的东西。但我当时更多地是写我真实经历的那段生活、那段恐惧的感觉。我觉得那个铅筒的事，在全书结束之前，一定要告诉我的朋友们，他们是我的读者。

有一次我从芦青河下游出发，无意中走到了一个黄昏里。记得当时夕阳普照，平原上一片红火。有一处废墟特别显眼，那里到处是断垣残壁，是荒草，非常凄凉。我走了过去。我记不起那里是什么地方了，因为四处都发生了巨大的变化，不是过去的样子了。我走到跟前去，发现这片废墟的范围很大，在荒草和断垣残壁之间，有废弃了的巨大的磨盘……我突然记起来了，这里是一处粉丝作坊——记得在很小的时候，我来过这里。那时这儿是让人十分向往的，因为新鲜神奇的东西很多，有很多我从来也没有见过的人和事。这是当时国营园艺场的一处粉丝厂。记得有人在一天中午 —— 那天太阳十分热，我身上汗淋淋的 —— 把我领到了这个粉丝厂的大门口。进了门往右拐，来到了一个广场，场上放了一领苇席，席下放了什么东西。那个人掀开席子的一角，我看到了黑乎乎的一个东西。那个人说："它就是机器！"

从那以后，我知道了机器是什么样子的。好像这之前无论是园艺场里的压汽机、喷雾器什么的，都算不上一架机器。我在粉丝厂里第一次见到了真正的机器。而那以后，粉丝场里搞开了机械化，厂房里到处都是变速轮，让人眼花缭乱。百轮齐转的情景我至今也还想得起来，至今也还激动。

我那天站在废墟上，想了很多很多。时间真是无情啊！时间把一切都改变了。当年的不远处连成一片一片的茂密的果树呢？那个使人神往的果园好像隐退到了更远的地方，就像舞台上的布影一样移开了。记得当年这个大粉丝厂机器隆隆，灯火辉煌，一夜一夜都传来男女的喧嚷声。面貌奇特的粉丝厂老师傅身穿白衣裙，叼着烟斗走来走去，看到前来看新奇的小孩子就目光深沉地看上一眼。他只一眼就把我们看慌了。一溜溜的浆子缸和沉淀池绿莹莹的，像一排闪亮的眼睛在注视着我。这眼睛从昨天看到今天，那目光简直穿越了时空！它仿佛在询问我，问我这个游子为什么至今才回来。你知道这期间粉丝厂所经历的一切吗？我站在废墟上，浮想联翩。那天傍晚我蹲在那片破烂砖石上，用手抚摸着冰凉的大磨盘，用手指把齿沟里的陈土都抠出来了。

有个粉丝作坊发生了令人恐怖的故事。我很早的时候听说，如果作坊里发生倒缸（酵酶、水……化学变化过程上的偏差）现象，那么老师傅就比火上了房子还焦急，他要赶紧"扶缸"。只要一传出"倒缸了倒缸了"的呼叫，那真像听到了"起火了起火了"或是"发大水了发大水了"……一样的感觉。那个粉丝作坊就因为倒缸了，直过去了三天这缸还没有扶起来！老师傅两眼发红，脸也肿了，大伙劝他都没用，他非要去死不可！没法儿，大伙都轮流看护着他。

他撕头发，扑打，说："让我死吧！死吧！我没脸活了！"这样白天黑夜看护了十多天，老师傅渐渐平静下来，于是大家放松了警惕。谁知他一次去厕所无人跟随，长时间没出来，进去一看，他吊死在里面了！

那天我站在黄昏的废墟上，耳边老是响着凄厉的呼喊："倒缸了！倒缸了！"这呼喊声又可怕又有着什么预示和惊醒我的意味。我有些害怕。可是我没有离开。天黑下来了，萤火虫在废墟上满天飞着。我身上的衣服都被夜露弄潮了。我就在这夜色里踯躅着，直到很久很久。

从那儿回来，我就被粉丝厂倒塌的轰隆隆声、被倒缸了的呼喊声给纠缠住了。我感到了某种压力，我想写出这种声音后面潜下的所有故事，所有的历史、人物，所有的关于山川的变迁和人事沧桑——不过这又要有多长的篇幅和力气？我所具有的这一切，够用吗？就是带着这样的怀疑，我走遍了河两岸所有城镇，拜访了所有的大的粉丝厂和作坊。我读过了所能找到的所有的关于那片土地的县志和历史档案资料，仅关于土改部分的，就约有几百万字。我还访问过很多很多的当事人，当年巡回法庭的官员，访问过从前线下来的伤残者、战士、英雄和幸存者。我这样做的结果是彻底摧毁了我的雄心壮志、我的不可遏制的创作欲望……只是到一两年之后，我才慢慢恢复起来，重新试着铺开稿纸。奇怪的是过去知道了的那一切一下子复活了，跃动了。我在当时搞不明白的东西，现在似乎明白了一点点。

有一处粉丝作坊建在大海边上。从作坊到海边，是一丛一丛漂亮的柳树棵。它们在风中的摇动、在朝阳或夕阳下的颜色，让我观察了好久。粉丝厂很现代化，机器设备很好。找一下领导，工人回答说他算命去了。我在一个人的指引下也去了那个地方。路上那人告诉我，这里的人都喜欢算命，特别是他们的领导。我说为什么，他说就因为准。他说过去连什么时候倒缸都算得出来，算出来，好处就是有个解法 —— 我们说着话来到了算命人的家。她是一位老太婆，肥胖而且爽朗，下身穿了一条黑色的丝绸长裤，算命时双腿不停抖动。她给前边的人算完了又给我算，不过算得不准。她说我是个"瓦匠头儿"，"大小也是个官儿了"。她双目失明。我向她道了谢，按规矩交了钱。从她家出来，我们一块儿走向了粉丝厂，老远就听见了哐当哐当的机器声和工人的呼喊声。不知怎么，我觉得伴随着这种神秘而美好的粉丝工业的，就应该有一个算命的女人……

　　不过那天缺一个事项，那就是让那个失明的女人再算一下我即将写出的这本书，它的凶吉……也许她算这个要准一些。

一九八六年十月

附录二

在北京《古船》讨论会上的发言

……《古船》是这样写成的：构思、准备前后有四年，具体写作、修改约用了二年时间。在此期间，出版社的同志找我谈稿子有五六次。作品写成之后，周围的一些朋友都看了，他们提了一些意见。最后改成了这样。这个样子虽不能说好，但是已经花费了我和朋友们的许多心血。

今天我特别高兴的是，在此我又结识了许多理论界的同志。另外，我今天自始至终都很激动。这倒不是那种作家听到赞扬或批评造成的激动，而是今天一早，从雪地里乘车来开会，我就一直沉浸在一种特有的节奏中。我总感到有什么奇怪的东西把我们大家联系、凝聚在这间屋子里了。

前一个（济南）讨论会快结束时，我说了这样几句话："当一颗大心和一颗小心相碰撞的时候，常常都是很尴尬的。在这个会上。我听到了许多大心的声音。"今天的会，我要再次说这句话。我想一个人是不可能完全被理解的，我不能理解别人，别人也不能理解我。但每个人又不断试图让别人理解，也不断地理解别人。今天许多同志对《古船》的分析是很精辟的。

回想我写作的这些年，我也做过一些错事和令人后悔的事。每个人都很伟大，每个人也都很渺小。四年来我也常常被一些离我们很远的事情激励着、激动着。在写作时，我的心情可以用鲁迅的一句诗——"心事浩茫连广宇"来概括。我现在想起来觉得有些可笑，一个渺小的人，怎么能"心事浩茫连广宇"呢？但我现在已不同于当时了，不是当时的我了，我已脱离了当时的心境了。不过我还是很尊重当时的那个我。作品发表至今，我突出的感觉是心里很疲惫。写作前和写作时有些很清醒的东西，都被这倦倦的情绪湮没了。我现在变得一塌糊涂。但今天大家的发言我还是能听明白的。语言、概念的障碍也还可以克服。我感到今天自己是个庸庸碌碌的人，疲惫的人。写作时，我感到写作技法这类东西离我非常之遥远，可作品发表后，它们又变得很近。我觉得从事艺术创作的人有很多悲剧，这就是一种悲剧。这说明无论作者是伟大或渺小，他的作品传递出去（无论传递的距离是多么短），有些东西也要损失一半。这是不可避免的损失。

人和人不一样。有个朋友把创作看成是生命的流淌和保存。从这个意义上去看作品的创作，立足点是很高的。我现在从某种意义上讲与他的感觉是一样的……感谢大家，感谢大家对作品的发言。

一九八六年十一月二十七日

附录三

后 记

时间流动消逝的速度总比人原来预想的要快许多。好像只是前不久才写完了《古船》，而关于它的那些热烈争论，也像是刚刚消停。

可惜一晃就是十年，那一切的确是十年前的事情了。

一个人的旺盛写作期，到底有多少个"十年"呢？

今天再来回顾《古船》一书的写作、关于它的争执，已无太多必要。因为该说的都在这部书的两个发言记录、在一次答记者问和一篇海外版后记中说过了。余在今天的，仅是一些怀念和感慨。

至今仍有人直率而热情地告诉我：在我的所有作品中，他最喜欢的还是《古船》。这等于说，依照他的尺度，至少是在这十年里我没有写出过比《古船》更能打动他的东西。这种结论对我来说是悲是喜？是该忧虑恐惧还是欣悦笃定？大概都有一点。这新的十年里我写下了不止一部长篇和十几部中篇，出版了许多本短篇小说集和散文文论集。这其中甚至包括了获得国内一个重要文学奖项、被许多人激赏过的长篇小说《九月寓言》。

但是这十年中，我何曾像写《古船》时，生命中拥有过那许多许多……

我在自我总结时也会认为，自己这十年来的写作尚为努力，几乎是全力以赴的、自谦自信和永不满足的。我不敢荒废光阴，不曾停止学习，更没有沾沾自喜；我一直把创作当成心灵的至高要求，同时又化为不间断的劳作。我的思悟变得较前深阔，技艺变得较前成熟，视野也变得较前展放，情感也愈加成熟……除此而外，我还未敢丧失专注的目光。我想让生命的具体和连续，留下其色泽与声音——它们会是渐变的、不同的。但问题是它们之间尚可以比较。

我于是自问：十年中，有写作《古船》时那样紧绷的心弦、青春的洁净、执拗的勇力、奔涌的热情吗？

如果它们哪怕是稍稍减弱了一点点，那么任何其他的优长都难以给予补偿和成全了。它们在潜隐、凸显、交织、催发，并化为巨大的内在张力，影响生命一般的写作。

作品的质地不同。这种质地决定它命运中的一切，最终决定着。

于是，正如我以前所说过的，尽管《古船》必然地保留了那个年纪的艺术和思想的残缺，但崐崐却被更为重要的东西所弥补和援助了。

我今天有理由认为，《古船》是我对青春的礼赞和纪念。

回头再看它引发的所有责难、非难，莫名其妙的攻讦，也都是非常正常和可以理解的了。如果没有这些，倒是一件憾事。对应真正的礼赞和纪念的，必有其他。

在越来越变得职业化的"文学界"内，也许我的结论不会被更多的人所理解。但永恒的时间和川流不息的读者会理解。这正不断地给予证明。时下一个写作者遇到了更为沉重的压迫：世俗的竞争、文化消费品的包围。他们不得不在写作中寻找组合的诀窍、操作的特技，以及种种被认可的快意……因为舍此便难以"生存"。所以在此刻再谈论所谓的"生命的投入""青春的激情"，不仅远离时尚，而且有点"奢侈"。

好像以生命相抵的文学只属于没有生存之忧的人；只属于既得的成功者。而仍旧在拼争和进取者，已经不必择路了，因为出路只有一条：跟随潮流，走入职业。作品不需要作者的感动，"感动"只不过在是一种设计，是套路之中的一环而已……

可叹的、具有残酷意味的是，文学的历史与心灵的历史是吻合的。它会毫不留情地否决一切乖巧和苟且。它会给写作者一个完全相反的、无情的回答。

因此我才那么感谢围绕《古船》，时间和读者所给予我的全部恩惠。它使我更加坚定一种选择、一种信念。它使我珍惜那些往往被一个作者所忽略了的东西。我会倍加珍惜的。

不久前的一个下午，秋天寂寥的枝叶在微风中轻轻自语，我又走到了南郊的山上。在灌木丛中，我不由自主地寻找着撰写《古船》时住过的那间破败小屋——我希望它还存在。是的，它还在那儿。只不过这个喧哗而空洞的秋天，它看上去显得比往日更小、更破旧也更寒冷。

我在它的面前久久站立。后来我从窗缝往里探望。里面黑洞洞，什么也看不见。显然它完全被废弃，变为了山中的一个多余。只有我心里知道它曾使我得以安宁，曾极大地帮助了我。秋叶纷纷落下，落在我的头上、肩上。从这儿往前，再继续走，就可以出山。我记得那也是一个深秋，我锁上这间小屋，一直走到了东部半岛。当时《古船》单行本刚刚出版不久。

记得《古船》发表的当月，在济南南郊宾馆由几家报刊的文学单位联合召开了讨论会。在那个会上，我不像后来那么冷静。我说得比较多，反驳时比较动情。那次发言根据录音整理出来，但未在刊物上发表，只收入了一个文论单行本，后来《古船》再版时又收作附录。

北京的《古船》讨论会发言比济南的简短，但也比如今见到的记录整理稿长得多。这篇短短的记录稿后来不止一次被报刊引用。

"关于《古船》答记者问"是比较晚的了。它是一个杂志发表《时代风云与古船沉浮》时，记者的一次专门采访。这份杂志差不多拿出了一个专号的版面刊出了一部长长的文稿，并配有多幅照片，主要是在大学内发行。因为时间过去了许久，很多问题也就可以畅谈了，所以我在那次采访时较少顾忌和回避。

繁体字版的后记写得短小，因为它离国内单行本的出版时间太近，许多当时应说的话已说完。那篇小文中，我写出了自己对一些陌生读者的期望——当时我完全没有信心也没有把握，不太相信一些与我们大陆有完全不同经历和心情的海外读者，会受到此书的感动。

结果令人欣慰，他们同样地感动。两三年内，海外就出了不同的版本，并多次再版和连载。可见我们有差不多的血脉在联结。

我在"文学周"期间与山东大学和山东师范大学的对话录，发表时间与《古船》的出版间隔了七八年；而且《古船》在山东方面的首发式，也在济南的大学区举行。从时间的延续中、我的文字的变化中，正可互为印证和说明。

我自认为创作是自然和必然的延长，我并无质的改变，更没有随着世俗的要求而背离什么。昨天是今天的根据，今天也会是昨天的证明。

叙事性作品与"言论"的关系，绝不像有人认为的那么对立和不同。它们仅有的一点不同只是形式上的。它们血源既同，其余即可不计。

我相信鲁迅先生的话：从血管里流出来的都是血。

我们要求自己、也要求别人像流血般地写作，这是过分的苛求吗？

是苛求，也是一种基本的要求。

我不认为作家应该或必须是一位"小说家"——这个近乎常识的理解在今天却被越来越多的文学人士混淆了。他们自觉不自觉地将作家"等同于"小说家。这种混淆是非常不幸的。

"小说家"可以用通俗的、叙事的形式来传递心灵的那一份爱，来播撒心灵的声音；也可以仅仅讲一些合口入耳的故事。

而作家就不同了。人们有理由要求作家综合出更多、更新的东西。所以作家是人类的发声器官，他发声，他才有美，有真，有力量，有不绝的继承。

他们善意地要求我好好做一个"小说家"，是我所不能听从的。我这儿，永远也不会将叙事作品看得一定高于其他形式的作品。因为我只尊崇人的劳动、人的灵魂。

对于一个人而言，文学绝不仅仅是被艺术化了的文字组合。正是基于这样的理解，真正的作家才能提笔写出属于他自己的第一行叙事作品……

一九九五年十一月八日

附录四

从深渊到峰巅
——关于《古船》的评论

鲁枢元

批评的理论轨迹

曾经盛行于我国蒙古族、赫哲族、鄂伦春族、达斡尔族中的萨满教认为，人类有三个不同的灵魂，宇宙有三个不同的层次。人类的三个灵魂是："生命之魂"（奥伦）、"思想之魂"（哈尼）、"转生之魂"（法雅古），分别和人的肉体、人的生活、人的理想相关。宇宙的三个层次是："下界""中界""上界"，分别为魔鬼、生人、神灵居住的地方。这是一种原始宗教的教义。

后来的佛教经典《阿毗达摩俱舍论》中，同样也把有情众生的生存境界一分为三："欲界""色界""无色界"，欲界以食欲和性欲为内涵，为畜生、饿鬼和人类共所依傍，自是一种低境界；色界以物质和情感为内涵，已超脱食欲和性欲的羁绊，当是一种中境界；无色界即空界，亦称"四空天"，是一种形而上的高境界。

西方的基督教对于冥界的区划也是运用的三分法："地狱""净界""天堂"。意大利伟大诗人但丁在《神曲》中对此已做了详尽生动的描述：地狱，幽暗，凄惨，象征着人性的沉沦；净界，又称"涤罪所""炼狱"，道路曲折，象征着人性向上的挣扎；天堂，云蒸霞蔚，光芒四射，象征着人性的完善。

以上说的都是宗教的教义。虽说是宗教教义，其实也曲折地反映了远古和中古时代人类对于自己存在境遇的体认。

到了现代，弗洛伊德的精神分析心理学在解释人类的心理结构时也运用了类似的三分法，他反复论证，人的心理结构是由"本我""自我""超我"三个方面组合而成的。"本我"属于人的生物本能层面，"自我"属于人的现实生活层面，"超我"属于人的道德理论层面。在弗洛伊德看来，"本我"就是人性的地狱，"自我"相当于人性的现实的地面，而"超我"则是高高在上的人性天国。他曾经说过"我如不能上撼天国，我将下震地狱"的话。

弗洛伊德之后的另一位犹太籍的著名心理学家马斯洛，将人类的心理需求划分为七个层次，像一个自下而上、由低到高的梯形。细审之，其所谓"生理需求""归属需求""自我实现需求""美的需求"等，只不过是把那种"地狱—人世—天堂"的三分法划分得更细致一些罢了。

这篇文章并不打算对上述宗教教义或心理学学说的正谬得失做具体分析。我只是想提醒一下人们的注意，将人类的存在、人类的境遇描摹这样一种从幽到明、从潜到显、从下到上、从低到高的三层面结构，庶几是人类认识自身的一种普遍模式。

文学的理论，似乎也不例外。

早在三百年前，我国清代文学家廖燕（1644—1705）在谈到文学家的艺术创造时，曾经说过这么一段话：

吾辈作人，须高踞三十三天之上，下视渺渺尘寰，然后人品始高；又须游遍十八重地狱，苦尽甘来，然后胆识始定。作文亦然，须从三十三天上发想，得题中第一义，然后下笔，压倒天下才人；又须下极十八重地狱，惨淡经营一番，然后文成，为千秋不朽文章。

我同意我们这位先人的说法，一个文学家应当是一位执着于现实生活中，又上下于地狱与天国间的求索者。

文学家究竟是一些什么人？即使眼下也还存在着许多相互抵牾的评价。有人说他们是伊甸园中的使者，有人说他们是所罗门瓶子里的恶魔；有人说他们是人类灵魂的工程师，有人说他们是或重或轻的精神病患者；有人说他们是人类生活中的优雅之士，有人说他们是现代人群中的未开化者。我以为，都有道理。因为，文学艺术创造活动既属于人的本性中那一初始古老、骚动紊乱、幽暗混沌、质朴自然的方面，文学艺术又必将使人性升入一种洁净清新、凌空蹈虚、轻灵妙幻、光芒四射的境界。

一个真正的文学艺术家，应当敢于一头栽进人性的深渊，又能够从容地浮游在社会生活广阔的地面，进而，他又能够一跃而腾飞到艺术精灵盘旋翱翔的峰巅。这对于某些名大气粗的文学创作家和文学评论家来说，做到这一点比肉体升天都难；而对于另外一些真诚地从自己的创作天性出发的文学艺术家来说，这却像潮起潮落、云长云飞一样自然。

老子曰："高下相倾。"

赫拉克利特说："上坡路和下坡路是同一条路。"

对于一位执着于现实、执着于人生、执着于艺术的真正的作家来说，本能的地狱和精神的天堂、人性的深渊和艺术的峰巅，只不过是一页纸的这一面和那一面。

在我看来，张炜可能就是位这样的作家。他的长篇小说《古船》可以作为一个证据。

《古船》的生命冲突

《古船》写了二十世纪八十年代初，中国土地上一个叫作"洼狸镇"的现象世界。这个洼狸镇虽然已经进入开始谈论"星球大战"的时代，但他的根系却仍然深深地扎在"宗族"与"血统"的土壤里。小说中写道：洼狸镇一代代生息繁衍了这么多人口，生活得如此挤挤挨挨，但"只要从家族、从谱系上去看，就会清楚得多。血缘关系的纽带会把一些人执拗地联结在一起。他们的父亲、爷爷、老爷爷、太爷爷，再到儿子、孙子、曾孙子……图解起来像一串串葡萄"。当大地震灾难降临时，镇上的人在"地皮的抖动下"，就像受惊的羊群一样，同一族的人便"自然地凑在一堆"。这个世界还保留了某些原始生物群落遗留下的属性。

《古船》中以浓重的笔墨突出地刻画了几位分属不同血族的"父亲"。这种封建家族中的"父亲",曾被马克思在《共产党宣言》中称作"天然首长",他们在他所统治的部族中有至高无上的权力。洼狸镇的"父亲们",就是他们所处的那块天地中的实际支配者。

精神分析心理学中从生物决定论的立场出发,常常把"原始父亲"的意象看作人性恶的象征。在弗洛伊德看来,"成功地统治着其他人的人就是父亲""父亲就是暴君"。

文学家笔下的"父亲",却不像理论家概括得那么单纯。

张炜在这部小说中,写了几位相同而又不同的父亲。

隋迎之,这仍是一个封建家长,也是一个占据支配地位、具备权威意识的父亲。他所竭力维护的是家族内部的"和谐"和"秩序",他对儿辈的要求是"毋意、毋必、毋固、毋我",他自己也是一个"知书达礼、规规矩矩"的人。他的"父亲意志"不是以暴力的方式出现的,从通常意义上甚至可以说是善的,但他所要求的仍然是儿子们的服从与温驯,这仍然是人性发展的惰力。我们从他的长子隋抱扑的性格悲剧上便可以看出这种惰力对于人性的侵害。

李其生,作为一位见多识广、经验丰富的长者,是智慧的化身。在部族的生存中,他是在困危中唯一能够给儿孙提供"食物"的父亲。

四爷爷赵炳,才符合弗洛伊德所讲的那种"原始父亲"。弗洛伊德在《摩西和一神》中写道:这位父亲独占他所喜欢的一切女人,独占生活中的最高快乐,使其部落成员全部俯首贴耳。他专制垄断，对危及他的利益的儿子们或流放、或阉割、或杀头，丝毫也不手软。在欧洲，那些在庄园中拥有"初夜权"的贵族老爷；在中国，那些在紫禁城中拥有千百女人并把其中所有的男人全部割去生殖器的"万岁爷"，就是这种类型的父亲。小说中的这个"四爷爷"，在高顶街他的这个"生物圈"中握有至高无上的权力，拥有至尊至贵的地位。在政权、财权上，他操纵着街委会的李书记和栾主任；在饮食口福上，他使唤着洼狸镇的第一名厨张王氏；在性欲美色上，他折磨死两房妻子，又长年霸占着洼狸镇的第一美女隋含章；他还收买了学校校长"长脖吴"为其舞文弄墨；他还豢养着民兵队长赵多多为其保家护院。"谁想在洼狸镇成个气候、四爷爷看不上眼他就成不了。"小说中的"四爷爷"虽然六十岁了，仍然无比健壮，他面色滋润、泛着红光，他有着魁梧的躯体，坚厚的四肢，巨大的臀部，多肉的手掌，粗实的脖颈，洞阔的鼻孔，说是洼狸镇的封建族长，不俨然一副"雄性动物首领"的模样吗！

赵多多即使在动物界里，也只能算是一个丑类：他吃蜥蜴、吃长虫，吃刺猬，吃癞蛤蟆，他会把吃不完的东西暂时埋进土里。人们骂他是老赵家的一条"公狗"，这还是抬举了他，他只配做一条卑劣的"豺狗"。他自己没有独立的人格，他只是"原始父亲"四爷爷伸出自己体外的一个器官。他充满兽欲，嗜血成性，手段残忍。对于孩子、对于处弱小地位的男人和女人，他的办法就是"干掉他"，他可以用步枪干，用砍刀干，用棍子干，用剪刀干，他还从不忘记使用他身上那具雄性生殖器来"干掉"敢于向他的权威挑战的对手。

当然，在洼狸镇这一类"原始父亲"还不只是赵多多，也还有"叫驴""面脸"这些恶霸地主。

与"原始父亲"们的独裁专制、骄奢淫逸相对，《古船》中的"儿子"们在生理和心理上受到的压抑和伤害是让人触目惊心的。

小说中十分显突地揭示的一点是："儿子"们由于性的被剥夺而形成的性缺失、性饥渴、性抑郁、性苦闷。

四爷爷霸占含章长达二十年，吸尽了这个青年女性的膏血与汁液。李知常得不到自己所爱而又爱着自己的人，他以"手淫"自娱，又无情地受到嘲讽，他只有关起门来 "自戕"，不惜以死亡来解除性的折磨，几乎毁掉了自己。

四爷爷又把抱朴心爱的姑娘小葵指配给了兆路。虽然，在一个雷电交加的黑夜，抱朴不顾一切地扑向了情人的怀抱，但由于触犯了家族的律令、亵渎了社会的伦理，这一夜性的结合却给抱朴终生带来山一般沉重的负罪感。这山一般的负罪感压得他再也不能站起来做人，这山一般的负罪感压得他从身体到心灵都萎缩了，他失去了爱的勇气，失去了爱的能力，他害上了一种"怯病"，孤独地守着老磨，未老先衰了。

见素比哥哥要勇敢些，他反抗过，曾经苦苦追求过自己喜爱的女人，但女人们一个一个都嫁给了别人，"老隋家的人只可以有爱情，不可以有婚姻，他只能每夜看着这些女人的照片，梦中和他们爱在一起。

长篇小说《古船》中始终跳荡的性的骚动，这骚动恰恰正是因为洼狸镇社会没有给人的这种基本生命需求以合理的满足。性的禁锢和性的剥夺必然带来更强烈的性渴求，性刺激，乃至性虐待，性暴力。这种情形当然不是自"四爷爷"一代人开始的，而是从一条黑漫漫的历史长河中一代一代流淌下来的。粉丝厂女工们充满性色彩的打闹，知常在柳树林子里的手淫，见素与割棘子小姑娘的野合，抱朴与小葵的偷情，还有，长工与地主的姨太太通奸而被地主割去一枚睾丸，土改中还乡团对妇救会主任的蹂躏，民兵对地主女人的糟践，咬乳头，割乳房，将刀子、萝卜塞进女人的阴道，手段之残忍令人发指。还有，大炼钢铁时不少姑娘因腰带上的铜扣失身，"文革"中一位女教师因不堪污辱上吊自杀，甚至一头母牛的外生殖器也被割去做了红卫兵斗争"走资派"的法宝！

性，这种人和人之间最合理、最自然的关系，竟成了人性的罪恶渊薮。

性的现象显然早于阶级现象，人类社会生活中出现的这些现象并不全都是阶级斗争的表现。应当说，其中有一些是在"阶级斗争"的层面下发生的，而阶级争斗却因此显得更加惨烈。《古船》的作者试图追溯到更深层的原因，追溯到问题的"根本"上，他似乎倾向于认为是人类自身出了毛病。

所谓"父亲"，亦不过就是一个专权独断的男人。问题开始就出现在男人身上，正如作者借抱朴之口说出的：首先是男人普遍地对不起女人，男人应当感到羞耻。很可能，是人类在脱离动物界时的第一步没有走好，男人对女人犯下一个大错误，他错误地使她处于被奴役地位，企图垄断她，对她强施许多自私的特权，这大约就是人与人不平等的开始，这很可能也就是阶级斗争在人类社会中最初的起因。恩格斯在《家庭私有制和国家的起源》一书中就曾指出过："在历史上出现的最初的阶级对立，是同个体婚制下的夫妻之间的对抗的发展同时发生的，而最初的阶级压迫是同男性对女性的奴役同时发生的。"正是"史前时代所未有的"这种"两性冲突"，即"女性被男性所奴役"，打开了人类生活中血火交织的奴隶社会史和封建社会史。正是这样的社会里培植出一代代的酋长、族长、君主、帝王，也就是《共产党宣言》中说的那种"天然首长"。

在《古船》所描绘的"父亲"一辈中，却有一个杰出的例外，这就是早年离家，闯过老洋、见过大世面，脾气有些癫狂的隋不召。

隋不召也是一个男人，他也具备喜欢女人的天然倾向。按照传统的道德观念来衡量他，他不能算一个"规规矩矩"的人。年轻时他曾经一丝不挂地躺在场上晒太阳，吓得女工们不敢上班工作；在同胞兄长突然死亡后他敢于马上向年轻美丽的嫂嫂求爱；他与张王氏长期保持着"相好"的关系，他甚至在上了年纪后还羡慕过赵多多的女秘书的娇艳的美色。隋不召虽然是一个男人，但他的相貌近于委琐，不像四爷爷那样硕大壮美，他也像四爷爷那么干净讲卫生"每两天要洗一次澡"，他更没有四爷爷那种显赫的地位和权柄，作为"生物个体"，他在性的角逐中应该说是处于很不利的地位的。然而女人们还是喜欢他，如张王氏，尽管嘴上也说"老隋家就出了这么一个不学正经的人"，却在他死后竟甘愿为他殉情。这很可能是因为在他身上体现出一种平等与博爱的精神，一种在人际关系上更人性的精神，在古老的洼狸镇，这是一种新的价值标准。

隋不召虽然也是一个"父亲"行辈中的人，但他常常与"儿子"们站在一起，他更像"儿子们"的弟兄，而不像他们的父亲。

当李知常在镇上人冰冷的目光中决心自裁的时候，是他手执板斧又打又骂地拯救了这个濒于毁灭的年轻人。那块"黑溜溜、又香又臭"的"麝香"曾经改变了洼狸镇上青年男女的性生活，给他们带来许多愉悦。为了捍卫这块"又香又臭"的东西，他和他的同辈人史迪新老怪在码头上展开一场血战。隋不召在洼狸镇这个严密的宗法关系网中，显然是一个"父亲营垒"之外的人，用史老怪诅咒他的话说：是"一个叛军"！

这样一个"叛军"，当然很难在这块古老的土地上站得稳脚跟，所以，小说作者总是写到隋不召两条交绊的细腿常常把自己绊倒。即使这样，史老怪们仍然不宽容他，要把他"及时铲除"。

隋不召终于没有被人除掉，他是自己死的，他是为了洼狸镇粉丝工业的机械化，为了抢救注狸镇的科技人才李知常，而奉献出了自己的血肉之躯。他死得很惨，真正地粉身碎骨了。他死去之后，在为他举办的新旧参半的悼念仪式上，人们才发觉这个瘦小干瘪的老汉，"镇子上争执最大、最难以分清功过的一个老人"，是"镇上真正受到爱戴的人"，人们自己也不知道，爱他爱得那样深。

在这部长篇小说的结尾，作者写道："洼狸镇仿佛来到了一个特别时期，这个时期负有特别的责任，就是送走了各式各样的老人。"

李其生死去了，赵多多死去了，隋不召死去了，史迪新老怪也死去了，这些上一时期的代表人物一个一个离开了镇子，携走了过去的岁月。洼狸镇不是变老了，而是变得更年轻了。生命的新陈代谢被赋予了划时代的意义，洼狸镇的年轻一代将要开创一种不同于往昔的新的生存方式。

《古船》的文化断层

《古船》问世后，不少评论家冠之以"史诗"。褒扬者以"史诗"标榜之，挑剔者以"史诗"苛求之。所谓"史诗者"，原本不过指古代希腊、罗马时期流行的一种文学体裁，后来的词义渐趋泛化模糊，运用上失去了严格的限制，但仍然是以讴歌英雄业绩、陈述重大历史事件为主要特征的。以此对照，《古船》似有些不伦不类。

其实，堪称"史诗"的文学作品固然可贵，算不得"史诗"的文学作品，其价值亦未必就不如史诗。

《古船》中写了不少人物，但没有一个人可以算得上通常意义上的"英雄"；《古船》中也写了历史，写了从传说中的"东莱子国"到中国共产党召开第十一届三中全会之后的漫长历史，但《古船》着力描述的还是洼狸镇现实的社会存在，现实生活中的世相和生态，现实的人际关系交织成的复杂网络，现实的人的心理活动和实践活动。

只是，与一般的从生活的肤浅的表面"如实反映现实生活"的小说不同，《古船》写生活的现实状况，却又能透视到现实的人们赖以立足的深厚地层。对于洼狸镇来说，这是一块多年沉积下来的古老地层。如果从小说开头写下的"齐国故长城""东莱子国战舰""芦青河大码头""老庙的香火""隋恒德的粉丝工厂"挖开来看，小说写了蕴藏多么丰厚的一道考古地层。这地层纹理清晰可辨，几乎算得上一部编年史；这地层中又渗透了一代代洼狸镇人生命的汁液，回响着一代代洼狸镇人心灵的搏动，一代代洼狸镇人生命活动的对象化存在。与其说它是一座历史的碑碣，不如说它是一道依然在生长活动着的文化断层。

浑重的文化断层是《古船》中众多人物的活动舞台，人物的个性和人物的行为都浸染上了不同的文化氛围，都映照上不同的文化背景，而不同文化类型的交接和冲突，又制约和规定着不同人物的活动和命运，牵引和左右着各种事件的发生和发展。《古船》给人的印象之所以如此浑厚凝重，这是一个重要原因。

概而言之，《古船》中侧重写到了三种类型不同的文化。

一是"张王氏类型"的文化，这是漫长的中国封建社会中积淀下的民间文化。张王氏本人是一个性格复杂的女人，她是有"巫"的神通，又具有"婢"的禀性，她具有"侠"的肝肠，又具有"妓"的手腕。她会捏泥老虎，会做野糖，会推拿按摩，会占卜打卦，会做道场，会治酒宴，一桌酒宴上能做出"藤上瓜""吊葫芦""山海经""糊涂蛋"等许多名目，而且连谁来上"藤上瓜"，谁来上"糊涂蛋"都有精细的考究。对于二十世纪的中国农村来说，这已经是一种迟滞的、残余的文化，然而洼狸镇的乡亲们对"张王氏类型"的文化依然充满了敬意和依恋。因为他们生命的根系就是在这种文化土壤中盘扎着的，要一下子改变它，几乎是不可能的。

二是外来的资本主义世界的现代文化。这种类型的文化，只是在近几年随着新时期的"开放搞活"之风才吹到镇子上来的。其中有"牛仔裤""迪斯科""电视录像""明星照片""咖啡""信息""踢球式(TQC)企业管理法"和"女秘书"。这种文化介入时间不长，却对洼狸镇人的心理形成了强劲的冲击波。读者应当记住，将这一类型文化带到镇子上来的，竟是两个水火不相容的死对头：隋见素和赵多多。

三是由中国新生的无产阶级在社会主义的初级阶段刚刚草创下的一些或成熟或不成熟的文化。如："土地改革""合作社""双轮双铧犁""大跃进""人民公社""红卫兵""做首先""革委会""责任田""专业承包""企业改革"等。中国共产党在洼狸镇的干部栾大胡子、李玉明、周子夫、鲁金殿等，就是此类文化建造的积极参与者。

三种不同类型的文化之间是有壁隔的，存在着严重的斥他性。比如，在张王氏为李其生超度亡魂的道场上，突然闯进来赵多多的女秘书，这个乳峰高高、臀部翘翘、腰束电镀钢腰带的摩登女郎便立即挨了一嘴巴，并且被两个男人叉起来狠狠地抛出了张王氏的文化圈。然而，这三种不同类型的文化又是相互沟通、相互渗透的，比如张王氏既能够心满意足地去看录像，又曾经一本正经地去"做首先"，而赵多多不顺心的"公务员"则终于成了张王氏小商店的得力帮手。大约也正是由于文化现象的这种复杂性，才形成了小说中描绘的复杂的社会生活画面。

《古船》中还写到了三本书，三本书分别来自不同的文化渊源。

一是屈原的《天问》，这是洼狸镇上的老中医郭运推荐给隋家弟兄们看的。《天问》，"研天道之断谶，究道德之范畴，问政理之德失，询人世之恒情，说天命之悠归"，体现了中国古代贤哲对于人类社会、人类自身的探究和反思，集纳了中华民族古老的理智与感悟。

二是隋不召珍藏的一本《海道针经》，据说是中国十五世纪著名航海家、外交家郑和率领庞大舰队七次下西洋时的一部航海书。郑和的驾船远航，比哥伦布、麦哲伦早上百年，在世界航海史上留下了光辉的一页。这部书的真伪当然值得怀疑，但这是一部指导在大海上远航的书当是肯定的。隋不召把此书视为性命，临终前又珍重地将其托付给抱朴，这体现了老一代开明的中国人的开拓精神，和他们渴望走出中国、走向世界的强烈愿望。

三是隋抱朴视为精神支柱、终岁苦苦攻读的马克思和恩格斯的《共产党宣言》。这是一部无产阶级革命导师写下的光辉论著，它科学地分析并总结了人类几千年来走过的漫长道路，并为以后人类社会的发展指明了方向。这本书中做出的英明预见已经在中国、在世界上其他地方得到不同程度的验证，但它对于不断探求真理的现代人，仍然是一个富有魅力的最高理想。

小说中的主要人物就是在这样的文化环境中展示他们的性格、展开他们之间的角逐和较量的。

四爷爷作为洼狸镇的实权人物，一方面从传统的文化中吸取了邪恶、腐朽、狡诈的成分来滋补自己毒蛇般的心肠，他谙熟治人役物的权术，进退伸缩的儒术，欲擒故纵的策术、瞒天过海的江湖骗术，竭力维护他在洼狸镇的统治地位；另一方面他又利用无产阶级文化创建过程中的纰漏和失误，来营造他的独立王国。李其生说了一句真话，被吊在梁上毒打，后来还是四爷爷前去搭救，"害人虫"反成了"救世主"。从土地改革到"文化革命"，四爷爷总是得逞的时候多，一度竟至形成这样一种格局："如今就是这么个时代，谁不服，谁站出来给高顶街当家！"洼狸镇竟无一人敢应。由此观之，四爷爷的肆虐张狂，也是洼狸镇人民深层文化心理结构上的不幸。新时期里，随着洼狸镇人民在思想意识领域的觉醒，随着新的文化浪潮的滚滚而来，四爷爷的覆灭已经无可挽回，即令含章不往他肚子上戳那一剪刀，他的政治生命也已经濒临尾声了。

隋抱朴作为四爷爷的一个潜在的对手，从许多方面讲都是处于劣势的，生物体的意义上他已经被四爷爷的淫威逼煎得干枯萎缩了，他只有孤独地躲进那古堡似的磨屋，陷入无边无际的冥思，他自己说。他害上了一种"怯病"。不过，与个性心理学上通常讲的人格萎缩不尽相同，抱朴的萎缩，同时又在进行着心灵里面的光和力的凝聚。这是一种十分微妙的心灵现象，洼狸镇上的许多人都没有看出来，但毕竟还是有两个人凭他们的直觉感觉到了。一个是以全部身心狂热地恋爱着他的年轻女子闹闹，女人们的直觉总是厉害的。尤其当她们爱着一个人的时候。张王氏曾从四爷爷的肚子里看到一条长虫；而闹闹却从抱朴开始苍老的躯体里看到了凝聚着的力，她向见素说过抱朴："他真有劲儿呀，他的劲儿全藏在心里头！"另一个看到抱朴内心深处蕴含着这种力度的人，便是他的仇敌赵多多。赵多多总是觉得这个人对他是最大的威胁，他临死前曾准备与他的这个劲敌同归于尽。

从心理素质上讲，隋抱朴生来并不是一个桀骜不驯、刚烈好斗的人。这可能和心理学上讲的"出生顺序"有关，他是长子。个性心理学中讲，长子由于对母亲的依赖性、对弟妹的义务感，总是显示出过多的对传统力量的顺应性、对社会选择的从众性、在性格上总是显得善良而平庸，甚至有点窝囊。心理学的这一理论，在中国的文学作品中可以得到许多印证。比如巴金的《家》中的长子觉新、老舍的《四世同堂》中的长子瑞宣，梁斌《红旗谱》中的长子运涛、都是这类性格的人。《红楼梦》中的贾宝玉很有造反精神，曹雪芹便非把他写成是"宝二爷"。至于《水浒传》中的武大郎与武二郎相比，就更是一个典型。抱朴之所以能够改变自己天然的个性，变动心理学上这一几为人公认的命题，在人格萎缩的同时又在躯体内集聚起一股强劲无比的力，这一方面得之于他前半生目睹身历的重重惨绝人寰的苦难，另一方面便是得之于他从人类文化地层中不绝如缕地吸吮到的玉液琼浆般的养分。他的读《共产党宣言》，读《天问》，他的撕肝裂胆的回忆，他的呕心沥血的思索，都在折磨、熬炼、锤锻着这颗本来是相当敏感、荏弱、优柔、温驯的心灵。静寂的古堡似的磨屋对于抱朴来说就是人世间烈焰熊熊的炼狱。看到过罗丹雕塑的《思索者》吗？那个蜷曲成球状的男人的身躯，凝聚了几多坚韧不拔的力啊！这是一种内在的、精神的力，与老子讲的"魂魄就一，专气致柔"相近。如果看透了这一点，就不会把张炜笔下的这个人物与冈察洛夫的奥勃洛莫大混同起来了。这个人物上有点像哈姆雷特，小说结尾处，抱朴毅然自荐担任粉丝公司总经理，不是颇有些"扬眉剑出鞘"的意味吗？

《古船》中写到的经济改革，也是在洼狸镇这块独特的文化地层上展开的。小说作者独具慧眼地看到，由于存在着显然不同的多种文化断层，在现实生活大震荡中，就必然会形成不同型号的"社会改革者"。

赵多多在新时期农村改革的浪潮中，反倒最先戴上了"乡镇企业家"的桂冠。实际上这是一种封建把头加法西斯的企业家。什么"信息论""踢球式""机械化""女秘书"，到了他的手里全都散发出一种腐败霉烂的僵尸气息。

与赵多多不共戴天的隋见素是另一种类型的改革家。他具有勃勃的野心，具有机敏的巧智，具有贪婪的胃口，具有强烈的竞争意识，具有无所畏惧的勇气。只要能达到自己的目的，他可以不择手段、不顾廉耻地左右冲刺，上下拼搏，在他的身体里显然流动着他的父辈"吴荪甫"一类人的血液。

小说作者让这两个人一个自焚身亡，一个身患绝症，已经表露出过于明显的寓意。

洼狸镇社会的文化结构还必然要产生出隋抱朴式的改革路线，概括地说这条路线就是："科学技术＋人道主义"。这是抱朴结合自己的人生体验和洼狸镇苦难的历史，在苦苦阅读《共产党宣言》的基础上确定的。

《共产党宣言》中讲的共产主义果真就是"科学技术十人道主义"（或者说是"生产力加上精神文明"）吗？这是一个理论问题，可以留给国际共运史的专家们去讨论。

《古船》中，小说家写作了小说中的人物对于《共产党宣言》一书的自己的解读，这种解读不只是用"脑"读，而且是用"心"读，不只是读字、读句，而且是读"气"，即带着阅读者自己全部的生命体验去阅读。抱朴在他自己的阅读期待视野中读出了自己的结论，这本是无可指责的，这恰恰体现了小说家的现实主义精神。

在隋抱朴看来，马克思和恩格斯这两位杰出的无产阶级革命领袖，却是"两个好心的，胸怀像大海一样宽广的学问家"，"他们钻研真理，一丝不苟，没有一点小心眼""他们在和全世界的人一块儿想过生活的办法"，他们是两个"公正的人""善良的人""忠诚的人"，两个"好父亲""好丈夫""好男人"。显然，这位洼狸镇上的农村知识分子从《共产党宣言》中吸取的是一种革命的、进取的人道主义精神，是一种灌注了真诚的民族情感的人道主义精神。至于对待"科学技术"，隋抱朴——或者说也包括小说的作者在内——则持矛盾的双重态度。一方面他深知只有引进先进的科学技术，才能够从根本上改变自己家乡极端贫困的现状；另一方面他也感觉到诸如"弹载长波红外探测器""自适应光学技术"、装有"镭"的"神秘的铅筒"，给人类带来的也并不全都是福音和吉兆，他因此而感到惶惑不安。但是，李知常父子表现出来的科学技术精神却是被完全肯定的。李氏父子从事发明创造的动机和目的是那样地符合人性，他们不为奖状和金钱，不为权势和私利，他们的创造只是基于他们生命中的冲动和好奇心，出于自己生命潜能的自然发挥。这种科技思想与西方基于实用主义哲学之上的科技思想不同，他同样也浸透了人道主义精神，浸透了中国知识分子过于高洁的理想主义的心灵之光。

改革的风雷正在洼狸镇上空隆隆滚动，芦青河的地下水源即将涌入久已干涸的河道。在新的时代浪潮中每个人都必须做出自己的选择。隋抱朴的真诚和善良的改革意愿能否在这块饱经忧患的古老地层上取得成效，尚待于实践和时间的考验。

《古船》的艺术境界

《古船》的作者张炜在发表了小说《古船》之后曾对新闻界说过．前些年他曾经热心过哥伦比亚的魔幻主义小说家马尔克斯和美国的擅写意识流的小说家福克纳，后来，我想大约是写作《古船》

的时候吧，他觉得自己还是更喜欢托尔斯泰和陀思妥耶夫斯基，他说，相比之下，马尔克斯、福克纳的作品像一个"很好看的蝈蝈笼"，而托尔斯泰和陀思妥耶夫斯基的作品却像一块"巨石"，若璞之未凿，浑厚而有份量。张炜的比喻可能并不十分公平恰当，但对于熟悉这些作家，作品的中国读者、仍会激起近似的感想。

那么，张炜自己的《古船》究竟是"蝈蝈笼"呢，还是"巨石块"？

我对《古船》的感觉是，《古船》有点像在"石块"上雕下的"蝈蝈笼"。

这倒不是说《古船》已经凌居于《百年孤独》《喧哗与骚动》《穷人》《战争与和平》这些世界名著之上，这只意味着，在中国新时期文学发展的近阶段里，一部优秀的文学作品将只能在现实主义文学与现代文学的交接融汇中诞生。

《古船》给人非常强烈的印象是：它既是斑驳杂陈的，又是浑然一体的；既是深沉凝重的，又是浮光掠影的；既是纯朴质直的，又是精灵古怪的；既是真切实在的，又是飘渺虚幻的。《古船》的确不同凡响，《古船》能够自成一种境界。

《古船》中铺写的生活画面不可不谓之复繁庞杂：它着力铺写了隋、赵、李三大家族的起落兴衰，它穿插着编织进洼狸镇近三千年的"正史""野史""神话""传说"，它还生动地描述了新时期中从乡镇到都市瞬息万变的改革现象，描述了西南边陲对越作战的硝烟烽火，小说将工、农、商、兵、巫、医、学、官全部调遣在它的文学舞台上各尽其兴地表演，小说中笔墨酣畅地描绘了从航海到交谊舞、从做酱油到调阴阳，从粉丝车间到星球大战种种几乎是风马牛不相及的场面。然而，这形色不一的人物、头绪众多的事件、万花筒碎散的生动场景，却在不同的层面上被三条时隐时显的线索贯穿起来，构成一个完整的有机活体。这三条经纬全书的线索是：血统、乡土、改革。血统，是《古船》中众多人物维系生命的纽带；乡土，是《古船》中人物活动的历史背景和现实空间；改革，则更多地贯穿了人物心理上的冲突和精神上的探索。人的生命、人的环境、人的理想追求，这古老的"人生三维"、亦即"文学三维"，仍然是张炜在生活的"石料"上开凿他的《古船》的三条基本轮廓线。从这种基于人类活动现实状态的作品骨架上，我们可以看到列夫·托尔斯泰的文学传统。

《古船》中选定的表现对象不能不谓之厚钝凝重，如"古老的城墙""淤塞的河道""沉积的古船""残存的庙基""古堡似的磨屋""湿漉漉的车间""残酷的杀人场面"等等。然而，这些"石块"般厚重的生活素材在张炜的笔下大多都能够流露出一股氤氲之气，看去如"蓝田玉，日暖而生烟"一般。小说中厚重的自然风物、凝重的生活事件，在作家强烈的文化历史感的烛照下，全都晕上主体的心灵之光，全都灌注进主体生命的汁液。于是，历史升华进诗的意境，历史幻化为艺术的象征，历史开始上升到精神创生的高度，干枯的历史之花重新获得鲜活的艺术生命。如果说，那陈列在省城博物馆里、从芦青河故道出土的、残缺不全、锈迹斑斑的"古船"是一种"静中有动"的历史的象征的话，那矗立在芦青河畔，古堡似的磨房中"不慌不忙""没有开端也没有终点"地转动着的老磨，便是那"动中有静"的历史的象征。历史本身又最像是那条"芦青河"，它有着对于往昔波澜壮阔的回忆，有着现实的淤壤搁浅的境遇，又在隐隐地做着烟波浩茫的理想之梦。在这一条河流中，同时，流淌着"过去""现在""未来"三种时间。小说《古船》也就是这样的一条时间的河流。张炜写现实的社会存在，而这个现时的生活存在中又处处融汇着对于往事的回忆和对于未来的遐想。张炜写过去的历史事件，历史融入主体的生命体验之后，成了现时的人们"供奉在自己心中的一条古船"。正是小说家对于现实和历史的强烈的生命体验，使这部小说闪现出迷人的艺术光泽。

《古船》中的叙事状物，多是真真切切、实实在在的。比如，它的写失火，写地震，写"倒缸""扶缸"，写幽会偷情，写技术革新，写招标承包，写资本家算账，写红卫兵夺权，写打架斗殴，写生孩子、死人，都用笔细密详尽，读之如目睹耳闻。然而，作家的那支笔却又能把这许多日常生活中真切实在的情景写得扑朔迷离，精灵古怪，如烟如织，流光溢彩。比如，老庙着火时火焰中的呜咽啼号，不召在风雷激荡中的突然失踪，迎之在枣红马上的吐血而死，古船出土时浓烈的血腥气味招来在高空盘旋不已的大雁，张王氏对四爷爷肚子里那条长虫的透视，四爷爷对于自己结局的未卜先知，以及跛四那魔鬼般勾魂摄魄的笛音，小葵那永远也长不大的孩子，还有"文化革命"中无端丢失的印把子，勘探队不翼而飞的盛有放射性物质的铅筒……小说中写到的这些事物，似乎未必可能有，则又断然并非一定无，人们既不能肯定其细节真有其事，又不能判定它就是作家的虚构。像这些描写，已经不能够用传统的现实主义的创作方法或浪漫主义创作方法加以解释和评定。它们既是幻想在作家生活积贮上的腾飞，又是现实在作家艺术和知觉中的变形。它是那样自然地、轻易地便触发起读者或惊异．或疑虑、或惶惑、或骇怪种种迷离恍惚，秘而不宣的情绪体验，让人犹如置身于半是现实半是魔幻艺术境界中。这里，显然留下了张炜阅读马尔克斯或博尔赫斯的痕迹。

从张炜的长篇小说《古船》中，我们可以看到，对于一个具有艺术天性的作家来说，在文学创造过程中统繁杂于浑然，举厚重于轻灵，化质实为妙幻是完全可能的。从艺术创造心理学的意义上讲，这个过程，是一个由物理世界向心理世界，由客观世界向主观世界，由现实世界向幻想世界，由生活的世相向艺术的境界转换生发的过程。这样的作品，既扎根于社会实际生活的土壤里，又必然有幻象的浮现，有张力的充盈，有气韵的流动。不管艺术的表达方式和构成法则对于文学作品有多么重要，严肃的文学创作总是对于人生奥义的勇敢无畏的求索。在这个过程中，作家的主体人格在由人类生命的基底向着人生意义的高峰攀登，作品的艺术精灵也在由生活的物质层面向着生活的精神高空飞升。这仍然是文学创作中具有发生学意义的一个命题。

作品的意义，可以在作家——不仅仅是作家，还有他的阅读者、评论者、研究者——生命体验的瞬间生成，一部优秀的文学艺术作品能够倏忽自如地穿越社会文化历史的地层，由人生的深渊一跃而登上人生的峰巅。这不仅需要有自觉的文体意识和精湛的写作技巧，它更需要有一颗能够感受人生悲欢，能够感受人民甘苦，善于体验人性中生命的骚动，善于体验人生中种种复杂情感的心灵。新时期里我们有许多文学家正在追求着这种人生和艺术的高境界，他们在坚忍地，不无寂寞地求索和攀登着，他们的作品将会得到越来越多的人们的理解和尊重。不过，对于那些辛苦营求一己之私利，恣意吹胀个人之权威的作家和评论家来说，则可能是永远不可思议的。

附录五

为鲁迅的话下一注脚
——《古船》重读

一

张炜这部长篇处女作，据人民文学出版社一九八七年八月第一版作者自记，乃草于一九八四年六月至一九八六年七月，历时两年，初刊于《当代》一九八六年五期。该书时间跨度漫长，人物关系复杂，情节铺排恢宏壮阔，人物众多，场面描写和场景转换令人应接不暇，文学语言成熟老到，尤其是面对八十年代上半期"改革开放"之后中国乡村社会多重矛盾敏锐而大胆的思索（家族世仇、"极左"年代根深蒂固的乡村政治权威借改革开放的新经济政策攫夺"乡镇企业"领导权并进而巩固其政治地位），还有当时并不多见的从家族史和地方志角度出发对中国革命展开严肃反省（涉及全国解放前夕胶东地区"土改""大跃进""大饥荒""文革"和正在进行中的"改革开放"），所有这些竟出自一位刚及而立之年的青年作者之手，令人震惊，在当时文坛诚可谓横空出世，一鸣惊人。

一九八六年十一月和十二月，济南、北京两地连续召开有全国各地作家、评论家和文学工作者参与的大型作品研讨会，据《当代》杂志编辑部发表的研讨会纪要，大多数与会者认为《古船》"具有史诗的气度和品格""是当代文学至今最好的长篇之一，是新时期文学中不可多得的成功作品。它给文学十年带来了特殊的光彩，显示了长篇创作的实绩"。[1]据责任编辑、《当代》副主编何启治事后披露，这份会议纪要迫于有关方面压力而被大大压缩，小说发表后批评和否定的意见强烈，主要围绕作者政治立场、历史观和所谓抽象人道主义问题而发，虽然见诸文字并不多，但影响了单行本出版和该刊嗣后评论文章的正常发表。饶是如此，文坛上肯定《古船》的声音还是一浪高过一浪。据不完全统计，从《古船》在《当代》杂志发表到一九八九年六月两年半时间，全国各类报纸杂志谈论《古船》的文章达六十余篇之多，平均每年三十篇。[2]一直关注张炜创作的评论家雷达特地查阅了胶东地区"土改"档案，为《古船》有关描写提出正面辩护，并在思想艺术上高度肯定《古船》是一座"民族心史上的一块厚重碑石"。[3]著名诗人公刘在写给德国朋友的公开信中说，"《古船》使我体验了前所未有的激动。我认为，这是迄今为止我所接触到的反映变革阵痛中的十亿人生活真实面貌的杰作"，"它不仅展示了中国的改革，更重要的是透视了改革的中国。从平面上看去，它像一幅构图宏伟的画卷，然而，它的每一个细部都有各自的纵深。为此，我建议，一切关心中国的外国人，一切生活在外国的中国人，都应该读一读它； 对于打开中国被迫锁闭已久的心灵，即所谓东方的神秘主义，它实在是一柄可靠的钥匙"。[4]在当时坚持进一步改革开放和"清污""反自由化"两种思潮对峙的复杂政治气候中，大多数评论文章皆不吝褒词，一致肯定《古船》是"新时期"以来经典长篇之一。稍后还有评论家认为《古船》"不但是近数十年中国长篇小说中最优秀的几部之一，而且也是七十多年新文学史上的长篇佳作"[5]。《古船》的文学史地位如今已尘埃落定，无须再议，但回顾一下当时众多文坛领袖、编辑、记者和评论家坚持文学本位立场不惜为一部作品慷慨陈词的总体精神风貌，还是难免令人有不胜今夕之叹。即使批评和否定性意见（比如《当代》一九八八年第一期发表的陈涌的文章）也真诚坦荡，并不全是违心之论，应该得到后人足够的尊敬。

当时有评论家认为，《古船》在八十年代中期"新时期文学"抵达它的高峰之际被隆重推出，可视为"伤痕文学、反思文学、迄今为止的改革题材文学的一个合乎逻辑的发展，在一定程度上还是它们的集大成者"[6]。这个评价至今也不显得过时。"伤痕""反思""改革"本来应该是文学的永恒主题，但因为"新时期文学"主潮急速推进，更因为当时文学与政治的亲密联姻，这个永恒性主题很快被"超越"，变成只有在某一特定历史时期才拥有合法性的阶段性文学主题。《古船》的出现使"伤痕""反思""改革"的主题跨越被规定的特定文学史阶段，成为日后严肃文学绕不过去的恒定主题。它甚至也因此成为一个标高，衡量着包括作者本人在内的中国作家此后创作的内在品质。[7]

二

　　小说描写了"洼狸镇"赵、隋、李、史四个家族，李、史两家分量相对薄弱，主线实际上还是隋、赵两家在"新时期"争夺洼狸镇粉丝大厂经营承包权的始末，在此基础上频频上溯两大家族祖孙三代历史恩怨，追踪洼狸镇盛衰演变之迹。按中国史学界的历史分期法，所谓现、当代中国社会政治经济的演变和八十年代中期"改革开放"引起的巨大社会震荡占据了小说的前景。当时绝大多数评论文章都着眼于这个层面而尽可能深入解读天才的青年作家对中国现当代政治经济史的正面思考，比如冯立三那篇两万多字的著名长文就认为，《古船》所描写的乃是"极左政治与封建残余结盟对农民的残酷剥夺以及农民对这种剥夺的麻木、隐忍、仇视和反抗。《古船》的政治倾向是明确的，它所揭露和攻击的矛头始终对准极左政治、封建残余"[8]。这种解读代表了文学界当时肯定《古船》的声音，显然高度契合了八十年代中期"思想解放"的主潮，但也恰恰是《古船》同时遭到激烈批评而险遭封杀的主要原因。[9]

　　然而一旦越过这一表层叙事，深入考察小说中大量历史传说、风俗习惯、日常生活、人物文化心理积淀的描写（有评论家甚至认为《古船》因此造成了结构过于"拥挤"而气韵不足的毛病[10]），则处处蕴含着中国传统道家和道教所奉阴阳相生相克和相互转化之理，尤其生动地呈现了民间道教末流的生存之道及其与地方政权沆瀣一气的中国社会特殊文化现象。

这才是《古船》的"文眼"，也是《古船》值得一再重读的价值所在。

实际上早就有人从传统文化角度讨论《古船》了。冯立三先生所谓"攻击的矛头始终对准极左政治、封建残余"，如果再深入一步，就必然会转入文化层面的思考。前揭老诗人公刘先生的公开信指出在隋抱朴和隋见素两人身上，"不只是揭示了道家思想对中国民族文化心理的渗透，同时也揭示了儒家思想在中国民族文化心理中的积淀。我甚至还感觉到，除了道家和儒家的无形力量外，还表现了经过中国改造过的——这也许可以算是有中国特色的吧——佛教教义的力量。什么叫儒道释合流？《古船》为您提供了形象生动的答案。"这当然还只是停留于一般印象，未能进一步分析小说所揭示的传统文化实质（"儒释道合流"）的具体形态究竟为何。陈思和的评论更有针对性，他从"古船"书名讲到"水"之于洼狸镇的重要性："水深则船行也远，故水为船之生命的根本"，"老隋家的兴旺与水有密切的关系"，"水干则隋家败"，"水衰则火旺，故隋不召航海失败归来的一年，也是洼狸镇河道干枯的一年，又正是雷击了老庙，烧了树，烧了房，使整个镇陷入一片火海之中的一年"，洼狸镇"于是进入一个阳盛阴衰的年代。水主柔怀，火主暴烈，水火不调，其意甚然，这又岂止是老隋家一个家族的报应？"将"水""火""阴""阳"

上升到《古船》的历史观和命运观的高度，已经暗示了《古船》的道家文化背景。[11] 一年之后，青年评论家胡河清从正面具体分析《古船》两个主要人物隋抱朴和赵炳的"养气之术与现代政治"，他认为"与郭运、抱朴吸取道家文化的'正古'形成对比，洼狸镇的腐朽势力的代表四爷爷、长脖吴则专讲道家的'邪古'"，"抱朴的养气致静的目的与四爷爷赵炳之辈有着原则的不同"，见解可谓卓特。但胡文仅限于郭运、抱朴、赵炳、长脖吴从各自政治理想出发对道家传统的不同汲取和运用，未能触及《古船》其他人物、其他具体描写乃至全书整体构思与道家的关系，更未跳出道家思想而进入道教文化传统来打量《古船》。[12]

本文尝试从《古船》与道家、道教关系这个角度出发，再做一点探讨。

从文化传统角度讨论《古船》，当然也不能仅限于道家和道教。当时就有人指出，《古船》在隋抱朴身上体现了中国文学罕见的自我忏悔的"原罪"思想，"隋抱朴承担一切罪责，包括父辈和兄弟辈的罪责，把旧账新债完全记在自己的良知簿上。隋抱朴就是这样一个耶稣式的灵魂，甘地式的灵魂，一个背着沉重的十字架在人生的磨房里日夜劳碌的人，一个不是罪人的罪人。《古船》由于塑造了这样一个主人公，这样一个充满原罪感的灵魂，使得作品弥漫着很浓的悲剧气氛，很浓的忏悔情调，这种罪感文学作品的出现，在西方不算奇特，但在我国，则不能不说是一种新的开端"。就小说实际描写而言，这种论述并非无据（论者甚至认为赵炳后来甘愿接受含章的报复也"加浓了作品的罪感"）。[13] 对《古船》的考察确实应该将作者有关道家和道教的认识与自我忏悔的原罪思想结合起来才算博观而园照。但本文重点是道家和道教，至于张炜何以获得中国文学本来并不具有的忏悔、原罪和宽恕的主题，这些主题如何在《古船》中具体呈现出来，留待另文探讨。我觉得只有先阐明了《古船》所揭示的中国本土的道家和道教文化精神，那作为中国文学"一种新的开端"的原罪、忏悔、宽恕主题的"奇特"之处，包括有评论家强调的与原罪思想几乎同样重要的《共产党宣言》所阐述的共产主义信念如何成为《古船》的另一主题，[14] 才能在一种较为稳定的参照物之前更加鲜明地彰显出来。

三

《古船》的整体故事结构、主要人物性格及其相互关系，都符合道家和道教所奉的阴阳相生相克和相互转化之理。

先是老隋家为阳，家业鼎盛，富甲一县乃至全省，而老赵家为阴，处于从属地位，无甚出色人物。一九四九年解放前后，老隋家在隋恒德两个儿子隋不召、隋迎之手里渐渐衰败，而"整个老赵家在土改复查中都表现得刚勇泼辣，一派振兴之势"。随着赵炳入党、任"土改"复查指导员、赵多多任民兵自卫团团长，"老赵家"迅速执掌了洼狸镇高顶街政权，这个局面直到改革开放"新时期"基本未变。但老赵家过于雄强凌厉，尤其冲在前头的赵多多"凡事最下得手去"，因此结怨于老隋家和洼狸镇其他小姓，注定要盛极而衰。与此同时，隋迎之的两个儿子隋抱朴、隋见素则暗中卧薪尝胆，积蓄力量，最后众望所归，击败老赵家对洼狸镇的长期统治，赢得粉丝大厂承包经营权。但阴阳两气调和之后的隋氏兄弟目标已不再是过去两家斗法以求一族之权益，而是按照熟读《共产党宣言》的隋抱朴的理想，化解恩怨，带领全镇走共同富裕之路。

《古船》书写的就是这样一个阴阳消长以至阴阳调和的历史大轮回。如果从这个角度来解读，则全书纷繁复杂的故事情节之内在逻辑关系就井井有条，整然不紊。

隋赵两家一阴一阳，表面上领导高顶街政府的栾春记镇长和李玉明书记也复如此。赵炳说"姓栾的性子躁，干脆利落；姓李的大好人，温温吞吞。他们管着高顶街，就像用火煮肉，急一阵火，慢一阵火，肉也就烂了。"对两位父母官可谓揣摩得精熟。小说实际描写也证明了赵炳的这一论断。栾春记父亲栾大胡子原来是"土改"时的农会主任，他的许多"过火"行为导致洼狸镇土改"乱打乱杀的失控局面"，并一度将执行温和"土改"政策的工作队王书记排挤出洼狸镇。当王书记获得上级支持回到洼狸镇重新主持"土改"时，栾大胡子托病不出家门，却在暗中继续我行我素。当年栾大胡子和王书记之间也是一阴一阳的关系。

隋赵两家内部各色人等也一律分出阴阳。积极进取、毕生渴望老隋家人再度"出老洋""多少水光滑溜的大姑娘乐得凑付"的隋不召为阳，凡事谦退、试图破财消灾的兄长隋迎之为阴。但这两兄弟之间曾经发生过阴阳的转化：少年隋不召神秘失踪，洼狸镇人只知其名不见其人，家业全赖兄长隋引之独立支撑，那时隋不召为阴，隋迎之为阳；等到后来隋迎之格于形势，由阳转阴，浪游归来的隋不召反而由阴转阳了。

老隋家下一辈人，抱朴见素兄弟俩为阳，妹妹含章为阴。抱朴见素之间，血气方刚的见素为阳，柔和隐忍的抱朴为阴。但恰如上一辈的隋不召与隋迎之，抱朴和见素之间也经历过阴阳的转化。抱朴本来阳气极盛，但他目睹老隋家败落，看到父亲隋迎之、后母茴子的惨死，经历过和小葵之间有爱情无婚姻的悲剧，大病一场，被神医郭运诊断为"气分邪热未解，营分邪热已盛，气血两燔，热扰心营"，郭运依照"热淫于内，治以咸寒，佐以苦甘"之理给抱朴开了汤药，指示他关键还须"呼吸精气，独立守神"，这些医学诊断和养气守神的理论均来自《黄帝内经》，大概是"自幼苦钻，得道已久"的郭运谙熟于心的经典吧。抱朴从此二十年如一日，巨人般默默独守粉丝大厂的石磨房，如一尊雕塑，积聚着又压抑着心劲，任由见素劝说、责怪和激烈抨击而不为所动，很像巴金《家》中大哥觉新和三弟觉慧之间的关系。后来抱朴阴极而反转为阳，见素却因为阳气过盛，上城闯荡，在生意场上遭遇挫折，也大病一场，并同样在神医郭运精心调理下阴阳调和，否极泰来，最终与抱朴联手打败老赵家。

抱朴见素的命运都是被神医郭运依照阴阳转化之理予以扭转，可当郭运看出隋含章有病而主动要求为她诊治时，含章却因为她和赵炳之间不可告人的秘密而始终拒绝郭运的好心，甘愿被赵炳折磨得苍白消瘦，若非后来忍无可忍，奋而刺杀赵炳，以求解脱，真不知其将伊于胡底。可见神医郭运与老隋家的命运转捩至关重要。自古"医道一家"，郭运虽恪守其职，未入道流，但其为道教昌盛之区一深通道术之医家，则可准惯例而推知。

隋氏兄弟打败老赵家的标志不仅是从赵多多手里夺回粉丝大厂的承包经营权，还有一个重要环节，即兄弟联手，为刺杀赵炳未遂的"凶手"隋含章撰写申诉书，竭力将含章从赵炳魔掌中拯救出来。《古船》全书基础很可能就是抱朴主笔的那份为含章辩护的申诉书，这是隋赵两家长期对抗达于白热化高潮的重要一笔，而幕后相助的神医郭运厥功至伟。

作者没有交代含章的结局，最理想的自然莫过于和门当户对情意相投的民间科技发明家李知常结为连理，阴阳和合。那才是老隋家彻底的胜利。

在老赵家内部，赵多多纯阳少阴，最终取败于此。赵炳也是纯阳，但他深知"一阴一阳之为道"，很早就"功遂身退"。在连"克"三任妻子之后，接受神医郭运点拨，自知秉性特殊，誓不再娶，而相继以张王氏、隋含章为鼎炉，弥补其阴气。犹嫌不足，更深藏不露，潜心炼养，力求舒阳培阴，刚柔相济。相对于赵多多，赵炳始终追求阴阳调和，他也赖此在历次政治运动中一直化险为夷，稳操胜券。

但赵炳取得阴气滋润，全仗其纯阳素性。他深悉阴阳之道，懂得"规矩"，比如土改时指点赵多多不要急于攻击被政府保护的"开明绅士"隋迎之一家，而要静观其变，等老隋家"气数到了，不用老赵家动手。你让他们自己烂吧"； 又比如他用抱朴见素为人质，从隋含章十八岁开始即以"干女儿"名义连续霸占二十年之久，自觉"太过"，只是难以抵挡性诱惑，"没法儿避灾"，继续造孽，静等着含章有朝一日实施报复。面对天地人事阴阳消长之道，绝顶聪明的赵炳束手无策，只能"顺乎自然"。在张王氏眼里他"声威如虎"，在隋含章看来他有一种"无法征服的雄性之美"，但赵炳恰恰因为所秉阳气太盛，很难"从心所欲不逾矩"。

四

　　如果说隋赵两家强弱胜败乃至整个洼狸镇今昔盛衰处处合乎道家和道教所奉阴阳演化之理，那么在核心人物赵炳一人之身，张炜掌握的道教文化知识更发挥得酣畅淋漓。

　　赵炳（人称"四爷爷"）说，"万物都分阴阳"，"有阴有阳，相生相克"。这是对《易·系辞》"一阴一阳之为道"基于道教精神的通俗发挥。《易》为儒道共奉之经，历代许多大儒也讲阴阳，但由于儒家重视"修齐治平"之类制度和心理建设，阴阳之道只是其总体理论构造的一环而非主干，再联系赵炳私生活，则可知他这番话主要依据还是民间道教信仰。

　　第十二章集中描写赵炳日常修道细节，极其生动而周详： 以张王氏为赵炳捏背按摩、莳花种草、准备火锅食材供其"食补"导其先；以赵炳的发小、洼狸镇小学校长"长脖吴"与赵炳讨论读书养性居其中；以隋含章和赵炳之间惊人的秘密承其后；最终，当"长脖吴"迷醉地诵读《淮南子·原道训》和《抱朴子·畅玄篇》而赵炳于一墙之隔再次利用隋含章采阴补阳时，整章叙事于渐进高潮之际戛然而止。作者运笔成风，笔酣墨饱，绘声绘色地描写赵炳如何遵循道教方术四季"食补"，"年长不衰，精气两旺，水谷润化太好"，其肥硕壮大的形体在整个洼狸镇无有出其右者，又写赵炳如何和"长脖吴"一道历览古书秘籍，从正统道教经典《淮南子》《抱朴子》到涉及道教玄理和科仪的通俗小说《金瓶梅》《肉蒲团》《西游记》《镜花缘》乃至民间唱本《响马传》，(15) 无书不窥，从中揣摩养生之理，企慕神仙境界，尽享人世的"粗福"与"细福"。

赵炳平日恪守道教方术教训，内练"精气神"，外炼筋骨肉，他"从书中学得了健身之法，每日切磋，烂熟于心。清晨即起，闭目端坐，轻轻叩齿十四下，然后咽下唾液三次，轻呼轻吸，徐徐出入，六次为满，接着半蹲，狼踞鸱顾，左右摇曳不息，如此从头做完三次。此法贵在坚持，四爷爷一年四季，从不间断"。这套炼养之术见于许多道藏秘籍，如相传梁代陶弘景（一说唐代孙思邈）纂集的《养性延命录》"导引按摩篇第五"就有类似的呼吸导引之术，北宋张君房复将此书辑入《云笈七签》卷三十二，文字基本相同。此术民间流传甚广，因地制宜，变化亦多，作者并未点明赵炳所据为何。赵炳和"长脖吴"还"都赞赏一个健身口诀，谨记在心：'算来总是精气神，谨固牢藏休漏泄。休漏泄，体中藏，汝授吾传道自昌，口诀记来多有益，屏除邪欲得清凉。得清凉，光皎洁，好向丹台赏明月，月藏玉兔日藏乌，自有龟蛇相盘结。相盘结，性命坚，却能火里种金莲，攒簇五行颠倒用，功完随作佛和仙。'"这也是民间流传极广的道教内丹心法。《西游记》第二回"悟彻菩提真妙理，断魔归本合元神"，代表"三教合一"的"须菩提祖师"夜深人静之时偷偷教给孙悟空的就是这套长生不老的秘诀。[16]赵炳于道教方术可谓广收博采，谨守遵循，目的无非追求"长生久视"与现世威福。

陈寅恪尝论道教之庞杂，"吾国道教虽其初原为本土之产物，而其后逐渐接受模袭外来输入之学说技术，变异演进，遂成为一庞大复杂之混合体"，"而所受外来之学说，要以佛教为主"。[17]赵炳大概还不具备这种学术眼光，其杂学旁收也不限于佛教。用他自己的话说，"天下有用的东西，我们都要。志坚身强，才能干好革命"。在对越自卫反击战烈士隋大虎丧礼上，他甚至还规劝主持丧仪的张王氏"不要太迷信"，否则对英雄不利。可见他所谓"天下有用的东西"范围之广，甚至包括窃取"科学"和"反迷信"之美名而为我所用。实际上，传统道教深信不疑的"长生久视之道"在赵炳这里也已经发生变化，因为他毕竟接受了现代唯物主义和科学常识的洗礼，不会再相信通过"服食""养炼"之类可以白日飞升的神话，但传统道教那种执着现世并尽可能追求和延长肉身享乐的思想精髓还是一脉相承。

赵炳这位"土改"和"大跃进"期间为全镇"拉车"，"文革"

中韬光养晦，改革开放后仍指挥若定，长期幕后把持洼狸镇生杀予夺大权的芦清河地区第一位党员，实乃不折不扣"性命双修"而又杂学旁收的一个在家火居道士。张炜通过赵炳这个人物形象的塑造，不仅生动反映了道教的庞杂，更天才地揭示了民间道教末流和乡村政治、"全性养命"与"革命"的奇妙媾和。

鲁迅曾于一九二六年呼吁中国人应仔细研究"道士思想（不是道教，是方士）与历史上大事件的关系，在现今社会上的势力"[18]。许地山一九二七年撰成《道家思想与道教》，结论也是"中国一般的思想就是道教的晶体，一切都可以从其中找出来"[19]。许地山一九三四年著成《道教史》，开宗明义也说："道家思想可以看为中国民族伟大的产物。这思想自与佛教思想打交涉以后，结果做成方术及宗教方面底道教。唐代之佛教思想，及宋代之佛儒思想，皆为中国民族思想之伟大时期，而其间道教之势力却压倒二教。这可见道家思想是国民思想底中心，大有'仁者见之谓之仁，知者见之谓之知，百姓日用而不知'底气概。"[20]三十年代中期陈寅恪也在《天师道与滨海地域之关系》一文中深入探索了魏晋南北朝道教与政治文化之关系。[21]许、陈二氏所论客观上可以视为对鲁迅的一种响应，《古船》则于鲁迅的呼吁发出六十年之后，以文学形式出色地揭示了"道士思想——在现今社会上的势力"。

张炜并未说明赵炳所奉乃道教，也未详究其所属道教之具体门派，其实这正符合道教在世俗民间的真实形态。道教作为中国固有之宗教，据地极坚，构成也至纷杂，从《周易》阴阳八卦、占卜之术到老庄哲学，从原始巫鬼崇拜到先秦阴阳家、兵家、战国秦汉之际的方士、医家乃至正统儒家和佛教，都被汉末（至迟在魏晋时期）获得"清整"而正式成立的道教以及后来极其繁多的门派收入囊中，其经籍科仪浩如烟海，正统《道藏》《续道藏》之外，历代道士之所造作或民间口传更不可究诘。某种程度上，中国文化的主体实在已经都被充分道教化了。"正统"道教可能只盘踞于名山圣地那些"道观"，但鲁迅所谓"道士思想"则弥漫于朝野的日常生活，"仁者见之谓之仁，知者见之谓之知，百姓日用而不知"。论其精神旨归，无非在于不信儒家之天命有常人寿有定，也不信佛教之孽缘前定轮回涅 诸说，而必欲人定胜天，自力更生，追求长生久视与现世威福。为达此目标，可谓前赴后继，百折不挠，不计成败，不择手段。其优者或有助于社会风教之整饬，或退而隐于岩穴，炼养服食，祈求白日飞升，羽化登仙，或以各种方式"尸解"以终，比如唐宋笔记小说经常讲述道士死后尸体消失而仅遗其某一用具如手杖，而具体还可细分为"兵解""水解""刀解""火解"之类。至其末流，则大多混迹朝野之间，利用迷信交接权要，蛊惑愚民，或以服食炼养保全"真性"，或以"黄白之术"立致富贵（魔术般将手边任何物件变为黄金白银），或以符咒科仪祈福、求雨、祛病、驱鬼、厌胜，甚至以"剑气"杀人于无形，以房中术纵欲而兼养生——其余种种异想天开忍心害理之事，真是无所不用其极。

　　赵炳就是这种形态的民间道教末流的一个典型。

五

　　隋恒德、隋迎之、隋抱朴、隋见素、隋含章祖孙三代的取名，与道家和道教玄理也颇有关系。

　　"恒德"之名，或取自《周易》"恒"卦"九三变卦"的爻辞："不恒其德，或承之羞，贞吝。"大意是说，人若不能保持德行，就会蒙受耻辱。卜得艰难之兆。邵雍《河洛理数爻辞》解释此卦："凶。得此爻者，须防小人诽谤，争诉之扰。做官的须防被贬。"这也颇符合老隋家在隋恒德一代之后的命运转折，本来受政府保护的"开明绅士"隋迎之不就是被赵多多和赵炳诬陷而不甘其辱吐血身亡的吗？《周易》虽为儒家推崇，但也编入《道藏》而被后世道教尊为经典。《论语·子路》"子曰，南人有言曰，'人而无恒，不可以作巫医'。善夫。'不恒其德，或承之羞。'"孔子以《周易》这句爻辞补充解释"巫医"之事，有学者认为战国时代南方的"巫医"就是相当于北方"萨满"的"南巫"，属于原始道教神职人员。[22]这样看来，"隋恒德"之名实兼有儒、道二教之渊源，而以道教为主。

　　"引之"之名与道教的关系主要在于"之"字。按陈寅恪《天师道与滨海地域之关系》及一九五〇年发表的《崔浩与寇谦之》两文说法，魏晋南北朝人往往父子祖孙皆以"之"字为名而不加避讳，如《南史·胡谐之传》："胡谐之，豫章南昌人也。祖廉之，治书侍御使。父翼之，州辟不就。"王羲之、王献之父子也同样以"之"字为名。所以如此，皆因其家族世奉道教，"'之'字在其名中，乃代表其宗教信仰之意，如佛教徒以'昙'或'法'为名者相类"。当然，在《古船》反映的隋迎之生活时代，姓名中的"之"字并不一定像魏晋南北朝那样"代表其宗教信仰之意"，但联系前述作者构思全书时所借用的阴阳转化之理，以及刻画赵炳时所深刻触及的民间道教徒之日常生活信仰，则谓"隋迎之"之名染有道教文化之风习，大概也不算穿凿太过了罢？

"含章"之名出自《易·坤卦六三》："含章，可贞。或从王事，无成有终。"《周易·象辞》说是"胸怀才华而不显露"。《易·系辞上》说，"古者庖牺氏之王天下也，仰则观象于天，俯则观法于地"，"坤"卦为"地"，故《文心雕龙·原道》概括这两句为"仰观吐曜，俯察含章"，刘勰将"含章"理解为地上一切含有光彩纹饰的动植之物。《周易》为后世道教经典，《文心雕龙·原道》也包含道教（或道家）思想因素，两书所用"含章"，均有内含美质、谨慎处事、外裹光彩纹饰诸义，颇符合隋含章的才貌、性格与命运。她天生丽质，性情温婉和顺，但为了让两位哥哥免受老赵家的迫害，甘愿自我牺牲，忍尤而攘垢，拒绝无数优秀青年的求爱，而被迫暗中做赵炳采补之器达二十年之久。

《古船》描写的芦清河、洼狸镇处于陈寅恪所谓六朝"鬼道"（天师道）势力最大的"滨海地域"。降至唐、宋、金、元、明、清数代，山东滨海一带所出道教领袖人物更指不胜屈。"全真教"创始人王重阳虽生于陕西咸阳大魏村，但金正隆四年（一一五九）于甘河镇遇纯阳真人吕洞宾授以内炼真诀而悟道出家之后，东出潼关往山东布教，金大定七年（——六七）抵山东，先后在文登、宁海、福山、登州、莱州建三教七宝会、三教金莲会、三教三光会、三教玉华会、三教平等会，收马钰、谭处端、刘处玄、邱处机、王处一、郝大通、孙不二为徒。据傅勤家《中国道教史》所引北京白云观抄本《诸真宗派总薄》记载，受元世祖册封的"全真七子"都出自山东"滨海地区"，长春真人邱处机是登州府栖霞县滨都人，长生真人刘处玄是莱州府掖县武官庄人，广宁祖师郝大通、玉阳真人王处一是登州府文登县人，长真祖师谭处端、长玄真人马珏、清净散人仙姑孙不二皆为登州府宁海州人。[23]《古船》作者张炜本人就是长春真人邱处机的栖霞乡党，他在小说中还特地指明长生真人刘处玄是洼狸镇人，又说洼狸镇坐落于东莱子国都城，"事情再明白不过，大家都在'东莱子国'里过生活了"。[24]按隋朝开始以周初即存在的东夷莱国旧名在胶东半岛设立城邑，明清两代正式设莱州府（治所掖县），先后管辖登州、宁海州、平度州、胶州等地，民国二年废府治，一九八八年又设莱州县级市至今。我们虽不必因此坐实洼狸镇即刘处玄故乡莱州掖县武官庄，但可以肯定《古船》人物实浸淫于道教文化繁盛之区，隋恒德、隋迎之父子及隋含章之取名深具道教文化渊源，又何足怪欤。

但抱朴、见素兄弟之名，则取自道教奉为经典而实为原始道家哲学著作的《道德经》第十九章"见素抱朴，少私寡欲，绝学无忧。"作者是否要在抱朴、见素兄弟二人身上寄托其接近原始道家的社会理想，遂刻意在他们的取名上与深染道教文化气息的祖父辈有所区别？抱朴、见素起初也延续着祖父辈的命运轨迹而难以自拔，但如前所述，他们最终还是走出了阴阳生克的历史轮回，这是否可以视为他们成功摆脱了笼罩洼狸镇的民间道教文化末流的势力呢？他们之所以能够达到此一境界，是原始道家生活理想的启迪，还是获得了抱朴所谓"净问一些根本"的《天问》以及"和全世界的人一块儿想过生活的办法"的《共产党宣言》的帮助？从小说实际描写看，似乎兼而有之。无论怎样，抱朴、见素兄弟俩的命运最终已经和隋恒德、隋迎之、隋不召迥然不同，尤其抱朴的首先悟道，转变观念，"我不是恨着哪一个人，我是恨着整个的苦难、残忍——我恨有人去为自己拼抢，因为他们抢走的只能是大家的东西。这样拼抢，洼狸镇就摆脱不了苦难，就有没完没了的怨恨"，更是赵炳、赵多多所无法想象也没从理解的。隋抱朴人生观念大转变可谓"黑暗王国的一线光明"，不再是道教末流的世界观所能范围的了。

抱朴、见素所以能够如此，关键在于他们身上的阴阳二气得到了调和，从而产生先秦原始道家追求的"和气""正气""精气"，阴阳不得调和时各种偏激、病变、愁苦、乖戾和灾难由此被克服。王充《论衡·讲瑞》说，"仁泊则戾而少愈，勇渥则狂而无义，而又和气不足，喜怒失时，计虑轻愚"，"西门豹急，佩苇以自缓；董安于缓，带弦以自促。急之与缓，俱失中和，然而苇弦附身，成为完具之人"，好像就是讲抱朴和见素的秉性、体质、性格和命运的前后变化。"儒者说曰，太平之时，人民俪长。百岁左右，气和之所生也"，"圣人秉和气，故年命得正数。气和为治平，故太平

602

之世多长寿人"，"瑞物皆起和气而生"，这几段话皆出自《论衡·率性》，王充似乎把他的"和气""元气""精气"说统归于"儒者"，其实他这方面的思想更多来自道家。《老子》讲"万物负阴而抱阳，充气以为和"，"和"就是"道生一，一生二，二生三，三生万物"的第三种"气"。《韩非子·解老》将这比喻为"孔窍虚，则和气日入"。《庄子·知北游》说："人之生，气之聚也；聚则为生，散则为死。"所"聚"之气也就是"和"，相当于稍后《吕氏春秋尽数》"精气之集也"。差不多和庄子同时的《管子·内业》说，"凡物之精，此则为生"，"凡人之生也，必以平正"。"精气""平正"之气（管子又称为"灵气"）是"稷下学派"主要观点，影响极广，屈原《远游》《离骚》等作品中也有充分反映。《黄帝内经》则说，"在天为气，在地成形，形气相感而化生万物"，"人生于地，悬命于天，天地合气，命之为人"，这是老子"道生一，一生二，二生三，三生万物"和庄子"人之生，气之聚也"换一种说法。总之阴阳二气调和才能"生"，否则只有"死"，这是《古船》透过抱朴、见素兄弟所阐发的核心思想。

隋不召自幼不愿承继祖业，浪迹天涯"半辈子"才回到洼狸镇，但仍然不事生产，到处闲逛，宣讲"跟郑和大叔下老洋"的传奇故事。他早年不服父亲隋恒德管辖，老来与整个洼狸镇若即若离，这行径颇似汉光武帝刘秀《与子陵书》中所谓"不召之臣"。刘秀告诉严光，"古大有为之君，必有不召之臣。朕何敢臣子陵哉！"隋不召当然不是拒绝皇帝征召的隐居之士，却算是一个不服管束的"不召之民"。

张炜文存 | 长篇小说 古船 603

他身上原始道家的精神气质超过抱朴、见素。这是作者在道教空气浓郁的洼狸镇故意安排的流淌着原始道家血脉的一个异类。但至少在小说结尾隋氏兄弟取得粉丝大厂经营承包权之前，无论年轻的隋氏兄弟还是年老的隋不召的原始道家精神都被以赵炳为核心的道教文化势力严重压迫着，难以彰显。

隋不召形象颇为诡异，似乎又并不仅仅为原始道家精神所限。他幼时神秘失踪，年过半百才回到故乡，这属于道教史和记录道流故事的唐宋传奇与笔记小说经常描写的道士成长的典型经历。隋不召也像古代那些故弄玄虚的道士们那样故意隐瞒年龄，在"胡言乱语"中一下子可以回到"公元前四八五年"，与范蠡、邹衍、秦始皇、徐福为伍。他还认定洼狸镇吹笛子的"跛四"就是战国时期齐国的阴阳家邹衍所托生，而秦时方士徐福则是洼狸镇东"老徐家"的先人。作为著名粉丝产地，洼狸镇确实会令人想起徐福故乡黄县（即今龙口市）。隋不召作为"不召之民"，除了具有原始道家不尊王权的"逍遥游"精神，还沉浸在邹衍、秦始皇、徐福等道教前史想象中。他对科学"原理"的推崇，恰如他对神秘的海航技术的吹嘘，都可以视为科学与道术的混杂。其原始道家精神不得伸张，除了客观上处于道教势力强盛地域之外，不也有自身的道教元素在起作用吗？

屈原《离骚》开头说，"帝高阳之苗裔兮，朕皇考曰伯庸。摄提贞于孟陬兮，惟庚寅吾以降。皇览揆余于初度兮，肇锡余以嘉名，名余曰正则，字余曰灵均。"冯友兰认为屈原父亲给屈原取名为"正则"，字为"灵均"，屈原又名"平"，都是根据当时楚国从中原传来的"黄老之学"而设计的"嘉名"。[25] 与此相类似，《古船》中老赵家祖孙三代主要人物也都有这样的"嘉名"，它们或者与"黄老之学"有关，或者深具道教渊源。不仅如此，和屈原一样，张炜也将他根据道家和道教文化背景为人物所取的名字糅合进人物性格的刻画与作品整体的构思里面去了。

六

特别值得一提的，还有十四章专写张王氏奉赵炳之命，为省县两级调查组置办令人咋舌的豪华宴席。由于见素坚持不懈的"算账"，赵多多粉丝大厂的经济问题险些败露，赵炳为了挽狂澜于既倒，临危受命，让张王氏"料理酒席"，以此笼络省县两级调查组。这场戏表面上是张王氏展示其怪异的烹饪术，实际上却是赵炳施展其不动声色的纵横捭阖之惯技。但妙就妙在作者写赵炳玩弄权术在暗处，明处却是张王氏的大操大办，这也可谓"一阴一阳之为道"了，而其中关键并不在暗处的赵炳，而是在明处的张王氏。如果张王氏的"料理"失败，则赵炳纵有三头六臂，也无回天之力了。这一回，张王氏确乎被推到风口浪尖之上，成败在此一举。

张王氏的烹饪术在她由外地嫁到洼狸镇不久教全镇人酿造神秘酱油时就已经牛刀小试过了，但直等赵炳让她取代有名的厨师老韩而为调查组"料理酒席"，才彻底露出她的庐山真面目来，什么"藤上瓜""一窝猴""糊涂蛋""怪味汤""鸡生蛋""填鸭子""家菜苦""野菜甜""山海经""吊葫芦"——一道道异想天开的珍馐美味甚至令当时激烈抨击《古船》历史观的一位左派权威评论家也啧啧称奇："在《古船》里，对张王氏备办晚宴的描写，是如此精细，如此不厌求详，读到这些地方，人们不禁心里要问：作者是哪里得来这些烹饪的知识的呢？难道他自己也得到名师传授，现在又来传授给我们么？"[26]这与其说是责备，倒不如说是张炜的神来之笔甚至令批评他的人也不得不为之击节称赏。

张炜怎么能够写出张王氏这出戏呢？这确实是个有趣的问题。自古"医""道"一家，烹饪虽非道教专有，但若说道教文化将中华烹饪术在想象的层面以及实际操作上同时推向极致，也殆非虚语。一九二六年，鲁迅离开北京之前，曾激于日本学者安冈秀夫《从小说看来的支那民族性》所引英国传教士威廉士（Williams）《中国》（Middle Kingdom）一书对中国人的饮食的非议，锐意穷收，想从唐人杨煜《膳夫经手录》中一探究竟。可惜借不到收录该书的清人顾嗣立所辑《闾邱辨囿》，只好作罢，不得已退而求其次，以《礼记》所记"八珍"、唐人段成式《酉阳杂俎》中一张御赐食单、元人和斯辉《饮膳正要》以及清人袁枚《随园食单》为依据，来核实安冈秀夫与威廉士之所言，结果只好承认，中国人在饮食上确实无所不用其极，"全个中国，就是这样的一席大宴会！"[27]鲁迅没有提及的还有宋人陶穀《清异录》，该书于"药品门"外，又设"馔馐门"、"薰燎门"，专记奇异肴馔，计列六十三事之多，诚哉洋洋大观。[28]《清异录》和《酉阳杂俎》同属笔记小说，所录又大率道流方术，可见道教对肴馔之用心良苦，一点不亚于道士们之讲究炼丹采药。当然道教方术关于肴馔的描写虚虚实实，颇难究诘。葛洪《抱朴子》和《神仙传》记载许多仙人"坐致行厨"的奇闻轶事，极大地鼓励了后世道教文学对豪华宴席的渲染描写。张王氏早年既充当赵炳的采补对象，又深通按摩、算命、看相（正是她的看相导致了隋迎之的精神崩溃）、交鬼、娴熟地按照道教科条为隋大虎主持神秘丧仪，诸如此类，小说实在写了不少，所以她大概也算得上资深的道姑、女官、道母之类了，宜乎其精于烹饪。小说写她主持那场决定老赵家生死命运的大宴会时不动声色，好整以暇，一直等到客人到齐了，才调动各位帮厨，指挥若定，有条不紊，顷刻间变戏法似地"料理"出令洼狸镇人和省县两级贵客见所未见闻所未闻的十余道山珍海味，不啻为古代道教文学"坐致行厨"故事增添了一个精彩的现代版。

迄今为止，写民间治馔之盛，当代小说还没有能够超过《古船》的，这大概也是因为作者深得道教文化之秘而又善于讽刺性地加以挥写的缘故罢？

七

《古船》嘱稿于"寻根文学"未起之先，成书于"寻根文学"发动之后，但略考其所寻之"根"，实为千百年来中国朝野文化实际占主导地位的道教，此诚不啻为鲁迅五四之前在寄好友许寿裳的信中所论"中国根柢全在道教……以此读史，有多种问题可以迎刃而解"[29]下一注脚。

必须指出，尽管《古船》汲取了道家思想，又大量触及民间道教遗风，但它本身并非一部阐明道家和道教玄理的道书，也不是历代深染道教思想的作者们刻意描绘其所见之信仰生活世界的"道教文学"。张炜是"新时期"成长起来的作家，其思想与古代作者毕竟不可同日而语。先秦道家思想，和汉末兴起、尔后一直占据中国朝野文化主流的道教，在《古船》中有清楚区划。作者部分借用了先秦道家（包括被后世道教奉为经典的《周易》）的阴阳演化思想来结构全书，对此并无明显褒贬，却清醒地将民间道家文化末流锁定为贯穿全书的现实批判与历史反思的对象之一，无情地揭露民间道教文化末流如何与时俱进，巧妙地借助世俗政治权力，以权谋、暴力、血腥、色情和各种怪怪奇奇的神秘方技来追求"全性延命"与现世威福，制造各种愚昧、停滞、混乱、残暴和丑恶。对现实和历史的批判反省抵达数千年绵延不绝的道教文化根柢，这是《古船》最值得称道的成就之一。

全书材料堆砌太繁，头绪过于纷杂，但作者心气沉静，笔势若虹，艺术造诣反为日后在心气浮躁中完成的长篇《柏慧》《外省书》《能不忆蜀葵》《刺猬歌》《丑行与浪漫》《你在高原》等所不及。

唯《九月寓言》（作于一九八七－一九九二）以天地阴阳为结构主轴敷衍全书，尚能赓续《古船》文脉。作者将《古船》中地质队与洼狸镇之间相斥相引的一条副线引申为《九月寓言》中"工区"与"小村"对垒的主线，展示贪婪暴戾的现代工商科技文明对安宁平和的原始村落文化的灭绝性破坏，以矿藏挖掘造成严重地质塌方导致小村彻底消失为结局，再由此出发，倒叙小村灭绝之前村民们"羲皇上人"般的生活，唱了一曲哀婉激越的地母崇拜的挽歌。但《九月寓言》也抽空了《古船》日常生活和社会历史的繁杂厚实，仅以月夜大地上年轻人的奔跑嬉戏为作者所眷顾的正在消逝的原始道家式生活理想之象征，而以炙烤一切的太阳为作者杞忧的人类贪婪欲望之图腾，后者主导着日益逼近的现代工商科技文明，最终残酷吞噬了"小村"，败坏了大地本身。这就从《古船》沉重写实的一阴一阳的良性转化，演变为《九月寓言》诗意盎然但结局悲惨的阴阳错乱。

《九月寓言》的"代后记"、也是浓缩该书主旨的长篇散文《融入野地》（作于一九九二）可谓这一思索路向上的巅峰之作。张炜此后兴趣转变，逐渐从他供职山东省档案馆期间（一九八〇－一九八四）接触的大量地方志材料，以及不知从何种渠道熟悉的原始道家和民间道教文化转向西方现代人文主义思想话语，就像《古船》里终日耽读《共产党宣言》的隋抱朴那样，日趋高明之道，但因为离开了"滨海地域"历史悠久的道家和道教文化传统，似乎终归凌空蹈虚，不复当年之气定神闲、深雄壮大矣。

在"新时期"集体反思的精神氛围中，《古船》虽云据于阴阳之道，却不同于传统的阐道翼教之作。作者以弥漫民间的道教信仰习俗与现代政治狂热的混合为批判反思对象，层层剥开近百年来欧风美雨带来的现代文明话语外壳，露出其固有的道教文化根柢。批判反思的对象之根柢愈坚固，作者思索探询的目光也愈深邃。

从《古船》出发，张炜日后创作分出两支，一则由藏垢纳污的道教文化转为原始道家生活理想（《九月寓言》《融入野地》），以此质疑现代工商科技文明； 一则仰仗西方近代文化资源（包括马克思主义、十九世纪俄国经典文学中的民粹主义和宗教受难思想）继续其历史反思，并试图回应九十年代以后中国社会的现实挑战。

前者热烈而哀婉，后者热烈而偏激。

但若论作品的艺术造诣以及将来在文学史上的地位，恐怕都不及《古船》。

八

《古船》的巨大成就也吸引了众多作者竞相仿效。年长张炜十五岁的陕西作家陈忠实就明确承认，他在创作"垫棺作枕"[30]的唯一长篇《白鹿原》时曾以《古船》为师。[31]陈忠实动意写《白鹿原》的一九八六年正是《古船》冲击波覆盖整个文坛之时。《白鹿原》以白、鹿两大家族恩怨结构全书，颇取法于《古船》隋、赵两家之长期对垒。《白鹿原》虽以最后一代关中儒学传人朱先生和儒家文化践行者白嘉轩为主角，实际描写的却是弥漫民间的道教文化，对此笔者有专文探讨，[32]这里只想指出几点，以见出《白鹿原》

借鉴《古船》之多。

赵炳连克三妻，又先后令与之交合的张王氏、隋含章受病，神医郭运说赵炳身有剧毒，"与之交媾，轻则久病，重则立死"，张王氏甚至说赵炳腹有盘蛇，因成剧毒之人，这和白嘉轩连克六妻之后白鹿村人传说白嘉轩男根上长有毒钩，皆如出一辙。《古船》详细叙写全国解放前夕华北农村土改期间民兵和还乡团拉锯战使"整个洼狸镇像一锅沸水"，《白鹿原》则描写"大革命"失败之后，从"农协"和还乡团以暴易暴开始到全国解放，白鹿原始终就像翻烙饼的"鏊子"那样备受磨难，构思造语均非常相似，甚至也都写到了将人从高杆上坠下来的一种特别的惩罚。陈忠实最初还准备仿照《古船》给他的长篇起名为《古原》。[33] 这些都是《白鹿原》深受《古船》影响的地方。

从《古船》开始，长篇小说作者对家族史和地方志越来越倚重，比如紧接《古船》之后问世的贾平凹《浮躁》（《收获》一九八七年一期）也有和《古船》极为相似的将家族恩怨和改革开放结合起来的总体叙事框架，甚至内部人物关系也如出一辙。[34] 由于时间很靠近，贾平凹受张炜影响的可能性不大，应该是英雄所见略同吧。但是有一点可以说，因为《古船》和《白鹿原》的巨大成功，把家族史、地方志和现实生活结合起来的总体叙事框架已经成为中国当代长篇小说通行的模式之一，屡屡为有志于贡献史诗巨著的作者们所采纳。

赵炳的形象再往上溯，可以令人联想起湖南作家古华一九八一年发表的《芙蓉镇》里那个"运动根子"王秋赦。但王秋赦之与赵炳，"可谓小巫见大巫"。[35] 勉强可以和赵炳相匹敌的大概只有河南作家李佩甫一九九九年出版的《羊的门》（又名《通天人物》）中那个手眼通天的乡镇一霸"呼天成"的形象。

浙江籍作家余华《兄弟》下部（二〇〇六）写李光头发家致富后大搞选美比赛，似乎脱胎于《古船》中"农民企业家"赵多多从外地聘请"女公务员"招摇过市的情节，虽然被余华加以夸张放大和荒诞化处理，但神情宛在。

即此数点，已足见《古船》影响力之深远。

《古船》的一些具体写法，对后来关注地方志和家族史的长篇小说也有影响。

首先，争夺粉丝大厂承包经营权是全书情节展开的主线，与这条主线有关的细节固然组织得比较严密，但众多人物之间的内在精神联络则比较松散，这主要因为作者以每一章或邻近两章为相对独立的单元，单元内部写得丰满充实，层次分明，而单元之间就难以融会贯通。比如，前述第十二章写赵炳"性命双修"，十四章写张王氏奉赵炳之命为省县两级调查组"料理酒席"，十六、十七章写隋氏兄弟一场大争论，十八章写民兵和还乡团以暴易暴，十九、二十章写隋见素上城创业，二十三、二十四章写"文革"中的暴力和"夺权"，都可作如是观。此外，隋不召动辄炫耀他追随"郑和大叔"的子虚乌有的航海传奇，神秘的古船和地下河道的发现，地质队丢失有害的铅筒，李技术员等一帮青年人经常讨论苏美太空竞赛，隋大虎在南疆执行任务时光荣牺牲，科学迷李知常发明变速轮，赵多多聘请风骚的"女公务员"，这些随手穿插的零碎内容，无疑使这种一章或相邻两章集中写一出重头戏的结构模式更加趋于松散。

以一章或相邻两章集中写一出重头戏，也有好处，就是可以充分利用收集到的材料，不怕局部"超载"和混乱，心无旁骛地加以描绘；缺点是许多人物不得不散落于相隔遥远的不同章节，与事俱起，又与事俱去，难以揭示其性格命运的完整性。更重要的，人物之间行动和心理的冲突·（尤其隋赵两家历史悠久犬牙交错的精神对峙）无法始终居于前景，而不得不退居幕后，甚至被冲散，冲淡。隋赵两家真正称得上精神的对峙仅仅发生在赵炳和隋含章之间，抱朴见素一直不知道其中隐秘，也就一直居于这场无血的大戮之外。长篇小说内在精神结构关系让位于外在事件演进，精神冲突的紧张随之松懈，原本宽松的结构愈显散漫，这也是后来许多同类长篇小说的通病。

其次，是小说描写对"身体"的兴趣过于浓厚。赵炳壮硕肥大的身体无论矣，以赵炳为中心，全书旋转着洋溢着张王氏、隋含章、赵多多、隋抱朴、隋见素、大喜、闹闹、小茴、小葵、周燕燕、"女公务员"、隋不召、还乡团、民兵、绰号"面脸"的地主——众多人物的肉身和血气。这本来未可厚非，道教文化精髓就是对身体展开鲁迅所谓形形色色"中国的奇想"，[36] 所以将身体置于叙事中心，对深悉道教文化奥秘的《古船》作者而言顺理成章。但过犹不及，尤其身体描写一旦压倒了对人物灵魂的刻画，就很容易变成就身体写身体。这一点《古船》还并不明显，但后来众多仿效者们无疑是变本加厉了。

复次，与身体有关，《古船》影响后来作者的还有另外三点，即性、身体暴力和由身体而来的污秽（或污秽加暴力）场景描写过于频繁。

隋见素与大喜、周燕燕以及赵多多与"女公务员"的性关系，还乡团、赵多多及其扈从"二槐"从四十年代末一直延续到八十年代的主要施于身体的日常暴力和色情，几乎构成《古船》暴力叙述的一条主干，整个第十八章的暴力描写至今可能还无人超过，而最极端的高潮莫过于还乡团将农会主任栾大胡子"五牛分尸"后挑出肝来"炒菜喝酒"，以此壮胆，并对妇救会主任实施轮奸，还当着妇救会主任的面将她的小孩残暴地撕开，以及一个老汉当众从绰号"面脸"的地主身上剜下一块肉来给自己的儿子煮汤"治腰"。

此外污秽场面的描写也是《古船》一绝，比如长久压在隋抱朴心头的赵多多在隋抱朴后妈小茴尸体上撒尿的儿童记忆；比如赵多多自幼就"靠吃乱七八糟的东西长大的，肚里装的最多的野物大概就是蚂蚱"，"三年自然灾害"中更是养成"抹黑吃东西的习惯"，"田鼠、蜥蜴、花蛇、刺猬、癞蛤蟆、蚯蚓、壁虎"，他都敢吃；再比如"文革"期间，造反派为了惩罚"吹牛大王"镇长周子夫，干脆将母牛外阴套在周镇长嘴巴上……

所有这些极端的性、暴力和污秽场面的描写，对《古船》这部专门描写"苦难"的巨著来说，许多地方还是顺乎自然，作者处处有所节制，处理得也颇具匠心，比如写抱朴的后母茴子最后火烧隋家大屋、赵多多在大火中肆意凌辱茴子的场面，乃是为了衬托幕后主使人赵炳的老谋深算与虚伪刻毒，与赵多多的为非作歹明暗相映，共同缀成一幅由赵炳指使赵多多迫害老隋家的"纵奴作恶图"：[37]"院子里，四爷爷赵炳两手掐腰看着熊熊燃烧的房子，神色肃穆。"有这一笔就够了。但在后来莫言的一系列长篇、陈忠实的《白鹿原》、贾平凹的《废都》、李佩甫的《羊的门》、阎连科的《日光流年》、刘醒龙的《圣天门口》、余华的《兄弟》中，这些内容一再重现，则又是另一种过犹不及的局面了，但追根溯源，还是要回到《古船》。此其流泽孔长，不可断绝乎？

二〇一五年一月六日写

附　记

这篇重读《古船》的文章，拉拉杂杂近两万字，无非想指出，青年时代的张炜在《资本论》、俄国批判现实主义文学的民粹思想（我过去反复提到过）以及有论者所谓原罪和宽恕信念之外，还倾向于原始道家理想，而除了集"医""道"于一身的郭运，张炜对现代民间道教末流基本持批判态度，尤其对道教末流和现代政治媾和生出的怪胎如赵炳、长脖吴之类更加厌恶和警惕。我认为这是"反思文学"杰作《古船》所达到的最可喜的思想高度，对当下中国思想文化建设也不无启示。

但前几天偶尔走过上海古籍书店，看到张炜新出讲演录《也说李白与杜甫》（中华书局，二〇一四年七月北京第一版），第二讲《嗜酒和炼丹》题下，赫然就有"李白炼丹""现代丹炉""炼丹与艺术""李白与东莱""东夷与道教""'性'与'命'"几个小节，真是如获至宝，急切地站着浏览起来，又用手机拍下相关章节回家细读。

不料细读之后，一则以喜，一则以忧。

喜的是，拙文嘱稿之际，除小说《古船》本文，我对张炜与胶东半岛道教传统的关系没有任何客观材料可以参考。现在他本人出来大讲东莱古国与道教的关系，证实了我的许多猜想式描述。张炜创作《古船》时，确实很熟悉他家乡附近的道教传统及其在当代生活中的流风余韵。在这方面，张炜是有充分准备的。

忧的是，张炜这本讲演录对道教末流未置一词，而专门做翻案文章，全面肯定道教文化本身。他说，"郭沫若在《李白与杜甫》一书中，把李白和杜甫的炼丹、寻仙、寻求长生不老的愿望和行为给予了彻底否定，其实是大可商榷的"，因为现代人以为荒诞不经的炼丹修道其实体现了李白杜甫面对生死问题的"终极关怀"，"人在这些大目标、大思维之下有所行动，自始至终地探索不倦，当然是可以理解的"，"炼丹只可以看作药物合成研究的一个阶段，而不能简单视为古人的执迷怪异之举"，"当年李白、杜甫他们喜欢的'丹炉'，今天不但没有停歇，而且还利用了现代技术，比古代烧得更大更旺了"。张炜认为，现代中西药和古代炼丹不仅性质上毫无二致，所反映的人类的生死观念也一脉相承，换言之，我们今天仍然活在李、杜乃至李、杜所羡慕的东晋炼丹家葛洪的精神氛围中。这是张炜的结论。

这么说当然也并非毫无道理，但如果我们今天真的仍然活在一千二百多年前李白杜甫的精神氛围，还呼吸着一千六百多年前葛洪所呼吸的空气，那么我们除了理解和同情他们"在这些大目标、大思维之下有所行动，自始至终地探索不倦"之外，是否还应该亮出自己的"终极关怀"？还是我们只能完全赞同一千二百多年之前李杜或一千六百多年之前葛洪的"终极关怀"？这关系到对具有复杂构成和历史演变的道教本身的评判，可以姑置勿论。问题是张炜讲这番话时，对遍布神州大地道教末流的生活形态和精神信仰（当然不一定继续打着道教的招牌）未置一词，似乎完全忘记了《古船》曾经做出的深沉而痛切的反思，不能不令我惊讶莫名。

《也说李白与杜甫》全书我还没读完，不知道张炜在"大目标、大思维"上是否真的发生了大逆转，但拙文发表在即，不允许仔细参详，只好聊记片语，算是为将来继续探讨做个小引。

二○一五年一月二十一日追记

注释：

（1）参看"本刊记者"《济南、北京举行座谈会谈论长篇小说〈古船〉》，《当代》杂志1987年2期，第271页。

（2）参看孔范今、施战军主编、黄轶编选的《张炜研究资料》附录"研究资料索引"，第450—455页，济南，山东文艺出版社。

（3）参见雷达在《当代》1987年6期发表的同题评论。

（4）公刘《和联邦德国朋友谈〈古船〉》，《当代》1988年第3期。

（5）王彬彬：《悲悯与慨叹——重读〈古船〉与初读〈九月寓言〉》，《当代作家评论》1993年1期；此处引自《张炜研究资料》，166页，山东文艺出版社，2006年5月第1版。

（6）冯立三：《沉重的回顾与欣悦的展望——再论〈古船〉》，《当代》1988年第1期，第221页。

（7）前揭王彬彬文就在综合比较《古船》和《九月寓言》的基础上坦言，他六年后重读《古船》，还是觉得有"很大的吸引力"，而抱着对《古船》作者巨大的期待读《九月寓言》，"多少有些失望"。他认为从《古船》到《九月寓言》是一种退步，并推测其中原因，一则也许是《古船》发表之后"颇招来一些异议"，令张炜不知不觉"改弦易辙"，二则也许是张炜感到《古船》已经把多年来"思想感情、体验表现净尽了，该在这里画句号，另辟蹊径了。如果这样，问题就要复杂得多。我原以为，《古船》虽是张炜创作道路上的一块丰碑，但却不是界碑，它同时也该是一块路标，指示着作家在这条道路上继续探索，创作出更伟大更深邃的作品来。《古船》中的思虑、探索，应该是

不会有止境的，而《古船》作为一部长篇小说，即使在艺术上，也还不算很成熟。作者脚下的路，虽然崎岖，但艺术前景却无疑是广阔的。"对张炜《古船》之后的艺术转向深表遗憾。这种观察，即使在今日也不失为一种深刻的洞见。张炜后来作品对中国文坛的冲击以及读者们的首肯，确实没有再超过《古船》的了。王彬彬还以《古船》为参照，评骘稍后问世的同样写乡村家族恩怨的贾平凹长篇小说《浮躁》，也得出类似的结论，参见王彬彬：《俯瞰和参与——〈古船〉和〈浮躁〉比较观》，《当代作家评论》1988年第1期。

（8）冯立三：《沉重的回顾与欣悦的展望——再论〈古船〉》，《当代》1988年第1期，第221页。

（9）关于《古船》问世后肯定与否定的两派意见激烈交锋，可参见何启治：《道是无晴却有晴——从〈古船〉〈九月寓言〉〈白鹿原〉的命运看新时期文学破冰之旅的风雨征程》，《延安文学》2012年第5期，另见何启治：《美丽的选择》，北京，首都师范大学出版社，2010。

（10）（11）陈思和：《关于长篇小说结构模式的通信》，《当代作家评论》1988年第3期，此处引自《笔走龙蛇》，第396页，济南，山东友谊出版社，1997。

（12）胡河清：《论阿城、马原、张炜：道家文化智慧的沿革》，《文学评论》1989年第2期，第78—80页。

（13）刘再复：《〈古船〉之谜和我的思考》，《当代》1989年第2期，第231—235页。

（14）比前揭刘再复文早两年发表的王彬彬《俯瞰与参与——〈古船〉和〈浮躁〉比较观》指出，"隋抱朴'勿以恶抗恶'的态度，很容易使人联想到提倡到的自我完善的'托尔斯泰主义'，也容易使人认为《古船》是在对历史作道德化的理解。但如果这样看待《古船》，那就是一叶障目，

以偏概全了。隋抱朴不是基督耶稣的信徒，而是马克思恩格斯的信奉者，《共产党宣言》是他的圣经。他向往的是两位巨人描绘的共产主义社会。"转引自《张炜研究资料》，第161页，济南，山东文艺出版社，2006。

(15) 感谢张炜先生见告，笔者方知赵炳、"长脖吴"一起品味的那段黄色小调出自《响马传》。

(16) 笔者到目前为止尚未查出这套歌诀的原始出处，也未究明其在《道藏》系统中的具体演变，恳望知者不吝赐教。

(17) 陈寅恪：《崔浩与寇谦之》，参见《金明馆丛稿初编》，第126页，北京，生活·读书·新知三联书店，2001。

(18) 《华盖集续编·马上支日记》。

(19) 许地山：《道家思想与道教》，原刊《燕京学报》，此处引自许地山：《道教史》，第219页，上海，华东师范大学出版社，1996。

(20) 许地山：《道教史》，第1—2页，上海，华东师范大学出版社，1996。

(21) 该文原载中央研究院历史语言研究所集刊第三本第四分，参见《金明馆丛稿初编》，第1—46页，北京，生活·读书·新知三联书店，2001。

(22) 柳存仁：《道教史探源——"汤用彤学术讲座"演讲词及其他》，第23页，北京，北京大学出版社，2000。

(23) 傅勤家：《中国道教史》，第213—216页，北京，商务印书馆，1937年初版，上海书店，1984年3月重印。

(24) 张炜：《古船》，第2页，北京，人民文学出版社，1987。本文涉及小说原文，均见此版本。

(25) 冯友兰：《中国哲学史新编》（第二册），第243页，北京，人民出版社，1983年修订本。

(26) 陈涌：《我所看到的〈古船〉》，《当代》1988年第1期，第234页。

(27) 《华盖集续编·马上支日记》。

(28) 《清异录·江淮异人录》，第103—114页，上海，上海古籍出版社，2012。

(29) 鲁迅：《致许寿裳》，《鲁迅全集》第11卷，第353页，北京，人民文学出版社，1981。

(30) 陈忠实：《寻找属于自己的句子：〈白鹿原〉创作手记》，第22—23页，上海，上海文艺出版社，2009。

(31) 陈忠实、李星：《关于〈白鹿原〉的问答》（1993年），参见《寻找属于自己的句子：〈白鹿原〉创作手记》"附录"，第183页，上海，上海文艺出版社，2009。

(32) 参阅拙文《为鲁迅的话下一注脚——〈白鹿原〉重读》，《文学评论》2015年第2期即将发表。

(33) 陈忠实、李星：《关于〈白鹿原〉的问答》，陈忠实：《寻找属于自己的句子——〈白鹿原〉创作手记》，第186页，上海，上海文艺出版社，2009。

(34) 参看王彬彬：《俯瞰和参与——〈古船〉和〈浮躁〉比较观》，《当代作家评论》1988年第1期。

(35) 冯立三：《沉重的回顾与欣悦的展望——再论〈古船〉》，《当代》1988年1期，第221页。

(36) 参见鲁迅：《准风月谈·中国的奇想》。

(37) 前引冯立三：《沉重的回顾与欣悦的展望——再论〈古船〉》，《当代》1988年第1期。

图书在版编目（CIP）数据

古船 / 张炜著 . 一济南 ： 山东教育出版社，2016
（张炜文存）
ISBN 978-7-5328-9243-3

Ⅰ．①古… Ⅱ．①张… Ⅲ．①长篇小说—中国—当代
Ⅳ．① I247.5

中国版本图书馆 CIP 数据核字（2015）第 312851 号

总 策 划：刘东杰
出版统筹：祝　丽
特邀编辑：马　兵
责任编辑：白汉坤　王海洋
装帧设计：王承利　宋晓军
手稿摄影：曹清雅

张炜文存
古　船

张炜著

主　管：山东出版传媒股份有限公司
出版者：山东教育出版社
　（济南市纬一路 321 号　邮编：250001）
电　话：（0531）82092664　传真：（0531）82092625
网　址：sjs.com.cn
发行者：山东教育出版社
印　刷：济南精致印务有限公司
版　次：2016 年 3 月第 1 版　2016 年 3 月第 1 次印刷
规　格：720mm×1092mm　16 开本
印　张：40.5 印张
字　数：468 千字
书　号：ISBN 978-7-5328-9243-3
定　价：78.00 元

　（如印装质量有问题，请与印刷厂联系调换）印厂电话：0531—88783898